LA ÚLTIMA VIUDA

LA ÚLTIMA VIUDA

KARIN SLAUGHTER

HarperCollins *Español*

Los libros de HarperCollins Español pueden ser adquiridos para propósitos educativos, de negocio o promocionales. Para información escriba un correo electrónico
a SPsales@harpercollins.com.

Publicado originalmente como *The Last Widow* en Nueve York en 2019 por Harper-
Collins.

PRIMERA EDICIÓN

Jefe de edición: Edward Benitez
Traducción: Victoria Horillo

Se han solicitado los registros de catalogación en publicación de la Biblioteca del
Congreso.

ISBN 978-0-06-293829-9

19 20 21 22 23   LSC   10 9 8 7 6 5 4 3 2 1

Estamos condenados a repetir el pasado, pase lo que pase.
En eso consiste estar vivo.
Kurt Vonnegut

PRIMERA PARTE

Domingo, 7 de julio de 2019

PRÓLOGO

Michelle Spivey corría por la parte de atrás del supermercado, mirando frenéticamente en cada pasillo en busca de su hija. Un torbellino de ideas angustiosas se agitaba en su cerebro: «Cómo he podido perderla de vista soy una mala madre a mi niña la ha secuestrado un pederasta o un tratante de blancas qué hago aviso a seguridad o llamo a la policía o...».

Ashley.

Se paró tan bruscamente que su zapato chirrió al friccionar el suelo. Respiró hondo, tratando de calmar el latido de su corazón. A su hija no iban a venderla como esclava. Estaba en la zona de maquillaje, probando muestras.

El alivio comenzó a disiparse al desaparecer la angustia.

Su hija de once años, en la zona de maquillaje.

Y después de que le dijeran que bajo ningún concepto podía maquillarse antes de cumplir los doce años, y que entonces solo podría ponerse colorete y brillo de labios, daba igual lo que hicieran sus amigas, y no había más que hablar.

Michelle se llevó la mano al pecho. Avanzó despacio por el pasillo, dándose tiempo para adoptar una actitud razonable y moderada.

Ashley estaba de espaldas, mirando tonos de carmín. Giraba las barras de labios con un experto giro de muñeca porque, naturalmente, cuando estaba con sus amigas se probaba todo su maquillaje y practicaban unas con otras; era lo que hacían las niñas, a fin de cuentas.

Algunas niñas, por lo menos. Porque Michelle nunca había sentido ese deseo de acicalarse. Todavía recordaba el tono chillón que adoptaba la voz de su madre cuando se negaba a depilarse las piernas: «¡No podrás ponerte pantis!».

A lo que ella respondía: «¡Mejor para mí!».

De eso hacía años. Su madre había muerto hacía tiempo. Michelle era ya una mujer madura con una hija y, como todas las mujeres, había jurado no repetir los errores de su madre.

¿Se había pasado de la raya, quizá?

¿Estaba perjudicando a su hija con su tendencia general a ser poco «femenina»? ¿Tenía Ashley edad suficiente para maquillarse y ella, debido a que no le interesaban los lápices de ojos, ni las cremas bronceadoras, ni todas esas cosas que Ashley se pasaba las horas muertas viendo en YouTube, la estaba privando de una especie de rito de paso hacia la edad adulta?

Se había informado acerca de los hitos del desarrollo juvenil. Los once años eran una edad importante, un «año bisagra», el punto en el que los niños y niñas alcanzaban aproximadamente el cincuenta por ciento del poder y había que empezar a negociar con ellos, en lugar de darles órdenes. Lo que estaba muy bien como razonamiento abstracto, pero en la práctica era aterrador.

—¡Ah! —Al ver a su madre, Ashley metió a toda prisa el pintalabios en el expositor—. Estaba…

—No pasa nada.

Michelle acarició el largo cabello de su hija. Tantos botes de champú y de acondicionador en la ducha, y jabones y lociones hidratantes, cuando ella lo único que se ponía era protector solar a prueba de sudor…

Ashley se limpió con la mano el brillo de los labios.

—Lo siento.

—Es bonito —dijo Michelle, voluntariosa.

—¿Sí? —Su hija la miró con una sonrisa que hizo vibrar todas las cuerdas del corazón de Michelle—. ¿Has visto esto? —Se refería al expositor de brillo de labios—. Hay uno que tiene color, así que se supone que dura más. Pero este es de sabor a cereza y Hailey dice que a los chi…

Michelle completó la frase para sus adentros: «que a los chicos les gusta más».

El despliegue de fotografías de los Hemsworth que adornaban las paredes de la habitación de Ashley no le había pasado desapercibido.

—¿Cuál te gusta más? —preguntó.

—Pues… —Ashley se encogió de hombros, pero había pocas cosas sobre las que una niña de once años no tuviera una opinión—. Creo que el de color dura más, ¿no?

—Puede que sí —repuso Michelle.

Ashley seguía sopesando los dos brillos.

—El de cereza sabe a aditivos, ¿no? Y como siempre me como… Lo digo porque, si me lo pongo, seguramente me lo acabaré comiendo porque me pondrá de los nervios, ¿no?

Michelle asintió en silencio, callándose los argumentos que le bullían dentro: «Eres preciosa, eres lista, tienes mucho sentido del humor y mucho talento y solo deberías hacer cosas que te hagan feliz porque eso es lo que atrae a los chicos que de verdad valen la pena, que son los que piensan que las chicas seguras de sí mismas y felices son las más interesantes».

—Elige el que quieras y te doy un adelanto de la paga —dijo, en cambio.

—¡Mamá! —gritó Ashley, tan alto que la gente las miró, y acompañó su grito con un baileteo que se parecía más al de Tigger que al de Shakira—. ¿En serio? Pero dijisteis que…

«Dijisteis». Michelle gruñó para sus adentros. ¿Cómo iba a explicar este cambio repentino de opinión cuando habían acordado que Ashley no podría llevar maquillaje hasta que cumpliera doce años?

«¡Solo es brillo de labios!».

«¡Faltan solamente cinco meses para que cumpla doce!».

«Ya sé que acordamos que no podría maquillarse hasta su cumpleaños, pero ¡tú le has dejado tener un iPhone!».

Ese era el truco: devolver la pelota y hablar del iPhone, porque, por pura casualidad, esa batalla en concreto la había perdido ella.

—De la jefa me ocupo yo —le dijo a su hija—. Pero solo brillo de labios. Nada más. Elige el que más te alegre.

Y la alegró, desde luego. Su hija se puso tan contenta que Michelle sonrió a la cajera, quien sin duda comprendía que aquel reluciente tubito de Sassafras Splash de color rosa caramelo no era para ella: una mujer de treinta y nueve años, en pantalones cortos de correr y con el pelo sudoroso recogido dentro de una gorra de béisbol.

—Es... —Ashley estaba tan eufórica que apenas podía hablar—. Es genial, mamá. Te quiero un montón, y voy a ser muy responsable. Superresponsable.

La sonrisa de Michelle debía de asemejarse a las primeras fases del *rigor mortis* cuando comenzó a meter la compra en bolsas de tela.

El iPhone. Tenía que insistir en el asunto del iPhone, porque en eso también estaban de acuerdo, y luego todos los amigos de Ashley se presentaron en el campamento de verano con uno y el «Ni hablar, rotundamente no» se convirtió en un «No podía dejar que fuera la única que no tuviera teléfono», aprovechando que Michelle estaba en un congreso.

Ashley cogió alegremente las bolsas y se dirigió a la salida. Ya había sacado el iPhone. Deslizó el dedo por la pantalla y se puso a contarles a sus amigas lo del brillo de labios como si fuera un augurio de que, una semana después, llevaría sombra de ojos azul y se perfilaría los ojos con ese rabillo que hacía que las chicas parecieran gatos.

Michelle empezó a agobiarse.

Su hija podía coger una conjuntivitis, o una blefaritis, o podía salirle un orzuelo si compartía el lápiz de ojos; o podía pillar el virus del herpes simplex, o la hepatitis C con el brillo de labios o el perfilador, o arañarse la córnea con el aplicador del rímel. ¿Y no contenían metales pesados y plomo algunos pintalabios? Estafilococos, estreptococos, E. coli… ¿Cómo se le había ocurrido? Podía estar envenenando a su hija. Había cientos de miles de estudios comprobados acerca de los tóxicos ambientales; en cambio, eran relativamente pocos los que establecían una relación indirecta entre los tumores cerebrales y el uso del teléfono móvil…

Delante de ella, Ashley se echó a reír mientras se mensajeaba con sus amigas. Iba meciendo las bolsas sin ningún cuidado mientras cruzaba el aparcamiento. Tenía once años, no doce, e incluso a los doce seguiría siendo terriblemente pequeña, ¿no? Porque el maquillaje mandaba una señal: denotaba un interés por gustar, por atraer, lo que era una idea muy poco feminista, pero aquello era el mundo real y su hija seguía siendo un bebé y no tenía ni idea de cómo rechazar atenciones que no le interesaban.

Michelle sacudió la cabeza en silencio. Qué pendiente tan resbaladiza… Del brillo de labios al SARM, y de pronto allí estaba, convertida en toda una Phyllis Schlafly*. Tenía que controlar aquellas ideas disparatadas para poder explicar razonadamente, cuando llegara a casa, por qué le había comprado maquillaje a Ashley cuando habían acordado solemnemente no hacerlo.

Como habían hecho con el iPhone.

---

* Política conservadora, conocida principalmente por su activismo antifeminista.

Metió la mano en el bolso para sacar las llaves. Fuera estaba oscuro. Las farolas no daban luz suficiente, o quizá fuera ella, que necesitaba gafas porque estaba envejeciendo. Ya era, desde luego, lo bastante mayor para tener una hija que quería atraer la atención de los chicos. Dentro de unos años podía ser abuela. Se angustió al pensarlo y el estómago le dio una voltereta. ¿Por qué no habría comprado vino?

Levantó la vista para asegurarse de que Ashley no había chocado con un coche ni se había caído por un precipicio mientras usaba el teléfono.

Y se quedó con la boca abierta.

Una furgoneta se detuvo junto a su hija.

La puerta lateral se abrió.

Un hombre salió de un salto.

Michelle agarró las llaves y echó a correr con todas sus fuerzas hacia su hija.

Empezó a gritar, pero ya era demasiado tarde.

Ashley había huido, como ella le había enseñado.

Y eso estaba muy bien. Pero aquel hombre no quería a Ashley.

La quería a ella.

UN MES MÁS TARDE

Domingo, 4 de agosto de 2019

CAPÍTULO 1

Sara Linton se recostó en su silla y masculló en voz baja:

—Sí, mamá.

Se preguntaba si en algún momento de su vida tendría edad suficiente para que su madre dejara de regañarla.

—No me des la razón como si fuera tonta. —Las miasmas del enfado de Cathy pendían sobre la mesa de la cocina mientras troceaba un montón de judías verdes encima de un periódico—. Tú no eres como tu hermana. No vas mariposeando por ahí. Tuviste a Steve en el instituto; luego a Mason, por motivos que todavía no comprendo; y después a Jeffrey. —Miró por encima de sus gafas—. Si te has decidido por Will, sienta la cabeza de una vez.

Sara esperó a que su tía Bella añadiese a la lista un par de nombres que faltaban, pero Bella se limitó a juguetear con su collar de perlas mientras bebía tranquilamente un té con hielo.

—Tu padre y yo llevamos casi cuarenta años casados —continuó Cathy.

Sara intentó meter baza:

—Yo no he dicho…

Bella la interrumpió con un sonido a medio camino entre una tos y el bufido de un gato.

11

Pero ella no hizo caso de la advertencia.

—Mamá, Will acaba de conseguir el divorcio. Y yo todavía me estoy adaptando a mi nuevo trabajo. Estamos disfrutando de la vida. Deberías alegrarte por nosotros.

Cathy partió una judía como si tronchara un cuello.

—Bastante mal me parecía ya que salieras con él mientras todavía estaba casado.

Sara respiró hondo y contuvo la respiración.

Echó un vistazo al reloj de la cocina.

Las 13:37.

Parecía que era ya medianoche y ni siquiera había comido aún.

Soltó el aire lentamente, concentrándose en los aromas deliciosos que llenaban la cocina. Por eso había renunciado a su tarde de domingo: por el pollo frito puesto a enfriar en la encimera; por la tarta de cereza que se doraba en el horno; por la mantequilla que se fundía poco a poco en el pan de maíz en una sartén puesta al fuego; por las galletas saladas, los frijoles, las carillas, el pastel de boniato, la tarta de chocolate, la de nueces pecanas y el helado, tan denso que podía torcer una cuchara.

Seis horas al día en el gimnasio durante una semana no bastarían para deshacer el daño que estaba a punto de infligirle a su cuerpo, y aun así lo único que le preocupaba era que se le olvidara llevarse las sobras a casa.

Cathy partió otra judía y el chasquido sacó a Sara de su ensoñación.

El hielo del vaso de Bella tintineó.

Sara prestó atención al ruido del cortacésped en el jardín de atrás. Por motivos que no alcanzaba a entender, Will se había ofrecido a hacer de jardinero para su tía ese fin de semana. Al pensar que podía escuchar por casualidad su conversación, le vibró la piel como un diapasón.

—Sara —Cathy tomó aire ostensiblemente antes de proseguir—, prácticamente vivís juntos. Tiene su ropa en tu armario.

Sus cosas de afeitar, todos sus artículos de aseo están en tu cuarto de baño.

—Ay, cariño —dijo Bella, dándole unas palmaditas a Sara en la mano—. Nunca compartas el cuarto de baño con un hombre.

Cathy meneó la cabeza.

—Esto va a acabar con tu padre.

Aquello no mataría a Eddie, claro, pero tampoco le agradaría: ningún hombre que quisiera salir con una de sus hijas le agradaba.

De ahí que Sara prefiriera guardarse para sí su relación con Will.

O al menos ese era en parte el motivo.

Intentó desviar la cuestión.

—¿Sabes, mamá? Acabas de reconocer que fisgas en mi casa. Tengo derecho a mi intimidad.

Bella chasqueó la lengua.

—Ay, tesoro, qué enternecedor que creas eso de verdad.

Sara lo intentó otra vez:

—Will y yo sabemos lo que hacemos. No somos como dos adolescentes atolondrados que se pasan notitas por el pasillo. Nos gusta pasar tiempo juntos. Y eso es lo que importa.

Cathy resopló y se quedó callada, pero Sara no era tan ingenua como para pensar que su madre se había dado por vencida.

—Bueno, aquí la experta soy yo —dijo Bella—. Me he casado cinco veces y…

—Seis —la corrigió Cathy.

—Hermana, tú sabes que esa boda se anuló. Lo que digo es que tienes que dejar que la niña descubra por sí sola lo que quiere.

—No le estoy diciendo lo que tiene que hacer. Solo le estoy dando un consejo. Si no se toma en serio lo de Will, más vale que lo deje y que se busque a otro con el que pueda sentar la cabeza. Es demasiado lógica para tener relaciones pasajeras.

—«Es mejor no tener lógica que no tener sentimientos».

—No creo que pueda considerarse a Charlotte Brontë una experta en el bienestar emocional de mi hija.

Sara se frotó las sienes, intentando mantener a raya un dolor de cabeza. Le sonaban las tripas, pero la comida no se servía hasta las dos. Aunque de todos modos poco importaba porque, si la conversación seguía así, era muy posible que una de ellas, o las tres, muriera en aquella cocina.

—Cariño, ¿has visto esto? —preguntó Bella.

Sara levantó la mirada.

—¿No crees que puede haberla matado su mujer porque estaba liada con otra? Una de las dos tenía un lío, eso seguro, por eso la una mató a la otra, a la que tenía un lío. —Le guiñó un ojo a Sara—. Esa es la razón por la que estaban tan preocupados los conservadores: con el matrimonio gay, no hay quien se aclare con los pronombres.

Sara no comprendió lo que decía su tía hasta que se dio cuenta de que estaba señalando un artículo del periódico. Michelle Spivey había sido secuestrada en el aparcamiento de un centro comercial un mes antes. Era una investigadora del CDC, el Centro de Control de Enfermedades, por lo que el FBI se había hecho cargo del caso. La fotografía del periódico era la del permiso de conducir de Michelle. Mostraba a una mujer atractiva, de treinta y tantos años, con un brillo en la mirada que incluso la infame cámara de Tráfico había logrado captar.

—¿Has seguido el caso? —preguntó Bella.

Sara negó con la cabeza. De pronto se le llenaron los ojos de lágrimas. Hacía cinco años que su marido había muerto. Solo había una cosa peor que perder a quien amabas, y era no llegar a saber nunca si esa persona estaba viva o muerta.

—Para mí que ha sido un asesinato por encargo —añadió Bella—. Es lo que suele pasar. La chica se cansó de su coche viejo, le apetecía tener uno nuevo y de alguna forma tenía que librarse del anterior.

Sara habría preferido dejar el tema porque saltaba a la vista que su madre se estaba poniendo nerviosa. Pero precisamente por eso le dijo a Bella:

—No sé. Su hija estaba allí cuando pasó. Vio cómo metían a su madre en la furgoneta. Seguramente soy una ingenua por decir esto, pero no creo que su otra madre sea capaz de hacerle algo así a su propia hija.

—Fred Tokars hizo que mataran a tiros a su esposa delante de sus hijos.

—Pero eso fue por el seguro de vida, creo. Además, él estaba metido en asuntos turbios, ¿y no tenía algo que ver con la mafia?

—Y era un hombre. ¿Las mujeres no tienden a matar con sus propias manos?

—¡Por amor de Dios! —estalló Cathy por fin—. ¿Podemos dejar de hablar de asesinatos en el día del Señor? Y, hermana, tú precisamente no deberías criticar a nadie por tener líos con otras personas.

Bella agitó los hielos de su vaso vacío.

—¿Verdad que apetece tomarse un mojito con este calor?

Cathy acabó con las judías verdes y juntó las manos dando una palmada.

—No estás siendo de mucha ayuda.

—Ay, hermana, a Bella no hay que pedirle ayuda.

Sara esperó a que su madre se diera la vuelta para enjugarse los ojos. Bella se había percatado de que se le habían saltado las lágrimas, lo que significaba que, en cuanto ella saliera de la cocina, se pondrían las dos a hablar de que había estado a punto de llorar porque… ¿Por qué? Sara era incapaz de explicar sus ganas de llorar. Últimamente se le saltaban las lágrimas por cualquier cosa: cuando veía un anuncio tristón, o escuchaba una canción de amor en la radio.

Cogió el periódico y fingió leer la noticia. No había novedades respecto a la desaparición de Michelle. Un mes era mucho tiempo. Hasta su mujer había dejado de suplicar que se la devolvieran sana y salva, y ahora rogaba a quien se había llevado a Michelle que por favor les hiciera saber dónde podían encontrar su restos mortales.

Sara sorbió por la nariz. Había empezado a moquear. No cogió una servilleta de papel del montón que había sobre la mesa. Usó el dorso de la mano.

No conocía a Michelle Spivey, pero el año anterior había coincidido con su mujer, Theresa Lee, en la fiesta de exalumnos de la Facultad de Medicina de Emory. Lee era ortopeda y profesora en Emory. Michelle era epidemióloga en el CDC. Según el artículo, se habían casado en 2015, lo que probablemente significaba que habían decidido oficializar su relación nada más aprobarse el matrimonio gay. En ese momento llevaban ya quince años juntas. Sara daba por sentado que, después de dos décadas de relación, ya habrían llegado a un acuerdo respecto a las dos causas de divorcio más comunes: la temperatura a la que poner el termostato, y la gravedad delictiva de fingir que una no sabía que había que vaciar el lavavajillas.

Claro que la experta en cuestiones matrimoniales no era ella.

—¿Sara? —Cathy estaba de espaldas a la encimera, con los brazos cruzados—. Voy a hablarte sin tapujos.

Bella se rio.

—Vaya novedad.

—Tienes que pasar página —prosiguió Cathy—. Fundar una nueva familia con Will. Si de verdad eres feliz, tienes que serlo con todas las consecuencias. Y, sino, ¿a qué demonios estás esperando?

Sara dobló el periódico cuidadosamente. Echó otro vistazo al reloj.

Las 13:43.

—A mí me caía muy bien Jeffrey, que en paz descanse —comentó Bella—. Tenía chispa. Pero Will es tan tierno… Y te quiere muchísimo, cielo. —Palmeó la mano de Sara—. De veras que sí.

Sara se mordió el labio. No quería que la tarde del domingo se convirtiera en una sesión de terapia improvisada. Ella no necesitaba aclarar sus sentimientos. El problema que se le planteaba era el inverso al del primer acto de cualquier comedia romántica: ya se había enamorado de Will, pero no estaba segura de cómo debía quererlo.

Podía sobrellevar la torpeza de Will para las relaciones sociales, pero su incapacidad para comunicarse casi había acabado con ellos como pareja. Y no una o dos veces, sino unas cuantas. Al principio, ella se había persuadido de que Will se esforzaba por mostrarle su mejor faceta. Era normal: ella había tardado seis meses en meterse en la cama con su verdadero pijama.

Pero luego pasó un año y él seguía guardándose cosas. Cosas absurdas que no tenían importancia, como no llamarla para decirle que volvería tarde de trabajar, que su partido de baloncesto iba a alargarse, que se le había roto la bici a mitad de recorrido, o que se había ofrecido a ayudar a un amigo con la mudanza un fin de semana. Will siempre ponía cara de estupor cuando se enfadaba con él por no contarle esas cosas. Ella no intentaba controlarlo. Solo quería saber si pedía cena para uno o para dos.

Todo eso era muy irritante, claro, pero había además otras cosas que importaban mucho más. Will no mentía, pero buscaba maneras sutiles de no decirle la verdad, ya fuera respecto a una situación peligrosa en la que se había visto implicado en el trabajo, o sobre algún detalle desagradable de su infancia. O, peor aún, sobre alguna barbaridad perpetrada recientemente por esa zorra narcisista y malvada de su exmujer.

Sara entendía, a un nivel racional, el origen de aquella conducta suya. Will había pasado su infancia en hogares de acogida en los que, aunque no estuviera desatendido, sufría malos tratos. Su exmujer se había servido de sus sentimientos como un arma en su contra. Él nunca había tenido una relación de pareja sana, y tenía varios esqueletos verdaderamente espantosos escondidos, al acecho, en su pasado. Quizá creyera que de esa forma la estaba protegiendo. O protegiéndose a sí mismo, tal vez. En todo caso, Sara no tenía ni puta idea de a qué se debía, porque él se negaba a reconocer el problema.

—Sara, tesoro —dijo Bella—. Iba a decírtelo. El otro día, me estuve acordando de cuando vivías aquí, cuando ibas a la universidad. ¿Te acuerdas, cariño?

Sara sonrió al acordarse de sus años de estudiante, pero se le borró la sonrisa al sorprender la mirada que intercambiaron su madre y su tía.

El mazo estaba a punto de caer.

La habían atraído allí usando el pollo frito como cebo.

—Nena, voy a serte sincera —añadió Bella—. Esta casa es demasiado grande para que tu encantadora tía se ocupe de ella. ¿Qué te parecería volver a mudarte aquí?

Sara se rio, pero enseguida vio que su tía hablaba en serio.

—Podríais arreglarla, hacerla vuestra —dijo Bella.

Sara notó que movía la boca, pero no le salieron las palabras.

—Cariño —añadió su tía cogiéndola de la mano—. Siempre he tenido intención de dejártela en mi testamento, pero mi asesor fiscal dice que pagarás menos impuestos si te transfiero la propiedad ahora a través de un fideicomiso. Ya he dado la entrada para un piso en el centro. Will y tú podríais mudaros en Navidad. En ese vestíbulo cabe un árbol de seis metros de alto, y hay sitio de sobra para…

Sara experimentó una pérdida momentánea del oído.

Siempre le había encantado aquella casona georgiana construida justo antes de la Gran Depresión. Seis dormitorios, cinco cuartos de baño, cochera con dos plazas, un cobertizo completamente equipado en el jardín, y hectárea y pico de terreno en uno de los distritos postales más ricos del Estado. A diez minutos en coche del centro, y a diez a pie del campus de la Universidad de Emory. El barrio era uno de los últimos encargos que aceptó Frederick Law Olmstead antes de morir, y los parques y las arboledas se confundían bellamente con el bosque de Fernbank.

Le pareció una oferta irresistible, hasta que empezó a echar cuentas.

Bella no había cambiado nada desde los años ochenta. Calefacción central y aire acondicionado. Cañerías. Electricidad. Reparaciones de yeso y pintura. Ventanas nuevas. Tejado nuevo. Desagües nuevos. Pelearse con la Sociedad de Preservación Histórica por el más nimio detalle arquitectónico... Eso por no hablar del tiempo que perderían, porque Will querría hacer él solo todas las obras, y las pocas tardes libres y los largos fines de semana de asueto de Sara se convertirían en discusiones sobre tonos de pintura y dinero.

Dinero.

El verdadero escollo era ese. Ella tenía mucho más dinero que Will. Y lo mismo le había pasado en su matrimonio. Nunca olvidaría la cara que puso Jeffrey la primera vez que vio el saldo de su cuenta bancaria. Sara había oído el chirrido de sus testículos al retraerse dentro de su cuerpo, y había tenido que emplearse a fondo para que volvieran a salir de su escondite.

Bella estaba diciendo:

—Y yo puedo ayudarte con los impuestos, claro, pero...

—Gracias —dijo Sara, intentando cortarla—. Es una oferta muy generosa, pero...

—Podría ser un regalo de boda —dijo Cathy con una sonrisa dulce mientras se sentaba a la mesa—. ¿Verdad que sería bonito?

Sara meneó la cabeza, pero no porque quisiera negar lo que acababa de decir su madre. ¿Qué le pasaba? ¿Por qué le preocupaba la reacción de Will? Ignoraba cuánto dinero tenía. Lo pagaba todo en metálico, pero ella no sabía si se debía a que no le gustaban las tarjetas de crédito, o a que no tenía crédito en el banco. De ese tema tampoco hablaban.

—¿Qué ha sido eso? —preguntó Bella ladeando la cabeza—. ¿Habéis oído algo? ¿Como petardos o algo así?

Cathy no le hizo caso.

—Will y tú podéis tener aquí vuestro hogar. Y tu hermana podría vivir en el apartamento de encima del garaje.

Sara vio caer el mazo definitivamente. Su madre no solo quería controlar su vida. También quería encasquetarle a Tessa.

—No creo que Tess quiera vivir encima de otro garaje —dijo.

—¿No vive ahora en una choza de adobe? —preguntó Bella.

—Calla, boba —dijo Cathy, y preguntó a Sara—: ¿Has hablado con Tessa sobre la posibilidad de que vuelva a casa?

—No, la verdad es que no —mintió Sara.

El matrimonio de su hermana estaba haciendo aguas y, aunque Tessa vivía en Sudáfrica, en realidad hablaba con ella al menos dos veces al día, por Skype.

—Mamá, tienes que olvidarte de todo este asunto. No estamos en los años cincuenta. Puedo pagar mis facturas, tengo jubilación y no necesito estar ligada a un hombre legalmente. Sé valerme sola.

La expresión que puso Cathy hizo bajar la temperatura de la habitación.

—Si crees que en eso consiste el matrimonio, no tengo nada más que decir al respecto. —Se levantó y regresó al fogón—. Dile a Will que se lave, que vamos a comer.

Sara cerró los ojos para no ponerlos en blanco.

Se levantó y salió de la cocina.

Sus pasos resonaron en el enorme cuarto de estar cuando bordeó la antigua alfombra oriental. Se detuvo delante de las puertas de la terraza y pegó la frente al cristal. Will estaba guardando el cortacésped en la caseta, tan contento. El jardín estaba espectacular. Hasta había recortado los setos de boj en rectángulos perfectos y perfilado los bordes del césped con precisión quirúrgica.

¿Qué opinaría de una casa de dos millones y medio de dólares a reformar?

Ella ni siquiera sabía si quería cargar con esa responsabilidad. Había pasado los primeros años de su matrimonio con Jeffrey remodelando su pequeño bungaló y aún tenía muy vivo el recuerdo de lo agotador que era quitar el papel de las paredes y pintar la barandilla de la escalera, y el fastidio de saber que podría haberse limitado a extender un cheque para que se encargaran otros si su marido no hubiera sido tan… tan terco.

Su marido.

Ese era el tercer objetivo que perseguía su madre con aquella conversación en la cocina: saber si Sara quería a Will igual que había querido a Jeffrey y, si la respuesta era sí, por qué no se casaba con él y, si era no, por qué perdía el tiempo con aquella relación.

Todas esas preguntas eran legítimas, sin duda, pero Sara se descubrió atrapada en el bucle de Escarlata O'Hara, prometiéndose a sí misma que ya lo pensaría mañana.

Abrió la puerta y tropezó con un muro de calor. La humedad era tan densa que parecía que el aire sudara. Aun así, se quitó la goma del pelo. La capa de pelo que le cayó sobre la nuca era como un guante de horno caliente. Salvo porque olía a hierba recién cortada, podría haber estado entrando en una sauna. Subió por la pendiente. Sus deportivas resbalaban cuando pisaba alguna que otra piedra suelta. Una nube de mosquitos se agolpó en torno a su cara. Los espantó con la mano mientras caminaba hacia lo que Bella llamaba «el cobertizo»: un establo reformado, en realidad, con suelo de baldosas de piedra y espacio para dos caballos y un carruaje.

La puerta estaba abierta. Will estaba de pie en medio del cobertizo, con las palmas apoyadas en el banco de trabajo, mirando por la ventana. Parecía tan ensimismado que Sara se preguntó si debía interrumpirle. Desde hacía un par de meses, algo le preocupaba. Sara percibía cómo iba insinuándose ese desasosiego en casi todas las facetas de su vida en común. Le había preguntado al respecto. Le había dejado espacio para que reflexionara. Había tratado de sacárselo a la fuerza. Él insistía en que estaba bien, pero luego Sara lo sorprendía como ahora, mirando por la ventana con expresión angustiada.

Se aclaró la garganta.

Will se volvió. Se había cambiado de camiseta, pero hacía tanto calor que la tela ya se le había pegado al pecho. Tenía briznas de hierba adheridas a las piernas musculosas. Era alto y flaco, y la sonrisa que le dedicó hizo que Sara se olvidara de todos los reproches que podía hacerle.

—¿Es hora de comer? —preguntó Will.

Ella miró su reloj.

—Es la una cuarenta y seis. Tenemos exactamente catorce minutos de calma antes de la tormenta.

La sonrisa de Will se hizo más amplia.

—¿Has visto el cobertizo? Quiero decir que si te has fijado bien en él.

A Sara le parecía solo eso, un cobertizo, pero saltaba a la vista que Will estaba impresionado.

Señaló una zona tabicada que había en la esquina.

—Ahí hay un aseo. Un aseo que funciona. ¿Verdad que es genial?

—Alucinante —masculló ella con sorna.

—Mira lo recias que son estas vigas. —Will medía un metro noventa y tres: era lo bastante alto para agarrarse a la viga y hacer un par de dominadas—. Y fíjate en esto. Esta tele es vieja, pero todavía funciona. Y hay una nevera y un microondas en el sitio donde supongo que se guardaban los caballos.

Sara sintió que esbozaba una sonrisa. Will era tan de ciudad que no sabía que a eso se le llamaba «caballeriza».

—Y el sofá está un poco viejo, pero es comodísimo. —Se dejó caer en el desvencijado sofá de cuero y tiró de ella para que se sentara a su lado—. Se está bien aquí, ¿verdad?

22

El polvo que se había levantado hizo toser a Sara, que intentó no relacionar el montón de *Playboy* viejas de su tío con el chirrido del sofá.

—¿Podemos mudarnos aquí? —preguntó Will—. Lo digo solo medio en broma.

Sara se mordió el labio. No quería que bromeara. Quería que le dijera lo que quería.

—Mira, una guitarra. —Él cogió el instrumento y ajustó la tensión de las cuerdas. Un par de rasgueos después, empezó a sacarle sonidos reconocibles que luego convirtió en una canción.

Sara sintió el arrebato de sorpresa y emoción que la asaltaba siempre que descubría algo nuevo sobre él.

Will canturreó el comienzo de *I'm On Fire* de Bruce Springsteen.

Luego dejó de tocar.

—Es un poco asqueroso, ¿no? «Eh, niña, ¿está tu papá en casa?».

—¿Y qué me dices de esa que dice «Niña, pronto serás una mujer»? ¿O de esa otra, «No te me acerques tanto»? ¿O de la primera frase de *Sara Smile*?

—Maldita sea. —Will rasgueó las cuerdas de la guitarra—. ¿Hall and Oates también?

—Es mejor la versión de Panic! At the Disco. —Sara observó cómo tocaban las cuerdas sus largos dedos. Le encantaban sus manos—. ¿Cuándo aprendiste a tocar?

—En el instituto. Aprendí solo. —Will le lanzó una mirada avergonzada—. Cualquier tontería que se te ocurra que un chaval de dieciséis años sea capaz de hacer para impresionar a una chica, yo la hacía.

Sara se rio, porque no le costaba imaginárselo.

—¿Llevabas un corte de pelo difuminado?

—Pues sí —contestó él sin dejar de tocar la guitarra—. Hacía la voz de Pee-wee Herman. Sabía saltar con el monopatín. Me aprendí de memoria la letra de *Thriller*, enterita. Deberías haberme visto con mis vaqueros desteñidos y mi chaqueta Nember's Only.

—¿Nember's?

—Era una falsificación. No he dicho que fuera millonario. —Levantó la vista de la guitarra, contento de hacerla reír. Luego, sin embargo, señaló su cabeza y preguntó—: ¿Qué te ronda por ahí arriba?

Sara sintió de nuevo ganas de llorar, desbordada por un sentimiento de ternura. Will estaba tan sintonizado con sus emociones… Pero ¿cómo podía hacerle entender que era natural que ella también sintonizara con las suyas?

Él dejó la guitarra. Acercó la mano a su cara y le pasó el pulgar por el ceño fruncido para alisárselo.

—Eso está mejor.

Sara lo besó. Lo besó de verdad. Aquella parte siempre era fácil. Pasó los dedos por su pelo sudoroso. Will la besó en el cuello y luego más abajo. Sara se inclinó hacia él. Cerró los ojos y dejó que su boca y sus manos disiparan todas sus dudas.

Solo se detuvieron cuando el sofá dio una violenta sacudida.

—¿Qué demonios ha sido eso? —preguntó Sara.

Will no contestó con un chiste fácil acerca de su capacidad para hacer que temblara la tierra. Miró debajo del sofá. Se levantó e inspeccionó las vigas del techo golpeando con los nudillos la madera petrificada.

—¿Te acuerdas de aquel terremoto en Alabama, hace un par de años? Fue igual, solo que más fuerte.

Sara se recolocó la ropa.

—En el club de campo hacen exhibiciones de fuegos artificiales. Puede que estén ensayando un nuevo espectáculo.

—¿A plena luz del día? —preguntó Will, poco convencido. Cogió su teléfono del banco de trabajo—. No hay ninguna alerta.

Echó un vistazo a sus mensajes y luego hizo una llamada. Y

después otra. Entonces probó con otro número. Sara esperaba, impaciente, pero él acabó sacudiendo la cabeza. Levantó el teléfono para que oyera el mensaje grabado que advertía que todas las líneas estaban ocupadas.

Sara se fijó en la hora que aparecía en la esquina de la pantalla. Las 13:51.

—En Emory hay una sirena de emergencia —dijo—. Salta cuando hay una catástrofe natu...

¡Bum!

La tierra dio otra violenta sacudida. Sara tuvo que apoyarse en el sofá para no caerse. Después, siguió a Will al jardín.

Él estaba mirando el cielo. Una columna de humo negro se alzaba, sinuosa, detrás del lindero de árboles. Sara conocía el campus de la Universidad de Emory como la palma de su mano.

Quince mil estudiantes.

Seis mil empleados, entre profesores y personal de servicios.

Dos explosiones que habían hecho temblar la tierra.

—¡Vamos!

Will corrió hacia el coche. Era agente especial del GBI, la Oficina de Investigación de Georgia. Y Sara era médica. No tenían que pararse a hablar de lo que había que hacer.

—¡Sara! —gritó Cathy desde la puerta de atrás—. ¿Habéis oído eso?

—Viene de Emory.

Sara entró corriendo en la casa para coger las llaves del coche. Sintió que un torbellino de ideas angustiosas se agitaba dentro de su cabeza. El campus urbano ocupaba más de doscientas cuarenta hectáreas de terreno. El Hospital Universitario. El Hospital Infantil Egleston. El Centro de Control de Enfermedades. El Instituto Nacional de Salud Pública. El Centro Nacional Yerkes de Primatología. El Instituto Winship de Oncología. Laboratorios estatales. Patógenos. Virus. ¿Un atentado terrorista? ¿Un tiroteo en el campus? ¿Un pistolero solitario?

25

—¿Será en el banco? —preguntó Cathy—. Había unos ladrones de bancos que trataron de volar la cámara acorazada…

Martin Novak. Sara sabía que se estaba celebrando una reunión importante en el centro, pero el preso estaba custodiado en un piso franco a las afueras de la ciudad.

—Sea lo que sea, aún no ha salido en las noticias —dijo Bella, que había encendido el televisor de la cocina—. Tengo la escopeta vieja de Buddy por aquí, en alguna parte.

Sara sacó su llavero del bolso.

—Quedaos dentro de casa. —Agarró a su madre de la mano y se la apretó con fuerza—. Llama a papá y a Tessa y diles que estáis bien.

Se recogió el pelo mientras se dirigía a la puerta, pero se paró en seco antes de llegar a ella.

Se quedaron las tres clavadas en el sitio.

En el aire resonaba el lamento grave y quejumbroso de la sirena de emergencia.

CAPÍTULO 2

Domingo, 4 de agosto, 13:33 horas

Will apartó la mano del cortacésped para limpiarse el sudor de los ojos, una tarea no exenta de complicaciones. Primero tenía que quitarse el sudor de la mano sacudiéndola. Y luego tenía que frotarse los dedos con la parte de dentro de la camiseta para quitarse la suciedad. Solo entonces podía enjugarse el sudor de las cejas con el canto del puño. Aprovechó que durante un rato dejaba de estar casi ciego para echar un vistazo al reloj.

Las 13:33.

¿A qué clase de idiota se le ocurría ponerse a cortar el césped de más de una hectárea de terreno ondulante en pleno agosto y a mediodía? A un idiota como él —suponía—, que se había pasado toda la mañana en la cama con su novia. Y aunque había sido una delicia, deseaba de veras poder dar marcha atrás en el tiempo y explicarle a ese Will del pasado el mal rato que iba a pasar unas horas después.

Cambió de dirección, maniobrando con la máquina para pasarla por una hondonada del abrupto terreno. Metió el pie en una topera. Los mosquitos se amontonaban delante de él. Notaba el sol como un cinturonazo en la nuca. Si no le sudaban hasta las pelotas, era porque una gruesa capa de polvo, hierba cortada y sudor se le había pegado al cuerpo.

27

Miró la casa mientras daba otra pasada. Todavía le impresionaba lo enorme que era. El dinero parecía caer a chorros de sus gabletes. Hasta había un libro acerca de su diseño que le había prestado Bella. La vidriera emplomada de la escalera era obra de Louis Comfort Tiffany. Las molduras de yeso las habían hecho artesanos traídos expresamente desde Italia. Suelos de roble taraceado. Techos artesonados. Una fuente interior. Una biblioteca con anaqueles de caoba llena de volúmenes antiguos. Armarios forrados de madera de cedro. Oro auténtico en los extravagantes candelabros. Un aseo en el sótano para el servicio, de la época de la segregación. Y hasta una caja fuerte del tamaño de un hombre detrás de un panel oculto en la despensa, para guardar la plata.

Will se sentía como un paleto cada vez que subía por el caminito de entrada.

Gruñendo, se puso a allanar un montículo de uña de gato más grande que un gato de verdad.

La primera vez que vio a Sara, adivinó enseguida que estaba forrada. Y no porque ella se comportase o hablara de un modo peculiar, sino porque él era detective y tenía el ojo bien entrenado. Observó, primero, que vivía en el ático de un edificio exclusivo. Segundo, que conducía un BMW. Y tercero que era doctora, de modo que sus habilidades detectivescas no eran en realidad necesarias para deducir que tenía una cuenta bien nutrida en el banco.

Lo peliagudo del caso era que Sara le había dicho que su padre era fontanero. Y era cierto. Solo que olvidó mencionar que Eddie Linton era, además, promotor inmobiliario. Y que había metido a Sara en el negocio familiar. Y que ella había ganado un montón de dinero alquilando y vendiendo casas, y que ya había liquidado los préstamos con los que pagó sus estudios de medicina, y que además había vendido su consulta de pediatra en el condado de Grant antes de trasladarse a Atlanta, y que había recibido el dinero del fondo de pensiones y del seguro de vida de su marido, y que, por ser viuda de un agente de policía, estaba exenta de pagar impuestos estatales, de modo que, en lo tocante al dinero, Sara era como el tío Phil y él como un Príncipe de Bel-Air más bien palurdo.

Lo que estaba, en conjunto, muy bien.

Pero él tenía dieciocho años la primera vez que alguien le puso dinero en el bolsillo, y fue para pagar el autobús hasta el albergue para indigentes, porque a su edad no podía seguir viviendo en el sistema público de hogares de acogida. Después consiguió una beca para ir a la universidad y acabó trabajando para el mismo estado que se había encargado de criarlo. Como policía, estaba acostumbrado a ser al mismo tiempo el más pobre de la sala y el que más probabilidades tenía de recibir un disparo en la cara en el desempeño de su trabajo.

De modo que la verdadera cuestión era si a Sara le importaba o no.

Will carraspeó para desalojar de su garganta un pegote de polvo que le había lanzado a la cara, como un misil balístico, la rueda de atrás del cortacésped. Escupió en el suelo y le sonaron las tripas cuando pensó en el almuerzo.

La mansión de Bella le producía cierto desasosiego. Por lo que representaba. Por lo que ponía de manifiesto acerca de la disparidad entre Sara y él. A fin de cuentas, la casa en la que había vivido mientras estudiaba en la universidad había sido condenada a causa del amianto, no incluida en el Registro Nacional de Edificios Históricos.

La tía de Sara también estaba cargada de dinero, pero a otro nivel. Y no solo de dinero. Will había adivinado por el olor que despedía su té con hielo que Bella era partidaria de amenizar el día con más de una copita. Hasta donde él sabía, se había hecho rica casándose y apuntando cada vez más alto en sus sucesivos matrimonios. Lo cual no era asunto suyo, hasta que Bella empezó a prodigarle su increíble generosidad.

La semana anterior, le había regalado un recortador de césped que costaba al menos doscientos pavos. Y la anterior le había sorprendido admirando una de las colecciones de discos de su difunto marido y, al marcharse él, le había puesto en las manos una caja llena de vinilos.

La primera edición de *A Night at the Opera* de Queen. *Parallel Lines*, de Blondie. El maxisingle de doce pulgadas del *Imagine* de John Lennon, con una manzana verde en la etiqueta intacta.

Will podía pasarse los siguientes dos mil años cortándole el césped, y ni de lejos le devolvería el favor.

Se detuvo para secarse la frente con el brazo y acabó embadurnándose más aún de sudor. Respiró hondo y se tragó un mosquito.

Las 13:37.

Ni siquiera debería estar allí.

En aquel preciso instante se estaba celebrando una reunión de jefazos en el centro de la ciudad. Había habido otras reuniones parecidas durante el mes anterior y, antes de eso, cada dos meses. El GBI se estaba coordinando con los Marshals, la ATF y el FBI para el traslado de un ladrón de bancos en prisión preventiva. Martin Novak vivía de momento en un piso franco cuya ubicación no se había dado a conocer, mientras esperaba a que se dictara sentencia sobre su caso en los juzgados del Edificio Federal Russell. Si no estaba en prisión, era porque sus colegas atracadores habían intentado abrir un agujero del tamaño de Novak en el lateral del edificio. La intentona había fracasado, pero ya nadie quería correr riesgos.

Novak no era el típico presidiario. Era un auténtico cerebro criminal que dirigía un equipo de delincuentes altamente cualificados. Mataban indiscriminadamente. A civiles. A guardias de seguridad. A policías. Les daba igual quién estuviera al otro lado del cañón cuando apretaban el gatillo. La banda de Novak se movía por los bancos que atracaba como las manecillas de un reloj, y todo indicaba que no iba a permitir que su jefe acabara sus días en las entrañas de una prisión federal.

Como policía, Will despreciaba a ese tipo de criminales: no había nada peor, ni más raro, que un delincuente realmente listo. Como ser humano, lamentaba no poder entrar en acción. Había aceptado hacía mucho tiempo que la parte de su trabajo que más le atraía era la caza. Era incapaz de disparar a un animal, pero la idea de permanecer al acecho, de apuntar con el rifle al centro de gravedad de un criminal, con el dedo en el gatillo, listo para eliminar de la faz de la tierra a esos indeseables, le producía un subidón alucinante.

Cosa que jamás podría decirle a Sara. Sabía de buena tinta que su difunto marido era igual. Que la muerte de Jeffrey Tolliver se había debido, muy probablemente, a su pasión por la caza. Ante la disyuntiva de huir o luchar, Will prefería, al igual que Tolliver, luchar. Y no quería que Sara estuviera aterrorizada cada vez que salía de casa.

Miró de nuevo la casa mientras segaba otra franja de césped.

Tenía la sensación de que —tías ricas aparte—, lo suyo con Sara iba bien. Habían establecido una rutina. Habían aprendido a aceptar los defectos del otro, o al menos a pasar por alto los peores. Como, por ejemplo, las pocas ganas de hacer la cama cada mañana como un ser humano responsable, o la terca resistencia a romper con la costumbre de tirar los tarros de mayonesa cuando todavía quedaba suficiente salsa en el fondo para preparar medio sándwich.

Él estaba intentando abrirse más con Sara respecto a sus emociones. En realidad, era más fácil de lo que creía. Solo había tenido que anotar en su agenda que todos los lunes debía contarle algo que le preocupara.

Uno de sus mayores temores se había esfumado antes de que dieran comienzo los lunes confesionales. Se había agobiado muchísimo cuando Sara empezó a trabajar con él en el GBI. Todo había ido como la seda, porque ella se había esforzado por facilitarle las cosas. Cada uno se quedaba en su carril. Sara era doctora y patóloga forense, el mismo trabajo que desempeñaba anteriormente en el condado de Grant, y su marido había sido jefe de policía, de modo que sabía lo que era convivir con un poli. Jeffrey Tolliver, al igual que él, seguramente no esperaba ningún ascenso. Claro que ¿qué ascenso podía esperar si ya ocupaba la cúspide de la pirámide?

Will intentó olvidarse de aquel asunto: teniendo en cuenta su pesimismo, no le convenía que sus pensamientos siguieran ese camino; era demasiado traicionero.

Al menos la madre de Sara parecía estar tomándole simpatía. La noche anterior, se había pasado media hora contándole anécdotas sobre sus primeros años de matrimonio. A Will le parecía un progreso. La primera vez que se vieron, Cathy prácticamente echaba fuego por los ojos. Tal vez la batalla titánica que había emprendido Will contra el césped de la borrachina de su hermana la había convencido de que no era tan mal tipo. O quizá notaba cuánto quería a su hija. Y eso tenía que contar para algo.

Tropezó al meter el pie cuando el cortacésped se atascó en otra topera. Levantó la vista y se llevó una sorpresa al ver que casi había acabado. Miró la hora.

Las 13:44.

Si se daba prisa, podría pasar unos minutos en el cobertizo, asearse, descansar un poco y esperar a que sonara la campana del almuerzo.

Acabó de segar la última franja de césped y volvió al cobertizo casi a la carrera. Dejó el cortacésped en el suelo de piedra para que se enfriara. Le habría dado una patada a aquel viejo cacharro, de no ser porque notaba las piernas flojas como serpentinas.

Se quitó la camiseta. Se acercó al lavabo y metió la cabeza debajo del chorro de agua helada. Se lavó todas las zonas importantes con una pastilla de jabón que tenía la textura del papel de lija. Aún estaba mojado cuando se puso otra camiseta, y la tela se le pegó a la piel. Se acercó al banco de trabajo, apoyó las manos en él, separó las piernas y dejó que el aire lo secara.

Tenía una notificación en el teléfono móvil. Faith le había escrito desde la reunión de jefazos a la que no estaba invitado. Le había mandado un payaso apuntándose a la cabeza con una pistola de agua. Después, un machete. Luego, un martillo; otro payaso y, por último —y a saber por qué—, un boniato.

Si intentaba que se sintiera mejor, con un boniato no conseguiría nada.

Will miró por la ventana. No era muy dado a la introspección, pero no tenía nada que hacer, salvo pensar, mientras contemplaba aquel césped tan bien cortado.

¿Por qué no estaba él en aquella reunión tan importante?

No podía guardarle rencor a Faith porque ella sí hubiera tenido esa oportunidad. Ni porque fuera un caso de nepotismo flagrante. Amanda, la jefa de ambos, había empezado su carrera en la policía teniendo como compañera a la madre de Faith. Eran amigas íntimas. Pero pese a todo Faith no era una enchufada. Había ascendido a base de esfuerzo desde el coche patrulla a la división de homicidios del Departamento de Policía de Atlanta, y de allí al GBI con el rango de agente especial. Era una policía excelente. Se merecía cualquier ascenso que le ofrecieran.

La verdadera humillación era lo que se derivaba de ello. No solo tendría que decirle a Sara que Faith había ascendido mientras él seguía estancado, sino que iba a tener que acostumbrarse a otro compañero. O, más probablemente, su nuevo compañero tendría que acostumbrarse a él. A Will no se le daba bien relacionarse con la gente. Por lo menos, con sus colegas de la policía. Hablar con delincuentes se le daba muy bien. Había pasado gran parte de su juventud bordeando la ilegalidad. Sabía cómo pensaban los delincuentes. Sabía, por ejemplo, que si los encerrabas en una habitación ideaban dieciséis formas distintas de escapar, y ninguna de ellas implicaba pedir que les abrieran la puerta.

En resumidas cuentas, Will resolvía casos. Obtenía buenos resultados. Tenía excelente puntería. Y no buscaba acaparar la atención, ni quería una medalla por cumplir con su trabajo.

Solo quería saber por qué no lo habían convocado a la reunión.

Echó otra ojeada a su teléfono.

Nada, solo el boniato.

Miró por la ventana. Tuvo la sensación de que alguien lo observaba.

Sara carraspeó.

Will sintió que su mal humor se disipaba. No podía evitar que una sonrisa bobalicona se dibujara en su cara cada vez que la veía. Ella se había soltado su largo pelo rojizo. A él le encantaba que lo llevara suelto.

—¿Es hora de comer?

Sara miró su reloj.

—Es la una cuarenta y seis. Tenemos exactamente catorce minutos de calma antes de la tormenta.

Él observó su cara. Era preciosa, pero tenía encima de la ceja una mancha que se parecía sospechosamente a las tripas de un bicho aplastado.

Lo miró con curiosidad.

—¿Has visto el cobertizo?

Will le enseñó la caseta: una simple estratagema para llevarla al sofá. Segar el césped lo había dejado agotado. Estaba muerto de hambre. Y le preocupaba que ella pudiera soportar salir con un policía pobretón únicamente si dicho policía tenía ambiciones.

—Se está bien aquí, ¿verdad? —preguntó.

El polvo que se levantó del sofá hizo toser a Sara. Aun así, pasó una pierna por encima de la de Will y apoyó el brazo sobre sus hombros. Acarició con los dedos las puntas mojadas de su cabello. Will sentía siempre una súbita calma cuando estaba con ella, como si lo único que importara fuera el vínculo que los unía.

—¿Podemos mudarnos aquí? Lo digo solo medio en broma.

La mirada curiosa de Sara se volvió precavida.

Will contuvo la respiración. Su broma no había dado en el blanco. O quizá no fuera una broma: llevaban ya algún tiempo sorteando la cuestión de si debían irse a vivir juntos o no. Él ya vivía prácticamente en su casa, pero Sara no le había pedido expresamente que se mudara, y Will no sabía si debía tomárselo como una señal, o, en caso de que lo fuera, si era una señal de *stop* o una señal de vía libre, o algún otro indicador con el que ella le aporreaba la cabeza sin que él se enterara de su significado.

Buscó ansiosamente cambiar de tema.

—Mira, una guitarra.

Rasgueó las cuerdas. De adolescente, había tenido la paciencia justa para aprenderse una sola canción completa. Empezó a tocarla lentamente, canturreando la melodía para acordarse de los acordes. Y entonces se detuvo y se preguntó por qué había pensado en algún momento que *I'm On Fire* era la canción ideal para persuadir a una chica de que le dejara tocarle los pechos.

—Es un poco asqueroso, ¿no? «Eh, niña, ¿está tu papá en casa?».

—¿Y qué me dices de esa que dice «Niña, pronto serás una mujer»? ¿O de esa otra, «No te me acerques tanto»? ¿O de la primera frase de *Sara Smile*?

Tocó las cuerdas de la guitarra mientras oía en su cabeza la voz de Daryl Hall...

Baby hair with a woman's eyes...

—Maldita sea —murmuró. ¿Por qué todas las canciones de *rock* suave que se había aprendido en la adolescencia presentaban ahora indicios de delito?—. ¿Hall and Oates también?

—Es mejor la versión de Panic! At the Disco.

A Will le encantaba que supiera esas cosas. Al principio, se había alarmado al ver la cantidad de CD de Dolly Parton que tenía Sara en el coche. Después había visto su lista de iTunes, en la que había de todo —desde Adam Ant a Kraftwerk, pasando por Led Zeppelin—, y se había tranquilizado.

Ella le sonrió, observando cómo se movían sus dedos sobre las cuerdas.

—¿Cuándo aprendiste a tocar?

—En el instituto. Aprendí solo. —Le echó el pelo hacia atrás para verle la cara—. Cualquier tontería que se te ocurra que un chaval de dieciséis años sea capaz de hacer para impresionar a una chica, yo la hacía.

Aquello, al menos, le arrancó una sonrisa.

—¿Llevabas un corte de pelo difuminado?

—Pues sí. —Will enumeró sus patéticas hazañas juveniles, que le dieron resultado con cero chicas, exactamente—. Deberías haberme visto con mis vaqueros desteñidos y mi chaqueta Nember's Only.

—¿Nember's?

—Era una falsificación. No he dicho que fuera millonario. —No pudo seguir haciendo como que no veía el bicho aplastado—: ¿Qué te ronda por ahí arriba?

Ella sacudió la cabeza.

Will dejó la guitarra en su soporte y le quitó el bichito de la frente con el pulgar.

—Eso está mejor.

Por la razón que fuese, Sara empezó a besarlo. A besarlo en serio. Él deslizó las manos por su cintura. Ella se le acercó. Lo besó con pasión y, usando las puntas de los dedos, presionó sus hombros y lo empujó hacia abajo. Will estaba de rodillas, pensando que jamás se cansaría de su sabor, cuando el suelo empezó a temblar.

Sara se enderezó.

—¿Qué demonios ha sido eso?

Will se pasó la mano por los labios para secárselos. No podía bromear diciéndole que había hecho temblar la tierra, porque era literalmente cierto: la tierra había temblado. Miró debajo del sofá para ver si se estaba cayendo a pedazos. Se levantó y golpeó las vigas con los nudillos, lo cual era una estupidez, seguramente, porque el cobertizo entero podía caérseles encima.

Le preguntó a Sara:

—¿Te acuerdas de aquel terremoto en Alabama, hace un par de años? —Él entonces estaba destinado en el norte de Georgia, en misión de vigilancia—. Fue igual, solo que más fuerte.

Sara se estaba abrochando los pantalones cortos.

—Se ha oído un ruido. En el club de campo hacen exhibiciones de fuegos artificiales. Puede que estén probando un nuevo espectáculo.

—¿A plena luz del día? —Will se acercó al banco de trabajo y cogió su teléfono.

La hora figuraba en la pantalla.

Eran las 13:49.

—No hay ninguna alerta —le dijo a Sara.

Ella también trabajaba en el GBI. Sabía que el Estado de Georgia disponía de un sistema de comunicaciones de emergencia que enviaba una alerta telefónica a todos los miembros de los cuerpos de seguridad en caso de atentado terrorista.

Will pensó en dónde estaban, en las catástrofes naturales que podían percibirse en aquellas coordenadas geográficas. Se acordó de un seminario al que había asistido, impartido por un agente del FBI que había estado en la Zona Cero. Más de una década después, aquel hombre aún era incapaz de describir con palabras la asombrosa energía cinética que se comunicaba a la tierra y se disipaba en ella al desplomarse un rascacielos.

Era como un terremoto que se saliera de la escala.

El aeropuerto de Atlanta estaba a once kilómetros del centro. Por él transitaban a diario más de doscientos cincuenta mil pasajeros.

Will miró de nuevo el teléfono. Intentó echar un vistazo a sus mensajes y correos, pero la rueda de la pantalla giraba y giraba sin cesar. Llamó a Faith, pero no se estableció la conexión. Probó con Amanda, con el mismo resultado. Marcó entonces el número de la centralita del GBI.

Nada.

Levantó el teléfono para que Sara oyera los tres tonos de llamada y a continuación el mensaje automático que avisaba de que todas las líneas estaban ocupadas. Soltó el teléfono sobre el banco. Para lo que servía, lo mismo habría dado que fuera un ladrillo.

Sara tenía una expresión angustiada.

—En Emory hay una sirena de emergencia —dijo—. Salta cuando hay una catástrofe natu…

Bum.

Will estuvo a punto de perder pie. Salió corriendo al jardín y miró al cielo. Una columna de humo negro se alzaba detrás de la línea de árboles.

No eran fuegos artificiales.

Dos explosiones.

—¡Vamos! —Echó a correr hacia el camino de entrada.

—¡Sara! —gritó Cathy desde la puerta trasera—. ¿Habéis oído eso?

Vio que Sara entraba en la casa, seguramente en busca de sus llaves. Quería que se quedara, pero sabía que ella no accedería.

Cruzó a toda prisa el empinado jardín delantero. La policía cortaría las calles. No habría dónde aparcar el coche, y seguramente llegaría antes si iba corriendo. Pensó en su pistola, guardada en la guantera del BMW de Sara. Pero si la policía local lo necesitaba para algo, sería para controlar al gentío.

Salió a la calle en el instante en que el alarido de la sirena de emergencia resonaba en el aire. La casa de Bella estaba en un tramo recto de Lullwater Road. Unos cincuenta metros más adelante, había una curva que seguía el contorno del campo de golf de Druid Hills. Con los brazos pegados al cuerpo, Will echó a correr con todas sus fuerzas hacia la curva.

Casi había llegado cuando oyó otro sonido. Esta vez no era una explosión, sino el extraño estampido sordo que producían dos automóviles al colisionar. Se oyó otro estampido. En medio del silencio que siguió, Will apretó los dientes, expectante. El pitido sostenido de un coche se sumó al lamento de la sirena de emergencia.

Hasta que dobló el recodo, no vio lo que había sucedido. Un choque múltiple: dos coches y, en medio, una camioneta azul.

El primer coche, el de delante, era un Porsche Boxter S de color rojo. Un modelo ya antiguo, con motor atmosférico de seis cilindros opuestos y un tercer radiador detrás de la rejilla de la carcasa delantera. El maletero se había abierto automáticamente y el conductor estaba desplomado sobre el volante, oprimiendo el claxon con la cara.

La camioneta que había detrás del Porsche era una Ford F-150. Las puertas se habían arrugado con el impacto y un hombre trataba de salir de la cabina por la ventanilla abierta. Otro hombre se apoyaba contra el capó, con la cara chorreando sangre.

El coche de atrás era un Chevy Malibú gris metalizado de cuatro puertas. Ni el conductor ni los dos pasajeros que iban detrás se movían.

El instinto policial de Will comenzó a asignar culpas inmediatamente. El Porsche había dado un brusco frenazo. La camioneta y el Malibú iban demasiado cerca y seguramente a gran velocidad. Si el conductor del Porsche había querido tocarle las narices al tipo de la camioneta pisando el freno era una cuestión que tendría que dilucidar el investigador de la policía de tráfico.

Will miró más allá, hacia la rotonda de North Decatur Road. Había vehículos parados en todo su contorno. Una furgoneta. Un camión pequeño. Un Mercedes. Un BMW. Un Audi. Todos ellos sin ocupantes y con las puertas abiertas de par en par. Los conductores y pasajeros estaban parados en la calle, mirando el humo que ascendía caracoleando en el azul del cielo.

Will aflojó el paso y, finalmente, él también se detuvo.

Los pájaros trinaban en los árboles. Una leve brisa agitaba las hojas. El humo procedía del campus de Emory. Estudiantes, personal, dos hospitales, la sede del FBI y del Centro de Control de Enfermedades.

—Will.

Se sobresaltó al ver el coche de Sara parado a su lado. Su BMW X5 era híbrido. El motor funcionaba con batería a baja velocidad.

—Puedo atenderlos, pero necesito que me ayudes —dijo.

Él tuvo que carraspear para volver a centrarse en el presente.

—El conductor del Porsche parece grave.

Sara salió del coche.

—El motor está perdiendo combustible —dijo, y echó a correr hacia el Porsche.

El conductor seguía caído de bruces sobre el volante. Las ventanillas estaban subidas. La capota, también.

Sara trató en vano de abrir la puerta. Golpeó la ventanilla con el puño.

—¿Señor? —El claxon seguía sonando. Sara levantó la voz—. Señor, tiene que salir del coche.

El olor a gasolina era tan intenso que a Will empezaron a escocerle los ojos. Cabía la posibilidad de que el sistema eléctrico del coche, activado por el claxon, hiciera saltar una chispa que prendiera fuego al combustible.

—Apártate —le dijo a Sara.

Llevaba en el bolsillo la navaja automática que había usado para cortar la hiedra de los árboles del jardín. Empuñándola con ambas manos, clavó la hoja de diez centímetros en la capota del coche. Parte del filo era aserrado. Trató de serrar el material, pero

40

la lona y el aislante eran demasiado gruesos. Se guardó la navaja y, con los dedos, abrió un agujero lo bastante ancho como para introducir la mano y forzar las abrazaderas. De un tirón, apartó la capota.

Giró la llave de contacto.

El claxon dejó de sonar.

Will abrió la puerta. Unos segundos después, Sara sacudió la cabeza.

—Se ha roto el cuello. No llevaba puesto el cinturón. Pero es muy extraño.

—¿El qué?

—No iban tan deprisa como para que la lesión sea tan grave. A no ser que estuviera enfermo. Y ni aun así… —Volvió a sacudir la cabeza—. No tiene sentido.

Will miró las marcas de frenada del asfalto. Eran cortas, lo que indicaba que el Porsche no iba a mucha velocidad. Se limpió el pulgar en la camiseta. La llave de contacto estaba manchada de sangre. Y también el tirador interior de la puerta, a pesar de que no había muchas manchas de sangre en el resto del vehículo. En el asiento delantero había unos papeles desparramados.

—¿Señora?

El conductor de la F-150 estaba detrás del Porsche. Era un montañés prototípico, con el pelo largo y grasiento y una barba a lo ZZ Top: uno de esos hombres que todos los días bajaban de las montañas para construir terrazas de madera o instalar pladur. Se rascaba la cabeza arrancándose pedazos de cuero cabelludo.

—¿Es enfermera?

—Soy doctora. —Sara le apartó suavemente la mano para examinarlo—. ¿Está mareado o nota náuseas, señor…?

—Merle. No, señora.

Will miró el asfalto. Había un rastro de sangre entre la camioneta y el Porsche. Así pues, Merle se había acercado a echar un vistazo al conductor y luego había vuelto a su camioneta. Lo que no tenía nada de sospechoso. Aunque, por otro lado, las intuiciones de Sara solían dar en el clavo. Si ella pensaba que había algo raro, es que había algo raro.

De modo que, ¿qué estaba pasando por alto?

—¿Qué ha pasado? —preguntó al conductor de la camioneta.

—Ha estallado una tubería de gas. Salimos pitando de allí.

Era un paleto a lo Lynyrd Skynyrd. Will notaba el olor a tabaco que desprendía a tres metros de distancia. El tipo señaló el Malibú.

—Deberían echarle un vistazo a esa gente —dijo—. El del asiento de atrás no tiene buena cara.

Sara se dirigió al sedán. Will la siguió, aunque sabía que no necesitaba su ayuda. Las sospechas de Sara habían disparado sus alarmas. Miró a un lado y otro de la calle. Los vecinos habían salido a sus puertas, pero nadie hacía intento de acercarse. El humo de las explosiones había impregnado el aire de un olor a carbón.

—Mi amigo necesita ayuda.

El conductor del Chevy Malibú salió tambaleándose del coche. Vestía el uniforme azul de los guardias jurados de la universidad. Abrió la puerta de atrás. Uno de los pasajeros estaba recostado en el asiento. También vestía uniforme azul.

—Es doctora —explicó Merle.

El conductor del Chevy le dijo a Will:

—Ha estallado la tubería del gas en un solar en obras.

—¿Dos veces? —preguntó Will—. Hemos oído dos explosiones.

—No sé, tío. A lo mejor ha estallado también otra cosa. Ha saltado todo por los aires.

—¿Hay víctimas?

El hombre negó con la cabeza.

—Los albañiles no trabajan los fines de semana, pero están evacuando el campus por si acaso. Se ha armado la de Dios cuando han saltado las alarmas.

Will no le preguntó por qué, si era guardia de seguridad en Emory, no estaba ayudando a evacuar el campus. Echó un vistazo al horizonte. La columna de humo había adquirido un extraño color azul marino.

—¿Señor? —Sara se había arrodillado junto a la puerta abierta del coche para poder hablar con el hombre del asiento de atrás—. Señor, ¿se encuentra bien?

—Se llama Dwight —dijo el conductor—. Yo soy Clinton.

—Y yo Vince —añadió el conductor de la camioneta.

Will se dio por enterado levantando la barbilla. Por fin oyó las sirenas de los coches patrulla que circulaban a toda velocidad por Oakdale Road, la calle paralela a Lullwater. Un helicóptero ambulancia blanco cruzó el cielo en la misma dirección. A lo lejos se oía el bramido de los coches de bomberos. Por la calle de Bella no pasaba ningún vehículo de emergencia. Probablemente había habido otro accidente en la esquina de Ponce de León, al otro extremo de Lullwater. A saber cuánta gente habría frenado de golpe al oír las explosiones.

Pero ¿por qué aquel accidente en concreto presentaba un aspecto tan extraño?

—¿Dwight? —dijo Sara, incorporando al hombre.

Las ventanillas tintadas eran casi opacas. Will alcanzó a ver por encima de la puerta que la cabeza de Dwight caía a un lado, inerme. Debajo de los párpados hinchados asomaba, como hueso, el blanco de sus ojos. Le goteaba sangre de la nariz. Él tampoco llevaba puesto el cinturón de seguridad. Seguramente se había golpeado con el asiento de enfrente.

—Hay que sacarlo de aquí —dijo Clinton en otro tono de voz: de pronto parecía asustado—. Llevarlo al hospital. Emory está cerrado. Las urgencias también. Lo han cortado todo, tío. ¿Qué cojones vamos a hacer?

Will le puso una mano en el hombro para tranquilizarlo.

—¿Puede decirme qué ha pasado exactamente?

—¿No te lo acabo de decir? —replicó Clinton, levantando los brazos para sacudirse de encima su mano—. ¿Es que no ves el humo, colega? Que se ha liado una de la hostia, eso es lo que ha pasado. Y ahora este accidente, y no podemos salir de aquí. ¿Crees que mandarán una ambulancia para mi amigo? ¿Crees que me detendrá la poli por chocarme con esa mierda de camioneta?

—Clinton, no es culpa de nadie —dijo otra voz.

El segundo pasajero del asiento de atrás. Unos treinta y cinco años, bien afeitado. Camiseta y vaqueros. Tenía las manos entrelazadas y apoyadas en el techo del coche.

Will sintió que el peligro irradiaba de él como el calor del sol.

¿Qué estaba pasando por alto?

—Soy Hank —le dijo el hombre.

Will lo saludó con un cauto ademán, inclinando la cabeza, pero no le dijo su nombre. Era extraño que aquellos tipos se identificaran. Y que el conductor del Porsche se hubiera roto el cuello. Y, sobre todo, que Hank pareciera tan tranquilo inmediatamente después de tener un accidente de coche en el que uno de sus amigos había resultado herido de gravedad.

Uno no mostraba tanto aplomo a no ser que creyera tenerlo todo perfectamente controlado.

—Hemos oído otra explosión —dijo Hank— y el tío del coche rojo se ha parado de golpe. —Chasqueó los dedos—. La camioneta ha chocado con el coche rojo y nosotros con la camioneta y…

—¿Will?

El tono de voz de Sara también había cambiado. Le tendía el llavero con el mando de su BMW. Will advirtió que le temblaba ligeramente la mano. Había sido médica de urgencias durante años. Nunca perdía los nervios.

¿Qué estaba pasando por alto?

—Necesito que me traigas mi maletín de la guantera del coche —dijo ella.

—Puedo traerlo yo —se ofreció Merle.

Will cogió el llavero. Sus dedos rozaron los de Sara. Sintió un sobresalto de angustia al comprender lo que le había pedido expresamente.

Sara guardaba su maletín médico en el maletero, porque no cabía en la guantera. Y porque además era allí donde Will guardaba su pistola cuando no la llevaba encima.

No le estaba pidiendo que fuera a buscar el maletín.

Le estaba diciendo que fuera por su pistola.

Will sintió de pronto la boca llena de saliva. Como dardos en una diana, sus pensamientos cercaban el blanco sin dar en él. Había oído la primera colisión mientras corría hacia el recodo de la calle. En ese instante no había habido ninguna explosión. Luego había escuchado otro golpe, al chocar el Malibú con la parte de atrás de la camioneta. El claxon del Porsche había empezado a sonar cinco segundos después, como mínimo.

Cinco segundos era mucho tiempo.

En cinco segundos, podía uno bajarse de una camioneta, abrir la puerta de un Porsche y partirle el cuello a su conductor. Lo que explicaría el rastro de sangre que conducía de la camioneta al coche.

Dos guardias de seguridad de Emory que habían escapado en vez de cumplir con su trabajo. Un tipo vestido para pasar desapercibido. Dos, ataviados como cualquier obrero de los que se veían por Atlanta. Podían no conocerse entre sí, pero no era el caso.

Eso era lo que estaba pasando por alto: aquellos hombres formaban parte de un equipo.

Y de un equipo muy bueno, a juzgar por la precisión de sus movimientos. Sin que Will se diera cuenta, los habían colocado a Sara y a él en el centro de un triángulo táctico.

Clinton estaba detrás de ellos.

Hank, delante.

Y en el vértice entre Will y su pistola estaban Vince y Merle.

Dwight había quedado fuera de combate, pero Hank, que cojeaba, estaba rodeando el coche por detrás para situarse junto a Sara.

Will se rascó la mandíbula mientras buscaba mentalmente los puntos débiles del triángulo.

No había ninguno.

Iban todos armados. El arma de Hank no era visible, pero un tipo así siempre iba armado. El bulto que tenía Vince a la altura del tobillo era sin duda el de un revólver oculto. Clint llevaba en el cinto la Glock del uniforme de guardia de seguridad. Merle tenía un revólver metido en la cinturilla del pantalón, a la altura de los riñones: Will vio la silueta de la empuñadura cuando el tipo cruzó los brazos sobre el ancho pecho. Tenía la postura típica de un poli: los pies separados y bien plantados en el suelo y el coxis curvado hacia fuera, porque el cinturón del uniforme pesaba cerca de trece kilos y te hacía polvo la espalda.

Los demás tenían la misma postura.

—Échanos una mano, grandullón —dijo Clinton, que de pronto ya no parecía aturdido. Le hizo señas de que lo ayudara a sacar a Dwight del coche—. Vamos.

—¡Esperen! —dijo Sara—. Podría tener una lesión medular o…

—Disculpe, señora. —Merle no la apartó, pero se pegó a ella, obligándola así a retirarse.

Clinton y él sacaron a Dwight del coche. Era un peso muerto. Sus pies chocaron contra el asfalto, hasta que por fin se apoyaron en él, planos como los de un pato.

Will lanzó una mirada a Sara. Ella no lo estaba mirando. Miraba a su alrededor, tratando de decidir si podía huir o no. Hank estaba de pie a su lado. Muy cerca. Los jardines delanteros de las casas eran como campos de fútbol, en su mayoría. Si echaba a correr, nada impediría a aquel tipo pegarle un tiro por la espalda.

De modo que tendría que dispararle Will antes de que eso sucediera.

—Traeré tu maletín —le dijo a Sara.

No intentó cruzar una mirada con ella. Clavó la vista en Hank, advirtiéndole en silencio de que, si le tocaba un solo pelo a Sara, le arrancaría la piel de la cara a tiras.

Algo menos de diez metros lo separaban del BMW. Sara había aparcado el coche atravesado en la calle para advertir del peligro al tráfico que pudiera venir en esa dirección. Will avanzó con la prisa justa para mantenerse alejado de Merle y Clinton, que arrastraban a Dwight entre los dos.

Sintió que el calor abandonaba su cuerpo. El latido de su corazón se aquietó hasta hacerse pausado y rítmico. Algunas personas solo se tranquilizaban cuando se sentían dueñas de la situación. Él, en cambio, se había sentido vapuleado por los acontecimientos en tantas ocasiones a lo largo de su vida que era capaz de hallar calma en medio del caos. Aguzó el oído. Oía un arrastrar de pies, gruñidos, sirenas y bocinas de coches. Sara no decía nada. Al menos, con palabras. Porque Will sentía, en cambio, sus ojos clavados en él como un rayo tractor que intentara atraerlo de vuelta hacia sí.

¿Cómo coño había permitido él que pasara esto?

Se miró la mano. Había una llave plegable oculta dentro del mando. Will la sacó y, tomando ejemplo de Faith, que siempre llevaba la llave más larga de su llavero sobresaliendo como un cuchillo entre los dedos del puño cerrado, pensó en usar la llave para rajarle el gaznate a Hank. Seguro que no estaría tan tranquilo cuando tuviera la laringe colgando debajo de la barbilla.

Hijo de puta.

No solo querían llevarse el BMW, lo que habría sido tarea fácil: solo tenían que sacar las armas, subir al coche de un salto y escapar. Para eso no hacía falta decir ni una palabra. Y en cambio aquellos tipos no habían parado de hablar. Les habían dicho sus nombres, una táctica elemental de interrogatorio: trabar conocimiento con el sujeto. Les habían contado una milonga acerca de una tubería de gas que había estallado. Su colega estaba herido, inconsciente. No podían llevarlo a un hospital, pero necesitaban ayuda médica urgente.

Iban a llevarse a Sara.

Todos los músculos del cuerpo de Will se tensaron, contraídos por una furia muy concreta. Tenía los nervios electrizados. La vista, clara como el cristal. Sus pensamientos se deslizaban por el filo de una navaja.

La navaja automática en el bolsillo.

La llave entre los dedos.

La pistola en la guantera.

No podía meterse la mano en el bolsillo, pulsar el botón de la navaja y abrirla a tiempo de hacer nada, salvo dejarla caer cuando le pegaran un tiro.

La llave solo le serviría en el combate cuerpo a cuerpo, y no tenía ninguna oportunidad de vencer: eran dos contra uno.

Tenía que coger la pistola.

Cuatro policías o expolicías armados. Cinco, quizá, si Dwight volvía en sí. Will no lo había comprobado, pero era probable que llevara también una Glock en el cinto, como parte del uniforme de guardia de seguridad. Como parte del disfraz.

Una pistola de verdad, aun así.

Podía fingir que ayudaba a meter a Dwight en el coche y agarrar entonces la Glock. Pero incluso a una distancia tan corta tendría que ser muy rápido. Disparar primero a Clinton, que llevaba la pistola a la altura de la cadera, y luego a Merle porque tardaría más en echar mano del revólver que llevaba detrás, metido en la cinturilla de los pantalones.

Los instructores de la galería de tiro siempre les recomendaban disparar únicamente para detener al contrario, pero el hecho de que Sara estuviera en peligro cambiaba las normas.

Dispararía con intención de matar a todos y cada uno de aquellos cabrones.

Por fin llegó al BMW. Abrió la puerta y se inclinó hacia el asiento del copiloto. Metió la llave en la cerradura de la guantera. Levantó la vista para localizar a Sara.

Y se quedó helado.

Literalmente helado, como si una aguja de hielo seco penetrara en su torrente sanguíneo acalambrándole los músculos y rompiendo sus tendones. Sintió en los huesos un temblor extraño, antinatural. Todas las tácticas que había considerado se evaporaron de pronto, por obra de una sola cosa.

Miedo.

Sara ya no estaba de pie. Estaba de rodillas, de cara a él. Tenía los dedos entrelazados detrás de la cabeza, en la postura que la policía obligaba a adoptar a los sospechosos para cachearlos y ponerles las esposas.

Hank estaba en pie detrás de ella. Muy cerca había otra mujer. Separada de él, no a su lado. Tenía el cabello corto y muy rubio, casi blanco, y las mejillas hundidas. Se sujetaba los pantalones desabrochados con ambas manos. La sangre manchaba las costuras interiores de los pantalones, dibujando entre sus piernas una siniestra «V» invertida. Miraba a Will, suplicándole con los ojos que pusiera fin a aquello.

Michelle Spivey.

La científica secuestrada un mes antes. La que trabajaba en el Centro de Control de Enfermedades.

La explosión no la había producido una fuga de gas.

Había sido un atentado.

—¡Está bien! —le gritó Hank a Will—. Quiero que saques muy lentamente la cabeza del coche y pongas las manos en alto.

Se había sacado una pistola del bolsillo: una PKO-45. El cañón era tan corto que apenas se extendía más allá de su dedo, que tenía apoyado sobre el seguro del gatillo como un policía. El cargador asomaba por debajo de su puño. Una pistola pequeña pero potente. Un cañón de bolsillo, la llamaban, capaz de romperle el cráneo y volarle los sesos a una mujer.

A Sara.

Porque era a ella, a su cráneo, donde apuntaba.

Will sintió que un malestar físico se adueñaba de su cuerpo. Obedeció. Levantó lentamente las manos. Miró a Sara y vio que le temblaba el labio y que tenía los ojos llenos de lágrimas. Su miedo era tan palpable que Will sintió que un puño le exprimía la sangre del corazón.

Merle le puso el revólver en el costado.

—No queremos líos contigo, grandullón. Solo tenemos que llevarnos prestada a la doctora. Ya te la devolveremos cuando sea.

Will miró la sangre que chorreaba entre las piernas de Michelle. Abrió la boca, pero no consiguió tomar aire. El sudor le corría por los lados de la cara. Miró el revólver Smith and Wesson que se le clavaba en las costillas. ¿Podría apoderarse de un arma si le pegaban un tiro en las tripas? ¿Le daría tiempo a cubrir a Sara para que huyera?

¿Huir de cuatro hombres armados y sin ningún lugar donde cobijarse?

Esquirlas de cristal llenaron su garganta, y luego su pecho y sus pulmones.

Iban a llevarse a Sara.

Iban a matarlo a él.

No había nada que pudiera hacer, salvo ver cómo sucedía o precipitar los hechos.

Clinton metió a Dwight en la parte de atrás del BMW. Dwight, inconsciente aún, cayó de lado. Su pistolera estaba vacía. Vince estaba demasiado lejos para que Will pudiera quitarle el arma. Ya se había sentado al volante del coche de Sara. El mando del coche estaba dentro, de modo que pudo encender el vehículo apretando el botón. La batería se encendió, pero no el motor.

Vince se rio.

—Robar un híbrido… Esto es de coña.

Will obligó a sus manos temblorosas a estarse quietas. Expulsó el miedo de sí con una oleada de rabia. Aquello no podía suceder. No permitiría que hicieran daño a Sara. Se comería las balas de todas aquellas armas si hacía falta, con tal de detenerlos.

—Cuidado, hermano —le advirtió Clinton, con la mano apoyada en la culata de su Glock.

—Soy policía —dijo Will—. Vosotros también. Esto no tiene por qué torcerse.

—Necesitamos un médico —gritó Hank desde el otro lado del abismo que separaba a Will de Sara—. No te lo tomes a mal, hermano. Ha sido mala suerte. Vamos, señora. Suba al coche.

Hank intentó levantar a Sara, pero ella se apartó violentamente.

—No. —A pesar de que su voz era baja, pareció que gritaba—. No pienso ir con ustedes.

—Señora, lo que ha estallado en el campus no era una tubería de gas. —Hank miró a Will—. Acabamos de hacer saltar por los aires a decenas de personas, puede que a cientos. ¿Crees que me importa una mierda mancharme las manos con vuestra sangre?

Will vio la angustia reflejada en el rostro de Sara. Estaba pensando en los hospitales, en los enfermos, en los niños, en el personal que acababa de perder la vida.

A Will no le importaba ninguna de esas personas. Solo le importaba Sara. Aquellos hombres eran asesinos, mataban a sangre fría. Si se la llevaban, al cabo de unas horas estaría muerta. Si se negaba a acompañarlos, moriría allí mismo, arrodillada en el suelo.

—No —repitió Sara.

Había hecho los mismos cálculos que Will. Le corrían lágrimas por la cara, pero ya no parecía asustada. Evidentemente, se había resignado a lo que iba a suceder a continuación.

—No voy a ir con ustedes. No voy a ayudarlos. Tendrán que matarme.

A Will le escocían los ojos, pero no podía apartar la mirada de ella.

Asintió con la cabeza.

Sabía que Sara hablaba en serio.

Y sabía por qué motivo hablaba en serio.

—¿Y si la mato a ella? —preguntó Hank, acercando la pistola a la cabeza de Michelle Spivey.

La mujer no se movió. No gritó. Solo dijo:

—Hazlo. Adelante, cobarde de mierda.

Clinton se rio, a pesar de que la mujer parecía tan resignada a su suerte como Sara.

—Sigues creyendo que eres un buen tipo —añadió Michelle, volviendo la cabeza hacia Hank. Seguía sujetándose los pantalones, pero había cerrado los puños con fuerza—. ¿Qué va a decir tu padre cuando se entere de cómo eres de verdad?

Hank empezó a perder su aplomo. Las palabras de Michelle habían dado en el blanco. Había pasado un mes con aquellos hombres. Estaba claro que conocía sus puntos flacos.

—Te oí hablar de él, decías que es tu héroe, que querías hacer que se sintiera orgulloso —continuó—. Está enfermo. Se va a morir.

Hank apretó los dientes.

—En su lecho de muerte, sabrá la clase de monstruo que ayudó a traer al mundo.

Clinton se rio otra vez.

—Joder, tía, te oigo hablar así y me entran ganas de probar lo prieto que tiene tu hija el coño.

Siempre hay un instante anterior cuando las cosas se tuercen.

Una décima de segundo.

Un parpadeo.

Will había vivido suficientes situaciones de peligro para reconocer ese instante. Cambiaba el aire. Lo notabas al respirar, como si tus pulmones recibieran más oxígeno, o ese porcentaje de tu cerebro que permanecía siempre inactivo despertara de pronto y comenzara a procesar, preparándote para lo que iba a suceder.

Esto fue lo que sucedió:

El dedo de Hank pasó del seguro al gatillo.

Pero la pistola no apuntaba a Michelle Spivey cuando lo apretó. Tampoco apuntaba a Sara. El brazo de Hank había descrito un arco y ahora apuntaba al hombre que había bromeado con violar a una niña de once años.

Y entonces…

Nada.

Solo una sucesión de chasquidos metálicos. Clic, clic, clic.

Ese era el problema de los cañones de bolsillo: la pelusa que se acumulaba en los bolsillos.

La pistola se había encasquillado.

Clinton gritó:

—¡Hijo de…!

Todo se ralentizó.

Clinton sacó la Glock de su funda.

Merle hizo amago de detenerlo, y Will sintió un dulce alivio cuando la Smith and Wesson se separó de sus costillas.

Agarró el revólver. Fue casi sencillo, porque no era esa la pistola que preocupaba a Merle en aquel instante.

Las Smith and Wesson no se encasquillaban. Aquel revólver de seis balas era una de las armas más fiables del mercado. En cuanto a su precisión, dependía de quién disparara y de la distancia. Will era un buen tirador. Y hasta un niño de tres años podía matar a un hombre a bocajarro.

Eso fue justamente lo que hizo Will.

Merle se desplomó, dejando a Will vía libre para disparar a Vince, que estaba echando mano de la pistolera que llevaba en el tobillo cuando abrió fuego. Le hirió y aquel cerdo cayó fuera del coche.

Uno muerto. Otro herido. Quedaban Dwight, Hank, Clinton…

Will vio por el rabillo del ojo que algo se movía.

Clinton se abalanzó sobre él, derribándolo. Will soltó el revólver. Su cabeza chocó contra la acera. Clinton no le golpeó la cara. No se mataba a un hombre rompiéndole el cráneo. Se le mataba reventándole los órganos internos.

Will tensó los músculos para defenderse de los puñetazos que arreciaban sobre su abdomen. El dolor era tan agudo que amenazaba con inmovilizarlo. Pero aquella no era la primera paliza que recibía. No se sirvió de las manos para parar los golpes. Metió la mano en el bolsillo. Encontró la navaja automática. Pulsó el botón. La hoja se abrió con un chasquido.

Will lanzó un tajo a ciegas, abriendo una raja en la frente del hombre.

—¡Dios! —Clinton retrocedió. La sangre le cubría los ojos. Alzó las manos en posición de combate.

A la mierda el combate. Las peleas limpias no existían: no había tal cosa.

Will le hundió la hoja de diez centímetros en la entrepierna.

Clinton se quedó sin respiración. Su cuerpo se contrajo. Cayó al suelo tosiendo, escupiendo con un sonido sibilante.

Will pestañeó, intentando aclararse la vista. Le corría sangre por el cuello.

Oyó cerrarse las puertas de un coche. El sonido retumbó como un timbal.

¿Había gritado Sara su nombre?

Will rodó, poniéndose de lado. Intentó levantarse. Se le vino un vómito a la boca. Le ardían las tripas. Solo consiguió ponerse de rodillas. Cayó de bruces. Tomó aire y una punzada de dolor recorrió su cuerpo. Intentó de nuevo ponerse de rodillas.

Vio entonces un par de botas de trabajo delante de él. Las punteras de acero estaban manchadas de sangre. Vio que una de las botas se echaba hacia atrás. Esperó que descargara el golpe y se agarró con ambos brazos a la pierna.

Caer y rodar.

Cayeron al suelo como un mazo.

Pero no era Clinton.

Era Hank.

Will consiguió echarse encima de él y sujetarlo. Comenzó a golpearlo en la cara furiosamente, una y otra vez. Iba a hundirle los ojos en el cráneo a puñetazos. Iba a matarlo por ponerle a Sara una pistola en la cabeza. Mataría a todos aquellos hijos de perra.

—¡Will! —gritó alguien.

Parecía la voz de Sara, aunque algo distinta.

—¡Para!

Levantó los ojos.

No era Sara.

Era su madre.

Cathy Linton sostenía una escopeta de dos cañones con ambas manos. Will sintió el calor que se desprendía de la boca del cañón. Uno de los gatillos ya se había disparado. El otro estaba amartillado y listo para disparar.

Cathy miró calle arriba.

El BMW derrapó al tomar la curva a toda velocidad. Will se dejó caer al suelo. Seguía notando que el cerebro le bailaba dentro de la cabeza. El vómito le quemaba aún la garganta. Intentó contar las cabezas que iban dentro del coche.

¿Cuatro?

¿Cinco?

Miró hacia atrás, temiendo ver el cuerpo sin vida de Sara.

—¿Dónde…?

—Se la han llevado —sollozó Cathy—. Se la han llevado, Will.

CAPÍTULO 3

Domingo, 4 de agosto, 13:33 horas

Faith Mitchell consultó su reloj mientras fingía estudiar el plano del Edificio Federal Russell en el gigantesco monitor de vídeo que ocupaba la parte delantera del aula. El pelmazo del servicio de los Marshals estaba repasando el plan de transporte que otro pelmazo de los Marshals ya había explicado una hora antes.

Faith paseó la mirada por la sala. No era la única a la que le estaba costando concentrarse. Los treinta asistentes a la reunión, pertenecientes a diversas ramas de los servicios de seguridad del Estado, languidecían detrás de sus respectivas mesas. El ayuntamiento de la ciudad, en su sabiduría, apagaba el aire acondicionado de todos los edificios administrativos durante los fines de semana. En pleno agosto. Con ventanas que no se abrían para que nadie pudiera saltar al vacío por el simple placer de sentir el viento en la cara mientras se precipitaba hacia una muerte segura.

Faith miró su dosier. Una gota de sudor se desprendió de la punta de su nariz y emborronó las letras. Ya había leído el dosier en su totalidad. Dos veces. El pelmazo del *marshal* era el quinto ponente que hablaba en las últimas tres horas. Faith quería prestar atención. De veras que quería. Pero si oía a una sola persona

56

más llamar a Martin Elias Novak un «recluso de alto valor», se pondría a gritar.

Fijó la mirada en el reloj que había en la pared, encima del monitor de vídeo.

Las 13:34.

Habría jurado que el segundero retrocedía en vez de avanzar.

—Así que el coche de seguimiento irá aquí. —El *marshal* señaló el rectángulo del extremo de la línea de puntos, marcado convenientemente con la etiqueta *coche de seguimiento*—. Quiero recordarles de nuevo que Martin Novak es un recluso de valor extremadamente alto.

Faith procuró no soltar un bufido. Hasta Amanda empezaba a perder la compostura. Seguía sentada muy tiesa en su silla, aparentemente atenta, pero Faith sabía por experiencia que era capaz de dormir con los ojos abiertos. Su madre era igual. Las dos habían ascendido juntas dentro del Departamento de Policía de Atlanta y poseían una capacidad de adaptación extraordinaria, como dinosaurios que hubieran evolucionado hasta ser capaces de utilizar herramientas y reenviar memes de hacía dos meses que ya ni siquiera eran memes.

Faith abrió su portátil. Tenía ocho pestañas abiertas en el navegador. Todas ellas ofrecían consejos acerca de cómo llevar una vida más eficiente. Las cerró todas. Era madre soltera, tenía una hija de dos años en casa y un hijo de veinte en la universidad. La eficiencia era una meta inalcanzable para ella. Igual que dormir de un tirón, comer sin interrupciones, usar el cuarto de baño con la puerta cerrada, leer un libro sin tener que enseñar las ilustraciones a todos los animalitos de peluche de la habitación, respirar hondo o caminar en línea recta.

O pensar.

Sentía una necesidad urgente de recuperar su cerebro, ese cerebro anterior al embarazo que sabía cómo comportarse como una adulta hecha y derecha. ¿Había sido igual con su hijo? Solo tenía quince años cuando dio a luz a Jeremy, y en aquel momento no prestó atención a los cambios que estaba sufriendo su cerebro. Estaba demasiado absorta llorando la ausencia del padre de Jeremy, al que sus padres enviaron al norte a vivir con unos familiares para que el bebé no arruinase su futuro prometedor.

Después de tener a Emma, era mucho más consciente de los cambios no tan sutiles que habían experimentado sus capacidades intelectivas. Sabía, por ejemplo, que podía hacer varias cosas a la vez, pero que a duras penas era capaz de centrarse en una sola tarea. Que los sentimientos de ansiedad e hipervigilancia que conllevaba su profesión se habían amplificado exponencialmente. Que nunca llegaba a dormirse del todo, porque tenía siempre el oído atento. Que el sonido del llanto de Emma podía hacer que le temblasen las manos y los labios, y que a veces la lucecita nocturna del cuarto de Emma hacía brillar las tiernas y delicadas hebras de las pestañas de su hija, y que en esos instantes el corazón se le llenaba de amor hasta rebosar y acababa sollozando a solas en el pasillo.

Sara le había explicado científicamente aquellos cambios de humor. Le había dicho que durante el embarazo y el periodo de lactancia, el cerebro de una mujer se inundaba de hormonas que alteraban la materia gris de las regiones involucradas en los procesos sociales, intensificando su empatía para crear un vínculo profundamente íntimo con el bebé.

Lo cual estaba muy bien, porque si otro ser humano te tratara como te trataba un bebé —te arrojara comida a la cara, te interrogara por cada uno de tus gestos, desplegara todo el rollo de papel de aluminio, te gritara por las cucharas y los tenedores, te hiciera limpiarle el culo, se te meara en la cama, en el coche o en tu persona mientras le limpiabas el pipí, te exigiera que le repitieras cada cosa dieciséis veces como mínimo y luego te chillara por hablar demasiado—, seguramente acabarías matándolo.

—Veamos ahora el perímetro táctico que hemos creado en las calles de la zona oeste —dijo el *marshal*.

Faith parpadeó muy, muy despacio. Necesitaba algo, aparte de Emma y el trabajo. Su madre, Evelyn, lo llamaba eufemísticamente «un equilibrio entre vida y trabajo», pero en realidad no era más que una forma educada de decirle que le hacía falta echar un polvo.

A lo que Faith no se oponía.

El problema era encontrar un hombre. No pensaba salir con un poli porque, si salías con uno, todos los polis del cuerpo llegaban a la conclusión de que podían ligar contigo. Y Tinder estaba descartado, porque los tíos que no parecían estar casados tenían pinta de que deberían estar encadenados a un banco a la puerta de un juzgado. Había probado en Match.com, pero ni uno solo de los pringados por los que se sentía mínimamente atraída superaba un chequeo a fondo de sus antecedentes. Lo que no decía gran cosa acerca de las páginas de contactos de Internet y sí mucho acerca del tipo de hombres que la atraía.

A ese paso, echaría un polvo el día que las ranas criaran pelo.

—Bien —dijo el *marshal* dando una fuerte palmada. Una palmada demasiado fuerte—. Ahora, repasemos la biografía de Martin Elias Novak. Sesenta y un años, viudo con una hija, Gwendolyn. Su mujer murió al dar a luz. Novak sirvió en el ejército como experto en explosivos, aunque no puede decirse que fuera muy experto: en el 96 se voló dos dedos de la mano izquierda. Le dieron la baja definitiva y posteriormente desempeñó trabajos esporádicos en empresas de seguridad. En 2002 estuvo en Irak como integrante de una fuerza de mercenarios privada. En 2004 sabemos que se unió a unos veteranos amigos suyos en una patrulla fronteriza ciudadana, en Arizona.

El *marshal* juntó las puntas de los dedos e inclinó lentamente la cabeza.

—Fue allí donde le perdimos la pista. Eso fue en 2004. Novak desapareció por completo del mapa. Cerró sus cuentas bancarias y desde entonces la actividad de sus tarjetas de crédito fue nula. Canceló sus contratos de suministros, se marchó de la casa que tenía alquilada y los cheques de su pensión por discapacidad empezaron a devolverse por no encontrarse al destinatario. Novak se convirtió en un fantasma hasta 2016, cuando apareció de pronto en nuestro radar con un nuevo oficio: robar bancos.

Faith observó que el *marshal* se había saltado una pieza importante del rompecabezas, igual que todos los ponentes anteriores habían omitido ese llamativo detalle en las reuniones previas.

Novak era un chalado que se oponía cerrilmente a toda autoridad gubernamental. Y no solo porque se resistiera a pagar impuestos o a que le dijeran lo que tenía que hacer. Qué demonios, a ningún americano que tuviera sangre en las venas le agradaban esas cosas. Durante el tiempo que había pasado con aquella presunta patrulla fronteriza ciudadana, su rebeldía había ascendido a otro nivel. Convivió seis meses con un grupo de hombres que creían comprender la Constitución mejor que nadie. Y que para colmo estaban dispuestos a empuñar las armas y tomar cartas en el asunto.

Lo que significaba que, gracias a todos esos atracos en bancos, alguien en alguna parte disponía de medio millón de pavos con los que contribuir a la causa.

Y a nadie en aquella sala parecía importarle una mierda.

—Muy bien. —El *marshal* volvió a dar una palmada y alguien en la primera fila se sobresaltó dando un respingo—. El agente especial Aiden Van Zandt, del FBI, nos hablará ahora del motivo por el que se considera a Novak un recluso de alto valor.

Faith notó que ponía los ojos en blanco.

—Gracias, *marshal*.

El agente Van Zandt tenía más pinta de Humperdinck que de Westley. Faith no se fiaba de los hombres con gafas. Pero al menos Van Zandt no dio palmadas, ni los aburrió con un largo preámbulo. Se volvió hacia el monitor y dijo:

—Fijémonos en el vídeo. Novak es el primero que cruza la puerta. Como verán, le faltan dos dedos de la mano izquierda.

El vídeo se puso en marcha. Faith se inclinó hacia delante en su asiento. Por fin una novedad. Había leído todos los informes policiales, pero aún no había visto ninguna grabación.

La pantalla mostraba el interior de un banco a todo color.

Viernes, 24 de marzo de 2017, 16:03 horas.

Cuatro cajeros en las ventanillas. Una docena, mínimo, de clientes haciendo cola. Seguramente había habido mucho trasiego todo ese día: gente que iba a cobrar su paga antes del fin de semana. No había luna de seguridad ni barrotes en el mostrador de caja. Una oficina suburbana, la de Wells Fargo a las afueras de Macon, donde la banda de Novak había dado su último golpe.

En la pantalla, todo sucedía muy deprisa. Faith apenas vio a Novak cruzar la puerta, a pesar de que iba vestido con traje táctico de arriba abajo, todo de negro, y se cubría la cara con un pasamontañas. Llevaba el AR-15 del lado derecho y una mochila colgada del hombro izquierdo. Le faltaban el dedo anular y el meñique de la mano izquierda.

El guardia de seguridad entraba en plano por su derecha. Pete Guthrie, divorciado, padre de dos hijos. Se echaba mano a la pistola, pero el AR entraba en acción y Pete Guthrie caía muerto.

Alguien en la sala gruñó como si acabara de ver una película y no el fin de una vida humana.

Los demás integrantes de la banda de Novak entraban en tromba en el banco y ocupaban rápidamente sus posiciones. Seis individuos, todos ellos vestidos con la misma ropa táctica negra y blandiendo fusiles de asalto AR-15, que en Georgia abundaban tanto como los melocotones. Aunque la grabación no tenía sonido, Faith veía las bocas abiertas de los clientes al gritar. Otra persona caía abatida por los disparos: una mujer de setenta y dos años, abuela de seis nietos, llamada Edatha Quintrell, que, según las declaraciones de los testigos, no se arrojó al suelo con suficiente rapidez.

—Procedimiento militar —comentó alguien innecesariamente.

Innecesariamente porque saltaba a la vista que aquellos sujetos formaban una unidad táctica. Menos de diez segundos después de cruzar la puerta, ya estaban abriendo los cajones de los cajeros, tirando a un lado las bolsitas de tinte de seguridad escondidas entre los billetes y metiendo el dinero en bolsas de lona blancas.

—Revisamos las grabaciones de los cuatro meses anteriores tratando de dar con algún individuo que se encargase de vigilar el día a día en el banco, pero no encontramos nada —prosiguió Van Zandt, y señaló a Novak—. Fíjense en el cronómetro que lleva en la muñeca. La comisaría más próxima está a doce minutos. La patrulla más cercana, a ocho. Sabe al segundo de cuánto tiempo disponen. Todo estaba planeado.

No entraba en sus planes, sin embargo, que uno de los clientes fuera un agente de policía que ese día no estaba de servicio. Rasheed Dougall, un patrullero de veintinueve años, se pasó por el banco antes de ir al gimnasio. Vestía pantalones rojos de baloncesto y camiseta negra. Faith lo localizó al instante en la esquina inferior derecha de la imagen. Tirado boca abajo en el suelo con las manos sobre la cabeza, pero con la bolsa de deporte al lado. Faith sabía lo que ocurría a continuación. Rasheed sacaba de la bolsa una pistola Springfield pequeña y compacta y disparaba en el pecho al atracador que tenía más cerca.

Dos disparos al centro de masa, como les enseñaban en los entrenamientos.

Rasheed rodaba por el suelo y abatía a un segundo atracador de un disparo a la cabeza. Estaba apuntando a un tercero cuando una bala disparada por Novak le volaba la mitad inferior de la cara.

Novak no daba muestras de inmutarse ante aquella carnicería repentina. Echaba fríamente una mirada al cronómetro. Su boca se movía. Según las declaraciones de los testigos, les decía a sus hombres…

Venga, chicos, a recoger.

Los cuatro hombres restantes se ponían en movimiento y, divididos en parejas, sacaban a rastras a sus cómplices caídos.

Novak recogía las bolsas de lona blanca llenas de dinero. Luego hacía su gesto característico: metía la mano en su mochila, sacaba una bomba casera y la sostenía en alto para que todos los presentes la vieran. La bomba no tenía como fin volar la caja fuerte. La detonaría una vez el coche estuviera fuera del alcance de su onda expansiva. Pero, antes de marcharse, aseguraría las puertas con una cadena para que nadie pudiera salir.

Como plan delictivo, era muy sólido. Los pueblos pequeños no disponían de servicios de emergencia suficientes para ocuparse de más de un incidente a la vez. Una explosión en el banco, con heridos que intentaban salir por las puertas y las ventanas rotas, era el mayor desastre que verían nunca los vecinos de la localidad.

En la pantalla, Novak pegaba la bomba a la pared. Faith sabía que se sostenía allí gracias a un adhesivo que vendían en cualquier tienda de bricolaje. Una tubería galvanizada. Clavos. Tachuelas. Alambre. Componentes imposibles de rastrear o casi, por lo corrientes que eran.

Novak se volvía hacia la puerta. Empezaba a sacar la cadena y el candado de la mochila. Luego, de pronto, caía de bruces al suelo.

La sangre se desparramaba a su alrededor formando la silueta de un ángel de nieve.

Algunos de los presentes en el aula lanzaron vítores.

Una mujer irrumpía en el encuadre. Dona Roberts. Su Colt 1911 apuntaba a la cabeza de Novak. Apoyaba el pie en la rabadilla de Novak para asegurarse de que no se levantaba. Roberts era una expiloto de aviones de carga que había ido al banco a abrir una cuenta para su hija.

Llevaba puesto un vestido de verano sin hombreras y sandalias.

La imagen se detuvo.

—Novak recibió dos disparos en la espalda —dijo Van Zandt—. Perdió un riñón y el bazo, pero gracias a los impuestos que pagamos todos consiguieron salvarle la vida. El teléfono con el que pensaba detonar la bomba estaba dentro de su mochila. Según nuestra gente, el primer atracador recibió un disparo en el estómago y cabe la posibilidad de que sobreviviera si tuvo atención médica inmediata. El del disparo en la cabeza murió en el acto, obviamente. No se encontró ningún cadáver abandonado en un radio de treinta kilómetros, y ningún hospital informó del ingreso de un herido de bala que respondiera a la descripción del atracador herido. Ignoramos quiénes son esos cómplices. Novak no soltó prenda en los interrogatorios.

No soltó prenda porque no era el típico ladrón de bancos. A la mayoría de aquellos idiotas los detenían antes de que les diera tiempo a contar el dinero. El FBI se había creado básicamente para impedir que la gente atracase bancos. Su tasa de resolución de casos era superior al setenta y cinco por ciento. Se trataba de un delito estúpido, con altas probabilidades de fracasar y una sentencia mínima de veinticinco años de prisión. Y eso solo por acercarse al cajero y pasarle una notita diciendo que, si hacía el favor, venías a atracar el banco. Blandir un arma, lanzar amenazas, disparar... Eso equivalía a cadena perpetua en una cárcel de las más chungas, cuando no a una inyección letal.

—Bueno... —El *marshal* había vuelto. Dio una palmada. Era un entusiasta de las palmadas, aquel tipo—. Vamos a hablar de lo que pasa en el vídeo.

Faith echó un vistazo a su Apple Watch por si tenía mensajes, rezando porque hubiera una emergencia familiar que la sacara de aquella pesadilla que no se acababa nunca.

No hubo suerte.

Gruñó al ver la hora.

Las 13:37.

Abrió sus mensajes. Will no sabía la suerte que tenía por

poder saltarse aquella reunión absurda. Le mandó un payaso que se apuntaba a la cabeza con una pistola de agua. Luego un cuchillo. Después un martillo, e iba a mandarle también un aguacate porque los dos detestaban los aguacates, pero su dedo resbaló en la pantallita y le mandó un boniato sin querer.

—Echemos un vistazo al siguiente gráfico.

El *marshal* había abierto otra imagen, un diagrama de flujo que mostraba los cuerpos de seguridad involucrados en el traslado: la policía de Atlanta, la del condado de Fulton, la oficina del *sheriff* del condado de Fulton, el Servicio de los Marshals de Estados Unidos, el FBI, la ATF y algunos más, cosa que a Faith le importaba un carajo, porque tenía por delante dos horas doblando ropa limpia, o seis si su preciosa hija se empeñaba en ayudarla.

Echó un vistazo al móvil por si Will le había contestado. No. Seguramente estaría arreglando su coche, o haciendo flexiones, o lo que hiciese los días que conseguía librarse de reuniones espantosamente largas como aquella.

Lo más probable era que siguiera en la cama con Sara.

Faith miró por la ventana. Dejó escapar un largo suspiro.

Lo de Will era una oportunidad perdida, ahora se daba cuenta. No le había parecido especialmente atractivo al conocerlo, pero Sara, haciéndole de Pigmalión, le había dado un buen repaso y lo había dejado como nuevo. Lo había llevado a rastras a una peluquería de verdad, porque hasta entonces le cortaba el pelo ese tío tan raro del depósito de cadáveres, a cambio de un bocadillo. Lo había convencido para que se hiciera los trajes a medida, de modo que había pasado de parecer el triste perchero de una tienda de ropa de saldo a ser como un maniquí del escaparate de una tienda de Hugo Boss. Iba más erguido, parecía más seguro de sí mismo. Menos torpe.

Y luego estaba su lado tierno.

Marcaba en la agenda con una estrellita los días que Sara iba a la peluquería para acordarse de hacerle un cumplido. Buscaba constantemente la manera de mencionar su nombre en la conversación. La escuchaba, la respetaba, pensaba que era más lista que él, lo que era cierto, porque Sara era médica, pero ¿qué hombre reconocía esas cosas? Y regalaba continuamente a Faith con la sabiduría ancestral que le transmitía Sara:

¿Sabías que los hombres también pueden usar crema hidratante?

¿Sabías que hay que comerse la lechuga y el tomate de las hamburguesas?

¿Sabías que el zumo de naranja congelado tiene un montón de azúcar?

Faith era diabética. Sabía lo del azúcar, claro. La cuestión era ¿cómo era posible que Will no lo supiera? ¿Y no era de todos sabido que, si te comías la lechuga y el tomate, podías pedir patatas fritas? Faith sabía que Will había crecido asilvestrado, pero ella había convivido con dos chavales adolescentes, primero su hermano mayor y luego su hijo. Y hasta después de cumplir los treinta años no había podido dejar un bote de loción hidratante en la encimera del cuarto de baño sin que se lo gastaran.

¿Cómo rayos era posible que Will no supiera lo de la crema?

—Gracias, *marshal* —dijo la comandante Maggie Grant al subir a la tarima.

Faith se incorporó en su asiento y procuró poner cara de alumna aplicada. Maggie era su ídolo: una mujer que, a base de esfuerzo, había ascendido en el escalafón del Departamento de Policía de Atlanta, pasando de guardia de tráfico a comandante de Operaciones Especiales sin convertirse en una arpía tocapelotas.

—Voy a hacer un breve repaso a la biblia de los SWAT en materia de traslados desde la perspectiva del Departamento de Policía de Atlanta. Seguiremos todos la Doctrina del Tirador Activo. Nada de negociación. Solo tirar a matar. Desde un punto de vista táctico, mantendremos en todo momento un perímetro cuadrangular hueco en torno al reclu... al *recluso de alto valor*.

Solo Faith y Amanda se rieron. Eran exactamente tres mujeres en la sala. El resto eran hombres que seguramente desde sus tiempos escolares no dejaban que una mujer hablara tanto tiempo de corrido sin interrumpirla.

—Señora —dijo uno de ellos levantando la mano. Interrumpiéndola, cómo no—. Respecto a la posible evacuación de emergencia del recluso…

Faith miró el reloj.

Las 13:44.

Abrió las Notas de su portátil y trató de abreviar la lista de la compra que le había dictado esa mañana a Siri: *Huevos, pan, zumo, mantequilla de cacahuete, no, Emma, no, jopé Emma, no, ay, Dios, para por favor, chuches.*

La tecnología había desvelado al fin lo mala madre que era.

¿Había sido siempre así? Cuando Jeremy estaba en primer curso de primaria, ella tenía veintidós años y trabajaba en un coche patrulla. Sus competencias como madre podían situarse en algún punto entre *La telaraña de Carlota* y *El señor de las moscas*. Jeremy aún le tomaba el pelo por la nota que le dejó una vez en la tartera del almuerzo: *El pan está mohoso. Es lo que pasa por no cerrar la bolsa.*

Se había prometido a sí misma ser mejor madre con Emma, pero ¿qué significaba eso exactamente?

¿No dejar que la ropa limpia sin doblar se amontonara sobre el sofá del cuarto de estar hasta formar un monte Vesubio? ¿Procurar que la pelusa de la moqueta no se acumulara en la aspiradora de tal modo que olía a goma quemada cada vez que la encendía? ¿No darse cuenta hasta las tres y doce minutos de esa madrugada de que, si el baúl de los juguetes olía a rollitos de fruta podridos, era porque Emma había estado escondiendo rollitos de frutas en su fondo?

Los bebés eran unos cabrones de mucho cuidado.

—Soy Amanda Wagner, la subdirectora del GBI.

Faith volvió a prestar atención con un sobresalto. El calor y el aburrimiento la habían sumido en una especie de estupor. Dio gracias al cielo, porque Amanda era la última ponente del día.

Amanda se apoyó en la mesa del frontal del aula y esperó a que todos le prestaran atención.

—Hemos tenido seis meses para preparar este traslado. Cualquier fallo de seguridad se deberá a un error humano. Los presentes en esta sala son los humanos que podrían cometer ese error. Baje la mano.

El tipo de la primera fila bajó la mano.

Amanda consultó su reloj.

—Son las dos y cinco. Disponemos del aula hasta las tres. Tómense un descanso de diez minutos y luego vuelvan para echar un último vistazo a sus dosieres. Ningún documento puede salir de esta sala. Tampoco archivos informáticos grabados en sus portátiles. Si tienen alguna duda, consúltensela por escrito a su superior inmediato.

Amanda sonrió a Faith, la única agente de la sala a la que debía supervisar.

—Gracias, caballeros —concluyó.

Se abrió la puerta. Faith vio el pasillo. Sopesó las consecuencias que podía tener el que fingiera ir al aseo y se escabullera por la puerta de atrás.

—Faith. —Amanda se acercó a ella. Cerrándole el paso—. Espera un segundo.

Faith cerró el portátil.

—¿Vamos a hablar de por qué nadie menciona el hecho de que nuestro *recluso de alto valor* se ha propuesto derrocar al Estado como Katniss en *Los juegos del hambre*?

Amanda arrugó el entrecejo.

—Yo creía que Katniss era la heroína.

—Tengo un problema con la autoridad femenina.

Amanda meneó la cabeza.

—Mira, Will necesita que restauremos un poco su ego.

Faith se quedó momentáneamente sin habla. Aquella petición resultaba sorprendente por dos motivos. Primero, porque Will se crispaba ante la menor muestra de condescendencia y, segundo, porque Amanda era una experta en machacar egos.

—Le ha dolido no haber sido elegido para este grupo de trabajo.

—¿Elegido? —Faith había perdido media docena de domingos por culpa de aquella pesadez—. Yo creía que esto era un castigo por... —No era tan idiota como para hacer una lista—. Por lo que sea.

Amanda seguía meneando la cabeza.

—Faith, estos hombres de la reunión... Algún día serán los que dirijan el cotarro. Tienen que acostumbrarse a que tomes parte en la conversación. Ya sabes, hacer contactos.

—¿Contactos? —Faith intentó que su tono no sonara despectivo. Su lema siempre había sido: «¿Para qué trepar si puedo irme a casa?».

—Estás en tus años más productivos. ¿Se te ha ocurrido pensar que estarás a punto de jubilarte cuando Emma entre en la universidad?

Faith sintió una punzada dolorosa en el pecho.

—No puedes seguir haciendo trabajo de calle indefinidamente.

—¿Y Will sí puede?

Faith estaba perpleja. Amanda era como una madre para Will. Una madre que podía arrollarte con su coche, pero una madre.

—¿A qué viene esto? Will es tu favorito. ¿Por qué le has dejado al margen?

En lugar de responder, Amanda se puso a hojear el dosier: páginas y páginas de texto a un solo espacio. Faith no necesitó más explicaciones.

—Es disléxico, no analfabeto —dijo—. Y se le dan mejor los

números que a mí. Puede leer un dosier de trabajo. Solo que puede que le cueste un poco más.

—¿Cómo sabes que es disléxico?

—Porque... —Faith no sabía cómo lo sabía—. Porque trabajo con él. Me fijo. Soy detective.

—Pero él nunca te lo ha dicho. Y nunca se lo dirá a nadie. Así pues, no podemos ofrecerle tratamiento. Y por tanto nunca ascenderá en el escalafón.

—Dios —masculló Faith. Así como así, Amanda acababa de dar carpetazo al futuro de Will.

—Mandy —dijo Maggie Grant entrando en el aula. Llevaba una botella de agua fría para cada una—. ¿Se puede saber qué hacéis aquí? Hace más fresco en el pasillo.

Faith giró enfadada el tapón de la botella. Le costaba creer aquella gilipollez acerca de Will. No le correspondía a Amanda decidir qué era capaz de hacer y qué no.

—¿Qué tal tu madre? —le preguntó Maggie.

—Bien.

Faith recogió sus cosas. Tenía que salir de allí o acabaría diciendo una estupidez.

—¿Y Emma?

—Se porta muy bien, no puedo quejarme. —Faith se levantó y la camisa sudorosa se le despegó de la piel como un trozo de cáscara de limón—. Tengo que...

—Dales recuerdos a las dos. —Maggie se volvió hacia Amanda—. ¿Cómo le va a tu niño?

Se refería a Will. Todas las amigas de Amanda se referían a él como «su niño». Cada vez que oía que lo llamaban así, Faith se acordaba de la primera aparición de Michonne en *The Walking Dead*.

—Se las arregla bien —contestó Amanda.

—Seguro que sí. Deberías haberle echado el guante antes de que apareciera Sara en escena —añadió dirigiéndose a Faith.

Amanda soltó una carcajada.

—Faith es demasiado arisca para él.

—¿A qué coño viene eso? —Faith levantó las manos para impedir que su jefa la decapitara—. Perdona. Me he levantado a las tres de la mañana para sacar a rastras un baúl de juguetes al jardín. El cielo estaba despierto, así que yo también.

El sonido de un móvil le impidió seguir soltando citas de *Frozen*.

—Es el mío —dijo Maggie, y se acercó a las ventanas para responder al teléfono.

Entonces empezó a sonar el de Amanda.

De pronto, resonaron más tonos de llamada en el pasillo. Daba la impresión de que todos los teléfonos del edificio se habían puesto a sonar a la vez.

Faith miró su reloj. Había silenciado las notificaciones antes de la reunión y ahora volvió a activarlas. A las 14:08 había recibido una alerta a través del Sistema de Notificación de Emergencias:

EXPLOSIONES EN EL HOSPITAL UNIVERSITARIO EMORY. GRAN NÚMERO DE VÍCTIMAS. SOSPECHOSOS: TRES VARONES BLANCOS HUIDOS EN UN CHEV MALIBÚ GRIS METALIZADO LP# XPR 932. HAN TOMADO UNA REHÉN. POSIBLEMENTE ARMADOS Y PELIGROSOS. PROCEDAN CON CAUTELA.

Faith tardó un momento en procesar la información. Sintió que un vértigo nervioso recorría su cuerpo, la misma sensación que experimentaba cada vez que veía un aviso alertando de un tiroteo en un colegio o un atentado terrorista. Acto seguido, se acordó de que a la banda de Novak le gustaban las explosiones. Pero una universidad no era su objetivo típico, y el piso franco de Novak quedaba lejos de la ciudad.

—Manden todos los agentes disponibles —ordenó Amanda por teléfono—. Necesito datos pormenorizados. Descripciones. Una estimación de víctimas. Que el servicio de seguridad de la universidad se coordine con la ATF para clausurar el campus. Avísenme en cuanto el gobernador solicite la intervención de la Guardia Nacional.

—Amanda —dijo Maggie, controlando férreamente su tono de voz. Aquel era su municipio, su responsabilidad—. Mi helicóptero nos recogerá en la azotea.

—Vamos. —Amanda indicó con un gesto a Faith que las acompañara.

Faith agarró su bolso. El mareo nervioso iba convirtiéndose en una masa de cemento dentro de su estómago a medida que procesaba lo ocurrido. Una explosión en la universidad. Una rehén. Numerosas víctimas. Armados y peligrosos.

Habían echado a correr cuando llegaron a las escaleras. Maggie comenzó a subirlas mientras los demás agentes presentes en la reunión bajaban a toda velocidad, porque eso era lo que hacían los policías cuando ocurría una catástrofe: correr hacia ella.

—Estoy dando autorización —gritó Maggie por teléfono mientras cruzaba a toda prisa el siguiente descansillo—. 9-6-2-2-4-alfa-delta. 10-39, todos los disponibles. Quiero todos los pájaros en el aire. Dígale al comandante que llego en cinco minutos.

—Uno de los atacantes está herido. —Amanda estaba recibiendo al fin información. Miró a Faith mientras subían por la escalera. Parecía impresionada—. La rehén es Michelle Spivey.

Maggie masculló un improperio y, agarrándose a la barandilla, tomó impulso para subir el siguiente tramo de escaleras. Escuchó un momento, con el teléfono pegado a la oreja, y luego dijo:

—Al parecer hay dos heridos. No hay noticias de Spivey. —Respiraba trabajosamente, pero no se detuvo—. Uno de los atacantes tiene un balazo en la pierna. El otro, en el hombro. El conductor vestía el uniforme del servicio de seguridad de Emory.

Faith sintió que el sudor se le enfriaba en el cuerpo al oír el eco de aquellas palabras en la caja de la escalera.

—Una enfermera ha reconocido a Spivey —dijo Amanda, que había dejado el teléfono y gritaba para hacerse oír entre el estruendo de sus pasos sobre el cemento—. Hay informaciones contradictorias pero...

Maggie se detuvo en el siguiente rellano. Levantó la mano para pedir silencio.

—Muy bien. Tenemos un testigo ocular de la policía de Dekalb que asegura que han estallado dos bombas en el aparcamiento de enfrente del hospital. La segunda explosión estaba programada para producirse cuando los servicios de emergencias ya estuvieran allí. Hay al menos quince personas atrapadas dentro. Y diez muertos en la calle.

Faith notó un sabor a bilis en la boca. Bajó la mirada. Alguien había estado fumando allí: había colillas en el suelo. Pensó en su uniforme de gala, colgado en el armario; en la cantidad de funerales a los que tendría que asistir durante las semanas siguientes; en las veces que tendría que mantenerse en posición de firmes, estoicamente, mientras las familias se deshacían en llanto.

—Eso no es todo. —Maggie siguió subiendo las escaleras, con menos ímpetu que antes—. Han encontrado a dos guardias de seguridad muertos en el sótano. Los atacantes han matado también a dos agentes de policía de Dekalb al escapar. Otra agente está en quirófano, la ayudante del *sheriff* del condado de County. Por lo visto, la cosa no pinta bien.

Faith siguió subiendo más despacio. Aquella noticia había sido como un puñetazo en el estómago. Pensó en sus hijos. Su madre también había sido policía. Faith sabía lo que era esperar noticias, no saber si tu madre estaba viva, muerta o herida, y no poder hacer nada, salvo sentarte delante de la tele y tratar de convencerte de que esta vez, al menos, volvería a casa.

Amanda se detuvo un momento. Apoyó la mano en el hombro de Faith.

—Tu madre sabe que estás conmigo.

Faith obligó a sus piernas a seguir moviéndose, a continuar subiendo las escaleras, porque era lo único que podía hacer. Lo único que podían hacer todas ellas.

Su madre estaba cuidando a Emma. Jeremy, en un torneo de videojuegos con sus amigos. Sabían todos que Faith estaba allí, en el centro, porque se había quejado amargamente de tener que asistir a aquella reunión ante cualquiera que quisiera escucharla.

Dos guardias de seguridad asesinados.

Dos policías muertos.

Una ayudante del *sheriff* que probablemente no superaría la operación.

Y todos esos pacientes del hospital. Gente enferma. Niños enfermos, porque en Emory no había un solo hospital: también estaba el hospital infantil Egleston una manzana más allá, en la misma calle. ¿Cuántas veces había llevado allí a Emma, a urgencias, en plena noche? Las enfermeras eran tan amables, y los médicos tan pacientes… Había aparcamientos en altura alrededor de todo el edificio. Si uno de ellos estallaba, podía derrumbarse fácilmente sobre el hospital.

¿Y entonces qué? ¿Cuántos edificios había destruido la onda expansiva del Once de Septiembre?

Por fin, Maggie abrió de un empujón la puerta de lo alto de la escalera. El sol hirió la retina de Faith, cuyos ojos ya estaban llenos de lágrimas de rabia.

«La segunda explosión estaba programada para producirse cuando los servicios de emergencias ya estuvieran allí».

Oyó el batir lejano del rotor de un helicóptero. El UH-1 Huey era casi más viejo que ella. Los SWAT lo utilizaban para

74

descensos rápidos con cuerda y salvamento de incendios. El helicóptero transportaría en la parte de atrás a varios agentes completamente equipados con ropa técnica y fusiles de asalto AR-15. Más personal de emergencias. Tendrían que ir habitación por habitación, edificio por edificio, y asegurarse de que no había más bombas listas para estallar.

El ruido aumentó al acercarse el helicóptero.

Los pensamientos de Faith se repetían cadenciosamente, en silencio, mientras giraba el rotor.

Dos guardias-dos familias.

Dos policías-dos familias.

Una ayudante del *sheriff*-una familia.

—¡Mandy! —Maggie tuvo que gritar para hacerse oír por encima del rugido del motor. Había algo en su voz que hizo que el aire se tensara como un nudo en una cuerda.

—Es Will, Mandy. Han herido a tu niño.

CAPÍTULO 4

Domingo, 4 de agosto, 13:54 horas

Sara tomó nota mentalmente de la hora aproximada a la que había muerto el ocupante del Porsche mientras examinaba las heridas del cuero cabelludo del conductor de la camioneta.

—Ha estallado una tubería de gas. Salimos pitando de allí. —El hombre señaló el Chevy Malibú gris plata—. Deberían echarle un vistazo a esa gente —dijo—. El del asiento de atrás no tiene buena cara.

Sara se alegró de que Will la siguiera cuando corrió hacia el coche. Había algo de extraño en aquel accidente. El impacto que había recibido el Porsche en la parte de atrás no parecía lo bastante fuerte como para que su conductor se rompiera el cuello. Era aquel un misterio que tendría que dilucidar el patólogo forense de Atlanta. Resultaba imposible saber cuánto tiempo tardarían en retirar los cascotes y escombros producidos por la explosión. Pero por suerte no había nadie en la obra en ese momento.

Aun así…

El cuello roto y ninguna otra señal de traumatismo. Ni contusiones, ni heridas abiertas.

Qué extraño.

El conductor del Malibú le dijo a Will:

—Mi amigo necesita ayuda.

—Es doctora —añadió Merle.

—¿Señor? Se arrodilló para examinar al hombre inconsciente del asiento trasero del Malibú. El pasajero sentado al otro lado vigilaba cada uno de sus gestos. Las vías respiratorias no estaban obstruidas. La respiración era normal—. Señor, ¿se encuentra bien?

Oyó que los demás decían sus nombres tras ella.

Dwight, Clinton, Vince, Merle.

—¿Dwight? —dijo.

La parte de atrás del Malibú estaba oscura. Las ventanas tintadas eran casi negras. Volvió la cara del herido hacia la luz. Sus pupilas reaccionaban. Tenía las vértebras alineadas. Su pulso era firme y constante. Tenía la piel pegajosa, pero era agosto. Todo el mundo tenía la piel pegajosa.

—Soy Hank —dijo el pasajero sentado junto al herido—. ¿Es usted médico?

Sara asintió en silencio, pero no pudo decirle nada más. Aquel idiota había quedado inconsciente del golpe porque no se había molestado en ponerse el cinturón de seguridad. La explosión de la tubería de gas habría causado lesiones graves: quemaduras, lesiones cerebrales, traumatismos, heridas abiertas…

Hank abrió la puerta y salió del coche.

Sara levantó la vista.

Y la dejó fija en él.

Hank tenía la parte de atrás de la pierna empapada de sangre. Se dio la vuelta y apoyó los brazos en el techo del coche. Se le subió la camisa. Llevaba una pistola metida en la cinturilla de los pantalones, por delante. Sara le oyó decir:

—Clinton, no es culpa de nadie.

Sara se miró las manos. Lo que le producía aquella sensación pegajosa no era sudor. Era sangre. Palpó la espalda de Dwight. El orificio de bordes fruncidos que tenía en el hombro izquierdo indicaba el mismo tipo de lesión que acababa de ver en la pantorrilla de Hank.

Una herida de bala.

El cuello roto del conductor del Porsche. Las marcas de frenado, tan cortas, en la calzada. El reguero de sangre que conducía a la camioneta. Los nombres… ¿Se daría cuenta Will de que eran nombres falsos? Dwight Yoakam. Hank Williams. Merle Haggard. Vince Gill. Clint Black. Todos ellos cantantes de *country*.

Sara respiró hondo, intentando refrenar el pánico.

Inspeccionó cuidadosamente el Malibú en busca de un arma.

La pistolera de Dwight estaba vacía. En el suelo no había nada. Miró entre los asientos delanteros y estuvo a punto de soltar un grito.

Había una mujer agazapada en el hueco para las piernas. Menuda, con el pelo corto, rubio platino. Tenía las piernas recogidas y se las abrazaba fuertemente con los brazos. No se había movido ni había hecho ningún ruido en todo ese tiempo. Ahora, sin embargo, levantó la cabeza y dejó ver su cara.

El corazón de Sara se detuvo momentáneamente.

Michelle Spivey.

Tenía los ojos enrojecidos por las lágrimas. Las mejillas hundidas. Los labios agrietados y manchados de sangre. Hablaba sin emitir sonido, desesperadamente…

Ayuda.

Sara sintió que se le abría la boca. Respiró, trémula. Oyó resonar otra palabra en su cabeza, la misma que se le venía a la mente a toda mujer cuando se hallaba rodeada de hombres violentos, corrompidos.

Violación.

—Will. —Le temblaron las manos cuando se palpó el bolsillo en busca del mando del coche—. Necesito que me traigas mi maletín de la guantera del coche.

«Por favor», le suplicó en silencio. «Coge tu arma y pon fin a esto».

Will agarró el mando. Sara sintió el roce de sus dedos. Él no la miró. ¿Por qué no la miraba?

—Échanos una mano, grandullón —dijo Clinton—. Vamos.

Sara intentó distraerlos.

—¡Esperen! Podría tener una lesión medular o…

—Disculpe, señora.

Merle tenía la barba muy larga, pero llevaba el pelo cortado a cepillo. Tenía que ser policía o militar. Como todos los demás. Su actitud era la misma, se movían de la misma manera, cumplían órdenes de la misma forma.

Poco importaba, de todos modos. Ya les llevaban mucha ventaja.

Evidentemente, Will se había hecho los mismos cálculos. Ahora sí la miraba. Sara sentía sus ojos clavados en ella. No se atrevió a mirarlo porque sabía que se derrumbaría.

—Traeré tu maletín —dijo él.

Hank había rodeado el coche cojeando y se había detenido junto a Sara. No demasiado cerca, pero sí lo suficiente. Sara sentía su presencia amenazadora como un tóxico que le abrasaba la piel.

Will cerró el puño sobre el mando del coche mientras se dirigía al BMW. Estaba furioso, y eso era bueno. A diferencia de la mayoría de los hombres, Will pensaba con más claridad cuando estaba furioso. Tenía los músculos tensos. Sara concentró toda su fuerza, toda su esperanza, en sus anchos hombros.

—Eh, Vale —dijo Hank dirigiéndose a Vince.

Había dejado de usar sus nombres en clave. La farsa había terminado. O bien Sara o Will se habían delatado, o bien Hank se había dado cuenta de que las sirenas de policía que se oían a lo lejos pronto estarían allí.

Levantando la barbilla, indicó a Vale que siguiera al resto del equipo hasta el coche.

—Fuera —le dijo a Michelle en voz baja.

Tenía una pistola en la mano. Era pequeña, pero no por ello dejaba de ser una pistola.

Michelle hizo una mueca de dolor al pasar por encima de la consola central del coche. Se sujetaba los pantalones con una mano. Tenía la cremallera rota. Le chorreaba sangre por el puño, le corría por las piernas.

El corazón de Sara se convirtió en cristal.

Los pies descalzos de Michelle tocaron el asfalto. Tuvo que apoyarse en el coche, asaltada por un mareo repentino. Tenía llagas abiertas entre los dedos de los pies. Marcas de agujas. La habían drogado. La habían herido. Sangraba por la entrepierna.

Violación.

—No grites —dijo Hank.

Antes de que Sara pudiera reaccionar, una espantosa punzada de dolor traspasó su muñeca y le subió por el brazo, hasta el hombro. Tuvo que ponerse de rodillas. El asfalto se le clavó en la piel. Hank volvió a retorcerle el brazo. Sara tenía ya las manos detrás de la cabeza cuando Will llegó al BMW.

Él se inclinó hacia el interior del coche.

Levantó la vista.

Apretó los dientes con tanta fuerza que Sara vio cómo se le marcaban los huesos de la mandíbula.

Siguió el curso de su mirada: Hank, apuntándola a la cabeza con la pistola; Michelle, sujetándose los pantalones ensangrentados; tres hombres armados rodeándolo. No habría forma de salvarla, ni aunque sacrificara su vida en el intento.

Al darse cuenta, en su cara apareció una expresión que Sara no había visto nunca antes.

Miedo.

—Has dejado… —La voz de Michelle sonó ronca. Estaba hablándole a Hank—. Ha-has dejado que me violara.

Sus palabras golpearon el corazón de Sara como un martillo.

—N-no puedes… —Michelle tragó saliva—. No puedes

fingir que n-no está pasando. Te lo digo ahora. Tú sabes lo que ha…

—¡Está bien! —gritó Hank, y le dijo a Will—: Quiero que saques muy lentamente la cabeza del coche y pongas las manos en alto.

Sara solo pudo mirar mientras Will obedecía. Vio que sus ojos se movían continuamente de un lado a otro. Su cerebro trabajaba a marchas forzadas, tratando de hallar una salida.

Pero no había salida.

Iban a matar a Will. Iban a obligarla a ella a curarlos y luego la harían pedazos.

—Has dejado que lo hiciera —murmuró Michelle—. Has dejado que m-me hiciera daño. Has dejado…

—Necesitamos un médico —le gritó Hank a Will—. No te lo tomes a mal, hermano. Ha sido mala suerte. Vamos, señora. Suba al coche.

Sara estaba esperando que aquello sucediera, pero hasta ese instante no supo cómo iba a reaccionar.

—No.

No se movió.

Sus rodillas se habían fundido con el asfalto.

Era tan inamovible como una montaña.

La habían violado cuando estudiaba en la universidad. Brutal, salvajemente, con saña. La habían despojado de su capacidad de tener hijos. Le habían robado para siempre su sentido del yo, su seguridad. Esa experiencia la había transmutado en tantos sentidos que todavía hoy, casi veinte años después, seguía descubriendo sus efectos. Se había jurado a sí misma no permitir que volviera a ocurrirle, nunca.

Hank la asió con fuerza del brazo.

—No. —Se zafó de él de un tirón. El miedo se había esfumado. Prefería morir a permitir que se la llevaran. Nunca, en toda su vida, había estado tan segura de algo como lo estaba en ese momento—. No voy a ir con ustedes.

—Señora, lo que ha estallado en el campus no era una tubería de gas. —Hank miró a Will—. Acabamos de hacer saltar por los aires a decenas de personas, puede que a cientos. ¿Crees que me importa una mierda mancharme las manos con vuestra sangre?

Sara sintió que se desgarraba por dentro al oír aquellas palabras. Todos esos enfermos y esos heridos… Estudiantes, niños y personal sanitario que había consagrado su vida a ayudar a los demás.

—No —repitió, llorando abiertamente. Al final, de todos modos, la matarían. Lo único que podía controlar era lo que sucediera entre ese momento y el de su muerte.

—Suba al coche.

—No voy a ir con ustedes. No voy a ayudarlos. Tendrán que matarme.

Clavó una mirada resignada en Will. Necesitaba que entendiera por qué se negaba a obedecer.

Él tragó saliva. Tenía lágrimas en los ojos.

Al fin, muy despacio, asintió en silencio.

—¿Y si la mato a ella? —dijo Hank volviendo la pistola hacia Michelle.

—Hazlo. —La voz de Michelle sonó fuerte. Ya no tartamudeaba—. Adelante, cobarde de mierda.

Se agarraba con el puño cerrado la cinturilla de los pantalones. Sara vio que tenía a la altura de la braga un vendaje ensangrentado y varios puntos de sutura saltados.

¿La habían operado?

—Sigues creyendo que eres un buen tipo —añadió Michelle—. ¿Qué va a decir tu padre cuando se entere de cómo eres de verdad? Te oí hablar de él, decías que es tu héroe, que querías que se sintiera orgulloso. Está enfermo. Se va a morir. En su lecho de muerte, sabrá la clase de monstruo que ayudó a traer al mundo.

Clinton soltó una carcajada.

—Joder, tía, te oigo hablar y me entran ganas de probar lo prieto que tiene tu hija el coño.

Sara notó un movimiento brusco por encima de su cabeza. Hank volvió el brazo y apuntó a Clinton.

Clic, clic, clic.

La pistola se había encasquillado.

—Hijo de... —dijo Clinton sacando su Glock de la funda.

Hank tiró a Michelle al suelo en el momento en que sonaba la detonación. Sara cerró los ojos. Se quedó donde estaba, de rodillas, con los dedos entrelazados detrás de la cabeza, y esperó el balazo.

Pero no llegó.

Oyó dos disparos más en rápida sucesión.

Abrió los ojos. Merle yacía muerto en el suelo. Vince/Vale cayó por la puerta abierta del coche, herido. Tenía una mancha de sangre en el costado.

Will les había disparado. Se estaba volviendo para disparar a Clinton cuando este se abalanzó sobre él, derribándolo.

Sara se incorporó, dispuesta a huir.

Alguien volvió a empujarla hacia abajo.

Hank le rodeó el cuello con un brazo y apretó. Se le nubló la vista. Arañó la piel de Hank.

—¡Suéltame! —gritó, mordiendo, arañando, pataleando.

Vio un borrón oscuro por el rabillo del ojo. El largo cañón de una Glock 22. Una auténtica matahombres, cuya munición del calibre 40 podía parar en seco a cualquier oponente.

Hank apuntaba hacia el suelo, con el dedo apoyado en el guardamonte del gatillo, listo para disparar si era necesario.

Pero no lo era.

Clinton aporreaba brutalmente el abdomen de Will. Hígado. Bazo. Páncreas. Riñones. Usaba las manos como un martillo para machacarlos.

—Que pare —suplicó Sara—. Va a matarlo...

Will lanzó una cuchillada a la cara de Clinton. La navaja automática. Su hoja de diez centímetros estaba afilada como una cuchilla de barbero. La sangre dibujó una línea en el aire.

Clinton se echó hacia atrás bruscamente.

Will lo apuñaló en la entrepierna.

Sara se levantó, pero Hank le impedía huir. Seguía sujetándola del cuello con fuerza. Apuntaba con la Glock hacia abajo, pero tenía el dedo tenso junto al gatillo. Los músculos de su antebrazo eran como una soga.

—Will… —dijo ella con voz estrangulada.

Él tosió escupiendo sangre. Se puso de lado y, con los brazos en el vientre, trató de levantarse, buscando el revólver.

—O vienes con nosotros —le dijo Hank a Sara— o le pego un tiro en el pecho.

Un sollozo arañó su garganta. Estiró el brazo hacia Will como si así pudiera ayudarlo.

Will tensó las piernas, intentando de nuevo levantarse. Arrojó una bocanada de vómito. Tenía sangre en la cabeza. Consiguió ponerse de rodillas, pero cayó de bruces.

Sara gritó como si fuera ella quien cayera.

—¿Doctora? —Hank levantó por fin la pistola y apuntó a Will.

Sara caminó hacia el BMW. Apenas podía sostenerse en pie. Le fallaban las rodillas. Will seguía retorciéndose en el suelo. Ella miró calle arriba. Su madre estaba en la acera. Tenía un arma en las manos, una vieja escopeta de dos cañones que llevaba cincuenta años acumulando polvo encima de la chimenea de Bella.

Sara movió la cabeza de un lado a otro, suplicándole que no interviniera.

Hank arrastró a Michelle hacia el BMW y empujó a Sara hacia Vale para que se ocupara de ella. Avanzó hacia Will con la Glock a un lado.

—Ha dicho que no lo haría —dijo Sara, y mientras lo decía

comprendió que era absurdo confiar en la palabra de un asesino en masa.

—Conduces tú. —De un empujón, Vale la hizo sentarse en el asiento del conductor.

Sara miró por la ventanilla del copiloto. Will estaba a cuatro patas. Le goteaba sangre y vómito de la boca. Tenía los ojos cerrados y la cara empapada en sudor.

—Joder —masculló Clinton al ocupar el asiento de atrás—. Menuda mierda. Larguémonos de aquí.

Sara vio, impotente, que Hank echaba la pierna hacia atrás para lanzar una patada a la cabeza de Will.

—¡Will! —gritó.

Él se agarró a la pierna y derribó a Hank sobre la acera. No hubo lucha. Will se echó encima de él y comenzó a lanzarle puñetazos a la cara, rápida, metódicamente, lleno de furia.

—¡Déjalo! —gritó Clinton.

Vale estiró el brazo hacia atrás, intentando alcanzar el revólver que llevaba metido en la cinturilla de los pantalones. Estaba aterrorizado por la herida de bala que tenía en el costado. Su camisa estaba empapada de sangre.

—¡He dicho que lo dejes, joder! —Clinton le apuntó a la cabeza con la Glock—. ¡Vamos!

—¡Dios, Carter! ¡No podemos dejar a Hurley! —dijo Vale mientras se sentaba en el asiento del copiloto.

Clinton. Hank. Vince.
Carter. Hurley. Vale.

—¡Arranca! —La Glock golpeó a Sara a un lado del cráneo—. ¡Venga!

Ella puso el motor en marcha y arrancó, dando la vuelta. Vio a Will por el retrovisor. Merle yacía muerto en el suelo, a su lado. Will seguía sentado a horcajadas sobre Hank, o Hurley, o como diablos se llamase aquel tipo.

«Mátalo también a él», pensó Sara. «Mátalo a golpes».

Se oyó un disparo de escopeta. Cathy había apuntado a las ruedas del coche, pero había dado al parachoques trasero.

—¡Joder! —gritó Vale—. ¡Qué cojones pasa, Carter!

—¡Cállate! —Carter lanzó un puñetazo al asiento de Sara. Le chorreaba sangre del corte que tenía en la frente. El mango de la navaja de Will le sobresalía del muslo—. ¡Ve a la derecha! ¡A la derecha!

Sara viró bruscamente a la derecha. Le latía tan violentamente el corazón que se sentía mareada. Tenía el estómago contraído y ganas de orinar. Vale iba sentado a su lado; Carter, detrás de ella, apretujado contra Michelle. Dwight seguía inconsciente, desplomado en el asiento de detrás de Vale, pero cabía la posibilidad de que volviera en sí en cualquier momento.

Estaba atrapada con aquellos monstruos. Su único consuelo era que Will seguía vivo.

—¡Joder! —Vale se frotó la cara con las manos. Se le estaba agotando la adrenalina y el *shock* del balazo empezaba a dejarse sentir en su organismo. Jadeaba, lleno de pánico—. ¡Me han dado en el pecho, hermano! ¡No puedo...! ¡No puedo respirar!

—¡Cállate la puta boca, nenaza de mierda!

Un coche patrulla de la policía de Atlanta iba de frente hacia ellos con las luces y la sirena encendidas. Sara rezó para que se parara, pero pasó a toda velocidad, haciendo temblar ligeramente el BMW.

—¡Gira a la izquierda! —La voz de Carter sonó tan estridente como la sirena—. ¡Aquí! ¡A la izquierda!

Sara giró hacia Oakdale y siguió con la mirada al coche patrulla mientras pudo. Las luces de freno brillaron, rojas, cuando torció a la izquierda, hacia Lullwater.

Hacia Will.

—¡Se me escapa el aire, lo noto! —Vale parecía aterrorizado. Era capaz de hacer estallar una bomba dentro de un hospital, pero se ponía a gimotear por tener un agujero en el costado—. ¡Ayúdame! ¿Qué hago?

Sara no dijo nada. Estaba pensando en Will. Las costillas fracturadas. El esternón roto. Si tenía el bazo roto, podía sufrir una hemorragia interna. ¿Se había sacrificado ella solo para dejarlo morir en la calle? ¿Y ahora aquel hombre, aquel llorica, quería que lo ayudara?

—¡Tú eres médico! —gimió Vale—. ¡Ayúdame!

Sara nunca había sentido tan poca empatía por otro ser humano.

—Tapone la herida —contestó entre dientes.

Vale se levantó la camisa con mano temblorosa y trató de cubrir el orificio.

—Meta el dedo dentro —ordenó ella: una gilipollez, porque su cavidad torácica se estaba llenando de sangre.

Cada vez que respiraba introducía más aire en el espacio pleural, lo que oprimía el pulmón perforado precipitando así su colapso. Pasado un tiempo, el aumento de la presión repercutiría en el otro pulmón, el corazón y las venas y propiciaría también su colapso.

Lo único que preocupaba a Sara era que tardaría mucho tiempo en morir.

—¡Dios! —chilló Vale.

El muy idiota se había metido de verdad el dedo en el agujero. El dolor le cortó la respiración. Tenía los ojos tan abiertos que casi se le salían de las órbitas. Por suerte, sufría demasiado para quejarse.

Y, de todos modos, no era Vale quien debía preocuparle. Carter estaba rabioso, centrado y dispuesto a hacer todo lo que fuera necesario por escapar de allí. Sara era muy consciente de que en cualquier momento podía estirar el brazo y agarrarla del cuello.

Miró la hora.

Las 14:04.

A Will se le agotaba el tiempo. Una hemorragia interna podía tratarse quirúrgicamente, pero ¿llegaría a tiempo al quirófano?

Tendrían que llevarlo en helicóptero a una unidad de traumatología. ¿Y quién lo llevaría? Todos los efectivos de la policía habrían acudido al lugar de la explosión.

Dos bombas en un campus universitario. Sara no quería pensar en eso. No podía. Lo único que importaba era Will.

—¡Adelanta! —gritó Carter—. ¡Métete en el otro carril!

De un volantazo, Sara invadió el carril contrario. Se oyó el chirrido de los neumáticos. Dos coches colisionaron. Vale volvió a gritar. Sara aceleró. Se estaban acercando a Ponce de León.

—¡Sáltate el semáforo!

Sara se puso el cinturón de seguridad. Se saltó el semáforo. Sonaron bocinas. Las ruedas se despegaron del suelo mientras luchaba por mantener el volante derecho.

Pero… ¿por qué?

«Estrella el coche contra un árbol. Contra un poste telefónico. Contra una casa». Tenía el airbag del volante. El cinturón de seguridad puesto. No tenía un pulmón perforado, ni una navaja clavada en el muslo, ni un balazo en el hombro.

Michelle.

Michelle iba sentada atrás, en el asiento del medio. Si chocaban de frente, saldría despedida por la luna delantera. Podía romperse el cuello. Un trozo de metal o un cristal roto podía seccionarle una arteria. O el coche la arrollaría antes de que pudiera apartarse.

«Hazlo», le había dicho a Hank en tono desafiante, los ojos clavados en el negro cañón de la pistola. «Adelante, cobarde de mierda».

Un poco más adelante, la calle describía un recodo.

Seguiría de frente. Estrellaría el coche contra el edificio de ladrillo que había más allá del semáforo en rojo.

Will se pondría bien. Entendía por qué les había dicho a aquellos hombres que la mataran. Sabía que nada de aquello era culpa suya.

Sara sintió que sus hombros se relajaban. Tenía la mente

despejada. La serenidad que se apoderó de su cuerpo le hizo comprender que aquello era lo correcto.

Se estaba acercando al recodo. Treinta metros. Veinte. Pisó el acelerador. Agarró con fuerza el volante. Trató de nuevo de ver a Michelle por el espejo.

Tenía los ojos abiertos de par en par y lloraba, aterrada.

En el último instante, Sara giró el volante a la derecha y luego a la izquierda, tomando la curva a dos ruedas. El coche rebotó al caer al suelo.

Se saltó dos señales de *stop* y retiró el pie del acelerador. Intentó ver la cara de Michelle, pero había levantado las piernas y tenía la cabeza escondida entre las rodillas.

—J-joder. —A Vale le silbaba la nariz cuando intentaba introducir aire en sus pulmones al borde del colapso. Había visto lo que iba a hacer Sara, pero no había podido impedírselo.

—Frena —masculló Carter sin darse cuenta de lo que ocurría—. Joder, me arden los huevos. —Dio otro puñetazo al asiento de Sara—. Tú eres médico. Dime qué hago.

Sara no podía hablar. Le parecía tener la garganta llena de algodón. ¿Qué había sido de su determinación? ¿Por qué le importaba lo que fuera de Michelle? Tenía que empezar a pensar en sí misma, en cómo salir de aquella situación, ya fuera escapando o controlando su propia muerte.

—¡Vamos! —Carter golpeó de nuevo el asiento—. ¡Dime qué hago!

Sara tocó el espejo retrovisor. Le temblaban tanto las manos que le costó ajustar el ángulo de visión. El reflejo mostró la herida de Carter. La empuñadura de la navaja sobresalía de la cara interna de su muslo derecho. Will había clavado la hoja con un movimiento ascendente y el músculo la mantenía sujeta.

Arteria femoral. Vena femoral. Nervio genitocrural.

Intentó carraspear. Tenía la lengua pastosa y notaba un sabor a bilis.

—El cuchillo está presionando un nervio. Sáquelo.

Carter no hizo caso. Sabía que la hoja podía perforar la arteria.

—¿Qué te parece si mejor te rajo la cara con él? Gira a la derecha y luego a la izquierda en el semáforo.

Sara torció a la derecha en el *stop*. El semáforo estaba en verde cuando viró a la izquierda por Moreland Avenue. El barrio de Little Five Points. Había muy pocos coches en la calle. Los aparcamientos de las tiendas y restaurantes estaban casi desocupados. Seguramente la gente había seguido las recomendaciones de las autoridades y estaba evitando circular por la vía pública. O se había quedado en casa, viendo las noticias. O el BMW había logrado escabullirse antes de que se cerrara por completo el perímetro de seguridad que la policía habría montado en torno al hospital.

—Que deje de sonar ese puto ruido —dijo Carter.

El tintineo del cinturón de seguridad. Sara no había reparado en el sonido insistente que avisaba de que el pasajero de su derecha no llevaba puesto el cinturón de seguridad. Ahora, en cambio, no oía otra cosa.

Vale no intentó apagarlo. Cerró los ojos y contrajo los labios. Aún tenía el dedo metido dentro del orificio. Cada meneo del coche, cada cambio de dirección, debía de ser una tortura.

Sara echó un vistazo al asfalto, buscando baches.

—¡Que lo apaguéis! —gritó Carter—. ¡Ayúdale, maldita sea!

Michelle metió la mano entre los asientos delanteros. Se movía despacio, penosamente. La sangre se le había secado en las manos, formando una película carmesí. Empezó a tirar del cinturón, pasándolo por encima del regazo de Vale. Su mano se detuvo un instante a escasos centímetros del enganche del cinturón.

Vale llevaba la pistola en la cinturilla de los vaqueros.

Sara se puso tensa. Rezó porque Michelle sacara la pistola y comenzara a disparar.

El cinturón emitió un chasquido al encajar en el enganche. El tintineo cesó. Michelle se echó hacia atrás.

Sara miró de soslayo el regazo de Vale.

El corazón se le rompió en mil pedazos.

Michelle había abrochado el cinturón por encima del revólver, sujetándolo contra el abdomen de Vale.

«¿Por qué?»

—Hermano, ¿puedo usar mi teléfono? —Carter parecía nervioso, inseguro.

Vale no respondió. Le castañeteaban los dientes.

—¡Eh! —Carter pateó la parte de atrás de su asiento.

—¡No! —gritó Vale, y se agarró al tirador de la puerta. El aire se le escapaba entre los dientes, silbando—. Órdenes —dijo—. No podemos… —Se interrumpió, sacudido por un espasmo de dolor.

—Mierda. —Carter se limpió la sangre de los ojos—. Sigue recto —le dijo a Sara—. Hasta la interestatal.

Los estaba llevando hacia la 285. Iban a circunvalar la ciudad. No parecía un itinerario elegido al azar. Si aquellos hombres eran de verdad expolicías o militares, sin duda tendrían un plan B: otro coche para escapar, un punto de encuentro, un piso franco en el que esconderse hasta que pasara la tormenta.

Sara trató de concentrarse en hallar un modo de detener el coche antes de llegar a la interestatal. El coche patrulla de la policía que había visto girar a la izquierda en Lullwater era su única esperanza. Cathy daría todos los detalles al agente en caso de que Will no pudiera hacerlo, y el agente avisaría al mando central, que enviaría una alerta a todos los teléfonos y ordenadores del área triestatal.

Tres presuntos terroristas fuertemente armados y dos rehenes.

El BMW estaba equipado con radio por satélite y navegador GPS. Había un botón de socorro encima del espejo retrovisor. Sara nunca lo había pulsado. Sabía que estaba integrado en el sistema telemétrico de asistencia en carretera, pero ignoraba si enviaba una señal silenciosa o si una voz humana preguntaba a través de los altavoces en qué podía ayudar.

—¿Dash? —Carter estaba intentando despertar al hombre del asiento de atrás.

No Dwight, sino Dash.

—Venga, hermano. —Estirando el brazo, palmeó la cara del hombre, tratando de que volviera en sí—. Vamos, despierta.

Dash movió los labios. Empezó a farfullar. Sara volvió a ajustar el retrovisor. Vio cómo se movían sus ojos bajo los párpados.

Miró otra vez adelante, escudriñando la calzada. Esta vez, sin embargo, no buscaba baches. Cuanto más se alejaban de Emory, más coches había en las calles. ¿Podía encender y apagar las luces? ¿Dar bandazos erráticamente? Y si lo hacía, ¿pondría en peligro a quien intentara socorrerla?

—¿Por qué no se espabila? —Carter movía la cabeza de Dash de un lado a otro—. Vale, saca el maletín, el de la guantera.

Vale no se movió, pero Sara advirtió que la llave seguía metida en la cerradura.

La pistola.

—¡Dash! —gritó Carter, dándole una bofetada—. ¡Maldita sea!

Haciendo un esfuerzo, Sara apartó los ojos de la llave.

—Hay que llevarlo al hospital —dijo—. El maletín solo lleva tiritas y antiséptico.

—¡Joder! —Carter asestó otro puñetazo a su asiento—. Dash, venga, colega.

Sara carraspeó otra vez. Se llevó la mano al pecho. El corazón le latía con la velocidad de un cronómetro.

«Piensa-piensa-piensa-piensa».

—Lleva casi quince minutos inconsciente —le dijo a Carter—. Es probable que esté en coma. —Otra mentira. Evidentemente, su cerebro trataba de reiniciarse—. Deberíamos dejarlo cerca de un parque de bomberos para que puedan atenderlo.

—¡Mierda! Es Dash, no vamos a dejarlo en ninguna parte. —Carter estiró de nuevo el brazo.

—¡No! —gritó Michelle y, apartándose bruscamente de su

brazo extendido, pasó por encima del asiento de atrás y se metió en el maletero. Con los hombros pegados al cristal y los brazos estirados, lanzó a Sara una mirada llena de pánico.

Sara fijó los ojos en ella por el retrovisor y con una mirada indicó a la derecha.

Su maletín médico estaba en el compartimento de almacenaje del maletero.

Bisturíes, agujas, sedantes.

Michelle desvió la mirada y se acurrucó. Las piernas arrimadas al pecho. La cabeza sobre las rodillas.

—¿Qué le pasa? —dijo Carter, chasqueando los dedos delante de la cara de Dash, que había entornado los párpados pero no reaccionaba—. ¿Dash? Venga, hombre, despierta.

Sara miró el reloj.

Las 14:08.

Cathy cuidaría de Will. Se aseguraría de que lo llevaran al hospital. Interrogaría a los médicos. Estaría allí cuando despertara después de la operación. Se batiría el cobre por él, como había hecho por Jeffrey.

¿Verdad que sí?

—¿Doctora?

Sara miró por el retrovisor. Era Michelle quien le hablaba.

—Ayúdelo —dijo—. Dash no es… Es malo, pero no como…

—¡Cállate la puta boca! —le advirtió Carter.

Lo único que le impidió saltar por encima del asiento fue la navaja que tenía clavada en la pierna.

«Mira a tu derecha», le suplicó Sara a Michelle en silencio. «Abre la bolsa negra».

Michelle fijó la mirada en su reflejo y negó con la cabeza una sola vez. Sabía lo del maletín. Pero no iba a hacer nada.

A Sara se le encogió el corazón. Estaba totalmente sola.

—¡Eh! —Carter asestó otra bofetada a Dash, tan fuerte que el ruido resonó en todo el coche—. Tú, zorra, dime qué hago.

Sara tuvo que tragar saliva para sobreponerse a su pena.

—Necesita un estímulo.

Carter abofeteó de nuevo a su compañero.

—Ya se lo estoy dando, joder.

—Meta el dedo en el orificio de bala que tiene en el hombro.

—Sí, ya. Como a mí me está funcionando tan bien…

Sara observó a Vale con frialdad. El silbido de su respiración se había vuelto esporádico. Sus labios habían adquirido un tinte azulado. Las aletas de su nariz se cerraban y se abrían trabajosamente mientras trataba de introducir aire en sus pulmones cada vez más desinflados.

—¡Eh! —dijo Carter—. Creo que se está espabilando.

Dash comenzó a parpadear. Un sonido ronco escapó de su garganta. Levantó las manos, la derecha más que la izquierda, con los dedos estirados, como una marioneta.

—¿Qué hace? —dijo Carter alarmado.

Sara no respondió. Buscó de nuevo con la mirada a Michelle, pero había vuelto a acurrucarse.

—¿Qué le pasa? —preguntó Carter.

Dash había abierto los ojos. Aquel sonido ronco y gutural se convirtió en un murmullo. Pestañeó una vez. Dos. Muy despacio, miró a su alrededor. A Michelle. A Carter. A Vale. Fijó la mirada en Sara, desconcertado.

—¿Quién ef efa? —farfulló—. Esa. ¿Quién ef…?

—U-una médica que hemos cogido —tartamudeó Carter. Estaba visiblemente asustado, lo que significaba que Dash era importante dentro del grupo—. Hemos perdido a Hurley y a Morgan.

—¿Qué…? —dijo Dash, esforzándose por hablar—. ¿Qué…?

—Nos hemos llevado a una doctora —contestó Carter sin responder a la pregunta implícita—. Tengo un puto cuchillo clavado en mis partes. Y Vale no tiene buen aspecto.

Dash pestañeó otra vez. Seguía desorientado, pero estaba empezando a volver en sí.

—Tiene las pupilas fijas —mintió Sara—. Seguramente tiene una hemorragia cerebral. Un aneurisma o…

—¡Joder! —Carter se limpió el sudor de la cara y echó un vistazo a la cuneta.

Dash carraspeó.

—¿Qué ha pasado? —preguntó, y miró a Sara—. ¿Quién es esa?

—Ya te lo he dicho —respondió Carter, y se dio por vencido—. ¿Qué le pasa? —preguntó a Sara.

—Amnesia postraumática —dijo ella, tratando de encontrar la manera de asustarlo para que dejara a Dash en la cuneta—. Es síntoma de una lesión cerebral grave. Hay que llevarlo al hospital.

—Joder, joder, joder…

Dash se llevó la mano a la cara. Se palpó el pómulo. Cerró los ojos con fuerza. Debía de sentir náuseas y estaba desorientado, pero se estaba recuperando. Sara lo notó por cómo controlaba sus movimientos y enfocaba la mirada.

—¡Maldita sea! —Carter miraba por el parabrisas—. Ni se te ocurra hacerle señas a ese tipo para que pare.

Un coche de la policía venía en sentido contrario. Sara contuvo la respiración, confiando en que el agente reconociera el BMW por la descripción que habría enviado el sistema de alertas.

Dash metió la mano torpemente entre los asientos y apoyó la mano en su brazo.

—Tranquila, señorita.

Su voz era suave, pero emanaba autoridad. Vale era el quejica. Carter, el exaltado. Dash, el hombre al que obedecían todos.

Sara vio por el espejo lateral cómo se alejaba el coche patrulla. Las luces de freno no se encendieron. El agente no aflojó la marcha. Llevaba un escáner de lectura de matrículas montado en la parte delantera del coche y en la trasera. El sistema habría detectado su matrícula y dado aviso.

Lo que significaba que el BMW no estaba en el sistema.

—Carter. —Dash hizo una mueca de dolor al inclinarse hacia atrás. Ahora que había vuelto en sí, parecía más viejo. Tenía los ojos rodeados de finas arrugas—. ¿Sigo teniendo la bala en el hombro?

—Sí —contestó Carter—. No sangra mucho.

—Bien, eso puede ser bueno o malo —dijo Dash pronunciando cuidadosamente cada palabra. No estaba aún despejado al cien por cien, pero intentaba hacerles creer que sí—. ¿Verdad, doctora?

Sara no respondió. En el hombro había sobre todo hueso y cartílago. La bala habría penetrado al rojo vivo, cauterizando el tejido.

Malo para ella. Bueno para Dash.

Él gruñó al cruzar las piernas.

—Carter, quítame el cordón y amarra el cuchillo que tienes en la pierna. No querrás que cause más daños. Haz un nudo de serpiente.

Carter comenzó a desatarle el cordón de la bota.

—Doctora —dijo Dash—, necesitamos atención médica. Todos.

—Yo soy pediatra, no cirujana —contestó Sara, lo que era técnicamente cierto, aunque también fuera patóloga forense titulada e investigadora de la policía científica—. Tienen ustedes lesiones graves.

—En efecto, son grafes.

Dash estaba empezando a perder otra vez el control del habla. Le lloraban los ojos. La luz del sol era un estímulo demasiado fuerte. Evidentemente, tenía una conmoción cerebral. Pero Sara ignoraba hasta qué punto era grave la lesión. Cada cerebro reaccionaba de manera distinta al traumatismo.

Él se aclaró la garganta. Se frotó los ojos con los dedos.

—Carter, ¿se te ha ocurrido pensar que vamos en un coche robado con sistema GPS y por lo tanto rastreable?

Carter estaba concentrado haciendo el nudo.

—No teníamos muchas opciones. Había que salir de allí. ¿Verdad, Vale?

Vale farfulló algo ininteligible. Seguía con el dedo índice hundido en el orificio de su costado. Con la otra mano se aferraba al tirador de la puerta. Sara observó el revólver sujeto bajo el cinturón de seguridad. Carter tenía las manos ocupadas amarrando el cuchillo. A Dash le fallaban los reflejos. Podía…

—Señorita. —Dash le puso la mano en el hombro—. Siga a esa furgoneta, por favor —dijo.

Una furgoneta blanca estaba tomando la entrada a un club de *striptease*, en Moreland. El letrero de fuera mostraba a una mujer escasamente vestida junto a las palabras *Club Shady Lady*. El aparcamiento estaba lleno de camionetas. La furgoneta frenó y torció a la derecha, hacia la parte posterior del edificio. Llevaba a un lado el logotipo de Lay's, la marca de patatas fritas.

—Ah, qué suerte —dijo Dash—. Sígala.

Sara se metió lentamente en el estrecho callejón. Giró otra vez. El edificio quedaba a la derecha; a la izquierda había una espesa arboleda. No había forma de que estirara el brazo, abriera la guantera y sacara la pistola de Will sin que le pegaran un tiro. Pero podía abrir la puerta y arrojarse fuera. Carter no podría perseguirla con la navaja clavada en la pierna. Vale estaba demasiado aterrado para moverse. Y Dash no estaba en condiciones de perseguirla.

¿La ayudaría Michelle? ¿O se quedaría paralizada, esperando a que ocurriera lo peor?

La furgoneta blanca había aparcado junto a la entrada de servicio. El repartidor se apeó y apenas les dedicó una mirada mientras abría las puertas y empezaba a sacar cajas.

—Pare aquí —ordenó Dash.

Sara detuvo el coche. La música del club sonaba tan alta que la notaba vibrar dentro del pecho.

Volvió a mirar la guantera.

—Vale —dijo Dash—, a ver si puedes darme lo que hay en esa guantera que a nuestra amiga parece interesarle tanto.

Sara miró los árboles por la ventanilla. Oyó el chasquido de la cerradura al abrirse. Vale ahogó una exclamación de sorpresa al ver el arma reglamentaria de Will.

Dash la cogió y dijo:

—Gracias, caballero.

Sara cerró los ojos. Pensó en las medidas de seguridad del BMW: el seguro de las puertas se accionaba automáticamente cuando el indicador de velocidad alcanzaba los veinticinco kilómetros por hora. Para abrir la puerta, había que tirar dos veces del tirador. ¿Podría hacerlo lo bastante deprisa para escapar?

Dash pareció darse cuenta de algo.

—¿Dónde están Hurley y Monroe?

—Muertos —contestó Carter—. Tuvimos que dejarlos. Ese jodido cabrón apareció de repente. Era como aporrear un saco de piedras.

Sara lo miró por el espejo. Tenía la cabeza agachada. Seguía atando el nudo.

—¿Qué le ocurre a nuestro amigo del asiento delantero? —le preguntó Dash a Sara.

—No dispongo del equipo adecuado para hacer un diagnóstico —contestó ella, dando a entender que le era imprescindible—. Yo diría que tiene un colapso pulmonar.

—Discúlpeme otra vez —dijo Dash—, pero ¿no se le puede meter algo hueco para que vuelva a entrarle aire en los pulmones?

Sara no sabía si la estaba poniendo a prueba. Probablemente con un rollo de papel *film* podría sellarse la herida, y tenía una aguja intravenosa en el maletín con la que podía aliviar la presión.

Decidió responder a la pregunta con otra:

—¿Metería usted un tubo hueco en una rueda deshinchada para volver a inflarla?

Vale aspiró penosamente. Se esforzaba por seguir la conversación, con el dedo metido aún, inútilmente, en el agujero del costado. Sara sintió el impulso de decirle que lo hundiera un poco más. Si no lo mataba el *shock*, lo mataría la infección.

—Deberíamos conocernos un poco mejor —dijo Dash—. ¿Cómo debo llamarla?

—Sara —respondió ella mientras observaba al conductor de la furgoneta, que seguía a lo suyo, colocando cajas en un carrito y comprobando el albarán en su tableta.

—¿Y de apellido?

Sara dudó. Dash no lo preguntaba solo por conversar. Podía buscar su nombre en Internet. Aparecía en la página web del GBI como agente especial asignada a la oficina del forense. Había una gran diferencia entre secuestrar a una pediatra y secuestrar a una funcionaria del Gobierno.

—Earnshaw —dijo, dándole el apellido de soltera de su madre.

Dash asintió en silencio. Sara se dio cuenta de que sabía que estaba mintiendo.

—¿Tiene hijos?

—Dos.

—Muy bien, doctora Sara Earnshaw. Sé que no quiere estar aquí, pero préstenos sus servicios como chófer un rato más y dejaremos que regrese con su marido y sus niños.

Sara se mordió el labio e inclinó la cabeza afirmativamente. Ella también sabía que Dash estaba mintiendo.

Él abrió la puerta del coche. El retumbar de la música del club sacudió los tímpanos de Sara.

Dash levantó la mano para protegerse los ojos del sol.

—Michelle —dijo mirando hacia atrás—, necesito que vengas conmigo.

Michelle pasó automáticamente por encima del asiento trasero, procurando mantenerse alejada de Carter. Evitó la mirada inquisitiva de Sara. Seguía llevando los pantalones desabrochados cuando salió del coche de un salto. La grava tuvo que clavársele en los pies, pero ella no pareció inmutarse.

¿Qué le habían hecho para doblegarla tan irrevocablemente?

—Vamos. —Dash le indicó que se acercara a la furgoneta.

Se había metido la mano en el hueco entre dos botones de la camisa, a modo de cabestrillo. La bala no había tocado el húmero. Tenía dañado el tejido muscular y sin duda sentía dolor cuando se movía, pero aun así podía moverse.

—¿Qué hace? —masculló Carter.

Sara sabía lo que se proponía y rezaba en silencio para que no ocurriera.

El repartidor salió del edificio con el carrito vacío. Cerró la puerta de servicio, de espaldas a ellos. Dash metió la mano en su pistolera y sacó el arma de Will. El repartidor se volvió, y ese fue el último movimiento voluntario que hizo su cuerpo.

Dash le disparó dos veces a la cara.

Sara miró la puerta cerrada de la parte de atrás del edificio. No salió nadie. Con la música tan alta, no habían oído los disparos. O los habían oído y aquel era el tipo de vecindario en el que no era raro oír disparos.

—Si le dices lo que ha pasado hace un rato, haré que te arrepientas, te lo aseguro —dijo Carter.

Sara lo miró por el retrovisor.

—¿Que ha abandonado a Hurley? ¿O que su *hermano* Hurley intentó matarlo?

Carter echó una mirada fuera y, en silencio, observó a Dash y Michelle, que estaban metiendo el cadáver del repartidor en la furgoneta.

—Estoy pensando que, si te meto la polla en la boca, en menos de diez minutos se te quitará esa chulería —dijo.

Sara sintió que se le cerraba la garganta. Se miró los dedos, que apretaban con fuerza el volante. Había manchado el cuero con la sangre del hombro de Dash. La de Merle también debía de estar allí mezclada: le había tocado la cabeza en el lugar del accidente. A Carter sin duda le había sangrado la pierna en el asiento trasero. Y Vale había dejado su ADN en el delantero.

—Disfrute de esa quemazón que siente en los huevos —le dijo a Carter, clavando los ojos en él a través del retrovisor—. En cuanto le saquen esa navaja, no volverá a sentir el escroto.

Vale dejó escapar un agudo silbido al tomar aire.

—Ca… cállese —dijo apuntándole con el revólver sin que le temblara la mano—. Sal-salga y pa-pase por… por delante del co-coche.

Sara echó mano del tirador. Vio la hora en su reloj.

Las 14:17.

No accionó el tirador.

Su Apple Watch.

La puerta trasera se abrió. Carter salió del coche con cuidado de que el mango de la navaja no rozara con nada. Cerró la puerta y se quedó fuera, esperando.

Sara sopesó rápidamente sus opciones mientras tiraba lentamente de la manija, dos veces. El reloj tenía teléfono móvil y GPS. Podía hacer una llamada, pero se oiría la voz de quien contestara por el altavoz. Mandar un mensaje de texto era demasiado engorroso. Había una aplicación de *walkie-talkie*, pero tendría que seleccionar el icono, buscar el nombre de una persona concreta y mantener pulsado el botón amarillo el tiempo suficiente para enviar un mensaje.

Salió del coche. Se movía despacio, tratando de ganar tiempo.

—Vete al otro lado y ayuda a Vale —ordenó Carter enseñándole la Glock como para recordarle su existencia—. No hagas tonterías o te vuelo la cabeza.

Sara intentó demorarse un poco más.

—Deberían dejarlo aquí. Se va a morir de todos modos.

—Nosotros no dejamos tirado a ninguno de nuestros hombres.

—¿Eso lo sabe Hurley?

Carter le dio un puñetazo en el estómago. El dolor estalló dentro de su cuerpo. Se dobló por la cintura. Cayó de rodillas. Comenzó a marearse. No podía respirar.

—Levántate, puta.

Sara apoyó la frente en el suelo. Un hilo de baba le salía de la boca. Se había llevado automáticamente las manos al estómago. Sus músculos se contraían. Pestañeó para abrir los ojos. La pantalla del reloj se había iluminado. Pulsó el botón del *walkie-talkie*. Faith era el primer nombre de su lista. Manteniendo pulsado el círculo amarillo dijo:

—Carter… ¿de veras… de veras crees que la policía no va a localizar una furgoneta blanca de patatas fritas en la 285?

—Eso no es problema tuyo.

Se oyó crujir la grava bajo los neumáticos. La furgoneta había arrancado.

Sara levantó la cabeza. Sintió que el mundo se ladeaba de golpe. A duras penas consiguió ponerse en pie. El dolor que notaba en el vientre la obligaba a caminar doblada. Intentó no pensar en el dolor, mucho peor, que habría experimentado Will. Tuvo que apoyarse en el coche para rodearlo.

Vale ya había abierto la puerta. Tenía los labios amoratados. Los párpados caídos. Se estaba descompensando mucho más rápidamente de lo que ella esperaba.

—Dame eso —dijo Carter, quitándole el revólver de la mano.

Sara no tuvo más remedio que ayudar al herido a salir del coche. Vale le pasó el brazo por los hombros. Con el otro brazo seguía rodeándose el pecho para mantener el dedo hundido en la herida de bala.

—Deprisa. —Carter movió la pistola, indicándole que se moviera.

Vale trató de impulsarse hacia arriba con las piernas. Era musculoso, pesaba mucho más de lo que parecía a simple vista. Sara dio un paso atrás cuando él esperaba que lo diese adelante. Instintivamente, ella trató de impedir que se cayera, pero no fue lo bastante rápida.

Vale cayó de espaldas. El golpe le cortó el poco aliento que le quedaba. Gimió, tratando de respirar. Tenía los ojos desorbitados.

Sara se puso otra vez de rodillas. Vale le importaba una mierda, pero no quería recibir otro puñetazo. Fingió examinarlo: le miró las pupilas, acercó el oído a su corazón. Él tenía la camisa levantada. De la herida manaba un reguero constante de sangre. Roja brillante: sangre arterial, no venosa. El proyectil había penetrado a través de la axila, donde se arracimaban todos los nervios y las arterias.

Dash salió de la furgoneta. Ayudó a Vale a subir.

—Écheme una mano con mi amigo, si no le importa —le dijo a Sara.

Su tono, aunque educado y sereno, tenía algo de extrañamente imperioso. Aquel hombre no se dejaba dominar por el pánico, como Vale, ni cegar por la ira, como Carter. Sara intuía que era el tipo de persona que manejaba su ira como una espada. Y no quería hallarse al otro lado de su hoja.

Con ayuda de Dash, consiguió levantar a Vale. Entre los dos lo subieron a la furgoneta y él mismo consiguió arrastrarse hacia el fondo de la trasera.

Sara sintió la mano de Dash sobre su hombro.

—Quítese eso, por favor, señora.

Se había fijado en el reloj.

Sara bajó la cara mientras se desabrochaba la correa. En lugar de entregarle el reloj a Dash, lo lanzó entre los árboles.

—Gracias —dijo él como si eso fuera exactamente lo que quería.

Luego le hizo una seña a Michelle. No tuvo que darle ninguna indicación. Sin decir nada, ella lo ayudó a sacar al repartidor de la furgoneta y a trasladarlo al BMW.

¿Por qué era tan obediente?

—Te voy a follar —le susurró Carter a Sara antes de subir a la furgoneta de culo, arrastrando la pierna tiesa por el suelo.

La puerta del lado del conductor se cerró. Michelle se puso el cinturón de seguridad. Encendió el motor. Apoyó las manos en el volante y miró fijamente adelante, esperando a que le dijeran qué debía hacer a continuación.

¿Por qué?

—Solo necesito unos segunditos más. —Dash había conseguido abrir el depósito de combustible del BMW.

Se sacó del bolsillo una bengala de emergencia y encendió su extremo, que era como un fósforo gigantesco. Comenzaron a saltar chispas blancas.

—Le convendría darse prisa —le dijo a Sara.

Sara subió a la parte de atrás de la furgoneta. Lo último que vio antes de cerrar la puerta corredera fue a Dash introduciendo la bengala encendida en la boca del depósito.

Él subió de un salto al asiento delantero.

—Vamos —ordenó.

Michelle pisó el acelerador. La furgoneta arrancó con una sacudida. Giraron bruscamente en la esquina del edificio.

La gasolina ardía, pero solo los vapores podían provocar un estallido. Dash había calculado el tiempo a la perfección. Habían avanzado cincuenta metros cuando la onda expansiva de la explosión alcanzó la furgoneta.

Cuando la policía encontrara el BMW, el fuego habría borrado todas las pruebas forenses.

La sangre del volante. La de los asientos. El cadáver del repartidor.

Todo desaparecería.

—Mierda —masculló Carter—. Mierda, mierda, mierda.

La navaja se había movido, pese a sus esfuerzos. Agarrándose la entrepierna, lanzó una mirada indefensa a Sara.

Ella desvió los ojos.

—¿Todo bien, hermanos? —preguntó Dash.

—Sí —farfulló Vale.

—Sí, joder —respondió Carter con voz ronca.

Sara oyó el zumbido constante de las ruedas en el asfalto. Se metió la mano en el bolsillo vacío y, sirviéndose del pulgar, se limpió metódicamente las uñas.

Le había arañado la espalda a Vale cuando se había caído, arrancándole trozos de piel.

En el lugar del accidente, había tocado la herida que Merle tenía en el cuero cabelludo y se había limpiado los dedos en los pantalones cortos. Había pasado la palma por el hombro herido de Dash. Se había impregnado de sangre de Hurley en el asiento trasero del Malibú. Y, cuando por fin la sacaran de aquella furgoneta, procuraría meter la mano en el charco de sangre que manaba de la pierna de Carter.

Conocía las probabilidades. Iban a trasladarla a otro lugar, lo que, estadísticamente, reducía sus posibilidades de sobrevivir en torno a un doce por ciento.

Acabaría como Michelle Spivey: viva, sin estarlo del todo.

Haría que aquellos hombres la mataran, costase lo que costase. Su única tarea hasta entonces consistía en llevarse consigo un trozo de sus asesinos.

Quería que su familia pudiera llorarla con la certeza de que había muerto. Y quería que Will la vengase.

Tenía los pantalones impregnados de sudor por el simple hecho de llevarlos puestos. Llevaba en el bolsillo células de la piel de Vale. La sangre de Merle que manchaba su mano dejaría restos en el tejido. La de Dash también. Y lo mismo la de Carter, llegado el momento.

Los restos de ADN vincularían de manera concluyente a aquellos cuatro hombres con su muerte cuando su cadáver fuera encontrado.

CAPÍTULO 5

Domingo, 4 de agosto, 14:01 horas

—¿Dónde la llevan? —Will agarró a Hank de la camisa y le dio una violenta sacudida—. ¡Dímelo, maldita sea!

Hank lo miró, con la cara convertida en una pulpa sanguinolenta. Tenía los dientes rotos. La nariz ladeada. La mandíbula torcida.

Will recogió el revólver de la acera. Lo amartilló. Apuntó.

—¡No dispares! —gritó Cathy.

Will sintió de nuevo un sobresalto al reconocer aquella voz, que era la de Sara y sin embargo no lo era.

—¡Se la han llevado! —Cathy agarraba la escopeta con las dos manos, temblando de dolor—. ¡Has dejado que se lleven a mi hija!

A Will empezaron a lagrimearle los ojos. Tuvo que entornarlos para defenderse del sol.

—¡Esto es culpa tuya! —dijo Cathy mirándolo fijamente. Taladrándolo con la mirada—. Mi yerno no lo habría permitido.

Sus palabras sacudieron a Will como ningún golpe que hubiera recibido hasta entonces. Desamartilló el arma. Se limpió la boca con el dorso de la mano. Y, haciendo un esfuerzo, selló la parte de su cerebro que sabía que Cathy estaba en lo cierto.

Se oyó una sirena. Un coche patrulla de la policía de Atlanta se detuvo con un chirrido de neumáticos a diez metros de distancia.

Will arrojó el revólver a la accra. Levantó las manos. Le dijo a Cathy:

—Baja la…

—¡Baje el arma! —gritó el policía, apoyando su pistola en la puerta abierta del coche—. ¡Inmediatamente!

Muy despacio, Cathy depositó la escopeta a sus pies.

Levantó las manos.

—Soy del GBI —dijo Will, esforzándose porque su voz sonara firme—. Este es uno de los terroristas. Eran un grupo. Han secuestrado a dos…

—¿Dónde está su identificación?

—No llevo encima la cartera. Mi número de placa es el 398. Hay una mujer… —Tuvo que detenerse. Una oleada de vómito se le vino a la garganta. Tuvo que escupir—. Hay una mujer secuestrada. BMW plateado. Número de matrícula… —No conseguía recordar el número. Notaba el cerebro hinchado como un globo que intentara elevarse—. Un BMW X5 híbrido. Hay cuatro hombres más. No, tres.

«Joder».

Tuvo que cerrar los ojos para que la cabeza dejara de darle vueltas. ¿Eran tres hombres o cuatro? El cadáver de Merle estaba tendido entre el policía y él. Hank había recibido una paliza.

—Tres hombres —dijo—. Dé aviso. Un BMW X5. Una mu… Dos mujeres secuestradas.

—La radio está colapsada —respondió el policía, titubeando. Quería creer a Will—. Los teléfonos no funcionan. No puedo…

Will no tenía tiempo para estupideces.

Levantó a Hank de un tirón y lo lanzó contra el capó del coche patrulla. Le juntó las muñecas y se las sujetó con una mano. Le separó las piernas de un puntapié. Le registró los bolsillos. Un teléfono Android. Billetes doblados. Unas monedas. El permiso de conducir y la tarjeta de seguro médico.

Miró la foto del permiso de conducir para comprobar que era

la de Hank. Las minúsculas letras del nombre saltaban como pulgas ante sus ojos sobre el fondo blanco. Le dio ambas cosas al policía.

—No llevo las gafas.

—Hurley —leyó el agente—. Robert Jacob Hurley.

—Hurley. —Will vio el orificio de bala en la parte de atrás de su pierna. Le dieron ganas de clavarle un lápiz—. Se va a desangrar. Hay que llevarlo al hospital.

Lo agarró del cuello de la camisa y al intentar moverse se tambaleó. La calzada se movía como el suelo de una atracción de feria.

—¿Se encuentra…? —preguntó el policía.

—Vamos —lo interrumpió Will.

Metió a Hurley de un empujón en el asiento trasero y cerró la puerta con tanta fuerza que el coche se sacudió.

Apoyó las manos en el techo y cerró los ojos, tratando de recuperar el equilibrio. De pronto era consciente del dolor que atenazaba todo su cuerpo. Tenía los nudillos despellejados. Le corría sangre por el cuello. No había palabras para describir lo que sucedía dentro de su abdomen. Tenía la sensación de que todos sus órganos vitales estaban atados con un millar de gomas fuertemente apretadas. Sus costillas se habían convertido en cuchillas afiladas.

Rodeó el coche. Veía la puerta delantera como si la mirara a través del lado equivocado de un telescopio. Parpadeó. Buscó a tientas el tirador.

En cuanto se sentó, el coche arrancó bruscamente.

No miró a Cathy mientras se alejaban.

Ella lo llamó a gritos.

Will.

Era la voz de Sara y sin embargo no lo era.

El policía dijo:

—Por fin, algo. —Tenía el teléfono pegado a la oreja—. Está sonando.

—Una mujer ha… —Will sintió un calambre en el estómago.

Se inclinó y vomitó en el suelo. Las salpicaduras volaron por todas partes. Tuvo que limpiárselas de la cara—. Lo siento.

El policía bajó las ventanillas delanteras.

A Will empezaron a cerrársele los ojos. Sintió que su cuerpo quería ceder, darse por vencido.

—BMW plateado —dijo—. Michelle Spivey iba con ellos.

El policía se quedó boquiabierto.

—¿Mi…?

—Eran un comando. Policías. O militares.

—Mierda, ha dejado de sonar. —El agente colgó y volvió a marcar.

El coche atajó por un carril vacío y cruzó a toda velocidad Emory Village. Había gente en las aceras. Corrían todos hacia el hospital. Druid Hills estaba lleno de médicos, personal sanitario y gente del CDC. Hacían lo mismo que habían hecho Sara y él: intentar llegar lo antes posible a la zona siniestrada.

Will miró su reloj, pero sus ojos se resistían a obedecerlo. Tuvo que hacer un ímprobo esfuerzo para distinguir los números.

Las 14:06.

—¡Por fin, joder! —masculló el policía—. Aquí 3-2-9-9-4.

Will sintió que el yunque que tenía sobre el pecho se levantaba. Por fin se había establecido la conexión.

—Necesito hablar con la comandante. Tengo a uno de los sospechosos del atentado bajo mi custodia. Y detalles del…

—BMW X5 pla-plateado. —Will notó que empezaba a trabársele la lengua—. Tres sospechosos. Han secuestrado a dos mu… —No conseguía que la información acabara de salir de su boca. Su cabeza se negaba a mantenerse erguida—. Amanda Wagner. Tiene que lla… Dígale… Dígale que se han llevado a Sara. Dígale… —Tuvo que cerrar los ojos para que el sol no lo lastimara—. Dígale que la he cagado.

* * *

Sus párpados se abrieron como si fueran de algodón mojado. Sintió que unas chinchetas traspasaban sus pupilas. Comenzó a lagrimear mientras luchaba por mantenerse consciente. No experimentó ni un solo instante de desorientación, ni de olvido. Recordaba a la perfección lo que había sucedido y sabía exactamente dónde estaba.

Descolgó la pierna por un lateral de la camilla. Estuvo a punto de caer al suelo.

—Tranquilo. —Nate, el policía del coche patrulla, seguía con él—. Se ha desmayado. Está en urgencias.

Will se esforzó por oírle entre el estruendo.

—¿Han encontrado a Sara?

—Todavía no.

—¿Y el coche? —insistió—. ¿No han encontrado el coche?

—Están buscándola todos los efectivos. La encontrarán.

Will no quería solamente que la encontraran. Quería —necesitaba— que la encontraran con vida.

—Quizá debería echarse, amigo —dijo el policía.

Will se frotó los ojos para aclarárselos. Las luces fluorescentes eran como agujas de coser. Se dio cuenta de que estaba sentado en una de las decenas de camillas aparcadas a ambos lados del pasillo. Los pacientes sangraban, gemían, lloraban. Tenían la cara cubierta del polvo gris de los escombros. Reinaba una extraña calma. Nadie gritaba. Los enfermeros y médicos iban de acá para allá enérgicamente, con tabletas bajo el brazo. El personal hospitalario estaba preparado para situaciones como aquella. Sería en las calles donde se habría desatado el pánico.

—¿Cuántos muertos ha habido? —preguntó Will.

—No hay cifra oficial. Quizá veinte, como mínimo. O quizá cincuenta.

Will se sintió incapaz de asimilar esas cifras. Había oído estallar las bombas. Había corrido a socorrer a los supervivientes. Estaba mentalmente preparado para hacer lo necesario por salvar a tanta gente como fuera posible.

Ahora, su única preocupación era Sara.

—Están registrando edificio por edificio, buscando más…

Will se bajó de la camilla. Esperó a que le volvieran el mareo y las ganas de vomitar. No se repitieron, pero la cabeza le dolía con cada latido del corazón.

Cerró los ojos, trató de respirar.

—¿Y el BMW?

—Se ha dado la alerta, pero el sistema…

—¿Qué hora es?

—Las dos y treinta y ocho.

Es decir, que Sara llevaba más de media hora desaparecida. Will bajó la cabeza. Tenía aún el estómago encogido y las manos le sangraban de golpear a Hurley mientras los otros se llevaban a Sara delante de sus narices.

«Mi yerno no lo habría permitido».

Su yerno.

El marido de Sara.

El jefe de policía de su ciudad.

No habría permitido que aquello ocurriese.

—Oiga —dijo Nate—, ¿quiere un poco de agua o alguna cosa?

Will se frotó la mandíbula. Sus manos aún conservaban el olor de Sara.

—¡Will!

Faith venía corriendo por el pasillo. Amanda caminaba tras ella, hablando por un teléfono vía satélite.

Will tenía la garganta tan irritada que a duras penas consiguió preguntar:

—¿Habéis encontrado a Sara?

—El Estado entero está buscándola. —Faith le puso la mano en la frente igual que hacía cuando le preocupaba que Emma tuviera fiebre—. ¿Estás bien? ¿Qué ha pasado?

—Dejé que se la llevaran.

111

Ella le puso la mano en la cabeza.

—Paramos a ayudarlos —dijo Will, y resumió en pocas palabras el accidente—. Se fueron hacia la carretera de circunvalación. Fue la última vez que la vi. No... —Se interrumpió para toser y fue como si le propinaran otro puñetazo en el estómago—. No sé por qué se fue con ellos.

—¿Por qué estás aquí tirado como un indigente? —preguntó Amanda.

Antes de que pudiera responder, ella le levantó la camiseta. Hematomas rojos y morados mostraban los capilares rotos bajo su piel.

—Dios mío —musitó Faith.

—Puede usted marcharse, agente —le dijo Amanda a Nate—. Informe a su brigada. Faith, ve a buscar a un médico. Diles que podría tener una hemorragia interna.

Will intentó protestar:

—No voy...

—Cállate, Wilbur. —Amanda le hizo sentarse en la camilla—. No pienso jugar a que yo te mando que te vayas a casa y tú te largas por ahí hecho una calamidad. Vas a quedarte conmigo. Escuché todo lo que yo oiga. Pero tienes que hacer exactamente lo que te diga.

Will asintió con la cabeza, pero solo para hacerla hablar.

—En primer lugar, tienes que tomarte esto. Es aspirina. Te aliviará el dolor de cabeza.

Él miró el comprimido redondo que Amanda tenía en la mano. Odiaba los medicamentos.

Ella partió el comprimido por la mitad.

—Esta es la última vez que transijo. O juegas conforme a mis normas o te quedas fuera.

Will se metió la pastilla en la boca y se la tragó en seco.

Luego, esperó.

Amanda dijo:

—Michelle Spivey ingresó en urgencias esta mañana. Le había reventado el apéndice. La llevaron de inmediato a quirófano. Robert Jacob Hurley afirmó que era su mujer, Veronica Hurley. Enseñó en Admisiones su tarjeta del seguro médico. Está divorciado, pero ella sigue figurando en su SHBP.

—El plan de salud estatal —dijo Will—. De modo que Hurley es policía.

—Trabajó en la GHP hasta hace año y medio. Disparó a un hombre desarmado al que paró en la carretera.

—Hurley… —dijo Will pensativamente.

Al saber que aquel individuo había pertenecido a la GHP, la Patrulla de Carreteras de Georgia, su nombre le resultó de pronto familiar. Había seguido aquella historia como cualquier policía: confiando en que hubiera un motivo justificado para que Hurley disparara, porque lo contrario equivalía a un asesinato en primer grado.

—Lo absolvieron —dijo.

—Así es. Pero no consiguió enmendarse. Dejó el cuerpo seis meses después. Pastillas y alcohol. Su mujer lo abandonó.

—¿Quiénes son sus cómplices? ¿Quién ha puesto las bombas?

—Aún no lo sabemos. El FBI está utilizando el programa de reconocimiento facial con las grabaciones de las cámaras de seguridad. Uno de ellos dejó huellas dactilares, pero no están registradas en el NGI.

El NGI, el Sistema de Identificación del FBI. Si aquel sujeto hubiera formado parte de algún cuerpo de policía o del ejército, o hubiera pedido un certificado de penales para un empleo o para obtener alguna licencia, sus datos personales habrían quedado almacenados en la base de datos.

—¿Qué hacía Spivey con ellos? —preguntó Will—. Han puesto una bomba premeditadamente en el hospital. A Sara se la han llevado por azar.

Volvió a oír las palabras de Hurley: «mala suerte».

—¿Adónde han ido? —le preguntó a Amanda—. ¿Qué quieren? ¿Por qué han volado…?

—¿Doctor? —Amanda estaba haciendo señas a un hombre vestido de verde—. Venga aquí.

—Soy enfermero. Es lo mejor que va a poder conseguir de momento. —El hombre le levantó la camiseta a Will y empezó a palpar su abdomen—. ¿En algún sitio le duele más de lo que cree que debería dolerle?

Will había apretado los dientes al primer contacto. Negó con la cabeza.

El enfermero lo auscultó moviendo el estetoscopio de un sitio a otro y escuchando. Cuando hubo acabado, se dirigió a Amanda en vez de a Will.

—Todas las máquinas de resonancia magnética están ocupadas. Pero podemos hacerle un TAC para ver si hay hemorragia interna.

—¿Cuánto se tarda? —preguntó Will.

—Cinco minutos si puede bajar las escaleras por su propio pie.

—Puede andar. —Amanda ayudó a Will a bajar de la camilla. Su coronilla le llegaba a la axila.

Will se apoyó en ella más de lo que debería. Los músculos del abdomen le ardían como cordita. Aun así, preguntó:

—¿Por qué han atentado contra el hospital?

—Para escapar —dijo Amanda—. Necesitan a Michelle. No tenemos ni idea de para qué. Debemos dar por sentado que el atentado ha sido una maniobra de distracción. Podrían haber causado muchos más daños, haber dejado muchos más muertos y heridos, si hubieran atentado en otros sitios. No podemos centrarnos en el «qué». Debemos llegar al fondo del «por qué».

Will cerró los ojos con fuerza. No conseguía asimilar nada de lo que decía Amanda. Sentía el cerebro lleno de cuentas de cristal.

—Sara —dijo—. No pude… No fui…

—Vamos a encontrarla.

Faith se reunió con ellos en la escalera. Los adelantó y fue caminando de espaldas mientras informaba a Amanda:

—Han encontrado un teléfono roto en una bocacalle. La ATF piensa que lo utilizaron para detonar las bombas. Lo han llevado a nuestro laboratorio para buscar huellas. A primera vista, parece idéntico al que le encontramos al sospechoso sin identificar.

Will hizo una mueca de dolor al resbalarle el pie en un peldaño. Sus costillas se habían convertido en cuchillos.

—El GPS —dijo—. El BMW de Sara tiene…

—Está todo en marcha —repuso Amanda—. Estamos difundiendo la información lo más rápido posible.

—Por aquí. —El enfermero los estaba esperando al pie de la escalera. Los ayudó a abrir la puerta.

Will no se movió.

Había algo más que no le estaban contando. Percibía la tensión que había entre Amanda y Faith. Una de ellas era una mentirosa consumada. La otra también, menos en lo tocante a Will.

—¿Está muerta? —le preguntó a Faith.

—No —contestó Amanda—. Rotundamente no. Si supiéramos algo, te lo diríamos.

Él siguió mirando a Faith.

—Te prometo que te lo diría si supiéramos dónde está —dijo ella.

Will optó por creerla, pero únicamente porque no le quedaba otro remedio.

—A su derecha —dijo el enfermero.

Amanda condujo a Will por el pasillo, hasta una sala. En medio había un gigantesco anillo metálico. Will se llevó la mano a la nuca. Tocó el borde afilado de la grapa que sujetaba su cuero cabelludo.

«¿Cuándo había sido eso?».

—Esperamos aquí fuera —dijo Amanda.

Se cerró la puerta.

Una técnico ayudó a Will a subirse a la mesa. Acto seguido, se metió en una cabina y le dijo lo que tenía que hacer: que se estuviera muy quieto, que contuviera la respiración y que fuera soltando el aire lentamente. La mesa empezó a moverse adelante y atrás a través del círculo y Will tuvo que cerrar con fuerza los ojos porque el anillo metálico se convirtió en un cuadrángulo que giraba sobre su filo.

No pensó en Sara. Pensó en su mujer.

En su exmujer.

Angie se había esfumado dejándolo en la estacada. Constantemente. Una y otra vez. También ella había crecido en hogares de acogida. Fue así como la conoció Will. Él tenía ocho años y se enamoró perdidamente, con ese amor que se siente por la única cosa a la que uno puede aferrarse.

Pero Angie era culo de mal asiento. Will nunca la había culpado por marcharse. Esperaba siempre su regreso con un nudo en el estómago. No porque la echara de menos, sino porque, cuando Angie se alejaba de él, hacía barbaridades. Lastimaba a la gente. Con malicia. Innecesariamente. Will sentía una culpabilidad malsana cada vez que, al despertarse, descubría que se había llevado sus cosas, como si fuera un perro rabioso al que no pudiera mantener encadenado en el jardín.

Con Sara era distinto.

Perderla —dejar que alguien se la llevara— le producía un sentimiento de agonía, como si hubiera una parte de él a la que Sara hubiera insuflado vida y, sin ella, esa parte se marchitara hasta desaparecer.

Will ya no sabía estar solo.

—Muy bien.

El escáner había concluido. La técnico lo ayudó a bajar de la mesa. Él se frotó los ojos. Veía doble otra vez.

—¿Necesita sentarse? —preguntó ella.

—No.

—¿Náuseas o sensación de mareo?

—Estoy bien, gracias.

Salió para que pudiera entrar la paciente que esperaba, una enfermera vestida aún de uniforme, con la cara manchada de sangre. Estaba cubierta de polvo y mascullaba que alguien llamara a su marido.

Will encontró a Amanda en la sala del otro lado del pasillo. Por fortuna, las luces estaban apagadas. El dolor agudo que notaba en los ojos se mitigó hasta convertirse en una lenta quemazón.

El enfermero de antes le hizo una seña con la cabeza.

—Suerte que haces abdominales, amigo mío.

—Este es su abdomen inferior. —El radiólogo indicó una pantalla llena de sombras que, según dedujo Will, eran sus órganos—. No veo ninguna hemorragia. La mayoría de los hematomas son superficiales. Lo de los abdominales es cierto. Su musculatura abdominal forma una especie de corsé que rodea los órganos internos. Pero aquí, en el periostio, tiene una microrrotura. —Señaló una costilla que parecía estar aún intacta—. Es una membrana muy fina que rodea el hueso. Tiene que ponerse hielo tres veces al día. Tome ibuprofeno o algo más fuerte si lo necesita. Vamos a recetarle un tratamiento para mantener sus pulmones sanos. Una actividad moderada no le hará daño, pero no haga esfuerzos excesivos. —Miró a Will—. Ha tenido suerte, pero tómese las cosas con calma.

Faith levantó su teléfono.

—Amanda, acaba de entrar el vídeo.

Will no preguntó qué vídeo. Evidentemente, lo estaban dejando al margen de algo.

—Vamos a otro sitio. —Amanda los llevó a otra escalera, enfrente de la que habían tomado para bajar. Señaló los escalones—. Siéntate.

Will se sentó porque le hacía falta.

Amanda sacó del bolso un chicle envuelto. Él oyó un chasquido. Luego, Amanda le pasó la goma bajo la nariz.

Will retrocedió como un caballo encabritado. El corazón le chocó contra la espina dorsal. Sintió que se le abría de golpe el cerebro. De pronto, todo se volvió más nítido. Vio la mugre en las junturas de los bloques de cemento.

Amanda le enseñó el paquete que él había tomado por un chicle.

—Ampollas de amoniaco.

—Joder —dijo él, alarmado—. ¿Me has drogado?

—Deja de comportarte como un bebé. Son sales de inhalación. Te he espabilado porque necesito que prestes atención a esto.

A Will le goteaba la nariz. Ella le pasó un pañuelo al sentarse a su lado.

Faith se quedó de pie al otro lado de la barandilla y les acercó el teléfono para que vieran los tres el vídeo.

Will vio un aparcamiento. Era una imagen en blanco y negro, pero nítida. Una mujer se dirigía con su hija hacia un Subaru.

Cabello oscuro, complexión delgada. Will la reconoció por las noticias de hacía un mes, no por haberla visto ese mismo día.

Michelle Spivey.

Su hija caminaba delante, mirando el móvil y balanceando las bolsas de la compra. Michelle estaba buscando las llaves en el bolso cuando una furgoneta oscura, sin ningún distintivo, paraba junto a su hija. La cara del conductor no se distinguía a través del parabrisas. La puerta lateral se abría. Un hombre se apeaba de un salto. La niña echaba a correr.

El hombre se abalanzaba sobre Michelle.

Faith detuvo el vídeo y amplió la cara del hombre.

—Es él —dijo Will. El conductor del Chevy Malibú—. Clinton. Así lo llamaban, pero estoy seguro de que no es su nombre.

Faith masculló algo en voz baja.

—¿Quién es?

—No está en el sistema. —Amanda indicó a Faith que cerrara el vídeo—. Estamos intentando identificarlo. Es otra pieza del puzle.

Will sacudió la cabeza. Amanda había cometido un error al darle a oler las sales. Volvía a sentirse aturdido.

—Me estáis mintiendo.

Sonó el teléfono vía satélite. Amanda levantó un dedo para pedirles silencio.

—¿Sí? —contestó.

Will esperó conteniendo la respiración.

Amanda hizo un gesto negativo con la cabeza.

Nada.

Salió al pasillo y dejó que la puerta se cerrara a su espalda.

Will no miró a Faith al preguntar:

—Sabes cómo se llama ese tipo, ¿verdad?

Faith respiró hondo.

—Adam Humphrey Carter. Ha entrado y salido varias veces de la cárcel por robo, allanamiento de morada, violencia doméstica y amenazas terroristas.

—Y violación —aventuró Will.

Faith respiró hondo otra vez.

—Y violación —dijo, y aquella palabra permaneció en equilibrio al borde del abismo que se abría entre ellos.

La puerta volvió a abrirse.

—Faith. —Amanda le hizo señas de que se acercara y le dijo algo al oído.

Ella comenzó a subir las escaleras. Al pasar junto a Will le puso la mano en el hombro, pero su gesto no consiguió tranquilizarlo.

—Los ascensores son muy lentos —dijo Amanda—. ¿Podrás subir seis tramos de escaleras?

Will se agarró a la barandilla y se levantó.

—Has dicho que ibas a contármelo todo.

—He dicho que escuché todo lo que oiga yo. ¿Quieres estar conmigo cuando hable con Hurley o no?

Sin esperar respuesta, comenzó a subir. Sus tacones de aguja se clavaban en los peldaños. Dobló el recodo de la escalera sin mirar atrás para asegurarse de que la seguía.

Will subió penosamente tras ella. A su cerebro seguían aflorando imágenes: Sara de pie en la puerta del cobertizo; Sara corriendo delante de él hacia el Chevy; su expresión de alarma al darle el mando del coche. Se había dado cuenta antes que él de que algo iba mal, al echar un vistazo al Porsche. Will debería haber tirado de ella, debería haberla obligado a subir al BMW y haberla llevado a casa.

Miró su reloj.

Las 15:06.

Hacía más de una hora que se la habían llevado. En esos momentos podía estar cruzando la frontera estatal de Alabama. Podía estar atada en algún bosque mientras Adam Humphrey Carter la desgarraba.

Notó un calambre en el estómago. Iba a vomitar otra vez.

«Has dejado que se lleven a mi hija».

—Espera. —Amanda se había detenido en el descansillo de la tercera planta—. Descansa un minuto.

—No lo necesito.

—Pues entonces quizá deberías probar a subir estas escaleras con tacones. —Se quitó un zapato y se frotó el pie—. Necesito recuperar el aliento.

Will miró escalera abajo. Intentó ahuyentar de su mente los malos pensamientos. Volvió a mirar su reloj.

—Son las tres y siete. Sara lleva desaparecida…

—Gracias, Coco, pero sé leer la hora.

Volvió a calzarse pero, en lugar de seguir subiendo, abrió la cremallera de su bolso y comenzó a hurgar dentro.

—Ese tipo, Carter —dijo Will—. Es un violador.

—Entre otras cosas.

—Tiene a Sara.

—Soy consciente de ello.

—Podría estar haciéndole daño.

—O quizá esté huyendo sin más.

—No estás siendo completamente sincera conmigo.

—Wilbur, yo nunca soy completamente nada.

Will no tenía ánimos para seguir hablando en círculos sin llegar a ninguna conclusión. Se apoyó contra la pared y, agarrándose a la barandilla, se miró las deportivas. Estaban manchadas de verde, de segar el césped. Tenía salpicaduras rojas de sangre mezclada con polvo en torno a los gemelos. Aún sentía en las rodillas el frío de las baldosas del cobertizo. Cerró los ojos. Trató de rememorar ese momento de dicha, antes de que todo se torciera, pero solo sintió la culpa que, como una carcoma, le abría un agujero en el pecho.

—Era ella quien conducía —le dijo a Amanda.

Ella levantó la mirada del bolso.

—Cuando se fueron, conducía Sara. No tuvieron que dejarla sin sentido ni… —Will sacudió la cabeza—. Les dijo que la mataran. Que no pensaba ir con ellos. Pero se fue. Se fue al volante.

Bajó la mirada. Amanda lo había cogido de la mano. Tenía la piel fría. Sus dedos eran minúsculos. Will siempre olvidaba lo menuda que era.

—No me… —Era un idiota por confesarle nada, pero necesitaba desesperadamente que alguien lo absolviera—. No me sentía tan asustado desde que era un crío.

Amanda le acarició la muñeca con el pulgar.

—No paro de pensar en todo lo que podría haber hecho, y puede… —Trató de detenerse, pero no pudo—. Puede que haya reaccionado equivocadamente porque estaba asustado.

Amanda le apretó la mano.

—Ese es el problema de querer a alguien, Will. Que te debilita.

Él no supo qué decir.

Amanda le palmeó el brazo, indicándole que había acabado el momento de las confesiones.

—Ponte las pilas. Tenemos cosas que hacer —dijo, y comenzó a subir enérgicamente delante de él.

Will la siguió más despacio, tratando de comprender lo que le había dicho ella. No sabía si su comentario era un reproche o una explicación.

Ni una cosa ni otra, completamente.

Respiró hondo al llegar a lo alto del siguiente tramo de escaleras. El pinchazo que notaba antes en la costilla se había convertido en un dolor sordo. Cobró conciencia de que, mientras se movía, su estado había mejorado sensiblemente: ya no le dolía la cabeza y la lava que se agitaba dentro de su vientre empezaba a enfriarse. Se dijo que era una suerte que ya no viera torcido. Y que el globo de su cerebro hubiera vuelto a quedar amarrado a su cráneo.

Aprovechó aquella sensación de alivio para hacer planes, más allá de su entrevista con Hurley, que estaba seguro de que no daría ningún resultado. Tenía que ir a casa a buscar su coche. Intentaría localizar a Nate para que lo acercara. Guardaba un escáner policial en el armario de la entrada. Se lo llevaría y buscaría en los sitios donde nadie más buscaba. Se había criado en pleno centro. Conocía las malas calles, las barriadas depauperadas donde se escondían los criminales.

Salieron por la puerta del quinto piso. Siguió a Amanda por otro largo pasillo. Había dos policías en cada extremo. Otro enfrente del ascensor. Y dos más montando guardia junto a una puerta corrediza de cristal.

Amanda fue enseñándoles su identificación.

La puerta de cristal se abrió.

122

Will miró el umbral, los rieles metálicos encastrados en las baldosas. Respiró todo lo hondo que pudo. No podía olvidarse de que Sara estaba en manos de un violador convicto, pero podía aparentar calma. Al menos, la suficiente para hacer lo que Amanda necesitara que hiciese a fin de sacarle información a Hurley.

Entró en la habitación.

Hurley estaba esposado a la cama. Había un lavabo y un váter al descubierto, y una delgada cortina para garantizar un mínimo de intimidad a su ocupante. El sol se filtraba por las persianas abiertas. Los fluorescentes estaban apagados. Un monitor iluminado mostraba el latido firme y constante del corazón de Hurley.

Estaba dormido. O al menos fingía estarlo. Tenía la cara cosida con puntos de sutura, como el monstruo de Frankenstein. Le habían enderezado la nariz rota, pero su mandíbula seguía colgando, torcida.

Su latido cardiaco era rítmico como un péndulo parsimonioso que oscilara adelante y atrás.

Amanda abrió otra ampolla de amoniaco y se la puso bajo la nariz.

Hurley se despertó de golpe, los ojos abiertos de par en par; los orificios de la nariz dilatados.

El monitor cardiaco sonó como una alarma de incendios.

Will echó un vistazo a la puerta, convencido de que de un momento a otro entraría una enfermera a todo correr.

Pero no vino nadie.

Los policías ni siquiera se giraron.

Amanda había sacado su identificación.

—Soy la subdirectora Amanda Wagner, del GBI. Ya conoce al agente Trent.

Hurley miró la identificación y luego fijó los ojos en ella.

—No voy a leerle sus derechos porque esto no es un interrogatorio formal —prosiguió Amanda—. Le han suministrado

123

morfina, de modo que nada de lo que diga podrá ser utilizado ante un tribunal de justicia.

Esperó, pero Hurley no dijo nada.

—Los médicos lo han estabilizado. Tiene la mandíbula dislocada. Lo llevarán a quirófano en cuanto acaben de atender a los pacientes más graves. De momento, tenemos algunas preguntas que hacerle acerca de las dos mujeres que han sido secuestradas.

Hurley pestañeó y esperó, obviando a Will premeditadamente, cosa que a él le pareció bien, porque si aquel individuo le lanzaba una sola mirada malintencionada, no sabía si podría refrenarse.

—¿Tiene sed? —Amanda apartó la cortina que rodeaba el lavabo y el váter. Quitó el envoltorio a un vaso de plástico y abrió el grifo.

Will se apoyó contra la pared. Se metió las manos en los bolsillos.

—Usted fue policía —continuó ella mientras llenaba el vaso de agua—. Ya conoce los cargos. Ha asesinado o participado en el asesinato de decenas de civiles. Ha colaborado activamente en el secuestro de dos mujeres. Forma parte de una conspiración para emplear un arma de destrucción masiva. Eso por no hablar del fraude a la seguridad social.

Se dio la vuelta y se acercó a la cama con el vaso de agua.

—Son cargos federales, Hurley —añadió—. Incluso si, por algún milagro, el jurado no se decanta por la pena de muerte, no va a volver usted a respirar al aire libre nunca más, en lo que le queda de vida.

Hurley echó mano del vaso. Las esposas resonaron al chocar con la barandilla de la cama.

Amanda hizo una pausa lo bastante larga para hacerle entender que era ella quien estaba al mando. Luego, le acercó el vaso a la boca y le puso las puntas de los dedos bajo la mandíbula para ayudarle a cerrar los labios.

Hurley apuró el vaso, haciendo ruido al tragar.

—¿Más? —preguntó ella.

Él no respondió. Se apoyó en la almohada y cerró los ojos.

—Necesito encontrar a esas dos mujeres sanas y salvas, Hurley. —Amanda sacó un pañuelo de papel de su bolso y limpió cuidadosamente el vaso antes de arrojarlo a la papelera—. Este es el único momento de todo el proceso en que va a tener usted alguna capacidad de maniobra para negociar.

Will miró el vaso, extrañado.

«¿Qué le había dado?».

—De media, el Gobierno federal tarda quince años en aplicar la pena de muerte. —Amanda acercó una silla y se sentó junto a la cama. Cruzó las piernas. Se quitó un hilillo de la falda. Miró su reloj—. Resulta un poco irónico, pero ¿sabía usted que a Timothy McVeigh lo detuvieron por una infracción de tráfico?

El atentado de Oklahoma City. McVeigh hizo estallar un camión bomba frente al Edificio Federal Murrah, causando casi doscientos muertos y cerca de un millar de heridos.

—Fue condenado a muerte —prosiguió Amanda—. Cumplió cuatro años en la prisión de máxima seguridad de Florence antes de solicitar judicialmente que se adelantara su fecha de ejecución.

Hurley se pasó la lengua por los labios. Algo había cambiado. Las palabras de Amanda —o quizá lo que le había dado a beber— comenzaban a minar su serenidad.

—Ted Kaczynski, Terry Nichols, Dzhokhar Tsarnaev, Zacarias Moussaoui, Eric Rudolph —dijo ella, pasando revista a los criminales que cumplían cadena perpetua en el llamado Corredor de los Terroristas—. A ese listado podría añadirse el nombre de Robert Hurley. ¿Sabes lo que implica estar internado en una prisión de máxima seguridad? —preguntó dirigiéndose a Will, no a Hurley.

Él lo sabía, pero aun así preguntó:

—No, ¿qué?

—Los reclusos pasan encerrados en sus celdas veintitrés horas al día. Solo se les permite salir una hora, en caso de que se les permita, porque eso queda a discreción de los guardias. ¿Crees que los guardias se portan bien con los reclusos que han hecho volar por los aires a la población civil?

—No —contestó Will.

—No —convino Amanda—. Pero las celdas están equipadas con todo lo necesario para sobrevivir. El váter sirve a la vez de lavabo y de fuente. Hay un televisor en blanco y negro, si uno quiere ver programas educativos o religiosos. Te traen la comida. La ventana tiene diez centímetros de ancho. ¿Crees que se ve mucho cielo por un hueco de diez centímetros, Will?

—No —repitió él.

—Te duchas en régimen de aislamiento. Comes en régimen de aislamiento. Y, si tienes la suerte de que te saquen al patio, en realidad no hay patio que valga. Es una especie de foso, como una piscina vacía. Se recorre en diez pasos. En treinta, si das la vuelta entera. Tiene cuatro metros y medio de profundidad. Se ve el cielo, pero no puede uno escribir a casa para contarlo. Dejaron de proporcionar lápices a los reclusos porque los usaban tenazmente para abrirse la garganta.

Hurley tenía los ojos abiertos. Miraba fijamente el techo.

Amanda volvió a consultar su reloj.

Will miró la hora.

Las 15:18.

—Hurley —prosiguió Amanda—, el resto de las imputaciones me trae sin cuidado. Lo que me importa ahora es recuperar a esas dos mujeres sanas y salvas. De modo que esto es lo que le ofrezco.

Hizo una pausa.

Hurley aguardó, expectante.

Will sintió que se le encogía el estómago.

—Va a morir usted en prisión. Eso no puedo evitarlo. Pero puedo conseguir que su identidad no se haga pública. Puedo proporcionarle una nueva identidad, nuevos antecedentes. Los Marshals se encargan de la supervisión de numerosos reclusos acogidos al programa de protección de testigos. Estará en régimen ordinario, en una prisión de máxima seguridad, sí, pero no enjaulado como un animal mientras se vuelve loco lentamente. —Hizo otra pausa—. Lo único que tiene que hacer es decirme ahora mismo dónde encontrar a esas mujeres.

Hurley sorbió por la nariz. Ladeó la cabeza para mirar por la ventana. Cielo azul. El sol en la cara. El latido de su corazón volvía a ser lento, parsimonioso. Estaba tranquilo porque creía tener la situación bajo control, lo mismo que en el momento del accidente.

Al menos, hasta que Michelle Spivey abrió la boca y comenzó a hablarle de su padre.

«Es tu héroe… Querías que se sintiera orgulloso de ti».

—Tu padre está enfermo, ¿verdad? —intervino Will—. Fue lo que dijo Michelle. Que se iba a morir.

Hurley giró la cabeza bruscamente. Le relampagueaban los ojos, llenos de furia.

Aquel era el modo de hacer mella en él. No le importaba la gente a la que había asesinado. Nadie podía hacer que las convicciones que lo habían impulsado a cometer un atentado terrorista se tambaleasen en el plazo de unos minutos. Pero todo hombre tenía su punto flaco. Y, en el caso de muchos criminales, ese punto flaco era su padre.

—¿Tu padre era policía? —preguntó Will—. ¿Por eso te enrolaste?

Hurley lo miró con ira. El monitor mostró cómo se aceleraba su latido cardiaco.

—Apuesto a que estaba muy orgulloso cuando ingresaste en el cuerpo. Cuando hiciste el juramento, igual que él. Su… hijo

—dijo Will, pronunciando esas dos palabras espaciadamente, como había oído pronunciarlas a muchos agentes veteranos cuando hablaban de sus hijos. Como si fuesen extensiones de sí mismos, no individuos—. Seguro que no estará tan orgulloso cuando sepa que has ayudado a un violador convicto a secuestrar a otra mujer.

Las pausas entre los pitidos del monitor se acortaron.

—Me acuerdo de cuando murió mi padre —añadió Will—. Estaba con él en el hospital cuando exhaló su último aliento.

Amanda no dijo nada. Sabía que la primera vez que Will vio la cara de su padre fue cuando identificó su cadáver.

—Nunca antes le había dado la mano —prosiguió él—. Puede que de pequeño, cuando me ayudaba a cruzar la calle. Pero de mayor nunca. En ese momento me pareció tan… vulnerable, ¿sabes? Y yo me sentía igual. Es lo que pasa cuando quieres a alguien. Te sientes débil. Quieres borrar su dolor. Harías cualquier cosa con tal de salvarlo.

Una lágrima se deslizó por la comisura del ojo de Hurley.

—Casi al final —dijo Will—, mi padre tenía las manos y los pies fríos. Le puse los calcetines. Le di friegas. Pero no había forma de que entrara en calor. El organismo reacciona así, derivando todo el calor hacia el cerebro y los órganos internos. Sientes que les aprietas la mano, pero no pueden apretar la tuya.

Amanda había dejado la silla libre. Will se sentó y la acercó a Hurley. Tuvo que refrenar una oleada de repulsión al tomarlo de la mano.

Lo estaba haciendo por Sara.

Era así como la encontrarían.

—No puedes borrar lo que has hecho, Hurley —continuó—, pero puedes intentar remediarlo en la medida de lo posible. —Sintió que Hurley le apretaba los dedos—. Salva a esas dos mujeres. No permitas que les hagan daño. Dale a tu padre algo que haga que se sienta otra vez orgulloso de ti.

Hurley tragó saliva.

—Dinos dónde encontrar a esas mujeres —insistió Will, intentando no suplicar—. Todavía no es demasiado tarde para salvarlas de lo que sabes que les espera. Que lo último que piense tu padre sea que su hijo era un buen hombre que hizo algunas cosas malas, no un mal hombre que no sabía hacer el bien.

Hurley había cerrado los ojos. Sus lágrimas mojaban la almohada.

—Tranquilo —dijo Will, mirando sus manos unidas. Hurley apretaba tan fuerte la suya que la piel desollada de los nudillos había vuelto a sangrar—. Dinos cómo salvarlas. Sé como tu padre sabe que puedes ser.

Hurley exhaló un suspiro trémulo. Lloraba copiosamente. No miró a Will, sino a Amanda. Su boca se movió. Le chasqueó la mandíbula.

—Ggg… —Su cara se contrajo por el esfuerzo. No podía articular con los labios—. Ggg…

—¿Gilmer? ¿Gwinnett? ¿Gordon? —Amanda dejó de mencionar nombres de condados y buscó algo en su bolso—. Tengo algo para que escriba.

—Nnn —Hurley sacudió la mano de Will, exasperado—. Qqq… —probó otra vez.

Will se inclinó hacia él y aguzó el oído.

—Qqq… —Hurley se agarró a las barandillas de la cama y les dio una violenta sacudida—. ¡Que os jodan!

CAPÍTULO 6

Domingo, 4 de agosto, 14:13 horas

Faith notaba en el coxis el traqueteo del asiento de plástico de la parte de atrás del helicóptero. Su sensación de impotencia era cada vez más abrumadora. Will estaba allá abajo, en alguna parte, seguramente sintiéndose igual de impotente, mientras ella estaba atrapada dentro de una lavadora sobrecargada. El sol calentaba la piel metálica del Huey. A su izquierda había seis corpulentos agentes vestidos con el uniforme de las fuerzas especiales y armados con fusiles de asalto AR-15. Iban sentados con las piernas abiertas de par en par. Sus brazos eran del tamaño de troncos de árboles. Tenían una expresión adusta, iracunda. Estaban listos para entrar en acción.

De momento, sin embargo, les tocaba esperar. Las ambulancias aéreas tenían prioridad para aterrizar en el helipuerto del hospital. El tufo de la ansiedad prolongada impregnaba el interior del Huey. Estaban preparados para saltar del estrecho cubículo no bien tomaran tierra. El silencio del piloto en los voluminosos auriculares se hacía insoportable. Aun así, Faith aguzaba el oído, tratando de escuchar algo más allá del chisporroteo de la electricidad estática. Solo Maggie y Amanda se habían quitado los auriculares y hablaban en privado, gritándose mutuamente al oído. Amanda

130

parecía furiosa, lo que era comprensible a menos que uno la conociera bien. Porque Amanda nunca parecía furiosa. Normalmente ella era la calma en medio de la tormenta.

Pero había tantas cosas por las que enfurecerse...

Will estaba ingresado en urgencias. No sabían nada de Sara. Ni idea de quién se la había llevado, de por qué habían hecho detonar las bombas, de qué se proponían hacer a continuación.

Quince muertos confirmados. Treinta y ocho heridos. Varios policías y guardias de seguridad fallecidos. Y una ayudante del *sheriff* que había muerto en la mesa de operaciones.

—Hemos inspeccionado el cincuenta por ciento de los edificios del campus. —Maggie había vuelto a ponerse los auriculares. Su voz resonaba como si estuviera hablando a través de una lata—. La primera bomba estalló en la cuarta planta del aparcamiento de Lowergate East y provocó el derrumbamiento de la cubierta. La segunda era más potente, el plato fuerte. Estalló en la planta menos uno, junto a uno de los principales pilares de carga. Estaba colocada estratégicamente para que el edificio se derrumbara por completo.

—No ha sido una acción planificada de antemano —gritó Amanda—. Han aprovechado una oportunidad.

Maggie señaló los auriculares. La línea no era segura.

—Tenemos permiso para aterrizar —anunció el piloto.

El helicóptero descendió en picado antes de dirigirse hacia el campus. Faith sintió un vuelco en el estómago, no por la repentina pérdida de altitud, sino al ver el aparcamiento siniestrado.

El humo enturbiaba el aire. Contó seis camiones de bomberos que luchaban por apagar otros tantos incendios. El suelo estaba cubierto de cristales rotos y cascotes de cemento. Los coches que habían salido despedidos del aparcamiento por la explosión estaban diseminados por las calles o incrustados como misiles en los edificios colindantes. Sobre la pasarela que cruzaba Clifton Road había una furgoneta con las ruedas para arriba, como una cucaracha muerta. Vio zapatos, papeles, hierros doblados como clips. Se acordó de cuando su hijo era pequeño y le robaba cosas del escritorio para usarlas como juguetes.

—El conductor del Porsche —Maggie había recibido noticias a través del teléfono— es un médico del hospital infantil. Creen que le rompieron el cuello con posterioridad al accidente. No querrían testigos. Mala suerte.

Faith pensó en lo fortuito del accidente de tráfico. Aquel pobre hombre seguramente iba pensando en meterse en la cama cuando la camioneta lo golpeó por detrás.

—Están evacuando a los estudiantes en autobuses.

Amanda señaló una fila de chavales cargados con mochilas y maletas. Había carpas blancas para el triaje de heridos. Agentes uniformados pululaban entre los escombros. Bomberos y civiles apartaban cascotes, se pasaban cubos entre sí.

—La rueda de prensa es en quince minutos —informó Maggie a Amanda—. ¿Quieres estar presente?

—No, pero voy a redactar algo.

Amanda sacó su libreta y se puso a escribir.

Faith trató de orientarse mientras el helicóptero se aproximaba a la plataforma de aterrizaje. Estaban justo encima del llamado Clifton Corridor. El aparcamiento siniestrado estaba al otro lado de la calle, frente al hospital. Detrás de los tres edificios del centro médico y del Instituto Winship de Oncología. A una manzana de distancia del hospital infantil Egleston. Y algo más lejos de las residencias de estudiantes y las bibliotecas del otro lado de Clifton.

De todos los lugares en los que los terroristas podían haber detonado las bombas, el aparcamiento era el que podía arrojar menor número de víctimas. Habían matado a algunas personas, pero la cifra de muertos podría haber sido mucho mayor.

«No ha sido una acción planificada».

El helicóptero tomó tierra con una fuerte sacudida.

—¡Vamos, vamos, vamos! —gritó el jefe de los SWAT.

Desalojaron a toda prisa el helicóptero para dejar sitio a la siguiente ambulancia aérea. Faith se apeó con ayuda de un celador del hospital. Entraron corriendo en el edificio. La puerta de acceso de la azotea ya estaba abierta. Un paciente esperaba, amarrado a una camilla, la llegada del siguiente helicóptero. Los SWAT desaparecieron escalera abajo, empuñando sus fusiles.

A Faith le lloraban tanto los ojos que apenas veía. Tosió. El aire era tan denso que se mascaba. No quería saber qué estaba respirando. Fijó los ojos en la espalda de la chaqueta azul marino de Amanda y la siguió por la escalera.

En el piso de abajo la atmósfera estaba menos cargada. Siguieron bajando. Faith usó el faldón de su camisa para limpiarse el polvo de los ojos. Maggie ya estaba hablando por su teléfono vía satélite. Sucedió lo mismo que anteriormente: las bombardeó con información, mirando hacia atrás, mientras bajaba a toda prisa.

—El hombre al que disparó Will en el lugar del accidente. Han cotejado sus huellas dactilares. No está en el sistema. —Escuchó de nuevo y luego añadió—: El teléfono Android de Robert Hurley no ha servido de mucho. Solo llamó a un número, a un teléfono desechable. Estamos intentando localizarlo.

Se apartaron las tres para dejar pasar a dos celadores.

—Mi gente conseguirá antes una orden judicial —dijo Amanda—. Nosotros nos encargamos del papeleo.

—Estupendo. —Maggie siguió bajando las escaleras—. Hablaré con Murphy. Aunque no puedo prometer nada.

—Yo tampoco.

Amanda parecía furiosa otra vez. Se la oía respirar. Sus tacones se clavaban en los escalones.

Faith echó un vistazo a su reloj.

Las 14:17.

El atentado ya habría aparecido en las noticias. Evelyn daría por sentado que Faith estaba con Amanda. Llamaría a Jeremy y le diría que había hablado con ella y que estaba bien. Después, quebrantando las normas, dejaría que Emma jugara con el iPad y fingiría que era una dádiva especial, en vez de una maniobra de distracción. Su madre había sido policía treinta años. Sabía cómo mentir a su familia.

Faith dobló el recodo del descansillo. Bajó los últimos escalones de dos en dos. Habían llegado a la primera planta. Un sargento de la policía de Atlanta mantenía la puerta abierta.

—El médico no podía esperar —le dijo a Maggie—. Ha dicho que lo buscara cuando llegara.

—Encuéntrelo —respondió Maggie haciendo un ademán con la mano—. No se quede ahí parado, hable.

El sargento apretó el paso para alcanzarlas.

—No le han sacado la bala a Hurley de la pierna. Era menos peligroso así. Tienen que operarlo de la mandíbula, pero hay muchos heridos en estado crítico antes que él. Hemos desalojado la quinta planta. Tiene vigilancia constante. No se apartan de él ni para mear. Con perdón, señora.

—Todos meamos, sargento —respondió Maggie, y preguntó—: ¿Hurley está consciente?

—A ratos, señora. Se ha negado a que le administraran analgésicos desde que lo han subido a planta.

—No quiere que se le suelte la lengua. —Amanda se volvió hacia el agente—. Asegúrese de que no den prioridad a lo de su mandíbula. Necesito que hable. Manténgalo a solas en la habitación. Asegúrense de que vea bien por la ventana. Y que no le den agua —añadió.

El sargento miró a Maggie. Ella asintió con un gesto y se volvió hacia Amanda.

—Llévate esto. —Amanda arrancó una hoja de su libreta—. Dile a la prensa que es la declaración oficial del GBI. Quiero que lo leas tal y como está escrito.

—Entendido —dijo Maggie, y le cambió el teléfono vía

satélite por la hoja de papel—. Si me necesitas, busca a alguno de los míos. Buena suerte.

Amanda siguió pasillo adelante.

—Tenemos que subir una planta —le dijo a Faith—. Quiero hablar con la enfermera.

Lydia Ortiz. Faith sabía quién era por el informe que habían recibido mientras iban en el helicóptero. Ortiz había reconocido a Michelle Spivey en la unidad de reanimación. Había llamado a seguridad, pero el caos estalló antes de que les diera tiempo a llegar.

—Por aquí. —Amanda pasó de largo frente al ascensor.

Había unas escaleras allí cerca, pero los investigadores de la policía científica estaban inspeccionándola en busca de pistas.

Robert Jacob Hurley había sacado a rastras a Michelle Spivey de la unidad de reanimación de la segunda planta. Se había reunido con dos de sus cómplices frente al descansillo de la primera planta. Cuando se dirigían a la planta baja, se habían topado con dos agentes de policía que subían, acudiendo a la llamada de socorro de Lydia Ortiz. Los habían matado a los dos de un disparo a la cabeza. Otra agente, una ayudante del *sheriff*, les cortó el paso a la salida del edificio y recibió un disparo en el pecho cuando los terroristas huyeron hacia el Chevy Malibú plateado. Logró herir a Hurley en la pierna y a uno de sus cómplices en el hombro antes de que Hurley se volviera y le pegara un tiro en la cara.

Faith abrió la puerta.

—Detonaron las bombas mientras huían en el coche —le dijo a Amanda.

—Correcto.

—Parece cosa de Novak —afirmó Faith—. Siempre hacía estallar una bomba como maniobra de distracción, no como un fin en sí mismo.

—Mi niña, llevas todo el día dando la lata con ese tema —contestó Amanda, y comenzó a subir a toda prisa la escalera.

Llegaron al área de reanimación de la segunda planta: varias filas de camillas separadas por cortinas, el mostrador de enfermería, una máquina de hielo y un aseo claramente señalizado. La sala estaba vacía, a excepción de un agente de policía y tres técnicos de investigación forense. La cama del segundo box estaba acordonada con cinta amarilla. Un reguero de sangre en el suelo conducía hacia otro tramo de escaleras.

Amanda enseñó sus credenciales al agente de la puerta mientras Faith firmaba en el registro de acceso del equipo forense.

—El doctor Lawrence viene para acá —informó el policía—. Estuvo destinado dos veces en Irak. No es un tipo que se ande con tonterías.

—¿Son ustedes de la policía? —Una mujer había aparecido detrás del mostrador de enfermería. Lloraba, visiblemente angustiada—. No pude impedirlo. Intenté…

—¿Es usted Lydia Ortiz? —preguntó Amanda.

La mujer se llevó las manos a la cara y solo pudo asentir con un gesto. Seguramente tenía amigos entre las víctimas del aparcamiento. Se había topado cara a cara con un asesino en masa y con una mujer a la que habían secuestrado delante de su hija de once años.

—Tómese su tiempo —dijo Faith.

Buscó su libreta en el bolso, pasó unas cuantas hojas en blanco y sacó la punta de su bolígrafo.

—¿Cuáles son los síntomas de la apendicitis? —preguntó Amanda.

Ortiz no se esperaba la pregunta.

—Eh… Náuseas, vómitos, fiebre alta, estreñimiento.

—¿Duele? —preguntó Amanda, tratando de que la enfermera se concentrara hablando de temas que conocía bien.

—Sí, un dolor muy agudo, aquí. —Se llevó la mano a la parte inferior derecha del abdomen—. Cuando respiras, te mueves o toses, te duele como si te estuvieran clavando un cuchillo.

—¿Cuánto tiempo suele pasar hasta que estalla?

Ortiz meneó la cabeza y dijo:

—Entre veinticuatro y setenta y dos horas desde que se declaran los primeros síntomas. Y no estalla como un globo. Es más bien un desgarro. Las bacterias pasan al torrente sanguíneo, lo que puede producir una septicemia.

Faith podría haber buscado todo aquello en Internet, pero de todos modos lo anotó en su libreta.

—Bien —dijo Amanda—, cuénteme con detalle todo lo que ocurrió desde que vio por primera vez a Michelle. La trajeron a reanimación. ¿Iba en una camilla?

—Sí. —Ortiz se sacó un pañuelo de papel del bolsillo y se sonó la nariz—. Estaba en el segundo box. Un celador acompañó a su marido desde la sala de espera. Dijo que se llamaba Hurley. Me presenté y empecé a explicarle en qué consistía la atención posoperatoria.

—¿Le hizo alguna pregunta?

—No. Apenas me prestaba atención. Lo único que le interesaba eran las recetas.

—¿Las recetas?

—Los medicamentos. Antibióticos. Genéricos. Se pueden comprar en un Walmart. Me dio la sensación de que las quería para poder marcharse cuanto antes.

—¿Cuál era el pronóstico de la señora Spivey?

—Se supone que no debo decírselo porque es quebrantar los derechos del paciente, pero me trae sin cuidado. Tenía que quedarse ingresada. El marido se negó. Ella firmó el alta voluntaria en contra de las recomendaciones médicas. El doctor la estaba atiborrando de antibióticos. Va a necesitar cuidados intensivos. La septicemia no es ninguna broma.

—¿Habría muerto si no la hubieran operado?

—Sí. Pero podría morir de todos modos. Hurley no parecía tener mucho interés en cuidar de ella.

Faith miró fijamente su libreta. Ortiz no sabía nada del accidente de coche. Ignoraba que Hurley tenía cómplices y que habían secuestrado a una doctora. Anotó una pregunta para después: *¿Para qué necesitaba Hurley viva a Michelle?*

—¿Cuándo se dio cuenta de que la paciente era Michelle Spivey? —preguntó Amanda.

—Al principio no caí. Pero la actitud del marido me dio mala espina. Tenía algo, no sé. Parecía muy nervioso, esquivo. A veces tenemos por aquí maltratadores que no dejan a sus mujeres ni a sol ni a sombra, por miedo a que pidan auxilio.

—¿Mostraba ella algún signo de maltrato?

—Parecía desnutrida. La arropé con unas mantas y entonces me di cuenta de que no llevaba calcetines. Así que le puse unos. Fue entonces cuando vi las marcas.

Faith levantó la vista del cuaderno.

—Fue entonces cuando ocurrió todo —prosiguió Ortiz—. Le estaba poniendo los calcetines, la miré a la cara y, al verla desde ese ángulo, de pronto caí en la cuenta. Llevaba el pelo muy corto y teñido de rubio platino, pero la reconocí. Y entonces me miró a los ojos y movió los labios diciendo «socorro».

Faith quiso asegurarse de que había entendido bien.

—¿Le pidió ayuda?

—En voz alta, no. Pero es una palabra fácil de leer en los labios, ¿no? —Ortiz se acercó a la cama—. Yo estaba aquí. Ella estaba incorporada.

—¿Se dio cuenta el marido?

—No. Bueno… no estoy segura. Volví a la sala de enfermeras. Dije que iba a traerle un poco de vaselina, porque tenía los labios muy agrietados. Le di el código de emergencia a Daniel, el celador. Se lo tomó con muchísima calma. Se limitó a salir discretamente por la puerta, pero el marido se olió algo. Cuando me di la vuelta, estaba obligando a la señora a ponerse los pantalones. No pudo subirse la cremallera. Se le saltaron los puntos. Estaba sangrando y empezó a llorar. Él no le dejó ponerse la camisa. Le dio su chaqueta y la llevó a rastras a la escalera. Fue la última vez que los vi. Luego oí disparos abajo. Saltaron las alarmas y recibimos orden de ponernos a cubierto. Unos minutos después, estallaron las bombas. —Sacudió la cabeza—. Dicen que había otros hombres con Hurley, que eran una banda y que dispararon a un montón de gente.

Amanda no se ofreció a ponerla al día de la situación. Rodeó la camilla y miró el suelo.

—¿Esta es su camisa?

Ortiz asintió.

Amanda se agachó y, sirviéndose de un lápiz, inspeccionó la camisa. Era de algodón, de manga corta, con botones delanteros, blanca con rayas verticales rojas.

—Hecha en casa —dijo.

Faith se arrodilló a su lado. Las costuras parecían cosidas a mano. La tela podía proceder de un saco de harina.

—Gracias, señora Ortiz —dijo Amanda al incorporarse, y añadió dirigiéndose a Faith—: Te espero en el pasillo.

Faith usó su teléfono para fotografiar la camisa, tomando varias imágenes ampliadas de las costuras. Los botones eran todos del mismo color, pero de formas distintas. Michelle Spivey trabajaba en el Centro de Control de Enfermedades. Corría maratones y era madre de una niña casi adolescente. No parecía el tipo de mujer que se cosía su propia ropa.

—Lo siento —dijo Ortiz—. Debería… No sé. Debería haber impedido que se la llevara.

—La habría matado —repuso Faith, y sacó una de sus tarjetas de visita—. Llámeme si se le ocurre algo más, ¿de acuerdo?

En la escalera, Amanda estaba poniendo fin a una llamada vía satélite.

—La madre de Sara asegura que su hija se fue con los secuestradores para proteger a Will —le dijo a Faith.

A Faith no le extrañó en absoluto, pero incluirlo en un informe policial podía ser muy perjudicial para la carrera de un agente de policía. Sobre todo, si llegaba a oídos de la prensa.

—Le he pedido que se tome un tiempo para serenarse antes de firmar su declaración —añadió Amanda—. No estoy segura de que vaya a hacerme caso. Me ha parecido un poco bruja, y estaba rabiosa.

Faith sintió de nuevo un nudo en el estómago. Ella también estaría rabiosa si alguien hubiera secuestrado a su hija.

—¿Quién lleva hoy en día ropa hecha en casa? —le preguntó a Amanda.

—Una mujer que gana ciento treinta mil dólares al año no, desde luego.

Faith hizo caso omiso de aquel salario fabuloso y trató de ordenar en voz alta lo que ya sabía:

—Entonces, Hurley secuestra a Michelle Spivey. La obliga a ponerse ropa casera. La lleva al hospital para que le extirpen el apéndice en vez de arrojarla a la cuneta. ¿Y les pide a sus colegas que traigan unas bombas para poder escapar? —Todo aquello le parecía ilógico—. ¿Por qué?

Amanda miró por encima de la barandilla.

—¿Doctor Lawrence?

—El mismo.

Un hombre bajo y fornido se acercó a ellas. Llevaba un pantalón de pijama a rayas y zapatos de vestir. Tenía la camisa del uniforme médico salpicada de sangre y los ojos rodeados por un cerco negro: se le había corrido el lápiz de ojos. Parecía haberse tirado de la cama tras una noche de juerga y haber corrido al hospital nada más oír la sirena.

Lawrence no se disculpó por su aspecto.

—Puedo posponer la operación de mandíbula de ese tipo todo el tiempo que quieran. Se merece sufrir.

—¿Y mi agente, el de abajo?

—Le puse una grapa en el cuero cabelludo. Está desorienta-do, conmocionado. Le dieron una buena tunda en el abdomen. Seguramente tiene una o dos costillas fracturadas. Hay que hacer-le un TAC para descartar una hemorragia interna.

—¿Qué puede darle para que siga en marcha de momento? —preguntó Amanda.

Lawrence se quedó pensando un momento.

—Seguramente me la estoy jugando ante el patronato del hos-pital por decirle esto, pero creo que bastará con un comprimido de Percocet 10. Dígale que se tome la mitad si quiere mantener-lo despierto.

—¿Y si lo que necesito es que esté más que despierto?

Lawrence se rascó la barba.

—Un inhalador de amoniaco podría…

—¿*Popper*? —preguntó Faith sin poder refrenarse—. No ha-blará en serio.

—No es *popper*. Es un irritante nasal. Le hará respirar hondo a lo bestia y aumentará sus niveles de oxígeno. Tenemos algunos abajo —le dijo a Amanda—. Dele a oler una ampolla cuando ne-cesite espabilarse.

Faith sacudió la cabeza. Aquello no le gustaba nada.

—Pregunten por Conrad abajo si quieren las pastillas —añadió Lawrence al marcharse.

—Will no querrá tomarse nada —le dijo Faith a Amanda.

Su compañero trataba las jaquecas con zarzaparrilla y los do-lores musculares haciendo más ejercicio.

—Tengo la corazonada de que Robert Hurley no secuestró a Michelle Spivey —declaró Amanda—. Creo que fue un indivi-duo llamado Adam Humphrey Carter. Pasó seis años en la cárcel por agresión sexual. Y creo que es quien tiene a Sara.

Faith se llevó la mano a la boca. Las leyes de Georgia distin-guían entre el delito de violación y el de agresión sexual. Este úl-timo implicaba que el agresor poseía algún tipo de autoridad de supervisión o custodia sobre la víctima: un maestro, un cuidador o…

—Carter fue agente de policía en el condado de Newnan —prosiguió Amanda—. Paró en la carretera a una mujer de veintidós años, la llevó a rastras a un bosque, la violó y le dio una paliza, y la dejó allí dándola por muerta.

—¿De dónde…? —Faith tuvo que hacer un esfuerzo por articular la pregunta—. No te has sacado su nombre de la manga. ¿Por qué crees que está implicado?

—Hay cosas que no puedo contarte ahora mismo. Es solo una corazonada, pero tiene fundamento. —Amanda le dio unos instantes para que asimilara la noticia—. Le he pedido a una amiga que mande el vídeo del secuestro de Spivey a tu dirección privada de correo.

—Espera, ¿hay un vídeo? —Faith llevaba un mes siguiendo la noticia. Hasta ese instante, había creído que se trataba de otro horrible secuestro aleatorio—. En las noticias dijeron que no había sospechosos.

Amanda no le dio ninguna explicación.

—Estas son las piezas del rompecabezas en las que tenemos que centrarnos ahora mismo: ¿es Carter el hombre que aparece en el vídeo del secuestro de Spivey? Y, si lo es, ¿podrá Will identificarlo como uno de los sujetos que se han llevado a Sara?

Faith se sintió enferma al pensar que Sara pudiera estar en manos de aquel individuo.

—¿Y luego?

—Luego, no podrán negar que traficaron con Michelle. Ya has oído lo de las marcas que tenía en las piernas. Quizá digan que, cuando acabó de divertirse con Michelle, Carter se la vendió a Hurley. Una transacción, no una alianza.

Cuanto más hablaba Amanda, más confuso parecía todo.

—¿A quién te refieres? ¿Quién no podrá negarlo? ¿Y qué más da cuál sea el móvil?

Faith sintió vibrar su reloj. El dispositivo la avisaba de que tenía una notificación. Le echó un vistazo mientras decía:

—Creo que ya hay cober...

Sara Linton ha intentado contactar con usted, pero no estaba disponible.

—Joder. —Faith fue pasando las opciones del *walkie-talkie*—. Sara...

Hablar con Sara.

Abrir walkie-talkie.

—Joder.

—Faith —dijo Amanda—, por el amor de Dios. ¿Qué pasa con Sara?

—Ha intentado mandarme un mensaje por *walkie* a las dos y diecisiete. Hace veintiún minutos. —A esa hora, podía ir camino de Tennessee, de las Carolinas, de Alabama, de Florida...—. ¡Joder!

—¿Qué decía?

—No funciona así. —Faith iba a explicarle que la aplicación funcionaba con FaceTime, pero entonces se acordó de con quién estaba hablando—. Es como un auténtico *walkie-talkie*. No graba mensajes ni los almacena. Tienes que escucharlos cuando llegan.

Amanda apretó los labios. Respiró hondo y dijo:

—Encontraron el BMW hace diez minutos.

Faith se quedó boquiabierta.

—Hubo una explosión. Prendieron fuego al depósito de gasolina. Había un cadáver en el asiento trasero. Aún no saben si es un hombre o una mujer. El coche tiene que enfriarse para que puedan inspeccionarlo.

Faith buscó a tientas la pared. Necesitaba algo sólido a lo que agarrarse. Sara no solo era la novia de Will. También era su amiga. Puede incluso que su mejor amiga.

—No puedes decírselo a Will —dijo Amanda mientras comenzaba a bajar las escaleras—. Si está llorando su muerte, no podrá ayudarnos.

Faith la siguió, arrastrando los pies. El golpe la había dejado aturdida. Will tenía derecho a saber lo que estaba ocurriendo. Ella era su compañera. Tenía que ser sincera con él. Al menos, todo lo sincera que fuera posible.

Amanda abrió otra puerta. Habían llegado a urgencias. Paró al primer empleado del hospital que encontró.

—Necesito ver a Conrad.

Will estaba tumbado en una camilla, al final del pasillo. Faith corrió hacia él gritando:

—¡Will!

Él pestañeó lentamente.

—¿Habéis encontrado a Sara?

—El Estado entero está buscándola. —Faith se dijo que era absurdo contarle lo del BMW incendiado hasta que supieran quién era la víctima. Le levantó suavemente la cabeza para verle la cara—. ¿Estás bien?

Él bajó la cabeza, apoyando la barbilla en el pecho.

—Dejé que se la llevaran.

Ella trató de que levantara la cabeza, pero Will le apartó la mano.

—F-fue rápido —dijo—. El cobertizo. La… la calle. Pero an-antes una explosión. Y luego los coches. Se la llevaron.

Amanda no tenía paciencia para oír sus balbuceos.

—¿Qué haces aquí tirado como un indigente? —Intentó obligarlo a tumbarse de nuevo y le levantó la camisa.

—Dios mío —dijo Faith.

La piel de Will parecía una abigarrada colección de manchas de Rorschach.

Amanda le lanzó una mirada severa, ordenándole que se tranquilizara.

—Faith, ve a buscar a un médico. Diles que podría tener una hemorragia interna.

Faith echó a andar por el pasillo, limpiándose los ojos con el dorso de la mano. La arenilla le arañó la piel. Le horrorizaba ver así a Will. Se giró y vio que Amanda le ofrecía una pastilla. Will negó con la cabeza. Ella partió el comprimido por la mitad y Will se lo metió en la boca.

—¿Me necesitan otra vez? —preguntó un enfermero, con un estetoscopio entre las manos. Su tarjeta de identificación decía *CONRAD*—. Su jefa es de armas tomar.

—Dígaselo a ella mientras le echa un vistazo a mi compañero.

Faith empujó la puerta del aseo.

Entró en la primera cabina, se sentó y apoyó la cabeza en las manos. No lloró. Se quedó allí sentada hasta que dejó de sentir el impulso de hacerse un ovillo.

Adam Humphrey Carter.

¿Por qué conocía Amanda el nombre de aquel tipo? El vídeo del secuestro iban a mandarlo a su *e-mail* privado, fuera de los canales oficiales. Amanda decía que era una corazonada, pero sin duda tenía alguna hipótesis de trabajo. ¿Por eso le había hablado a Maggie al oído mientras esperaban a que aterrizara el helicóptero? ¿Por eso estaba tan furiosa?

No una acción premeditada, sino una oportunidad aprovechada.

Faith miró su reloj por si tenía alguna notificación.

Las 14:42.

Nada.

Tiró de la cadena. Se lavó la cara. Miró su rostro demacrado en el espejo.

Tenía que dejar de observar el bosque y fijarse en los árboles por separado. Amanda decía que tenían que probar que Carter y Hurley eran cómplices y formaban parte de un equipo. Si Will los identificaba a ambos, esa relación quedaría demostrada. Era en eso en lo que tenía que centrarse de momento. Una vez establecida esa conexión, pasaría al árbol siguiente. Solo de esa forma conseguiría atravesar el bosque.

Abrió la puerta del aseo. Al fondo del pasillo, Amanda estaba ayudando a Will a bajar las escaleras. Él pesaba casi cuarenta y cinco kilos más que ella y le sacaba, como mínimo, treinta centímetros de altura. Habría sido una estampa cómica, de no ser tan trágica.

Faith pasó a su lado y bajó las escaleras de espaldas, delante de Will, por si se caía. Él preguntó, balbuceando, por Hurley y el GPS del coche de Sara.

—Está todo en marcha —le aseguró Amanda en tono tranquilizador—. Estamos difundiendo la información todo lo rápido que podemos.

—Por aquí. —Conrad estaba en la puerta abierta.

Amanda trató de llevar a Will hasta la máquina del escáner, pero la docilidad de Will se había agotado por fin.

Miró a Faith.

—¿Está muerta?

Ella abrió la boca, pero Amanda se le adelantó.

—No. Rotundamente no. Si supiéramos algo, te lo diríamos.

Faith se obligó a mirarlo a los ojos. Le dijo lo único que se le ocurrió para no mentir:

—Te prometo que te lo diría si supiéramos dónde está.

Will asintió en silencio y Faith dejó que se adelantaran, por miedo a revelar algo más.

Miró su reloj. Sacó el móvil. Estaban en un sótano. Ninguno de los dos dispositivos tenía cobertura. Tendría que subir, o encontrar una conexión wifi.

—Faith. —Amanda estaba sola en el pasillo, hurgando en su bolso. Le tendió su pastillero—. No encuentro las gafas de leer. Busca las pastillas ovaladas, las azules. Necesito dos.

—¿Te...? —Faith iba a preguntarle si se encontraba mal cuando vio las letras minúsculas impresas en la pastilla azul.

XANAX 1.0.

—Ponlas aquí. —Amanda destapó un botecito de plástico.

Faith puso dentro los comprimidos. Amanda comenzó a girar el tapón como un molinillo de pimienta. Al ver la expresión de Faith, dijo—: Deja de apretar el culo. No son para Will. Necesito soltarle la lengua a Hurley y, antes de echarme un sermón, llama a tu madre y pregúntale por sus famosas pastillas parlanchinas.

Faith se mordió la punta de la lengua. Odiaba que Amanda le contara cosas horribles sobre su madre.

Amanda se guardó el frasco en el bolsillo de la chaqueta del traje.

—Los derechos humanos son los derechos de las mujeres. Así es como nivelamos el campo de juego.

—¿Señora? —Un hombre había salido al pasillo—. Soy el doctor Schooner, el radiólogo. Se ha quedado dormido en la mesa del escáner y hemos preferido dejarle descansar un rato antes de que entre el próximo paciente.

Les indicó que pasaran a una sala a oscuras, llena de pantallas encendidas. Conrad estaba sentado en la silla, con los brazos cruzados. Había carteles pegados en las paredes. Qué hacer si alguien sufría una reacción alérgica. Los números de la unidad de toxicología. La contraseña del servicio wifi.

Faith comenzó a teclear la contraseña en su móvil mientras el doctor Schooner explicaba los resultados del escáner de Will.

—Su cerebro no presenta anomalías. —Señaló el monitor del medio—. No hay inflamación, ni hemorragias. Tampoco fracturas craneales, aunque el hueso está ligeramente dañado. Necesita descansar en alguna parte con los ojos cerrados y la luz apagada, sin ningún estímulo. Se encontrará mejor dentro de una semana, pero tardará unos tres meses en recuperarse por completo.

—Nos aseguraremos de que descanse —afirmó Amanda.

Faith salió al pasillo para intentar tranquilizar su conciencia. Trató de imaginar lo que querría Sara que hiciera en esa situación. Estaría angustiada por Will. Querría que Faith lo dejara k.o., lo llevara a rastras a casa y lo obligara a dormir en una habitación a oscuras para que se recuperara.

Pero Will acabaría por despertarse tarde o temprano. Y nunca le perdonaría que le hubiera hecho aquello.

Consultó su *e-mail*. El vídeo no había llegado.

Abrió el buscador en su móvil. Entró en la página segura del GBI y buscó el expediente delictivo de Adam Humphrey Carter. Se le hizo otro nudo en el estómago. No era solo un violador; también era un ladrón de coches, un ladrón, un maltratador. Como en el caso de Robert Hurley, una mujer había pedido una orden de alejamiento contra él. Sus antecedentes estaban salpicados de denuncias por violencia de género. Típico de individuos como él. El odio a las mujeres era un indicador de posible conducta delictiva, igual que torturar a animales o mojar la cama.

La violencia nunca favorecía a las mujeres.

Faith ojeó el expediente hasta el final. Carter tenía dos órdenes de detención por no comparecer en sendos juicios, uno por robo y otro por agredir a un hombre durante una pelea en un bar. Ambas databan de dos años atrás. Pero eso no tenía sentido. Los jueces emitían órdenes de detención por incomparecencia cuando un imputado no se personaba en un juicio. Carter había pagado la fianza de dos delitos graves. El fiador que había adelantado el dinero habría ofrecido una recompensa de más de cien mil dólares por su captura.

De modo que ¿por qué seguía Carter en libertad?

Una notificación apareció en la pantalla.

Anon4AnonA@gmail.com le había mandado un archivo.

Volvió a entrar en la sala y le dijo a Amanda:

—El vídeo acaba de llegar.

—Vamos a otro sitio.

Will y Faith la siguieron hasta el otro lado de la máquina del escáner.

Otra puerta.

Otra escalera.

Amanda hizo a Will sentarse en un escalón. Antes de que Faith se diera cuenta de lo que ocurría, abrió una ampolla de amoniaco y se la puso bajo la nariz.

—¡Joder! —Will retrocedió como un caballo, agitando los brazos—. ¿Me has drogado?

—Deja de comportarte como un bebé. Son sales de inhalación.

Faith observó el indicador circular del proceso de descarga hasta que se abrió el vídeo.

Se inclinó sobre la barandilla para que Will y Amanda pudieran ver la pantalla.

Ver el secuestro de Michelle Spivey no la impresionó tanto como cabía esperar. Entre el trabajo y los reportajes televisivos, había visto incontables imágenes en blanco y negro de mujeres en el momento de ser secuestradas bajo la atenta mirada de las cámaras de seguridad. Lo que más la conmovió fue ver a Ashley Spivey-Lee, la hija de Michelle, que iba escribiendo tranquilamente un mensaje en su móvil cuando una furgoneta paraba a escasa distancia de ella.

La niña echaba a correr.

Michelle, con la mano metida en el bolso, abría la boca para gritar.

Faith detuvo el vídeo en el momento en el que un hombre se apeaba de un salto de la furgoneta. Amplió la cara del secuestrador. Había reconocido a aquel canalla por la fotografía de su expediente policial. Rezó con todas sus fuerzas para que Will no lo reconociera también.

—Es él —dijo Will—. Clinton. Así lo llamaban, pero ese no es su nombre.

—Joder —masculló Faith.

—No está en el sistema. —Amanda le indicó con una seña que le siguiera la corriente.

—Me estáis mintiendo —afirmó Will.

No era una suposición. A Faith solo se le daba bien ocultar la verdad cuando estaba convencida de que había un buen motivo para ello.

Sonó el teléfono de Amanda.

Se acercó el aparato al oído y esperó.

Esperaron todos: Will, ansioso por tener noticias de Sara; Faith, por saber si habían identificado el cuerpo calcinado del asiento trasero del coche.

Amanda negó con la cabeza y salió al pasillo. El chasquido de la puerta al cerrarse tenía algo de tajante.

En medio del silencio que siguió, Faith sintió el pálpito de su corazón en los oídos.

—Sabes cómo se llama ese tipo, ¿verdad?

Le dijo su nombre y le enumeró sus antecedentes delictivos. En parte, al menos.

Will no era tonto. Se dio cuenta de que le estaba ocultando algo.

—Y violación —dijo.

Ella tuvo que tragar saliva antes de contestar.

—Y violación.

Se abrió la puerta. Amanda le hizo señas de que se acercara y le dijo al oído:

—El cadáver es el de un hombre, un repartidor. Han encontrado su furgoneta abandonada en la salida de Bullard Road, en la I-16.

Florida. Alabama. Carolina del Sur.

—Ahí arriba van a freírte a preguntas —agregó Amanda en voz baja—. Tú dales caña. Y no te creas a pie juntillas nada de lo que te digan. Siempre tienen segundas intenciones.

Faith no hizo preguntas que sabía que su jefa no respondería delante de Will. Apretó el hombro de su compañero al pasar a su lado, subió un tramo de escaleras, dobló otro recodo y salió a la planta baja de otro edificio.

El Instituto Winship de Oncología. Faith reconoció la entrada. Notó silbar el aire alrededor de su cabeza. Las ventanas del ala este habían reventado. El aire acondicionado se escapaba por los huecos. Oyó los pitidos de las máquinas, el zumbido de los motores de gasoil. El aire parecía cargado de arena. Empezaron a llorarle los ojos de inmediato. Le moqueaba tanto la nariz que tuvo que buscar un pañuelo en el bolso.

—Mitchell.

El agente del FBI que había participado en la reunión sobre Martin Novak la saludó desde el fondo del pasillo. Parecía haber pasado una eternidad desde su encuentro en aquella aula sofocante. Ninguno de los dos presentaba su mejor aspecto. Él había perdido su aire de funcionario timorato. Llevaba el puente de las gafas sujeto con esparadrapo blanco, y una capa de polvo gris cubría su cara. Su camisa, antes blanca, tenía manchas de sangre y una manga rota. Todavía le sangraba el brazo.

—Estamos aquí abajo —dijo, pasando de largo junto al ascensor y doblando a la izquierda más allá de la escalera.

Las luces del techo estaban apagadas. Faith nunca había estado en esa parte del edificio.

—La verdad es que me sorprende que Amanda te haya mandado a ti.

—¿Cómo dijiste que te llamabas?

—Aiden Van Zandt. Llámame Van, es más sencillo. —El agente se limpió la cara con la manga—. Mira, puedes ahorrarte el sermón. Nuestro confidente no nos ha fallado ni una sola vez en tres años.

Faith no preguntó quién era su confidente: si alguien estaba dispuesto hablar, no había que ponerle reparos.

—Hemos podido detener a algunos objetivos muy valiosos gracias a la información que nos ha proporcionado —añadió Van.

Ella mantuvo una expresión neutral.

—Sé lo que opina tu jefa de esta operación, pero ten presente que era ella quien estaba utilizándonos. —Miró a Faith—. Y estábamos preparados. Lo teníamos todo listo. —Se limpió la cara de nuevo, pero solo consiguió embadurnársela aún más de polvo.

Faith llevaba pañuelos de papel en el bolso, pero que le dieran a aquel tipo.

—Aún podemos infiltrar a otro agente —prosiguió Van Zandt—. No saben qué aspecto tiene, solo que es un tipo que tiene ciertos problemas.

Faith sintió parpadear una bombilla sobre su cabeza. No se encendió del todo, pero casi. ¿Era por eso por lo que Will no participaba en las reuniones relativas al traslado de Novak? Amanda lo estaba manteniendo al margen porque quería que participara como agente infiltrado en una operación conjunta con el FBI.

Faith trató de formular una pregunta que no la pusiera en evidencia.

—¿Cuándo se suponía que iba a entrar Will en escena?

—Aún estábamos barajando fechas, pero iba a ser cuestión de días. Últimamente ha habido mucha cháchara en Internet sobre el grupo. Están planeando algún tipo de acción. Y, créeme, esos tipos no se andan con chiquitas.

¿El grupo?

Faith sintió que se le quedaba la boca seca. Los cinco individuos del accidente de coche no eran los únicos responsables del secuestro de Michelle y el atentado. Había toda una organización detrás, una célula terrorista que planeaba un acto de destrucción aún mayor.

Citó a Amanda:

—Las bombas no formaban parte de una acción terrorista premeditada.

—No, su intención era que atendieran a Spivey en el hospital y salir todos zumbando de aquí para seguir dando guerra un día más. Una táctica típica de esta gente —añadió—. Nunca se trata de la explosión, su intención es siempre otra.

—¿Y Novak? —le sondeó Faith.

—Cuidado —le advirtió él—. Por aquí.

Van le sujetó la puerta para que pasara. En la sala de reuniones había una mesa larga, con unas veinte sillas alrededor. Una mujer rubia, muy elegante, se levantó de una de las sillas laterales y se acercó a Faith tendiéndole la mano. Era más o menos de la edad de Amanda, pero más alta y delgada, y tan guapa que su belleza, para quien no compartía ese atributo, resultaba desconcertante.

—Soy la asistente ejecutiva Kate Murphy, de Inteligencia. —Le estrechó la mano con firmeza—. ¿Aiden la ha puesto al corriente de la situación?

Su cargo pilló por sorpresa a Faith. El hecho de que fuera asistente ejecutiva no la convertía en una secretaria. Aquella mujer estaba solo tres peldaños por debajo del director del FBI. Sin duda tenía su despacho en Washington y se encargaba de supervisar los servicios de recogida de información de todas las sedes regionales del país.

Faith sintió que se le aflojaba la vejiga. Quería pensar que Amanda le había encomendado aquella tarea porque confiaba en ella, pero mandar a una subalterna a reunirse con una directora de alto nivel era, básicamente, una putada.

—¿Agente Mitchell? —preguntó Murphy.

Faith se armó de valor. Ella no trabajaba para el FBI. Trabajaba para Amanda y Amanda le había dicho que les diera caña.

—Mi jefa está harta de gilipolleces. Quiere información.

Murphy cambió una mirada con Van.

«Y no te creas a pie juntillas nada de lo que te digan. Siempre tienen segundas intenciones».

—¿Y bien? —insistió.

Murphy titubeó. Luego buscó algo en su maletín. Sacó un dosier y lo dejó caer bruscamente sobre la mesa.

Adam Humphrey Carter.

Por eso Carter no había sido detenido, pese a haber dos órdenes de detención contra él. El FBI lo había convertido en su confidente.

—Su confidente ha secuestrado a dos mujeres —dijo Faith—. Una de ellas es una agente del GBI.

—Y la otra es una especialista en enfermedades contagiosas del CDC.

Murphy abrió otro dosier. Dentro había una fotografía a color, sujeta con un clip a una serie de documentos de aspecto oficial.

En la foto, Michelle Spivey parecía hallarse en algún país del Tercer Mundo. Había un gran charco de agua alrededor de sus botas. A lo lejos se veía una tienda de campaña de color caqui. Spivey vestía traje militar de faena. Llevaba en el cuello los galones de capitán. Faith siempre olvidaba que el CDC estaba adscrito al ejército a través del cuerpo de Infantería de Marina. De hecho, se había creado para poner barcos en cuarentena y mantener las zonas portuarias libres de enfermedades, y posteriormente había evolucionado hasta convertirse en un organismo de salud pública de ámbito mundial.

—Es la doctora Spivey en Puerto Rico tras el paso del huracán María —explicó Murphy.

Así pues, no era un país tercermundista, sino un territorio estadounidense abandonado.

—¿Qué estaba haciendo allí? —preguntó Faith.

—Labores de vigilancia y control del cólera y de las pandemias asociadas a ese tipo de catástrofes naturales. —Murphy retiró dos sillas de la mesa y se sentó—. Spivey es oficial de inteligencia epidemiológica, agregada al centro de operaciones de emergencia como personal de respuesta rápida.

Faith se dejó caer en la silla. Sacó su libreta. Los oficiales de inteligencia epidemiológica eran investigadores de campo destinados a zonas de crisis. Sus labores eran muy diversas: desde inspeccionar una plantación de lechugas a controlar un brote de salmonela o intentar atajar la expansión del ébola.

—Según las noticias, Spivey es una científica que se pasa todo el día con el ojo pegado al microscopio —dijo.

—Es científica. Pero también es licenciada en Medicina, con un máster en salud pública y un doctorado en enfermedades contagiosas y vacunología.

—¿Vacunas? —preguntó Faith.

—Desde hace algún tiempo se dedica principalmente a la reaparición de la *pertussis* o tosferina en los Estados Unidos. Pero ha trabajado en otros proyectos clasificados. Tiene un nivel de acceso 0-6. Alto secreto.

Faith miró su libreta vacía.

—¿Qué pinta Carter en todo esto?

Murphy hizo una seña a Van.

—La policía local dio por sentado que Spivey había sido víctima de un secuestro cuya intención era violarla —explicó él—. La imagen de Carter aparece muy claramente en las grabaciones de las cámaras de seguridad. No hicieron público el vídeo y lo pasaron por el RISC.

El Repositorio de Individuos de Alta Peligrosidad.

—Cuando reclutamos a Carter —continuó Van—, introduje sus datos biométricos en la base de datos por si acaso aparecía en otra parte.

—¿Quieres decir por si secuestraba y violaba a otra mujer, como hizo cuando era policía? —preguntó Faith.

Van dejó pasar el sarcasmo.

—Carter nos proporcionaba información fiable acerca del IPA.

Faith asintió, aunque no tenía ni idea de qué era el IPA, aparte de un tipo de cerveza. Los traficantes de personas no solían poner nombre a sus organizaciones. Formaban parte de redes delictivas más amplias: la mafia rusa, la Yakuza, el cártel de

Sinaloa… Hurley y Carter eran blancos, de modo que eso descartaba las pandillas callejeras como los Latin Kings y los Black Disciples. Quedaban los Ángeles del Infierno, los Hammerskins, o el club-neonazi-del-mes, cualquiera que fuera su nombre. Carter podía haber entrado en contacto con cualquiera de esas bandas durante uno de sus muchos ingresos en prisión.

—¿Reclutaron a Carter fuera de prisión? —preguntó.

Murphy vaciló de nuevo. Faith ignoraba si su reticencia era sincera, o una simple artimaña de manipulación.

—Entramos en contacto con él a través de una investigación distinta, no relacionada con el caso —contestó Murphy.

Faith dudaba de que fuera así. Aquella mujer intentaba colársela, se notaba a la legua.

—Lo que podemos decirte —prosiguió Van— es que, al principio, estaba claro que Carter no era un converso convencido. Se unió al IPA por el placer de la violencia pura y dura. Provocar peleas en bares, reventar mítines políticos… Hace unos meses, tuve que atarlo en corto. Daba la impresión de que se estaba convirtiendo en un buen soldado. Se cortó el pelo. Se afeitó la barba. Dejó de beber, lo que equivalía a una gigantesca señal de aviso… Después de aquello, dejamos de tener noticias suyas. Fue entonces cuando empezamos a detectar señales de que se estaba preparando algo muy gordo. La siguiente vez que vi a Carter fue en el vídeo del secuestro de Spivey.

—El IPA le ordenó que la secuestrara —dijo Faith.

—No necesariamente —repuso Murphy—. El FBI no está convencido de que el IPA esté implicado en el secuestro. Carter es un canalla, y lleva toda su vida delinquiendo.

La bombilla que brillaba sobre la cabeza de Faith se convirtió de pronto en una fulguración solar: así pues, era a Kate Murphy a quien se refería Amanda al hablar de sacar el tema del tráfico sexual de la ecuación. Si el FBI estaba dirigiendo una operación conjunta con el GBI, serían ellos quienes marcaran los parámetros. Y si Amanda no se atenía a sus normas, dejaría de ser una operación conjunta.

De modo que le tocaba a Faith convencer al FBI de que se equivocaba. Michelle no había sido secuestrada con intenciones sexuales, sino por un motivo aún más siniestro.

—Mi compañero ya ha identificado a Adam Humphrey Carter como el hombre que secuestró a Michelle Spivey —le dijo a Murphy—. Lo ha reconocido porque Carter es uno de los secuestradores de Sara Linton.

Murphy levantó una ceja, pero por lo demás no se inmutó.

—Carter formaba parte del equipo que trajo a Michelle Spivey al hospital —continuó Faith—. Iba a morirse si no la operaban. Lo arriesgaron todo para mantenerla con vida. No corres un riesgo de esa magnitud si lo único que te interesa es traficar con una mujer como esclava sexual. Si la mujer enferma, la descuartizas y la metes en una maleta, o la dejas tirada en un descampado y te vas. Siempre puedes secuestrar a otra en la calle, suponiendo que sientas debilidad por las mamás lesbianas y cuarentonas.

Sin darse cuenta, se había inclinado hacia delante como hacía cuando interrogaba a un sospechoso, invadiendo el espacio personal de Murphy para hacerle entender quién estaba al mando.

Dejándose llevar por su instinto, añadió:

—O bien Michelle Spivey tiene el coño de oro, o es esencial para los planes del IPA. De eso iba toda esa cháchara en Internet. Están planeando un atentado a gran escala y para ello necesitan a Michelle, una doctora del CDC.

Murphy se recostó en su silla. Miró a Faith como si acabara de verla por primera vez.

—Todo eso no son más que conjeturas. Enséñeme las piezas concretas que los vinculan a todos. Deme pruebas que pueda presentar ante el juez para que dicte orden de detención.

Faith estuvo a punto de poner cara de fastidio.

—Son ustedes del FBI. Echen abajo algunas puertas. Carter les ha proporcionado motivos de sobra.

—No hay ninguna puerta que echar abajo —repuso Van—. El IPA es nómada. Viven en tiendas, en medio de la nada. Cuando conseguimos encontrar uno de sus campamentos, ya se han marchado al siguiente. Tienen gente dentro. Dentro del FBI, del GBI, de todos los cuerpos policiales que puedas imaginar. Y no te ofendas, pero tu jefa no ha sido de gran ayuda.

—Georgia y Nueva York son los dos únicos estados del país cuyas constituciones no subordinan expresamente todas las fuerzas militares a la autoridad civil —intervino Murphy—. Pero, para serle completamente sincera, todos los estados han hecho la vista gorda con estas milicias privadas y estos grupos paramilitares.

Grupos paramilitares.

Faith sintió un sudor frío.

Aquel era el asunto al que llevaba dándole vueltas todo el día.

Martin Elias Novak, su *recluso de alto valor*, había formado parte de una presunta «patrulla ciudadana fronteriza» en Arizona: hombres que, convencidos de que el Gobierno federal no hacía lo suficiente por defender la frontera sur, salían a patrullarla ellos mismos armados con rifles y escopetas. En opinión de Faith, la mayoría de ellos solo buscaba un pretexto para irse de acampada sin sus mujeres y darse importancia, escapando momentáneamente de sus oscuras vidas de contables y vendedores de coches usados. Las facciones más peligrosas estaban imbuidas de las teorías del *Posse Comitatus*, según las cuales el Gobierno debía ser derrocado por la fuerza y devuelto a hombres cristianos blancos.

Por lo visto, nunca habían visto fotografías de la mayoría de los micmbros del Congreso de Estados Unidos, el presidente, el gabinete y casi todos los jueces de los tribunales estatales y federales.

—En estos momentos hay cerca de trescientos grupos paramilitares activos en los Estados Unidos —dijo Murphy—. No se trata de un problema regional. Cada estado tiene los suyos. Mientras mantengan la cabeza agachada, no hay razón para apretarles las tuercas. No queremos otro Waco, ni otro Ruby Ridge.

Era lógico que estuviera preocupada. Ambos asedios habían sido no solo desastrosos para la imagen pública del FBI, sino que habían inspirado incontables actos de violencia, desde el atentado contra el Edificio Federal Murrah al estallido de la bomba del maratón de Boston o quizá, incluso, la masacre del Instituto Columbine.

El FBI había, además, manejado con torpeza información confidencial relativa al caso de Larry Nassar, la masacre de Parkland, la de la discoteca Pulse de Orlando, el atentado terrorista de Texas y un sinfín de alertas rojas respecto a la implicación de Rusia en diversos actos delictivos. Eso por no hablar de que dos de sus informantes acababan de ayudar a un grupo de colegas suyos a hacer estallar dos bombas en un importante hospital urbano.

Van pareció leerle el pensamiento.

—Son investigaciones con muchas aristas que requieren dinero y tiempo. Confiamos en que Washington nos conceda más recursos después de esta última exhibición de violencia. Novak robó todos esos bancos con un propósito concreto. Disponen de muchísimo dinero contante y sonante. Todo indica que va a suceder algo gordo.

Murphy se apresuró de nuevo a matizar las palabras de Van. No se llegaba tan alto en el FBI sin tener talento para la diplomacia.

—Cabe la posibilidad de que Novak no esté implicado. En estos momentos, solo podemos vincular indudablemente a Carter con el IPA. Sí, nos han llegado rumores, pero son solo eso: rumores. Puede que no signifiquen nada. En el FBI no nos precipitamos a la hora de sacar conclusiones. Construimos bases sólidas sirviéndonos de pruebas que puedan servir de fundamento a una imputación judicial. Estaba previsto que su compañero se infiltrara en el grupo a fin de conseguir esas pruebas, pero eso ya es imposible, puesto que saben qué aspecto tiene.

Faith sintió que una pregunta se agitaba en un rincón de su mente.

—¿Por qué va a infiltrarse un agente del GBI si es una investigación del FBI?

Murphy levantó una ceja, sorprendida, o acaso impresionada.

—Nosotros no podemos conseguir la financiación necesaria —respondió Van—. El clima reinante en el FBI en la actualidad dictamina que los varones cristianos blancos no pueden ser terroristas.

—Aiden —dijo Murphy en tono de advertencia.

Él levantó las manos y se encogió de hombros.

—Mi abuela y mi bisabuela consiguieron salir con vida de un campo de exterminio nazi. Suelo tomarme estas cosas un poco a pecho.

Murphy se levantó.

—Al pasillo, por favor.

Faith no esperó a que la puerta se cerrara tras ellos, ni trató de escuchar la bronca que iba a caerle a Van. Se puso a hojear los dosieres.

Ejército Invisible de Patriotas Americanos.

Fotografías en blanco y negro mostraban grupos de jóvenes varones blancos vestidos con ropa táctica. Algunos marchaban en procesión. Otros se ejercitaban en pistas de entrenamiento militar, con paredes para escalar y alambre de espino. Todos iban armados. La mayoría portaba dos o tres armas. Lucían cinturones con pistoleras y fundas de machetes. Y llevaban fusiles de asalto AR-15 colgados del hombro.

Encontró la foto de Michelle Spivey en Puerto Rico. Aquella mujer había consagrado su vida a salvar a la gente, a vacunar a niños, a atajar pandemias en los lugares más inhóspitos del mundo.

Había otra fotografía adosada a los documentos. Un selfi de Michelle con su esposa y su hija. La niña, de once años, parecía entusiasmada. Detrás de ellas se veía un árbol de Navidad. Sobre el sofá había varios regalos recién abiertos. Seis meses después de tomarse aquella fotografía, la vida de Michelle daría un vuelco inesperado.

Lo que le hizo preguntarse…

¿Para qué quería una organización paramilitar, bien financiada y entrenada, a una experta en enfermedades infecciosas?

CAPÍTULO 7

Domingo, 4 de agosto, 14:26 horas

Sara cerró los ojos para no ver la oscuridad. Sentía cómo se sacudía su cuerpo con las vibraciones de la carretera. Ahora iban en un camión pequeño, de los que se alquilaban para mudanzas. Michelle y ella estaban esposadas a sendas barras, en lados opuestos del camión. Las habían amordazado para que no pudieran hablar ni pedir auxilio. Como si sus gritos pudieran oírse entre el estruendo del motor y el zumbido de las carreteras infinitas por las que viajaban.

Ello significaba, a corto plazo, que el mensaje de *walkie* que había enviado a Faith sobre la furgoneta blanca no servía de nada. Dos hombres los habían esperado en una gasolinera cerrada de la 285. Eran jóvenes y musculosos, y tenían ambos esa cara de mandíbula cuadrada que se veía en los carteles de reclutamiento del ejército. Uno se había marchado en la furgoneta blanca. El otro los seguía en un coche del montón.

Sara no necesitó que nadie le dijera que su intención era abandonar la furgoneta lo más lejos posible de su verdadero destino. Ni que era muy mala señal que ninguno de los dos se hubiera molestado en ocultar su rostro.

Sara sabía demasiado y, lo que no sabía, lo estaba deduciendo rápidamente.

Dash nunca levantaba la voz, pero sus palabras surtían el efecto de las de un general en el campo de batalla. Sara le había oído hablar por teléfono en voz baja mientras la conducían al camión. Había captado algunos nombres —Wilkins, Peterson, O'Leary— antes de que Dash partiera en dos el teléfono desechable y lo tirara entre los árboles. Todos los hombres que había visto hasta entonces se conducían como soldados. La espalda recta. La mirada fija al frente. Los puños cerrados. Se organizaban en una estructura de comandos. Habían cometido un atentado terrorista contra un hospital.

Milicianos. Hombres libres. Voluntarios. Guerrilleros. Ecoterroristas. Antifascistas.

Los grupos recibían nombres muy diversos, pero compartían un único propósito: doblegar al resto del país a su voluntad sirviéndose de la violencia.

¿Importaba, acaso?

El mundo de Sara había quedado reducido a las cuatro paredes entre las que estaba atrapada. Ignoraba cuánto tiempo había transcurrido desde la parada en la gasolinera, pero llevaba prisionera el tiempo suficiente para que sus pensamientos giraran constantemente, describiendo un estrecho círculo.

Le preocupaba Will. Le preocupaba que Cathy no cuidara de él. Le preocupaba el dolor de sus muñecas magulladas por las esposas. El calor sofocante que deshidrataba poco a poco su cuerpo. La oscuridad que le hacía perder la noción del tiempo y el espacio. Le preocupaba Will.

Solo de cuando en cuando dejaba caer la barrera que confinaba sus pensamientos y se preocupaba por sí misma.

Sabía lo que la esperaba.

A Michelle Spivey la habían violado y drogado para hacerla obedecer. Incluso si Carter quedaba incapacitado por su herida, habría otros como él, compañeros de armas.

La organización disponía de numerosos efectivos.

En medio del calor asfixiante del camión, con las manos esposadas por encima de la cabeza, Sara trató de resignarse a lo inevitable.

Lo había superado ya una vez.

¿Verdad?

En la universidad, cuando la violaron, tuvo suerte.

Resultaba extraño expresarlo así, pero no estaba pensando en el acto físico de la violación, que había sido el momento más devastador de su vida hasta la muerte de su marido.

La suerte vino después.

Ella era una joven blanca y con estudios. Procedía de una familia sólidamente asentada en la clase media. Hasta aquel instante solo había practicado el sexo con su novio del instituto. Prefería llevar chándal a minifalda. Rara vez se maquillaba. Bebía muy poco. Había probado la marihuana una vez, en secundaria, solo para demostrarle a su hermana que podía hacerlo. Había pasado la mayor parte de su vida con la cabeza metida en un libro de texto y el culo pegado a la silla de un pupitre.

Dicho de otra manera, el abogado de la defensa no tuvo mucho material del que servirse cuando le llegó el turno de responsabilizarla de la agresión.

El ataque tuvo lugar dentro de un aseo de mujeres del hospital Grady. La esposaron. La violaron vaginalmente. La apuñalaron en el costado con un cuchillo de caza, de filo aserrado. Le dio tiempo a gritar «¡No!» una vez antes de que le taparan la boca con cinta aislante.

No hubo mucho que alegar respecto a su consentimiento. Guardaba pocos recuerdos del antes y del después, lo que era típico del trauma, pero todavía veía con toda claridad la cara del hombre que la violó.

Los ojos azul cristal.

El cabello largo y apelmazado.

La barba áspera que olía a tabaco y a fritanga.

La humedad pegajosa de su piel pálida cuando la penetró por la fuerza.

Y, aun así, había tenido suerte de que su agresor fuera declarado culpable de violación. De que no le ofrecieran rebajar la gravedad de la acusación a cambio de que se declarara culpable. De haber tenido la oportunidad de hablar ante el tribunal. De que el juez fuera severo a la hora de dictar sentencia. De que hubiera otras mujeres a las que había violado su agresor, de modo que no era una sola la que lo acusaba, sino varias. Lo que importaba mucho más de lo que debiera.

Después del juicio, había tenido muchísima suerte de que sus padres la obligaran a volver a casa. Ya había renunciado a su beca de investigación en cirugía neonatal, que tanto le había costado conseguir. Iba retrasada en el pago de las facturas. Había dejado de salir, de comer, de respirar como antes, de dormir como antes, de ver el mundo como lo veía antes de que la violaran.

Porque nada era como antes.

Al irse a estudiar a la universidad, se prometió a sí misma que nunca volvería a vivir en el condado de Grant. La familiaridad de aquel entorno fue un alivio, sin embargo. Conocía a casi todo el mundo en el pueblo. Su madre y su hermana estaban allí cuando sufría un acceso de llanto incontrolable. Su padre durmió en el suelo de su habitación hasta que se sintió capaz de dormir sola.

Pero, en realidad, nunca volvió a sentirse segura del mismo modo que antes.

Poco a poco fue recuperándose. Consiguió reunir las piezas de su identidad rota y volver a juntarlas. Empezó a salir con chicos otra vez. Se casó. Mintió a su marido sobre el motivo por el que no podía tener hijos. Incluso después de contarle a Jeffrey lo ocurrido, nunca hablaban de ello abiertamente. Él era policía, pero no se atrevía a pronunciar la palabra «violación». Las raras veces en que salía el tema, se referían a ello como «lo que pasó en Grady».

Los neumáticos del camión pisaron un bache de la carretera.

Sara sintió que su cuerpo se elevaba en el aire y caía de golpe. Un dolor agudo atravesó su coxis. Notó un tirón en las muñecas esposadas. Le dolían los hombros.

Esperó con los dientes apretados hasta que el firme pareció alisarse de nuevo.

Respiró hondo, llenándose trabajosamente los pulmones con el aire estancado y húmedo. Cerró los ojos con fuerza y trató de dominar sus pensamientos, haciéndolos girar lentamente: Will necesitaba atención médica; Cathy no cuidaría de él; le dolían las muñecas, por las esposas; se estaba deshidratando con el calor; ignoraba cuánto tiempo había pasado y dónde estaba.

Will.

Cathy se haría cargo de él. Lo obligaría a quedarse en el hospital. Le pondría compresas frías en la frente porque sabía que ella lo amaba.

¿Verdad?

Solo había discutido una vez con su madre por Will. Nunca le había dicho a Cathy que estaba profunda e irrevocablemente enamorada de él. Eso era lo que debería haberle dicho en la cocina: que aún sentía un hormigueo en el estómago cuando Will cruzaba la puerta. Que dibujaba corazones con carmín en el espejo del baño para él. Que había confiado intuitivamente en él desde el momento mismo de conocerlo; tanto, que le había contado lo ocurrido en Grady antes incluso de que empezaran a salir.

Will había sufrido una infancia llena de abusos. No había tratado de tranquilizarla, ni de hacerla entrar en razón, ni de disfrazar lo sucedido con palabras edulcoradas porque no soportaba la cruda verdad. Will entendía implícitamente por qué un ruido cualquiera aún podía llenarla de terror. Por qué nunca salía a correr después de que oscureciera, ni siquiera con los perros. Por qué, sin motivo aparente, daba veinte vueltas al aparcamiento para encontrar un sitio cerca de la puerta. Por qué a veces no tiraba de la cadena por las noches, por si el ruido de la cisterna le impedía oír la entrada de un intruso.

Todo eso le diría a su madre si salía con vida.

Le diría que Will entendía por qué, pese a todo, se sentía afortunada.

El camión comenzó a aminorar la marcha. Sara esperó, prestando atención por si oía otros coches o gente, o cualquier cosa que le permitiera deducir dónde estaban.

Sonaron las marchas. Rugió el motor. Sara chocó con la pared cuando el camión dio marcha atrás. Chirriaron los frenos y el camión volvió a detenerse.

Se oían voces de hombre fuera. Oyó un murmullo y dedujo que era Dash. Luego se oyeron gritos. Pasos que levantaban la grava. Supuso que, si el camino estaba sin asfaltar, era porque se hallaban en una zona remota. Hacía un buen rato que no se paraban en un semáforo o una señal de *stop*. El aire era más fresco. Quizá estuvieran a mayor altitud. Hacía tiempo que no oía pasar ningún coche.

Subieron el cierre de atrás. Cerró los ojos para que la luz no le lastimara los ojos.

Sol. Seguía siendo de día.

Buscó a Michelle con la mirada. Estaba sentada frente a ella, con las manos esposadas por encima de la cabeza. Se le había salido la mordaza de la boca, pero no había dicho una sola palabra en todo ese tiempo.

—Doctora Earnshaw.

Dash llevaba el brazo en un auténtico cabestrillo. El borde blanco de un vendaje asomaba por el cuello de su camiseta limpia. Alguien le había sacado la bala del hombro. De pie, a su lado, había un hombre con un rifle.

—¿O debería llamarla «médica local»? —le dijo, y esperó a que Sara le pidiera explicaciones. Pero ella se negó a darle esa satisfacción—. Así es como la están llamando en la radio. «Una

167

médica local» fue tomada como rehén cuando se dirigía al hospital para prestar ayuda.

Sara intentó tragar saliva, pero tenía la boca demasiado seca. No sabía qué emoción esperaba Dash de ella. ¿Alivio porque la estuvieran buscando? ¿Gratitud porque le diera la noticia? Ya sabía que la estaban buscando. Y prefería sacarse los ojos antes que mostrarle alguna gratitud a aquel tipejo.

—Puede que no estén haciendo público mi nombre porque no quieren que amenacen a mi familia, como hizo Carter con la hija de once años de Michelle.

Él sacudió la cabeza.

—Estoy seguro de que estaba bromeando.

—Sus palabras exactas fueron… —Sara tuvo que carraspear antes de continuar hablando—. «Te oigo hablar así y me entran ganas de probar lo prieto que tiene tu hija el coño».

Dash desvió la mirada.

—Qué lenguaje tan soez para una mujer.

—Pues pruebe a oírlo mientras le apuntan a la cabeza con una pistola.

Dash hizo una seña a alguien que estaba en el aparcamiento.

—Vamos a sacarla del camión para que le dé el aire. Creo que el calor se le ha subido a la cabeza.

Un hombre grande y peludo subió a la trasera del camión. Llevaba un cinturón con un machete de veinte centímetros a un lado y una pistola enfundada en el otro. Se sacó un juego de llaves del bolsillo y liberó a Sara de las esposas.

Ella se frotó las muñecas magulladas mientras sopesaba sus opciones. Podía asestarle un puñetazo en la entrepierna. O intentar quitarle el cuchillo o la pistola.

¿Y luego qué?

—¿Doctora Earnshaw? —dijo Dash en un tono que daba a entender que tenía elección. Los hombres armados que la rodeaban, sin embargo, dejaban claro que no era así.

Sara se levantó con piernas temblorosas. Se hizo sombra con la mano para protegerse los ojos del sol. La *girl scout* que llevaba dentro calculó que era primera hora de la tarde, entre las tres y las cuatro. Cuando había mirado la hora detrás del club de *striptease* eran las dos y diecisiete. Una o dos horas en la carretera. Podían estar en cualquier parte.

Dash le ofreció la mano para ayudarla a bajar.

Sara no la aceptó. Miró a su alrededor mientras se apeaba del camión. Habían aparcado delante de un motel de una sola planta, con un porche largo que recorría el frontal de las habitaciones. Tenía un aspecto rústico, como un hotelito de pescadores. Sara no sabía si estaba cerrado o solo vacante. No había otros coches en el aparcamiento. Era una zona rural, de eso no había duda. Y montañosa. Había árboles por todas partes. No se oía ruido de tráfico procedente de la carretera. Al otro lado de la calle vio un bar de aspecto destartalado. El letrero de fuera estaba decorado con un dibujo de un conejo sosteniendo una jarra de cerveza.

Peter Cottontail, se llamaba.

—Por aquí, por favor —dijo Dash indicándole una de las habitaciones del hotel.

La puerta ya estaba abierta. El aire fresco de dentro pugnaba con el calor de fuera. Michelle Spivey entró detrás de Sara. Mesa y sillas de plástico. Un televisor en la pared. Una cómoda para la ropa. Una mininevera. Una mesilla de noche entre dos camas de tamaño mediano. Vale estaba tendido en la cama arrimada a la pared. Carter, sentado en la más cercana a la ventana. Partículas de polvo flotaban a la luz del sol. El olor a ambientador de pino lo impregnaba todo.

Vale giró la cabeza. Miró a Sara con desesperación. Su pecho temblaba. Tenía una tos seca, estertorosa.

Detrás de ella, el camión arrancó y se alejó, levantando la grava.

Sara lo vio marchar. Blanco y anodino, como todos los camiones de ese tamaño que se veían en las autovías y las carreteras.

—¿Doctora? —Dash esperó a que se apartara para cerrar la puerta.

Había conservado a tres hombres con él. Dos estaban armados y cortados por el mismo patrón que los demás. Uno vestía más informalmente, con una camisa de manga larga arremangada y con los faldones sueltos. Unos pantalones cortos colgaban, flojos, de sus estrechas caderas. Tenía el pelo más largo que los otros. Empezaba a crecerle la barba y llevaba una mochila grande al hombro, con el emblema de la Cruz Roja encima de la bandera estadounidense.

Un botiquín de campaña del ejército.

Sara buscó a Michelle con la mirada. Estaba en el rincón del fondo de la habitación, sentada en el suelo. Se abrazaba las rodillas. Había vuelto a bajar la cabeza.

¿Era así como la había enseñado Carter a sentarse, o era una táctica de supervivencia?

—Doctora Earnshaw. —Dash le pasó una botella de agua y con un gesto indicó a los dos hombres que se apostaran fuera. El tercero, el de atuendo más informal, dejó la mochila sobre la mesa de plástico—. Aquí mi amigo Beau estará encantado de ayudarla.

Sara descubrió que no podía articular palabra. La monotonía del viaje en el camión había mitigado su terror, que ahora volvía a agudizarse. Estaba dentro de un motel de mala muerte, atrapada con aquellos hombres que apestaban a testosterona. Michelle había hecho bien al acurrucarse en el rincón.

Beau comenzó a abrir la cremallera del botiquín de campaña. Recorrió su contenido con los dedos y sacó lo necesario para preparar un gotero. Había una bolsa de suero en el compartimento de atrás. Disponía de instrumental suficiente para llevar a cabo una operación de poca importancia.

Sara observó cómo se movían sus manos. Rápidamente. Con eficacia. A pesar de su ropa, saltaba a la vista que sabía lo que hacía. Y, lo que era más importante, sabría lo que hacía ella.

Había perdido su oportunidad de matar a Vale y a Carter, o de dejarlos morir por desatención médica.

—Joder, tío —dijo Carter—. Pínchame eso a mí. Tengo las pelotas ardiendo.

Beau no le hizo caso. Ya había insertado el catéter en el brazo de Vale. Lo aseguró con esparadrapo. Abrió el gotero. Evidentemente, había hecho aquello un millón de veces. Sara dedujo que era él quien había extraído la bala del hombro de Dash.

—Venga, hermano —insistió Carter.

—Los más graves primero —dijo Beau.

—Yo estoy grave, joder. Tengo un cuchillo a un centímetro de los huevos.

Beau echó un vistazo a su herida.

—Te la has apretado demasiado, hermano. No se remienda una vagina haciendo el agujero más grande.

Dash se rio, pero dijo:

—A ver si conseguimos refrenar un poco ese lenguaje delante de las señoras.

Buscó el mando a distancia y encendió el televisor.

Sara miró la pantalla ansiosamente. Un helicóptero de prensa sobrevolaba el lugar del atentado. Sintió que le ardían los ojos, llenos de lágrimas. El campus y los terrenos del hospital eran casi irreconocibles. Había pasado siete años de su vida formándose allí, atendiendo a gente, aprendiendo a ser una buena médica.

—Muy bonito. —Dash subió el volumen.

Una mujer hablaba ante un atril, vestida con el uniforme de la policía de Atlanta. El letrero de la parte inferior de la pantalla advertía de que eran imágenes grabadas con anterioridad.

«Todos los cuerpos policiales están buscando a la mujer secuestrada…».

—Esa es usted —dijo Dash—. La médica local.

Sara no le prestó atención. Siguió escuchando a la oficial de policía.

171

«Puedo confirmar que había dos artefactos explosivos, programados para estallar aproximadamente...».

Dash quitó el volumen.

Sara leyó los teletipos de la parte inferior de la pantalla.

Dieciocho víctimas mortales confirmadas. Cuarenta y un heridos. Dos policías del condado de Dekalb, una ayudante del sheriff *del condado de Fulton y dos guardias de seguridad, entre los fallecidos.*

—Qué tipo tan guapo —comentó Dash.

La policía había difundido imágenes de las cámaras de seguridad del hospital. Mostraban a Dash desde distintos ángulos, pero ni siquiera Sara, que había pasado las últimas horas con él, lo reconoció en la pantalla. Había tenido mucho cuidado de mantener la cabeza agachada y la gorra bien calada sobre la frente. Carter no había sido tan cuidadoso, pero había tenido suerte. El único primer plano de su cara se había pixelado. Otras imágenes mostraban a Hurley llevando a rastras a Michelle por las escaleras.

—Descansa en paz, hermano —masculló Dash.

Sara se quedó callada. Dash seguía pensando que Hurley estaba muerto. Carter y Vale se habían tapado el uno al otro en sus mentiras acerca de lo que había ocurrido tras el accidente de coche. Uno no ocultaba información a su jefe a no ser que supiera que iba a enfadarse mucho si se enteraba de la verdad. No se sentían culpables por haber abandonado a uno de sus *hermanos*. Les preocupaba que Dash los castigara por haber dejado un testigo.

Lo que planteaba un interrogante: ¿cómo podía Sara servirse de esa información contra ellos?

—Doctora Earnshaw —dijo Beau, ofreciéndole un estetoscopio.

Ella apartó los ojos de la pantalla, por la que seguían pasando teletipos.

Heridos dos bomberos y tres policías municipales de At-
lanta. Dos policías del condado de Dekalb, una ayudante del
sheriff *del condado de Fulton y dos guardias de seguridad,*
entre los fallecidos.

La descripción de las víctimas estaba siendo muy específica. Will tenía el rango de agente especial. ¿Debía tomarse como una buena señal que no apareciera en el listado de heridos?

—No tengo Pleur-Evac —dijo Beau.

Sara bebió de la botella de agua. Trató de concentrarse. En la Facultad de Medicina, le habían inculcado que hacer el juramento hipocrático implicaba atender a cualquiera que necesitara tu ayuda. Las creencias personales y políticas tenías que dejarlas a un lado. Tu labor era reparar el cuerpo, no juzgar al paciente.

Luchó por recuperar el espíritu de esa estudiante joven y entusiasta que creía fervientemente que eso era posible.

Le dio la botella de agua a Dash.

—Necesito tres de estas. Cinta aislante. Tubos. Tengo que crear un sello de agua, así que sería preferible un corcho. Las otras dos botellas regularán la presión y servirán para recoger la sangre del pecho. Si tienen un taladro, la circunferencia de la broca tiene que ser ligeramente más pequeña que la de los tubos.

Dash abrió la puerta y comunicó sus instrucciones a uno de los hombres.

Sara miró a Michelle. Ella trabajaba en el CDC. Si no tenía el título de medicina, sería como mínimo veterinaria.

—Tranquilo —le dijo Beau a Vale mientras le cortaba la camisa con unas tijeras.

Vale respiraba trabajosamente. Parecía aterrado cuando Sara se acercó a la cama. Una tos seca sacudía su cuerpo. Sara se puso unos guantes de nitrilo. Se colgó el estetoscopio del cuello. Buscó unas gafas de seguridad y una mascarilla quirúrgica.

—Si hay, dos miligramos de Versed, y luego un miligramo cada cinco minutos, conforme sea necesario —le dijo a Beau.

—¿Eso no deprimirá su respiración?

—Puede ser, pero necesito que se esté quieto.

—Tendré a mano un poco de adrenalina.

Beau se acercó al botiquín. Además del Versed, tenía varios paquetes de jeringuillas precargadas. Sara reconoció el característico 10 dentro de un cuadrado de color burdeos. Cinco dosis individuales de diez miligramos de morfina.

Podía utilizarlas para dejar inconscientes a los hombres de la habitación.

O para quitarse de en medio.

—El Versed ya está listo —dijo Beau al inyectar el fármaco en la vía.

Sara intentó olvidarse de la morfina y se arrodilló en el suelo, junto a Vale.

Junto al *cuerpo*.

Comprobó que Beau también se había ocupado de él. Había cubierto la herida de bala con un parche torácico Halo, un vendaje oclusivo que era, básicamente, una versión pegajosa del papel *film*. No estaba mal, pero habría sido más eficaz el parche Russell que había visto en el botiquín.

Beau sabía algunas cosas, pero no todas.

Sara palpó las costillas del paciente, notando las puntas desiguales de las fracturas desplazadas. La bala había penetrado entre la séptima y la octava costilla contando desde el pezón. La piel estaba tirante. La cavidad pleural se había llenado de aire. Usó el estetoscopio. En el lado derecho no se oía ruido de respiración. El tórax presentaba hiperresonancia. Y la vena yugular parecía distendida.

Vale tosió, haciendo una mueca de dolor.

Ella miró a Beau. Estaba vigilando la presión sanguínea de Vale, con la jeringuilla de adrenalina a mano, por si acaso.

Sara volvió a auscultar el pecho, moviendo el estetoscopio de un sitio a otro. Comprobó el sonido del intestino. Palpó el abdomen. Nada de eso era necesario. Quería darse tiempo para observar el faldón suelto de la camisa de Beau. El borde, bajo el último botón, tenía un roto en forma de media luna.

Pero no era solo un roto. Era una marca de uso repetitivo, como las que usaba en el depósito de cadáveres para identificar finados anónimos. Los carpinteros solían tener pequeñas muescas en los dientes delanteros, de sujetar clavos con la boca. Los almacenistas tenían los gemelos extremadamente desarrollados, al margen del tamaño de sus barrigas. Los conductores de UPS presentaban callos en el dedo anular, que era donde la empresa les aconsejaba colgarse el llavero cuando se bajaban del camión.

Y los camareros usaban a veces el faldón de la camisa para abrir botellas.

Aquel no era un motel o un hotelito de pescadores elegido al azar. Habían parado allí por Beau. Era muy probable que trabajara en el bar del otro lado de la calle.

Sara concluyó su examen ficticio. Le dijo a Beau:

—Neumotórax a tensión.

Él asintió en silencio, pero Sara notó que sabía que ese no era el único problema. Los síntomas de colapso pulmonar eran los más evidentes, pero aquel hombre tenía una bala alojada en el pecho. A juzgar por las fracturas que tenía en las costillas, el proyectil había rebotado antes de detenerse. El corazón era siempre el primer motivo de preocupación en una herida pectoral, pero en realidad había que prestar atención a todas las áreas del pecho. Nervios, arterias, venas, pulmones, tórax.

Ella no era cirujana cardiotorácica. Podía aliviar el sufrimiento de Vale, pero haría falta alguien mucho más experimentado y con un instrumental muy preciso para reparar sus lesiones internas.

Beau tenía que saberlo. Aun así, le dio un catéter intravenoso del set de transfusión.

Sara buscó el punto medio de la clavícula. Beau limpió la zona. Ella insertó el catéter perpendicular a la piel, justo por debajo de la clavícula.

El siseo del aire que salió por la aguja hueca sonó como un globo al desinflarse.

Vale respiró hondo. Gimió. Abrió los ojos. Pestañeó.

Todos los hombres de la habitación parecieron respirar mejor.

—Vale —dijo Carter—, ahora me toca a mí.

Sara miró a Beau pidiéndole su opinión. Tuvo que recordarse que no era su enfermero, sino uno de los malos. Estaba sirviéndose de su experiencia para curar a sus compinches.

Decidió decirle la verdad a Dash:

—Puedo hacer que Vale esté más o menos cómodo, pero la operación que necesita está fuera de mi alcance.

Dash se frotó la mandíbula con los dedos.

Sara tuvo que apartar la mirada. Will hacía lo mismo cuando estaba preocupado.

—Te está diciendo la verdad —dijo Beau—. Si no vas a llevarlo al hospital, la intubación solo retrasará lo inevitable.

—¿Se va a morir? —preguntó Dash.

—¡Santo Dios! —exclamó Carter en un tono entre suplicante y hostil—. ¿Por qué perdéis el tiempo con él? Puede que mi escroto esté en las últimas, joder.

Dash siguió frotándose la mandíbula pensativamente.

—Está bien. Sáquele el cuchillo de la pierna.

Beau volvió a acercarse al botiquín de campaña.

Sara tuvo que hacer un esfuerzo para sobreponerse a su repulsión. Una cosa era atender a Vale, que estaba aterrorizado y solo consciente a ratos. Pero cada vez que Carter abría la boca —ya fuera para amenazar con violar a la hija de Michelle o a ella misma— se acordaba de cuánto deseaba que aquel tipejo se muriera.

Beau ya había empezado a cortarle los pantalones. Avanzó con la tijera hacia arriba, hasta dejar al descubierto la mitad inferior de su cuerpo.

Carter lanzó a Sara una mirada entre lasciva y burlona. No dijo nada, pero ella adivinó lo que estaba pensando.

Hizo caso omiso.

Comparado con Will, parecía un muñeco Ken.

—¿Cuál es el plan? —preguntó Beau.

—Va a tener que dejarlo k.o. si quiere que haga esto —repuso Sara.

—Puedo callarle un poco esa bocaza. —Beau llenó una jeringuilla con Versed y, sin molestarse en ponerle una vía de suero, clavó la aguja en el brazo de Carter tan bruscamente que el tubo de plástico resonó al chocar con la piel.

Así pues, él tampoco era muy fan de Carter.

Comenzó a colocar el instrumental encima de la mininevera, junto a la cama. Pinzas, bisturíes, gasas, fórceps.

—Que eshta zo... —balbució Carter.

La droga tardaba en hacer efecto. Dejó caer la barbilla sobre el pecho y, con la boca abierta y los ojos casi cerrados, trató de seguir sus movimientos con la mirada.

Sara se quitó los guantes mientras se esforzaba mentalmente por separar a Carter, el odioso ser humano, del paciente con una navaja clavada en el muslo. Estudió el punto de inserción de la hoja. Rescató de su memoria un viejo truco nemotécnico para acordarse del triángulo femoral: NAVEL. Empezando por el lateral: nervio, arteria, vena, espacio vacío —la vaina femoral— y (canal) linfático.

Beau cortó el nudo de serpiente, retiró el cordón y sujetó la navaja con la punta del dedo.

Vieron ambos que la empuñadura palpitaba.

La hoja se había movido, o quizá Carter había tenido mucha suerte hasta ese momento, porque se veía claramente un agujero en su arteria femoral. El latido que movía la empuñadura era el del corazón al bombear sangre oxigenada. El efecto era el de una manguera de alta presión. La única cosa que impedía que Carter se desangrara era el canto de la hoja, que taponaba el orificio.

—No soy cirujana vascular —le dijo a Beau.

—Entendido.

—Puedo cortar mientras usted sujeta la navaja. Intentaré taponar la hemorragia. No tenemos medios de succión. Voy a ir a ciegas.

—Entendido. —Beau le pasó el bisturí.

Iban a hacerlo.

Sara se sintió extrañamente intranquila ante la perspectiva de operar a aquel hombre. Una intervención quirúrgica no era momento de dudar; era un ejercicio de pura arrogancia. Si no actuaba con suficiente rapidez, o si el exceso de sangre no permitía aislar la hemorragia, Carter moriría en menos de un minuto. Vale estaba ya prácticamente muerto. Si ambos morían, ella dejaría de ser necesaria. O, peor aún, la utilizarían para otros fines.

—¿Doctora? —dijo Beau.

Ella contuvo la respiración y soltó el aire lentamente.

—Hay que actuar deprisa. Necesito que cubra la herida con gasa a medida que procedo. ¿Puede mantener abiertos los fórceps?

Él asintió, pero dijo:

—Necesitamos otro par de manos.

Sara sintió el calor de la mirada de Michelle fija en ella. Seguramente hacía años que no operaba a una persona —en caso de que hubiera operado alguna vez—, pero sin duda podría sostener inmóvil un cuchillo.

Dash señaló su cabestrillo:

—Yo solo dispongo de una.

—Joder… —farfulló Carter—. Que no me toque…

Se refería a Michelle.

—Por lo visto no tienes elección —dijo Dash.

Sara no sabía si se refería a Carter o a Michelle, pero en resumidas cuentas no importaba. Michelle se levantó lentamente, con la cabeza agachada aún y los ojos fijos en el suelo.

Solo en el último momento vio Sara sus puños apretados.

Lo que sucedió a continuación fue claramente premeditado. Quizá Michelle lo había pensado ya en el momento del accidente, o al entrar en aquella sórdida habitación de motel. O quizá llevaba cuatro semanas fantaseando con ello. El *cuándo* poco importaba. El *qué* fue espectacular.

Michelle esperó hasta estar cerca de la cama; luego se puso de puntillas y, dando un salto, se echó sobre Carter, le arrancó el cuchillo de la pierna y comenzó a apuñalarlo.

Zap, zap, zap.

La hoja hizo el mismo sonido una y otra vez al atravesar la piel.

No malgastó ni un solo movimiento. El ataque fue la materialización visual de un profundo conocimiento de la anatomía humana.

La yugular. La tráquea. Las arterias axilares. El corazón. Los pulmones. Michelle lanzó un grito salvaje al asestar el golpe final en el hígado.

Luego se derrumbó.

Beau le había inyectado el resto del Versed.

El eco del grito de Michelle resonó en la habitación. Nadie se movía. La respiración pausada de Vale servía de pulso audible a la sangre que manaba a borbotones de la carótida de Carter.

Lentamente, Sara se quitó las gafas de seguridad manchadas. Tenía grandes salpicaduras de sangre en la cara y el pelo.

En algún momento, la puerta se había abierto. Los dos guardias permanecían inmóviles, empuñando sus armas.

Dash estiró el brazo.

—Mantengamos la calma, chicos —dijo—. La necesitamos viva.

Los hombres se quedaron donde estaban. No parecían saber cómo debían actuar.

Sara se limpió la cara. Se quitó sangre de la frente. Todo en la habitación estaba manchado de sangre, desde las camas a la tele y el techo.

Carter fue un incordio hasta para morirse. Agonizó durante veinte segundos o más. Su garganta gorgoteaba. Rojas burbujas estallaban en sus labios azulados. Miraba fijamente, con ojos ciegos, el cuchillo clavado en su vientre. La orina empapó sus pantalones. Sus manos y sus dedos se movían espasmódicamente. Un hilo de sangre chorreaba de su boca abierta. El chorro de su carótida amainó hasta convertirse en un goteo, como un aspersor que de pronto perdiera presión. Dio su última boqueada con visible terror.

Tuvo conciencia de lo que iba a ocurrir cada segundo que antecedió a su muerte.

Sara se llevó la mano al pecho. Su corazón era como un pájaro atrapado.

El sufrimiento de Carter la había llenado de regocijo.

—Bien —dijo Dash al entrar en el cuarto de baño.

Salió limpiándose la cara con una toalla de manos. Le lanzó otra a Sara. Ella la cogió al vuelo. Él miró a Michelle, desplomada sobre las piernas de Carter.

Sara esperaba que su insólita serenidad se disolviera por fin, pero Dash se limitó a decir:

—Me pregunto por qué lo habrá hecho.

Ella se acercó la toalla limpia a la cara y negó con la cabeza.

—Caballeros, hay que limpiar la habitación.

Sara los oyó levantar a Michelle de la cama.

—Ponedla junto a la puerta —ordenó Dash—. Aseguraos de que esté esposada. No queremos más complicaciones inesperadas.

¿Complicaciones?

Sara se limpió la cara. Los brazos de Michelle se agitaban a un lado, inermes, mientras la trasladaban. Tenía los ojos cerrados. Había cierta paz en su semblante.

—Doctora Earnshaw —dijo Dash—, ¿puede usted explicármelo?

Sara observó su cara, intentando adivinar si se trataba de una artimaña. ¿De veras ignoraba que Carter había violado a Michelle?

—Él… —dijo.

De pronto sintió la mano de Vale en su hombro. La violencia repentina había traspasado la neblina producida por el relajante muscular. Sus ojos, abiertos de par en par, rebosaban temor.

Dash esperó un segundo más. Luego dijo:

—¿Doctora?

Sara se sacudió la mano de Vale.

—La violó. Repetidas veces. También amenazó con violarme a mí.

Dash apretó los dientes. Su semblante comenzó a cambiar. Sara observó su lenta transformación, de amigable a furioso.

Miró a Vale, no a ella, y preguntó:

—¿Eso es verdad?

Vale meneó la cabeza frenéticamente.

—Soldado, ¿es verdad?

Vale siguió meneando la cabeza.

Dash le dio la espalda y se frotó la mandíbula.

Luego, de pronto, se giró y disparó dos veces a Vale en el pecho.

Sara dio un salto. Estaba tan cerca que había sentido el calor de las balas pasando junto a su cara.

Dash volvió a guardarse la pistola en la funda.

—Espero, doctora —le dijo a Sara—, que no crea que somos unos bestias que utilizan la violación como arma de guerra.

Ella no dijo nada. Habían hecho saltar por los aires un hospital y secuestrado a dos mujeres. Fingir que estaban por encima de un acto tan vil como la violación era risible.

Beau agarró la empuñadura de la navaja automática de Will y la extrajo del abdomen de Carter. Limpió la hoja con una gasa de algodón. Dobló la navaja y se la guardó en el bolsillo. Luego comenzó a recoger el botiquín de campaña. Amontonó el instrumental usado sobre la mesa y sacó una tarjeta para empezar a hacer inventario.

O para asegurarse de que Sara no se había guardado nada.

Dash registró los bolsillos de Vale. Encontró algún dinero, nada más. Luego hizo lo mismo con Carter. Esta vez encontró un teléfono móvil. No uno corriente, sino un iPhone.

La pantalla estaba agrietada.

—Qué fastidio. —Dash se acercó a la puerta y preguntó al guardia—: ¿Tienes un móvil?

—No, señor. Ninguno de los dos tiene. Usted ordenó que dejáramos en el campamento todo lo que pudiera identificarnos.

¿El campamento?

—Gracias.

Dash cerró la puerta. Se sentó en la cama, junto a Carter. Con una sola mano, probó a acercar el dedo de Carter al botón de inicio del teléfono.

—No funciona con un muerto —dijo Beau—. Hace falta que haya señal eléctrica en la piel para activarlo. Y para eso tiene que haber latido cardiaco.

—¿Ah, sí? —Dash levantó el teléfono y lo inspeccionó como si tratara de descubrir un modo de acceder a su contenido—. No nos conviene utilizar ninguno de estos dispositivos, ¿no crees?

—No, señor, claro que no —contestó Beau en un tono que daba a entender que estaba tomando postura.

De modo que tal vez no estuviera tan implicado en el grupo como los demás. ¿Era un nuevo recluta? ¿Un mercenario pagado? ¿Un enfermero que cobraba según las lesiones que atendía?

Dash arrojó el teléfono de Carter a la mesilla de noche. Volvió a frotarse la mandíbula. Se volvió hacia Sara.

—Doctora, por favor, préstame atención —dijo, y señaló la parte delantera y la trasera de la habitación—. Tiene usted todas las salidas bloqueadas. Puedo esposarla a la cama, o puede creerme.

Sara tragó saliva con tanta dificultad que su garganta hizo un ruido.

—Le creo.

Dash se marchó, pero la tensión no desapareció con su marcha.

Beau estaba visiblemente enfadado. Cerró bruscamente las cremalleras de su botiquín de campaña. Recogió el montón de basura —las gasas ensangrentadas, las tijeras, hasta las botellas de agua— y, con una toallita empapada en alcohol, limpió el botiquín por fuera. Sara se mordió el labio para no sonreír. La sangre de Carter estaría incrustada en las costuras y los dientes de las cremalleras. Su apego sentimental por aquel botiquín lo convertiría en cómplice de un doble homicidio.

Sara miró la televisión. Leyó los teletipos de la parte inferior de la pantalla.

> *Dos policías del condado de Dekalb, una ayudante del* sheriff *del condado de Fulton y dos guardias de seguridad, entre los fallecidos... Declaración oficial: «El GBI destinará agentes en servicio activo de ATL para apoyar a la policía local y estatal...».*

El corazón le dio un vuelco dentro del pecho. Siguió el texto con la mirada hasta que desapareció de la pantalla.

«Destinará agentes en servicio activo de ATL para apoyar a la policía local y estatal...».

Mantuvo los ojos fijos en el televisor cuando el informativo dio paso a la publicidad. Intentó analizar la situación con realismo. Amanda se habría encargado de redactar la declaración oficial. ¿Estaba ella dando a aquellas palabras un significado que no tenían? ¿Eran tales sus deseos de tener noticias que leía erróneamente entre líneas?

Will, en servicio activo. ATL. Agentes de apoyo a la policía local y estatal.

Los ojos se le llenaron de lágrimas. Deseaba con todas sus fuerzas que Amanda hubiera escrito aquella declaración expresamente para ella, porque lo que podía significar la llenaba de alivio.

Will era, según la clasificación del GBI, un agente en servicio activo.

ATL era la abreviatura habitual de Atlanta, pero también significaba, en jerga policial, *attempt to locate*, «intento de localización».

Will estaba bien, y la estaba buscando, igual que la policía local y estatal.

—Dash sospecha algo —dijo Beau.

Sara se limpió las lágrimas.

—En las noticias no han hablado de Michelle —prosiguió él—. Solo hablan de una médica local desaparecida.

Sara trató de recomponerse. Sabía que el GBI tenía por norma no publicar nombres.

—«Desaparecida», dice, como si hubiera salido de mi casa y me hubiera perdido. Me han secuestrado. Y a Michelle también. Las dos hemos sido secuestradas. Nos están reteniendo contra nuestra voluntad y obligándonos a hacer cosas que no queremos hacer.

Él apretó los dientes.

—Eso le está haciendo sospechar, es lo único que digo.

—Sus amigos han hecho estallar dos bombas en el campus de una universidad. Dieciocho personas han muerto y casi cincuenta han resultado heridas. Tres policías y dos guardias de seguridad han sido asesinados. Deduzco por ese botiquín de campaña y por su capacitación que ha sido usted militar, pero está ayudando a un grupo de asesinos en masa. Es lo único que digo.

Con gesto de enfado, Beau metió la basura en una bolsa de plástico.

Sara volvió a mirar el televisor. Quería volver a ver los teletipos, la confirmación de que Will estaba bien. De que había sobrevivido y estaba buscándola.

La hora aparecía en la esquina derecha de la pantalla.

Las 16:52.

Hacía poco más de dos horas y media que le había enviado a Faith aquel mensaje inútil.

Tres desde que había besado a Will en el cobertizo.

—No haga ninguna tontería, ¿de acuerdo? —dijo Beau—. Dash se porta bien hasta que deja de portarse bien, y no le conviene hacerle enfadar, créame.

Sara mantuvo los ojos fijos en la pantalla. Los teletipos se estaban repitiendo.

Declaración oficial: «El GBI destinará agentes en servicio activo de ATL para apoyar a la policía local y estatal...».

Beau se marchó por fin, cerrando de un portazo.

Sara se incorporó. Se acercó a la ventana de la parte delantera de la habitación. Las cortinas estaban corridas. Vio la ancha sombra del hombre que montaba guardia fuera.

Escuchó conteniendo la respiración para no hacer ningún ruido. Oyó la voz grave y baja de Dash, hablando con Beau. Estaban cerca, pero no demasiado.

Se puso de rodillas para que no la vieran.

Cogió el iPhone de Carter de la mesilla de noche.

Beau tenía razón en que el identificador por huella dactilar requería una señal eléctrica. El cuerpo humano era básicamente un condensador eléctrico. Los protones de carga positiva y los neutrones de carga negativa producían conductividad: una especie de pila o batería. Por eso se producía una descarga cuando uno arrastraba los pies calzados con calcetines de lana por una alfombra y luego tocaba a otra persona. La corriente eléctrica de baja intensidad del cuerpo era también la que activaba el lector de huella dactilar de los iPhone más antiguos.

Al morir, esa carga se disipaba, pero no tan rápidamente como suponía Beau. La piel tardaba unas dos horas en desecarse. Ese era el motivo de que el dedo de Carter no pudiera desbloquear el teléfono: estaba deshidratado.

No le habían administrado una bolsa de suero por vía intravenosa, como a Vale. Debido al calor y al trauma, había sudado durante horas. La deshidratación había alisado las rugosidades de sus huellas dactilares. El lector detectaba una señal eléctrica, pero no la reconocía como una huella dactilar.

Sara levantó la mano derecha de Carter.

Sintió un súbito escalofrío de repulsión.

Se metió el dedo índice del hombre en la boca.

Sintió una arcada, pero mantuvo los labios fuertemente cerrados, tratando de generar saliva suficiente para rehidratar la piel.

Hepatitis B. Hepatitis C. VIH.

Aquel tipo podía tener de todo.

Sara mantuvo el dedo dentro de su boca y succionó para hacer circular la saliva. Miraba alternativamente la puerta, el reloj y el televisor. Siguió así hasta que pasó un minuto entero.

Le temblaban las manos cuando acercó el dedo de Carter al botón de inicio.

La pantalla estaba resquebrajada. Carter podía haber programado el lector para que reconociera la huella de su pulgar, o la de otro dedo. La puerta podía abrirse y, al ver lo que estaba haciendo, Dash le pegaría dos tiros en el pecho, como había hecho con Vale.

No ocurrió nada de eso.

La pantalla se desbloqueó.

Sara no tuvo tiempo de celebrarlo. Tocó el icono de teléfono. No hubo suerte. La raja de la pantalla partía del botón. El cristal no reconocía el contacto de su dedo. Tocó el icono de mensaje. Se desplegó el teclado. El cristal estaba tan agrietado que la mayoría de las letras habían quedado inservibles. Poco a poco, trabajosamente, consiguió marcar el teléfono de Will.

Sara nunca le mandaba mensajes de texto. Le enviaba notas de voz o emoticonos para ahorrarle el esfuerzo de leer.

Pulsó el icono de micrófono. Abrió la boca para hablar, pero solo le salió un sollozo.

Will...

Mandó el archivo de audio de todos modos. El corazón le latió como un metrónomo hasta que la barra azul de estado indicó que el mensaje había sido enviado.

Volvió a pulsar el micrófono. Abrió la boca, pero ¿qué podía decir?

El nombre del bar de enfrente. Beau. Dash. Carter. Vale. El camión. Que eran un grupo. Que estaban organizados. Que le quería. Que sufría por él. Que sabía que estaba buscándola.

Empezó a hablar, pero de pronto el pomo giró.

Dash abrió la puerta. Estaba de espaldas a ella.

Seguía hablando con Beau.

—Bueno, hijo, estoy seguro de que lo conseguiremos.

Sara apagó el teléfono. Cuando Dash se volvió, ya lo había dejado sobre la mesilla de noche.

Se levantó y se alisó los pantalones cortos. Antes se había esforzado por impregnárselos con el ADN de Carter, y ahora estaba casi empapada con su sangre.

—Dijo que me dejaría volver con mi familia cuando los ayudara.

—En efecto, eso dije, exactamente. —Miró la televisión. Estaban emitiendo una vista aérea del aparcamiento siniestrado—. ¿A qué se dedica su marido?

Sara comprendió que la verdad podía beneficiarle.

—Soy viuda. Mi marido era policía. Murió en acto de servicio.

—Lo lamento mucho. Las calles son muy peligrosas en los tiempos que corren. —Dash siguió mirándola fijamente, lleno de desconfianza—. Dígame, señorita pediatra, ¿está usted familiarizada con el sarampión?

Sara sintió que empezaba a sacudir la cabeza, solo para ganar tiempo mientras trataba de adivinar sus intenciones.

—Sí —contestó.

—Bien. Da la casualidad de que tenemos un problemilla con el sarampión en nuestro campamento. Un brote, podría decirse. Si está usted dispuesta, hay varios niños muy enfermos a los que les vendría bien su ayuda.

¿Sarampión?

¿Era por eso por lo que habían secuestrado a Michelle Spivey? ¿Creían que necesitaban a una experta en enfermedades infecciosas para controlar un brote de sarampión?

—¿Doctora Earnshaw? —insistió él.

—Lo plantea usted como si tuviera elección —dijo Sara.

—Todos tenemos elección, doctora. A veces, las opciones son buenas y otras son malas. Pero *siempre* hay elección.

—Necesito ir al baño.

—¿Vaciar la vejiga la ayudará a tomar una decisión?

Sara no respondió, pero no se atrevió a marcharse sin su permiso.

Dash no se dio prisa en responder. Cogió el teléfono de Carter. Lo tiró al suelo. Lo aplastó con el tacón. Se agachó. Rebuscó entre los trozos. Encontró la tarjeta SIM y la batería. La primera contenía toda la información almacenada en el teléfono. La segunda mantenía activa la señal que transmitía la ubicación del teléfono.

Sara apretó los labios. El mensaje había sido enviado, ella lo había visto. La barrita azul de la parte de abajo había cruzado la pantalla. Los metadatos incluirían la hora y la ubicación.

¿Verdad?

Dash se guardó en el bolsillo los componentes del teléfono.

—Esta habitación estará completamente limpia mañana por la mañana, ¿sabe? —dijo—. No habrá ningún cuerpo. Ni siquiera se notará que hemos pasado por aquí.

Sara comprendió que no era un farol. Beau era extremadamente minucioso. Incluso había contado las gasas para su inventario.

—Bien, doctora. Necesito una respuesta. —Dash se ajustó el cabestrillo al hombro—. ¿Puedo contar con su ayuda para que cure a nuestros niños enfermos?

—Si me voy con ustedes, no volveré a ver a mi familia —dijo Sara.

—Todo es negociable.

—Lo que Carter le hizo a Michelle…

—No le pasará a usted.

Creer la palabra de aquel monstruo era una locura.

Aun así, Sara dijo:

—Está bien.

Él le indicó el baño con un movimiento de cabeza: permiso concedido.

Sara apretó los puños al pasar a su lado. Cerró la puerta. Abrió el grifo y se lavó la boca. Se secó la cara con una toalla.

El mensaje había sido enviado, se dijo. Rastrearían la señal. Encontrarían el motel. Descubrirían los cadáveres de Carter y Vale. Interrogarían a Beau.

—Doctora —dijo Dash—, voy a salir un momento.

Sara oyó abrirse la puerta de la habitación. No oyó el chasquido de cierre. Dash estaba esperando para ver qué hacía. Ella recorrió el cuarto de baño con la mirada. Por el estrecho ventanuco que había encima de la ducha se veía el extremo de un rifle apuntando al cielo.

Se bajó los pantalones. Se sentó en el inodoro. Tuvo que obligar a sus músculos a relajarse. Tenía la vejiga tan llena que le dolía. El ruido resonó en las paredes de azulejos.

Por fin oyó el chasquido de la puerta al cerrarse.

Will le había dicho una vez, hacía mucho tiempo, que el sospechoso que parecía más sereno era siempre el más culpable. Se mostraban relajados porque creían tenerlo todo bajo control. Habían engañado a todo el mundo. Nadie iba a pillarlos.

Dash era un ejemplo perfecto de esa calma cargada de arrogancia. Su forma de hablarle, el respeto con que la trataba, disfrazando sus órdenes de peticiones y esforzándose por parecer razonable y servicial… Todo eso no eran más que herramientas de las que se servía para controlarla.

Tal vez había intentado hacer lo mismo con Michelle sin conseguirlo y por eso la había dejado en manos de Carter. Lo que significaba que sabía perfectamente lo que le había hecho Carter. Estaba claro que Vale había participado, pero también estaba claro que iba a morir de todos modos. Dispararle en el pecho por haber violado a Michelle le hacía parecer un comandante honorable.

Sara no pondría en cuestión aquella fachada de honorabilidad mientras jugara a su favor.

Dash ignoraba que Will la estaba buscando.

Ignoraba que ella tenía mucha suerte.

CAPÍTULO 8

Domingo, 4 de agosto, 16:26 horas

Will iba arrellanado en el asiento delantero del Lexus de Amanda mientras ella conducía camino del apartamento de Sara. Volvía a dolerle la cabeza, pero no con la ferocidad de antes. El sol no le lastimaba tanto los ojos. Claro que era media tarde, y ya no lastimaba los ojos de nadie.

Se decía a sí mismo que Sara seguía viva. Y que estaba a salvo. Había apuñalado a Carter en la entrepierna. A otro le había disparado en el pecho. Y el tercero había estado inconsciente todo el tiempo. Los tres tardarían algún tiempo en recuperarse. Y, sin Hurley, tal vez decidieran tirar cada uno por su lado.

O quizá se reagrupasen y se hicieran más fuertes.

Amanda se detuvo en un semáforo. Puso el intermitente.

—¿Tienes alguna pregunta? —dijo.

Will miró fijamente la luz roja del semáforo. Pensó en todo lo que le había contado su jefa. Solo tenía una duda.

—Tienes la corazonada de que Carter secuestró a Michelle por orden de ese grupo, el Ejército Invisible de Patriotas. Tenemos pruebas de que han asesinado a varios policías. Han volado un aparcamiento público. Y secuestrado a una agente del GBI. Incluso si eliminas de la ecuación la posible implicación de Novak,

191

siguen siendo terroristas. ¿Por qué el FBI no los está persiguiendo con todas sus fuerzas?

Amanda exhaló un suspiro profundo y apretó con fuerza el volante. En lugar de responder a su pregunta, dijo:

—Ruby Ridge. Murió un *marshal*. Fallecieron la esposa y el hijo de Randy Weaver. El sitio duró once días. Weaver fue absuelto. Se indemnizó a la familia con tres millones de dólares por un caso de homicidio imprudente. Y el FBI fue objeto de escarnio público.

El semáforo se puso en verde. Amanda dobló la esquina.

—El asedio a Waco fue un año después. —Torció de nuevo para tomar la calle de Sara—. Murieron cuatro agentes y seis resultaron heridos. Hubo ochenta y seis víctimas mortales entre los davidianos, muchas de ellas mujeres y niños. Todo el país vio arder el rancho. Nadie culpó al pederasta que dirigía la secta. Al FBI lo hicieron trizas. Janet Reno nunca se recuperó del todo.

—Amanda…

—El caso Bundy. La ocupación del Refugio Malheur. Milicias armadas trataron de apoderarse de tierras federales y, cuando pasó la tormenta, la mayoría de los implicados fueron absueltos por jurados formados por correligionarios suyos. Dos pirómanos antigubernamentales fueron indultados por el presidente. —Amanda aminoró la marcha para entrar en el edificio de Sara—. La mayoría de los agentes del FBI son patriotas, gente trabajadora que cree en nuestro país. Pero también hay algunos que se dejan cegar por la política, o por la ideología. Y o bien les da miedo tomar una decisión por las consecuencias políticas que pueda tener, o bien, y esto es todavía peor, están de acuerdo con los grupos a los que se supone que deben perseguir.

—Mándame como infiltrado. No necesitamos al FBI. Los cargos entran dentro de la jurisdicción estatal. Conseguiré pruebas para…

—Will.

—Tú misma has dicho que el IPA está planeando algo gordo. Todo apunta a ello. Ese agente, Van, se lo dijo a Faith en la reunión. Los rumores que corren por Internet…

—No hay periodistas, qué bien. —Amanda buscó un sitio para aparcar—. Le he pedido a la familia de Sara que mantenga la boca cerrada. Su madre no me pareció muy discreta, pero puede que el padre la haya convencido de que sabemos lo que nos traemos entre manos.

Will no creía que la madre de Sara fuera fácil de convencer.

—Amanda…

—Si esto se prolonga, tienes que hacerles entender lo importante que es que no se haga pública la identidad de Sara. Bastante malo es ya que esos tipos tengan en su poder a Michelle. Si se enteran de que su otra rehén es forense y agente especial del GBI…

—Quiero infiltrarme. Asumo el riesgo.

Ella había aparcado junto al portal. Se volvió para mirarlo.

—No, nada de eso. Y no voy a repetirlo. Asunto zanjado.

Los terroristas habían visto su cara. Carter y el tipo que se hacía llamar Vale seguían en libertad. No bien reconocieran a Will, lo matarían.

Él miró su reloj.

Las 16:28.

—¿Cuánto tiempo vas a mantener en secreto que tenemos a Hurley en nuestro poder? Podrías hacer que pareciera que ha confesado, utilizarlo como cebo para hacerlos salir de su escondrijo.

—Eso le corresponde al Departamento de Policía de Atlanta.

Maggie Grant estaba al frente de la investigación del atentado. Era, además, una de las mejores amigas de Amanda. Era imposible que no se coordinaran.

—¿De verdad crees que Hurley va a delatar a sus camaradas? —preguntó Will.

—Creo que necesita unas cuantas horas más para sopesar sus

opciones, que son muy limitadas. Solo tenemos una oportunidad de conseguir su cooperación. Y será imposible conseguirla si su cara aparece en la portada del *New York Times*. Se convertirá en un mártir de la causa. Esos individuos se crecen con la notoriedad pública. Sé de buena tinta —añadió— que va a filtrarse la foto policial de Carter. No esa imagen borrosa de las cámaras de seguridad del hospital, sino su foto policial. Es fácil encontrarlo en la base de datos de delincuentes. Los periodistas se encargarán del resto.

Will se frotó la mandíbula. Notaba los dedos agarrotados. Había golpeado tantas veces a Hurley en la cara que los tenía magullados y llenos de cortes.

—Estamos haciendo todo lo que podemos —afirmó Amanda—. Y estoy segura de que Sara está haciendo todo lo posible por volver contigo.

Will no estaba seguro de que Sara pudiera hacer algo. Ignoraban dónde estaba. Ni siquiera sabían en qué dirección iba. Habían encontrado su reloj en un bosquecillo, cerca del BMW incendiado. El mensaje de *walkie-talkie* que le había enviado a Faith se había volatilizado segundos después de que lo grabara.

¿Por qué no había intentado ponerse en contacto con él? ¿Recordaba acaso que se había dejado el móvil en el cobertizo? ¿O es que ella también le culpaba?

«Mi yerno no lo habría permitido».

La voz de Cathy se parecía tanto a la de Sara… Cuando Will volvía a oír esas palabras dentro de su cabeza, sentía que el reproche procedía de ambas.

—Ve a cambiarte, Wilbur —dijo Amanda, dándole unas palmaditas en la pierna—. Dúchate. Ocúpate de los perros. Yo voy a comprar algo de comer. No tardaré más de veinte minutos. Luego iremos a Panthersville.

El cuartel general del GBI. El cadáver del hombre que se hacía llamar Merle estaba en el depósito de cadáveres. Los expertos en incendios estaban inspeccionando el BMW de Sara, y un equipo forense se estaba encargando de la furgoneta de patatas fritas. La brigada de artificieros estaba preparando un informe sobre los explosivos. El Equipo de Rescate de Rehenes estaba a la espera, listo para actuar. Hurley estaba permanentemente vigilado, por si acaso decidía hablar. Un grupo de agentes estaba ocupándose de generar un perfil de Adam Humphrey Carter: colaboradores conocidos, compañeros de celda, familiares, posibles vínculos con bandas y grupos clandestinos…

Todos ellos informarían a Amanda de sus hallazgos. La información sería sin duda valiosa, pero probablemente no les daría pistas sobre las que actuar.

Y Will ansiaba entrar en acción.

Abrió la puerta del coche. Le dolieron las piernas cuando se levantó. Seguía llevando los pantalones cortos manchados de césped y la camiseta de antes. Entró en el edificio arrastrando los pies. Podría haber ido a su casa, a aquella casita de dos habitaciones que le parecía extrañamente pequeña sin Sara. Pero la mayoría de su ropa estaba en el apartamento de ella. Sus cosas de afeitar. Su cepillo de dientes. Su perro.

Su vida.

Pasó de largo junto a las escaleras y pulsó el botón del ascensor. El dolor de su abdomen se había convertido en un ardor lento y suave. La luz artificial agudizó su dolor de cabeza. Se apoyó en la pared mientras aguardaba a que se abrieran las puertas. Estaba absolutamente agotado. Le dolía el corazón dentro del pecho. No debería perder tiempo en cosas tan prosaicas como darse una ducha o sacar a los perros, pero ¿qué alternativa tenía?

Miró su reloj.

Las 16:31.

Se abrieron las puertas del ascensor. Subió. Pulsó el botón del piso de Sara. Se recostó en la pared. Cerró los ojos.

Esa mañana, Sara lo había besado en el ascensor. Un beso de

verdad. Todavía sentía las manos de ella sobre sus hombros. Le había acariciado la nuca y susurrado al oído: «Estás tan sexi con el pelo más largo…». Por eso había acabado pagando sesenta dólares por un corte de pelo, como un gilipollas, cuando ese tipo tan simpático del depósito se lo cortaba a cambio de un bocadillo.

Sonó el tintineo de la puerta. Abrió los ojos. Miró la hora.

Las 16:32.

Avanzó por el pasillo enmoquetado arrastrando los pies. Sus llaves estaban en el bolso de Sara, pero ella guardaba un juego de reserva encima del marco de la puerta. Se estaba poniendo de puntillas para cogerlo cuando se abrió la puerta.

Eddie Linton, el padre de Sara, lo miró de arriba abajo. Tenía los ojos enrojecidos. La cara, macilenta.

—¿La habéis encontrado?

Will negó con la cabeza mientras bajaba la mano. Se sentía como un ladrón pillado in fraganti.

—Lo siento, señor.

Eddie dejó la puerta abierta al volver a entrar en el apartamento.

Los perros de Sara corrieron a recibir a Will. Los galgos parecían preocupados. Se había roto su rutina. Sara ya debería estar allí. Betty, la chihuahua que él había adoptado por accidente, se puso a saltar alrededor de sus pies hasta que la cogió. La perrilla acercó la cabeza a su pecho. Su lengua y su rabo se movían en direcciones opuestas.

Will intentó tranquilizar a los animales mientras veía a la madre de Sara moverse por la cocina. El piso era moderno, con un espacio diáfano que combinaba cuarto de estar, comedor y cocina. Cathy estaba abriendo y cerrando los armarios de la cocina. Encontró un vaso. Sirvió de una jarra. Se sentó junto a la isla. Delante de ella había varios boles de comida intacta.

Miró a Will y desvió los ojos.

—Los informativos de todas las cadenas repiten lo mismo cada media hora —dijo Eddie—. Nadie sabe nada. —Miraba fijamente el televisor silenciado del cuarto de estar. La cinta de los teletipos se deslizaba por la parte inferior de la pantalla—. Solo les interesa hablar por los codos y crear problemas.

Will contempló la pantalla con la cabeza ladeada. El periodista era Jake Tapper.

—Encontramos tu móvil cuando cerramos el cobertizo. —Eddie señaló el teléfono que se estaba cargando al otro lado de la isla de la cocina—. Ah, y Tess va a venir. Estará aquí el martes por la mañana. Es un vuelo de quince horas, pero ha conseguido llegar al aeropuerto y… —Se interrumpió—. Solo le hemos dicho a ella que a Sara la han se… Se la han llevado. Estamos haciendo exactamente lo que nos ha dicho la policía: no decir su nombre para que no la encuentren en Internet y descubran quién es. No queremos poner en peligro la investigación. Solo queremos que Sara vuelva a casa. —Se frotó la tripa—. ¿Crees que pedirán rescate?

Cathy se tensó visiblemente.

Eddie cambió de tema.

—¿Tienes hambre? —le preguntó a Will.

Él tenía los dientes tan apretados que solo consiguió negar con la cabeza. Betty le lamió el cuello. Will la dejó en el suelo. Sus uñas repiquetearon en la tarima cuando fue a reunirse con los galgos en su colchoneta.

—Ven a comer algo —dijo Eddie, señalándole el taburete vacío que había junto a Cathy.

Ella se levantó de un salto, como si el asiento le quemara. Entró en la cocina y se puso de nuevo a abrir y cerrar armarios. Will no sabía si estaba buscando algo o si solo disfrutaba cerrando de golpe las puertas de los armarios.

Se dejó caer en el taburete en el que siempre se sentaba Sara. Cogió su teléfono, pero solo para ver el fondo de pantalla, en el que aparecía Sara con los perros, un galgo a cada lado y Betty en el regazo. Sonriendo para él.

197

Las 16:38.

Cathy cerró tan bruscamente un armario que los vasos tintinearon.

Will se aclaró la garganta y probó a decir algo:

—¿Estás…?

Cathy lo atajó con una mirada furiosa. Se agachó y se puso a buscar en los armarios de abajo. Puso sobre la encimera un recipiente vacío. Y luego otro. Estaba buscando las tapas. Will sabía que no encontraría ninguna que encajara. Sara solía decir que las tapas eran los unicornios del mundo de los enseres de cocina.

—Debería… —Will trató de levantarse del taburete, pero se dobló al sentir un alfilerazo de dolor en el costado—. He venido a darme una ducha. Y a cambiarme. Para trabajar. Tengo ropa aquí. Todas mis…

—Tus cosas —concluyó Cathy—. Todas tus cosas están aquí. Tu perro está aquí. Vive aquí, Eddie. ¿Lo sabías? —dijo en tono acusatorio.

Eddie se sentó junto a Will y juntó las manos sobre la encimera.

—No, no lo sabía.

Will se mordió un lado de la lengua. ¿Por qué no le había dicho Sara a su padre que estaban juntos?

—Tú no puedes… —Cathy se llevó el puño a la boca. Su ira no había hecho más que intensificarse—. Sara es mi hija mayor. Mi primogénita. Tú no tienes ni idea, ni idea, de lo que ha sufrido.

Will no dijo nada, aunque sabía cuánto había sufrido Sara. Vivía con ella. Compartía su cama. La quería más que a ninguna mujer que hubiera conocido. Pasaba con ella cada momento que tenía libre.

Pero, al parecer, Sara no se lo había dicho a sus padres.

—¡No es una luchadora! —le dijo Cathy a Eddie a gritos—. ¡Puede parecer que sí, pero no lo es! Es mi niña. No deberíamos haber permitido que se fuera de casa. Nunca ha salido nada bueno de eso. ¡Nada!

—Cath. —Eddie sacudió la cabeza, visiblemente apenado por sus recriminaciones—. Ahora no.

—¡Es demasiado tarde! —gritó ella—. Este lugar horrible ha vuelto a tragársela. Esta ciudad horrible. Con este…

Will esperó que concluyera la frase, que definiera el lugar que ocupaba en la vida de su hija.

No era el marido de Sara. Ni el yerno de Cathy. Ni nadie de quien sintiera que debía hablarle a su padre.

—Yo… eh… —Will carraspeó. Tenía que salir de allí.

Consiguió deslizarse del taburete sin que el dolor lo parara en seco. Los perros se levantaron de su colchoneta. Creían que iba a sacarlos. Will pasó junto a ellos, empujándolos suavemente, y se dirigió al pasillo. Tenía que recorrer solo cinco metros para doblar la esquina, pero le pesaban los pies como si los tuviera rodeados de cemento.

No había ni un solo rincón del apartamento que no le recordara a Sara. El sofá donde se tendía sobre él como un gato mientras veían la tele. La mesa del comedor donde él había conocido a sus amigos del hospital. Will nunca había asistido a una cena de amigos hasta ese momento. Se había puesto nervioso porque sabía que no tenía don de gentes, pero se había sentido a gusto porque ella había hecho que se sintiera a gusto. Era lo que hacía siempre Sara. Conseguir que se sintiera a gusto.

Se volvió.

Miró a los padres de Sara. Cathy tenía los brazos cruzados y la mirada furiosa fija en el suelo. Solo Eddie se atrevía a mirarlo a los ojos. Estaba esperando que dijera algo, que justificara su presencia en aquel espacio que pertenecía a su amada hija mayor.

Will no quería decir nada, pero las palabras empezaron a brotar de su boca.

—Escucha a Dolly Parton cuando está triste.

Cathy siguió mirando fijamente el suelo.

Eddie frunció el entrecejo, desconcertado.

—Conmigo no escucha a Dolly —añadió Will—. Al menos, no como…

«Como cuando vuestro yerno la engañaba, o cuando consiguió que lo mataran porque su ego era más importante que su mujer».

—Solemos salir con las bicis por la ruta de Silver Comet —dijo—. ¿Te lo había dicho?

Eddie titubeó. Luego dijo:

—Nos lo enseñó, eso del satélite.

—El GPS —masculló Cathy. Se limpió los ojos con el puño, pero siguió sin mirar a Will.

—Hizo que me cortara el pelo de otra manera —añadió él—. Y que cambiara de trajes. Tuve que deshacerme de casi todos. —Meneó la cabeza, porque eso había sonado mal—. No es que me obligara, pero dijo: «Seguro que estás más guapo con una chaqueta más corta». Lo dijo de esa forma que tiene ella de decir las cosas, y antes de que me diera cuenta estaba en el centro comercial gastando dinero.

Eddie sonrió a regañadientes, como si conociera de primera mano esa táctica.

—Me da una paliza cada vez que jugamos al tenis —continuó Will—. En serio. No me deja ganar. Pero yo soy mejor al baloncesto. Y no me resfrío, lo que es una suerte, porque Sara se enfada cuando te pones enfermo. No con sus pacientes, sino con la gente que conoce. Con la que le importa. Ella dice que no es cierto, pero lo es.

Eddie ya no sonreía, pero parecía estar esperando algo más. Will dijo:

—Estábamos volviendo a ver *Buffy* juntos. Y a los dos nos gustan las mismas películas. Y la *pizza*. Y ella me hace comer verduras. Pero he dejado de comer helado antes de irme a la cama porque el azúcar me impedía dormir, y yo no lo sabía. Y…

Tenía demasiada saliva en la boca. Tuvo que pararse a tragar.

—Yo también le hago bien a ella. Es lo que intento decir, por si no lo sabíais. Por si no os dais cuenta. Yo también le hago bien.

Eddie seguía esperando.

—La hago reír. No todo el tiempo, pero se ríe de mis bromas. Y ella limpia la casa, pero yo hago los baños. Ella pone la lavadora y yo doblo la ropa. Y plancho. Sara dice que se le da mal, pero yo sé que no le gusta planchar. —Will se rio porque acababa de darse cuenta—. Sonríe cuando me besa. Y…

No podía entrar en detalles estando con sus padres. No podía decirles que a veces Sara le dibujaba corazoncitos en la agenda. Y que una vez le había hecho un chupetón en forma de corazón en la tripa, y le había costado un buen rato.

—Comemos juntos en el trabajo todos los martes —continuó—. Sara es buenísima en su campo. Hablamos de cosas. De casos. Y sé… sé que la violaron.

Cathy entreabrió los labios, sorprendida.

Ahora lo miraba fijamente.

Will volvió a tragar saliva.

—Me lo contó hace tiempo. Antes de que empezáramos a salir. Que la violaron. Y después, pasado un tiempo, me contó también los detalles: que la apuñalaron, que tuvo que declarar en el juicio. Lo que supuso para ella volver a vivir en casa. Las cosas a las que tuvo que renunciar. Sé que la ayudasteis a superarlo. Todos vosotros. Sé que está muy agradecida. Que tuvo suerte.

Juntó las manos como si les suplicara que lo entendieran.

—Me contó que la violaron porque confía en mí. Yo crecí con chicos y chicas que… que también sufrieron violaciones. Y cosas peores.

Dios, no paraba de hablar de violación.

—Sé que es distinto porque Sara estaba en la universidad, pero en realidad no es tan distinto, da igual la edad a la que pase. ¿No? Los abusos te acompañan siempre. Los llevas en el ADN de tu sombra. Te das la vuelta y ahí están, siempre. Lo único que puedes hacer es aprender a sobrellevarlo.

Se acercó a Cathy. Necesitaba saber que lo estaba escuchando.

—Sara me dijo que prefería morir a que volvieran a violarla. Por eso hoy, cuando estábamos en la calle, cuando estaba de rodillas y ese tipo le apuntaba a la cabeza, le dijo que le disparara. Tenía dos opciones, y estaba dispuesta a morir antes que irse con ellos. Antes que arriesgarse a sufrir otra violación. Y yo la creí. Y el tipo de la pistola también.

Tuvo que sentarse. Se apoyó en la encimera, con las manos todavía unidas, suplicando una respuesta.

—¿Por qué se ha ido? —le preguntó a Cathy—. Es lo que no puedo entender. ¿Por qué se ha ido con ellos?

A ella le corrían lágrimas por las mejillas. Cerró los ojos. Sacudió la cabeza.

—Por favor, dímelo —le rogó Will—. Me miró fijamente cuando le dijo a ese hombre que le disparara. Quería que supiera por qué había tomado esa decisión. —Hizo pausa; luego dijo—: No quería que yo viviera con ese peso en la conciencia, y tú me estás diciendo que… que sí, que debo hacerlo. —En ese instante, se habría arrodillado delante de Cathy con tal de que le diera una respuesta—. Por favor, dime por qué me culpas. Dime qué he hecho mal.

A Cathy le temblaron los labios. Le dio la espalda, arrancó un trozo de papel de cocina, se secó los ojos y se sonó la nariz.

Will pensó que no iba a contestarle, pero por fin dijo:

—No te culpo.

«Has dejado que se lleven a mi hija».

—No es culpa tuya.

«Mi yerno no lo habría permitido».

Cathy se volvió. Dobló el papel y se enjugó los ojos.

—La agarraron, los dos hombres. La levantaron en vilo y la metieron en el coche. Ella trató de impedírselo. No pudo.

Will meneó la cabeza, incrédulo.

—Los dos estaban heridos. Sara es fuerte. Sé que crees que no es una luchadora, pero podría haberse escabullido.

—Lo intentó. Pero pudieron más que ella.

—Pero ella conducía el coche.

—No tuvo elección. —Cathy volvió a limpiarse los ojos—. Perdió el valor. Conozco a mi hija desde hace mucho más tiempo que tú, Will Trent. En ese momento es fácil decir que estás dispuesta a morir, pero ese momento pasó. Yo lo vi pasar. La llevaron al coche a la fuerza. La esposaron al volante. Le apuntaron a la cabeza con una pistola y la obligaron a conducir. Puedes cuestionarlo todo lo que quieras, pero es lo que ocurrió. Es lo que diré en mi declaración jurada.

Will lo intentó de nuevo:

—Pero…

Cathy lo miró con dureza, desafiándolo a llevarle la contraria.

—Ha sido un día muy largo, hijo —intervino Eddie. Rodeó la encimera y abrazó a su mujer—. Ve a ducharte —le dijo a Will.

Will se alegró de apartarse de ellos. Había abrazado tantas veces a Sara allí mismo, donde ahora estaba Eddie…

Betty lo siguió por el largo pasillo. Will estaba demasiado dolorido para agacharse y cogerla de nuevo. La perrita se adelantó corriendo y saltó a la cama. Él se quedó en la puerta. Las sábanas estaban todavía revueltas. Sentía el olor de Sara en cada cosa. Ella no se ponía perfume, pero el jabón que usaba tenía algo de mágico. En ningún sitio olía como en su cuerpo.

En el cuarto de baño, no supo qué hacer con su ropa sucia. Ponerla en el cesto, encima de las cosas de Sara, tenía algo de permanente: la certeza de que ella estaría allí para lavarla y él para doblarla cuando estuviera limpia.

Dejó la ropa en el suelo y se metió en la ducha.

El agua caliente fue el primer alivio físico que experimentaba desde hacía horas. Dejó que el chorro masajeara sus músculos y trató de no mojarse la grapa del cuero cabelludo. Aún tenía en el pelo briznas de hierbas. El sudor oscureció la espuma del champú. Miró el desagüe. Trozos de ramitas del jardín de Bella bailoteaban en el remolino, encima de los agujeros.

Pensó en los dos hombres que habían agarrado a Sara y la habían llevado al coche. Uno tenía un cuchillo clavado en la pierna. El otro, un orificio de bala en el costado.

Salió de la ducha. Limpió el vaho del espejo. Se peinó con cuidado. Se lavó los dientes. Se frotó la mejilla, áspera por la barba que empezaba a asomar. Solía afeitarse por la mañana y luego otra vez, cuando llegaba del trabajo. A Sara le gustaba que tuviera la cara tersa.

Dejó la maquinilla sobre el lavabo y entró en el vestidor. Se puso el traje gris y la camisa azul que Sara había escogido para él en Navidad. Sacó del armero su Sig Sauer P365. La pistola era un regalo navideño de Sara. Su Glock reglamentaria la encontrarían los investigadores que inspeccionaran el BMW de Sara, o se la quitaría algún policía a uno de los secuestradores.

O quizá él pudiera recuperarla, encontrar a quien tenía retenida a Sara y pegarle un tiro en la cabeza.

Se armó de valor antes de volver por el pasillo. Los padres de Sara se habían trasladado al sofá. El mismo sofá en el que Sara y él veían la televisión.

—Nosotros cuidaremos de tu perro —dijo Eddie.

—Gracias. —Will cogió su móvil de la encimera.

Las 16:56.

Amanda estaría esperando abajo. Will pensó en meter algo de ropa en una maleta. Esa noche no podría dormir allí. Pero para eso tendría que regresar al dormitorio, recorrer de nuevo el pasillo y volver a despedirse de los padres de Sara. Y entonces sentiría la tentación de preguntarle otra vez a Cathy por qué mentía.

—Si me entero de algo, os avisaré enseguida —les dijo.

No esperó su respuesta. Cerró la puerta con cuidado al salir. En el pasillo de fuera, pulsó el botón del ascensor.

Sintió vibrar su móvil: acababa de recibir un mensaje.

Masculló una maldición, dando por sentado que era Amanda, pero no reconoció el número. Abrió el mensaje. Una nota de voz enviada a las 16:54. La grabación duraba 0,01, menos de un segundo.

Will dejó de respirar.

Sara era la única persona que le enviaba notas de voz.

Le costó tanto tragar saliva que le dolió la garganta. Le temblaba la mano. Tuvo que tocar dos veces la flecha para que sonara la grabación. Era un sonido débil, parecido a un carraspeo.

Subió el volumen al máximo.

Se acercó el altavoz al oído.

—*Wi*...

Sara.

En el Lexus hacía un calor asfixiante cuando Amanda tomó la salida de la autovía estatal. El mensaje de voz de Sara había servido como baliza. Lo único que sabían en Atlanta era que la antena repetidora que lo había remitido estaba situada en el norte de Georgia. Amanda había puesto rumbo al nudo de carreteras del centro mientras la empresa de telefonía localizaba la señal con exactitud. Diez minutos después, les dijeron que se dirigieran al noreste y Amanda enfiló la I-85. Siguió un largo e insoportable silencio; luego, de pronto, les indicaron la última posición conocida del teléfono con un margen de error de menos de seis metros. Cuando Amanda tomó Lanier Parkway, el Departamento del Sheriff del condado de Rabun ya había registrado el motel King Fisher.

Dos varones muertos. Ningún testigo. Ningún sospechoso.

—Ahí está —dijo Amanda, girando bruscamente hacia el aparcamiento del motel.

Las ruedas del coche hicieron saltar la grava. Amanda había

conseguido reducir en media hora al trayecto de casi dos horas. Will había tenido la impresión de que cada minuto del recorrido le restaba un año de vida. Sara no estaba allí. Michelle, tampoco. No tenían números de matrícula, ni testigos, ni sospechosos. No había nadie que pudiera darles una pista.

Amanda metió el Lexus en un hueco libre entre la oficina del motel y el autobús de la Unidad de Investigación Forense del GBI.

Will echó mano del tirador.

Amanda lo agarró del brazo.

—Cuidado con lo que dices.

Le señaló a los policías que pululaban por el ancho porche de la parte delantera del motel. Ayudantes del *sheriff* del condado de Rabun. La Patrulla de Carreteras de Georgia. El Departamento de Policía de Clayton.

—¿No te fías de ellos? —preguntó Will.

—Este es un pueblo pequeño. No me fío de la gente con la que van a hablar en la iglesia o en la cena mientras comen pollo frito. —Le soltó el brazo—. Ahí está Zevon.

Zevon Lowell, el agente del GBI perteneciente a la Oficina Antidroga para la Región de los Apalaches, se acercó al coche con dos cafés en la mano.

Amanda cogió uno de los cafés al salir del coche.

—Cuéntame.

—Ninguna novedad, jefa. Charlie está inspeccionando la habitación todo lo deprisa que puede. Está esperando que llegue un equipo de Atlanta.

Will lanzó una ojeada a la habitación del centro del edificio. La puerta estaba abierta. Una lámina de plástico impedía que escapara el aire acondicionado de dentro. La potente luz de los focos que iluminaban la habitación se filtraba a través de la cortina de la ventana e inundaba el porche. Charlie Reed estaría arrodillado en el suelo, inspeccionando la moqueta en busca de pruebas materiales. Era el mejor investigador forense del Estado. Trabajaba codo a codo con Sara. Haría todo lo que estuviera en su poder para encontrarla.

—El motel llevaba más de un año vacante. —Zevon se sacó la libreta del bolsillo y la abrió—. El propietario era un tal Hugo Hunt Hopkins, un abogado de Atlanta especializado en temas inmobiliarios. Murió sin hacer testamento. El motel está cerrado mientras sus dos hijas se disputan la herencia.

—¿Son de por aquí?

—Una vive en Michigan, la otra en California. Hay un guardés que viene de vez en cuando a asegurarse de que no hay goteras y no se hielan las cañerías. —Cambió de postura para que a Amanda no le diera el sol en los ojos—. Mirad detrás de mí.

Will vio al otro lado de la calle, enfrente del motel, un edificio metálico recubierto de planchas de madera para darle la apariencia de una cabaña de caza. El aparcamiento estaba vacío. El letrero mostraba un conejo sosteniendo una jarra de cerveza.

—*Peter Cottontail* —leyó Amanda—. En este condado está permitido vender alcohol. ¿Por qué está cerrado?

—Es un club social. Tiene sus propios horarios. La titularidad es de una empresa fantasma desde hace ocho años. Creemos que el tipo que lo regenta es un tal Beau Ragnersen, que también se encarga del mantenimiento del motel. Tiene negocios en Macon.

—Ah —dijo Amanda frunciendo los labios como si aquello le diera una pista, aunque no se molestó en explicarles cuál—. Veamos qué se cuenta el coro —añadió. El «coro» era, en argot policial, un grupo de agentes de policía chismosos—. Vamos —le dijo a Will.

Él la siguió hacia la habitación del motel. El aparcamiento estaba acordonado en parte. Se veían las marcas de neumáticos de un camión que había aparcado marcha atrás. Las ruedas se habían detenido a un metro ochenta del porche. Los neumáticos habían perdido tracción al pisar la grava, pero Charlie ya había colocado moldes de escayola en las marcas más nítidas.

Will observó el lugar que había ocupado el camión. La grava parecía removida como si alguien la hubiera pisado, pero quizá fueran imaginaciones suyas. Quería pensar que Sara se había apeado por su propio pie. Que no la habían llevado a la fuerza, gritando y pataleando. Que no estaba inconsciente, atada y drogada para que no diera problemas.

—Ten. —Amanda encontró dos pares de protectores para el calzado en la bolsa de deporte de Charlie, junto a la puerta. Apartó la lámina de plástico. Se tomó un instante para armarse de valor antes de entrar.

Will agachó automáticamente la cabeza al seguirla. El techo era bajo. La habitación, claustrofóbica. Moqueta marrón, gruesa. Paredes de color beis. Al mirar alrededor, comprendió que Amanda hubiera tenido que tomarse un instante antes de entrar. Él había visto centenares de escenas de crímenes, algunas peores que aquella, pero ninguna le había parecido tan horrenda.

La habitación estaba pintada con oscuros, violentos brochazos de sangre: las dos camas, la mininevera, la mesilla de noche, la televisión, la cómoda, el techo, la fea moqueta… La sangre parecía proceder del hombre muerto sentado en la cama del lado de la ventana. Tenía la cabeza agachada, pero su postura no denotaba placidez alguna. Tenía el torso destrozado, como si un animal le hubiera salido del pecho abriéndose camino a zarpazos.

Will tragó una bocanada de bilis. El hombre estaba desnudo de cintura para abajo. Tenía el pene ennegrecido por la sangre.

—Este es el teléfono que usó Sara para mandar el mensaje a Will.

Él apartó la mirada del muerto.

Charlie Reed vestía un traje de Tyvek blanco. Sostenía una bolsa de pruebas que contenía los restos de un móvil hecho pedazos.

—El número IMEI coincide con el de los registros de la empresa de telefonía. Hemos pedido una orden judicial para conseguir el nombre del titular.

—Bien —dijo Amanda—. No te molestes en decirme que no eres médico forense. ¿Cómo han muerto estos hombres?

Charlie señaló la cama arrimada a la pared.

—Este recibió atención médica antes de morir. Tiene puesto un parche en la herida de bala del costado y una vía en el brazo derecho. Utilizaron una aguja para aliviar la presión de un neumotórax, probablemente.

—Sara —aventuró Amanda.

—Supongo que sí —dijo Charlie—. Rezo porque así sea.

A Will no le interesaban los rezos.

—Ese es el que se hacía llamar Vince. Iba de pasajero en la Ford 150. Le disparé en el BMW de Sara.

Amanda no respondió.

—Alguien le disparó otras dos veces, aquí mismo —prosiguió Charlie—. Una de las balas atravesó el colchón. La otra sigue alojada en el pecho. Vamos a meter prisa a balística, a ver si dan con el arma.

—¿Y el otro? —preguntó Amanda.

—Sin ser médico… —dijo Charlie, y se interrumpió al ver la mirada que le lanzó Amanda—. Creo que podemos dar por sentado que murió apuñalado. Fijaos en esa huella de mano que hay en el cabecero.

Al señalarla Charlie, Will distinguió la silueta ensangrentada de cuatro finos dedos y un pulgar en el borde de madera del cabecero.

—En mi opinión —añadió Charlie—, el atacante era una mujer o un hombre muy menudo.

Will se miró la mano como si, por haber agarrado tantas veces la de Sara, pudiera adivinar la marca que dejarían sus dedos manchados de sangre. ¿Podía ella haber matado así a un hombre?

¿Echarse encima de él y apuñalarlo una y otra vez en el cuello y el pecho, hasta convertir su piel en pulpa sanguinolenta?

«Ojalá, joder».

Amanda chasqueó los dedos para atraer su atención. Estaba esperando.

Will rodeó la cama. Se agachó. Miró hacia arriba. El regusto que el nombre del muerto le trajo a la boca era nauseabundo.

—Adam Humphrey Carter.

Charlie dijo:

—Concuerda, entonces, con la herida que tiene en la parte superior del muslo. La arteria femoral estaba dañada. Le cortaron los pantalones. Deduzco que intentaron extraer el cuchillo y que después…

—El *después* no importa —dijo Will dirigiéndose a Amanda—. Había cinco tipos en el lugar del accidente. El tal Merle ya está en el depósito de cadáveres. Vince está muerto. Carter, también. El cuarto, Dwight, estuvo todo el tiempo inconsciente. Hurley es el único que queda que puede identificarme y está atado a la cama de un hospital bajo vigilancia constante.

Ella apretó los labios.

—¿Algo más, Charlie?

El investigador forense pareció incómodo por verse atrapado entre los dos.

—Creo que llevaron a una persona a la habitación contigua. La colcha muestra signos de contaminación sanguínea, no de una hemorragia activa. Además, aunque probablemente no lo hayáis olido al entrar, al abrir la puerta he notado un tufo a alcohol. Alguien trató de borrar las huellas dactilares de la escena del crimen. Han limpiado la mesa a conciencia, de modo que quien fuese, hombre o mujer, no debió de sobrepasar esta zona, junto a la ventana. Tendré que hacer el test de luminol a todo el motel para asegurarnos de que no pasamos nada por alto. Pero si encontramos una huella dactilar con restos de sangre,

210

sabremos que esa persona estaba presente cuando tuvo lugar el homicidio.

—¿Y el muestreo de sangre? —preguntó Amanda—. ¿Estamos seguros de que no había nadie más sangrando?

—No puedo afirmarlo con certeza absoluta, pero es probable que la sangre proceda en su mayoría de Carter. Las huellas dactilares latentes nos darán una idea instantánea de lo sucedido. Las de Sara están en nuestros archivos. Las de Michelle Spivey, también. Necesito el portátil del otro furgón para empezar a cotejar las huellas. La mitad de mi instrumental está en reparación. Si he empezado sin mi equipo ha sido únicamente por Sara. Quería ver si algo me llamaba la atención.

—¿Y has encontrado algo?

Charlie meneó la cabeza, pero dijo:

—Hay huellas de pisadas con sangre en el suelo del cuarto de baño. Parecen de una talla cuarenta de hombre, o de un cuarenta y uno de mujer, lo que coincidiría con el número que calza Sara. —Les indicó que lo siguieran y se detuvo en la puerta del estrecho cuarto de baño—. No han tirado de la cadena, pero el asiento está bajado, lo que es extraño. Esos tipos no parecen de los que se sientan para hacer pis.

Qué raro.

Will agachó la cabeza para cruzar la puerta y miró a su alrededor. Notó, primero, un olor a orina. Luego vio pisadas ensangrentadas dispersas por el suelo laminado, en todas direcciones. El mismo laminado recubría las paredes. El falso techo era unos quince centímetros más bajo que el techo de la habitación, seguramente para ocultar una gotera del tejado. Lavabo de plástico empotrado en un armario bajo. Restos de sangre en el lavabo, donde alguien se había lavado las manos. Inodoro encajado junto a la bañera/ducha. Un asidero atornillado a la pared, a través de una plancha de madera laminada.

Sintió que Sara había estado allí del mismo modo que había sentido su presencia fuera, en el aparcamiento.

—¿Has inspeccionado el hueco del falso techo? —preguntó Amanda.

—Solo he encontrado telarañas y excrementos de rata —respondió Charlie—. No hay acceso a la habitación contigua. Supongo que solo es decorativo.

—Will, acaba aquí y reúnete conmigo fuera —ordenó Amanda—. Tenemos que recapitular.

Will no la siguió inmediatamente. No conseguía sacudirse la impresión de que estaba pasando algo por alto. Echó un último vistazo al pequeño aseo. Agachó de nuevo la cabeza para salir y entonces…

Quizá fuese por el asidero o quizá porque un rato antes había dicho ochenta veces la palabra «violación» delante de los padres de Sara; el caso fue que levantó la mirada hacia el techo.

A Sara la habían violado en un aseo público. El violador se coló por el falso techo del aseo de caballeros contiguo y saltó a la cabina que ocupaba ella. Casi antes de que a Sara le diera tiempo a proferir un «no» ahogado, el agresor la esposó a los asideros de ambos lados del inodoro.

—¿Dónde tienes la luz negra? —le preguntó a Charlie.

—En el otro furgón. ¿Por qué?

—¿Te ha enseñado Sara ese truco?

Charlie sonrió. Se acercó a su bolsa de deporte, junto a la puerta, y volvió con dos rotuladores de colores y un rollo de celo transparente. Luego sacó su móvil.

—Tienes que poner varias capas —dijo Will, a pesar de que Charlie sabía lo que hacía.

Lo sabía por Sara, toda una *nerd*. Lo único que le gustaba más que ayudar al prójimo era embelesar a los demás con la magia de la ciencia.

Charlie pegó un trozo de celo sobre la luz de su teléfono. Usó un rotulador para colorear un círculo azul sobre la luz. Pegó otro trozo de celo sobre la parte pintada y a continuación coloreó un círculo morado sobre el azul y también lo cubrió con celo.

Will apagó las luces. Cerró la puerta. Las cortinas ya estaban echadas. La habitación quedó a oscuras.

Charlie encendió la linterna del teléfono. Las salpicaduras de sangre de las paredes brillaron, porque para eso servía la luz negra: la radiación ultravioleta volvía luminiscentes los fluidos corporales.

Como la orina.

—Apunta al techo del baño —dijo Will.

Charlie se situó al otro lado de la puerta y dirigió la luz hacia arriba.

Will parpadeó al ver el brillo amarillo verdoso de las letras que Sara había escrito en el falso techo del baño. Cuatro baldosas de través, tres de lado. En todas ellas, menos en una, había escrita una sola palabra o un número.

Charlie leyó:

—*Beau. Bar. Dash. Piensa. Hurley. Muerto. Spivey. Yo. OK. X. Ahora.*

Will oyó las palabras, pero en ese momento no les prestó atención. Solo veía el tosco corazoncito que Sara había dibujado para él en una esquina.

SEGUNDA PARTE

Lunes, 5 de agosto de 2019

CAPÍTULO 9

Lunes, 5 de agosto, 05:45 horas

La despertó su propio sudor al metérsele en los ojos. Miró su reloj, pero descubrió que no lo tenía en la muñeca. Se volvió para ver si Will estaba en la cama, pero Will no estaba, ni tampoco había cama. Se había quedado dormida con la espalda encajada en el rincón.

El campamento.

Al menos eso supuso Sara. La noche anterior, una furgoneta negra los había recogido en el motel. A ella la metieron en la parte de atrás, amordazada, con los ojos vendados y esposada a Michelle, que estuvo inconsciente casi todo el trayecto y, cuando al fin despertó del sopor inducido por las drogas, no dijo ni una sola palabra. El único sonido que salió de su boca fue un gemido agónico cuando se abrió la puerta de la furgoneta y vio dónde estaban.

Pero ¿dónde estaban, exactamente?

Sara se incorporó, apoyada en el rincón. Tenía las piernas agarrotadas. El cuerpo cubierto de sudor y la ropa tan sucia que le arañaba la piel. Solo había visto la rústica cabaña de una habitación a la luz de un farol. Doce pasos de ancho. Doce de largo. Techo alto, demasiado para que lo alcanzara. Ninguna ventana. Tejado de chapa. Paredes y suelo sin desbastar. Árboles alrededor.

El cubo que había junto a la puerta servía de váter. Otro cubo, en el rincón opuesto, contenía agua y un cazo. Había un colchón de paja sobre un tosco bastidor de madera. El somier casero estaba hecho de cuerda anudada formando una red. Sara había optado por dormir en el rincón más cercano a la puerta, que se abría hacia dentro. Quería disponer de todo el tiempo que fuera posible para prepararse si entraba alguien.

Probó el pomo de la puerta. El candado golpeó contra el marco. Recorrió la habitación. Las paredes eran de madera sin pintar. No había aislamiento entre las planchas de madera ni electricidad, pero la luz del sol entraba por las rendijas de las paredes. Miró por ellas. Hojas verdes, oscuros troncos de árboles. Un borboteo de agua. Un arroyo, quizá, o un río que podría seguir corriente abajo si tenía oportunidad.

Cruzó la habitación. La misma vista: una espesa arboleda. Apoyó la mano en la madera y empujó. Los clavos estaban oxidados. Si empujaba con suficiente fuerza, quizá pudiera desclavar las planchas de abajo y salir gateando.

Una llave se introdujo en el candado.

Sara retrocedió con los puños cerrados.

Dash le sonrió. Seguía llevando el brazo en cabestrillo, pero se había puesto unos vaqueros y una camisa de botones.

—Buenos días, doctora Earnshaw. He pensado que quizá le apetezca desayunar con nosotros después de conocer a sus pacientes.

Se le revolvió el estómago al pensar en comer, pero necesitaba conservar sus fuerzas por si se presentaba la oportunidad de huir.

—Puedo volver a esposarla —añadió él—, pero imagino que ya se habrá dado cuenta de que estamos muy lejos de la civilización.

Sara no se había dado cuenta aún, pero asintió de todos modos.

—Buena chica —dijo él, y se apartó para dejarla salir.

Ella intentó hacer caso omiso de su comentario. «Buena chica», ni que fuera una niña, o una yegua. Uno de los guardias del motel esperaba al otro lado de la puerta. AR-15, ropa táctica negra.

Sara pisó el tronco que servía de escalón. Trató de orientarse. El bosque era espeso, pero más allá de la cabaña se abría un sendero. Entornando los ojos, miró el sol que asomaba en el horizonte. Cinco y media o seis de la mañana. Estaban en las estribaciones de la cordillera de los Apalaches, aunque eso no acotaba gran cosa su ubicación. Si daba por sentado que el motel estaba en la parte oeste de Georgia, podían hallarse en Tennessee o en Alabama. O podía estar completamente equivocada y encontrarse en las montañas del norte de Georgia, cerca de las Carolinas.

Avanzó por el sendero despejado. Pasó por encima de un árbol caído. Sintió que Dash alargaba el brazo para ayudarla. Se apartó de él, de su caballerosidad fingida.

—Creo que va a llevarse una grata sorpresa cuando vea lo que hay aquí —comentó él.

Sara se mordió el labio. A menos que al final del sendero hubiera un coche esperando para llevarla a casa, aquel entorno no podía tener nada de grato para ella.

—Soy una rehén. Estoy aquí contra mi voluntad.

—Pudo elegir —contestó él en un tono entre burlón y confiado. Intentaba establecer una especie de camaradería entre ellos, como si la pistola que llevaba en la cintura o el guardia armado no le dieran un poder absoluto sobre ella.

Sara apartó una rama de su cara. Tenía la piel cubierta por una costra de mugre, sangre y sudor. Se había lavado furtivamente con agua tibia del cubo, pero no había tenido más remedio que volver a ponerse su ropa sucia. Los pantalones cortos estaban tiesos de sangre reseca. La camisa apestaba a sudor. El sujetador y las bragas raspaban como papel de lija. Estaba embadurnada de pruebas forenses. Se preguntó si podía hacer algo más: arañarse con una zarza, dejar un rastro de sangre, marcar el camino de algún modo para que Charlie Reed o Will supieran que había estado allí.

Will.

En el motel, lo primero que había dibujado en el techo había sido el corazón. Se había arriesgado al dejar aquel mensaje, pero quería hacerle saber, ante todo, que sabía que la estaba buscando.

Will en servicio activo, ATL.

—¡Papi! —gritó alegremente una niña pequeña—. ¡Papi!

Sara la vio cruzar un claro a todo correr. Dedujo por sus movimientos sinuosos que tenía unos cinco años, quizá seis. Carecía aún de la habilidad motora necesaria para dominar la carrera. Se cayó, pero se levantó de inmediato, riendo. Llevaba un sencillo vestido blanco que casi le llegaba a los pies, con el cuello abotonado y las mangas justo por debajo de los codos. La melena rubia le llegaba a la cintura. Sara sintió que, más que retroceder en el tiempo, acababa de entrar en el escenario de una adaptación de Laura Ingalls Wilder.

Recorrió con la mirada el claro, del tamaño aproximado de una cancha de baloncesto. Había otras ocho cabañas de una habitación levantadas entre los árboles. Eran más espaciosas que su celda y tenían ventanas, puertas holandesas y chimeneas de piedra. Daban la impresión de ser al mismo tiempo permanentes y temporales. Había mujeres sentadas en sillas, pelando mazorcas de maíz y partiendo judías verdes. Unas cuantas barrían las franjas de tierra pisoteada de delante de sus puertas. Otras cocinaban en grandes peroles o hervían la ropa sucia en fogatas. Tenían todas el pelo largo, recogido en moños en la coronilla. No se veían mechas ni tintes de ninguna clase. Ni tampoco maquillaje. Llevaban vestidos de manga larga, de corte sencillo, blancos y de cuello alto. La única joya que lucían eran sus anillos de casadas.

No había ninguna cara que no fuera de piel blanca.

—¡Tesoro! —Dash levantó a la niña con el brazo bueno y la apoyó en su cadera—. ¿Y mi beso?

La niña le picoteó en la mejilla como un pájaro.

—¡Papi! —chilló otra niña. Y luego otra.

En total, cinco niñas más echaron a correr hacia Dash y se abrazaron a su cintura. La más pequeña era la que sostenía en brazos; la mayor, una adolescente, no podía tener más de quince años. Lucían todas los mismos vestidos largos y blancos. Las pequeñas llevaban el cabello suelto, pero la mayor se lo recogía en un moño como las adultas. Lanzó a Sara una mirada recelosa al abrazarse a su padre.

Seis hijas en total. Dos eran evidentemente gemelas, pero las demás eran de distintas madres, o bien de una sola que había pasado entre dieciséis y veinte años embarazada o criando a su prole.

—¿Señor? —llamó un joven de aspecto pulcro desde el otro lado del claro.

El contraste resultaba chocante. Al igual que el guardia, vestía de negro y portaba un rifle al hombro. Pero a diferencia de aquel, apenas había superado la adolescencia. Podría haber sido un *boy scout*, o un asesino de instituto.

—El equipo ha vuelto de la misión, hermano —añadió.

¿La misión?

—Muy bien, señoritas —dijo Dash.

Se zafó del abrazo de sus hijas, que se pusieron obedientemente en fila para darle un beso en la mejilla. La mayor fue la única que no pareció hacerlo de buen grado. Miró de nuevo a Sara con desconfianza. Costaba saber si se debía a que era muy celosa de su padre o si se avergonzaba como se avergonzaban de todo las adolescentes.

—Doctora Earnshaw, discúlpeme, por favor —dijo Dash—. Mi mujer estará con usted enseguida.

Sara lo siguió con la mirada mientras subía por una cuesta

empinada. A la luz del día le pareció mayor de lo que le había parecido al principio. Rondaba los cuarenta y cinco años, pero el aspecto juvenil de su cara hacía difícil calcular su edad. De hecho, todo en él resultaba equívoco. Su terca amabilidad le volvía inescrutable. De entre las emociones humanas, la furia era la manera más rápida y directa de comunicar una emoción. Sara se dijo que no le gustaría ser el objeto de la ira de Dash si alguna vez estallaba.

—¡Tengo hambre! —exclamó una de las pequeñas.

Hubo muchas risas mientras se dispersaban retozando como gatitos, tropezando unas con otras, cayéndose, dándose empujones y zarpazos, excepto la mayor, que se alejó con paso decidido y expresión recelosa hacia la zona donde las mujeres estaban cocinando.

Sara trató de cruzar una mirada con ella, pero la adolescente se escabulló. Observó entonces a las pequeñas, que giraban en corro, tratando de marearse. Le recordaron a su sobrina y a su hermana, y pensó entonces en las piezas de dominó que probablemente habían empezado a caer en el instante en que había visto por última vez a su madre de pie en la calle, sosteniendo la escopeta de Bella. Tessa vendría en avión desde Sudáfrica. Eddie llegaría en coche desde el condado de Grant. Bella estaría demasiado nerviosa para alojarlos en su casa. Acabarían instalados en su apartamento, desalojando a Will.

De nuevo tuvo ganas de llorar.

Will se sentiría agobiado por sus padres. Le preocuparía meter la pata, y precisamente por eso la metería una y otra vez, diría lo que no debía y Cathy le soltaría alguna impertinencia, y Eddie trataría de suavizar las cosas con algún juego de palabras, pero Will no entendía los juegos de palabras porque la dislexia era un trastorno del lenguaje, de modo que en vez de sonreír o reírse para romper el hielo ladearía la cabeza y los miraría con perplejidad, y entonces su padre se preguntaría qué le pasaba. La única esperanza de Sara era que Tessa no tardara más de veinticuatro horas en llegar, porque su hermana era la única persona del mundo que podía rescatar a Will de sus padres.

Pestañeó para contener las lágrimas y trató de llenar su mente con información práctica. Will iría a buscarla, de eso no tenía ninguna duda. Pero, para idear un plan de acción, necesitaría saber a qué se enfrentaba.

Escudriñó el bosque. No se había fijado antes, pero había al menos seis guardias armados apostados en plataformas de madera, en los árboles. ¿Qué estaban vigilando? A ella no, seguro. ¿Intentaban impedir el paso a gente de fuera, o evitar que escapara alguien? Dentro del claro, contó ocho mujeres adultas y trece niños de entre tres y quince años. Había ocho cabañas y un barracón bajo y largo, situado a las doce en punto. Dash había desaparecido colina arriba. Supuso que al otro lado de la cuesta había más cabañas, más hombres, mujeres y niños, y probablemente más guardias.

¿Por qué?

Se distrajo al oír el grito alborozado de una niña. Estaban jugando al escondite. La hija pequeña de Dash contaba con los ojos tapados. Las demás corrieron a esconderse entre los árboles o por los senderos abiertos entre la vegetación. Cinco veredas sinuosas salían del claro. Los árboles formaban un espeso dosel que cubría las cabañas. El campamento no se distinguiría desde un helicóptero o un avión que sobrevolara la zona. Sara se preguntó si los edificios formarían parte de un antiguo asentamiento de colonos. La zona parecía intacta. La mayoría de los árboles tenían el tronco muy grueso, lo que indicaba que llevaban allí mucho tiempo.

Basándose en el tiempo que había pasado en la furgoneta, calculó que seguía en Georgia. Eddie Linton había llevado a su familia a muchas acampadas en el monte, pero eso no la ayudaba a situarse en el mapa. Por el contrario, agudizó su sensación de aislamiento. El Parque Nacional de Chattahoochee abarcaba más de trescientas mil hectáreas y se extendía por dieciocho condados.

Tres mil doscientos kilómetros de carreteras y pistas de montaña. Diez zonas de monte virgen. El monte Springer, en la sierra de Blue Ridge, era el punto de partida del Sendero de los Apálaches, que tras recorrer más de tres mil quinientos kilómetros terminaba en la punta del país, en Maine.

Coyotes y zorros pululaban por aquellos montes. Serpientes venenosas se escondían bajo las piedras y en las orillas de los arroyos. Y osos negros se internaban en lo alto de la sierra durante los meses de verano, en busca de frutos y bayas.

Sara vio a dos niños cogiendo manzanas de un árbol.

—Soy Gwen —dijo una mujer, acercándosele.

Debía de tener poco más de treinta años, pero aparentaba muchos más. Tenía la cara demacrada y descolorida, y los ojos faltos de brillo.

—Me han dicho que es usted médica.

—Sara —dijo ella tendiéndole la mano.

Gwen pareció desconcertada, como si hubiera olvidado cómo se saludaba a una persona. Acercó la mano, indecisa. Al igual que Sara, estaba sudando. Tenía las manos encallecidas por el trabajo.

—¿Tienen un brote de sarampión? —preguntó Sara.

—Sí.

Gwen se secó las manos en el delantal cuando echó a andar. Condujo a Sara al largo barracón que se veía a lo lejos. Al acercarse, Sara reparó en los paneles solares del tejado. Había una ducha fuera, y una pila.

—Empezó hace mes y medio —le informó Gwen—. Intentamos mantener a los enfermos en cuarentena, pero el brote empeoró.

A Sara no le sorprendió. El sarampión era una de las enfermedades más contagiosas conocidas por el ser humano. Se transmitía a través de la tos, del estornudo, de la respiración… Con solo entrar en una habitación dos horas después de que saliera de ella una persona infectada se corría el riesgo de contraer la enfermedad. Por eso era tan esencial vacunar al mayor número de niños sanos que fuera posible.

—¿Cuántos enfermos hay? —preguntó Sara.

A Gwen se le saltaron las lágrimas.

—Dos adultos. Diecinueve niños. Once siguen en cuarentena. Hemos perdido… hemos perdido a dos de nuestros angelitos.

Sara trató de contener su ira. Dos niños muertos a causa de una enfermedad erradicada con éxito en Estados Unidos desde hacía casi dos décadas.

—¿Está segura de que es sarampión y no rubeola?

—Sí, señora. Soy enfermera. Distingo el sarampión de la rubeola.

Sara apretó los labios para no estallar.

Gwen, sin embargo, notó su reacción.

—Somos una comunidad aislada —dijo.

—Uno de esos adultos infectados trajo el virus de alguna parte. —Sara se dijo que debía refrenarse, pero no pudo—. Su marido y otros hombres estuvieron ayer en Atlanta. Mataron a decenas de personas, entre ellas a varios agentes de policía, e hicieron estallar dos bombas.

Observó el semblante de la mujer. Pero en vista de que no parecía sorprendida ni avergonzada, procedió a explicarle las implicaciones médicas.

—Miles de personas procedentes de otros países visitan la ciudad cada día. Cualquiera de los adultos de este campamento puede haber traído la tosferina, las paperas, el rotavirus, el neumococo o el hib.

Gwen bajó la cabeza. Volvió a secarse las manos en el delantal.

—¿Dónde está Michelle? —preguntó Sara.

—Tengo entendido que se le rompió el apéndice antes de que se lo extirparan. Le he dado cuatrocientos miligramos de moxifloxacina y he vuelto a suturar la herida.

Sara dejó escapar un largo suspiro. Por fin entendía por qué llevaba Michelle un vendaje ensangrentado en el abdomen.

—Tendrá que tomarlo cinco días seguidos, como mínimo. Oblíguela a tomar líquidos. Procure que beba mucho y que no se mueva de la cama.

—Lo haré.

—¿Por qué la trajeron aquí? ¿Qué querían que hiciera?

Gwen mantuvo la cabeza gacha. Alargó el brazo indicando el barracón.

—Por aquí.

Sara se adelantó, pero siguió intentando sonsacarla.

—Está claro que conoce el protocolo de la cuarentena y que está capacitada para atender a los pacientes. Y evidentemente tienen acceso a antibióticos. ¿Por qué secuestraron a Michelle?

Gwen se miró los pies como si tuviera que concentrarse en sus pasos. Estaba encorvada, acobardada como Michelle. Volvió a llevarse las manos al delantal y retorció la tela.

Sara oyó risas infantiles a lo lejos. No procedían del claro, sino del noreste, del lugar por el que había desaparecido Dash minutos antes. Supuso que era allí, en aquella otra parte del campamento, donde mantenían a los que no se habían infectado, y en su mente se agolparon los interrogantes. ¿Cuántas personas había allí, en la montaña? ¿Por qué habían llevado a Michelle a Atlanta habiendo decenas de hospitales más próximos? ¿Por qué habían hecho estallar aquellas bombas? ¿Por qué era tan importante para ellos mantener con vida a Michelle? ¿Y qué querían de verdad de ella, de Sara?

—Aquí. —Gwen se había detenido junto a la pila que había frente al barracón.

Sara se lavó las manos con jabón de sosa. El agua estaba caliente. Se restregó los brazos, el cuello y la cara.

—Podemos darle ropa limpia —dijo Gwen.

—No, gracias. —No pensaba vestirse como una niñita victoriana—. ¿Cuántos adultos están vacunados?

Gwen entendió adónde quería ir a parar.

—Tenemos doce hombres sin vacunar y dos mujeres.

—¿Y los demás?

—Están en el campamento principal.

Sara había acertado al suponer que había una parte del complejo libre del virus. Se acordó de que Dash había dejado que sus hijas le besaran la cara antes de subir por la cuesta. Si alguna de las niñas estaba infectada, llevaría el virus al otro lado.

—Mi hija Adriel todavía está en cuarentena —dijo Gwen.

—¿Tiene usted siete hijas? —preguntó Sara, incrédula.

Aquella mujer tenía poco más de treinta años. Con razón estaba tan avejentada.

—Dios es bondadoso —fue cuanto dijo Gwen.

Sara cogió una toalla del montón que había sobre la pila y se secó las manos. No eran de rizo, sino de hilo. Sin etiquetas. La costura parecía cosida a mano. ¿Era el campamento una especie de secta religiosa? Las organizaciones de ese estilo no solían poner bombas. Preferían beber veneno, o montar piquetes de protesta en entierros y funerales.

—¿Su religión prohíbe las vacunas? —preguntó.

Gwen negó con la cabeza.

—¿Tiene hijos?

Sara tuvo que disimular su desconcierto antes de responder.

—Sí, dos niñas.

Una fina sonrisa se dibujó en la boca de Gwen.

—Dash me ha dicho que su esposo murió en acto de servicio. Últimamente parece que el mundo está lleno de viudas.

Sara no pensaba empatizar con aquella mujer.

—¿Las mujeres de Vale y Carter también viven aquí?

La sonrisa se convirtió en una línea recta, llena de enojo.

—Ellos no eran de los nuestros. Eran mercenarios.

—Los mercenarios luchan en guerras.

—*Estamos* en guerra. —Le dio una mascarilla quirúrgica—.

227

Debemos servirnos de todos los recursos a nuestro alcance. Ciro era pagano, pero restableció el orden en el mundo.

Sara llevaba toda la vida oyendo las historias bíblicas que contaba su madre.

—El rey Ciro también fomentó la tolerancia y la compasión. ¿Puede usted decir lo mismo de su marido?

—Haremos sonar la trompeta en la montaña —dijo Gwen—. «Yo engendro la luz y las tinieblas, creo la paz y la iniquidad». Así habló el Señor.

Sara se puso la mascarilla para que no viera su expresión. No era contraria a la religión, sino a la gente que se servía de ella como un arma. Si se había sentido atraída por la medicina era, entre otras cosas, por la inmutabilidad de los hechos. El número atómico del helio siempre sería dos. El punto triple del agua era, indiscutiblemente, la base que definía el kelvin. No hacía falta tener fe para creer en ninguna de esas cosas. Bastaban las matemáticas.

Subió los peldaños. La puerta hizo un sonido de succión cuando la abrió. El olor a desinfectante hizo que le picaran los ojos. El barracón, alargado y estrecho, estaba refrigerado por dos aparatos portátiles de aire acondicionado que zumbaban suavemente en sendos rincones. Un armario grande, con puertas de cristal, contenía alcohol, apósitos, jeringuillas hipodérmicas y bolsas de plástico repletas de pastillas de diversos colores. El suero fisiológico se almacenaba en neveras de mano llenas hasta los topes.

Había tres mujeres atendiendo a los pacientes, a los que daban friegas con compresas frías. Cambiaron visiblemente de actitud cuando Gwen se acercó con paso trabajoso al armario de las medicinas. Comenzaron a mover las manos más deprisa y se apresuraron a cambiar de paciente. Cruzaron entre sí miradas furtivas. Sara se recordó que debía prestar atención a aquellas sutiles alteraciones. Aquellas mujeres le tenían miedo a Gwen, de lo que cabía deducir que Gwen les había dado motivos para temerla.

Recorrió la sala con la mirada mientras Gwen colocaba el

instrumental sobre un carrito con ruedas. Contó veinte catres. Solo once estaban ocupados. Sábanas blancas echadas sobre cuerpecillos, caras pálidas que se confundían con el blanco de las almohadas. Sara percibió de inmediato su sufrimiento. Toses, estornudos, temblores, llantos. Los que estaban peor no se movían en absoluto. La tristeza la envolvía por todas partes.

—Tenemos esto —dijo Gwen señalando el carrito, en el que había colocado guantes, un estetoscopio, un otoscopio para inspeccionar el canal auditivo y la membrana timpánica, y un oftalmoscopio para examinar la retina y el ojo.

En la esquina de la sala, una niña sufrió un súbito ataque de tos. Una de las mujeres corrió a atenderla y le acercó un cubo a la boca. Otra niña comenzó a sollozar. El resto de los niños la imitó. Sufrían todos tanto, estaban tan enfermos, tan necesitados de ayuda…

Sara se enjugó las lágrimas con el dorso de la mano y le dijo a Gwen:

—Dígame por dónde empezar.

—Benjamin.

Gwen la condujo junto a un niño acostado bajo la ventana, cuyo cristal estaba cubierto con una sábana blanca para mantener el calor a raya.

Había una silla junto a la cama. Sara tomó la mano del niño al sentarse. Estaba tiritando, aunque tenía la piel caliente. Su cara mostraba ya el sarpullido que, con el tiempo, se extendería por todo el cuerpo. Las manchas empezaban a fusionarse. Cada vez que tosía, las mejillas se le teñían de un rojo encendido.

—Soy la doctora Earnshaw —le dijo Sara—. Voy a intentar que te encuentres mejor, ¿de acuerdo?

El niño apenas abrió los párpados. La tos retumbaba dentro de su pecho. Normalmente, Sara explicaba a sus pacientes todo lo que hacía y el porqué, pero aquel niño estaba demasiado enfermo para entender sus explicaciones. Lo único que podía hacer era darse prisa al examinarlo para que pudiera volver a caer en un sueño inquieto.

Encontró un gráfico junto a la cama. Ocho años, PS 85/60, temperatura: 37,7º. Los primeros síntomas de la enfermedad eran fiebre, malestar, anorexia y tos, rinitis y conjuntivitis. La tos se hallaba en su punto álgido. El niño no podía parar de toser. Tenía el labio superior irritado y cuarteado por los mocos que secretaba constantemente su nariz, y los ojos blanquecinos como si se los hubieran lavado con lejía. Según el gráfico, su temperatura no había bajado de los 37,7º desde las tres de la madrugada.

El sarampión era un virus, no una infección bacteriana que pudiera tratarse con antibióticos. Lo único que podían hacer era darle paracetamol y suero y aplicarle compresas templadas para que estuviera cómodo. Luego tendrían que rezar para que no se quedara ciego o sordo, o desarrollara una encefalitis o, transcurridos entre siete y diez años, mostrara síntomas de panencefalitis esclerosante subaguda, una enfermedad degenerativa que conducía al coma y a la muerte.

—Benjamin es el caso más reciente —informó Gwen—. Las manchas aparecieron hace dos días.

Ese plazo coincidía con el aspecto que presentaba el sarpullido. Seguramente, el pequeño se había visto expuesto al virus dos semanas antes, lo que significaba que la cuarentena podía haber detenido el brote. Triste consuelo para los padres cuyos hijos habían muerto o iban a sufrir secuelas irreparables.

—La tos ha empeorado esta noche —añadió Gwen.

Sara se mordió la lengua para no contestarle de nuevo con aspereza. Le costaba creer que una mujer que había estudiado enfermería pusiera en peligro la vida de sus hijos basándose en seudociencias cuya falsedad se había demostrado repetidamente y en las aseveraciones de una exmodelo de *Playboy*. Si alguien quería evidencias palpables de lo necesarias que eran las vacunas, solo tenía que echar un vistazo a la biografía de Helen Keller.

Se puso los guantes.

—Benjamin, ahora voy a examinarte. Voy a darme toda la prisa que pueda. ¿Puedes abrir la boca?

El niño se esforzó por mantener la boca abierta mientras tosía.

Sara utilizó la luz del otoscopio para echarle un vistazo. Tenía manchas de Koplik en el paladar blando y la orofaringe. La luz se reflejaba en el centro de las manchas, de tono nacarado.

—Hay que bajarle la fiebre —le dijo a Gwen.

—Puedo hacer que traigan hielo.

—Que traigan todo el que puedan —repuso Sara—. La encefalitis aguda tiene una tasa de mortalidad del quince por ciento. En el veinticinco por ciento de los casos se producen daños neurológicos irreversibles.

Gwen asintió en silencio, pero era enfermera: ya lo sabía.

—A nuestros dos angelitos se los llevó la fiebre.

Sara no supo si montar en cólera o echarse a llorar.

—¿Gwen? —llamó una de las mujeres.

Estaba de pie junto a un catre: otra niña mortalmente enferma.

Sara se llevó la silla para poder sentarse junto a su cama. La pequeña tenía tres o cuatro años, y su cabello rubio se extendía sobre la delgada almohada. Tenía la piel tan pálida como la luna. La sábana estaba empapada en sudor. Una tos improductiva interrumpía de tanto en tanto su respiración anhelosa. El sarpullido había adquirido un tono cobrizo, de modo que la niña llevaba casi una semana enferma. Sara se cambió de guantes. Abrió los párpados de la niña. Gwen le pasó el oftalmoscopio. Sara sintió una opresión angustiosa en el pecho. La conjuntiva estaba hinchada y enrojecida. El borde de la córnea se hallaba infectado. Auscultó a la pequeña. Sus pulmones emitían una especie de crujido cuyo sonido, por desgracia, conocía bien.

Si la doble neumonía no la mataba, seguramente se quedaría ciega para siempre.

—Esta es mi Adriel —dijo Gwen.

Sara luchó por contener un sentimiento de impotencia abrumador.

—Hay que hacerle análisis para saber si la neumonía es bacteriana o vírica.

—Tenemos azitromicina.

Sara se quitó los guantes. Posó la mano en la cabeza de Adriel. Ardía de fiebre. El antibiótico podía destrozarle el tubo digestivo, pero tenían que correr ese riesgo.

—Déselo.

Gwen fue a decir algo, pero se detuvo. Luego, cambió de idea otra vez.

—Si me da una lista, puedo intentar conseguirle lo que sea necesario.

Que una ambulancia aérea se llevara a aquellos niños a la civilización, eso era lo necesario.

Gwen encontró un cuaderno y un lápiz junto a una de las camas.

—Podemos comprar al por mayor en la farmacia. Dígame lo que necesita. Podemos dosificarlo nosotras mismas.

Sara miró la punta afilada del lápiz, apoyada en el primer renglón de la hoja. Trató de concentrarse.

—Diez botes de Tobrex en pomada, diez de colirio. Diez de Vigamox. No sabemos si las infecciones oculares y el dolor de oídos van a extenderse —dijo mientras se cambiaba de guantes. Vio deslizarse el lápiz de Gwen por la página: la cantidad, un guion y luego el nombre del medicamento—. Cinco de Digoxin, cinco de Seroquel, veinte tubos o más de hidrocortisona en pomada para el sarpullido. Diez de eritromicina, cinco de Lamisil en pomada para las infecciones de hongos… ¿Lo está anotando?

Gwen hizo un gesto afirmativo.

—Diez de eritromicina, cinco de Lamisil.

Sara siguió dictando hasta que la hoja estuvo llena. No iban a comprar los medicamentos a la farmacia del pueblo más cercano, lo que significaba que se los llevaría alguien de fuera.

—Imagino que no necesita mi número de colegiada.

—No. —Gwen revisó la lista, tocando cada palabra con la punta del lápiz—. No sé… No estoy segura. Es mucho.

—Hay muchos niños enfermos —repuso Sara—. Dígale a quien vaya a la farmacia que están anotados en orden de importancia. Cualquier cosa es mejor que nada.

Gwen arrancó la hoja del cuaderno y le pasó la lista a una de las mujeres, que salió del barracón sin decir nada.

Sara se puso los auriculares del estetoscopio. Se volvió hacia la niña tumbada en el catre de al lado. Se llamaba Martha. La erupción se mezclaba con la candidiasis en las grietas que tenía en la comisura de la boca. La niña de al lado, Jenny, tenía neumonía. Sara examinó a la siguiente enferma y a la de más allá. Sus edades variaban entre los cuatro y los doce años. Eran todas niñas, menos Benjamin. Seis presentaban síntomas de neumonía. La conjuntivitis de Adriel se había extendido a otra enferma. Dos sufrían infecciones de oído que podían analizarse mediante un cultivo y diagnosticarse en cualquier consulta de pediatría. Sara solo pudo prescribir compresas calientes con la tenue esperanza de que aquellas niñas no perdieran irremediablemente el oído.

Había perdido la noción del tiempo cuando acabó de examinar a la última paciente, una niñita de cuatro años, de cabello oscuro y ojos azules, llamada Sally, que tosía tan fuerte que tenía un derrame en el ojo derecho. Después, examinó por segunda vez a las que estaban más graves. Lo único que podía hacer era agarrarlas de la mano, acariciarles el pelo, darles la impresión de que podía devolverles la salud como por arte de magia, por el simple hecho de ser médica. Pronto estarían jugando, pintando con ceras, corriendo por los campos, girando como peonzas hasta estar tan mareadas que se caerían al suelo.

El peso de sus mentiras era como una roca que le oprimía el pecho, dejándola sin respiración.

Se quitó los guantes al bajar los peldaños del barracón. Hacía un calor sofocante. Se lavó las manos en la pila. El agua estaba tan caliente que le quemó la piel. No sintió dolor, sin embargo; estaba demasiado embotada. Tenía una tiritera que no lograba sacudirse de encima. Una de aquellas niñas, o quizá dos, iban a morir. Había que llevarlas inmediatamente al hospital. Hacían falta enfermeros y médicos, y análisis, y maquinaria y vida moderna para arrancarlas de las garras de la muerte.

Gwen bajó los escalones retorciendo de nuevo el delantal.

—Dash ha mandado la lista a nuestro proveedor. Debería llegar todo esta tarde, sobre…

Sara se alejó. No sabía dónde iba, pero sabía que no podía llegar muy lejos. Los hombres armados seguían vigilando el perímetro del campamento cuando cruzó el claro. Dos de ellos se bajaron de un salto de sendas plataformas de madera. Otros dos salieron de entre los árboles. Llevaban cuchillos en el cinturón, pistolas enfundadas, sujetaban rifles con sus manos carnosas. Eran jóvenes, todos sin excepción. Algunos, poco más que adolescentes. Y todos eran blancos.

Sara obvió su presencia. Fingió que no los veía porque en ese instante le traían sin cuidado. Escuchó el borboteo del agua y comprendió que el arroyo estaba cerca. Siguió uno de los senderos serpenteantes. El borboteo se convirtió en estruendo. El arroyo era en realidad un río. Sara se hincó de rodillas al borde del agua. Las rocas habían formado una cascada. Metió las manos en la corriente tumultuosa y gélida. Metió la cabeza en el agua. Necesitaba un *shock*, algo que la sacase de aquella pesadilla.

Pero ningún *shock* era suficiente. Se sentó de rodillas, con las manos en el regazo y el cabello colgando en gruesos mechones empapados. Se sentía inútil. No iba a poder hacer nada para salvar a aquellos niños. ¿Se había sentido Michelle igual? Había pasado allí un mes. Había visto morir a dos pequeños, había presenciado cómo se extendía el contagio por el campamento. Sabía lo que iba a suceder y había sido incapaz de impedirlo.

Ella tampoco podía.

Se llevó las manos a la cara. Las lágrimas le brotaban a raudales. No podía parar de llorar. Se estremecía, sacudida por la pena, vencida por ella, incapaz de detenerse. Cedió a todas sus emociones, no solo a la angustia por aquellos niños, sino por lo que ella misma había perdido. Hacía años que había asumido que no podía tener hijos. De pronto, sin embargo, odiaba a Gwen y a todas las mujeres del campamento por dejar indefensos a sus hijos, aquel regalo del cielo.

Oyó quebrarse una ramita tras ella.

Se levantó de un salto, con los puños levantados.

—Gracias por su ayuda, doctora —dijo Dash—. Sé que es difícil.

Le dieron ganas de escupirle a la cara.

—¿Quiénes son ustedes? ¿Qué hacen aquí arriba?

—Somos familias que han optado por vivir al margen del país.

—Esas niñas están muy enfermas. Algunas…

—Para eso está usted aquí, doctora. El Señor ha tenido la bondad de mandarnos una pediatra.

—Debería mandarles carpas de oxígeno, antibióticos por vía intravenosa, aerosoles…

—Vamos a conseguir todo lo que ha puesto en la lista —repuso Dash—. Gwen me ha dicho que confía en sus capacidades.

—¡Pues yo no! —replicó Sara, y se dio cuenta de que estaba gritando, pero no le importó—. Si cree en los milagros, rece para que ocurra uno. Su hija está muy grave. Todos esos niños están en estado crítico. Entiendo que alguien pueda oponerse a las vacunas por motivos religiosos, pero no es su caso. Está claro que no tiene nada contra la medicina moderna. Llevó a Michelle al hospital. Podría socorrer a esos niños y sin embargo está dejando que sufran por… ¿por qué?

Dash juntó las manos, pero no para rezar. Le estaba dando

tiempo para sobreponerse. Como si hubiera algún modo de sobreponerse a la tragedia a la que se había visto arrastrada.

Por fin dijo:

—Por lo visto tiene algunas preguntas que hacerme.

Sara no creía que fuera a recibir una respuesta sincera, pero aun así preguntó:

—¿Cuál es el propósito de este sitio?

—Ah —dijo Dash, como si ella hablase un idioma distinto que solo él podía descifrar—. Quiere saber cómo llegamos aquí, ¿verdad?

Sara se encogió de hombros, convencida de que iba a responderle lo que se le antojara.

—Llevamos más de una década en estas montañas. Nuestro estilo de vida es muy sencillo. Cuidamos de los nuestros. Las familias permanecen unidas. Respetamos la tierra. No tomamos de ella más de lo que necesitamos y devolvemos todo lo que podemos. Nuestra sangre está en este suelo.

Hizo una pausa como si esperara que Sara sintonizase con la cantinela del supremacismo blanco acerca de la sangre y la patria.

Al ver que no reaccionaba, añadió:

—Nos guio hasta aquí el padre de Gwen, un hombre recto que creía firmemente en la Constitución y la soberanía americana.

Sara siguió esperando.

—Nuestro líder nos ha sido arrebatado, pero continuaremos la misión sin él —explicó Dash—. Eso es lo bello de nuestro sistema: que no necesitamos un líder, sino personas que crean en el mundo al que intentamos retornar. Un mundo de ley y orden, en el que la gente sepa cuál es su sitio y entienda dónde encaja en el sistema. Toda rueda necesita un engranaje para girar como es debido. Son nuestras convicciones las que nos guían en esta cruzada, no un líder en particular. Cuando un hombre cae, otro se levanta para ocupar su lugar.

—¿Y da la casualidad de que el líder siempre es un hombre?

Él sonrió.

—Es el orden natural de las cosas. Los hombres lideran. Las mujeres los siguen.

Sara ignoró su absurdo reduccionismo.

—¿Forman parte de algún grupo religioso o…?

—Hay algunos creyentes convencidos entre nosotros. No me cuento entre ellos, para consternación de mi esposa. La mayoría somos pragmáticos. Esa es nuestra religión. Somos todos americanos. Eso nos une.

—Michelle también es americana.

—Michelle es una lesbiana que dio a luz a una perra mestiza.

Sara se quedó anonadada un instante, no por lo que había dicho sobre la hija de Michelle, sino por cómo había caído su máscara. Tenía una expresión fea, colérica. Aquel era el verdadero Dash, el que hacía estallar bombas y mataba indiscriminadamente.

Con la misma rapidez, la máscara volvió a ocultar su rostro.

Él se ajustó el cabestrillo alrededor del cuello. Sonrió. Le dijo a Sara:

—Doctora Earnshaw, está claro que es usted una buena persona. La respeto por haber optado por venir aquí a ayudar a nuestros hijos. —Le guiñó un ojo como para hacerle saber que la entendía perfectamente—. Como le dije ayer, en cuanto nuestros pequeños estén mejor, será libre de irse.

Ella recordó lo que había dicho sobre la hija de Michelle y se aferró a aquellas palabras repugnantes. Esa era su verdadera faz, no aquella caricatura llena de afectación que mostraba a ojos del mundo.

—Es usted un terrorista. Le vi disparar a un hombre a sangre fría. ¿Se supone que debo aceptar su palabra?

Él no se inmutó.

—Vale fue ejecutado por crímenes de guerra. Somos soldados, no animales. Respetamos la Convención de Ginebra.

Guerra.

Aquella palabra volvía a salir a colación, pronunciada primero por Gwen y ahora por Dash.

—¿Contra quién luchan?

—No luchamos *contra*, doctora Earnshaw. Luchamos *por* —dijo él con una sonrisa ufana. Pero los hombres como él siempre se ufanaban de estar en lo cierto mientras el resto del mundo se equivocaba—. Sé que se ha saltado el desayuno porque estaba con sus pacientes. Se está sirviendo la comida. Espero que nos acompañe.

La idea de sentarse a su lado, de comer con normalidad, le repugnaba tanto como la de meterse comida en la boca, pero tenía que conservar las fuerzas. No podía ceder al desánimo. Ella no acabaría vapuleada y rota, como Michelle.

—Por aquí, por favor. —Dash le indicó el camino y esperó.

Sara echó a andar entre los árboles, hacia el claro. Aún le temblaban las manos. Tenía el estómago lleno de bilis. Le daba asco su ropa. Se daba asco a sí misma. Se pasó los dedos por el pelo mojado. Su cuero cabelludo despedía vaho. El sol se alzaba sobre las crestas de las montañas. Un fogonazo de luz la cegó momentáneamente. El sol, reflejándose en una lámina de cristal. Tropezó con una piedra.

Se enderezó antes de que Dash pudiera ayudarla.

Siguió andando y, con la cabeza fija hacia delante, miró de soslayo.

Había un invernadero más allá de los árboles.

No había visto el recinto acristalado cuando iba hacia el río. Tenía una cubierta a dos aguas y claraboyas de ventilación. Era un edificio estrecho, del tamaño aproximado de una casa móvil. El techo y las paredes eran de cristal, pero dentro habían levantado una carpa de un material reflectante, del color del papel de aluminio.

Varios cables eléctricos se extendían entre el invernadero y un cobertizo de madera. Vio un generador remolcable provisto de un silenciador y más paneles solares. Le pareció oír un suave zumbido de maquinaria detrás de las paredes de cristal. Dentro de la tienda. Un roce de metal contra metal. Objetos que alguien desplazaba de un sitio a otro. Algún que otro murmullo de voces.

Tiempo después de haber perdido de vista el invernadero, oyó un trajín incesante, el ruido de personas que se afanaban de acá para allá.

El campamento.

Mujeres y niños enfermos. Niños jugando a la guerra. Un complejo oculto entre los árboles. Un invernadero acristalado con una carpa térmica reflectante que impediría que un helicóptero o un avión provisto de una cámara termográfica viera lo que había dentro.

Cuando Sara había interrogado a Gwen sobre su marido, ella había citado a Isaías: «Yo engendro la luz y las tinieblas, creo la paz y la iniquidad».

En Emory habían muerto quince personas, asesinadas. Uno de los terroristas había perecido durante la huida. Dash había matado a un repartidor y a uno de sus mercenarios ante sus propios ojos.

¿Qué otras iniquidades pensaba cometer?

CAPÍTULO 10

Lunes, 5 de agosto, 06:10 horas

Will estaba sentado frente a la mesa del despacho de Amanda en la sede del GBI en Panthersville Road. El reloj de la pared marcaba las seis y diez de la mañana. Veía a su jefa leer los informes llegados durante la noche. Las autopsias del hombre al que él había disparado en el accidente de coche y de los dos hallados muertos en el motel, y los resultados de laboratorio de las pruebas recogidas en la furgoneta de patatas fritas, el BMW de Sara y la habitación del motel.

Beau. Bar. Dash. Piensa. Hurley. Muerto. Spivey. Yo. OK. X. Ahora.

Juntó las manos. Tenía los nudillos hinchados y amoratados. La jaqueca le golpeaba la parte de atrás de los glóbulos oculares como un martillo de bola. Sus pensamientos se habían convertido en un velcro que se pegaba caprichosamente a cualquier parte de su cerebro. El dolor del abdomen se le había extendido a los riñones. Permanecía sentado al borde del asiento porque reclinarse le dolía demasiado.

—Sara escribió que estaba bien «por ahora» —le dijo a Amanda—. Mandó la nota de voz a las cuatro cincuenta y cuatro de ayer. Es decir, hace trece horas. Dieciséis, desde que la secuestraron.

Ella lo miró por encima de sus gafas de leer.

—No sé qué estás leyendo en esas páginas —prosiguió Will—, pero sea lo que sea no va a cambiar el hecho de que tres de los terroristas presentes en el accidente de coche están muertos y otro detenido. Nadie sabe qué aspecto tengo, ni que estaba allí. Mándame en misión encubierta. El IPA ha sufrido cuatro bajas. Necesitan a gente capaz para llevar a cabo lo que sea que estén planeando. Tengo que estar allí para que podamos descubrir cómo detenerlos.

Amanda se quedó callada un instante más, y Will tuvo la impresión de que quizá estaba considerando su propuesta.

—El confidente del FBI era tu contacto para introducirte en el IPA. Por desgracia, en estos momentos está en un cajón refrigerador.

Adam Humphrey Carter no podía ser el único medio de entrar.

—Te conozco, Amanda. Tú no me mandarías allí fiándote únicamente de un confidente que no es tuyo. Tienes dentro a otra persona que puede respaldarme.

Ella no lo negó.

—¿Olvidas que había cinco individuos en el accidente de coche? No sabes si Dwight te vio.

—Estuvo inconsciente en todo momento.

—¿Y Michelle?

Will no supo qué contestar. Ignoraba qué ocurriría si Michelle Spivey lo reconocía. Tan pronto se mostraba desafiante como sumisa y aterrorizada.

—Wilbur...

—¿Y el mensaje de Sara? —preguntó él—. Lo primero que escribió en el techo fue *Beau*. Lo segundo, *bar*. Puede que oyera a Beau hablando con Dwight. O que fueran al bar. Sé que tú...

—Esto es lo único que sé —dijo Amanda lanzándole uno de los informes grapados—. Lo que Charlie encontró en el motel.

Will echó un vistazo a las páginas. Le dolía demasiado la cabeza para intentar descifrar las palabras. Y no iba a usar una regla para que no le bailaran las letras como si fuese un niño de primer curso. Sobre todo, delante de Amanda.

Optó por preguntar en tono beligerante:

—¿Y qué?

Ella le arrancó el informe de las manos.

—Michelle Spivey mató a Carter a puñaladas. Las huellas del cabecero de la cama eran suyas. Las pruebas indican que saltó sobre él, se sentó a horcajadas sobre sus piernas, le apoyó la mano derecha en el hombro y acto seguido le asestó diecisiete puñaladas en el cuello, el pecho y el abdomen.

Will trató de dar un cariz positivo a aquel frenesí asesino.

—Se revolvió. Podría ser una aliada.

—Es peligrosa e impredecible, y no puedo arriesgarme a que se le vaya la olla estando tú allí. En el peor de los casos, podría matarte a puñaladas. Y en el mejor, contarles a sus captores de qué te conoce.

Will se encogió de hombros. Ya había decidido que, la próxima vez que hubiera que elegir entre su vida y la de Sara, él tomaría la decisión por los dos.

Amanda pasó las páginas de otro informe.

—El hombre al que mataste en el lugar del accidente se hacía llamar Merle, pero lo hemos identificado como Sebastian James Monroe, exmilitar perteneciente al Cuerpo de Ingenieros del Ejército. Relevado con deshonor del servicio por violencia doméstica. Desde entonces no ha tenido otros roces con la ley, pero está claro que ha estado metido en algo.

Will no le preguntó cómo sabía aquello. El Pentágono no solía ofrecer información sin que mediaran una orden judicial y diez kilómetros de papeleo.

—Violencia doméstica. ¿Eso incluye violación?

—No.

Will no supo si estaba mintiendo.

—¿Qué hay de Vince? El tío al que disparé en el pecho.

—Oliver Reginald Vale. También exmilitar, aunque no hemos podido encontrar ningún vínculo con Monroe. Dejó el ejército hace cinco años, con la hoja de servicio limpia. No tiene antecedentes delictivos. Y teniendo en cuenta que esos individuos eligieron como seudónimos nombres de cantantes *country* cuya inicial se corresponde con las de sus respectivos nombres, podemos dar por sentado que Dwight es el Dash del mensaje que Sara dejó en el techo del baño. Evidentemente, un alias.

—Dash —repitió Will.

Aquel nombre despertaba en él una furia feroz. No recordaba nada de él, salvo su estatura aproximada, su peso y su color de pelo y piel. Había centrado toda su atención en los hombres que estaban conscientes, convencido de que era Hurley quien estaba al mando.

—El mensaje de Sara decía que Dash cree que Hurley está muerto —le dijo a Amanda.

—Y vamos a procurar que siga creyéndolo.

Amanda estaba desviando la cuestión, seguramente a propósito. Sara había querido decirles que lo importante era lo que Dash pensaba sobre Hurley. Lo que significaba que debían concentrar sus esfuerzos en identificar a Dash. Si desconocían quién era, no sabrían cómo encontrarlo y, si no encontraban a Dash, posiblemente no encontrarían a Sara.

De modo que lo que tenían que hacer era lo siguiente: averiguar los números de la seguridad social de Hurley, Carter, Vale y Monroe y solicitar todo tipo de informes en los que aparecieran sus direcciones, sus números de teléfono, sus tarjetas de crédito y los vehículos registrados a su nombre; hablar con sus vecinos sobre sus idas y venidas; hacer el seguimiento de sus llamadas telefónicas, descubrir a qué números llamaban, qué tiendas y restaurantes frecuentaban. Buscar vínculos entre ellos. Cotejar metódicamente los nombres de sus socios y allegados hasta averiguar la verdadera identidad de Dash o algún rasgo identificativo que los pusiera sobre su pista.

O él podía dejar de estrujarse el cerebro y hacerle a Amanda la pregunta obvia:

—¿Las huellas de Dash están en la base de datos del ejército?

—No figuran en ninguna base de datos a la que tengamos acceso. Hay manchas de sangre procedente de la herida de su hombro en el asiento trasero del Chevy Malibú, pero hasta dentro de veinticuatro horas no tendremos los resultados del laboratorio. Y tú sabes tan bien como yo que, si las huellas de Dash no aparecen en las bases de datos, es sumamente improbable que su ADN nos conduzca hasta su puerta. Como mucho, nos permitirá confirmar su identidad *a posteriori*.

Will se rascó la mandíbula. Notó la cara áspera. No se había afeitado esa mañana. Llevaba puesto el mismo traje gris de la víspera. Había pasado toda la noche sentado en el sofá de su casa, escuchando el mensaje de Sara, tratando de oír en su voz algo que le permitiera saber que estaba bien.

Y siempre llegaba a la misma conclusión: a las 16:54, Sara le había enviado un mensaje. Pero ¿qué había ocurrido a las 16:55?

—Dash es el cabecilla del IPA.

—Correcto —dijo Amanda—. Carter, en su calidad de informante, le dijo al FBI que Dash es el mandamás del grupo. No es el fundador del IPA, que lleva funcionando diez años o más, pero desde que asumió el liderazgo ha logrado organizarlo eficazmente y darle un propósito claro. El FBI se dignó comunicármelo esta misma mañana. La descripción que tienen de él sirve más o menos lo mismo que la tuya, o sea, para nada. Y las cámaras de seguridad de Emory tampoco han sido de ayuda. Dash sabía exactamente dónde estaban. Llevaba gorra y mantuvo la cabeza agachada. Ese tipo es increíblemente hábil a la hora de evitar que lo identifiquen. Podría decirse que lo de Ejército Invisible de Patriotas va por él.

Will entrelazó los dedos y apoyó las manos en la mesa.

—Amanda, te lo suplico, mándame de infiltrado. Encontraré a Dash y te lo serviré en bandeja.

Amanda cogió otro informe y leyó en voz alta:

—«*El arma analizada es una Glock 19 Gen 5 registrada, con retén de cargador invertido y palanca de corredera para tirador zurdo. El algoritmo del NIST que emplea el método CMC arrojó un índice de probabilidad del...*».

—Es mi pistola —dijo Will.

—Usaron tu Glock para matar a Vale en la habitación del motel.

Él trató de encogerse de hombros nuevamente, pero el pinchazo que sintió en las costillas se lo impidió.

—Abriste fuego dos veces en el lugar del accidente. Mataste a un sospechoso. Disparaste a otro mientras huía. Diste una paliza a un tercero. Técnicamente, debería suspenderte de empleo, aunque no de sueldo, y abrir una investigación interna.

—Suspéndeme —repuso Will.

Tenía un plan. Sebastian James Monroe. Oliver Reginald Vale. Adam Humphrey Carter. Robert Jacob Hurley. Rondaría en torno a ellos, los acecharía como un coyote dispuesto a matar.

—No te muevas de donde estás, Wilbur —ordenó Amanda, y miró más allá de él, hacia el pasillo—. ¿Qué hay?

Faith dejó sobre la mesa un montón de bolsas de pruebas selladas. Miró a Will, y volvió a mirarlo.

—¿Faith? —Amanda seguía esperando.

Ella apoyó la mano en el hombro de su compañero y dijo:

—Esto es todo lo que llevaba Ragnersen en los bolsillos. Están registrando la camioneta. Zevon ya ha encontrado una escopeta con el cañón recortado debajo del asiento.

Will se frotó la mandíbula. El nombre de Ragnersen no le

sonaba de nada, pero Zevon Lowell era el agente del GBI que se había reunido con ellos en el motel la noche anterior.

—¿Qué os traéis entre manos? —le preguntó a Amanda.

—Una investigación, ¿qué crees que nos traemos entre manos? —Amanda revolvió las bolsas depositadas sobre su mesa. Una cartera de hombre. Un iPhone. Las llaves de un coche. Una navaja plegable.

—Espera. —Will inspeccionó la navaja, moviéndola dentro de la bolsa para verla mejor—. Es mía. Apuñalé a Carter con ella. La última vez que la vi, la tenía clavada en el muslo.

—Imagino que es la hoja de diez centímetros que usaron para apuñalar a Carter repetidamente en el pecho y el torso —comentó Amanda.

Will no quitaba ojo a la navaja. Obligó a su mente a concentrarse en aquella única prueba. Habían apuñalado a Carter con ella. Michelle la había empleado para matarlo. Y alguien la había extraído del cuerpo sin vida de Carter, lo que significaba que la persona que tenía la navaja en su poder había estado presente en el motel la noche anterior.

Una cartera de piel, de hombre. Un llavero con el logotipo de GMC Denali. Un iPhone con carcasa de goma negra.

Tuvo que tragar saliva antes de preguntar:

—¿De dónde habéis sacado esto?

Amanda indicó a Faith que cerrara la puerta. Se recostó en su silla. Se quitó las gafas. Cruzó los brazos.

—La navaja la tenía Beau Ragnersen —dijo.

Beau. Bar.

—Un antiguo auxiliar médico del Ejército adscrito a las Fuerzas Especiales —prosiguió ella—. Los Boinas Verdes. No tengo acceso a su expediente, es demasiado secreto. Hemos pedido al Pentágono que le eche un vistazo, pero tardarán al menos un mes en darnos noticias. Lo único que ha podido decirme mi contacto es que Ragnersen participó en misiones de cierto peso en Irak y

Afganistán. Resultó herido, metralla en la espalda, y le concedieron el Corazón Púrpura.

Will se acordó de la críptica conversación que habían mantenido su jefa y Zevon la noche anterior. El agente especial trabajaba en la división de narcóticos. No había recabado toda esa información sobre Beau Ragnersen en las dos horas que había tardado Amanda en llegar al condado de Rabun.

—«Tiene negocios en Macon» —dijo citando a Zevon.

Faith se sentó a su lado y lo miró con preocupación.

—Ragnersen trafica. Con alquitrán negro.

—Dios.

Will no logró ocultar su estupor. La heroína llamada «alquitrán negro» solía cortarse con betún negro. A veces, incluso con tierra. La arcilla roja característica de Georgia le daba una tonalidad castaña. Solo la consumían los desesperados, o quienes tenían deseos de morir.

—Cuando yo aún llevaba uniforme —dijo Amanda—, vi a muchos veteranos volver de Vietnam enganchados. Inyectada, te calcifica las venas. Destilada en gotas nasales, puede hacer que te ahogues con tu propia sangre. En supositorios produce hemorragia interna. No hay forma fácil de salir de ella, como no sea pasando por la morgue.

Will volvió a frotarse la mandíbula. Por eso odiaba las drogas. De niño había visto a un sinfín de adultos hacer cosas inenarrables con tal de ponerse un pico.

—Los mexicanos tienen el control absoluto del caballo que entra en el extrarradio. El alquitrán negro lo consumen principalmente las minorías. Es decir, en Macon, los afroamericanos. Es tan barata como el *crack* a mediados de los años ochenta. Ragnersen no es un pez gordo dentro de ese mundillo, pero tiene su nicho de mercado.

Faith había sacado su libreta. Dijo:

—Lo que de verdad le da pasta son las pastillas, aunque no las que pensáis. Antibióticos, insulina, estatinas… Medicamentos de uso legal que la gente necesita pero no puede permitirse. Hay un enorme mercado negro en Macon. Montones de enfermos crónicos sin seguro médico. La policía local lo detuvo dos veces con pastillas en la guantera. Bolsas de conservación sin ningún distintivo. Supusieron que eran opiáceos. En mayo de 2017, el laboratorio dictaminó que era metformina y Beau quedó limpio. La segunda vez, en febrero de 2018, era un fármaco llamado gabapentina que se usa para tratar muchas cosas; especialmente, el dolor nervioso. Como pasó una temporada en prisión preventiva, el juez lo dejó marchar.

—La policía local de Macon —añadió Amanda— sospecha que Ragnersen también trabaja de médico de urgencias a domicilio, gracias a su experiencia en el ejército, imagino. Trabaja sobre todo con las pandillas de la zona. Si te pegan un tiro y no quieres que la policía vaya al hospital a hacer preguntas, llamas a Beau.

—Vale —dijo Faith—, sobre este tengo una corazonada.

Amanda esperó.

—El banco Wells Fargo donde detuvieron a Martin Novak estaba a las afueras de Macon. Uno de los miembros de la banda de Novak recibió un disparo en el estómago. Ayer, en la reunión, nos dijeron que era imposible que el tipo hubiera sobrevivido sin atención médica urgente. —Esperó a que Amanda hiciera algún comentario, pero al ver que seguía callada preguntó directamente—: ¿Creéis posible que Beau Ragnersen se encargara de extraerle la bala?

Amanda le pasó un informe de autopsia.

—Sebastian James Monroe, alias Merle, el tipo al que mató Will en el lugar del accidente, tenía en el abdomen una cicatriz de gran tamaño de una herida de bala previa, probablemente de hace menos de dos años. Según el informe, le atendió alguien con conocimientos médicos. Un veterinario o un enfermero quirúrgico.

—O un ex auxiliar médico de las fuerzas especiales —dijo

Faith chasqueando los dedos—. Bingo. Eso sitúa a Monroe en el Wells Fargo, lo que lo vincula con Novak. O sea, que Novak está relacionado con el IPA. Tienes que decírselo al FBI. Ellos tienen la fuerza necesaria para pararles los pies a esos tipos.

—Todo lo que me has dicho hasta ahora es pura especulación, simples conjeturas —dijo Amanda—. El FBI ya está informado de tu teoría. Y siguen sin estar convencidos.

Faith dejó el informe sobre el montón de documentos.

—Cómo no —dijo.

—Quiero dejaros una cosa muy clara a los dos —agregó Amanda—. Nuestra prioridad es encontrar a Sara y a Michelle Spivey. Nada más. Todo lo referente a una conspiración de mayor alcance no nos incumbe. Martin Novak está bajo custodia de los Marshals. La labor del GBI no es vincular a Novak con el IPA. El atentado lo está investigando el FBI. Y tampoco es labor del GBI vincular al IPA con el atentado. Nosotros estamos trabajando en un caso de secuestro.

—Entonces —dijo Faith—, ¿vamos a dejarlo pasar?

—Escuchadme los dos —respondió Amanda dando un golpe en la mesa para llamar su atención—. ¿Por qué tengo que seguir recordándoos lo que pasó en Waco y en Ruby Ridge? El FBI tiene mucha más experiencia que nosotros en el trato con esas organizaciones paramilitares de supremacistas blancos.

—Sí, ya, y así les luce el pelo.

—Faith. —Saltaba a la vista que Amanda trataba de dominarse para no estallar—. Tenemos que aprender de los libros de historia. ¿Quieres que el GBI convierta a Dash y al IPA en un grupo de mártires que sirva de inspiración a la próxima generación de fanáticos terroristas, o quieres que investiguemos este caso lenta y metódicamente para conseguir una imputación sólida?

A Will no le interesaba lo más mínimo conseguir una imputación sólida. Iba a encontrar a Dash porque de ese modo encontraría a Sara.

—¿Dónde está Beau? ¿Está aquí?

Faith esperó a que Amanda le diera permiso para hablar con una seña.

—Está abajo, tranquilizándose un poco. Lo bueno es —añadió mirando a Amanda— que lo hemos detenido por agredir a un agente. No le hizo ninguna gracia que lo sacaran de la cama en plena noche. Le dio un puñetazo tan fuerte a Zevon que le ha roto la nariz.

«En plena noche».

Aquella expresión despertó el cerebro abotargado de Will. La hora del arresto de Beau no era azarosa. Amanda había ordenado su detención mientras él estaba sentado en su sofá esperando a que sonara el despertador para ir a hacer su puto trabajo y encontrar a Sara.

—Wilbur, ¿tienes algo que decir? —preguntó Amanda.

Muchas cosas, pero se conformó con responder:

—Quiero hablar con él.

—Ya me lo imagino.

La pantalla del teléfono móvil de Beau se iluminó dentro de una de las bolsas: había recibido una notificación. Faith ladeó la cabeza y dijo:

—Es un correo electrónico. Una cuenta de Gmail, con letras y números aleatorios. En el asunto dice *Lo antes posible*, pero es lo único que veo con la pantalla bloqueada.

Amanda se levantó, cogió su chaqueta del respaldo de la silla y se la puso.

—Faith, trae el teléfono.

Will abrió la puerta y mantuvo agarrado el pomo mientras luchaba con el mareo: todo le daba vueltas. Amanda echó a andar delante de él, con la Blackberry en la mano. Sus pulgares se movían velozmente sobre las teclas. Aturdido, con la sensación de que todo se tambaleaba, Will la siguió por el pasillo, que parecía desenrollarse ante él como la lengua de una jirafa. Los fluorescentes del techo palpitaban. O quizá le estaba dando un ictus.

—Estás hecho una mierda —le dijo Faith en voz baja—. Vete a casa o dile a Amanda que te dé otra media pastilla.

Will apretó los dientes, pero solo consiguió que le doliera aún más la cabeza. El problema eran las luces. Brillaban demasiado.

—Casi no puedes caminar derecho —dijo Faith sin molestarse en bajar la voz—. Si quieres ayudar a Sara, tienes que parecer un ser humano. Tómate la puta pastilla.

Will apoyó los dedos en la pared mientras caminaba. Faith estaba preocupada por él. Seguramente debía agradecérselo de algún modo.

—Estoy bien.

—Ya lo veo, tonto del culo.

Faith usó los dientes para abrir la bolsa de pruebas. El iPhone X de Beau cayó en su mano. Era de los grandes, sin botón Home. Will dedujo que el tráfico de heroína y fármacos era muy lucrativo.

Amanda abrió la puerta que daba a las escaleras.

—Faith, necesito que esta tarde vayas a otra reunión por mí.

Faith masculló algo en voz baja mientras bajaba tras su jefa. Estaba examinando el móvil de Beau. La pantalla seguía bloqueada. La carcasa era de goma negra, ondulada en los laterales. Apartó las esquinas para ver si había algo escondido entre el teléfono y la funda.

Nada.

La puerta de más abajo se abrió y dos agentes aparecieron al pie de la escalera. Esperaron a que Amanda llegara abajo para empezar a subir. Uno de ellos saludó a Will levantando la barbilla: una señal de reconocimiento por lo mal que lo había pasado, dedujo Will. Si reparaban en él, era únicamente por Sara. Nunca se había sentido unido por lazos de camaradería con ningún ocupante de aquel edificio, exceptuando a Faith y Charlie. Luego, Sara empezó a trabajar allí y de pronto, tras quince años de servicio, él empezó a sentirse aceptado.

Amanda ya había recorrido medio pasillo. Will tuvo que apretar el paso para alcanzarla. Ella abrió la puerta de la sala de observación, pero no entró. Indicó a Faith con una seña que siguiera por el pasillo.

—El FBI se ha hecho cargo de Hurley —le dijo a Will—. Van a trasladarlo fuera del Estado. A ese ya no podremos sacarle nada. La investigación del atentado es competencia de los federales. Mientras el FBI siga insistiendo en que no hay relación con el IPA, Dash es todo nuestro.

—Tenemos que cotejar los números de la seguridad social y…

—Ya nos estamos ocupando de eso, Will. Llevamos en ello desde anoche. —Ella entornó los párpados—. ¿Seguro que puedes hacerlo?

Él entró en la sala de observación. Las luces estaban apagadas. Su jaqueca remitió al instante. Se situó delante del espejo bidireccional, con las manos en los bolsillos, y miró fijamente al hombre que suponía era Beau Ragnersen. El exmilitar estaba recostado en la mesa, con las manos esposadas. Una cadena pasaba a través de una argolla metálica anclada a la mesa. Frente a él había dos sillas de plástico. Tenía la cabeza agachada. Sudaba copiosamente. Había sido detenido al menos dos veces con anterioridad, pero por la policía local de Macon, y un hombre que se ganaba la vida aprovechándose de personas enfermas y desesperadas sin duda conocía la diferencia entre vérselas con la policía local y enfrentarse a las fuerzas del Estado.

Faith abrió la puerta.

—Hola, capullo —dijo.

Beau levantó la vista.

Faith le mostró su iPhone. El programa de reconocimiento facial escaneó sus facciones y desbloqueó la pantalla.

—¡Joder! —Beau se revolvió, tirando de las cadenas que aprisionaban sus muñecas. La mesa estaba atornillada al suelo. Solo consiguió lanzar una silla contra la pared de una patada.

Al otro lado del cristal, Will oyó un golpe sordo. Las paredes de la sala de interrogatorio estaban recubiertas de gruesos paneles acústicos para que los micrófonos captaran cada resoplido, cada tos y cada confesión mascullada en voz baja.

Faith sonreía satisfecha cuando entró en la sala de observación. Le dijo a Amanda:

—El *e-mail* que ha recibido dice: *Nos vemos en el lugar de costumbre hoy a las 4 de la tarde.* Luego hay una larga lista de medicamentos y cantidades. *10 - Tobrex. 10 - Vigamox. 5 - Digoxin. 5 - Seroquel. 20 - Hidrocortisona pomada. 10 - Eritromicina. 5 - Lamisil. 5 - Phenytoin. 10 - Dilantin. 10 - Zovirax. 10 -...*

—Espera un momento —dijo Amanda, mirando por encima del hombro de Faith—. Hidrocortisona. Eritromicina. Lamisil. Phenytoin. ¿Qué palabra forman las primeras letras de cada palabra?

—Joder, ¿me tomas el pelo? —repuso Faith prácticamente gritando—. Fijaos, más abajo: licodocaína, ibuprofeno, Neosporin, Taxol, ofloxacino, Nebupent.

—¡Qué lista es! —exclamó Amanda lanzando el puño al aire con gesto triunfal.

Faith levantó la mano en un choca esos cinco. Will hizo el gesto, pero con desgana. No entendía por qué se entusiasmaban tanto por un listado de medicamentos.

—¡Will! —Faith le enseñó el teléfono—. Hay un mensaje oculto en la lista. Olvídate de las otras palabras. Mira estas dos secciones. La inicial de cada medicamento. Forman palabras: H-E-L-P y luego L-I-N-T-O-N.

Will meneó la cabeza. Oía lo que le decía Faith, pero no lo entendía.

—Sara ha dictado esa lista —explicó Amanda—. Nos ha mandado otro mensaje. *Help* Linton*.

Help Linton.

Aquellas palabras resonaron extrañamente en sus oídos. Will apoyó la mano en la pared. Dejó de respirar, dejó de pensar, se olvidó de todo salvo de que Sara había vuelto a comunicarse con él.

Ayuda.

—Mira. —Faith aumentó el tamaño de la lista como si de esa forma pudiera entenderlo mejor. Señaló las letras—. H-E-L…

Will asintió con un gesto para que parara. Veía los números, pero las letras se le enmarañaban. Lo importante, sin embargo, era que a las 06:49 de esa mañana Sara estaba viva y se hallaba en condiciones de enviar un mensaje en clave.

—Sabemos que Sara coincidió con Beau —le dijo Amanda a Faith—. Y ha debido deducir que sería él quien se encargaría de comprar los suministros médicos.

—Tiritas. Gatorade —siguió leyendo Faith—. Crema Boudreaux para bebés. Es una pomada para la irritación del pañal, pero también puede usarse para grietas en la piel, quemaduras o arañazos. La mayoría de estas cosas parecen para niños. Amoxicilina, cefuroxima, acetaminofeno líquido… Yo las tengo a montones en mi armario de las medicinas.

—Aspirina —leyó Amanda—. A los niños no se les da aspirina, por el síndrome de Reye.

—Tenemos que hacer que un médico eche un vistazo a esta lista y nos diga si hemos pasado algo por alto —dijo Faith.

—Adelante —repuso Amanda, pero Faith ya había salido por la puerta.

—En el asunto decía «lo antes posible» —le dijo Will a su jefa—. Beau tiene que reunirse con ellos en persona para darles

---

* *Help*: «Socorro», «ayuda».

los medicamentos. Quiero ir con él. Podemos inventar una tapadera.

—No será Dash quien se reúna con Ragnersen. El jefazo no hace recados. Mandará a un subalterno.

—Un subalterno puede… —Will apoyó la mano en la pared para no perder el equilibrio—. Puede llevarme hasta ellos. Conducirme hasta su escondite. Encontraré la manera de colarme dentro. Solo necesito que alguien me…

—Sigue balbuceando mientras mando este *e-mail* —dijo Amanda, concentrada de nuevo en su Blackberry, en la que tecleaba a toda velocidad.

Will desvió la mirada. El brillo de la pantalla le clavaba minúsculos puñales en los ojos. Su cerebro había vuelto a convertirse en un globo. Lo sentía chocar blandamente contra su cráneo. Respiró todo lo profundamente que pudo y exhaló despacio, hasta donde le permitieron sus costillas doloridas. Intentaba ahuyentar la misma angustia que lo había atormentado durante toda la noche.

Sara había enviado el mensaje en clave a las 06:49.

Pero ¿qué había pasado a las 06:50?

—¿Necesitas sentarte? —preguntó Amanda.

Él negó con la cabeza, pero el movimiento brusco agudizó su sensación de mareo. Estaba perdiéndose cosas, no sacaba las conclusiones lógicas. Repasó mentalmente la conversación que acababan de mantener Amanda y Faith, hasta que consiguió ordenar sus pensamientos y formular una pregunta:

—Le has dicho a Faith que sabemos que Sara coincidió con Beau. Pero ¿qué pruebas tienes de eso? Sara solo escribió en el techo *Beau* y *bar*. Eso no prueba que lo conociera en persona. Es posible que solo haya oído su nombre de pasada. O Dash o alguno de sus hombres podrían haber…

Amanda le pidió silencio levantando un dedo. Acabó de escribir su *e-mail*. Se guardó la Blackberry en el bolsillo y miró a Will.

—Anoche, en el motel, Charlie encontró una huella dactilar parcial en el borde de la mesa de plástico que había junto a la puerta. Esa huella es de Beau Ragnersen.

Will recordó otro dato del que Zevon había informado a Amanda.

—Beau es el guardés del motel. Seguramente hay huellas suyas por todas partes.

—La huella estaba impresa sobre la sangre de Carter. Charlie dice que, teniendo en cuenta la composición de la huella, la sangre tenía que estar fresca cuando Ragnersen la tocó, lo que lo sitúa en el lugar de los hechos cuando se produjo el apuñalamiento. Así es como hemos conseguido la orden judicial para registrar la casa de Ragnersen. La huella demuestra que se hallaba presente cuando se produjo el homicidio. Llevamos a cabo el registro a las tres de la mañana.

A las tres de la mañana, él estaba sentado en su sofá, escuchando una y otra vez el mensaje de Sara, como un adolescente enamorado. Sintió que apretaba los dientes, furioso, no con Amanda —lo que habría sido como enfurecerse con una serpiente por reptar—, sino consigo mismo por haberse ido a casa.

—¿Por qué no me lo dijiste anoche? —preguntó.

—Porque necesitabas descansar. Todavía lo necesitas. Solo, sin ruidos y a oscuras. Has sufrido una conmoción cerebral grave. Mataste a un hombre y disparaste a otro. Has perdido a la mujer con la que, si no fueras tan bobo, te habrías casado en cuanto conseguiste el divorcio, y yo puedo quedarme aquí y cambiarte los pañales o podemos entrar los dos en esa sala y obligar a Beau Ragnersen a que te lleve a esa reunión, para que convenzas al subalterno de Dash de que quieres entrar en el IPA.

Will la miró con enfado. Luego se dio cuenta de lo que acababa de decirle.

Volvió a mirar por el espejo. Beau seguía con las manos entrelazadas sobre la mesa. Tenía la barba larga, pero llevaba el pelo muy corto, como un soldado. Era flaco y musculoso como un púgil. Vendía heroína negra a yonquis desesperados y cobraba por atender a delincuentes heridos. Y de momento era la única posibilidad que tenía Will de recuperar a Sara.

—¿Tienes la otra mitad de esa aspirina? —preguntó.

Ella se metió la mano en el bolsillo de la chaqueta. Su pastillero era de plata, con una flor rosa de esmalte en la tapa.

—Tengo más en el bolso. Si las necesitas, pídemelas. Pero la aspirina puede hacerte polvo el estómago.

Will se tragó la pastilla a palo seco. No dejó que Amanda saliera antes que él, ni le sostuvo la puerta para que pasara. Salió al pasillo y se dirigió a la sala de interrogatorio. Las luces se le clavaban en las pupilas. Empezaron a llorarle los ojos. Abrió la puerta.

Esta vez, Beau no levantó la cabeza. Se miraba fijamente las manos. Parecía tenso como un muelle, listo para saltar, como la navaja plegable de Will. Daba golpecitos con el pie en el suelo. O era un yonqui que necesitaba un chute, o se había dado cuenta de que su vida, tal y como la conocía, había llegado a su fin. Seguramente ambas cosas. Uno no llevaba manga larga en pleno agosto a no ser que intentara ocultar las cicatrices de sus brazos.

Will tensó los músculos del abdomen para inclinarse y levantar la silla que había volcado de una patada. La colocó suavemente delante de la mesa. Apoyó las manos en el respaldo y esperó.

—Buenos días, capitán Ragnersen —dijo Amanda al entrar enérgicamente en la sala y ocupar la otra silla—. Soy la subdirectora Amanda Wagner, del GBI. Este es el agente especial Will Trent.

Beau miró por fin a Will, calibrándolo con la mirada. Will estiró los dedos sobre el respaldo de la silla para que viera sus cortes y moratones. Quería que supiera que era muy capaz de darle una paliza.

—Capitán Ragnersen —prosiguió Amanda—, ya le han

leído sus derechos. Quiero recordarle que todo lo que diga en esta habitación está siendo grabado. También debe saber que mentir a un agente de la Oficina de Investigación de Georgia es un delito punible con hasta cinco años de prisión. ¿Me ha entendido?

Beau seguía mirando con fijeza a Will. Saltaba a la vista que no le gustaba que otro hombre se cerniera sobre él. Asintió en silencio, levantando la barbilla con aire desafiante.

—Que quede constancia de que el detenido ha asentido con la cabeza —dijo Amanda—. Capitán Ragnersen, en estos momentos se encuentra usted detenido por agredir al agente especial Zevon Lowell, pero se han añadido varias imputaciones más a la lista desde la última vez que hablamos con usted.

Beau apartó la mirada de Will. Miró a Amanda de arriba abajo, torciendo la boca entre la barba enmarañada. Era evidente que le desagradaba que una mujer estuviera al mando, lo que para Will era una ventaja más de tener una jefa, en vez de un jefe.

—Basándonos en los resultados del registro de su vehículo —añadió ella—, hemos añadido a su orden de detención la acusación de alterar de manera fraudulenta el cañón de un arma de fuego diseñada para dispararse desde el hombro, lo que viola el Título 16 del Código Civil de Georgia. Además, el cañón estaba aserrado hasta una longitud de cuarenta y cinco centímetros, es decir, seis milímetros menos de lo que permite la Ley Nacional de Armas de Fuego de 1934. Se trata de un delito de Clase 4 para el que se prevé una pena de entre dos y veinte años de prisión. Si se demuestra que estaba usted en posesión de dicha arma mientras participaba o permitía la comisión de otros delitos, secuestro, homicidio, violación, robo, la imputación por posesión de un arma ilegal pasa a ser un delito de Clase 2, con una sentencia de entre veinte años de prisión y cadena perpetua. Eso por no hablar de sus chanchullos en Macon con la heroína negra y los productos farmacéuticos, en los que aún no hemos indagado.

Beau movió la boca, pero no dijo nada.

Amanda se recostó en la silla con los brazos cruzados. Llevaba muchos años enfrentándose a delincuentes peligrosos, desde antes de que aquel tipo naciera. Ragnersen pensaba que su silencio le permitía mantener el control, cuando en realidad estaba siguiendo el mismo patrón que todos los criminales idiotas que le habían precedido.

—Me alegro de que por el momento opte por guardar silencio, capitán Ragnersen —declaró Amanda—. Necesito que me escuche con mucha atención porque, cuando acabe, va a tener que tomar una decisión importante. Creo, de hecho, que va a suplicarme que acepte toda la ayuda que pueda ofrecerme.

Era más o menos el mismo discurso que le había soltado a Hurley en el hospital. Pero Ragnersen no era Hurley.

—¿Y si pido un abogado? —preguntó.

—Está en su derecho, por supuesto.

—Por supuesto. —La cadena resonó al chocar con el borde de la mesa mientras Beau se recostaba lentamente en su silla. Resopló con desdén, como resoplaban siempre los detenidos cuando se mordían la lengua para no mandarte a la mierda.

Pero no pidió un abogado.

—Dígale a su gorila que se siente —le dijo a Amanda.

Will esperó a que Amanda hiciera un gesto de asentimiento. La aspirina aún no había hecho efecto. Tuvo que tensar todos los músculos del cuerpo para sentarse sin hacer una mueca de dolor.

—¿Cuánto peso levantas, colega? —le preguntó Beau.

Will no se inmutó. Hizo como que no oía aquella pregunta estúpida.

—Háblenos de Dash —dijo Amanda.

Beau se encogió de hombros con aire retador.

—A veces hacemos negocios.

—¿De qué tipo? ¿Medicamentos? ¿Cirugía de urgencias? ¿Alquitrán negro?

—El alquitrán es una droga de negros. Yo no le vendo esa mierda a los blancos.

—Todos tenemos nuestros principios.

—De eso puede usted estar segura. —Beau se inclinó hacia delante—. Yo ayudo a la gente, señora. El Gobierno nos ha fallado. Deja que los enfermos se mueran en las calles. Abandona a nuestros soldados. Cierra nuestras fábricas. Nos quita la comida de la boca. Alguien tiene que dar un paso adelante.

Amanda ignoró su diatriba, igual que había ignorado su racismo.

—El GMC Yukon Denali de 2019 que conduce cuesta setenta y un mil dólares sin ningún extra. Para ser un buen samaritano, apunta usted muy alto.

—Mierda. —Beau volvió a encogerse de hombros—. ¿Qué quiere de mí, zorra? Si ya no me necesitara más, ya me habría mandado a la cárcel. ¿Cuál es el trato?

—Lo sabrá cuando llegue el momento —replicó Amanda—. Primero, vamos a ver si esta conversación merece o no la pena. Capitán Ragnersen, por favor, descríbame los hechos que tuvieron lugar ayer tarde, entre las cuatro y las cinco, en el motel King Fisher, y en los que estuvo presente Dash.

Él se quedó callado. Era evidente que trataba de idear una respuesta que le permitiera salir de allí lo antes posible. No era tonto, pero al verse atrapado su concentración se había reducido al tamaño de la cabeza de un alfiler. De lo contrario, le habría preocupado más la pregunta, que daba por sentado que Dash y él se hallaban juntos en el motel a la hora en que Sara había enviado el mensaje a Will.

—Muy bien —dijo—. La verdad, ¿vale? Yo llegué cuando ya se había liado. Los dos tipos ya estaban muertos. Había sangre por todas partes. La rubia, no sé su nombre, estaba en la habitación de al lado. Había también otra mujer, una pelirroja, sentada en el suelo.

Will se mordió tan fuerte el interior de la mejilla que se rasgó la piel.

—Enumere a las personas que estaban presentes —ordenó Amanda.

—Dash y dos o tres de sus hombres. No sé cómo se llaman. Había dos en la puerta y otro detrás, doblando la esquina. Estaban vigilando a las dos mujeres, ¿vale? A una de ellas se le había ido la pinza y se había liado a puñaladas. El otro tío, el de la cama, tenía un disparo en el pecho. Estaba muerto cuando llegué. Dash quería que limpiara toda aquella porquería, pero le dije que ni hablar. Hazlo tú. Estuve menos de un minuto en la habitación. Luego volví a montarme en mi camioneta, crucé la calle, me serví una cerveza y procuré olvidarme de lo que había visto.

—Limpió usted la mesa de la habitación —afirmó Amanda.

Él dudó.

—No fui yo. Debió de ser una de las mujeres.

Amanda enarcó una ceja, pero pareció darse por satisfecha con aquella historia.

—Mire, le estoy diciendo la verdad. —Beau se frotó las muñecas con nerviosismo bajo las esposas—. Dash dijo que iban a marcharse. Yo me fui al bar. Está justo enfrente. No me quedé esperando, ¿vale? No era asunto mío. Y luego se hizo de noche y empecé a oír sirenas. Miré por la ventana y vi que el motel estaba lleno de policías. Monté en mi camioneta y me fui a casa. No tengo nada que ver con ese asunto —dijo, encogiéndose de hombros desdeñosamente—. Es lo único que sé.

Will abrió y cerró las manos bajo la mesa. A pesar de que tenía el cerebro en llamas, veía los muchos agujeros que tenía aquella historia. ¿Cómo había entrado Dash en la habitación del motel? La cerradura de la puerta no estaba forzada. Beau aseguraba que había pasado menos de un minuto en la habitación. Pero ¿cómo sabía que Vale tenía un disparo en el pecho si no lo había examinado? ¿Cómo sabía que Michelle estaba en la habitación

261

contigua? ¿Cómo sabía que Dash había situado otro guardia en la parte de atrás?

Y, sobre todo, ¿cómo había acabado su navaja en el bolsillo de aquel cabrón?

—Hábleme de los rehenes —dijo Amanda—. ¿Cuántos eran?

—Dos mujeres, ya se lo he dicho.

Beau volvió a encogerse de hombros. Will sintió deseos de hundirle un clavo en el hombro, pero se contuvo. A fin de cuentas, Beau acababa de admitir que sabía que Sara y Michelle eran víctimas de un secuestro, y sus palabras estaban siendo grabadas.

—¿Cómo se comportaban? —preguntó Amanda.

—Con normalidad —contestó Beau—. La pelirroja intentaba ayudar. Dash me dijo que era doctora. —De pronto pareció ver una salida—. Por eso no me necesitaban. Ya tenían un médico.

«Entonces ¿qué hacías tú allí, capullo?».

—¿Le dijo Dash el nombre de la doctora? —insistió Amanda.

Él fingió esforzarse por recordar.

—¿Earnest? ¿Early?

Earnshaw.

—¿Y la otra rehén? —preguntó Amanda.

—Rubia teñida, tetas pequeñas, madurita. Estaba muy callada, callada como un muerto. No dijo ni una palabra, pero… —Cerró la boca de golpe. Torció la lengua, acercándola a la mejilla. Había cometido otro error—. La estaban sacando de la habitación cuando yo llegué. Vi que la llevaban a la de al lado. Por eso sé que estaba allí.

—Tuvieron que forzar la cerradura —comentó Amanda.

—Las puertas no estaban cerradas con llave. Ninguna.

—Parece muy irresponsable que un guardés deje todas las puertas abiertas —dijo ella antes de hacer una pausa—. He hablado con las hijas del señor Hopkins, en Michigan y California. Me han dicho que le paga el Estado para que vigile la propiedad. ¿Por eso estaba en el motel, para comprobar que todo estaba en orden?

Beau comprendió que se había cavado ya un agujero muy hondo y que le convenía dejar de cavar.

—Permítame resumir su declaración —dijo Amanda echando un vistazo a su reloj—. Estaba usted en el motel, sin ningún motivo en particular. Las puertas no estaban cerradas con llave, razón por la cual Dash y sus hombres no tuvieron que forzarlas. En los sesenta segundos o menos que permaneció usted en la habitación, vio que había dos muertos en las camas: uno apuñalado y el otro con un disparo en el pecho. Había dos rehenes, dos mujeres. De una de ellas le dijeron que era doctora. A la otra la vio cuando la conducían a la habitación contigua. Había dos miembros del IPA vigilando la puerta delantera, y otro al que vio por arte de magia en la parte de atrás. Por la razón que fuese, agarró usted el borde de la mesa dejando sus huellas dactilares en la sangre fresca que manchaba su parte inferior. Luego dio media vuelta, salió de la habitación, subió a su camioneta, cruzó la calle, cerró las persianas y se sirvió una cerveza. —Levantó la vista del reloj—. He tardado treinta y ocho segundos en hacer esa descripción. ¿Está seguro de que solo pasó sesenta segundos en la habitación?

Beau se pasó la lengua por los labios. Lo de la huella dactilar parecía haberlo impresionado.

—No recuerdo lo que toqué. Estaba muy asustado. Le he dicho que ya estaban muertos. Tenía que salir de allí. No sé lo que toqué. Puede que haya más huellas.

—Es lógico —concedió Amanda—. ¿Cree posible que mi equipo médico identifique la sangre de Adam Humphrey Carter en las cremalleras del botiquín médico que encontramos escondido detrás de la biblioteca de su dormitorio?

Beau volvió a hacer amago de lamerse los labios, pero se detuvo.

—Falta un parche torácico Halo y da la casualidad de que Vale tenía uno pegado sobre el orificio del pecho. Recibió tres

263

disparos, por cierto. Uno antes de llegar al motel y dos cuando ya estaba tumbado en la cama. —Amanda volvió a inclinarse hacia él—. Cuesta mucho quitar la sangre del metal, capitán Ragnersen. Quizá no lo parezca, pero así es. Los dientes de una cremallera, por ejemplo. O el mango de una navaja plegable. Tiene un muelle dentro, y engranajes, y un botón para accionar el mecanismo. Rendijas en las que se secan restos microscópicos de sangre.

El sudor de Beau tenía un olor químico. Will lo notaba a casi un metro de distancia.

—Capitán Ragnersen —continuó Amanda—, ¿recuerda que al comenzar esta conversación le he dicho que mentir al GBI es delito? ¿Y que se enfrentaría a una condena a cadena perpetua si se demostraba que había sido cómplice de delitos tales como el secuestro y el asesinato hallándose en posesión de una escopeta con el cañón recortado?

—La escopeta estaba en mi camioneta.

—Que estaba estacionada en un área de servicio del bosque de Chattahoochee, donde está prohibido portar un arma de fuego cargada y sin funda dentro del vehículo.

La desesperación hizo reaccionar a Beau con hostilidad.

—Es usted una zorra de mierda, ¿sabe?

—Sé que conoció a Adam Humphrey Carter cuando aún formaba parte de la Patrulla de Carreteras de Georgia.

Beau se quedó boquiabierto.

Will se miró las manos para disimular su sorpresa, no porque Amanda le hubiera ocultado aquella información, sino porque la última pista por fin había encajado en su lugar.

La noche anterior, en el motel, el agente especial Zevon Lowell sabía un montón de cosas acerca de Beau Ragnersen: que era el guardés del motel, que regentaba el club social de enfrente y que la propiedad de ambos negocios estaba vinculada de algún modo. No había podido recabar todos esos datos en dos horas, igual que Amanda no había descubierto la conexión entre Beau

Ragnersen y Adam Humphrey Carter esa misma mañana. Para desenterrar esa información había que revolver muchos papeles, y eso requería tiempo. Había que hacer llamadas, hablar con los agentes implicados en los casos, averiguar cómo encajaban unos datos con otros.

Lo que significaba que Beau llevaba tiempo apareciendo en el radar de Amanda.

Y que él, Will, tenía razón: Amanda no confiaría en el confidente del FBI para que lo introdujera como infiltrado en el IPA. Tenía su propio topo. Alguien que en esos momentos estaría sudando a chorros.

—Capitán Ragnersen —dijo ella—, según sus antecedentes, que son muchos y variados, Carter lo detuvo en 2012 al encontrar un paquete de Oxycontin en la guantera de su coche durante un control de tráfico rutinario. Lamentablemente, el caso no llegó a ninguna parte porque desaparecieron las pruebas. Carter no cumplimentó debidamente el registro, lo que es un error muy grave tratándose de un agente veterano. Aunque yo diría que falsificar pruebas es un bonito comienzo para una amistad.

Will levantó la vista. Quería ver la cara de Beau cuando se diera cuenta de que tenía un bazuka apuntándole al pecho.

—Carter es, básicamente, un matón a sueldo —prosiguió Amanda—. Durante estos años lo ha utilizado usted para que le ayudara a cobrar deudas y a acosar a establecimientos farmacéuticos. Carter también le puso en contacto con ciertos amigos suyos que podían requerir sus servicios. Uno de esos hombres era Dash. Ha estado ayudándolo a él y ayudando al IPA desde entonces.

La mandíbula de Beau se había encajado como un cepo.

Will notaba su desesperación: *¿qué más había descubierto ella?*

—¿Hasta qué punto conoce a Dash? —preguntó Amanda.

Beau comenzó a sacudir la cabeza.

—No lo conozco. Lo había visto en persona puede que tres

veces, antes de ayer. Eso, en más de cinco años. Dash es un buen cliente. Me manda por *e-mail* una lista y uno de sus chicos se presenta con una bolsa llena de dinero. No pide cosas raras, solo antibióticos y estatinas y cosas así. A veces tengo que coser a uno de sus colegas en el motel, chavales que hacen tonterías: una pelea en un bar que se desmanda y acaba a puñaladas, o algún tonto que se pega un tiro en el pie. Nada más.

—¿Siempre es en el motel?

—Sí, o quedamos cerca de Flowery Branch, en la 985.

—¿Se reúne con Dash allí?

—Ya le he dicho que manda a uno de sus chicos con el dinero. Otro tipo va de refuerzo, pero a él nunca lo he visto bajarse de la furgoneta. No manda siempre al mismo. Tampoco puedo darle nombres. No nos presentamos. Me siento en las gradas, el tío se presenta con el dinero, nos cambiamos las bolsas, las pastillas por el dinero, y luego él se pira y yo espero un rato antes de marcharme. Igual que en las películas.

—Ayer, Dash lo llamó directamente —dijo Amanda, afirmando lo que en realidad solo era una suposición.

—Estaba en un apuro —contestó Beau—. Hacía meses que no tenía noticias suyas. Escuche lo que le digo. Dash era un contacto de Carter, ¿vale? Y siempre me tocaba darle una parte de los beneficios a Carter porque era un capullo manipulador y un ladrón. Nunca fuimos amigos. De eso nada. Me alegro de que haya muerto. Era un hijo de puta y un enfermo. Todo el mundo sabe por qué lo encerraron. Lo que le hizo a esa mujer. Yo tengo una hermana. Y una madre. Nunca le haría eso a una mujer.

—No estoy diciendo que sea capaz de algo así, capitán Ragnersen. De hecho, sé perfectamente qué clase de persona es porque he estado siguiéndolo.

Beau estaba tan sorprendido que no supo qué decir.

—Hice instalar un dispositivo de seguimiento en su camioneta. Y en la de Hurley. Incluso puse uno en su barca de pesca.

He oído llorar a su madre lamentándose de su adicción a las drogas en sus reuniones de Narcóticos Anónimos, en el sótano de su iglesia. He comprado chicle en el 7-Eleven en el que trabaja su hermana y hablado con su exmujer en la guardería, cerca de la Ruta Ocho. Sé *quién* es, *cómo* es y *dónde* está en todo momento.

Él pareció asustado, pero dijo:

—Usted no sabe de mí una mierda.

—Sé que el dolor que le producía la herida de metralla que recibió en Kandahar hizo que se enganchara al caballo después de probar el Oxy. Que las cicatrices que esconde debajo de esas mangas tan largas son de inyectarse alquitrán negro. Sé qué utensilios prefiere. Que utiliza un cordón marrón de una bota militar para atarse el brazo. Sé dónde va a pincharse y con quién, a quién le vende, a quién debe dinero, quién se lo debe a usted y sé que en este instante, capitán, tengo metido el pie tan dentro de su recto que está notando el sabor de mi esmalte de uñas en el paladar.

Los orificios nasales de Beau se dilataron. Trataba de encontrar una salida, lleno de pánico. Pero no la había. Cada uno de los dardos de Amanda había dado en el blanco. Su madre. Su hermana. Su ex. Su negocio. Su adicción. Estaba tan desesperado que preguntó en tono suplicante:

—¿Qué quiere de mí?

Amanda sonrió. Se recostó en la silla y se quitó una pelusa de la manga de la chaqueta.

—Gracias, capitán Ragnersen. Pensaba que nunca me lo preguntaría.

CAPÍTULO 11

Lunes, 5 de agosto, 16:30 horas

Sara iba de un lado a otro por su celda, en la cabaña. Doce de ancho, doce de largo. Al ajustar el paso, se dio cuenta de que la habitación no era del todo cuadrada. Se puso de rodillas y comenzó a medirla palmo a palmo, pero perdió la cuenta en el medio y tuvo que empezar otra vez. Después, apoyó la cabeza en las manos y trató de no ponerse a gritar. Iba a volverse loca de aburrimiento en aquella celda gris.

Habían pasado cuatro horas, mínimo, desde que Dash la había acompañado de vuelta a la cabaña. El sol que entraba por las rendijas de las paredes le servía de reloj al desplazarse sus rayos por el suelo. Cerró los ojos con fuerza para impedir que sus pensamientos vagaran sin rumbo. Evocó el recuerdo del invernadero. El edificio no había aparecido de la noche a la mañana. Estaba rodeado por árboles muy crecidos. Aquello era lo que vigilaban los centinelas desde sus plataformas de madera y los hombres armados camuflados en el bosque.

¿Por qué?

Intentó analizar las complicaciones logísticas que entrañaba construir semejante edificación en un lugar tan aislado. Tenía que haber una carretera de acceso cerca, una vía por la que pudieran llegar los componentes, cargados en camiones pesados. La estructura de hierro la habrían traído en piezas que habrían montado *in situ*. Para transportar los gruesos paneles de vidrio habría hecho falta equipamiento especial. Tendrían que haberlos levantado mediante una grúa y haberlos fijado al bastidor. El generador tenía el tamaño de una casita de juegos grande, y sin duda pesaba tanto que habría sido necesario un tráiler para transportarlo. No eran lámparas y herramientas de mano lo que enchufaban. Debía de tener una potencia de unos 15 kW, suficiente para abastecer de energía a una casa no muy grande.

La funcionalidad del diseño tenía que haber requerido un gran esfuerzo de planificación. El cristal y la carpa térmica eran excesivos, hasta donde Sara entendía su propósito. Las cámaras termográficas de la mayoría de los helicópteros policiales detectaban la radiación infrarroja, o huella calórica, en una longitud de onda de 7 a 14 micrones. Por tanto, la longitud de onda energética no debía traspasar el cristal. Desde arriba, el invernadero sería prácticamente invisible. La carpa térmica cumplía la misma función, impidiendo la detección de las ondas, lo que la inducía a creer que la carpa no tenía como fin impedir que se viera lo que ocurría dentro desde arriba, sino desde tierra.

Tenía que entrar en aquella carpa.

Pero ¿cómo demonios iba a hacerlo si ni siquiera podía salir de la cabaña?

Fijó la mirada en el techo, tratando de sacudirse el abatimiento. Se le engancharon los dedos en el pelo sucio. La humedad había encrespado sus rizos, convirtiéndolos en una peluca de payaso. Tenía la piel irritada por el jabón de sosa que había usado para lavarse. Quería darse crema, una crema buena, de la que compraba en el centro comercial. Echaba de menos su bálsamo labial La Mer, que costaba más que llenar el depósito de gasolina. Ese vestidito negro que a Will le encantaba porque, cuando ella se lo ponía, sabía que iban a echar un polvo. Un peine. Champú.

Un buen jabón. Unas bragas limpias. Un sujetador limpio. Una hamburguesa. Patatas fritas. Libros.

Dios, cuánto echaba de menos sus libros.

Se inclinó y apoyó la frente en el suelo desnudo. Desde que era adulta, siempre había echado de menos tener más tiempo. Pero no este tiempo. Esta nada infinita, tediosa, estéril.

Había logrado dormir, pero solo a ratos. Sus pensamientos saltaban continuamente de un tema a otro, de un libro a otro, de una canción a otra, haciendo listas absurdas. Había intentado nombrar todas las casas de Harry Potter, recitado algunos pasajes de *Buenas noches, Luna* que recordaba de su época de pediatra, enumerado todos los elementos de la tabla periódica desde el hidrógeno al laurencio y viceversa. Había intentado contar los segundos y los minutos haciendo marcas en la pared, pero siempre se perdía y acababa dándose por vencida porque ¿qué sentido tenía? Iban a dejarla encerrada en aquella tumba hasta que volvieran a necesitarla.

—¿Para qué? —se preguntó en medio de la luz grisácea.

Las mujeres del barracón hacían todo cuanto podían para que los niños estuvieran cómodos. No la necesitarían hasta que llegaran las medicinas.

Si es que llegaban.

¿Podía abrigar la esperanza de que fuera Beau quien se encargara de conseguir los fármacos de la lista? Seguramente ya estaría detenido. Su nombre era lo primero que había escrito en el techo del cuarto de baño del motel. ¿Era una idiota por pensar que la lista que le había dictado a Gwen llegaría de algún modo a manos de Will? ¿Y por creer que él sería capaz de descifrar la clave?

Faith vería las letras. Amanda. Charlie. Will estaba rodeado de gente que podía ayudarlo.

—Ayuda —dijo en un susurro.

No olvidaba que había un guardia frente a su celda. Pasaba casi todo el tiempo sentado en el escalón con el rifle sobre las rodillas. La rendija de cinco centímetros que había debajo de la puerta le permitía entrever su hombro izquierdo. A veces, el guardia se levantaba, se estiraba y caminaba de un extremo a otro de la cabaña. De cuando en cuando, la rodeaba. Sara oía el arrastrar de sus pies, sus toses y resoplidos, y sus frecuentes ventosidades, que por suerte se llevaba el viento.

Se obligó a levantarse del suelo sucio. Mareada, se llevó la mano al estómago vacío. Apenas había comido a la hora del almuerzo. Las verduras y el venado tenían un aspecto delicioso, pero el problema no era la comida.

Ver a Dash representar el papel de buen padre con sus hijas, que lo adoraban, le revolvía el estómago. Saltaba a la vista que era una farsa. Ella había visto su verdadera faz junto al río, cuando cayó la máscara de caballerosidad con la que cubría su rostro. Había hablado de la hija de Michelle como si no fuera del todo humana —ni americana— por su procedencia racial.

A Jeffrey lo había matado una banda de *skinheads* neonazis. Oír a Dash vomitar esa misma ideología racista la había hecho mirar a sus hijas con nuevos ojos. Su cabello rubio, sus chispeantes ojos azules y sus vestidos blancos, que les daban el aspecto de muñequitas de tarta nupcial, le parecían ahora más propios de Stepford que de Laura Ingalls Wilder.

Pestañeó en la oscuridad.

¿De quién era ese libro, *Las esposas de Stepford*? La película original estaba protagonizada por… la actriz que hacía de hija de la señora Robinson en *El graduado*. ¿Y no salía también en *Dos hombres y un destino*?

El nombre se le había borrado de la memoria. Su cerebro se estaba licuando. Necesitaba comer. Tenía que encontrar la manera de entrar en el invernadero. Y salir de aquella caja en la que se asfixiaba.

Dio media vuelta y se puso de nuevo a andar. El talón de la deportiva se le enganchó en la sábana que arrastraba detrás.

Masculló un juramento. La tela se había roto y el dobladillo estaba manchado de arrastrarse por el suelo.

No había tenido más remedio que quitarse la ropa sucia y había improvisado un vestido con la sábana de la cama. Había una forma de hacerse una toga sin parecer una idiota, pero no sabía cómo hacerlo. Tras un rato de esfuerzos infructuosos, había acabado enrollándose la sábana alrededor del cuerpo y atándola con un gigantesco lazo con orejas de conejo, sobre el hombro derecho. Parecía Juana de Arco, solo que más vieja, más sudorosa y más desquiciada de puro aburrimiento.

—Joder.

Había llegado a la pared. Otra vez. Apoyó las manos en las tablas. Fuera, el centinela sorbió por la nariz. Evidentemente, no se encontraba bien. Tenía la tos agarrada al pecho.

Ojalá se muriera de neumonía.

Sara dio media vuelta y cruzó la cabaña en diagonal. Luego zigzagueó, lo que dio cierta novedad al ejercicio. Después, se puso a hacer gimnasia. Sentadillas, zancadas, flexiones. Pensó en el gimnasio de su edificio. La cinta de correr. La bicicleta elíptica. No echaba de menos el móvil, ni el ordenador, ni la tele. Pero sí el aire acondicionado. Y tener cosas que hacer. Y a Will.

La verdad era que no solo lo echaba de menos.

Lo deseaba con la misma intensidad que lo había deseado durante su primer año de relación. Aunque no podía decirse que esos primeros meses hubieran tenido una «relación» propiamente dicha. Angie, la mujer de Will, seguía en escena, y ella aún no había superado la muerte de Jeffrey. Se habían conocido en la sala de urgencias del hospital Grady. Will la había mirado como miraba un hombre a una mujer. Hasta ese momento, ella no se había dado cuenta de hasta qué punto añoraba esa mirada. Su deseo la había atraído, pero a decir verdad se había enamorado de él por sus manos.

En concreto, por su mano izquierda.

Estaban los dos parados en uno de los largos pasillos subterráneos del hospital. Ella, soportando uno de los prolongados y exasperantes silencios de Will. Estaba a punto de marcharse cuando él la agarró de la mano.

La mano izquierda de él. La derecha de ella.

Entrelazó sus dedos, y ella sintió que todos los nervios de su cuerpo se despertaban de pronto. Will deslizó el pulgar por la palma de su mano, acariciando las líneas y las concavidades, y luego apretó suavemente su muñeca como si le tomara el pulso. Ella cerró los ojos intentando no ponerse a ronronear como un gato, sin pensar en nada, salvo en cómo sabría su boca. Will tenía una cicatriz irregular encima de los labios, una línea tenue y rosada que se extendía hasta la nariz.

Sara había pasado horas preguntándose qué tacto tendría aquella cicatriz cuando lo besara. Cuando lo besara *ella*, porque con el tiempo se había dado cuenta de que tendría que ser ella quien tomase la iniciativa. Will no entendería sus insinuaciones ni aunque lo agarrase por las pelotas.

Lo había seducido en su apartamento, sin apenas darle tiempo a cruzar la puerta. Le desabrochó el puño de la camisa de manga larga y lamió la cicatriz que le subía por el brazo. Will contuvo la respiración. Ella tuvo que recordarle que respirara. El tacto de su boca le había parecido perfecto. Su cuerpo, sus manos, su lengua. Lo deseaba tanto, había fantaseado tantas veces con ese momento, que empezó a correrse en cuanto él la penetró.

Dejó de pasearse por la cabaña. Miró el techo. El sol calentaba el techo de chapa. El sudor manaba a chorros de su piel. Se estaba torturando a sí misma.

Siguió adelante.

Aquella primera vez, ni siquiera llegaron a la cama. La segunda fue más lenta, y también más excitante en cierto modo. A pesar de su despiste, Will era un hacha en la cama. Sabía siempre qué hacer y cómo hacerlo. Sexo duro, sensual, sucio. Sexo fetichista.

Sexo por despecho. Sexo por amor. Sexo para hacer las paces. Postura del misionero. Masturbación mutua. Oral.

—Mierda —masculló Sara en la oscuridad, no por Will, sino porque de repente oía sonar dentro de su cabeza la letra de una canción.

*My man gives good lovin' that's why I call him Killer.
He's not a wham-bam-thank-you-ma'am, he's a thriller…*

Soltó un gruñido.

¿Cómo se titulaba la canción?

Meneó la cabeza. Le cayó sudor sobre el hombro desnudo. Dos raperas. Años noventa. Una de ellas tenía un lado de la cabeza rapado.

*He's got the right potion… Baby, rub it down and make
it smooth like lotion…*

Se tapó los oídos, tratando de recordar la melodía. Tessa se la había cantado por teléfono. Sara le estaba hablando de Will y de pronto su hermana se puso a rapear y…

From seven to seven he's got me open like Seven-Eleven…

Se echó a reír. Era como para partirse de risa: una mujer blanca vestida con toga, secuestrada en un campamento paramilitar, tratando de recordar la letra de un tema de rap acerca de un tío que sabía follar.

—Ay, Dios.

Se irguió. Se secó los ojos. Trató de pensar en otra canción para quitarse aquella de la cabeza. Esa de una camarera que trabajaba en… ¿en el bar de un motel? ¿O de un hotel?

Sacudió la cabeza otra vez, ansiosa por resetear su cerebro. A Will le molestaba mucho que solo se acordase de fragmentos de canciones. Lo despértaba por las noches para preguntarle cómo seguía la canción, el nombre del grupo, el disco, el año. Ahora, los fragmentos inundaban su memoria.

With a lover I could really move, really move. 'Cause you can't, you won't, you don't stop. They're laughin' and drinkin' and having a party. Run away turn away run away turn away run away. Take my hand as the sun descends. Choke me in the shallow water before I get too deep. Give it away give it away give away now.

—¡Salt-N-Pepa! —gritó tan fuerte que el nombre del grupo resonó en las paredes.

Whatta Man, así se titulaba la canción que Tessa le había cantado por teléfono.

Juntó las manos y levantó la mirada hacia el techo.

—Gracias —dijo, aunque estaba segura de que no era aquello en lo que pensaba su madre cuando le decía que tenía que rezar más.

Oyó dos voces al otro lado de la puerta. Reconoció la voz de tenor característica de Dash, pero no entendió lo que decía. Seguramente el guardia le estaba contando que se había puesto a gritar pidiendo sal y pimienta.

Ain't nobody perfect, como dirían Salt-N-Pepa, «nadie es perfecto».

El candado se abrió con un chasquido. Dash empujó la puerta. Sara levantó la mano para protegerse del resplandor. El sol había superado apenas su cenit y empezaba a declinar. Había calculado mal la hora, lo que significaba que habían hecho falta menos de tres horas de aislamiento para que se desquiciara.

Dash levantó las cejas sorprendido al verla cubierta con la sábana, pero no hizo ningún comentario.

—Doctora Earnshaw, he pensado que quizá le apeteciera unirse a nosotros en el rezo vespertino. —Le guiñó un ojo—. La participación es opcional.

Sara habría gritado el Ave María a pleno pulmón con tal de salir de aquel cuchitril. Pisó el tronco que servía de escalón. El guardia la miró con curiosidad. Tenía una mirada soñolienta y hacía un ruido sibilante al respirar por la nariz taponada. Evidentemente, estaba incubando algo. Sara no le preguntó si estaba vacunado. Quería que se preocupara.

—Doctora —dijo Dash señalándole otro sendero que ella no había visto hasta entonces—. Estudiamos junto al río.

Sara echó a andar por el camino con paso cuidadoso. Dash se expresaba con extraña ceremoniosidad, como si hubiera aprendido a hablar escuchando fonografías de las *Charlas al amor de la lumbre* de Franklin Roosevelt. En otras circunstancias, Sara habría dudado de que su lengua materna fuera el inglés.

Notó un tirón en el bajo del vestido. Se había enganchado en una zarza.

—Permítame —dijo Dash, haciendo amago de ayudarla.

Ella desenganchó la tela de un tirón y volvió la cabeza hacia la izquierda como por casualidad, tratando de localizar el invernadero. El ángulo del sol era distinto. No vio centellear los cristales.

—¿Cómo se llama? —preguntó—. El tipo de delante de mi puerta.

—Lance.

—¿Lance? —Sara se rio.

Lance era un nombre apropiado para un tío que vendiera globos en el parque, no para un miliciano armado con un AR-15.

—Supongo que no es la única pregunta que tiene —dijo Dash.

Parecía tener ganas de que hablara, así que Sara habló.

—¿Han encontrado más cuerpos?

Él no contestó.

—En Emory. —Sara se volvió para mirarlo—. La última vez que vi las noticias, había dieciocho muertos y cincuenta heridos.

—Los muertos ascendían a veintiuno hace unos minutos. Respecto a los infortunados supervivientes, tendré que informarla más adelante.

Las cifras no parecían inquietarlo lo más mínimo. Ni tampoco el hecho de que acabara de demostrarle a Sara que estaba en contacto con el mundo exterior.

Tenía que haber un teléfono o una tableta con acceso a Internet en el campamento.

—Le pido disculpas, señorita —dijo él—. Casi lo olvido. Le he traído una cosa.

Sara se volvió de nuevo. Dash estaba sacando una manzana de su cabestrillo. Ella no la cogió. Estaba hambrienta, pero desconfiaba.

—Yo no soy la serpiente, aunque usted muy bien podría ser Eva con ese atuendo. —Dio un pequeño mordisco junto al peciolo para demostrarle que no estaba envenenada—. Si no me equivoco, hace veinte horas que no prueba bocado.

Más, de hecho. Sara cogió la manzana. En vez de seguir caminando, se detuvo y dio un mordisco todo lo grande que pudo. El sabor de la fruta inundó su boca. Aquella no era una manzana irradiada como las que vendían en el supermercado de su barrio. Había olvidado cómo sabía una manzana de verdad.

—Podemos darle queso si quiere —añadió Dash—. Imagino que no se come nuestras comidas porque es vegetariana.

Sara ignoraba por qué había llegado a esa conclusión, pero dijo:

—Un poco de queso estaría bien. Judías, lentejas, guisantes. Lo que tengan.

—Le diré a Gwen que avise a la cocina. Los medicamentos que pidió no tardarán en llegar. —Dash la observaba atentamente—. He mandado a uno de mis hombres a recogerlos. Dentro de un par de horas estará aquí.

Ella asintió mientras se preguntaba si eso significaba que estaban a un par de horas de Atlanta o a un par de horas del motel.

—Lo que dije antes iba completamente en serio —dijo—. Esos niños tienen que ir a un hospital.

—No tendrá que preocuparse por ellos mucho más tiempo. —Él le indicó que siguiera adelante—. Por favor.

Sara acabó de comerse la manzana mientras caminaba. Pensó en lo que había dicho Dash. ¿Se refería a su falsa promesa de dejarla marchar, o acaso había comenzado la cuenta atrás de su próximo golpe? Escudriñó el bosque ansiosamente, buscando el invernadero a su alrededor. Su próximo golpe tenía que estar relacionado con lo que escondían debajo de aquella carpa. Había otro camino que discurría en paralelo al que seguía. Si conseguía escabullirse de la cabaña, podría llegar al invernadero. Lance se quedaría dormido en algún momento, seguramente. Buscó hitos que pudiera seguir en la oscuridad. Estaba tan concentrada en planear su escapada que tardó un momento en darse cuenta de lo que tenía delante.

Seis metros por delante de ella, Michelle Spivey subía por el camino. Pero en lugar de seguir derecha hacia Sara, tomó un desvío a la izquierda.

Hacia la zona del invernadero.

Sara aflojó el paso. La siguió con la mirada. Michelle tenía que haberse percatado de su presencia, pero no levantó la vista del suelo. Cojeaba. Tenía la piel muy pálida, casi como un fantasma. Llevaba puesto el mismo vestido cosido a mano que lucían las mujeres del campamento. Caminaba con una mano apoyada en la parte baja del abdomen. Evidentemente, tenía fuertes dolores. Detrás de ella iba un guardia, un joven con un rifle. El guardia pasó la mano por un matorral de saúco. Apenas prestaba atención a Michelle. No hacía falta. Incluso a diez metros de distancia, Sara notó que Michelle estaba muy enferma.

—Debería estar descansando —le dijo a Dash—. Tiene una septicemia. Las bacterias de su torrente sanguíneo van a matarla.

—Descansará cuando haya acabado.

Sara no preguntó qué era lo que debía acabar Michelle. Sabía que no habían secuestrado a aquella experta en enfermedades infecciosas y la habían arrastrado a las montañas con el fin de atajar un brote de sarampión. Michelle estaba allí porque la necesitaban para lo que estaban haciendo en el invernadero. Su colaboración era tan valiosa que Dash se había arriesgado a llevarla al hospital para salvarle la vida.

Lo que significaba que tenía que estar a punto de completar su tarea. Si no, la tendrían en cama y le habrían dado tiempo para recuperarse.

«No tendrá que preocuparse por ellos mucho más tiempo».

—¿Papá? —La niña de quince años, la de mirada recelosa, apareció delante de ellos con los brazos en jarras—. Mamá dice que te des prisa.

Dash se rio.

—Ya tiene edad suficiente para empezar a regañarme.

Sara arrojó el corazón de la manzana entre los árboles. Trató de ajustarse el nudo del vestido. El dosel que formaban las copas de los árboles se despejaba junto al río y allí el sol caía a plomo. El problema de tener el pelo rojo era que solía ir acompañado de una piel que tendía a autoinmolarse. Ya empezaba a sentir cómo se quemaba su hombro desnudo.

Añadió protector solar a la lista de cosas que echaba de menos.

La temperatura bajó ligeramente cuando llegó a orillas del río. Todas las hijas de Dash, salvo Adriel, estaban sentadas en corro. Gwen ocupaba un taburete de madera, en el centro del círculo. Tenía una Biblia sobre el regazo y estaba leyendo en voz alta.

—«*Después, Eliseo subió de allí a Betel. Y, subiendo por el camino, salieron unos chiquillos de la ciudad y se burlaban de él gritando…*».

Gwen levantó los ojos y miró a Sara, ceñuda.

Sara le devolvió el gesto. No entendía por qué aquella mujer había escogido ese momento para contarles a sus hijas una historia acerca de un grupo de chiquillos a los que despedazaban un par de osos. Ya habían perdido a dos de sus amigos y su hermana estaba gravemente enferma en el barracón.

—Creo que no nos hemos presentado como es debido —dijo Dash—. Niñas, esta es la doctora Earnshaw. Doctora Earnshaw, le presento a Esther, Charity, Edna, Grace, Hannah y Joy —añadió señalando a las niñas por turnos.

Joy era la mayor. Su mirada desconfiada contrastaba vivamente con su nombre, «alegría».

—Hola —dijo Sara, y tuvo que recogerse el bajo de la sábana para poder sentarse en el suelo. Sonrió, recordándose que no debía castigar a aquellas niñas por tener unos padres odiosos—. Es un placer conoceros.

Grace, que tenía unos nueve o diez años, dijo:

—Mamá nos ha dicho que estuvo usted casada.

—Sí, lo estuve. —Sara miró a la madre, pero Gwen leía en silencio su Biblia con la mirada agachada.

—¿Su boda fue muy grande? —preguntó otra de las niñas.

Sara se había casado con Jeffrey en el jardín de sus padres. Su madre había guardado un silencio pétreo, ofendida porque no estuvieran en una iglesia.

—Fuimos al juzgado. Nos casó un juez.

Hasta Joy pareció desilusionada. Sara ignoraba si se debía a que les habían enseñado que el matrimonio era lo único que les daba validez como mujeres, o a que eran niñas y las bodas les parecían acontecimientos románticos y de ensueño.

—Puedo contaros otra historia. —Cambió de postura para quitarse de debajo del cuello un burujo de tela—. En la Facultad de Medicina hay una cosa que se llama Ceremonia de la Bata Blanca. Es la primera vez que te pones una bata de laboratorio. Juras solemnemente ayudar siempre a los demás —dijo, y decidió no explayarse sobre ese punto—. Es un acontecimiento muy importante. Vino toda mi familia. Y después hicimos una fiesta en casa de mi tía. Mi madre hizo un brindis y luego mi padre, y mi tía. Yo acabé un poco piripi. Era la primera vez que bebía champán de verdad.

—¿Su marido también estaba? —preguntó Grace.

Sara sonrió.

—Todavía no nos conocíamos. Pero vuestra madre también hizo esa ceremonia. ¿Verdad, Gwen? Las enfermeras tienen su propia ceremonia cuando empiezan a ejercer.

Gwen respiró hondo. Cerró la Biblia. Se levantó.

—Tengo cosas que hacer.

A Dash no pareció molestarle que se marchara. Ocupó el taburete, extendió el brazo y Joy se sentó sobre sus rodillas y apoyó la cabeza en su hombro. Él posó el brazo en su cadera.

Sara miró cómo se precipitaba el agua por las rocas del río. No se sentía cómoda viendo a una chica de quince años sentada en el regazo de un hombre adulto, aunque ese hombre fuera su padre.

—A Gwen no le gusta hablar de su vida anterior —le dijo Dash.

—Debería estar orgullosa. Graduarse en la escuela de enfermería es todo un logro.

Dash se dio unas palmaditas en la pierna y Grace se encaramó con cuidado a su rodilla y metió los dedos en su cabestrillo. Él le acarició el pelo.

Sara tuvo que apartar la mirada otra vez. Tal vez fueran imaginaciones suyas, pero había algo de inquietante en el modo en que Dash tocaba a sus hijas.

—Creo que mis hijas le dirían que trabajar en casa, cuidar de tu familia, también es todo un logro —dijo él.

—Mi madre estaría de acuerdo. Ella fue muy feliz eligiendo esa vida. Igual que lo fui yo al elegir algo distinto.

Joy la miraba con fijeza. Su recelo se había transformado en curiosidad. No parecía avergonzada por estar sentada sobre las rodillas de su padre. Teniendo en cuenta su aislamiento y el infantilismo de su forma de vestir, su nivel de madurez debía de ser muy inferior al de una adolescente típica.

Aun así, había algo en aquella escena que inquietaba a Sara.

—Doctora Earnshaw —dijo Dash—, aquí llevamos una vida muy sencilla y tradicional. Así es como vivían los primeros americanos. Y no solo vivían, sino que prosperaban. Todos somos más felices cuando sabemos lo que se espera de nosotros. Los hombres hacen su trabajo y las mujeres el suyo. No permitimos que el mundo moderno interfiera en nuestros valores.

—¿Y los paneles solares del barracón? ¿Llegaron en la Niña, la Pinta y la Santa María? —preguntó Sara.

Dash se rio, sorprendido. Evidentemente, no estaba acostumbrado a que le replicaran, y menos aún una mujer.

—Niñas —les dijo a sus hijas—, así se llamaban los barcos que trajeron a los Peregrinos al Nuevo Mundo.

Sara se mordió la lengua. Dash tenía que saber que aquellos eran los barcos de la expedición de Cristóbal Colón, salida de España. Los Peregrinos llegaron más de cien años después. Eran datos básicos que casi cualquier niño norteamericano sabía al acabar primaria. Les enseñaban canciones al respecto, los obligaban a representar funciones en Acción de Gracias.

—Hay quien cree que el Pacto del Mayflower fue un compromiso con Dios para promover el cristianismo en el Nuevo Mundo —añadió él.

Sara estaba deseando ver dónde quería ir a parar.

—En realidad, el Pacto fue un contrato social que obligaba a los colonos al cumplimiento de una serie de leyes y reglamentos —explicó Dash sin dejar de acariciar el cabello de Grace—. Eso hemos hecho nosotros aquí, doctora Earnshaw. Algunos somos puritanos; otros, colonos; otros, aventureros y comerciantes. Pero lo que nos une a todos es la creencia en las mismas leyes y reglamentos. Ese es el marchamo de una sociedad civil.

Al menos había consultado la Wikipedia.

—Las tierras en las que se establecieron los Peregrinos pertenecían al rey, igual que estas tierras pertenecen al Gobierno federal.

Dash sonrió.

—¿Intenta usted que le dé pistas sobre nuestra ubicación, doctora Earnshaw?

Sara sintió ganas de abofetearse por ser tan torpe.

—Las leyes y reglamentos de los Estados Unidos imperan sobre este campamento, sea lo que sea lo que suceda en él. Ese es el privilegio y el precio que hay que pagar por el derecho de ciudadanía. Como solía decir mi abuelo, «no te metas con el Gobierno de Estados Unidos, que ha ganado dos guerras e imprime su propio dinero».

Dash se rio.

—Creo que me habría agradado su abuelo. Pero tiene usted que entender que nos adherimos al texto original de la Constitución. No la interpretamos, ni la corregimos. Cumplimos las leyes tal y como las establecieron los Legisladores.

—Entonces sabrá, imagino, que de los tres delitos graves enumerados en la Constitución, la traición es el primero. Los Legisladores establecieron la pena de muerte como castigo para cualquiera que inicie una guerra contra los Estados Unidos.

—Thomas Jefferson afirmó que «una pequeña rebelión de cuando en cuando es beneficiosa, y tan necesaria en el mundo político como las tormentas en el mundo físico» —repuso Dash—. La inmensa mayoría de este país está de acuerdo con lo que hacemos aquí. Somos patriotas, doctora Earnshaw. Así nos hacemos llamar. Ejército Invisible de Patriotas Americanos.

Ejército.

—¿IPA? —preguntó Sara—. Esas siglas me suenan de algo.

—Me gusta la cerveza —repuso Dash sin dejar de sonreír—. Benjamin Franklin, otro gran patriota, escribió que la cerveza era prueba de que Dios nos ama y quiere que seamos felices.

Franklin se refería en realidad al vino francés, pero Sara no le corrigió. Se alisó los pliegues del vestido. Estaba sudando. Los mosquitos se arremolinaban en torno a su cara. El sol le quemaba la piel. Pero cualquier cosa era mejor que estar encerrada en la cabaña.

—¿Se ha fijado alguna vez en que George Clooney no va por ahí diciéndole a la gente lo guapo que es? —dijo.

Dash levantó las cejas, expectante.

—Por curiosidad —añadió ella—, ¿es necesario que se hagan llamar así, si son tan patriotas?

Dash se echó a reír, meneando la cabeza.

—Me pregunto, doctora Earnshaw, cómo la describiría en un libro si yo fuera escritor.

Sara había leído libros escritos por hombres como él. Describiría el color de su pelo, el tamaño de sus pechos y la forma de su trasero.

—¿Está escribiendo un libro? ¿Un manifiesto?

Él se puso serio de pronto.

—Debería hacerlo. Lo que estamos haciendo aquí, lo que hemos creado, ha de reproducirse en otros lugares si nuestro pueblo quiere sobrevivir. El mundo necesitará un ejemplo a seguir cuando caigan los pilares.

—¿Qué pilares?

Un grito de pánico interrumpió la conversación.

—¡Dash!

Era la voz de Lance.

Sara se levantó instintivamente. Lance parecía al borde de la histeria. Corría hacia ellos con el rifle entre las manos y la boca abierta.

—¡Tommy se ha caído! —gritó—. Se ha hecho mucho daño. Tiene toda la pierna… —Se detuvo a unos pasos de distancia y se dobló por la cintura para tomar aliento—. Estaba entrenando. Su pierna… —Sacudió la cabeza, incapaz de describir la escena—. Gwen dice que lleve a la doctora enseguida.

Dash observó a Lance. No se había movido. Las niñas, tampoco. Joy esperó a que le diera unas palmadas en la pierna como si fuera un perro para bajarse de su regazo.

—Espero que no le importe acompañarme —le dijo Dash a Sara.

Por primera vez desde que conocía a aquel sádico, a Sara no le importó ir con él. Quería ver el lugar donde entrenaba el tal Tommy.

Dash no apretó el paso mientras atravesaban el bosque. Lance se adelantó corriendo, todavía histérico. Tropezó con un árbol caído, cayó al suelo y el rifle se le escapó de las manos. Intentó levantarse, pero volvió a caer.

—Tranquilo, hermano. —Dash recogió el rifle, le quitó el polvo y se lo devolvió a Lance—. Respira hondo.

Lance tomó aire entrecortadamente y exhaló. El aliento le olía a agrio.

—Buen chico. —Dash le dio unas palmadas en el hombro y siguió camino arriba.

Era listo, eso Sara tenía que reconocerlo. Ella usaba la misma técnica en la sala de urgencias. Los traumas tendían a agudizar las emociones. Cuando todos los demás se dejaban llevar por el pánico, mantener la calma te situaba de inmediato en una posición de autoridad.

—Por aquí, por favor.

Alejándose de la zona del invernadero, Dash la condujo hacia lo alto de la colina, más allá de la cual, si los cálculos de Sara eran correctos, se hallaba la parte principal del campamento.

Oyó el sonido de una sirena a lo lejos y un instante después se dio cuenta de que no era una sirena: alguien gritaba en ese tono agudo y espeluznante que solo podía proceder de un dolor agónico e insoportable.

Echó a correr hacia el lugar de donde procedían los gritos. El sendero desembocaba en otro claro, el doble de grande que el primero. Más cabañas, más mujeres cocinando en hogueras, pero Sara no se detuvo a contar cuánta gente había, ni a fijarse en el entorno. Levantándose el vestido, corrió con todas sus fuerzas hacia el hombre herido.

Había una edificación en la cresta de la colina. Era enorme, pero estaba incompleta. Solo estaba levantado el armazón. Tabiques de planchas de madera, suelos de aglomerado, escaleras abiertas, barandillas de seguridad. Dos pisos de altura. El de arriba no era más que una galería que daba la vuelta a la planta diáfana de abajo. No había tejado, ni pladur, ni revestimientos de ningún tipo. Dos toldos de lona servían de techo. El de abajo era de un material plateado semejante al de la tienda térmica. El de arriba era verde oscuro, para que la estructura quedara camuflada en el bosque.

Había un corrillo de hombres al pie de las escaleras. Vestían ropa táctica negra, con chalecos acolchados. Sara levantó la vista al entrar en el edificio, pues eso era: la réplica de un edificio. Una sola lona no alcanzaba a cubrir el espacio por completo, y había ocho piezas grandes cosidas entre sí. La planta tenía unos cincuenta metros de largo, la mitad que un campo de fútbol. Las paredes y el techo estaban llenos de salpicaduras de pintura de diversos colores, seguramente procedentes de pistolas de *paintball*. Había blancos de papel que representaban guardias de seguridad, y en los lugares por los que los hombres habían entrado y salido del edificio se veían multitud de huellas embarradas.

A Sara solo se le ocurrió un motivo para levantar una estructura semejante: ensayar la toma de un edificio y —presumiblemente— secuestrar o matar a las personas que hubiera dentro.

Entrenamientos.

Los hombres se apartaron para dejarle paso. Gwen se retorcía las manos, agarrándose el delantal. Parecía sorprendida y asustada. Estaban todos sorprendidos, como si nunca se les hubiera ocurrido que alguno pudiera resultar herido mientras jugaban a soldaditos.

Era evidente que el herido se había caído desde el piso superior. Estaba boca arriba, pero no echado del todo. Había aterrizado sobre el único mobiliario que había a la vista: una mesa de despacho metálica y una silla con ruedas. Estaba echado aún sobre los trozos de ambos muebles, con el cuerpo curvado hacia atrás. Había roto con la cabeza unos de los brazos de plástico de la silla y tenía el coxis apoyado en escorzo en el filo de la mesa. Las piernas le colgaban. Una astilla de hueso sobresalía de su muslo como la aleta dorsal de un tiburón. Tenía el pie izquierdo torcido a la altura del tobillo y la punta de su bota apuntaba hacia atrás, hacia la mesa.

Sara lo agarró de la mano. Tenía la piel fría como el hielo. Los dedos, tiesos e inertes.

—Hola —dijo, porque nadie se había molestado en hablar con él, en intentar reconfortarlo.

El chico la miró. Tenía unos dieciocho años y el cabello rubio. De sus ojos brotaba sangre, como lágrimas. Había dejado de gritar. Tenía los labios morados. A Sara, su respiración agitada y trémula le recordó a Vale.

—Soy Sara —dijo posando la mano en su cara. Evidentemente, el chico no sentía nada de cuello para abajo—. Tommy, ¿puedes mirarme?

Él puso los ojos en blanco. Pestañeó convulsivamente.

Sara no necesitaba examinarlo para saber que tenía la espalda rota. Las costillas se le habían clavado en el abdomen. Debía de tener la pelvis destrozada. La fractura abierta de la pierna era la lesión más visible y turbadora, pero no la más grave. Aunque fuera operado de inmediato, con toda probabilidad habría que amputarle el pie. Eso, suponiendo que se le pudiera estabilizar para trasladarlo.

Y Dash, desde luego, no iba a avisar a un helicóptero para que evacuara a aquel chico de las montañas.

—He mandado a buscar una férula para que le inmovilice la fractura.

Sara sintió que apretaba los dientes. Acarició el cabello de Tommy.

—¿Y después?

—Después, lo llevaremos al hospital, por supuesto —dijo Dash—. Nosotros no dejamos a nadie en la cuneta. Somos soldados, no animales.

Sara estaba harta de oírle soltar frases vacías. Pero estaba claro que Tommy le creía. Su alivio era palpable. Miraba a Dash con la devoción de un chiquillo.

—Muy bien, hermanos —dijo Dash volviéndose hacia los hombres reunidos a su alrededor y añadió en tono tranquilizador—: A uno de nuestros mejores soldados le ha sucedido algo terrible, pero esto no cambia nuestros planes. Continuaremos los entrenamientos más tarde. Estamos demasiado cerca para descuidar nuestra preparación. Pero ahora mismo, hermanos, creo que os habéis ganado un descanso. Gerald, coge la furgoneta y tráeles a estos chicos un poco de carne roja.

—Sí, señor.

Gerald era el mayor del grupo. Tenía unos cuarenta años y aspecto de militar. Los demás eran más o menos de la misma edad que el chico herido. Tenían el cuello delgaducho, los miembros flacos como palillos. Sara habría jurado que eran niños jugando a ser mayores, pero aquello no era un juego.

Habían levantado aquella estructura para ensayar una infiltración, un asedio, un atentado terrorista. Sara miró la galería de la planta de arriba. Carecía de rasgos distintivos. Podía ser la réplica del vestíbulo de un hotel, o de un edificio de oficinas, o un cine: cualquier cosa. Lo único que sabía Sara era que, fuera lo que fuese lo que planeaban, sucedería pronto.

«Estamos demasiado cerca para descuidar nuestra preparación».

—En marcha, soldados.

Gerald condujo a los jóvenes fuera de la estructura. Sus botas retumbaron en el suelo de aglomerado. Desaparecieron colina abajo.

Gwen, Dash y Sara se quedaron solos con Tommy. Sara le palpó el cuello, buscándole el pulso. Era como tocar las alas de una mariposa.

—Bien —dijo Dash mientras se ajustaba el cabestrillo. Aún no se había dirigido a Tommy, de lo que Sara dedujo qué tipo de líder era—. No entiendo qué hacía aquí esta mesa.

Gwen lo miraba fijamente. No cruzaron palabra, pero se comunicaron de algún modo, y Dash hizo un gesto de asentimiento antes de alejarse.

Sara sintió un regusto a sangre en la boca al verlo desaparecer colina abajo. En lugar de sentarse junto a un chico aterrorizado y moribundo que evidentemente solo quería complacerlo, Dash volvía con sus hijas para que las niñas reforzaran su ego.

Ella no fue tan cobarde: no podía permitirse ese lujo. Sin retirar la mano de la mejilla de Tommy, dijo:

—Tommy, ¿puedes abrir los ojos, por favor?

Él obedeció lentamente. Fijó la mirada en ella. El blanco de su ojo izquierdo estaba lleno de sangre oscura. Movió la boca, pero no consiguió emitir más que un murmullo. El terror lo dominaba por completo. No sentía sus miembros. Señales fallidas de dolor recorrían su bulbo raquídeo en un sentido y en otro. Estaba lo bastante lúcido para comprender que no bajaría por su propio pie de aquella montaña. Y sabía tan bien como ella que Dash acababa de lavarse las manos en lo tocante a uno de sus «mejores soldados».

—Po… —Su desesperación era estremecedora—. Por favor…

Sara sintió un escozor en los ojos, pero no podía permitir que el chico la viese llorar. Mantuvo la compostura y siguió tocándole la mejilla. Del oído de Tommy salió una gota de sangre.

—Tenemos que… —le dijo a Gwen.

Pero no pudo acabar la frase.

Tommy iba a morir. La única duda era cómo y cuándo. Con el tiempo, su bulbo raquídeo podía hincharse hasta impedirle respirar. Y antes podían colapsar sus pulmones. Podía tardar hasta tres minutos en perder el conocimiento, y otros cinco en morir asfixiado. O podían empezar a fallarle los órganos, dando así comienzo a un lento y cruel declive sin que perdiera la conciencia en ningún momento. Era joven y fuerte. Su cuerpo no renunciaría fácilmente a la vida. Faltando la ayuda exterior, lo único que podía hacer Sara para aliviar su terror era apresurar lo inevitable.

Dieciocho años.

—¿Tienen cloruro de potasio o morfina? —le preguntó a Gwen.

La mujer le dio un empujón tan violento que Sara cayó al suelo de espaldas.

Al principio estaba tan perpleja que no se levantó. Luego se incorporó a medias y trató de impedir lo que sabía que iba a suceder.

Gwen le había tapado la boca a Tommy con la mano. Con la otra le pinzó la nariz, cortándole la respiración.

—¡No! —Sara intentó apartarle las manos, retirarle los dedos, pero Gwen era muy fuerte—. ¡Por favor! —gimió sin saber por qué. Era inútil. Todo aquello era inútil.

—No podemos… —dijo Gwen entrecortadamente, no por la emoción, sino por el esfuerzo. Le temblaban los brazos al apoyar todo su peso en las manos—. No podemos desperdiciar suministros.

La frialdad de aquel cálculo dejó a Sara anonadada. Por eso Dash había hecho marcharse a los otros. Aquello era lo que no se atrevía a presenciar.

Asesinato.

Tommy tenía los ojos abiertos de par en par. La adrenalina lo había espabilado por completo. Sus cuerdas vocales vibraban, emitiendo un sonido aflautado, de succión. Miraba a Gwen fijamente, sin pestañear, aterrorizado. Su garganta se contraía intentando tragar aire. Sus brazos y sus piernas inertes temblaban mientras los nervios intentaban activarse frenéticamente. Apartó la mirada de Gwen y la clavó en Sara.

—Estoy aquí —dijo ella arrodillándose a su lado y poniéndole la mano en la mejilla.

Las lágrimas del chico rodaron entre sus dedos. Sara se negó a sí misma el lujo de apartar la mirada y contó para sí los segundos, y luego los minutos, que se extendieron lentamente entre la vida y la muerte del chico.

CAPÍTULO 12

Lunes, 5 de agosto, 14:30 horas

Faith echó un vistazo a su correo mientras esperaba en la sala de reuniones vacía de la laberíntica sede del CDC. Aquello parecía Fort Knox. Había tenido que entregar su arma en la puerta. Le habían hecho abrir el maletero y el capó del coche, un tipo con un espejo al final de un palo había revisado los bajos por si había alguna bomba y, por último, un pastor belga muy disciplinado había hecho caso omiso de los ganchitos que había debajo de su asiento mientras olisqueaba el interior en busca de residuos de explosivos.

Teniendo en cuenta las cosas horrendas que manejaban en aquellos laboratorios, era lógico que el control de acceso fuera tan estricto. Pero lo que extrañaba a Faith era que su misteriosa reunión tuviera lugar en el CDC. Amanda le había dado la información de costumbre, por llamarla de alguna manera: se había limitado a mandarle un mensaje diciéndole que estuviera allí a las dos y media en punto, sin ofrecerle ningún dato más. Ni siquiera un nombre de contacto. Por eliminación, o porque no podía ser de otra manera, Faith daba por sentado que iba a recibir un informe confidencial acerca de Michelle Spivey. El mismo grupo que había secuestrado a Michelle se había llevado a Sara. Así que quizá, con un poco de suerte —ojalá—, podría aprovechar algún dato que averiguara allí para descubrir una pista que condujera directamente al capullo que aún las mantenía secuestradas: o sea, a Dash.

Dash.

Faith odiaba a aquel tipo solo por aquel mote tan estúpido. ¿De qué era diminutivo «Dash»? ¿O lo llamaban así porque corría que se las pelaba, o porque trabajaba de mensajero, o porque siempre iba con prisas, o porque era propenso a la diarrea?*

No tenía ni idea.

Se había pasado casi la noche entera tratando de dar con el líder del IPA. Y hablando del Ejército Invisible de Patriotas Americanos, le deseaba buena suerte a quien intentara revisar los aproximadamente 3 347 000 resultados que generaba la búsqueda. Era como buscar una aguja en un pajar sin tener una idea clara de cómo era una aguja. Necesitaba un rango de edad. Una cicatriz o un tatuaje distintivos. Un vehículo. Un garito que se supiera que frecuentaba. Su último domicilio conocido. O, por lo menos, un acento regional.

Normalmente, los delincuentes se relacionaban con otros delincuentes: eso se daba por descontado. Lo único que tenías que hacer era encontrar a alguien que conociera a alguien que estuviera metido en un lío y quisiera hacer un trato. Ese rollo de no delatar a los compañeros que contaban en la tele era una chorrada. Todo el mundo se iba de la lengua si con ello evitaba ir a prisión. Había centrado todos sus esfuerzos en Carter, Vale, Monroe y Hurley, buscando cargos a tarjetas de crédito o retiradas de efectivo en cajeros automáticos, o un número de teléfono, o una multa de aparcamiento, o una ubicación de GPS que los relacionara con un Dashiell, o un Dasher, o un Dashy, o con cualquiera cuyo nombre o apellido empezaran por «D».

---

* *Dash*, correr, ir a la carrera.

Y nada.

Se levantó y miró por la ventana.

Lo único que sabía de momento era que Michelle Spivey trabajaba en aquel edificio. O uno de aquellos edificios, porque había varios en el complejo, que además tenía un jardín de rocalla, puentes y una guardería para hijos de empleados. Las instalaciones no tenían ni punto de comparación con la gigantesca caja blanca desde la que operaba el GBI. Claro que el CDC había sido un estercolero hasta los atentados con ántrax de 2001, cuando de pronto el Congreso cayó en la cuenta de que quizá fuera buena idea conceder más fondos a un organismo que podía encargarse de responder a ataques parecidos. A ello contribuyó el hecho de que dos de las personas que recibieron las cartas contaminadas con la bacteria letal fueran senadores de los Estados Unidos. Nunca un delito era tan atroz como cuando afectaba a algún politicucho.

Su teléfono vibró al recibir un nuevo *e-mail*. Había remitido la lista de medicamentos de Sara a dos pediatras y un médico de familia. Ninguno de ellos había visto nada anormal en ella, ni había podido deducir qué dolencia estaban destinados a tratar. El nuevo mensaje era de la pediatra de Emma, que enviaba una conjetura de última hora: *¿Podría ser tuberculosis miliar?*

Faith había oído hablar de la tuberculosis, pero no de ese tipo en particular. Copió las palabras y las pegó en su buscador. El término «miliar» hacía referencia a las manchas similares a granos de mijo que mostraban las radiografías de los pulmones. Los síntomas eran bastante horrendos, sobre todo si el enfermo era un niño.

Tos, fiebre, diarrea, inflamación del bazo, el hígado y los nódulos linfáticos… Disfunción multiorgánica, insuficiencia adrenal, neumotórax… 1,3 millones de muertes en todo el mundo…

Abrió su aplicación médica y buscó la lista de vacunas de Emma.

Varicela; SPR triple vírica: sarampión, paperas, rubeola; DTaP: difteria, tétanos y tos ferina; BCG: tuberculosis.

Suspiró, aliviada. Volvió a buscar en Google. El día anterior, Kate Murphy había dicho que los últimos estudios de Michelle Spivey se habían centrado en la *pertussis* o tosferina.

Secreción nasal, fiebre, tos capaz de causar vómitos y hasta fracturas de costillas… Sibilancia aguda al respirar… Puede durar hasta diez semanas o más… Neumonía, convulsiones, daño cerebral… 58 700 fallecidos en 2015…

Cerró el buscador. Podía pasearse tranquilamente alrededor del cadáver destripado de un narcotraficante, pero pensar en que un niño padeciera todo aquello le resultaba insoportable.

Se dejó caer en la silla y dejó escapar un largo y profundo suspiro. El cansancio no le era desconocido, pero aquello era puro agotamiento. Le costaba creer que la sofocante reunión sobre el traslado de Martin Novak hubiera sido el día anterior. El «recluso de alto valor» era entonces una abstracción, un dosier lleno de datos y gráficos de vehículos y carreteras. Luego empezaron a estallar las bombas, y la única persona que parecía convencida de que había una relación entre Martin Novak, Dash y el IPA estaba allí sentada, en el CDC, sudando a mares mientras esperaba a que un desconocido fuera a buscarla.

Miró la hora.

Las 14:44.

Se preguntó si se habrían olvidado de ella. Había decenas de cosas que podía estar haciendo en ese momento. Principalmente, intentar encontrar a Sara. Estaba a tiro de piedra de Emory, podía pasarse por allí para hablar con Lydia Ortiz, la enfermera de reanimación, por si había recordado algo más sobre Michelle Spivey o Robert Hurley. Ortiz había pasado algún tiempo con ellos mientras Michelle despertaba de la anestesia. Tenía que haber algún detalle, algún comentario suelto que pudiera darles una pista.

Podía, si no, cubrirle las espaldas a Will, al que Beau Ragnersen iba a llevar a su encuentro con el correo de Dash a las cuatro de la tarde. Aquel asunto le daba mala espina, y no solo porque el parque Alberta-Banks de Flowery Branch estuviera situado junto a una vía pública que aún llevaba el nombre de Jim Crow Road*. Le preocupaba, por un lado, que el equipo de vigilancia no tuviera cubiertos todos los puntos de acceso y, por otro, que la conmoción cerebral de Will empeorara. Pero lo que más le preocupaba era Beau Ragnersen. No se fiaba de los confidentes. Eran delincuentes y siempre tenían propósitos ocultos. Beau tenía, además, un problema grave con las drogas. La heroína negra no era ninguna broma. Y el papel que tenía que desempeñar Beau en aquel montaje no era de poca importancia: debía presentar a Will de manera convincente como un excompañero del ejército que estaba pasando por una mala racha.

Lo de la mala racha no era mentira. Esa mañana le había costado reconocer a Will. Sin Sara, su compañero había empezado a asilvestrarse otra vez. La barba que empezaba a asomar y las cicatrices de la cara le daban el aspecto de un matón. Si Faith se lo hubiera encontrado por la calle, su primer impulso habría sido asegurarse de que se veía bien que iba armada.

Debería estar en aquel parque, prestando apoyo a su compañero.

---

* *Jim Crow*: término despectivo para referirse a los negros y, por extensión, a las leyes y costumbres que sustentan la discriminación racial.

Se abrió la puerta. Faith se llevó una sorpresa, y al instante comprendió que no tenía por qué: a fin de cuentas, era lógico que Aiden Van Zandt estuviera allí.

Él sujetó la puerta con el pie mientras miraba por el pasillo. Ya no llevaba las gafas sujetas con un trozo de esparadrapo. Vestía traje y corbata, pero seguía sin parecerse a Westley. Llevaba las credenciales del FBI colgadas al cuello con una cinta.

—Siento llegar tarde —dijo—. Murphy no ha podido venir, pero te manda saludos.

Faith soltó una risa espontánea.

—En serio, le caes bien —añadió él—. Le recuerdas a tu madre.

Se asomó al pasillo y levantó la mano como si llamara a un taxi.

—¿Puedes avisarla de que ya estamos listos? —dijo, y se volvió hacia Faith—. Trae tus cosas.

Ella cogió su bolso y siguió a Van por un pasillo muy largo. Últimamente, su vida se componía de largas escaleras y pasillos.

—¿Cómo es que Murphy conoce a mi madre?

—¿Cómo se conoce la gente entre sí? —respondió, y cambió de tema—. ¿Alguna noticia de vuestro agente desaparecido?

Faith también podía cambiar de tema.

—¿El FBI niega todavía que haya una conexión entre Martin Novak, el atentado de Emory y el IPA?

—Veo borrosa la respuesta. Prueba a preguntármelo después.

A Faith no le gustaba aquel juego.

—Muy bien. He buscado al IPA en Google. No aparece en Internet. Ni en ninguna parte. Sé que eso no significa que no sea real, y que existe la red oscura y todo eso, pero ¿por qué no aparece en Internet?

—Vuelve a preguntármelo después.

A Faith le entraron ganas de darle un puñetazo.

—Necesito que cotejes los archivos de Michelle para ver si en algún momento ha tenido relación con un tal Beau Ragnersen.

Él se detuvo, con la mano apoyada en una puerta cerrada.

—¿Qué te hace pensar que puedo hacer eso?

—Que eres el enlace del FBI con el CDC. —Al ver que él no le llevaba la contraria, dedujo que había acertado—. Ragnersen, terminado en «en».

—Eso es danés —repuso él—. El «sen» significa…

Faith estiró el brazo y abrió la puerta. Una energía nerviosa saturaba su cuerpo. La sala parecía de las que estaban vedadas a los civiles. Su amplitud le recordó a una sala de control de la NASA. Había filas de cubículos vacíos y sin puertas, provistos de monitores de ordenador y letreros: *Sudamérica*, *Latinoamérica*, *Europa*, *Eurasia*. Varios relojes digitales daban la hora ALFA, la OSCAR y la ZULÚ. La pared del fondo estaba ocupada por pantallas gigantescas. Un mapamundi mostraba puntos iluminados de color rojo, verde y amarillo en distintas ubicaciones. En la esquina, junto a diversos parámetros, se leían las palabras *Red Sky*.

Faith dio por sentado que el punto rojo que señalaba Atlanta obedecía al atentado de la víspera, pero preguntó:

—¿Por qué hay un punto amarillo intermitente en la costa de Georgia?

—Por el huracán Charlaine —contestó Van.

La tormenta de finales de julio había golpeado Tybee Island y causado destrozos en el puerto de Savannah. Los daños eran tan cuantiosos que el gobernador había convocado una sesión extraordinaria para destinar fondos a las labores de limpieza y reparación.

—Es amarillo porque la crisis aún no se ha solventado —explicó Van—. Red Sky forma parte del dispositivo de Seguimientos de Crisis. Las distintas ramas de los servicios de seguridad tienen distintos niveles de accceso. Esta sala es el centro neurálgico del Sistema de Control de Incidencias. Si se están siguiendo los estragos de una gran tormenta, o hay una crisis de salud pública o un atentado terrorista, todos los puestos están ocupados. Como ayer, que la sala estaba a reventar. Te hablo de ciento y pico personas. Cien-

tíficos, especialistas, médicos, enlaces militares, personal de vigilancia y seguimiento... Hay comunicación directa con la Casa
Blanca, el Pentágono, el NORAD, y las estaciones de Alice
Springs, Menwith Hill, Misawa, Buckley... Todas las señales de
inteligencia de ECHELON llegan a este portal. El Equipo de Incidencias Globales envía los datos directamente a estos monitores
para que puedan enviarse recursos y personal de manera inmediata allí donde sean necesarios.

Faith asintió solemnemente, intentando aparentar que aquel
rollo a lo Jason Bourne no le hacía muchísima ilusión. Se moría
de ganas de sacar el teléfono y ponerse a hacer fotos.

—Mola, ¿eh? —dijo Van.

Ella se encogió de hombros.

—A no ser que vivas en la costa y todavía tengas que hervir el
agua.

Van le abrió otra puerta. Arrimada a la pared había una fila
de taquillas. Al fondo del pasillo se veía otra puerta cerrada con
una señal roja encima.

—¿Has estado alguna vez en la SCIF?

*La Sala de Información Compartimentada de Situaciones de
Emergencia.*

—Sí —mintió ella.

Había visto una de aquellas salas ultrasecretas en *The Ameri-
cans,* y eso tenía que contar para algo.

Van se sacó el móvil del bolsillo y lo guardó en una taquilla.

Faith abrió su bolso. No solo llevaba el móvil. También tenía
que guardar su portátil y su iPad: dentro de la SCIF no se permitía ningún dispositivo electrónico o de otra clase que pudiera grabar información.

—Siempre se me olvida el reloj —comentó Van quitándose
su Garmin.

Faith se desabrochó su Apple Watch. Estaba nerviosa porque
empezaba a entender que se hallaba dentro de una de las instalaciones

más secretas del país y que Van iba a conducirla a una sala aún más secreta.

Michelle Spivey trabajaba en temas ultrasecretos. Faith dedujo que Amanda se las había arreglado para conseguirle acceso al proyecto en el que estaba trabajando la científica antes de su secuestro.

El IPA no la había secuestrado en un aparcamiento porque estuviera estudiando la tosferina.

—¿Lista? —Van pulsó un botón verde que había en la pared.

Se oyó un fuerte zumbido y la puerta se abrió. Entraron. El ruido que hizo la puerta al cerrarse sonó como el de una cámara acorazada. Otro zumbido chisporroteó en el aire. La luz roja de encima de la puerta comenzó a girar como la del techo de un coche patrulla.

Faith respiró hondo. El aire le pareció extrañamente enrarecido. La sala era muy austera: seis sillas en torno a una mesa de reuniones y un reloj en la pared.

Una joven estaba sentada a un extremo de la mesa. Vestía un uniforme del ejército de color caqui, sin placa identificativa ni galones que Faith pudiera distinguir. Llevaba unas gafas gruesas. Tenía el cabello oscuro, muy corto. Era el peor tipo de joven que Faith pudiera imaginar: el tipo de joven que la hacía sentirse mayor. Saltaba a la vista que estaba supersatisfecha de estar allí, tan ansiosa y entusiasta como el pequeño Jack-Jack. Delante de ella había varias carpetas apiladas. Sonrió a Van. Tenía los dientes manchados de carmín.

Van se frotó los dientes para avisarla: muy decente por su parte.

—Esta es Miranda —le dijo a Faith—. Miranda, esta es la agente especial de la que te he hablado.

Faith supuso que esas eran todas las presentaciones que iba a haber y se sentó a la mesa.

Van ocupó la silla de al lado.

—Bien —dijo Miranda—, ¿qué factor o factores han producido históricamente un repunte del número de militantes de los grupos supremacistas blancos?

Faith se perdió de inmediato. Trató de relacionar aquel asunto con Michelle. La científica estaba casada con una médica asiático-americana, y habían decidido tener una hija en la que quedaba patente la procedencia racial de ambas.

—¿La eligieron como blanco por su familia?

Miranda lanzó a Van una mirada de desconcierto.

—Lo siento, ¿a quién eligieron como blanco?

Van negó con la cabeza.

—Ese es otro tema. Continúa.

—Vale. —Miranda tardó un instante en retomar el hilo—. Bueno, la creencia popular es que se une más gente a los grupos supremacistas blancos en respuesta a un aumento repentino de la inmigración o a una crisis económica, ¿no? Las reparaciones económicas brutales del Tratado de Versalles. La Esfera de Coprosperidad de la Gran Asia Oriental. La Operación Espalda Mojada, con perdón.

—Espere. —Faith también necesitaba un instante. Le estaba costando seguir aquel cambio de rumbo. Aquella reunión no trataba sobre Michelle Spivey, sino sobre el Ejército Invisible de Patriotas.

Un grupo supremacista blanco.

—A ver si me aclaro. —Necesitaba expresarlo en voz alta para que su cerebro lo asimilara—. Está diciendo que aumenta el número de militantes de esos grupos racistas porque la economía se va al garete, escasea el trabajo, la gente busca a quién echarle la culpa y…

—No tan deprisa.

Miranda abrió una de sus carpetas y puso delante de Faith una fotografía en blanco y negro: un tipo de traje oscuro, apoyado en un escritorio, con una pipa a lo Sherlock Holmes en la boca.

Llevaba el pelo peinado a lo Clark Kent. Evidentemente, era una foto de los años cincuenta.

—George Lincoln Rockwell —explicó Miranda—, fundador del Partido Nazi Americano. —Puso encima otra foto de otro hombre blanco—. Richard Girnt Butler, fundador de Naciones Arias. —Siguió sacando fotos—. Thomas Metzger, líder de la Resistencia Aria Blanca. Frazier Glenn Miller, líder del Partido Patriota Blanco. Eric Rudolph, vinculado al Ejército de Dios y al Movimiento de Identidad Cristiana...

Faith seguía perdida, pero al menos pudo decir:

—Rudolph es el autor del atentado del Parque Olímpico de Atlanta.

—Exacto. También atacó varias clínicas abortistas y una discoteca lesbiana. —Miranda añadió una fotografía de Timothy McVeigh—. El terrorista de Oklahoma City. —Sacó otra fotografía—. Terry Nichols, cómplice de McVeigh. ¿Qué tienen en común todos estos individuos?

Faith estaba demasiado desorientada para usar el método socrático, de modo que optó por centrarse en un solo nombre.

—Sé lo de Eric Rudolph porque la mayoría de sus atentados fueron en Georgia. Se confesó autor de cuatro atentados con bomba y de matar a un agente de policía. Trabajaba como carpintero. Era contrario al Gobierno, al aborto y a los derechos de las mujeres y los homosexuales. Niega cualquier vínculo con el Movimiento de Identidad Cristiana, aunque su madre y él vivieron en uno de sus complejos cuando era adolescente. Cuando metieron a Rudolph en la lista de los diez prófugos más buscados del FBI, su hermano se grabó en vídeo cortándose una mano con una sierra radial para enviarle un mensaje al FBI.

Ese último dato dejó perpleja a Miranda.

—¿En serio? —preguntó—. ¿Y qué le pasó a su mano?

—Saltó el buzón de voz —repuso Van—. El FBI no recibió el mensaje.

Faith se dio cuenta de algo.

—Rudolph estuvo en el ejército, ¿verdad? Pasó por Fort Benning. Lo expulsaron por fumar marihuana. Y… —añadió señalando la fotografía de McVeigh—. Este también estuvo en el ejército. Le concedieron la Estrella de Bronce durante la Guerra del Golfo. No consiguió ingresar en las Fuerzas Especiales. —Tocó la foto de Terry Nichols—. Este pidió la baja a los pocos meses de entrar en el ejército. No pudo soportarlo.

—Sí, sí, sí. —Miranda revolvió las fotografías—. Rockwell fue capitán de regata durante la Segunda Guerra Mundial y la Guerra de Corea. Butler estuvo en la Fuerza Aérea. Miller estuvo en Vietnam. —Tenía más fotografías: hombres con capirotes blancos, hombres con brazaletes adornados con esvásticas, hombres haciendo el saludo nazi—. Artillero de helicóptero en Vietnam. Teniente coronel retirado. Sargento del Estado Mayor de la Fuerza Aérea. Reservista de la Guardia Costera.

Faith sintió que tenía que poner coto a aquello.

—Espera un momento. Mi hermano lleva veinte años en la Fuerza Aérea. Puede que sea un cretino, pero no es un puto nazi.

—No lo dudo —repuso Miranda—. Mi intención no es criticar al ejército. En mi familia ha habido militares desde tiempos de la Guerra de Cuba. Yo pertenezco a la Marina, pero también soy estadística y te aseguro que, matemáticamente, estos hombres son casos aparte. Piensa, si no, en las cifras. En cualquier colectivo numeroso hay gente chunga, ya sean maestros, médicos, científicos, agentes de policía o empleados de la perrera. Siempre hay alguien que saca los pies del tiesto. Extrapólelo al ejército. Entre el servicio activo y la reserva, hay casi dos millones de militares. Aunque sea el cero coma cinco por ciento, serían…

—Diez mil personas. —Faith se agarró al filo de la mesa. De pronto tenía ganas de levantarse y salir de la habitación—. Vas a tener que explicármelo más claramente, porque no me gusta lo que estás dando a entender.

—Tampoco le gustó al Congreso —repuso Van—. Un equipo del Departamento de Seguridad Nacional elaboró un informe acerca del movimiento supremacista blanco dentro del ejército y no solo perdió su financiación, sino que tuvo que retractarse de sus conclusiones.

Faith tuvo que ponerse de pie, pero no para marcharse. Necesitaba llenarse de oxígeno los pulmones. Aquella sala le parecía una prisión. Se apoyó contra la pared. Cruzó los brazos. Esperó.

—Volvamos al principio —dijo Miranda—. Te he preguntado qué factores suelen provocar, históricamente, un repunte en el número de activistas de los grupos de supremacistas blancos. La inmigración y la economía, dirás, pero no. En realidad, es la guerra. La guerra es el hilo que une a todos estos individuos. Fueron a combatir, volvieron a casa y ya nada fue igual. A su modo de ver, la administración los abandonó. Sus mujeres pasaron de ellos o se hicieron más independientes, sus hijos eran perfectos desconocidos. No pudieron asimilar que la vida siguiera adelante sin ellos y buscaron un chivo expiatorio.

—Como yo, que culpo a los judíos —dijo Van.

Pero Faith no estaba de humor para soportar su extraño sentido del humor.

—Dos de los hombres de Hurley, Sebastian James Monroe y Oliver Reginald Vale, fueron despedidos del ejército.

—Robert Jacob Hurley trabajó como oficial de municiones en la Fuerza Aérea —dijo Van.

—¿Qué tiene todo esto que ver con el Ejército Invisible de Patriotas?

—Ah. —Miranda rebuscó entre sus carpetas—. Estos tipos son lo que llamamos nazis de nueva generación. No son *skinheads*, no se rapan la cabeza, ni se hacen tatuajes, ni se disfrazan. Procuran pasar desapercibidos. Visten Dockers y polos. Parecen muy formalitos.

Faith se acordó de los manifestantes que portaban antorchas en Charlottesville. Aquellos jóvenes parecían muy normales hasta que empezaron a corear consignas acerca de la sangre y la patria y a gritar «Los judíos no nos reemplazarán».

—La manifestación de *Unamos la derecha*...

—Por eso son tan precavidos en Internet —comentó Van—. Después de lo de Charlottesville, Internet se volvió contra ellos. La gente los identificaba en los vídeos. «Pero si ese es el repartidor de mi barrio. ¿Qué hace pateándole la cara a una señora negra?». Los despidieron del trabajo, sus familias les dieron la espalda, perdieron sus acreditaciones de seguridad si las tenían, fueron despedidos del ejército con deshonor. Así que aprendieron a tener más cuidado. Cuando la cámara empieza a grabar, se tapan la cara o se ponen una máscara.

—Lo de Charlottesville marcó un antes y un después —prosiguió Miranda—. Vinieron grupos de treinta y cinco estados distintos. No fue un encuentro espontáneo. Celebraban manifestaciones más pequeñas desde hacía tiempo en todo el país, sobre todo en California, pero normalmente eran cuatro gatos. A lo mejor se presentaban un puñado de antifascistas dispuestos a partirle la cabeza a alguien o algunos *hippies* trasnochados con ganas de esparcir flores, pero los medios pasaban de ellos, en general. Después de lo de Charlottesville, todo eso cambió. Recibieron un espaldarazo desde lo más alto. Esos tipos se fueron a casa con las pilas cargadas, bien organizados y listos para actuar. El número de militantes se disparó.

Le enseñó otra imagen a Faith: una fotografía policial a color de un joven.

—Brandon Russell, guardia nacional del Estado de Florida y miembro de la División Atomwaffen. En alemán, *Atomwaffen* significa «armas atómicas». Tuvieron una presencia destacada en Charlottesville. En mayo de 2017, un mes antes de la manifestación, la policía descubrió que Russell tenía un laboratorio de fabricación de explosivos en el garaje, esvásticas por toda la casa y una fotografía de Timothy McVeigh en el dormitorio.

—Encontraron HMTD en el garaje de Russell —añadió Van—. Un compuesto orgánico altamente explosivo. La misma sustancia utilizada para fabricar las dos bombas que estallaron ayer en el aparcamiento de Emory.

Faith se acordó del cráter humeante que había visto desde el helicóptero la tarde anterior. Esa mañana aún estaban buscando víctimas entre los escombros. Durante la última hora, habían encontrado otro cadáver.

Le indicó a Miranda que continuara.

—Respecto a los grupos más numerosos, está la Atomwaffen, la RAM, la Totenkampf, los Hammerskins... Etcétera, etcétera. A veces son diez individuos; otras, cincuenta. Estamos asistiendo a la cristalización de la resistencia sin liderazgo visible. Un atentado de la magnitud del Once de Septiembre o del Siete de Julio requiere coordinación, disciplina y dinero. Ninguno de esos grupos tiene tantos medios. Lo que ocurre es, simplemente, que un tío se dice a sí mismo: «Oye, estoy harto de hablar, voy a hacer algo». Dylann Roof, Robert Gregory Bowers, Nicholas Giampa, Brandon Russell... Todos ellos estaban muy metidos en el movimiento nacionalista blanco, pero carecían de un plan maestro. Actuaron por su cuenta y riesgo.

—Como terroristas suicidas —dijo Faith.

—No, ni siquiera, no son tan sofisticados. Puede ser literalmente un chaval de veinte años con un montón de armas por casa al que una mañana le da por cogerlas todas, presentarse en una sinagoga y liarse a tiros.

—Esos tipos son muy mitómanos —comentó Van—. No solo adoran a McVeigh. También convierten en dios a cualquier tirador solitario. Míralo en Internet la próxima vez que ocurra uno de esos ataques. A los pocos minutos aparecen páginas de fans, *fan fiction*, información de contacto... Si el cabrón sale con vida, publican su número de recluso para que la gente le llene la cuenta del economato, y la dirección de la cárcel para que los fans le envíen cartas.

Faith no se molestó en preguntar qué rayos le pasaba a la gente.

—¿El tirador solitario actúa para conseguir fama? ¿Esa es su motivación?

—En cierta medida, sí —contestó Miranda—. Su nivel de desafección es increíble. Se sienten marginados, impotentes, incomprendidos. Últimamente se está hablando mucho del Gran Reemplazo.

—Seguro que te suena —dijo Van—. Ya sabes, la tasa de nacimientos es inferior entre las mujeres blancas que en las pertenecientes a minorías, el feminismo está arruinando el mundo occidental, los hombres blancos se están convirtiendo en unos cornudos...

—Lo que nos remite de nuevo al ejército —prosiguió Miranda—. Los miembros de esos grupos ansían la disciplina, la afirmación viril de una estructura militar. Hemos detectado un esfuerzo coordinado por reclutar veteranos, militares en servicio activo y reservistas. Los quieren principalmente por su experiencia en combate y por el prestigio que les confiere su pertenencia al ejército. Y, por otro lado, para un militar que ha dejado atrás su época de combatiente es muy atractivo revivir los viejos tiempos. Hay «campamentos de odio» por todo el país en los que exmilitares someten a niños a ejercicios de entrenamiento e instrucción militar. Desalojo y toma de edificios, tiro al blanco, prácticas de artillería... Uno de los más grandes está en Devil's Hole, en el Valle de la Muerte.

Faith se acordó de las fotografías del dosier de Kate Murphy sobre el IPA. Mostraban a chicos jóvenes corriendo por el campo en ropa de camuflaje.

—Devil's Hole es donde pensaba esconderse Charles Manson cuando su *Helter Skelter* provocara una guerra racial.

—Exacto. —Miranda pareció impresionada—. Mientras estaba en la cárcel, Manson se carteó con un tal James Mason, un supremacista blanco de pura cepa. También escribió un libro titulado *Asedio* en el que abogaba en términos contundentes por la resistencia sin liderazgo. La biblia del actual movimiento supremacista blanco, podría decirse.

—¿Y qué les manda hacer esa biblia? —preguntó Faith.

—Lo mismo que hacen los talibanes o Al Qaeda. Producen vídeos de reclutamiento sumamente sofisticados. Crean foros de Internet donde no solo se acepta el odio, sino que se lo fomenta. Se dirigen principalmente a jóvenes resentidos y les dicen que forman parte de una causa más elevada, que tienen que combatir para recuperar su poder como blancos y que, si lo hacen, tendrán a su alrededor a todo un rebaño de mujeres.

Vale agregó:

—Muchos de esos tipos, como Hurley, Vale y Monroe, han estado destinados en Irak y Afganistán. Y se fijaban en lo que hacía el enemigo. Veían el daño que podía hacer un artefacto explosivo casero, o que un solo individuo que se infiltrara en la policía o en un batallón podía matar a decenas de personas. Aprendieron de la insurgencia y trajeron consigo ese conocimiento cuando regresaron a Estados Unidos.

—La insurgencia —dijo Faith señalando con la cabeza el montón de carpetas sin abrir. Aún no sabía qué pintaba Dash en todo aquello—. Habladme del IPA.

Miranda tomó aliento.

—Muy bien. Son listos, que es lo que nos pone nerviosos. No hablan de sí mismos en Internet. Hay algún rumor suelto, gente de otros grupos que dice cosas. Sobre todo, que el IPA está preparando algo muy gordo y que van a desencadenar una segunda revolución americana. Pero esa gente habla siempre así, de modo que es difícil distinguir entre sus fanfarronadas y cosas que podrían ser verdad. —Se detuvo de nuevo para respirar—. Creemos que el IPA es survivalista. Si te he hecho un preámbulo tan largo sobre cómo operan estos grupos es porque creemos que es así como opera el IPA. Una pequeña célula que defiende la resistencia sin liderazgo y que posiblemente entrena a «soldados», como los denominan ellos, para infiltrarlos en los cuerpos de seguridad o el ejército y promover la guerra santa.

A Faith se le había quedado la boca seca.

—Si son tan discretos, ¿cómo es que los conocéis?

—Por mí —dijo Van—. Me dedico a eso, sobre todo: a hacer el seguimiento de esos grupos. Hay cientos de ellos, y otros tantos lobos solitarios sentados en sus caravanas, despotricando sobre matar a los negros y violar a las feminazis. Empecé a ver menciones sueltas del IPA hace un par de años. Me extrañó cómo hablaban de ellos y mandé una circular pidiendo información. Recibí un informe de la prisión estatal de Valdosta. Al parecer, tenían un recluso cuyo registro de llamadas telefónicas contenía numerosas menciones al IPA.

—Adam Humphrey Carter. —Faith sintió que por fin empezaba a obtener respuestas—. Estaba en la cárcel por violación y le conseguisteis una reducción de condena para que os hiciera de informante.

Van asintió.

—Tienes que entender que esos grupos suelen seguir una pauta. Normalmente, se queman ellos solitos. Hay constantes luchas de poder. Uno no es lo bastante racista, a otro lo pillan viendo porno gay… Las peleas internas llevan a la fragmentación y la desbandada. Son unos pobres diablos, en general. Unos perdedores. Solo tienen una cosa a la que aferrarse y es el color de su piel. —Se inclinó sobre la mesa—. El IPA parecía extremadamente organizado. Y muy centrado. Carter hablaba de Dash como todos estos tipos hablan de McVeigh. Y no teníamos nada sobre él. Ni fotos, ni archivos. Nada.

Faith había llegado a ese mismo callejón sin salida la noche anterior, y Van había pasado mucho más tiempo que ella tratando de encontrarle una salida.

Miranda intervino:

—Puede que creas que es una suerte que Dash y el IPA no estén en el sistema, pero de hecho es muy mala noticia. Sabemos por experiencia que, cuanto más hablan esos tipos, menos muerden. Son los que callan los que hacen más daño.

—Lo poco que sabemos del IPA, lo sabemos por Carter —añadió Van—. Dash no fundó el grupo, pero fue quien le marcó el rumbo. Impone silencio a sus militantes, que no participan en ningún chat usando sus nombres y su filiación. Tienen un aura de misterio que atrae muchísimo a los otros supremacistas blancos. El atentado fue ayer y en los foros de Internet ya se atribuye su autoría al IPA. La mitad de los Totenkampf vienen hacia Atlanta para aprovecharse de la situación de caos. Tenemos en la frontera canadiense a un supremacista de origen polaco que nos sirve de confidente. Un grupo de Arizona ha tratado de alquilar un avión privado para transportar sus armas.

—Arizona. —Faith había leído apenas un par de horas antes acerca de las patrullas fronterizas ciudadanas que operaban en ese Estado—. ¿Quién fundó el IPA? ¿Fue Martin Novak?

Van se encogió de hombros.

—Da igual quién pusiera la mecha. La cerilla que va a encenderla es Dash.

—Tiene razón —dijo Miranda, muy seria—. Si me preguntaras qué me quita el sueño por las noches, te diría que es saber que ese tal Dash está por ahí, planeando algo. Algo que no tenemos ni idea de qué es.

Faith formuló la pregunta obvia:

—Si tanto os preocupa, ¿cómo es que no hay una fuerza conjunta que…?

—El FBI no suelta un centavo por una simple corazonada —dijo Van—. Hay muchos otros criminales por ahí a los que investigar. Tuve que ponerme de rodillas y suplicarles a mis jefes que me dejaran convertir a Carter en confidente. Como decía, nos ha proporcionado un montón de información valiosa sobre otros grupos. Hemos podido resolver muchos casos gracias a él. Pero, en lo tocante al IPA, Carter se mostró siempre muy hermético. Lo único que me dijo es que están planeando algo muy serio y que hay un tipo que dirige el cotarro.

—¿Por qué secuestraron a Michelle Spivey? —preguntó Faith.

—A Michelle Spivey la secuestró Carter —respondió Van—. No sabemos si fue por orden de Dash.

Faith no pensaba volver a debatir ese tema: era una gilipollez. Indicó con un gesto el montón de carpetas que Miranda tenía delante. De momento, solo había abierto una.

—¿Qué más tiene Pandora en su caja?

Van hizo un gesto de asentimiento. Miranda abrió una de las carpetas.

—Esta es la única foto que tenemos de Dash.

Faith cruzó la sala. De pronto tenía el estómago revuelto. No sabía por qué la ponía tan nerviosa ver la cara de aquel tipo. Esperaba encontrarse con una fotografía policial, pero lo que vio fue una instantánea satinada de un chaval en edad de ir a la universidad, de pie en la playa, en pantalones cortos y camiseta.

—Fue tomada en la costa oeste de México en el verano de 1999 —explicó Miranda.

Faith lo dudaba.

—México no parece un destino vacacional muy apropiado para un futuro supremacista blanco.

—Odia al pecador y ama el pecado —comentó Van.

Faith estudió la cara del chico: angulosa y bobalicona, con bigote y perilla poco poblada. Podía haber sido uno de los exasperantes compañeros de fraternidad de su hijo.

O uno de aquellos chavales de aspecto inofensivo de Charlottesville.

Miranda le enseñó otra imagen. Parecía hecha a retazos, como un retrato robot.

—Esto es lo que nos dio el FBI cuando le pedimos una progresión temporal para ver qué aspecto tendría Dash en la actualidad.

Faith no pareció muy impresionada.

—¿Qué edad tiene ahora?

Miranda se encogió de hombros.

—¿Cuarenta y cinco años? Pero hemos hecho muchísimo con muy poco. Los analistas de la Marina creen, basándose en los hitos geográficos que se ven a lo lejos, que esa playa está en Isla Mujeres. Han usado parámetros técnicos como la erosión y el ángulo del sol, no voy a aburrirte con ellos, pero son muy buenos en su trabajo.

Faith volvió a mirar la fotografía.

—No es una fotografía policial. Parece proceder de un álbum familiar, de unas vacaciones.

Van apartó una silla de la mesa y esperó a que Faith se sentase.

—En junio de 1999 —dijo—, un tal Jorge García se alojó en el hotel La Familia de Isla Mujeres con su esposa e hijos. Se fijó en que había por la playa muchos jóvenes estadounidenses, blancos y solteros. Como su nombre indica, se trata de un hotel muy familiar, pensado para parejas con niños. Los chavales de esa edad suelen frecuentar sitios donde solo se admite la entrada de adultos, porque allí es donde están las chicas. Así que García empezó a hacer preguntas. ¿Dónde se alojaban aquellos chavales? ¿Qué se traían entre manos? ¿Qué hacían allí? —Van hizo una pausa y preguntó—: ¿Me sigues?

—No, la verdad —contestó Faith—. ¿Por qué hacía tantas preguntas ese tal García? ¿Y cómo es que sabes tantas cosas sobre él?

Van la miró con admiración.

—Sé tantas cosas sobre él porque fui a México a entrevistarme con él. Y si hizo tantas preguntas fue porque, en 1999, García era inspector de los *federales*. Como el FBI aquí, pero con un punto más militar.

Faith era adicta al narcoporno de Netflix: sabía qué eran los *federales*.

—¿Cómo encaja Dash en todo esto?

En lugar de responder, Van le hizo otra seña a Miranda.

Ella puso otra fotografía de una playa sobre la mesa. En primer plano aparecía un grupo de chiquillos construyendo un castillo de arena, pero a una distancia de unos diez metros detrás de ellos se veía la imagen borrosa de un hombre, rodeada por un círculo de rotulador rojo. Cabello oscuro. Gafas de sol. Complexión fuerte. Saludaba con la mano a alguien que se hallaba detrás de la cámara. Tenía los dos brazos levantados, como si hiciera señas con banderines. Una gorra de béisbol le hacía sombra sobre la cara, pero se veía claramente que le faltaban dos dedos de la mano izquierda.

Faith se recostó en la silla.

A Martin Elias Novak le faltaban dos dedos de la mano izquierda. Se los había volado cuando servía como artificiero en el Ejército de Estados Unidos. En 1999, tendría cuarenta y un años.

Faith miró a Van, buscando confirmación en su cara.

Él se encogió de hombros.

—¿Quién sabe?

Ella le indicó que continuara.

—Ese tipo misterioso al que le faltaban dos dedos… Al inspector García le dio mala espina. ¿Qué andaba tramando? Estaba siempre rodeado por un grupo de chavales. No se alojaba en el hotel, pero todos los días se presentaba en la playa a la que daba el hotel. Alquilaba una tumbona y miraba a los niños jugando en el agua. Un tío solo, sin mujer, ni hijos. García intuyó que allí había algo raro, empezó a hacer preguntas y los empleados del hotel le dijeron que no se preocupara por él, que solo era Pedo.

—¿Pedro? —preguntó Faith.

—No, Pedo, de pedófilo.

A Faith le dio un vuelco el estómago. Se imaginaba la playa, los niños riendo, el siniestro hombre maduro mirándolos saltar entre las olas frente al hotel familiar. En el expediente policial de Martin Novak no había nada que indicara que era un pederasta. Había criado solo a su hija. Había servido en el ejército. Era un atracador de bancos y un asesino, sí, pero eso solo hacía de él un criminal. Este nuevo dato, de ser cierto, lo convertía en un monstruo.

—Lo llamaban Pedo por cómo miraba a las niñas —explicó Van—. A veces les daba caramelos. En serio. Y otras se ofrecía a cuidarlas mientras los padres iban a dar un paseo.

Faith casi se quedó sin respiración.

—¿Y le dejaban?

—Eran finales de los noventa. Nadie sabía entonces que un norteamericano limpito y formal podía ser un pedófilo. Los curas seguían siendo santos. Qué diablos, si todavía pensábamos que lo de Columbine no volvería a repetirse…

Miranda sacó otra foto.

—Esta es la única imagen que tenemos de Pedo.

Aquel hombre que tenía que ser Martin Novak estaba de espaldas a la cámara, pero Faith reconoció la misma camiseta y la figura de la fotografía anterior. Se veían los tres dedos de su mano izquierda. Estaba hablando con un jovencito de rostro anguloso y expresión bobalicona, con bigote y perilla poco poblada.

Dash.

—Pedo tenía alquilada una casa a unos trescientos metros del hotel —explicó Van—. Pagó en efectivo y firmó el contrato de alquiler con el nombre de Willie Nelson.

Esperó un segundo para que Faith asimilara la noticia. En el lugar del accidente, Carter y los demás hombres del equipo habían usado nombres falsos tomados de cantantes de música *country*.

Y Willie Nelson era el cantante de *country* por antonomasia.

—El inspector García se enteró de que el señor Nelson organizaba retiros para personas de «ideología afín» —continuó Van—. Todas las semanas, seis chavales yanquis se presentaban con sus maletas. Al acabar la semana, volvían a cruzar la frontera y los sustituían otros seis. Y así durante todo el verano.

Faith tenía algunas dudas, pero las resolvió por sí sola. Antes de los atentados del Once de Septiembre, los estadounidenses solo tenían que enseñar el permiso de conducir para cruzar el paso fronterizo de Tijuana, y nadie llevaba el registro de sus idas y venidas. No había programas de reconocimiento facial. Ni lectores de matrículas. Ni pasaportes digitalizados.

—Esta es la casa que tenía alquilada. —Miranda le mostró otra fotografía: una casa destartalada, de dos plantas, con un porche grande. Había banderas nazis colgadas de las barandillas, como toallas de playa puestas a secar.

—García no podía infiltrarse en el grupo por razones obvias —explicó Van—, pero pidió refuerzos. Empezaron a seguir a los chavales desde la casa. Y vieron que la mayoría pasaba el rato en la playa, con Pedo. Había uno sentado en la barra, frente a los aseos. Un niña de nueve años entró en el aseo. El tipo de la barra hizo una seña a sus colegas de la playa. Le respondieron con otra seña. Luego, el tío de la barra se levantó y entró en el aseo.

Faith se llevó la mano a la garganta.

—¿Agredió a la niña?

—Los federales le detuvieron a tiempo. Le tapó la boca con la mano, pero nada más —dijo Van—. Lo llevaron a rastras a comisaría, lo metieron en una sala de interrogatorio y empezó a largar.

—Espera… —dijo Faith—. ¿Era Dash?

—Bingo —contestó Van—. García lo encerró en una sala para darle tiempo para reflexionar. Cuando fueron a interrogarlo, estaba dispuesto a hablar. Dijo que se llamaba Charley Pride.

Otro cantante *country*, pero afroamericano, lo que debía de ser una broma racista.

—Dash se disculpó repetidamente por haberse equivocado de aseo —prosiguió Van—. Dijo que había tomado demasiado tequila, que no hablaba español, que era todo un malentendido y que le había tapado la boca a la niña porque empezó a gritar y él se asustó. Era un chaval muy educado. «Sí, señor» y «no, señor», y «lo siento, señor». Le dijo a García que estaba estudiando el último curso de carrera en la Universidad de San Diego. Que había empezado la carrera más tarde de lo normal porque había estado en el ejército. Y que había ido a México con un amigo que quería ir al retiro. Aseguraba que no se había enterado de que su amigo era un nazi hasta que llegaron allí.

—¿García lo creyó? —preguntó Faith.

—Nada de eso, pero hasta los federales necesitan pruebas, sobre todo tratándose de un ciudadano estadounidense. La sombra del asesinato de Kiki Camarena es muy larga. García tuvo que soltar a Dash y cerrar la investigación, pero... —Van levantó la mano, pidiéndole que esperara—. Dos semanas después —continuó—, García se hartó. Fue solo al hotel, vestido de turista. Se sentó en el bar y se puso a observar. Y pasó lo siguiente. La misma situación que antes: Pedo en la playa, con los chavales yanquis. Un tío sentado en la barra. Una niña de ocho años entra en el aseo. El tipo de la barra hace una seña a sus colegas, pero esta vez otra niña, de unos once o doce años, entra en el aseo. Sale un momento después con la primera niña, la lleva a una caseta donde se guardaban tablas de surf y la deja dentro. Enseguida aparecen los chavales de la playa. Uno entra. Los otros se quedan fuera, esperando su turno.

Faith apretó los labios para no suplicarle que parara.

—García estaba solo. Los tipos de la caseta huyeron en cuanto apareció. Agarró al de dentro antes de que pudiera hacer nada. —Van hizo una pausa—. Aparte de causarle un trauma psicológico de por vida a esa niña, quiero decir.

—¿Cómo dijo que se llamaba el chico? —preguntó Faith—. ¿Tim McGraw?

—Garth Brooks —respondió Van—. Lo que fue una estupidez, porque Garth Brooks ya era muy conocido en todo el mundo en esa época. Solo hizo falta que García le apretase las tuercas cinco segundos para que el chaval le dijera que se llamaba Gerald Smith, que tenía veintiún años y vivía en San Diego. Le soltó la misma milonga que Dash: «Lo siento, señor, estaba un poco borracho, no sabía que la niña estaba dentro, señor, creí que era el aseo de caballeros y por eso tenía el jalapeño fuera, señor». —Van meneó la cabeza—. García avisó a sus superiores y mandó a Gerald a prisión. Y de un día para otro Gerald desapareció del mapa.

—¿Lo mataron los presos?

—Por desgracia, no. García cree que lo dejaron volver clandestinamente a Estados Unidos. Pedo también desapareció. Los otros chavales se esfumaron. García no me dio muchos detalles, pero tuve la sensación de que sus superiores consideraban que Gerald y Pedo eran problema de los gringos, y que eran los gringos quienes tenían que resolverlo.

—Dicho esto —añadió Miranda—, no tenemos constancia de que haya un solapamiento significativo entre el movimiento supremacista blanco y la pederastia o el abuso sexual de menores. Al menos, no en un porcentaje mayor que en la población en su conjunto.

—Qué alivio.

Faith sintió deseos de irse a casa y darse una ducha de agua hirviendo para quitarse del cuerpo el hedor de aquellos hombres. Ojalá Dash no tuviera cerca a ninguna menor en ese momento.

De pronto se le ocurrió una idea.

—¿Cómo relacionaste al Dash del IPA con el Dash de 1999 en México? —le preguntó a Van.

—Emborraché a Carter. Nunca soltaba prenda sobre Dash, pero desde hacía un tiempo estaba distinto. Fue más o menos en la misma época en que empezó a dar muestras de querer escabullirse. Nos habíamos bebido más de media botella de Johnny

Walker Red y empezó a hablarme de Dash en tono reverencial: que había estado en la guerra, que era un Navy SEAL que participaba en operaciones ultrasecretas hasta que, como sabía demasiado, el Gobierno mandó a un asesino a sueldo a matarlo y…

—Van hizo un gesto despectivo—. El caso es que conseguí sacarle que Dash tenía un tatuaje muy antiguo en la pantorrilla. Una inscripción en tinta amarilla, con el contorno en azul: *La libertad no es gratis*.

—Eso es un tatuaje militar —dijo Faith.

—Lo es casi siempre —repuso Miranda—. Los SEALs suelen tatuarse el hombre rana, el esqueleto de rana, tridentes, anclas, *los más duros entre los duros*. En 1999, el reglamento prohibía que un marinero tuviera un tatuaje en la pantorrilla. Y ningún miembro de la Marina usaría el color de la cobardía.

—Busqué el tatuaje en la base de datos biométricos del FBI y nada —informó Van—. Luego lo busqué en la base de la INTERPOL. En 1999 no tenían ordenadores. En cuanto supo lo que era un ordenador, García mandó a uno de sus hombres que introdujera la información. Tenía la sensación de que había algo más en el asunto de Dash que había pasado por alto. Una corazonada. Después de veinte años, seguía teniendo un mal presentimiento.

Faith se recostó en su silla. Tenía el cerebro tan saturado de información que apenas podía retenerla.

—Novak tiene una hija —le dijo a Van—. Debía de tener diez u once años en esas fechas, cuando su padre era Pedo, el de la playa. —Esperó, pero Van no dijo nada—. La niña que llevó a la otra a la caseta de las tablas de surf tenía más o menos esa edad. Novak hacía que su propia hija engañase a niñas más pequeñas para ofrecérselas en bandeja a él y a sus amigos, ¿verdad? Eso es lo que estás diciendo.

Miranda le enseñó una foto más.

—Esta es la fotografía más reciente que tenemos de Gwendolyn Novak. Tomada cuando tenía diecinueve años.

Faith miró la imagen: una fotocopia de una tarjeta de identificación del Hospital Baptista de Georgia. Gwen Novak era una joven de aspecto insulso, cabello castaño ceniza y ojos tristes. Faith quiso extraer conclusiones de aquella expresión de tristeza. Gwen había sido la alcahueta de su padre. Había vivido en una casa llena de pederastas. Era imposible que no hubiera sufrido abusos. Y después se había convertido en un instrumento para el abuso de otras menores.

—Gwen era celadora —explicó Miranda— y aspiraba a entrar en la escuela de enfermería, pero a esa edad aún no tenía ni siquiera el graduado escolar. Tenía, en cambio, dos hijos: un niño de diez meses y una niña de cinco años.

—¿A los diccinueve? —Faith se avergonzó de inmediato de su tono escandalizado. Ella tenía quince años cuando nació Jeremy. Y no la había criado un pederasta racista—. ¿Y el padre de los niños?

Miranda negó con la cabeza.

—No figura en las partidas de nacimiento. La chica se matriculó por fin en una escuela elemental de la zona oeste, pero lo dejó al cabo de unos meses. Los servicios sociales andaban husmeando, les preocupaba el bebé. Un vecino sospechaba que había maltrato. Pero Gwen tomó ejemplo de su padre y desapareció del mapa. Ni tarjetas de crédito, ni cuentas bancarias, ni siquiera expediente escolar de la niña. Joy, la hija, tendría quince años en la actualidad.

—Joy. —Faith sintió deseos de aferrarse a ese nombre, de creer que Gwen había protegido a la niña de los abusos de su padre y los amigos de este—. ¿Y el bebé?

—Hay un certificado de defunción. La causa de la muerte que figura en él es el síndrome de muerte súbita del lactante. —Miranda le pasó el documento—. El pobrecillo se asfixió mientras dormía.

Faith no tomó el impreso. Le parecía de mal augurio incluso mirarlo. Quería compadecerse de Gwen por los abusos que había sufrido de niña, pero ahora era una mujer adulta. Ya no era una víctima. Si había permitido que un pederasta tuviera acceso a su hija, era ella también una abusadora. Peor que una abusadora, porque sabía por experiencia lo que era ser una niña indefensa que vivía bajo la amenaza constante de la violación.

—Gracias, Miranda —dijo Van—. Sé que tienes otra reunión.

—Gracias —agregó Faith—. Es todo horroroso, pero gracias.

—Espero haber sido de ayuda.

—Sí, lo has sido.

Faith fue a recoger su bolso, pero Van la detuvo.

—¿Puedes quedarte un minuto?

Ella volvió a sentarse. Miró el reloj.

Las 15:52.

Con toda probabilidad, Beau Ragnersen y Will ya estarían en el parque, donde tenían que reunirse con el recadero de Dash a las cuatro en punto. Faith sentía el impulso de pulsar el botón de pausa y contarle a Will todo lo que había descubierto. Lo del ejército, que era importante. Y lo de que Dash era una pedófilo. Will podía servirse de ambas cosas para introducirse en el grupo.

O podía estallar sin más y darle una soberana paliza al correo, hasta que accediera a conducirlo hasta Sara.

La puerta emitió un zumbido cuando salió Miranda. Van esperó a que se oyera el chasquido del cierre y a que la luz roja indicara que la sala volvía a ser segura.

—Bueno, Mitchell —dijo—, dime qué opinas.

Faith saltó de inmediato:

—Hiciste que Inteligencia Naval analizara las fotografías de la playa de García para verificar la ubicación y la fecha de su historia. ¿Pretendes decirme que no hay ningún experto que pueda echar un vistazo a los muñones de la mano izquierda de Pedo y relacionarlo con Martin Novak?

—Todos nuestros expertos en muñones están ocupados investigando a la mafia.

Faith lo miró fijamente.

—Estamos a menos de un kilómetro de un cementerio que ayer era un aparcamiento.

Él no se inmutó por la reprimenda.

—Carter y Vale están muertos. Y Hurley, detenido.

—Gracias a mi compañero —le recordó ella—. Entiendo lo de la resistencia sin liderazgo y todo ese rollo del lobo solitario, ¿vale? Pero Martin Novak ha conseguido medio millón de pavos robando bancos. Miranda ha dicho que para organizar un Once de Septiembre hacían falta coordinación, disciplina y dinero. Según lo veo yo, el IPA tiene todo eso, lo que significaba que no son lobos solitarios, sino una célula terrorista en toda regla. Y tengo que decirte que es negligente de cojones por parte de tu jefa estar cubriéndose las espaldas en lugar de dejar que el FBI haga su trabajo.

—Eh, oye, ¿has visto esto? —Van levantó la tarjeta de identificación que colgaba de su cinta—. Trabajo para el FBI. Todo esto de hoy, todo este secretismo, es el FBI intentando ayudar a la policía local. Porque yo trabajo para el FBI. Y porque tenía un confidente que me proporcionaba información sobre Dash. Y porque me fui a México a buscar a Dash. Y ahora estoy aquí hablando contigo porque yo, un agente del FBI, quiero encontrar a ese tipo.

Faith le debía una disculpa, seguramente.

Pero tampoco se inmutó.

—Sé que tienes una niña de dos años en casa —añadió Van—. Estos tipos se parecen mucho a niños de dos años. Reclaman atención y están dispuestos a romper cosas para conseguirla.

Aquello era un golpe bajo.

—¿Cómo sabes lo de mi hija?

Van ignoró la pregunta.

—McVeigh ha servido de inspiración a decenas de imitadores. El *Manifiesto de Unabomber* tiene cuatro estrellas y media en

Amazon. Si le decimos a la prensa que el Ejército Invisible de Patriotas es el responsable del atentado de Emory, tendremos que vérnoslas con decenas de imitadores, y Dash se esconderá más aún, desaparecerá definitivamente del mapa.

Faith estaba negando con la cabeza.

—Dash tenía poco más de veinte años cuando tuvo que vérselas con un federal mexicano. Se enfrentaba a una pena de prisión en una cárcel mexicana. Es imposible que todo lo que contó fuera mentira, que lo improvisara. Quizá estudiaba de verdad en la Universidad de San Diego. Y el nombre que le dio a García… Charley Pride. Basándonos en el patrón que utilizan, podemos dar por sentado que su verdadero apellido empieza por P.

—Estupendo. Tú consigue un montón de colchones que yo busco a la princesa. —Van se quitó las gafas y las arrojó sobre la mesa—. Mira, solo ha pasado un día, Mitchell. Sé que estás preocupada por tu agente. Todos queremos encontrar a Sara Linton. Y a Michelle Spivey. Llevábamos un mes investigando este caso sin ningún resultado: callejones sin salida, una y otra vez. Pero no creas ni por un minuto que el FBI no se toma en serio al IPA. Yo no celebro reuniones en una sala como esta solo porque me gusten las mujeres mandonas y testarudas.

Ella levantó las cejas, sorprendida.

—Perdona, pretendía ser un cumplido —agregó él.

—Aun así, ha sonado raro.

Van ganó algo de tiempo limpiándose las gafas con el extremo de la corbata.

—Pruebas, eso es lo que necesitamos. De momento solo tenemos conjeturas y corazonadas. *Creemos* que el de la foto de la playa es Novak. *Creemos* que el que habla con él es Dash. *Creemos* que Dash tomó las riendas del IPA cuando detuvieron a Novak. *Creemos* que es el cuarto hombre de Emory. *Creemos* que el IPA secuestró a Michelle. Y *creemos* que están planeando algo gordo. —Miró a Faith—. Y, dado que estamos barajando hipótesis sin demostrar, voy a contarte una mía: mi olfato me dice que Gwen Novak está casada con Dash.

—Qué mierda.

—Pues sí, una mierda, porque no hay certificado de matrimonio, ni vínculos económicos, ni coincidencias conocidas, pero yo me hago mis cálculos y sé que esos grupos valoran mucho los lazos de parentesco. Y si quieres ocupar el lugar del rey, te casas con su hija.

—¿Crees que Gwen habrá tenido más hijos? —Faith se sentía tan aturdida que empezaba a dolerle la cabeza—. Porque esa era su labor, ¿no? Atraer a niñas para su padre y sus amigotes. Quizá con Dash haya encontrado una manera más sencilla de hacerlo: tener su propio suministro.

Van frotaba tan enérgicamente los cristales con la corbata que la montura se doblaba.

—Martin Novak está preso —prosiguió ella—. Habla con él y...

—Novak no ha soltado prenda en más de un año. No creo que empiece a hablar ahora. —Él volvió a ponerse las gafas—. *Quiere* que lo que vaya a pasar pase. Ayer se llevó una alegría cuando supo lo de la explosión. Quiere que muera gente. Quiere hacer saltar por los aires esta sociedad y derribar al Gobierno. Es consciente de que su detención dejó un vacío de poder. Si hay un plan en marcha, Novak no forma parte de él. Y no le importa lo más mínimo. Está deseando ver lo que va a pasar a continuación.

Faith sabía que tenía razón. Había pasado horas estudiando a Novak como parte del dispositivo especial de traslado. A aquel tipo le chiflaba el caos.

—Bueno, entonces, ¿qué hacemos? ¿Cuál es el plan?

—Estoy apretándoles las tuercas a mis confidentes. Carter no es el único supremacista blanco con el que estoy en contacto.

—Pero con él te anotaste un buen tanto.

Van acogió la pulla con una sonrisa.

—Lo más difícil es encontrar a esos tipos. Una vez los localizo, solo tengo que aplicar el protocolo RAECCSE.

Faith intentó disimular la emoción que le producía aprender un nuevo acrónimo.

—¿Intentas impresionarme? ¿Por eso tiras de jerga?

—Claro que sí —repuso Van—. ¿Cómo se convierte a un delincuente en informante de la policía? Reciprocidad. Autoridad. Escasez. Compromiso. Coherencia. Simpatía. Ejemplo. RAECCSE. Por suerte, soy un experto en empatía, compasión y reparto de dinero.

—¿No saben que eres judío? —preguntó Faith.

—Sí, pero es curioso: les pasas un poco de dinero, los mantienes fuera de prisión, escuchas sus problemas sin juzgarlos, y hacen como si nunca hubieran oído hablar de Hitler.

Faith soltó una risa forzada, pero solo para disipar la tensión que se había instalado entre ellos.

—Tengo informantes en los grupos principales —prosiguió él—, pero lo que de verdad nos hace falta es alguien dentro del IPA. Eso es lo que intento conseguir: un tipo que conozca a alguien que conoce a alguien. El IPA ha perdido cuatro hombres. Y no cuatro hombres cualquiera: cuatro combatientes. No sabemos en qué estado se encuentra Dash después del accidente de coche. Sea lo que sea lo que está planeando, requerirá cierto grado de habilidad. Según Carter, el grupo de Dash se compone principalmente de hombres mayores y críos. Soldados como Carter, Hurley, Monroe y Vale eran los verdaderos líderes. Dash va a tener que reclutar a hombres cualificados, y a toda prisa.

Faith echó un vistazo al reloj.

Las 15:58.

Beau y Will estarían esperando para reunirse con el correo de Dash.

—¿Qué hago aquí? —preguntó.

—¿Es una pregunta existencial? —Van comprendió de

inmediato que no iba a arrancarle otra carcajada—. Mi jefa quiere que sepáis a qué tipo de gente os enfrentáis. El IPA tiene a Sara Linton. Sabemos que Sara es de la familia. Y vuestra familia es también la nuestra —dijo, y añadió yendo al grano—: Tengo abajo un expediente para ti con todo lo que sabemos sobre el secuestro de Michelle Spivey. He tenido que omitir todo lo que es alto secreto, pero, en lo que se refiere a su paradero, no hay mucho que rascar. Puede que otros ojos encuentren algo que veinte de nuestros analistas no han sabido encontrar.

—Muy bien —dijo Faith—. Yo puedo enviarte los informes forenses del motel y los de las autopsias. Todo lo que tenemos está a vuestra disposición.

—¿Todo? —preguntó él.

Faith no entendió su tono. O bien pensaba que le estaba mintiendo, o bien estaba intentando ligar otra vez.

Optó por devolverle la pelota:

—Veo borrosa la respuesta.

CAPÍTULO 13

Lunes, 5 de agosto, 15:58 horas

Will gruñó de dolor al bajarse de la camioneta de Beau Ragnersen. Decididamente, los efectos de la aspirina se habían disipado. Empezaba a notar los músculos agarrotados. Al mirar a su alrededor, vio unos cuantos coches y algunos paseadores de perros, pero a esa hora de la tarde apenas había gente en el parque Alberta-Banks. Will indicó con una seña a Beau que se adelantara. El hombre mantuvo la cabeza erguida y las manos metidas en los bolsillos. Will hizo lo mismo y lo siguió por una franja de césped recién cortado.

No llevaban dispositivos de seguimiento. Amanda no lo había sugerido y Will no lo habría permitido, en cualquier caso. Lo que más le preocupaba era que su tapadera no resultara creíble. Iba a hacerse pasar por un exmilitar resentido y fanatizado. No era la primera vez que utilizaba esa identidad y sabía por experiencia que no estaba al tanto de la jerga militar. No había tenido tiempo de estudiarse el papel y ponerse al día. Lo único que podía hacer era simular que era un tipo violento y taciturno. Lo de taciturno le salía de manera natural. Y lo de violento no sería problema: el instinto violento le había brotado en cuanto aquellos tipos se llevaron a Sara.

Aún no se había afeitado. Tenía las manos magulladas y llenas de cortes. Llevaba gorra de béisbol y gafas de sol oscuras. Había dejado su arrugado traje gris en la taquilla del trabajo y se había puesto unos vaqueros y una camiseta negra de manga larga que solía usar para ir al gimnasio y que le marcaba los bíceps. Sus zapatillas de correr estaban llenas de salpicaduras de color rojo óxido que parecían sangre seca.

Pintura.

Dos meses atrás, había remodelado su cuarto de baño para darle una sorpresa a Sara. Hasta que ella se lo hizo notar, no se había fijado en que las paredes de color chocolate hacían que pareciera más pequeño de lo que era. Instaló un armario nuevo para que ella tuviera un sitio donde guardar sus cosas. Pintó las paredes de rojo para darle más luz a la habitación y luego pintó otra vez de gris claro, tres capas, porque se le ocurrió que Sara veía casi a diario escenarios de crímenes y seguramente no le apetecía ducharse en un baño pintado de color sangre.

Beau sacó las manos de los bolsillos y dejó escapar un suspiro al desviarse del camino pavimentado. Tenía gesto de enfado, lo que resultaba irritante. Había dejado bien claro que no quería estar allí. Amanda, por su parte, le había dejado también bien claro que acabaría sus días en prisión si no ayudaba a Will a introducirse en el IPA.

Cómo iba a conseguirlo exactamente aún estaba por ver.

Beau suspiró otra vez al dirigirse hacia el campo de béisbol. Will se cambió de mano la bolsa de deporte llena de medicamentos. Apretó el puño con fuerza y se dijo que era mala idea darle un puñetazo en el cuello si volvía a suspirar.

Todo aquello lo hacía por Sara, se recordó, y bastó con eso para que relajara el puño. Tenía que convencer al enviado de Dash de que le presentara a su jefe. Beau había hablado de un tipo que se quedaba en la furgoneta durante las transacciones, como refuerzo. Will daba por descontado que el tipo de la furgoneta era uno de los jefes. Era él quien le interesaba. Dash había perdido a cuatro hombres. Estaba planeando algo importante. Al parecer le gustaba trabajar con expolicías y militares, y estaría buscando gente nueva a la que reclutar. El primer obstáculo que tenía que superar Will era convencer al correo de Dash de que llamara al conductor. El segundo, asegurarse de que el conductor no le pegaba un tiro en la cabeza.

Miró a su alrededor. No había ninguna furgoneta a la vista.

Beau cambió otra vez de dirección, soltó otro suspiro.

A Will, el sudor se le metía en los ojos. Se alegraba de llevar gafas oscuras. El sol le martilleaba la cabeza. Deseaba que Faith estuviera allí. Seguramente la reunión a la que había tenido que asistir era importante, pero Will sabía que, si las cosas se ponían feas, siempre podía contar con su compañera Faith para que le cubriera las espaldas.

Localizó a la primera agente encubierta del GBI sentada en un banco, junto un parque de juegos. Tenía delante un carrito de bebé. La cabeza agachada, el teléfono pegado a la nariz. Otro agente corría por un camino, entre las pistas de tenis y uno de los campos de béisbol. En el aparcamiento del fondo había una ranchera de color verde con dos agentes —un hombre y una mujer— que hacían el papel de casados, aunque no el uno con el otro. Había otro coche de vigilancia aparcado junto a una taberna, calle abajo, y otro junto a la planta de tratamiento de aguas, pero en opinión de Will nada de aquello iba a funcionar: su instinto le decía que Beau iba a jugarle una mala pasada.

¿Tendría razón?

No eran los suspiros lastimosos de Beau, ni su arrastrar de pies por la hierba, a lo Charlie Brown, lo que le hacía intuir que las cosas iban a torcerse, sino el hecho de que aquel tipo era un yonqui, y a los yonquis lo único que les importaba era colocarse. Amanda había dejado que se quedara con un puñado de pastillas en el bolsillo, pero Beau había empezado a tragárselas como si fueran caramelitos nada más salir del edificio. Y el exsoldado de operaciones especiales podía hacer cuentas igual que Will: las pastillas se le acabarían pronto y, cuando eso pasara, posiblemente se encontraría en la calle y no en prisión.

Will trató de pensar como él. Beau podía salir de aquella situación de tres maneras. Podía indicarle de alguna manera al correo de Dash que él era un poli, el correo dispararía a Will y fin de la historia. Podía intentar escapar a la carrera. No llegaría muy lejos, pero eso él no lo sabía. La tercera opción era la más inquietante. Beau había recibido entrenamiento exhaustivo como soldado de combate. No hacía falta que su cerebro estuviera en pleno funcionamiento para que sus músculos recordasen cómo matar a un hombre. Will tenía la navaja automática en el bolsillo, pero no la manejaba con mucha destreza. La Sig Sauer la llevaba en una funda por la parte de dentro de la cinturilla del pantalón, a la altura de los riñones. Era muy rápido desenfundando, pero no con el cuello contracturado.

—Por aquí. —Beau siguió la valla que flanqueaba el campo de béisbol. Miró su reloj y Will hizo lo mismo.

Las 15:58.

Se suponía que tenían que encontrarse con el correo a las cuatro. Ya no había marcha atrás. Fuera lo que fuese lo que planeaba Beau, no sería algo improvisado. Estaba claro que ya se había decidido. Parecía pensativo, casi ensimismado, mientras pasaba la mano por la valla de alambre.

El instinto de Will emitió otra señal de alarma.

Había tíos que, cuando se enfrentaban al peligro, se pasaban de rosca: se aporreaban el pecho y clamaban pidiendo sangre, tan ciegos de adrenalina que corrían derechos hacia las balas. Luego estaban los otros, los que sabían que la única manera de sobrevivir al infierno que iba a desatarse era abstraerse, entrar en trance.

Beau era de estos últimos. La transformación era evidente y no se debía a las pastillas. Su adiestramiento militar había tomado el mando. Respiraba con más calma. Había dejado de moverse con nerviosismo y suspirar. Exudaba serenidad zen como un monje budista.

Will reconoció las señales porque él también las experimentaba.

—Es aquí. —Beau subió hasta la tercera fila de gradas y se sentó. Echó otra ojeada a su reloj—. Más vale que te sientes, colega. No siempre llega puntual.

—¿Dónde está la furgoneta?

—Ni puta idea. —Beau estiró las piernas—. Esos tipos no son tontos. No va a traer la furgoneta hasta aquí y a enseñarte la cara. Para eso está el recadero.

Will dejó la bolsa de deporte en el asiento, entre los dos, y se sentó. Miró el campo de béisbol. La valla, recubierta de vinilo negro, era bonita. El parque le producía una sensación de extrañeza, a pesar de que siempre había vivido en la ciudad. No había jeringuillas, ni yonquis, ni indigentes. Solo mujeres vestidas de Gucci paseando a sus perros perfectamente atildados.

Will había estudiado un plano aéreo del parque, que tenía una superficie de más de nueve hectáreas. El equipo de vigilancia había pasado horas ideando estrategias, proponiendo rutas y escenarios alternativos, debatiendo dónde situar los coches y a los agentes. Doce pistas de tenis iluminadas. Tres campos de béisbol de césped. Otro de suelo de caucho. Una escuela de tenis. Un pabellón grande con mesas de pícnic.

Will trató de orientarse. Nunca se le había dado bien distinguir entre derecha e izquierda, pero sabía que estaban sentados junto al *home plate* del campo que estaba más alejado de la avenida. Las pistas de tenis de tierra batida quedaban detrás, lo que significaba que el campo de fútbol del colegio de primaria estaba al otro lado de la arboleda.

El colegio era territorio vedado por razones obvias. El timbre de salida había sonado hacía una hora, pero había actividades extraescolares y al menos un centenar de niños y unos cuantos maestros y empleados de administración se quedaban en el edificio. Técnicamente, el correo de Dash podía venir de cualquier dirección. Beau les había dicho que estacionaría en el aparcamiento cercano, pero Beau era un yonqui y un embustero.

He aquí el problema: si las cosas se torcían, Will no podría perseguir al correo hasta el patio del colegio con la pistola en la mano. Los agentes de apoyo no podían arriesgarse a situar un vehículo de seguimiento en el aparcamiento del colegio sin alertar a los guardias de seguridad, y a los guardias de seguridad no les haría ninguna gracia que el GBI estuviera llevando a cabo una operación secreta dentro del recinto del centro. Ni tampoco dentro de un parque público.

Will estaba ansioso por encontrar a Sara, pero si un niño resultaba herido por accidente ninguno de los dos se lo perdonaría: ni Sara, ni él mismo.

—Tienes cara de que te duela algo, tronco —dijo Beau.

Will se encogió de hombros como si no notara las articulaciones recubiertas de cemento.

—No tienes más que decirlo, chaval, y te paso algo sin ningún problema —añadió Beau. Se metió la mano en el bolsillo y le ofreció una pastilla redonda y blanca.

Will se pensó si aceptaba la pastilla. No se la tomaría, pero era buena idea intentar congraciarse con Beau. Costaba más matar a un hombre si lo conocías. Rechazar su ofrecimiento serviría para recordarle que Will era policía, y que por culpa de la policía se encontraba en aquel marrón.

—Tú te lo pierdes. —Beau se metió la pastilla en la boca, se la tragó y sonrió.

Will fijó la mirada en el campo. Oía los golpes sordos de un reñido partido de tenis en las pistas de detrás. Volvió la cabeza al oír el chasquido de un mechero.

Un cigarrillo colgaba de los labios de Beau.

—Apágalo —le dijo.

Beau lo miró entre el humo, entornando los ojos.

—Relájate, hermano.

Will le asestó un puñetazo en la oreja.

Beau estiró bruscamente los brazos, tratando de mantener el equilibrio. El cigarrillo se le cayó de los labios. Soltó una maldición y se tocó la oreja para ver si estaba sangrando.

—Joder, hermano. Tienes que calmarte.

—Yo no soy tu hermano —replicó Will: otro certero recordatorio de que no estaban en el mismo bando—. No vuelvas a hacer nada que me haga pensar que intentas hacerle una seña al hombre de Dash.

—Tranquilo, ¿vale? No era una seña.

Beau apagó el cigarrillo con la puntera de la bota y se recostó en las gradas. Exhaló un largo suspiro, ruidoso como un bocinazo.

Will se miró la mano. Se le había reabierto una herida al darle el puñetazo. Movió la muñeca en círculo y, al ver deslizarse la sangre por la palma, se acordó de cuando jugaba con orugas de pequeño.

Una de las primeras veces que había estado en el apartamento de Sara, le sangraban las manos. Le había partido la cara a un sujeto odioso, lo que era comprensible. Pero él no quería ser ese tipo de policía. Sara le hizo sentarse en el sofá. Llevó un cuenco de agua caliente. Le limpió las heridas, le vendó los cortes y le dijo que hacer cosas malas era un hábito al que uno podía entregarse o con el que podía intentar romper.

Will se limpió la mano en los vaqueros. Ya no le importaba qué clase de poli iba a ser. Solo quería devolver a Sara a casa, con su familia.

—Ese es —dijo Beau.

El correo de Dash estaba en el aparcamiento, exactamente donde había dicho Beau que estaría. Estaba saliendo de un sedán azul de cuatro puertas. La furgoneta seguía sin aparecer. El correo atravesó el aparcamiento con paso relajado. Rodeó la valla de la parte de atrás del campo. Cabello oscuro y corto, polo blanco, pantalones chinos cortos y deportivas blancas. Tenía poco más de veinte años y, a juzgar por el interés con que miraba el campo, había jugado al béisbol en el instituto. Llevaba una gorra con la visera hacia atrás, gafas de sol envolventes y mochila de loneta azul colgada del hombro. Parecía un universitario en busca de un botellón.

—¿Lo reconoces de otras veces? —preguntó Will.

—No, qué va. Son todos iguales. —Beau se levantó y bajó hasta la valla. Se metió las manos en los bolsillos y esperó.

Will dejó la bolsa de deporte en las gradas y fue a reunirse con él. Echó un vistazo al arañado *home plate*. Contó unos segundos. Alzó la mirada hacia el chico.

El correo se lo tomaba con calma. No parecía tener prisa. Beau ya le había contado a Will cuál era la rutina: normalmente, el correo lo seguía, cambiaban el contenido de la bolsa de deportes por el de la mochila y luego el correo daba la vuelta al campo y volvía al coche.

Todo muy al estilo de James Bond.

Esta vez, Beau tenía que entretener al correo, trabar conversación con él. Presentarle a Will como un excompañero del ejército y decirle que necesitaban hablar con Dash. El correo llamaría al tipo de la furgoneta y Will tendría que arreglárselas —todavía no sabía cómo— para que lo invitaran a conocer a su líder.

Lo malo era que el correo no parecía muy interesado en cumplir su papel.

Se detuvo a unos veinte metros de ellos.

Will casi oía sonar los engranajes de su cerebro. Le habían dicho que solo habría un hombre cerca de las gradas. Pero había dos. ¿Debía hacer el intercambio aun así?

Miró hacia atrás, hacia su coche. Echó un vistazo al aparcamiento y a la arboleda. Miró las pistas de tenis. Levantó la vista hacia el cielo buscando... ¿drones? Finalmente, volvió a fijar la mirada en Beau y Will. Se metió la mano en el bolsillo. Tocó la pantalla de su móvil y se lo acercó al oído.

—¿Qué hace? —le preguntó Will a Beau.

—Pedir una *pizza*. —Beau se había sacado las manos de los bolsillos y las dejaba colgar junto a los costados. ¿Listo para luchar? ¿Para huir? ¿Para hacer una señal?

Will buscó de nuevo la furgoneta con la mirada, pero solo vio a los agentes que esperaban para entrar en acción. A menos que pudieran moverse a la velocidad de la luz, no llegarían a tiempo de hacer nada, salvo llamar al forense.

Se echó la mano a la espalda, tratando de aparentar naturalidad. Agarró la Sig Sauer P365. Era una pistola compacta, diseñada para pasar desapercibida, pero podía albergar diez balas en el cargador y una en la recámara. La mayoría de los policías usaban su arma reglamentaria en las prácticas de tiro. Él, en cambio, había pasado muchas horas en la galería, practicando con la Sig. Tenía tan buena puntería con una como con otra. La culata era corta, pero la empuñadura se ajustaba como un guante. Podía sacar el arma y disparar en menos de un segundo.

El correo acabó de hablar por teléfono. Will notó que seguía dudando. ¿Se quedaba o se iba? ¿Cumplía las órdenes o se atenía a las consecuencias? Era un chaval flacucho, de miembros nervudos acostumbrados a levantar mancuernas y blandir bates de béisbol, no a luchar cuerpo a cuerpo con dos hombres adultos, ni a huir para salvar la vida.

Echó a andar de nuevo hacia las gradas. Trataba de actuar con normalidad, pero se había metido la mano en el bolsillo, y lo mismo habría dado que se colgase de los huevos un cartel que pusiera *PISTOLA*.

—¿Qué pasa? —Saludó a Will levantando la barbilla, dando por sentado que era él quien estaba al mando.

—Dile a Dash que tenemos que hablar —dijo Beau.

Pero estaba claro que el correo no quería hablar con otro correveidile como él.

—¿Todo bien, hermano? —le preguntó a Will.

—Tu contacto no es él, gilipollas —replicó Beau clavándole un dedo en el pecho—. Dile a Dash que quiero más dinero.

—¿Por qué?

—Por follarme a tu madre.

Will se adelantó en dos segundos a lo que sucedió a continuación.

El correo hizo amago de sacarse la pistola de los pantalones cortos. Beau, que también tenía dotes de adivino, levantó las manos, dispuesto a quitarle el arma y apuntarle con ella.

Pero los pantalones del correo eran demasiado anchos. ¿Qué les pasaba a aquellos tipos? ¿Por qué se guardaban la pistola en el bolsillo? Debería haberla llevado enfundada, o metida en un bolsillo de la mochila, o simplemente haber prestado más atención, porque no se enteró de nada hasta que Will le dio un patadón en la rodilla.

Sonó como un bate de béisbol golpeando una pelota.

El chico cayó al suelo.

—¡Joder! —gritó, rodando y agarrándose la rodilla.

Evidentemente, le preocupaba más la sangre que los daños en el cartílago. Y era normal, porque de que el cartílago era importante no se enteraría hasta veinte años después, cuando se lo explicara el cirujano ortopédico.

—Buen golpe, hermano —dijo Beau con un gesto de asentimiento. Tenía una pistola en la mano, una Glock 19, pero no la de Will. Como no le apuntaba con ella, Will decidió dejar que se la quedara por el momento.

—Llama a tu jefe —le dijo al correo.

—Yo no… —contestó el chico con la respiración entrecortada por el dolor—. Joder, tío, ¿es normal que se me mueva así la rótula?

—¿Cómo? —contestó Beau, riendo—. ¿Como si la hubieras sacado de una lata de callos? Qué va, hermano, eso pinta mal.

—¡Joder!

Will hurgó en el bolsillo del chico hasta que encontró el teléfono. Buscó el último número marcado. Había una inicial al lado: la letra «G».

Will tocó el botón de llamada.

No dijeron «hola», solamente:

—¿Qué cojones pasa ahora, Kevin? Te he dicho que te des prisa. Necesitamos esos medicamentos. Es una misión muy sencilla.

Will tuvo que tragar saliva antes de hablar. ¿La voz del otro lado de la línea era la de Dash? Parecía irritado, como si su hijo le hubiera abollado el coche.

—No soy Kevin —dijo—. Beau me ha dicho que os hacen falta un par de hombres. Serví con él en el desierto, en misiones de búsqueda y rescate. ¿Te interesa o no? —preguntó.

El hombre se quedó callado, pensando. Luego dejó escapar un largo chorro de aire. No un suspiro, sino un resoplido de exasperación creciente. *Lo que me hacía falta hoy*, parecía querer decir.

—Pásame a Beau —dijo.

Will lanzó a Beau una severa mirada de advertencia antes de pasarle el teléfono.

El otro se metió la Glock en la cinturilla. Seguía sonriendo. Will no sabía si estaba colocado, o si disfrutaba del súbito estallido de violencia.

—Soy yo —dijo al teléfono—. Sí, soy un gilipollas. Sí, ya lo pillo. —Miró a Will levantando las cejas como si estuviera recibiendo una reprimenda de su profesor—. Sí, lo sé, pero… —Meneó la cabeza—. Oye, Gerald, yo no… —Se detuvo otra vez—. ¿Puedes callarte un momento, cabrón, para que te lo explique?

Gerald.

Will entreabrió los labios. Dejó escapar un suspiro de frustración. Luego se dijo que Kevin era un mandado y Gerald su jefe, lo que significaba que seguramente respondía ante Dash.

Beau se rio. Le dijo a Gerald:

—Dash me dijo que me recompensaría si le buscaba a un par de tíos de fiar. —Miró a Will con una sonrisa satisfecha, dándole a entender que esa información no se la había dado a Amanda—. Se llama Jack Wolfe. Fuerzas aerotransportadas, duro de la hostia. Yo respondo por él y con eso debería ser suficiente. Si no, que te den.

Seguía sonriendo cuando le pasó el móvil a Will.

A Will le dieron ganas de golpearlo con él, pero se puso al teléfono y le dijo a Gerald:

—Soy yo.

—Wolfe. —Gerald hizo una pausa y luego preguntó—: ¿Cuánto tiempo hace que te licenciaste, hijo?

No parecía tener edad para llamarlo «hijo».

—El suficiente para saber que era todo un montón de mentiras.

Beau se rio.

Gerald volvió a quedarse callado. Estaba pensando. Otra vez.

Will también pensaba a toda prisa. Beau no se estaba ciñendo al guion. Estaba demasiado nervioso, daba brinquitos, puesto de puntillas. Pero Will no podía hacer nada al respecto. Beau era impredecible. Lo de Kevin era otra historia. Si Gerald decía que no, Will todavía podría recurrir al chico: le metería la Sig en la boca y, si hacía falta, amagaría con disparar.

—Ahora te llamo —dijo Gerald.

Will oyó el pitido de la línea. Miró la hora.

Las 16:03.

Si Gerald tardaba más de dos minutos en volver a llamar, sería porque estaba hablando con diversos superiores. Si tardaba menos de dos minutos, habría llamado directamente a Dash.

Ese último escenario lo convertía en la mano derecha de Dash.

Will se guardó el teléfono en el bolsillo. Se acercó a Kevin y le quitó la mochila.

—¿Qué coño…? —se quejó el chico.

Will indicó a Beau con una seña que lo acompañara a las gradas. Le sudaban las manos. Quería quedarse mirando fijamente el teléfono hasta que sonara y averiguara si estaba un paso más cerca de encontrar a Sara, o un paso más cerca de amenazar de muerte a Kevin.

—Tío —dijo el chico—, venga, dame eso.

—Cállate. —Will abrió la cremallera de la mochila. Fingió examinar los fajos de billetes mientras le decía a Beau en voz baja—: Conque Dash te dijo que le trajeras a un par de tíos, ¿eh?

Beau volvió a poner una sonrisa burlona.

—Se me está ocurriendo que un tipo como Dash no se fía de mucha gente, pero se fía de ti —dijo Will—. Lo que significa que nos has mentido y que lo conoces mejor de lo que decías.

Beau se metió las manos en los bolsillos. No buscaba pelea. Solo quería tocarle un poco las narices a Will.

—Uno tiene que guardarse algún as en la manga, ¿no, hermano? —dijo.

—Empieza a pensar dónde te guardas las cosas cuando los guardias te digan que te agarres los tobillos y tosas —replicó Will.

Beau se rio.

—¿Tengo cara de estar de broma? —Will contó el dinero. Había al menos treinta de los grandes en la mochila—. Vuelve a pasarte de listo y…

El sonido del teléfono le interrumpió.

Las 16:04.

Sintió que iba a vomitar, pero dejó que el teléfono sonara dos veces más antes de responder.

—¿Sí?

—Muy bien, Wolfe —dijo Gerald—, puedes darle las gracias

a tu colega por recomendarte. El jefe valora mucho la opinión del capitán Ragnersen.

Will abrió la boca y tomó aire.

—¿Cuánto vais a pagarme?

—Puedo ofrecerte diez de los grandes por un trabajito que hay que hacer esta noche. Una pequeña prueba para ver si tienes lo que hay que tener.

Will se obligó a contar hasta cinco en silencio.

—¿Qué trabajito?

—Nada muy arriesgado. Entrar y salir. Lo hemos hecho otras veces. Y tenemos un tío dentro.

—Siempre hay riesgo —replicó Will, y volvió a contar hasta cinco para sus adentros. Diez mil dólares bastaban para pagar un asesinato. Aunque también cabía la posibilidad de que aquellos tipos no tuvieran ni idea de cuánto costaba contratar a un matón a sueldo—. Quince mil —dijo, tanteando el terreno.

—Trato hecho —contestó Gerald, lo que significaba que Will debería haberle pedido veinte—. Pásame con Kevin.

Will intentó disimular su euforia al darle el móvil a Kevin. Estaba dentro. Por poco, pero dentro.

—Sí, señor —le dijo Kevin a Gerald haciendo un esfuerzo por no quejarse—. Sí, sé dónde está. Puedo verme con él allí dentro de quince o veinte… Vale, pero…

La conversación terminó bruscamente.

Kevin se guardó el teléfono en el bolsillo. Le dijo a Will:

—Ayúdame a levantarme, Flaco.

Will lo agarró del brazo y lo levantó como si fuera un pelele.

—Joder, cómo duele. —Kevin se acercó cojeando a las gradas. La sangre se había acumulado en su zapatilla. Se le veía el hueso en la punta de la rótula. Se dejó caer en un asiento. Abrió la cremallera de la bolsa de deporte. Había sido imposible ocultar un transmisor GPS dentro de los medicamentos. Beau les había explicado con todo detalle cómo debían prepararlo todo: las pastillas,

339

en bolsas de conservación etiquetadas, y las pomadas y cremas fuera de sus cajas, agrupadas y sujetas con gomas, y sin abrir.

Kevin cambió los fajos de billetes de su mochila por el contenido de la bolsa de deporte.

—Necesito vuestros teléfonos y vuestra documentación —dijo.

—Que te den —contestó Beau.

Kevin se encogió de hombros.

—Tú responds por él. Gerald ha dicho que o vais juntos o no va ninguno.

—Vamos los dos. —Will dejó su cartera sobre las gradas—. Teléfono no llevo. No quiero que el Gobierno me siga la pista.

—No hay problema —contestó Kevin—. Te entiendo, hermano.

La cartera se había abierto al caer sobre el asiento. El permiso de conducir y la tarjeta de crédito estaban a nombre de Jack Phineas Wolfe. Si el IPA chequeaba su identidad, encontraría su expediente militar, una orden de alejamiento y dos detenciones por conducir bajo los efectos del alcohol. A no ser, claro, que tuviera acceso a los servidores del Pentágono.

—Vamos, hermano —le dijo a Beau—. Ponte las pilas.

—Qué puta mierda. —Beau empezó a sacudir la cabeza, pero dejó su cartera y su teléfono sobre el asiento.

Will observó su cara. Tenía un mal presentimiento. Beau había capitulado con demasiada facilidad. Aun estando colocado, había conseguido hacerse con la pistola. Will no había oído lo que le decía Gerald cuando habían hablado. Ni tampoco lo que le había dicho a Kevin.

Su instinto empezó a chillar como una *banshee*.

—Te seguimos en la camioneta —le dijo a Kevin.

—No vais conmigo. El que está al mando de las misiones es Gerald. ¿Alguno de los dos está en busca y captura en Carolina del Norte?

¿Carolina del Norte?

340

—¿Quién va a llevarnos hasta Gerald? —preguntó Will.

—Esperad un rato. —Kevin guardó las carteras y el teléfono de Beau en su mochila—. Os va a mandar una ubicación.

Will tuvo que contenerse para no mirar a su alrededor. Beau les había dicho que Dash mandaba un recadero nuevo a cada encuentro, pero no les había descrito al tipo de la furgoneta. Evidentemente, conocía a Gerald y les había mentido sobre su relación con Dash. Will estaba seguro de que ambos conocían todas las vías de salida del parque. Y ninguno se pararía a pensar en los chavales del colegio de al lado.

—¿Qué hay de mi dinero? —le preguntó Beau a Kevin.

—Dame las llaves de tu camioneta. Te lo dejo debajo del asiento.

Beau volvió a capitular. Le lanzó las llaves al chico y dejó las manos relajadas junto a los costados. En actitud zen, otra vez. Listo para actuar.

El teléfono de Kevin emitió un suave pitido. Will vio una chincheta en un mapa. Gerald le había mandado una ubicación.

—Por allí. —Kevin señaló en la dirección que esperaba Will: hacia la arboleda—. Cuando lleguéis al centro del campo, torced a la derecha, otra vez hacia el bosque. Pasad la residencia de ancianos. Habrá una furgoneta negra esperándoos al final de la calle.

—¿Qué campo? —preguntó Beau.

Él no se había estudiado el plano aéreo. No había trabajado durante horas con un equipo de agentes altamente cualificados en busca de los mejores lugares para vigilar cada ruta de acceso al parque.

Todas, menos una.

—El campo de fútbol —dijo Kevin—. El de detrás del colegio.

Sentado en la trasera de la furgoneta atiborrada de gente, Will sudaba tanto que tenía la sensación de estar metido en una cazuela de agua hirviendo. Las ventanillas estaban tintadas de negro. Una mampara separaba la cabina de la parte de atrás. La luz del techo estaba encendida, pero era tan débil que Will apenas distinguía las siluetas de sus compañeros de viaje. La exigua rendija de ventilación del techo echaba un chorro de aire acondicionado, pero fuera hacía treinta y ocho grados y estaban encerrados en una caja de aluminio: por fuerte que fuera, el aire acondicionado no impediría que se achicharrasen.

El Gatorade de la nevera portátil se les había agotado a las dos horas de viaje.

Will miró su reloj.

Las 19:42.

Más de tres horas de trayecto. Podían estar ya en el interior de Carolina del Norte. O Kevin podía mentir mucho mejor de lo que él creía, y podían estar en Alabama o en Tennessee.

Beau gimió en sueños y apoyó el hombro contra el de Will. Roncaba con la cabeza colgando. Al otro lado de la furgoneta se apretujaban cuatro chicos. Su sudor olía a almizcle de tejón mezclado con desodorante Axe.

Gerald no había hecho las presentaciones al decirles que subieran a la furgoneta. Los chicos se parecían tanto que Will los llamaba para sus adentros Uno, Dos, Tres y Cuatro. Llevaban todos una pistola en la cadera. No tenían más de dieciocho años, vestían de negro y sus expresiones faciales pasaban continuamente del aburrimiento al terror. Debían de estar agotados de mantener las rodillas pegadas a la barbilla durante tanto tiempo. Evidentemente, les daba miedo rozar a quien no debían con la pierna o el pie. A Beau, o a Will. Entre los dos, ocupaban tanto espacio como los cuatro juntos.

Aquellos chicos desprendían una suerte de energía eléctrica. Las miradas furtivas que lanzaban a un lado y otro de la furgoneta, los gestos que cambiaban entre sí… Will solo podía describirlo como una especie de estupor maravillado. Aquellos chicos los miraban como a auténticos héroes de guerra. Iban a cumplir una misión junto a soldados de verdad. Llevaban pistolas en el cinto. Iban vestidos como miembros de un comando. Saltaba a la vista que estaban ansiosos por empezar la misión.

Lo que preocupaba enormemente a Will. Daba por sentado que aquellos chicos sabían mucho más del ejército que él. Cada cuerpo tenía su propia jerga. Solo hacía falta una frase equivocada para que se encontrase de rodillas con una pistola apuntándole a la nuca.

Era evidente que Gerald no estaba convencido de que Jack Wolfe fuera a servirles de algo pero Will calculaba que, habiendo perdido a cuatro hombres, Dash necesitaba con urgencia combatientes cualificados. Aun así, Gerald lo había inspeccionado como si fuese un costillar de ternera. Había echado un vistazo a la Sig Sauer que llevaba a la espalda y se había llevado aparte a Beau y lo había acribillado a preguntas. Si Beau pensaba delatarlo, debía de estar esperando una ocasión más propicia, porque Gerald parecía haberse dado por satisfecho con sus respuestas. Había asentido una vez en silencio, y el joven al que Will llamaba Cuatro le había escaneado con una varita, buscando la señal de un transmisor GPS. A Beau no lo habían escaneado, lo que significaba que aún no se fiaban de Will.

Y que Beau era un puto mentiroso, porque evidentemente aquella gente lo consideraba de los suyos.

El tiempo que había pasado en la furgoneta le había permitido considerar cómo podía echarle la zancadilla Beau. Pero Beau era solo parte del problema. Ganarse la confianza de Gerald era el único medio del que disponía para encontrar a Sara, pero no podía idear una estrategia clara hasta que supiera adónde se dirigían.

Carolina del Norte.

¿Iban a atracar un banco? Era ya muy tarde para eso. ¿Iban a robar en un supermercado o en un establecimiento de cambio de moneda? Pero ¿para qué salir del Estado habiendo miles de tiendas más cerca? ¿Pensaba Gerald llevarlos a las montañas, hacerlos salir de la furgoneta y acribillarlos a todos con su AR-15?

Cabía esa posibilidad, sobre todo una vez hubieran completado la misión.

Will daba por hecho que Amanda estaba buscándolo. Seguramente se habría puesto hecha un basilisco con el equipo. Igual que Faith. Su compañera no era muy dada a ceñirse a las normas. Will la había visto más de una vez sacar partido a la silla de bebé que llevaba en el asiento trasero del coche. De haber podido, se habría apostado en algún lugar del aparcamiento del colegio, solo por si acaso.

Pero no lo había hecho, y ni el falso corredor, ni la falsa madre con el carrito, ni la pareja del aparcamiento, ni los coches de seguimiento habían visto desaparecer a Will en la arboleda. Y, aunque lo hubieran visto, no podían prever por dónde saldría de ella. La residencia de ancianos del otro lado del campo de fútbol no figuraba en su dosier.

Faith habría tardado dos segundos en deducirlo.

Will apoyó la cabeza en la pared de la furgoneta. Las vibraciones de la carretera le taladraban el cráneo y el coxis. Volvía a dolerle la cabeza. Cerró los ojos. Aspiró el aire denso y maloliente. Pensó en el momento en que encontraría a Sara. En lo que le diría. En cómo serían sus vidas después de aquello.

Para Sara, su familia era lo más importante: ese era el problema. Estaba claro que Cathy odiaba a Will. No podía disimularlo. Eddie se esforzaba un poco más, pero Will no estaba seguro de que eso fuera a durar mucho. Lo cierto era que nunca había creído que tuviera posibilidades de integrarse en la familia. Su única esperanza era acabar siendo, con el tiempo, como esa pieza de puzle suelta que nadie sabe dónde encaja y que nadie se atreve a tirar.

La última vez que había visto a Cathy Linton, ella ni siquiera se había dignado a decir su nombre.

La furgoneta pasó por un bache. Beau se despertó con un resoplido. Se rascó las pelotas y se limpió las babas con la manga. Abrió la nevera portátil. Volvió a cerrarla de golpe.

—¿Quién ha sido el capullo que se ha bebido el último Gatorade?

—Hay uno junto a la puerta —dijo Tres—. Está un poco caliente.

Beau se dio cuenta de que el chico intentaba escaquearse. Le asestó una patada en la espinilla.

—¿Crees que nunca he tenido que beber pis, chaval?

Ellos no se rieron. Estaban pensando en lo desesperado que tenía que estar uno para beberse su propia orina.

Cuatro hizo la pregunta que temía Will:

—¿Cómo era aquello?

Beau señaló a Will con la cabeza.

—El que estuvo en el frente fue este.

Will hizo un esfuerzo por mantenerse inmóvil y no asestarle un puñetazo en el cuello.

—Venga, tío —dijo Tres—. Cuéntanos cómo es.

Will miró la luz del techo. Carraspeó. Aquellos chicos iban armados. Se dirigían a cumplir una misión posiblemente peligrosa. Su mayor temor era cometer un error y que sus compañeros se rieran de ellos. La muerte era un concepto que no tenía cabida en sus mentes infantiles. No habían sufrido lo suficiente como para entender que la vida era un don precioso.

—No vi morir a mis compañeros para entretener con cuentos a una panda de mocosos —dijo por fin.

Beau se rio.

—Bien dicho.

La desilusión de los chicos era palpable. Cuatro gruñó. Tres dio unos golpes con la cabeza contra la pared de chapa de la furgoneta. Dos empezó a morderse las uñas. Uno cambió de postura, tratando de estirar la pierna agarrotada sin tocar a nadie.

Aunque la trasera de la furgoneta era estrecha, conseguían dejar varios centímetros de espacio entre sí. A esa edad, no tocabas a otro tío como no fuera para hacerle daño. Hablabas de follarte a chicas que ni siquiera sabían cómo te llamabas. Te jactabas de haberte caído del monopatín o de haberte estrellado con la bici como si no hubieras estado a punto de cagarte encima en esos momentos. Todavía estabas intentando descubrir qué hacer con toda la rabia, el deseo y la furia que se incendiaban dentro de ti como un bosque sin razón aparente.

Will había sido igual: a esa edad, estaba ansioso porque alguien le enseñara a ser un hombre. Veía a un tío atractivo caminando por la calle e intentaba imitar sus andares. Oía a un hombre ligando con una mujer y probaba sus mismas frases con alguna pobre incauta. O al menos eso les contaba a sus amigos: que las había probado y que le habían resultado. Y que había sido la bomba.

—Es un asco —dijo—. Matar a alguien. Es un asco, y te odias a ti mismo.

Beau no soltó una broma estúpida. Le estaba escuchando. Le escuchaban todos.

Will sopesó sus palabras. Se suponía que en ese instante era Jack Wolfe, un exsoldado desencantado de la vida. Las experiencias de aquel personaje ficticio no eran las suyas, pero se parecían hasta cierto punto. Will no sentía remordimientos por haber disparado a Sebastian James Monroe, pero Monroe no era el primer hombre al que mataba.

—No hay gloria ninguna en quitarle la vida a otro ser humano —afirmó.

Había tensión en el aire. Solo se oía el zumbido monótono de los neumáticos al rozar el asfalto.

—La gente te dice que eres fuerte, o que eres un héroe, pero no es verdad. —Se limpió la boca con la manga de la camiseta—. Aunque el tipo se lo merezca, aunque tengas que matarlo antes de que te mate él a ti, te sientes fatal, hecho una mierda.

A su lado, Beau comenzó a flexionar las manos.

—La gente te lo pregunta todo el tiempo —prosiguió Will—, pero no puedes decirles la verdad, porque no es eso lo que hace un héroe.

—Tienes mucha razón —masculló Beau.

Will se inclinó hacia delante. Quería que aquellos chavales estúpidos le oyeran bien.

—Cuando pasa, no es nada guay. La sangre salpica. Se te mete en los ojos. Se ven los huesos y los cartílagos. Crees que estás preparado para toda mierda porque has jugado un millón de veces a *Call of Duty*, pero en persona no es lo mismo. La sangre huele a cobre. Se te mete en los dientes. La notas en la garganta. La respiras.

—Jo —musitó Tres.

Beau se miró las manos. Sacudió la cabeza.

—El hombre al que le has pegado un tiro tenía familia, igual que la tienes tú. Tenía una vida, lo mismo que tú. Puede que tuviera hijos. Puede que tuviera una novia o una amiga, o una madre enferma, o tantas ganas de volver a casa como tú. —Los miró a todos, de Uno a Cuatro. Tenían los ojos abiertos de par en par. Estaban pendientes de cada palabra—. Por eso es un asco. Porque…

Meneó la cabeza. Ya les había dicho el porqué. Confiaba en que no lo experimentaran nunca en carne propia.

Beau se sorbió los mocos. Se limpió la nariz.

Dos fue el primero en hablar.

—¿Porque qué, tronco?

Will fijó la mirada en la ventanilla tintada. Oía la respiración rasposa de Beau.

—¿Porque qué? —repitió Dos.

—Porque cuando matas a alguien —contestó Beau—, matas una parte de ti mismo.

Siguió oyéndose el zumbido de los neumáticos en medio del

silencio. No hubo más preguntas. Will siguió el paso del tiempo en su reloj. Diez minutos más. Quince. Sintió que la furgoneta describía una curva suave. Estaban dejando la autovía, tomando una salida.

Miró su reloj.

Las 19:49.

La furgoneta aminoró la marcha para tomar otra curva. Más cerrada esta vez, seguramente hacia una bocacalle. Will clavó su hombro en el de Beau sin querer. Frente a ellos, los chavales se esforzaron por mantener el espacio que los separaba.

Durante unos minutos, la furgoneta avanzó a unos cincuenta kilómetros por hora. Will aguzó el oído por si escuchaba el ruido de otros vehículos. De vez en cuando se oía el zumbido del tráfico. Seguían cerca de la autovía. O quizá fuera una carretera interestatal. O tal vez llevaba tanto tiempo en la furgoneta que había perdido por completo el sentido del oído.

Tuvo la impresión de que bajaban una cuesta. Luego, la furgoneta subió una rampa. Will oyó el ruido de un motor diésel al ralentí. Muy cerca, seguramente aparcado junto a la furgoneta. Oyó un chirrido. Un motor, un ruido de cadenas chocando contra metal, el chasquido intermitente de un freno impidiendo el retroceso de un engranaje.

Will reconoció aquellos ruidos. Había trabajado en una empresa de transportes para ayudar a pagarse los estudios. Sabía cómo sonaba el cierre de un muelle de carga cuando se enrollaba para una entrega.

La furgoneta osciló cuando Gerald se bajó del asiento delantero. Estaba hablando con alguien. Will no entendió lo que decían. Dio por sentado que algún dinero iba a cambiar de manos.

«Nada muy arriesgado. Entrar y salir. Lo hemos hecho otras veces. Y tenemos un tío dentro».

Las puertas de la furgoneta se abrieron por fin. Will esperaba una luz cegadora, pero solo había oscuridad. Gerald se había acercado marcha atrás al muelle de recepción. Las gruesas cortinas de plástico negro que rodeaban la entrada impidieron a Will ver lo que había fuera. Un hombre que parecía recién salido del gimnasio caminaba hacia la salida de la nave, de espaldas a Will. Llevaba en la mano un sobre tan lleno de dinero que la solapa no cerraba. Gorra de béisbol roja, pantalones cortos anchos, camiseta Nike negra, ancho de cintura.

—Vamos —dijo Gerald en voz baja haciéndoles señas de que se apresuraran.

Los cuatro chicos salieron rápidamente y, separándose en parejas, se encaminaron en distintas direcciones. Empuñaban sus armas como si en cualquier momento pudiera desencadenarse un tiroteo.

Will recorrió el almacén con la mirada mientras se bajaba de la furgoneta. Casi todas las luces estaban apagadas, pero había algunas zonas iluminadas. La nave era más o menos del tamaño de un campo de fútbol. Hileras de estanterías metálicas contenían cajas de cartón selladas y apiladas. Tenían todas las mismas dimensiones, en torno a un metro cuadrado, y estaban estampadas con números que se correspondían con los letreros de las estanterías de abajo. Cada caja tenía adherida una funda de plástico con un albarán dentro.

Pensó que tenía que hacerse con uno de aquellos albaranes. En los impresos figuraría el contenido de la caja, la dirección de envío y de llegada, los nombres de las empresas y las personas de contacto.

—Beau —dijo Gerald, y le indicó que se dirigiera a la parte trasera del almacén.

Beau ya llevaba la Glock en la mano. Avanzó agazapado, con la pistola apuntando hacia abajo, al acecho de guardias de seguridad o de cualquiera que pudiera causarles problemas.

—Wolfe. —Gerald le puso la mano en el hombro a Will y dijo en voz baja—: Por ahí.

Will vio los aseos, una sala de descanso para empleados, la oficina y una puerta que probablemente conducía a los despachos de administración. Sacó su Sig, la apuntó hacia el suelo y avanzó hacia el aseo con los hombros encorvados.

Antes de entrar, miró hacia atrás. Había otro muelle de carga abierto y, arrimada a él, se veía la trasera de un camión, repleta hasta el techo de cajas de cartón que parecían idénticas a las de las estanterías. Dos y Tres comenzaron a descargar las cajas. Las cajas pesaban tanto que hacían falta dos hombres para acarrearlas. Gerald se acercó a una sección de estanterías. Llevaba una hoja de papel en la mano. Buscaba un número de referencia. Señaló una fila del medio. Uno y Cuatro comenzaron a bajar cajas.

¿Qué sentido tenía introducirse en un almacén para sustituir unas cajas por otras?

Gerald lo sorprendió mirando.

Will entró en el aseo de señoras. Echó un vistazo a los retretes. Necesitaba algo: una tarjeta identificativa o un periódico que le sirviera para averiguar dónde estaban. Había taquillas, pero estaban todas abiertas y vacías. Inspeccionó el aseo de caballeros, pero tampoco allí tuvo suerte. Volvió al almacén. Los chicos seguían sacando cajas del camión y bajándolas de las estanterías.

La puerta de la oficina estaba cerrada con llave. Will miró por el cristal. Había papeles por todas partes, pero estaba demasiado oscuro para distinguir un logotipo o una dirección.

Detrás de él, los chicos trabajaban a toda prisa. Habían acabado de descargar el camión y ya habían metido dentro la mitad de las otras cajas. Trabajaban mecánicamente: no era la primera vez que hacían aquello. Parecían asustados, pero no aterrorizados. Su energía nerviosa procedía más bien de la emoción de estar cometiendo un acto delictivo.

Will entró en la sala de descanso. Máquinas expendedoras, una cocinita, un fregadero, dos neveras, mesas y sillas para unas treinta personas.

Había una persona sentada a una mesa, junto a la máquina de Coca-Cola.

Un guardia de seguridad.

A simple vista parecía muerto, pero Will comprendió enseguida que estaba dormido. Tenía la cabeza echada hacia atrás, contra el respaldo de la silla, y la boca abierta de par en par. La gorra le cubría los ojos y la nariz. Apoyaba las manos sobre la voluminosa barriga. Su uniforme era de algodón negro, sin emblemas ni etiquetas. Botas negras de faena. Calcetines blancos de deporte.

Will se disponía a salir de la sala cuando distinguió la cinta de una tarjeta de identificación alrededor del cuello del guardia.

La tarjeta estaba del revés. El reverso era blanco. Del otro lado, contendría el nombre del guardia, la empresa a la que pertenecía y su dirección.

Will dudó un momento.

Oyó cerrarse una puerta enrollable en el almacén. Habían acabado de cargar el camión. Seguramente estaban buscándolo.

Guardó la Sig en la funda. Abrió la navaja.

Dio un paso hacia el guardia dormido. Roncaba estentóreamente. Debía de llevar dormido media hora, como mínimo.

Will dio otro paso. Chasqueó la lengua para probar cuánto ruido podía hacer sin despertar al guardia. El ruido de la puerta enrollable no había alterado su sueño. Al acercarse, Will notó un fuerte olor a licor de alta graduación. Chasqueó la lengua otra vez. El guardia no se movió.

Will dio otro paso. Estiró el brazo para cortar la cinta y hacerse con la tarjeta.

—¡Chist!

El ruido procedía de detrás de él.

Gerald estaba en la puerta. Sacudió la cabeza enérgicamente, ordenándole que dejara en paz al guardia. Tenía una mirada temerosa.

Pensaba que Will se disponía a apuñalar al guardia.

—Wolfe —dijo, haciéndole señas de que saliera.

Will miró la tarjeta. Estaba tan cerca…

Pero Gerald le había dicho que no. Y la misión de Will no era localizar la dirección de un almacén, sino introducirse en el IPA.

Siguió empuñando la navaja mientras salía marcha atrás de la sala. Miraba la tarjeta con el mismo anhelo que sentía por Sara. Escudriñó la habitación buscando rasgos distintivos. Los carteles habituales en las paredes, advirtiendo del riesgo de asfixia y quemaduras tóxicas. Una fuente lavaojos de emergencia. Un botiquín de primeros auxilios. No había en aquella sala de descanso nada que la distinguiera de los cientos de miles de salas de descanso de almacenes que había en el país.

Will corrió tras Gerald de vuelta a la furgoneta. Vio las cajas colocadas en el estante metálico. Llevaban todas el mismo número: 4935-876.

—Wolfe —dijo Gerald poniéndole de nuevo la mano en el hombro—. La próxima vez —dijo en un susurro—, consúltame antes de hacer algo así.

Él asintió en silencio. Subió a la furgoneta. Los cuatro chicos ya estaban dentro. Beau había ocupado su sitio detrás del asiento del conductor. Se miraba las manos, callado. Guardaban todos silencio. Habían esperado —con anhelo, incluso— que pasara lo peor y no sabían qué hacer con su desilusión.

El trayecto de vuelta a la residencia de ancianos transcurrió en silencio. Cuatro horas, por el reloj de Will. Los chicos se quedaron dormidos. Beau permanecía en tensión a su lado. Estaba pensando. Seguramente planeaba cómo salir de aquel aprieto una vez se detuviera la furgoneta. Huir. Luchar. Matar.

Will también pensaba, pero no sobre eso.

4935-876.

Los números estampados a un lado de las cajas.

Los repetía de memoria como un mantra. Las ruedas giraban sin cesar. Los chicos seguían durmiendo. A Will empezó a dolerle la rabadilla de pasar tanto tiempo sentado en el suelo metálico.

La pantalla de su reloj ya había marcado las doce cuando la furgoneta se detuvo por fin.

Los chicos no se despertaron. Beau gruñó al deslizarse por el suelo. La metralla que tenía alojada en la espalda debía de estar matándole. Había dejado de hurgarse en el bolsillo hacía más o menos una hora. O bien se le habían acabado las pastillas, o bien quería estar despejado para lo que iba a suceder a continuación.

Gerald abrió las puertas de la furgoneta. Estaban a la entrada del camino de acceso a la residencia. Sostenía las carteras de ambos, el teléfono de Beau y sus llaves.

—Muchísimas gracias por vuestros servicios —dijo—. El dinero está debajo del asiento de la camioneta. Ha sido un placer hacer negocios con vosotros, chicos.

Beau recogió sus pertenencias y empezó a guardárselas en los bolsillos.

Gerald se dirigió a la parte delantera de la furgoneta. La puerta del conductor estaba abierta. El motor, al ralentí.

Iba a marcharse. No podía marcharse.

—¿Ya está? —preguntó Will.

Gerald se volvió lentamente. Miró a Will con atención. Parecía indeciso. Pasados unos segundos interminables, dijo:

—¿Quiere usted más, comandante Wolfe?

Comandante.

Habían revisado su cartera, se habían informado sobre Jack Phineas Wolfe, exmiembro de las Fuerzas Aerotransportadas del Ejército de Tierra, licenciado con honores.

Beau carraspeó.

—Venga, deja que se vaya.

Will no entendió a quién se dirigía.

Gerald preguntó a Beau:

—¿Ahora vas a acojonarte, Ragnersen? ¿Qué pasa? ¿Le retiras tu apoyo o qué?

Will contuvo la respiración, temiendo que Beau lo delatara.

Beau tardó en responder, pero al final negó con la cabeza. Una sola vez. Sin énfasis. El equivalente a un encogimiento de hombros.

Will pensó en la Sig Sauer que llevaba a la espalda. Sudaba tanto que la funda de cuero de la pistola se le pegaba a la camisa.

Gerald, evidentemente, no estaba satisfecho.

—Vamos, Ragnersen —dijo—. ¿Crees que tiene lo que hay que tener o no?

Will fijó la mirada en el suelo. Calculó la distancia entre él y Gerald, pensó en los cuatro chavales que dormían en la furgoneta, en los ancianos de la residencia, en los coches que podían pasar por la avenida.

—Sí, joder. —Beau dejó que su cara se distendiera en una sonrisa—. Wolfe me cubrió las espaldas en el desierto muchas más veces de las que tú te has rascado los huevos.

Will procuró que la ira y el alivio que sentía no se reflejaran en su semblante. Agarró a Beau del hombro, como haría un colega, pero le hincó los dedos con fuerza para hacerle entender que tendría que vérselas con él más adelante por haberle jugado esa mala pasada.

Gerald cruzó los brazos.

—¿Te va muy mal la vida? —le preguntó a Will.

Él se encogió de hombros.

—¿Estás dispuesto a renunciar a todo? —preguntó Gerald—. ¿A irte de la ciudad? ¿A no mirar atrás?

A Will empezó a latirle el corazón tan violentamente que notó el pulso en los dedos. Allí estaba. Su última oportunidad de encontrar a Dash. Su única oportunidad de salvar a Sara.

—¿Cuánto pagáis? —preguntó.

—Doscientos cincuenta mil dólares.

—Joder —masculló Beau.

—¿Qué tengo que hacer? —preguntó Will.

—Lo sabrás cuando sea el momento —respondió Gerald—.

Cuando te presentes, tienes que estar listo para dejar atrás tu antigua vida. No hagas el equipaje. No le digas a nadie lo que vas a hacer. Si pagamos un pastón, es por algo. Si haces este trabajo con nosotros, cuando acabe tienes que desaparecer. No puedes volver a tu antigua vida. Y si lo intentas, tendremos que quitarte de en medio, a ti, a tu familia, a tu mujer... a cualquiera que pueda irse de la lengua. ¿Entendido?

Will fingió pensárselo. El dinero que ofrecían no solo era un pastón: también era un engañabobos. Había cientos de criminales dispuestos a estrangular a su propia madre por un cuarto de millón de dólares. Si ofrecían una cifra así, era porque estaban seguros de que no iban a tener que pagarla.

—¿Cuándo? —preguntó.

Beau dio una patada al suelo.

—Mañana —contestó Gerald—. A las quince cero cero. Salida ciento veintinueve de la I-85. Hay una gasolinera Citgo. Te llevaré a conocer al jefe. Él te pondrá a prueba para asegurarse de que sirves.

Dash.

—Si te da el visto bueno, estás dentro —añadió Gerald.

—¿Y si no? —preguntó Beau.

El otro se encogió de hombros. Le dijo a Will:

—Hay guerras por las que vale la pena sacrificarse. El jefe te pondrá al corriente. Seguro que no le cuesta mucho convencerte. Puede que hasta te apetezca venirte con nosotros cuando nos demos el piro. La misión de la que formarás parte, la guerra en la que estamos metidos, merecen la pena.

Will apretó los dientes. Oía sonar una sirena dentro de su cabeza. No era una señal de advertencia sino...

Sara-Sara-Sara-Sara.

—¿Qué misión es esa? —intervino Beau.

Gerald pareció sorprendido.

—¿Tú también te apuntas?

—Joder, tío, no. Ni por el doble de pasta.

—Piénsatelo, soldado —le dijo Gerald a Will—. Sin presión. Si quieres meterte en esto, tienes que meterte del todo. Preséntate mañana. Salida ciento veintinueve, a las quince cero cero. Lo que tienes que hacer, lo sabrás cuando llegue el momento. ¿Te vale así?

Will contó en silencio. Hasta cinco y luego hasta diez. Asintió una sola vez con la cabeza.

Gerald hizo lo mismo.

Y eso fue todo.

Will echó a andar por la calle, hacia la residencia de ancianos. Oyó cerrarse la puerta de la furgoneta a su espalda. Bordeó el edificio, levantando la mirada hacia la cámara para que captara de lleno su cara. Tenía la cabeza llena de números:

4935-876; 129 de la I-85, a las 15:00.

Beau iba tras él, arrastrando de nuevo los pies como Charlie Brown.

—Eres un hijo de puta —dijo Will.

—Pues sí, lo soy. —No parecía preocuparle lo enfadado que estuviera Will, ni adónde se dirigieran.

—Deberías huir —le aconsejó Will—. Sabes que te estarán esperando en la camioneta.

—Tú también deberías huir, Robocop. —Beau se dio una carrera para alcanzarlo—. No seas tonto. Tú sabes que te han ofrecido ese pastón porque acabarán metiéndote un tiro en la nuca, así es como van a pagarte. No arriesgues tu vida por pararles los pies a esas sabandijas.

—¿Qué están planeando?

—¿Crees que me cuentan a mí esas movidas?

Will siguió caminando. Beau pensaba que estaba volcado en su trabajo. Ignoraba que lo único que le importaba era Sara.

—Eh, oye, espera, hermano. —Siguió a Will por la arboleda—. Escúchame, ¿vale? Dash es un puto asesino a sangre fría. Fuera de broma. Yo he combatido con tíos así. Tú le importas una mierda. Eres una víctima colateral. En cuanto empiecen a llover las balas, te cerrará el paraguas.

Will sintió un pinchazo en la frente. Mató un mosquito de un manotazo.

—Eso que has dicho en la furgoneta —dijo Beau—. Te entiendo perfectamente, hermano. Yo doy vueltas en la misma noria cada día que me levanto de la cama. O tienes ganas de matar a alguien, o quieres suicidarte.

—No soy yo quien se mete heroína negra —replicó Will mientras cruzaba trabajosamente el campo de fútbol. El césped estaba mojado. Los aspersores habían empapado el suelo. No necesitaba que un yonqui que se enfrentaba a veinte años de prisión le sermoneara—. ¿Quieres ayudar a alguien? —preguntó—. Pues ayúdate a ti mismo, *hermano*.

—Solo intento…

Beau no tuvo ocasión de explicarse.

De pronto, un sinfín de luces comenzaron a flotar a su alrededor como luciérnagas. Los agentes se arremolinaron en torno a ellos. Las pistolas en alto. Los chalecos de Kevlar bien ceñidos. Will no los reconoció: no pertenecían al GBI. Gritaban lo que les habían enseñado a gritar en Quantico.

—¡FBI! ¡FBI! ¡Al suelo! ¡Al suelo!

Will levantó los brazos, pero lo apartaron de un empujón.

Tiraron a Beau al suelo. Casi no tuvo tiempo de suspirar. Le esposaron las manos a la espalda. Descargaron la Glock 19. Arrojaron al suelo su cartera y su móvil.

Un agente con gafas se agachó a su lado.

—Capitán Ragnersen, queda usted detenido por portar un arma ilegal dentro de una zona natural protegida.

—Joder —exclamó Beau, furioso, y miró a Will—. Teníamos un trato.

Will se alejó. La hierba mojada le empapó las deportivas. Seguía repitiendo su mantra: *4935-876, 129 de la I-85 a las 15:00.*

La luna se escondió detrás de una nube. Will se concentró en avanzar paso a paso por la arboleda a oscuras. El agotamiento le oprimía todas las articulaciones. Pensó en el compromiso que acababa de adquirir. Aquellos hombres eran terroristas. Que Dash era un psicópata no era ninguna novedad. Había puesto una bomba en un hospital. Había organizado el secuestro de una científica del CDC. Sus hombres se habían llevado a Sara delante de sus narices. Había matado a un hombre con la Glock de Will. Había ordenado a su lugarteniente sacar un montón de cajas de un almacén, cargadas con... ¿con qué?

Con explosivos, seguramente. Aquellas cajas podían ir a parar a cualquier sitio. Colegios. Edificios de oficinas. Hoteles. Él no había logrado hacerse con un albarán. No había podido quitarle la identificación al guardia. El almacén podía estar en cualquier parte. Si no conseguía infiltrarse en aquel grupo, no habría manera de impedir que llevaran a cabo la atrocidad que planeaban.

Pero en realidad no era eso lo que más le importaba.

«¿Te va muy mal la vida?».

Sin Sara, no tenía vida.

Rozó con la mano la valla de alambre al pasar por el campo de béisbol. Dejó atrás las pistas de tenis. Vio la camioneta de Beau en el aparcamiento. A su lado había un Acura plateado con el motor en marcha. Sus faros delanteros apuntaban hacia abajo. El humo del tubo de escape subía en volutas por la parte de atrás. El motor arrojaba calor a través de los huecos de las ruedas.

4935-876, 129 de la I-85 a las 15:00.

Will abrió la puerta del coche. Ladeándose, se sentó con una mueca de dolor. Cerró los ojos. El aire acondicionado estaba a tope. El sudor empezó a helársele en la cara.

—¿Y bien? —preguntó Amanda.

Él hizo un gesto afirmativo.

—Estoy dentro.

Martes, 6 de agosto de 2019

CAPÍTULO 14

Martes, 6 de agosto, 07:00 horas

—¡Madre mía! —gritó Faith, sentada a la mesa de la cocina—. ¡Pero qué ricos están estos arándanos!

No tuvo la satisfacción de oír corretear a Emma por el pasillo de arriba.

Habían pasado diez minutos desde que a su hija le había dado una pataleta por la injusticia del queso en tiras. Antes de que a Faith le diera tiempo a calmarla, había subido corriendo las escaleras y se había encerrado en su cuarto. Precisamente por eso había un clip en el saliente de la puerta, para abrirla en caso de apuro. Luego, no obstante, Faith la había oído cantarles a sus peluches y había pensado: «solucionado».

Se levantó de la mesa y empezó a llenar el lavavajillas. Miró la hora: su madre llegaría pronto para recoger a Emma. Y, si su preciosa bebé estaba en esos momentos arriba quitándose la ropa, a Evelyn iban a darle ganas de matarla, o de suicidarse. Emma estaría, como mínimo, descalza. Y Faith no disponía de la hora necesaria para convencer a su hija de que metiera el pie izquierdo en el zapato izquierdo y el pie derecho en el zapato derecho.

Respiró hondo para calmarse y trató de evocar el recuerdo del dulce angelito que se había encontrado al llegar a casa la noche anterior. Emma absorbía sus estados de ánimo como una esponja. La noticia de la desaparición de Will la había dejado hecha un flan. Dash era un monstruo. El IPA estaba lleno de monstruos. Entre todos, estaban planeando cosas monstruosas. ¿Y si Will no conseguía engañarlos? Había tenido solo dos horas para meterse en el papel. ¿Y si la cagaba? ¿Y si Beau lo delataba en su propio beneficio? ¿Y si su compañero, su amigo, yacía en esos momentos en una tumba poco profunda?

Emma había notado su preocupación y había estado tan cariñosa y complaciente, y le había dicho tantas cosas bonitas, que Faith estuvo a punto de sacar el *Álbum de mi bebé*, que aún tenía el envoltorio puesto. Incluso la hora del baño, que por lo general acababa entre lágrimas —de una de ellas o de las dos—, fue relativamente tranquila. Emma solo le pidió que le leyera dos cuentos, y solo le hizo cantarle *De nada* a un peluche, el Señor Tortuga. Faith había interpretado a Maui como nunca.

Luego, había encendido la lamparita de noche. Había apagado la luz. Había entornado la puerta dejando la imprescindible rendija de quince centímetros. Y entonces Emma se quitó el disfraz y de dentro salió un demonio.

Faith cerró el lavavajillas. Prestó atención por si oía un estropicio, gritos y llantos o una voz satánica diciendo «Qué hermoso día para un exorcismo».

Cuando no oía nada se le disparaban todas las alarmas —lo que era de por sí alarmante—, pero aquel era el único momento del día que tenía para adecentar un poco la cocina. Se metió los arándanos en la boca y puso el cuenco en el lavavajillas. Limpió la encimera y la mesa, que estaban pegajosas. Se puso de rodillas y limpió las pegaduras del suelo. Olió la basura y decidió que podía esperar. Se lavó las manos en el fregadero.

Había una cosa más que tenía que hacer antes de subir.

Se acercó a su escritorio y recogió los documentos del caso de Michelle Spivey. A su hija no le hacían falta más papeles que pintarrajear. El expediente tenía más de doscientas páginas, entre fotografías, declaraciones de testigos e informes policiales. Si la clave para encontrar a Sara se hallaba en aquel dosier, iban listos. Las tachaduras de Van habían convertido sus páginas en un juego de adivinanzas: todas las palabras relevantes estaban tachadas con gruesas rayas negras.

Spivey fue vista en——— con ———en el ———.

Seguramente había mucha información allí, pero Van se la estaba escamoteando.

Y lo mismo Amanda.

La noche anterior, su jefa se había negado a explicarle por qué había dejado que el FBI detuviera a Beau Ragnersen. Faith había colgado el teléfono con tanta furia que se había hecho daño en la mano. Tenía, además, otro motivo para estar enfadada: era ella misma quien había cometido la estupidez de darle el nombre de Beau Ragnersen a Aiden Van Zandt. El día anterior, le había pedido que buscara ese nombre en los documentos relativos a Michelle Spivey. Evidentemente, Van había encontrado algo. Y, evidentemente, no iba a decirle qué había encontrado. Su reacción airada también era digna de figurar en el *Álbum de mi bebé.*

Tenías dos añitos la primera vez que oíste a mamá gritar «¡cabronazo!» contra la almohada.

—Ay… no… —De pronto vio la tapa de un rotulador sobre la mesa.

Solo la tapa. Del rotulador no había ni rastro.

Corrió al piso de arriba. La puerta del cuarto de Emma estaba abierta. Su hija estaba sentada en el suelo, rodeada de lápices de colores. Trataba de meterlos en la caja, pero la caja tenía el fondo abierto y los rotulares le caían sobre el regazo, donde ella volvía a recogerlos. Por su expresión de felicidad, Faith dedujo que creía haber descubierto una provisión inagotable de lápices de colores.

—¿Dónde están tus zapatos? —preguntó.

Emma sonrió, mirando los lápices que caían en cascada.

—*¿Polzillos?*

—En tus bolsillos no están.

Faith miró en el armario, debajo de la cama, en la cómoda, en las mesillas de noche y en el cambiador. No encontró los zapatos, pero sí los once mil guantes, aproximadamente, que Emma había perdido el invierno anterior.

—Cálzate antes de que venga la yaya.

—¡La yaya está aquí! —Evelyn estaba subiendo las escaleras.

Faith se sintió como una jugadora de baloncesto a la que acabaran de hacer un tapón.

—¡Qué calor hace ya! —Su madre iba elegantemente vestida con pantalones de lino y camisa de tirantes a juego. Besó a Faith en la mejilla y le dijo a Emma—: Cálzate, cielo.

—¿Conoces a una tal Kate Murphy? —le preguntó Faith.

Evelyn no tuvo que pensárselo. Conocía a todo el mundo.

—Kate era la compañera de Maggie cuando aún redactábamos los atestados con cincel, en tablillas de piedra. Creo que fue una de las promotoras de la demanda de la Comisión de Igualdad de Oportunidades que obligó al FBI a destinar a mujeres a misiones de campo. Es de fiar. ¿Dónde está tu mochila?

Faith miró a su hija, atónita. Tenía los zapatos puestos. Cada uno en su pie correcto.

¿Era aquello magia negra?

—Mandy la conoce mejor que yo —prosiguió Evelyn—. Date prisa, cariñito.

Faith vio que su hija giraba en círculos, tratando de ponerse la mochila.

—¿Y su ayudante, Aiden Van Zandt?

Su madre arrugó la nariz.

—No me fío de los hombres con gafas. ¿Por qué no ven?

Faith dejó escapar un largo suspiro.

Su madre malinterpretó su exasperación.

—Vamos, tesoro, no es tu tipo. Y, además, su padre era un mujeriego asqueroso.

—¿Tienes el número del padre?

—Ja, ja.

Evelyn levantó a Emma en brazos y la apoyó en su cadera. Besaron las dos a Faith en la mejilla, bajaron las escaleras y se fueron.

Faith se aferró a la imagen del rostro de su hija. El cabello oscuro, casi negro. Los ojos marrones claros. La preciosa piel morena. No había heredado ni uno solo de los genes de las Mitchell, que eran de un tono de piel ligeramente más pálido que un pegote de cola blanca.

El padre de Emma era chicano de tercera generación. A Victor no le interesaban mucho sus raíces, a no ser que pudiera sacarles algún partido. El español que hablaba Faith, aprendido en el instituto, era diez veces mejor que el suyo. Casi no sabía ni pedir una margarita, y siempre se olvidaba de susurrar *palabras sucias* cuando estaba *echando un polvo*. Faith debería haber sabido que lo suyo no iba a funcionar la primera vez que lo vio pasearse por la habitación con la camiseta interior remetida en los calzoncillos.

Hizo la cama de Emma tensando bien las sábanas. Devolvió al Señor Tortuga a su sitio. Emparejó unos cuantos calcetines. Y, por un milagro de Dios, encontró el rotulador sin tapa. Mientras recogía la habitación, sintió cierta melancolía. La casa siempre le parecía distinta cuando Emma no estaba. Más limpia y silenciosa, claro, pero también más solitaria. Ordenó un montón de ropa. Recogió los lápices de colores y los llevó abajo.

Al llegar a la entrada, se paró en seco. La cabeza de Will se veía por el cristal de la parte de arriba de la puerta. Estaba allí parado. No había llamado al timbre. Rara vez iba a su casa, a no ser que ella necesitara que le reparase algo con urgencia. Vio que volvía la cabeza hacia la calle.

—¡No te vayas! —gritó Faith, y tuvo que hacer malabarismos con el puñado de lápices para poder abrir la puerta.

Will llevaba la misma ropa que el día anterior. Vaqueros informales, camiseta negra de manga larga. La miró como si no la viera. Tenía los ojos inyectados en sangre. Y un aspecto horrible. Faith nunca había deseado abrazar a nadie como deseó abrazar a Will en ese momento. Pero ellos no se abrazaban. Si Will estaba sentado, ella le apretaba el hombro. Y a veces le daba un puñetazo en el hombro como hacía con su hermano. En ese instante, sin embargo, le preocupaba que se cayera redondo al suelo si le daba el más ligero golpecito.

Como él no abría la boca, le dijo:

—Pasa.

Will la siguió hasta la cocina. Faith no sabía qué hacía allí. Estaba claro que no había dormido. Tenía un cerco oscuro alrededor de los ojos y el vello de la cara tan crecido que formaba toda una barba. A esa hora ya debería estar en la oficina. El equipo había pasado la noche entera trabajando, rodeado de planos e información topográfica sobre la salida 129, en torno a la gasolinera Citgo.

Will tenía que reunirse con Gerald dentro de ocho horas.

¿Qué hacía allí?

—Siéntate. —Faith dejó los lápices de colores de Emma en la mesa de la cocina—. ¿Quieres desayunar?

—No, gracias —contestó él, haciendo una mueca al sentarse.

A Faith le extrañó su respuesta: Will nunca se saltaba el desayuno. Él se puso a ordenar los lápices por colores.

—Kevin Jones, el chico del campo de béisbol —dijo Faith—. Fue a un centro comercial cuando salió del parque. Cuando nuestra gente dio con él, ya había entregado la bolsa con los medicamentos. Lo siguieron hasta una clínica donde le dieron puntos en la rodilla y luego volvió a casa de sus padres. Lo estamos vigilando veinticuatro horas al día, pero no podemos detenerlo hasta que esto acabe.

Will asintió como si ya lo supiera.

—Perdieron la pista de la furgoneta negra cuando salió de la residencia de ancianos —dijo.

Faith también asintió. Amanda la había tenido informada en tiempo real. La furgoneta había salido rápidamente de la zona residencial cercana a la residencia. El conductor apagó las luces y se adentró en una zona rural en la que un helicóptero habría llamado demasiado la atención. Los cuatro coches de seguimiento solo podían acercarse hasta cierto punto en aquellas carreteras comarcales, rectas y estrechas. Se fueron quedando cada vez más atrás y luego, de pronto, la furgoneta desapareció por completo.

—La encontraron hace una hora, quemada en un campo —dijo Will—. Sin matrícula, ni número de bastidor. Los restos aún estaban demasiado calientes para que la inspeccionaran los técnicos. No recuerdo nada de ella. No miré la matrícula cuando entré y salí. No conseguí un albarán ni…

Uno de los lápices se partió entre sus dedos. Miró los bordes mellados. Era un tono de blanco anaranjado llamado «color carne» que Faith detestaba por principio.

—¿Cuánto tiempo tardaste en comprender lo que había pasado? —preguntó Will.

Se refería a su súbita desaparición en el parque. Faith había tardado dos segundos en comprender lo ocurrido echando un vistazo a Google Earth.

—Yo me habría situado en el colegio.

Will estaba muy tieso en la silla, con la mano en el costado como para impedir que se le descolocaran los huesos.

Faith sabía que solo podía ayudarlo de una manera. Le apretó el hombro al acercarse a su escritorio. Buscó el expediente sobre Michelle Spivey, lo dejó caer sobre la mesa de la cocina y se sentó.

—En los análisis de sangre que le hicieron a Michelle en el hospital antes de la operación se descubrió una sustancia desconocida. No era un narcótico, pero seguramente era tóxico. Creen que es lo que hizo que le reventara el apéndice.

Will hojeó las fotografías del secuestro de Michelle. El aparcamiento. El coche de Michelle. El bolso que dejó caer al suelo cuando Carter la metió por la fuerza en la furgoneta. Señaló los informes.

—¿Por qué está todo tachado?

—Nuestros amigos del FBI. —Faith le enseñó una de las hojas con más tachaduras—. Hay dos cosas que me han llamado la atención. Aquí dice *V SERV MH JACK* —dijo indicándole una línea—. Tiene que significar *Vía de servicio Maynard H. Jackson*.

—El aeropuerto.

—Exacto. —Faith pasó a la página siguiente—. Fíjate en esto. En esta línea dice *Hurley* y luego pone *dificultad para enderezarse y dolor abdominal agudo y vómitos*. Lo he mirado y son los síntomas típicos de...

—La apendicitis.

—Eso es. —Faith se sentó—. Creo que Michelle y Hurley estaban en el aeropuerto cuando ella empezó a encontrarse mal. No dejo de preguntarme por qué la llevaron a Emory. Debía de dolerle muchísimo. Tenían que llevarla al hospital, pero no podían arriesgarse a llevarla a uno que estuviera cerca del aeropuerto.

—Crees que el IPA piensa atentar en el aeropuerto. —Will se rascó la barba—. No necesitaban a Michelle si solo estaban haciendo labores de reconocimiento para preparar el atentado. En Internet pueden encontrarse planos y vídeos de las terminales y las pistas. Hasta se puede ver un vídeo del Plane Train. Y Michelle salía constantemente en las noticias. Estaban corriendo un gran riesgo al sacarla a la calle. Tiene que haber una labor concreta que solo ella puede hacer.

—Por ese aeropuerto pasan a diario más de doscientas cincuenta mil personas —dijo Faith—. O sea, más de cien millones de viajeros al año.

—Aviones de transporte —añadió Will—. UPS, DHL,

FedEx... Hay un trasiego constante de cajas, noche y día. Las cajas del almacén tenían números estampados: 4935-876.

—Amanda ha puesto a trabajar a seis organismos distintos en ese asunto. De momento no han encontrado nada. El tamaño de las cajas, setenta y cinco por setenta y cinco, es estándar. Teniendo en cuenta que hacían falta dos hombres para levantarlas, damos por sentado que están reforzadas, pero eso no reduce mucho el rango de búsqueda aunque pueda parecerlo.

Él siguió rascándose la barba. Sonaba como si arañara un encerado.

Will no estaba del todo lúcido. Si no, habría señalado que el aeropuerto era también una de las principales puertas de entrada a Estados Unidos. El CDC tenía instalaciones dentro del complejo para hacerse cargo de los viajeros internacionales que mostraban síntomas de enfermedades como el SRAS o el ébola. Pero su labor se centraba en impedir la entrada al país de enfermedades peligrosas.

¿Y si lo que pretendía Dash era exportar algo espantoso?

—Eso no es todo.

El bolso de Faith colgaba de la silla. Sacó su cuaderno. No le habían permitido tomar notas dentro de la SCIF, pero se había metido en el cuarto de baño antes de salir del CDC y había anotado todo lo que recordaba.

Sin más preámbulos, empezó a leer, dándole a Will el mismo cursillo acelerado sobre grupos neonazis que había recibido ella el día anterior. Hizo hincapié en los grupos más activos y en la doctrina de la resistencia sin liderazgo. Will asentía de vez en cuando con la cabeza, como si todo aquello tuviera perfecto sentido. Dejó de asentir cuando Faith llegó a la parte sobre la estancia de Dash y Martin Novak en México.

—¿Dash es un pederasta?

Pronunció aquellas palabras sin la repugnancia que esperaba

Faith. Miró por la ventana. Sus ojos brillaron suavemente al sol de la mañana. Ella nunca le había visto así, a punto de llorar.

Una impotencia furiosa se apoderó de ella. Tenía que poner fin a aquello. Tenía que arreglarlo.

—Pensaba… —La voz de Will sonó extrañamente ronca—. Supongo que estaba preocupado. Por la violación. La posibilidad de una violación.

Ella se llevó la mano a la boca, llena de… ¿sorpresa? ¿Horror? ¿Alivio?

Hasta ese momento, no había llegado a esa conclusión. Adam Humphrey Carter estaba muerto. Vale y Monroe, también. Hurley estaba detenido. Por terrible que fuera saber que Sara se hallaba en poder de un pederasta, el trastorno mental de Dash hacía menos probable que la violara.

Will se limpió la nariz con el dorso de la mano. Levantó la vista, pero no miró a Faith. Estaba tan maltrecho, tan vapuleado, que si alguien le hubiera dicho que se había caído por un precipicio, Faith lo habría creído.

Ella se levantó de la mesa y se acercó al fregadero. Abrió el grifo. No había nada que fregar. Sacó un plato del lavavajillas.

—Gerald Smith —dijo Will.

Faith asintió, animándolo a cambiar de tema, a dirigir de nuevo la conservación hacia el caso.

—El chico de veintiún años que desapareció de una prisión mexicana hace veinte años podría ser el mismo Gerald al que conocí anoche —dijo Will—. La edad coincide. ¿Has conseguido una descripción?

—No. —Faith se limpió la nariz con el brazo mientras fregaba el plato—. Sería lógico que todavía tuvieran relación. Esa gente suele mantenerse unida.

—Necesito que me hagas un favor —dijo él.

Faith cerró el grifo, pero no se volvió mientras secaba el plato.

—Claro.

—Creo que… Bueno, sé que… —Will hizo una pausa para tomar aliento—. Que la madre de Sara me odia.

Ella volvió a meter el plato en el lavavajillas y lo cerró. Limpió de nuevo la encimera.

—Sé que ella quería que… que cuidara de ellos —añadió él—. ¿No crees?

Faith negó con la cabeza, porque no lo creía.

—Es cosa de familia, creo, y creo que sería mejor que fuera así, en familia. ¿No?

Faith tuvo que mirarlo, aunque solo fuese para que su expresión la ayudara a entender lo que intentaba decirle.

—O sea —añadió Will—, darles noticias. No es que haya gran cosa que contar, o que yo pueda decirles. Podemos decirles… Sería lo más sencillo. Que estamos haciendo progresos, ¿no? O quizá solo que… Estaba pensando que sería mejor que fuéramos los dos. Pero quizá…

—Sí. —Estuvieron a punto de saltársele las lágrimas otra vez, pero ahora de alivio—. Te acompañaré a hablar con los padres de Sara.

De pie junto a Will, Faith miraba fijamente los números de encima de la puerta del ascensor. Había estado tantas veces en casa de Sara que había perdido la cuenta. Solo había cinco personas en el mundo con las que dejaba a su hija. Y, después de Evelyn, el segundo nombre de la lista no era el del padre de Emma, ni el de su *abuela*, ni siquiera el de su hermano mayor. Nunca perdía oportunidad de dejar a su niña al cuidado de una pediatra experta.

Se le llenaron los ojos de lágrimas. Se había volcado de lleno en el caso porque era la mejor manera de ayudar a encontrar a Sara. Ese ímpetu le había impedido pararse a pensar en exceso en lo que estaba ocurriendo. Que Sara podía estar sufriendo. Que podían haberla violado. Golpeado. Herido. O asesinado.

¿Y qué le diría entonces a Emma?

Las puertas del ascensor se abrieron. Faith se secó los ojos. Solo se permitía llorar en casa, en la despensa. La única manera de superar aquello era afrontarlo cuanto antes. Salió al pasillo. Llamó a la puerta.

Se oían voces dentro del apartamento: dos voces de mujer, las dos en el mismo tono. A Faith le dio un vuelco el estómago. Una de ellas parecía la voz de Sara.

—¿Will?

La mujer que abrió la puerta parecía sorprendida. Vestía pantalones de chándal y camiseta blanca. Iba descalza. Sin sujetador. Ni inhibiciones. Abrazó a Will. Pegó la cara a su cuello.

—Cuánto siento que nos veamos así.

Faith no sabía si Will la conocía o no, pero estaba claro que su compañero no sabía qué hacer con las manos. Por fin, optó por posar los dedos sobre los omóplatos de la mujer.

—No tenemos noticias —dijo.

—Eso es bueno, ¿verdad? Mejor no saber nada que algo, ¿no? ¿Tú eres Faith? —La mujer la tomó de la mano—. Soy Tessa, la hermana de Sara.

Faith se sintió como una idiota por no haberlo adivinado. Seguramente Tessa se había subido a un avión nada más enterarse del secuestro de su hermana. El viaje desde Sudáfrica tenía que haber sido agotador, pero Tessa no parecía cansada. Si Sara era atractiva, su hermana pequeña era un bellezón. Impecable cutis de porcelana. Lustroso cabello rubio rojizo. Tenía la edad de Faith, pero los años le sentaban mejor. No había derecho a que una mujer tuviera los pechos tan erguidos después de dar a luz.

—Pasad, por favor. —Tessa hablaba con suave acento sureño—. Siento no haberme presentado como es debido. Todavía estoy un poco aturdida por el cambio de horario y… Will, cierra la puerta. Mamá, mira quién ha venido.

Cathy Linton estaba en la cocina, fregando los platos. Saludó a Faith con una ligera inclinación de cabeza.

—Sara me ha hablado mucho de ti —continuó Tessa—. Madre mía, qué alto eres. Pero esto… —Levantó la mano y le acarició la mejilla—. A Sara no va a gustarle.

Will se puso colorado bajo la barba y repitió:

—No tenemos noticias.

—Queríamos ponerles al corriente de lo que estamos haciendo —explicó Faith.

—Hemos tenido que apagar la tele porque no paraban de decir tonterías. Deberíamos esperar a papá. ¿Verdad, mamá?

—Sí —contestó Cathy de mala gana.

—Ha sacado a los perros a dar una vuelta —explicó Tessa—. La pequeña es una preciosidad. Mamá, ¿no te gusta Betty?

Cathy no respondió. Era como una mofeta, lanzando continuamente sus emanaciones pestilentes hacia Will.

Él se aclaró la garganta.

—Tengo que recoger algo de ropa.

Tessa lo miró mientras se alejaba por el pasillo. Esperó unos segundos, hasta que Will llegó al dormitorio. Luego se volvió hacia su madre.

—¿Se puede saber qué te pasa?

—¿Le apetece un café? —preguntó Cathy a Faith.

—Yo… —balbució Faith, atrapada entre ellas—. No, gra…

Pero Cathy ya le estaba sirviendo una taza. Sacó otra del armario.

—Imagino que él lo toma con leche —dijo.

—Toma… —dijeron Faith y Tessa al unísono.

—Will toma chocolate caliente por las mañanas —dijo Tessa.

Cathy arrugó el ceño.

—No tiene seis años. No puede desayunar chocolate.

—Suele comerse una galleta de camino al trabajo, y luego se compra un burrito para desayunar en la máquina de la oficina.

—¿Y qué?

Faith deseó que se la tragara la tierra.

—¿Puedes explicarme por qué sabes tanto del régimen alimenticio de ese hombre? —preguntó Cathy señalando a su hija con el dedo.

—¿De verdad quieres que discutamos esto?

Faith fingió interesarse por el espacioso cuarto de estar de Sara.

—Ahora mismo tenemos que mantenernos unidos como familia, y ese hombre *no* es de la familia.

—Por Dios santo, mamá, echa un vistazo al área ciega de tu yo. Ni siquiera puedes decir el nombre de Will.

—No recuerdo que tu licenciatura en Humanidades incluyera un título de psiquiatra.

Faith se dejó caer en el sofá. Abrió la revista de pediatría que había sobre la mesa baja.

—No me extraña que Sara no te hable de él si te comportas así —replicó Tessa.

—Eso no es…

—No he acabado. Este último año y medio has hecho todo lo posible por separar a Sara de Will porque…

—Porque todavía estaba casado —repuso Cathy—. Y si un hombre engaña a su mujer, es que es un…

—Will es un buen hombre —afirmó Tessa—. Es un hombre estupendo.

—Si eso fuera cierto, si de verdad la quisiera, le pediría que se casara con él. Vivir juntos no compromete a nada. Es como vivir en una pensión con derecho a sexo.

—¡Joder, por favor!

—Exacto.

Faith se puso a leer un artículo sobre la rojez en los dedos provocada por la *mycoplasma pneumoniae*.

—Mamá, no puedes proteger a Sara de todo lo malo que

puede sucederle en la vida —dijo Tessa—. Estás intentando apartarla de Will porque te preocupa que la deje, o que le rompa el corazón, o que la engañe, o que un día baje al buzón y…

—Para.

Tessa se interrumpió un momento.

—Sara ha elegido a Will. Eso lo convierte en parte de nuestra familia. Tú nos enseñaste esa regla. Deberías empezar a cumplirla.

Faith confió en que el silencio que se hizo a continuación señalara el fin de aquella pesadilla.

—Muy bien —repuso Cathy en un tono que no indicaba que estuviera dispuesta a rendirse—. La experta eres tú, listilla. ¿Qué quieres que haga? ¿Qué haría feliz a Sara? ¿Que le demos una fiesta? ¿Que lo adoptemos?

Tessa se dio por vencida exhalando un suspiro.

—Limítate a prepararle un puñetero chocolate caliente.

Faith oyó el estrépito de un cazo al chocar con la placa de la cocina y, un momento después, el susurro del gas. Cathy abrió y cerró varios armarios, y dio tal portazo a la nevera que las botellas de dentro tintinearon.

Faith se arriesgó a mirarlas. Cathy estaba echando leche en el cazo. Tessa tenía los brazos cruzados y los ojos fijos en la puerta de la calle. Era una situación tan violenta que solo podía empeorar si se ponían a discutir otra vez.

¿Por qué tardaba tanto Will?

Faith sacó su móvil del bolso. Le mandó un mensaje de texto. *Dnd cño stas?*

El mensaje se marcó como leído, pero Will no contestó. Faith estaba segura de que había oído la discusión. Tessa y su madre no habían bajado la voz. Seguramente Will estaría intentando salir por la ventana. Si había algo que odiaba más que hablar de sus sentimientos, era oír a los demás hablar de los suyos.

Faith oyó otro golpazo. La leche había vuelto a la nevera.

Apoyó los codos en las rodillas. Abrió su bandeja de correo. Había lo de siempre: peticiones de papeleo, una consulta de la oficina del fiscal del Estado… Amanda no le había mandado una lista de cosas que hacer, lo que era un milagro. Su jefa estaría supervisando la planificación de la cita de Will en la gasolinera, estudiando planos, buscando notas del registro y declaraciones catastrales. No iba a permitir que lo que había pasado el día anterior en el parque volviera a ocurrir. Conduciría ella misma uno de los coches de seguimiento. Y Faith pensaba acompañarla.

Se abrió la puerta de la calle. Betty ladró dos veces y se puso a dar vueltas en medio de la habitación. Los dos galgos de Sara entraron al trote en la cocina y bebieron de sus cuencos de agua.

Faith no había visto nunca a Eddie Linton, el padre de Sara, y su aspecto le sorprendió. Se fijó primero en sus cejas, que salían despedidas en todas direcciones. Llevaba unos pantalones vaqueros que se había cortado él mismo, y el forro blanco de los bolsillos asomaba por debajo del borde desflecado de las perneras. Tenía las piernas muy peludas. Llevaba una camiseta más amarilla que blanca, con agujeros en el cuello, y sus deportivas se caían a cachos.

—Papá, esta es Faith, la amiga de Sara —dijo Tessa.

Ella se levantó para estrecharle la mano.

—Lamento que nos conozcamos en estas circunstancias.

Él asintió.

—He oído hablar mucho de ti —dijo—. Y de tu niña, ¿cómo se llama? ¿Emma?

—Sara es su niñera favorita. —Antes de que Eddie pudiera preguntar, Faith añadió—: No sabemos nada nuevo, pero queríamos ponerles al corriente de lo que estamos haciendo.

—¿Queríamos? —preguntó él, extrañado.

Betty volvió a ladrar. Will estaba en el pasillo. Por su expresión afligida, saltaba a la vista que había oído la discusión palabra por palabra. Vestía camisa negra y vaqueros negros. Se había atado con fuerza los cordones de las botas militares y llevaba una bolsa de deporte colgada del hombro. Parecía un auténtico ladrón. De los que te matarían por quitarte las alhajas de tu abuela.

—Bueno —dijo Faith, deseosa de acabar con aquello cuanto antes—. Quizá deberíamos sentarnos todos aquí.

Había dos sofás. Los Linton ocuparon el que estaba enfrente de Faith. Tessa se acurrucó en la esquina. Cathy puso una taza de chocolate caliente sobre la mesa baja y se sentó en el otro extremo del sofá. Eddie esperó a que Faith se sentara para ocupar el centro del sofá.

Ella respiró hondo, lista para empezar.

—Espere —dijo Eddie, y le hizo una seña a Will—. Ven a sentarte, hijo.

Las suelas de las botas de Will chirriaron sobre el suelo de tarima. Se sentó junto a Faith. Ella notó que hacía una mueca de dolor al echarse hacia atrás. Betty saltó a su regazo, se estiró sobre sus muslos y apoyó la cabeza en sus rodillas.

Cathy empujó la taza hacia él. Will pareció desconcertado.

—Es chocolate caliente —explicó Tessa—. Apuesto a que nunca has tomado uno bueno de verdad. Sara estudió química orgánica, pero no sabe hervir la leche.

Eddie le puso una mano en el pie para hacerla callar.

—Adelante, por favor —le dijo a Faith.

Ella respiró hondo otra vez y comenzó.

—Gracias, señor Linton. Quiero empezar agradeciéndoles que no hayan hablado con la prensa. Su silencio es crucial para la investigación.

Comprendió por la expresión estoica de los Linton que aquel preámbulo era innecesario.

Respiró hondo por tercera vez. No podía explicarles que Sara les había hecho llegar un mensaje en clave mediante la lista de medicamentos, pero dijo:

—Ayer por la mañana pudimos confirmar que Sara estaba viva.

Eddie se llevó la mano al corazón. Su mujer y su hija se acercaron a él. Se tomaron los tres de la mano.

—¿Cómo lo confirmaron? —preguntó Tessa.

—Lo único que puedo decirles es que creemos que Sara está haciendo todo lo posible por volver con ustedes.

Eddie asintió, como si aquello fuera lo más natural.

—Es una chica muy lista. Sabe cuidar de sí misma.

Cathy apretó los labios. Miró la mesa baja.

Tessa iba un paso por delante de sus padres.

—Has dicho que pudisteis confirmarlo ayer por la mañana. ¿Desde entonces no habéis sabido nada?

—No, pero tampoco lo esperábamos —contestó Faith—. Creemos saber el nombre del grupo que la ha secuestrado.

—¿Grupo? —preguntó Tessa con la misma mirada que ponía Sara cuando se esforzaba por entender un caso—. ¿Han pedido un rescate? ¿Han enviado una prueba de vida? Si quieren dinero, lo encontraremos. ¿Por qué no han…?

—Tessie —dijo Eddie—, deja que conteste.

—No son ese tipo de grupo —explicó Faith—. No la han secuestrado para pedir rescate.

—Entonces, ¿qué es lo que quieren? —preguntó Tessa—. No entiendo lo que estás diciendo. Un grupo la ha secuestrado, pero ¿por qué? ¿Está relacionado con el atentado? ¿Y qué hay de la otra doctora secuestrada? Trabajaba en el CDC. Justo al lado del campus de Emory.

—Me gustaría contestar a todas esas preguntas, pero no puedo hacerlo —dijo Faith, tratando de recuperar el control de la conversación. Tessa era tan lista como su hermana—. La información que les estoy dando no es de dominio público. Y es importante que siga siendo así. No conviene que esas mismas preguntas aparezcan en las noticias.

—Con sus absurdas especulaciones, van a cavar una tumba —comentó Eddie.

—Por favor —dijo Cathy en voz baja—, no hablemos de tumbas.

Tessa miró por la ventana. Estaba llorando.

Faith lo intentó otra vez.

—Lo único que estoy autorizada para decirles es que estamos poniendo en marcha un plan para localizarla.

—Un plan —dijo Tessa pensativamente.

Miraba a Will con fijeza. Su ropa. Su barba. Sara parecía hablarle mucho de Will. Seguramente también le habría dicho que solía llevar a cabo misiones como infiltrado. Que arriesgaba su vida para salvar a otros. Que volvía a casa con cortes y moratones y que a la mañana siguiente volvía a salir y empezaba de nuevo.

—¿Es peligroso ese plan? —preguntó Tessa.

—Lo único que… —dijo Faith.

—No —la interrumpió Tessa—. Se lo estoy preguntando a Will. ¿Es peligroso?

—No —respondió él—. No es peligroso.

Ella no se dejó engañar.

—No creo que Sara quiera que nadie arriesgue… que nadie arriesgue nada. ¿Entiendes lo que digo? Ella consideraría que no vale la pena.

Will ignoró su comentario. Rascó las orejas de Betty y se desentendió de la conversación.

—¿Cuándo sabremos si ese plan ha dado resultado? —preguntó Eddie.

—Eso no puedo decírselo. —Faith ya había revelado demasiado—. No quiero darles falsas esperanzas. No hay ninguna garantía. Solo quiero que entiendan que estamos haciendo todo lo que podemos. Sara significa mucho para nosotros. Como compañera. Y como amiga —dijo, concluyendo ahí la lista—. Todos queremos que vuelva.

—Sí —repuso Tessa—. Pero no queremos que otras personas salgan perjudicadas.

Faith asintió, pero no porque estuviera de acuerdo. Aquel caso les tocaba muy de cerca porque era Sara quien había sido secuestrada, pero aquel era su trabajo, un trabajo que habían elegido voluntariamente. Y Faith era muy consciente de los riesgos que corría cada vez que se ponía la insignia policial.

—De acuerdo. Gracias —dijo Cathy sin soltar la mano de su marido, y añadió dirigiéndose a Faith—: Si no le importa, me gustaría rezar con mi familia.

—Por supuesto.

Faith se levantó y se colgó el bolso del hombro.

Will no pudo moverse con tanta rapidez. Abrazando a Betty contra su pecho, se deslizó hasta el borde del sofá y sonrió, incómodo, como disculpándose por su lentitud.

—Will —dijo Cathy tendiéndole la mano—, quédate.

CAPÍTULO 15

Martes, 6 de agosto, 12:40 horas

Con la toga recogida, Sara recorría la cabaña haciendo ejercicios gimnásticos mientras en su cabeza sonaba machaconamente el tema *Baby Got Back*. Nunca había tenido un buen culo pero, como sabía que a Will le gustaban, había añadido diez minutos extra de ejercicios de glúteos a su rutina gimnástica en un vano intento por convertir el agua en vino.

La exmujer de Will sí que tenía un buen culo. Y unas buenas caderas. Y todo lo demás. Angie estaba tan maciza como Jennifer Lopez en *Ain't Your Mama*, aunque no había hecho ejercicio en toda su vida. Tenía suerte: sus genes eran de los que florecían con las patatas fritas y el vino barato. Pero el colágeno acabaría siendo su ruina. Literalmente. Ese tipo de piel tenía un aspecto estupendo hasta que empezaba a quedarse fofa. Sara podía decir objetivamente que ella tenía mejores pechos que Angie, pero eso era como afirmar que dos bombones quedaban más bonitos puestos sobre una tabla de planchar.

—Mierda —dijo, dándose por vencida.

Le zumbaban los tendones de las corvas como un enjambre de abejas. No sabía qué hora era. El hecho de que le sonaran las tripas no indicaba que fuera la hora de comer. Su desayuno

381

vegetariano había consistido en una rosquilla dura y un trozo de queso aún más duro. De momento, no corría riesgo de coger una disentería. Notaba que fuera estaba subiendo la temperatura. El interior de la cabaña iba estrechándose, hasta quedar reducido a la circunferencia del sol, que pegaba de lo lindo, el muy capullo.

Sudaba a mares.

Y lo peor de todo era que los niños del barracón la necesitaban.

Los antibióticos y las pomadas habían llegado la noche anterior. Las pastillas iban en bolsas de conservación, no en botes sellados, pero Gwen le había asegurado que eran auténticas.

Sara no estaba del todo convencida.

Esa mañana había confiado en que algunos de los niños, si no todos, se hubieran estabilizado o empezaran, como mínimo, a mostrar alguna mejoría. Al hacer la ronda de visitas, había descubierto que no era así. Benjamin estaba peor. La paciente de más edad, una niña de doce años, mostraba nuevos síntomas. Las dos niñas de cuatro años estaban más o menos igual. Solo las dos niñas de diez y la de once parecían estables.

¿Era culpa de Gwen?

El día anterior, en la estructura, le había demostrado que no estaba dispuesta a malgastar suministros médicos si creía que el paciente no tenía posibilidades de recuperarse. Ella había presenciado, impotente, cómo mataba a un joven con sus propias manos. El recuerdo de los hombros de Gwen, temblando mientras apoyaba todo su peso en la nariz y la boca de Tommy, había quedado grabado a fuego en su memoria. Aún notaba en las manos la frialdad de los dedos del chico cuando la vida le fue arrebatada por fin, brutalmente.

Pero Adriel, la hija pequeña de Gwen, era una de las enfermas más graves. La infección de su retina izquierda se había extendido a la derecha. El sonido que producía su doble neumonía se asemejaba cada vez más al de la hojarasca. Sara no podía concebir que Gwen fuera capaz de dejar que su propia hija, apenas un bebé, muriera asfixiada.

Claro que aquella mujer había tenido siete hijas con Dash. Sabía todo lo que pasaba dentro del campamento, parecía encargarse de controlar a los niños y de supervisar la labor de las cocineras, y había dejado bien claro que Sara no era de su agrado.

Lo que significaba que posiblemente Sara debería andarse con más cuidado con ella. Dash era una persona horrible, pero la maldad de los hombres solía ser más predecible. Una mujer furiosa era capaz de infligir daños psicológicos inmensos, de los que persistían mucho después de cicatrizarse las heridas.

Se oyó un fuerte chasquido más allá de la puerta.

No era la llave girando en el candado. El generador del invernadero había vuelto a ponerse en marcha. Sara oyó el ruido sofocado de la salida de gases del motor. El ruido no había cesado en toda la noche. El calor que emitía aquel cacharro no sería fácil de ocultar a la vista de un helicóptero. Era lógico pensar, por tanto, que lo que estaba ocurriendo dentro del invernadero estaba llegando a su fin.

Tenía que entrar en el invernadero.

Volvió a pensar, como hacía a menudo, en todas las cosas horribles que podían estar pasando allí dentro. Allá arriba, en las montañas, tenía que haber plantaciones de marihuana. El río suministraba agua suficiente para el cultivo hidropónico, pero el generador tendría que haber estado continuamente en marcha para alimentar las lámparas, los ventiladores y los reguladores de humedad. Además, el invernadero era más bien pequeño. Y, teniendo en cuenta el riesgo que implicaba, el cultivo a esa escala no daría suficientes beneficios.

La explicación más obvia para tanto secretismo era que estuvieran construyendo algún tipo de bomba. La estructura de la que se había caído Tommy representaba, evidentemente, un edificio. Sara ignoraba, sin embargo, qué tipo de edificio. De dos plantas, como mínimo. Con una galería y una escalera centrales que se bifurcaban a izquierda y derecha. Sara sabía que los hombres llevaban a cabo *simulacros* dentro de la estructura, que se estaban entrenando para una *misión* y que creían estar en *guerra*. Así que quizá Dash estuviera planeando una operación secreta para introducirse en un edificio desconocido, colocar varias bombas, salir sin ser advertidos y esperar el momento de la destrucción.

Lo que posiblemente explicaba la existencia de la estructura, pero no la del invernadero y la carpa térmica, porque para fabricar explosivos no hacía falta una gran caseta de cristal aislada y oculta entre los árboles. Apenas hacía falta un espacio de un metro cuadrado. Seguramente en esos momentos había unas cuantas personas en todo el mundo fabricando chalecos suicidas y artefactos caseros en un garaje o un pisito.

Michelle era la clave. Era una especialista en enfermedades infecciosas. Dash no la había secuestrado por casualidad. Los científicos del CDC estudiaban los peores bichitos conocidos por el ser humano. Y seguramente unos cuantos que solo conocían un puñado de personas.

Como Michelle Spivey, por ejemplo.

Había numerosos agentes biológicos que podía sintetizar un químico aficionado. Servirse de ellos era otra cuestión. El almacenaje, el transporte y la manipulación planteaban problemas logísticos que hacían muy difícil, si no imposible, que organizaciones no estatales los emplearan con fines terroristas. Era mucho más barato fabricar una bomba o almacenar municiones.

Dash ya había demostrado que sabía cómo fabricar y detonar bombas. Había matado a gente en el hospital. Sara había visto su expresión satisfecha por el número creciente de víctimas del que informaban las noticias.

Satisfecha, pero no eufórica.

De modo que había dado un rodeo gigantesco para llegar al mismo interrogante del día anterior: ¿qué estaba planeando Dash?

Sopesó los rasgos de carácter que había percibido en él. En primer lugar, era un líder extremadamente metódico. El campamento no había aparecido de la noche a la mañana. Daba la sensación de ser un asentamiento planificado. Las dos zonas separadas. El invernadero. La estructura. La provisión de comida. El modo en que vestían hombres y mujeres. La dócil obediencia de los seguidores. La sensación de que se cumplían las normas.

Normas impuestas por Dash.

Estaba claro que era capaz de idear estrategias y planes a largo plazo, lo que a la mayoría de los delincuentes les resultaba mucho más difícil de lo que creía el ciudadano medio. Había sobrepasado, además, una de las mayores barreras para la conducta delictiva: tenía más de treinta años. Sara calculaba que rondaba los cuarenta y cinco. No parecía poseer una formación intelectual muy sólida, pero daba muestras de un tipo de inteligencia que servía para un propósito muy concreto. Sin cierta dosis de inteligencia emocional no podía uno persuadir a un grupo de personas de que renunciara a la vida moderna. Todo lo cual indicaba un nivel de arrogancia muy elevado. La gente no creía en ti a no ser que la convencieras de que creías en ti mismo.

Sara trató de incluir a Gwen en la ecuación. Le repugnaba atribuir las cualidades de *lady* Macbeth a otra mujer, pero desde el principio había percibido algo siniestro en Gwen. Su complicidad en el brote de sarampión. El modo en que utilizaba versículos de la Biblia para asustar a sus hijas. Su despiadada indiferencia hacia la vida. Ya ni siquiera estaba segura de que fuera enfermera. Saltaba a la vista que estaba dispuesta a hacerle el trabajo sucio a Dash. Solo había hecho falta que su marido le hiciera una seña y, en cuanto él se había dado la vuelta, había asfixiado a Tommy.

No le costaba imaginarse a alguien como Gwen persuadiendo y engatusando a Dash, empujándole a cometer actos de terrorismo aún más atroces. Fuera lo que fuese lo que planeaba Dash,

Sara no dudaba de que Gwen aprobaba cada detalle. Quizá incluso hubiera añadido algún toque sádico de su cosecha.

Pero ¿qué era lo que tramaban?

Comenzó a pasearse de nuevo por la cabaña, esta vez para ejercitar el cerebro en vez de los glúteos.

Después del Once de Septiembre las bombas y las explosiones no se habían convertido en un suceso corriente de la vida estadounidense, pero tampoco en algo del todo inesperado. El efecto sorpresa había ido disminuyendo con cada ataque. Los asesinatos masivos, los tiroteos indiscriminados, las matanzas en centros escolares… Todas esas atrocidades seguían horrorizando a los americanos, pero al cabo de una semana o un mes la gente retomaba su vida normal, hasta que las noticias informaban de un nuevo atentado.

Sara suponía que Dash era consciente de que tales actos de violencia repentina tenían un impacto cada vez menor. Siempre que intentaba ponerse en su lugar y pensar como él, llegaba a la conclusión de que lo que de verdad quería Dash, más que cualquier otra cosa, era hacerse famoso.

Lo que la hizo pensar de nuevo en Michelle.

Y en un ataque biológico.

Si lo que uno buscaba era un agente que hiciera cundir el pánico entre la población, el ántrax, con su tasa de mortandad del noventa por ciento, era extremadamente eficaz. El atentado de 2001 con ántrax había paralizado el servicio postal del país, además de algunas ramas de la administración pública. Las esporas podían nebulizarse, pero el contagio de persona a persona era inviable. Además, debido a los ataques previos, era casi imposible encontrar una cepa bacteriana.

El bótox era otra opción, pero tendrían que saquear todas las clínicas de cirugía estética de Estados Unidos y aun así solo conseguirían cantidad suficiente para matar a un puñado de personas. Y tendrían que inyectarles la toxina una por una, de modo que…

Sara siguió caminando en círculos.

Revisó mentalmente las nociones básicas sobre los agentes homicidas de la naturaleza que había aprendido en la Facultad de Medicina. *Rickettsiaceae, Bunyaviridae*, virus de Marburgo, *Chlamydophila psittaci...* Pese a ser todos increíblemente peligrosos, era casi imposible utilizarlos como armas biológicas. Las vacunas, los antibióticos y los protocolos de cuarentena impedían que la mayoría de aquellos virus y bacterias causaran daños a gran escala.

Y Dash querría que la cifra de contagios fuera multitudinaria.

Estaban también los llamados «agentes selectos» como la ricina, la enterotoxina B estafilocócica, la toxina botulínica, la saxitoxina y diversas micotoxinas. Pero la posesión, traslado y utilización de dichos organismos estaban sometidos a estrictas regulaciones recogidas en el Programa de Agentes Selectos. Aunque, de todos modos, tampoco era necesario un corpus normativo. La mayoría de aquellas toxinas podían fabricarse en una cocina corriente. No hacía falta un invernadero secreto para ocultarse. Y tampoco era necesaria una toxina muy sofisticada para causar un gran impacto.

En 1984, una facción escindida de los *rajnishe* sintetizó fácilmente una cantidad suficiente de *Salmonella enterica typhimurium* para hacer enfermar a setecientas cincuenta personas en el Estado de Oregón. En Chicago, en 1982, un envenenador todavía sin identificar agregó cianuro potásico a cápsulas de Tylenol, cambiando para siempre la forma en que se embalaban los medicamentos.

Sara pensó en la estructura en la que había muerto Tommy. Dos pisos de altura, como mínimo. Una planta baja diáfana, una galería que rodeaba el primer piso. Escaleras en el medio.

¿Podía introducirse el ántrax en una máquina de aire acondicionado?

Si eso fuera posible, seguro que alguien lo habría intentado ya.

La legionela se daba de manera natural en el agua dulce.

El contagio era aleatorio, no de persona a persona, y la bacteria *solo* tenía una tasa de mortalidad de un diez por ciento.

—Mierda —repitió Sara.

Otra vez estaba como al principio.

Tenía que dejar de pasearse o se le agarrotarían los músculos. No podía hacer un solo ejercicio más. La única canción que se le venía a la cabeza era esa que no conseguía recordar acerca de una camarera que trabajaba en un bar. Solo Will podía decirle el título de la canción. Ella se la tararearía y él le diría que no sabía tararear y al final adivinaría el título de la canción de todos modos.

Se apretó los ojos con los dedos.

No podía caer en otro acceso de llanto. Había pasado la fase en la que anhelaba a Will y ahora volvía a estar angustiada por él. ¿Habría visto el corazón que le había dejado en el motel? ¿Sabía lo del código oculto en la lista de medicamentos?

Tessa ya estaría en Atlanta. Quería que su hermana abrazara a Will. Nadie lo abrazaba nunca de verdad. Quería que le dijera que todo iba a salir bien. Quería, o más bien necesitaba, que su madre aceptara a Will en la familia y lo protegiera, porque con cada hora que pasaba se hallaba más cerca de asumir que nunca volvería a casa, con ellos.

—Señor. —Lance estaba al otro lado de la puerta de la cabaña.

Sara lo oyó levantarse trabajosamente. Que ella supiera, no se había tomado ni un solo descanso en los últimos dos días.

Como de costumbre, Dash habló en voz tan baja que no alcanzó a oír lo que decía. Sus suaves murmullos hacían que añorara aún más la voz grave y masculina de Will.

—Entendido, señor —dijo Lance.

Sara se puso alerta, esperando a oír la llave en la cerradura del candado. Estaba tan ansiosa por salir a dar un paseo como sus perros cuando llegaba del trabajo.

Por fin oyó el chasquido del candado. Se abrió la puerta. Dash estaba de pie en el tronco que servía de peldaño. Llevaba el cabestrillo torcido. La mano, demasiado baja.

—Doctora Earnshaw, me dispongo a comer con mi familia. Mis niñas han solicitado expresamente su presencia.

Sara sintió deseos de besar a todas y cada una de sus hijas.

Levantándose un poco la toga, bajó al sol. El calor evaporó el sudor de su piel. Había renunciado a tener ropa limpia. Ahora lo único que anhelaba era poder sumergirse en agua fresca.

Él se ajustó el cabestrillo. La tira le había irritado el cuello.

—Me han dicho que nuestros pequeños no responden a su tratamiento.

—No responden a los fármacos —repuso Sara—. ¿Está seguro de que son auténticos? El mercado negro no siempre es…

—Le agradezco su preocupación, doctora Earnshaw, pero nuestro proveedor no nos vendería productos falsos.

Nuestro proveedor.

Sara se preguntó si ese proveedor era Beau. Si estaba detenido. Y si Will sabía que estaba haciendo todo lo posible por comunicarse con él.

—Vaya —dijo Dash.

Lance había tropezado. Sara lo observó mientras se enderezaba. Era evidente que el guardia debería estar en la cama. Palidez, párpados pesados, respiración agitada. Esa noche le había oído salir corriendo a su retrete improvisado varias veces.

Siguió andando hacia el claro. A Lance debería atenderlo un médico. La disentería mataba a unas cien mil personas al año.

—Gwen me ha dicho que Adriel ha estado muy inquieta esta noche —dijo Dash.

—Me preocupa que los niños desarrollen enfermedades secundarias. Algún tipo de virus o de infección bacteriana. —Agachó la cabeza al ver que Dash estiraba el brazo más allá de ella, pero solo pretendía apartar una rama—. Me gustaría volver a examinarlos.

—Procuraré que pase en el barracón todo el tiempo que necesite.

—Gracias —repuso Sara, y notó que se le quebraba la voz, llena de gratitud. Le preocupaban mucho los niños, pero la idea de salir de su celda en la cabaña la llenaba de alegría—. Benjamin, sobre todo, no está evolucionando bien.

—Gwen diría «dejad que los niños se acerquen a mí».

Sara había visto pruebas evidentes de que a Gwen no le importaba quién sufriera, con tal de que su sufrimiento sirviera a los fines de Dash.

—Si Dios existe —añadió él— y sabe que nuestros preciosos corderitos están sufriendo, yo no quiero conocer a ese dios.

A la madre de Sara le habría parecido desternillante que su hija defendiera la postura contraria.

—Dios nos ha dado las herramientas para ayudarlos, pero se les niega el acceso a ellas.

Él se echó a reír.

—Su temperamento es una de las razones por las que me gusta tenerla por aquí, doctora Earnshaw.

Sara bajó la cabeza para que él no viera su mirada de exasperación: sabía desde el principio que Dash acabaría haciendo algún comentario sobre su «temperamento».

Habían llegado al claro. Sintió que el sol le quemaba los hombros desnudos. Las mujeres atendían sus pucheros en las fogatas: siempre estaban cocinando o hirviendo sábanas, ropa o innumerables servilletas de tela. Gwen, con los brazos en jarras, repartía órdenes hoscamente a sus asustadas esbirras. Sara notó que se le encogía el estómago al verla. Si de verdad era enfermera, tenía que saber lo que hacía al privar a Tommy de una muerte apacible.

—Doctora Earnshaw —dijo Dash—, ¿se acuerda de mis encantadoras jovencitas?

Las niñas ya estaban sentadas en torno a una de las largas mesas de madera comunitarias. Sara se acordaba de sus nombres:

Esther, Charity, Edna, Grace, Hannah y Joy la de Mirada Recelosa.

—Buenas tardes, doctora Earnshaw —dijeron al unísono con modales impecables.

Grace, la más habladora, se apresuró a hacerle sitio en el banco para que se sentara a su lado. Prácticamente soltó un gorjeo de alegría cuando vio cumplido su deseo. Sara acarició el cabello lacio de la niña. Vio dos pequeñas marcas en su frente. Viejas cicatrices de varicela.

—Gracias, hermanas —dijo Dash.

Las mujeres de las fogatas se habían acercado con la comida. Filete de ternera para Dash, cuencos de estofado para las niñas y un plato de queso, galletas saladas y fruta para Sara. Le sonaban las tripas, pero cuando pensaba en comer más queso notaba la lengua pastosa.

—Doctora Earnshaw —dijo Grace—, ¿dónde conoció a su marido?

—En el hospital en el que trabajaba.

Sara sintió que entreabría la boca, sorprendida. Había contestado sin pensar, y se había equivocado. Conoció a Jeffrey en un partido de fútbol del instituto.

A Will, lo conoció en el hospital.

—¿Qué ropa llevaba puesta? —preguntó Grace.

—Mmm… —De pronto tuvo otra vez ganas de llorar. Mordió una galleta, tratando de ganar tiempo para reponerse—. En los hospitales, los médicos llevan uniformes. Pantalones verdes y camisa a juego.

—Y una bata blanca —añadió Esther, que se acordaba de la ceremonia que Sara les había descrito la víspera.

—Sí —dijo ella—. Y una bata blanca. Y un estetoscopio. Y zuecos de goma, porque pasamos todo el día de pie y nuestros pies sufren.

Grace volvió a dirigir la conversación hacia su tema favorito.

—¿Se puso un vestido de novia cuando fue a casarse al condado?

—Juzgado —la corrigió Joy con el mismo tono de condescendencia que Sara había empleado a menudo con su hermana pequeña—. Es donde está el juez. El juez puede casar a la gente.

—El abuelo Martin va a ir al juzgado —dijo Edna, muy seria—. Y el juez no va a dejar que vuelva nunca.

Dash carraspeó y negó con la cabeza, mirando a la niña.

Sara tomó nota de aquel dato mentalmente: más tarde, cuando estuviera encerrada, le daría vueltas hasta volverse loca. El «abuelo Martin» era, con toda probabilidad, Martin Novak, el ladrón de bancos que iba a ser juzgado dentro de unas semanas. Sara sabía por las cosas que contaba Faith que Novak había pasado algún tiempo con un grupo antigubernamental en la frontera sur. Si Martin Novak era el padre de Gwen, la posición de Dash se habría visto enormemente fortalecida al casarse con ella. Y ello suponía, además, que Gwen llevaba casi toda su vida inmersa en la ideología racista del IPA.

Grace resopló para hacerles ver que habían herido sus sentimientos. Hizo un mohín.

—Yo solo preguntaba por su vestido.

Sara le acarició el pelo. Pensó en aquel vestido negro que tanto le gustaba a Will. En su mirada de contento cada vez que ella hacía el esfuerzo de arreglarse, depilarse las cejas y ponerse tacones para él.

De hecho, cada vez que hacía un esfuerzo por él, Will parecía feliz.

—Llevaba un vestido normal —le dijo a Grace—, pero con unas flores muy bonitas cosidas aquí —explicó señalándose el escote—. A él le gusta... le gustaba que llevara el pelo suelto, así que me lo dejé sobre los hombros, aunque hacía mucho calor fuera. Y me puse unos tacones altos que me hacían daño en los dedos.

—¿Cómo de altos? —preguntó Joy sin poder contenerse, y se

sonrojó—. Lo digo porque usted es alta. Y a los hombres eso no les gusta. Eso he oído.

—A los que valen la pena, sí —repuso Sara: una lección que había aprendido durante su adolescencia, mientras esperaba a que los chicos de su edad la alcanzaran—. Esos no se sienten intimidados por una mujer que se siente a gusto consigo misma.

—Amén. —Dash había sacado la mano del cabestrillo para poder cortar la carne. El cuchillo era largo, de dientes.

Sara se preguntó si contaban los cubiertos cuando quitaban la mesa.

—Yo quiero llevar un vestido blanco cuando me case, y quiero que haya flores y caballos.

Joy hizo una mueca de fastidio.

—Y helado —añadió Grace con una risilla.

—Esta noche tendréis helado —dijo Dash.

Se oyó un coro de vivas.

—Vamos a celebrar que hemos completado nuestro mayor logro —le explicó Dash a Sara, y ella comprendió por la astucia con que sonrió que sabía que aquel tema le interesaba—. Mañana es un día muy importante para nosotros —concluyó.

Sara no le dio la satisfacción de hacer la pregunta obvia.

—Niñas, escuchad a papá —dijo él, clavando su tenedor en la patata—. Esta noche debéis tenernos presentes a todos en vuestras oraciones. Disfrutad de la fiesta y del helado, pero acordaos de que estamos a punto de embarcarnos en una misión muy importante. Todos nuestros esfuerzos de estos últimos tres años se concretarán mañana.

¿Tres años?

—Papá y sus hombres van a salir a ese mundo lleno de iniquidad —prosiguió Dash— para recordarle lo que los Padres de la Constitución tenían en mente cuando se sentaron a redactar ese documento glorioso.

—Una nación bajo Dios —dijo Grace.

—Exacto —repuso Dash, aunque la cita era del Juramento a la Bandera, no de la Constitución—. Este país necesita un vuelco, una conmoción que lo haga recapacitar y volver en sí. Es hora de enviar el mensaje. Nos hemos desviado tanto del camino que el hombre blanco ya no sabe cuál es su lugar.

Se metió un trozo de patata en la boca. Evidentemente, no había terminado de dar su discurso, pero no quería hacerlo sin la participación de Sara.

Ella se aclaró la garganta.

—¿Qué clase de mensaje?

Él bebió agua sin prisa.

—El mensaje que dejará claro que el hombre blanco no se deja dominar. Ni por otra raza, ni por cierto tipo de mujer. Ni por nada, ni por nadie.

Sara aguardó a que dejara ver su verdadera faz. Veía los primeros síntomas en sus pómulos, que se habían afilado, y en su piel, que el apasionamiento de su discurso había hecho palidecer.

—Esa gente —le dijo a Sara—, esos perros de mala casta, intentan desbancarnos, borrar nuestra existencia. Se están infiltrando en nuestra cultura con su música y su moral relajada. Se están aprovechando de nuestras mujeres, vendiéndoles una estafa, embaucándolas respecto a quiénes son y al lugar que ocupan en la sociedad.

—Como Michelle —dijo Edna.

—¡Sí! —Dash dio un puñetazo en la mesa. La máscara había caído por fin—. Michelle es un claro ejemplo del tipo de mujer cuyas decisiones egoístas y depravadas están destruyendo el orden natural de las cosas. Hay que darles un escarmiento. En este país, antes se quemaba a las brujas en la hoguera.

Otro error: en los juicios de Salem no se había quemado a ninguna bruja. Se las había ahorcado o aplastado hasta morir.

—La labor de un hombre es decidir lo mejor para su familia.

—Dash dio otro puñetazo en la mesa—. Solo hay que ver lo que tenemos aquí. Los hombres blancos, enarbolando el poder blanco, han protegido a la sociedad de los blancos durante miles de años.

Sara se mordió el labio para no replicarle.

Él pareció advertir su reticencia. Se limpió la boca con una servilleta de tela y, poniéndose de nuevo la máscara, le sonrió.

—Yo no soy racista. Pero estoy a favor de *mi* raza. No soy machista. Pero estoy a favor de *mi* sexo. —Se encogió de hombros como si su argumento tuviera perfecta lógica—. El hombre blanco se está viendo arrinconado. Nuestra benevolencia, nuestra generosidad, nos está poniendo al borde de la extinción. Cedimos demasiados derechos a las mujeres, a los negros y los morenos. Les pusimos delante la esperanza de la igualdad de oportunidades y ellos se aprovecharon con avaricia.

Las niñas miraban a su padre como si estuviera pronunciando el Sermón de la Montaña. A Sara le sonaba más bien a seudopsicología neonazi. Dash había tropezado con una de las muchas salvedades de la *hipótesis del contacto*, según la cual los prejuicios tienden a disminuir cuando personas razonables mantienen contacto interpersonal: costaba aferrarse a un estereotipo sobre toda una raza cuando te relacionabas cara a cara con un individuo que desmentía tus prejuicios. Pero la negativa a reconocer el estatus de igualdad al grupo contrario impedía con frecuencia que se diera esa situación.

—Doctora Earnshaw —dijo Dash dejando su tenedor y apoyando los codos en la mesa—, usted es una mujer de ciencia. Sabe por los libros de historia que todo gran avance histórico, desde la Revolución Industrial a la Era Digital, la Era de Internet y lo que venga después, ha sido posible gracias al hombre blanco.

A Sara se le ocurrían múltiples argumentos en contra de aquella idea, pero no tenía sentido discutir con una persona que no aceptaba las verdades más elementales: otra pega de la hipótesis del contacto.

—Incluso nuestro dominio de la tecnología es una espada de doble filo. Los trabajos que hacen los hombres se están quedando obsoletos. —Dash la señaló con el dedo—. El principal empleo de los varones sin formación universitaria es la conducción de vehículos. ¿Qué va a pasar cuando los coches y camiones autónomos dominen las carreteras? Tecnología, innovación, educación… Se está privando a los hombres blancos de un sueldo digno. Cuando las mujeres controlan el dinero, los hombres se desmoralizan. Recurren al alcohol y a las pastillas. Abandonan a sus familias, renuncian a sus hijos. No podemos permitir que eso ocurra.

Sara dedujo que respetar y valorar a tu esposa no era una opción viable.

Pero Dash no había concluido.

—Los políticos de este país han pasado los últimos doscientos años tratando de apaciguar e integrar a los negros y los morenos. Republicanos, demócratas, libertarios, independientes… Todos hacen lo mismo. Damos escuelas a los perros de mala casta y ellos quieren escuelas blancas. Les dejamos montar en autobús y ellos quieren sentarse delante. Les pagamos para que nos entretengan y tratan de meternos sus malditas opiniones por el gaznate.

—Papá —musitó Grace como si maldecir fuera la peor de sus faltas.

—Integrar, integrar, integrar… —Dash volvió a golpear la mesa—. No hay suficiente agua limpia, suficiente aire y comida para todos. No todo el mundo puede vivir en una casa bonita con una televisión enorme. Por eso, porque hemos dejado creer a esos perros que tienen derecho a lo que tiene el hombre blanco, nos encontramos en este punto de inflexión. No podemos permitir que nos despojen del poder.

Otra fisura de la hipótesis del contacto: el miedo a la competencia.

—Por eso los Padres de la Constitución incluyeron en la Segunda Enmienda el derecho a portar armas —prosiguió él—. Para que podamos empuñarlas y decirle al Gobierno que se equivoca.

Los hombres blancos son los únicos que pueden reclamar legítimamente esos derechos. Nuestras vidas son las únicas que importan.

Sara se mordió otra vez el labio. Los Padres de la Constitución no habían redactado la Segunda Enmienda. Habían ideado el procedimiento por el cual podía enmendarse la Constitución.

—Nuestros gobiernos se han desviado del camino por su cuenta y riesgo y se han desentendido de su deber de apoyar a la familia blanca. Es economía básica. Si cuidas de nosotros, todo lo demás encajará en su lugar. Hay suficientes despojos para los demás. Usted es doctora. Conoce los hechos científicos. Su genética superior predestinó al hombre blanco a liderar las tribus del mundo. No podemos permitir que nos releguen a ciudadanos de segunda o tercera clase.

Sara no podía dejar pasar aquello. La historia de la medicina estaba llena de burradas como aquella. El estudio de los humores, las sangrías, la frenología, la histeria femenina. Ninguna de ellas era inofensiva. La presunta *ciencia* del movimiento eugenésico norteamericano había inspirado las atrocidades de la Alemania nazi. La dislexia severa que padecía Will era el tipo de discapacidad que lo habría convertido en candidato para la esterilización forzosa o el exterminio.

—Es muy duro que te traten como a una minoría, ¿verdad? —dijo.

—Se ríe usted, pero ha dado en el clavo. Las mujeres blancas, con sus abortos, sus anticonceptivos y sus carreras profesionales están dando prioridad a sus deseos egoístas, anteponiéndolos a la propagación de la raza. Mestizaje, la mezcla de razas, llámelo como quiera. Todos los problemas que afronta este país pueden reducirse al Gran Reemplazo, esa calamidad inminente.

Le brillaron los ojos al decir estas últimas palabras. Sara entendía que una persona tan enfadada como Dash, tan aislada y alienada como él, pudiera llegar a convencerse de que aquella filosofía del odio era la solución a sus problemas.

No es culpa tuya, hermano. Es culpa de los demás.

—Señoritas —añadió él para asegurarse de que sus hijas le prestaban atención—, escuchadme atentamente, porque esta es la lección más importante que os enseñará nunca vuestro papá. Las razas se ordenan en una pirámide. El hombre blanco está siempre en la cúspide y más abajo, como subordinada suya, se encuentra la mujer blanca, que solo ha de servir a un señor. En los escalones inferiores se encuentran las demás razas. No todas las personas de este mundo somos iguales.

—¿Eso no requiere una explicación? —dijo Sara, e invocó las primeras líneas de la Declaración de Independencia—. Yo creía que todos los hombres eran creados iguales.

Él meneó el dedo, apuntándola.

—No intente usted debatir conmigo la Constitución, doctora Earnshaw.

Sara refrenó un suspiro de abatimiento. Dash era la idea que un necio se hacía de un sabio. Y su filosofía no importaba. Su racismo repugnante, su machismo y su xenofobia no importaban. Lo que importaba era el invernadero, y la estructura, y el mensaje que pensaba enviar mediante sus actos. «Todos nuestros esfuerzos de estos últimos tres años se concretarán mañana».

—¿Qué piensan hacer al respecto? —preguntó.

—El mensaje, eso es lo que pensamos hacer. Habrá grandes sacrificios, y siempre lamento la pérdida de vidas humanas, pero tenemos que aceptar que habrá bajas en nuestras filas si queremos provocar un cambio verdadero y significativo. Los alcahuetes, los perros de mala casta, crecen como la mala hierba y periódicamente hay que cortarla. —Dash meneó la cabeza—. Es terriblemente triste, pero así es el orden natural de las cosas. A veces hay que podar un rosal para que nazca una flor bella.

Sara percibió la amenaza que se ocultaba tras su lenguaje florido.

—¿Cuántas vidas se perderán?

—Cantidades ingentes. Habrá tantos muertos que dudo que los historiadores sean capaces de calcular la cifra total. —Dash volvió a empuñar el cuchillo y el tenedor y cortó un trozo de filete—. Le diré una cosa, doctora Earnshaw. Soy un hombre de palabra. Le dije que la dejaríamos en libertad y así será. Necesitamos a alguien que dé testimonio de nuestro mensaje. Creo que una mujer reflexiva y educada como usted sabrá explicar con elocuencia nuestra causa.

Sara intentó no dar demasiada importancia al hecho de que, para dar testimonio de algo, había que sobrevivir a ello.

¿Le estaba dando Dash falsas esperanzas?

—Papá —dijo Joy—, ¿cuándo sabremos si el mensaje ha funcionado?

—Cuando llegue el momento —respondió Gwen, que se había acercado a Edna por detrás y clavaba los dedos en los hombros de la niña. Al ver su semblante severo, sus hijas parecieron inquietarse—. Quiero que dejéis el plato limpio o esta noche no habrá helado.

Las niñas recogieron obedientemente sus cucharas y empezaron a comer.

Gwen se sentó, retorciendo su delantal con las manos. Comía lo mismo que sus hijas, pero en un plato, en vez de en un cuenco. Sara se fijó en sus manos enrojecidas. Había retorcido tanto el delantal que se había irritado la piel.

Sara detestaba hablar con ella, pero aun así preguntó:

—¿Benjamin está mejor?

Gwen apretó los labios. Ya no se esforzaba por ocultar la hostilidad que sentía por Sara.

—El Señor decidirá su destino.

—Quizá tenga que cambiarle la medicación —se ofreció Sara—. Puedo volver a examinar a todos los niños. Me encantaría ayudar a lavarlos, a cambiar las sábanas o a cualquier otra cosa para que estén más cómodos. Seguro que está usted cansada.

—No estoy cansada —replicó Gwen agarrando su cuchara—. Volverá a su cabaña, donde tiene que estar.

—Le he dicho a la doctora Earnshaw que puede pasar tanto tiempo como quiera en el barracón —dijo Dash.

Gwen cerró el puño sobre el delantal y clavó la mirada en su marido.

¿Estaba celosa?

—Gwendolyn —dijo él—, recuerda que la doctora Earnshaw es nuestra invitada. Cualquier ayuda que nos ofrezca es bienvenida.

Su tono bastó para que Gwen se sumiera en un hosco silencio. Se puso a comer tan bruscamente que la salsa le chorreó por la barbilla. Sus hijas percibieron su estado de ánimo y algunas de ellas parecieron a punto de echarse a llorar. A Grace comenzó a temblarle el labio inferior.

Sara cedió al deseo de castigar a Gwen por el dolor que les infligía.

—Niñas, ya os he contado cómo conocí a mi marido. ¿Y vosotras? ¿Sabéis cómo se conocieron vuestros padres? Seguro que es una historia muy romántica.

Gwen se detuvo con la cuchara a medio camino entre la boca y el plato.

Sara sintió que se ponía colorada de vergüenza. Había querido zaherirla, pero sabía que era una pregunta cruel: solo había que echar cuentas. Joy tenía quince años. Gwen, poco más de treinta. Y Dash, cuarenta y tantos.

—Vaya —comentó él mientras se recolocaba el cabestrillo, aunque a juzgar por cómo movía el brazo ya no lo necesitaba—. Qué pregunta tan curiosa, ¿verdad, señoritas?

Las niñas esperaron en silencio. Evidentemente, nunca habían oído esa historia.

—Nos hicimos novios en el instituto —dijo su padre—. ¿Qué os parece?

Grace soltó un suspiro melodramático. Para una niña pequeña era una idea romántica, pero Grace no había reparado en la diferencia de edad. Dash solo podía haber coincidido con Gwen en el instituto si formaba parte del personal del centro. Y el estupro no tenía nada de romántico.

—Nos presentó el abuelo Martin —agregó Dash—. ¿Verdad que sí, amor mío?

Martin Novak.

El ladrón de bancos tenía más de sesenta años. Dash debía de haber sido como un hijo para él. Un hijo que había casado con su hija menor de edad.

—Estábamos en la playa —continuó él, contradiciendo su historia acerca del instituto—. Vuestra madre iba paseando por la orilla. Las olas le mojaban los pies. Tenía el sol detrás y recuerdo que pensé que llevaba puesta una aureola. No se la ha quitado desde entonces —dijo haciéndole un guiño a Sara.

Ella tragó saliva y sintió que se tragaba un puñado de cristales rotos.

—Me gustaría ir al barracón si es posible —le dijo a Dash.

La cuchara de Gwen cayó con estrépito en el plato.

—No pasa nada, doctora Earnshaw —contestó él con la mirada fija en Gwen—. Joy, acompaña a la doctora Earnshaw, por favor. Tu madre y yo tenemos que hablar de los preparativos de la fiesta de esta noche.

—Sí, papá.

La niña echó a andar hacia el barracón delante de Sara con la cabeza agachada y los ojos fijos en los pies. Sara se mantuvo detrás, a unos pasos de ella. Le repugnaba su propia conducta. Gwen se lo tenía merecido, pero sus hijas no tenían culpa de nada. Y ella no era una persona que tuviera por costumbre hacer daño a los demás deliberadamente. Claro que, como médica, tampoco solía desearles la muerte a sus pacientes.

Lo que acababa de hacer, en todo caso, no tenía excusa. Pensó en disculparse con Joy. De las hijas de Dash, era la única lo bastante madura como para entender las posibles implicaciones de su pregunta.

Pero antes de que pudiera decir una palabra, la niña masculló:

—Está preocupada.

Sara adivinó que se refería a su madre.

—¿Por Adriel?

Joy negó con la cabeza, pero no dijo nada más.

—¿Sabes? —dijo Sara—, acabo de darme cuenta de que Benjamin es el único niño que he visto en este lado del campamento. ¿Hay más al otro lado?

—Algunos, muy pequeños. —Joy hablaba en voz baja a pesar de que no había nadie cerca—. Papá los manda fuera cuando cumplen doce años.

Sara asintió, con el corazón acelerado. Solo se le ocurría un motivo para que un hombre adulto mandara lejos a todos los niños varones antes de que llegaran a la edad de la pubertad.

Dash no quería competidores.

—¿Sabes adónde van? —preguntó.

—A Arizona, a entrenarse para la guerra.

Arizona. Todas las piezas encajaban: no había duda de que Martin Novak estaba implicado. Sara rezó para que Will y Faith estuvieran encontrando las mismas pistas. El ladrón de bancos estaba detenido y se enfrentaba a una posible condena a cadena perpetua. Si había que hacer un trato, aquel era el momento.

Joy se detuvo junto a la pila que había a la entrada del barracón. Le abrió el grifo a Sara.

—¿Van a morirse?

Sara comprendió que se refería a los once niños del barracón.

—Todavía no he descubierto qué les pasa, pero estoy en ello.

Joy fue a decir algo, pero su rostro se contrajo de dolor. Llevándose la mano al vientre, se apoyó contra la pared de la ducha.

—Me duele la tripa.

—¿Es el periodo?

La niña se puso colorada como un tomate.

—Cariño, no hay por qué avergonzarse. Es natural. No es muy agradable, pero es natural. —Le frotó el brazo, tratando de congraciarse con ella—. Puedo darte una pastilla para el dolor.

—No es… —comenzó a decir Joy, pero un torrente de vómito salió de su boca.

Sara se apartó de un salto, pero no consiguió salvar sus zapatos. Miró hacia la mesa buscando a Gwen, pero la madre de la niña estaba regañando a una de las cocineras. Las niñas seguían sentadas a la mesa, con la cabeza gacha, tratando de pasar desapercibidas.

—Vamos dentro. —Sara ayudó a Joy a subir los peldaños.

En el barracón solo estaban los niños enfermos. Sara se preguntó adónde habrían ido las tres mujeres. Supuso que se habían tomado un descanso para comer, lo que podía venirle bien. Joy tenía edad suficiente para estar al tanto de lo que ocurría dentro del campamento.

—Aquí. —Sara la ayudó a tumbarse en un catre vacío y preguntó—: ¿Puedes decirme qué te duele?

Joy contestó llevándose las manos a la tripa.

Sara le tomó la tensión, que era baja, y la temperatura, que era normal. Le auscultó el pecho y el abdomen. Le miró las pupilas. La niña apenas podía mantener los ojos abiertos. Le chasqueaba la garganta cada vez que intentaba tragar.

—¿Has tenido ya el sarampión? —preguntó Sara.

Ella asintió en silencio.

—Enseguida vuelvo.

Sara encontró un jarro de agua y llenó un vaso. Miró a su alrededor. La mayoría de los niños dormía. Los que estaban despiertos la observaban atentamente.

Joy trató de incorporarse, pero el mareo la obligó a echarse otra vez. Sara la ayudó a beber del vaso. La niña rechinaba los dientes de dolor, con la mano en el estómago.

Había varias pruebas que Sara podría haberle hecho en un hospital para averiguar qué le ocurría, pero ninguna de ellas estaba disponible allí.

—Joy —dijo sentándose en el catre, junto a la niña—, necesito que me hables.

—Yo no… —Se echó a llorar, visiblemente asustada—. Siento haberle vomitado encima.

—Yo me alegro de que no hayas comido espinacas. Son lo peor.

Joy no sonrió.

—¿Desde cuándo te encuentras mal?

—Desde… —Cerró los ojos cuando otra punzada de dolor le atravesó el abdomen—. Desde anoche.

—¿Seguro que no es el periodo?

Joy negó con la cabeza.

—¿Tienes relaciones sexuales?

Joy pareció avergonzada.

—Yo no… Yo no… No, señora. Aquí no hay chicos y papá… —Meneó la cabeza con vehemencia.

A Sara, sus pacientes le habían mentido acerca de su experiencia sexual casi tantas veces como le habían vomitado encima.

—Voy a apretar aquí, ¿de acuerdo? Dime si te duele.

Joy observó cómo se movían sus manos. Se sonrojó furiosamente cuando le palpó el bajo vientre. Sara no disponía de un espéculo para hacerle un examen ginecológico y, por más que despreciara a Gwen, tampoco lo haría sin el permiso de la madre.

Al menos, hasta que pasara media hora.

Con una chica de la edad de Joy, su primera preocupación era siempre el embarazo ectópico. Ella, que había sufrido en carne propia sus desastrosas complicaciones, sabía que era vital actuar deprisa en esos casos. En segundo lugar, le preocupaba la apendicitis. Pero también podía ser un quiste ovárico. Una obstrucción intestinal. Una piedra en un riñón. Una torsión de las trompas de Falopio. O un tumor. Todas esas dolencias requerían herramientas diagnósticas que no tenía, e intervenciones quirúrgicas que no estaba en situación de hacer.

—Necesito hablar con tu madre.

—¡No! —Joy se incorporó, aterrorizada. Se agarró a Sara, aturdida por la bajada de la presión sanguínea—. Por favor, deje que me quede aquí un minuto. Por favor.

Tenía miedo de su madre, lo que hizo que Sara temiera por todas las hijas de Gwen.

—Tranquila, no pasa nada —dijo mientras la ayudaba suavemente a acostarse—. ¿Te ha hecho daño tu madre, Joy?

Los ojos de la niña se llenaron de lágrimas.

—Se enfada, nada más. No... A veces no hacemos lo que tenemos que hacer y le damos más trabajo. Tiene muchas... muchas responsabilidades.

Sara le acarició el cabello.

—¿Tu padre te ha...?

—¿Voy a... voy a ponerme bien? —preguntó la niña sin dejar de agarrarse la tripa—. Por favor, dígamelo. ¿Por qué me duele tanto?

Sara sintió que su instinto de pediatra se ponía en alerta roja. En circunstancias normales habría llamado de inmediato a los servicios sociales para asegurarse de que Joy no regresaba con sus padres hasta que se investigara minuciosamente su caso.

Pero las circunstancias no eran normales y allí no tenía capacidad para controlar nada, salvo cómo reaccionaba ante aquella niña asustada.

—Seguramente has comido algo que te ha sentado mal —le dijo.

Era improbable que así fuera, puesto que todas las niñas parecían comer lo mismo en cada comida y solo Joy presentaba síntomas.

Joy seguía pareciendo aterrorizada.

—¿Está…? ¿Está segura?

—Creo que lo que necesitas es descansar un poco. Luego te sentirás mejor. ¿De acuerdo?

Joy se relajó en el catre y cerró los ojos.

Sara sintió el peso de la culpa. Normalmente habría sido sincera con una paciente de la edad de Joy. Le habría dicho que no estaba segura de qué le pasaba, pero que iba a averiguarlo y a hacer todo lo posible porque se sintiera mejor. Pero aquella no era una situación normal y no había forma de averiguar qué le ocurría, aparte de esperar a que desaparecieran los síntomas o aparecieran otros nuevos.

Al menos, podía aprovechar para atender a los otros niños.

—Estoy aquí mismo, ¿vale? —le dijo a Joy.

—Michelle… —dijo ella, y puso cara de querer retirar aquella palabra y volver a metérsela en la boca.

Sara volvió a sentarse en el catre. Trató de no parecer ansiosa.

—¿La has visto?

—Yo… —dijo Joy haciendo un esfuerzo. Cerró los ojos y volvió la cabeza—. Lo siento.

Sara había cruzado muchos límites desde que estaba secuestrada, pero este le parecía distinto. La niña estaba asustada. Sabía algo importante y sabía que se metería en un buen lío si se lo decía a ella.

—No pasa nada, cielo —dijo Sara—. Intenta dormir.

—Está… —Joy se detuvo para tragar saliva—. Detrás de… Detrás de aquí.

Sara trató de dominarse.

—¿En el invernadero?

Joy negó con la cabeza.

—En el bosque. Mamá la dejó en el bosque.

Al principio, Sara no entendió lo que le estaba diciendo. Su cuerpo reaccionó antes que su mente: una especie de temblor se extendió de su corazón a sus miembros. Las palabras «la dejó en el bosque» resonaban dentro de ella como un eco.

¿Encadenada a un poste? ¿Encerrada en una caja metálica para que se abrasara? Ninguno de esos escenarios parecía improbable tratándose de una mujer que era capaz de asfixiar a un muchacho con sus propias manos.

—Intenta dormir —dijo dándole un beso en la frente a Joy—. Yo voy a salir a tomar un poco el aire.

Joy suspiró profundamente.

Sara atravesó el barracón. Había dos puertas: una delante, otra detrás. Abrió la de atrás. No había escaleras, solo una caída de un metro y veinte centímetros, aproximadamente. Bajó de un salto. Sus zapatillas manchadas se hundieron en la espesa hierba. Se levantó la toga y se internó entre los árboles.

Piaban los pájaros. Sara miró a su alrededor. No había guardias en las plataformas elevadas. Ni jóvenes armados con rifles, cuchillos y pistolas. Comprendió por el sonido constante del generador que el invernadero estaba a la derecha. Se dirigió hacia la izquierda.

Notó de inmediato el olor inconfundible de la carne putrefacta.

El cadáver de Michelle Spivey estaba a unos treinta metros del barracón. Estaba tendida sobre el costado izquierdo, envuelta en una maraña de zarzas. Tenía la espalda combada. La rodilla izquierda doblada y la pierna derecha estirada hacia atrás. Daba la sensación de que alguien la había arrojado al bosque. De que la habían tirado como si fuese basura. Tenía el brazo derecho echado sobre la cabeza y la mano crispada como si tratara de aferrarse al aire. Parecía congelada. Sus músculos se iban vaciando lentamente de oxígeno a medida que el *rigor mortis* paralizaba su cuerpo. Primero los párpados, luego la mandíbula y el cuello. Teniendo en cuenta su edad, su masa muscular y las altas temperaturas, Sara calculó que llevaba muerta entre dos y cuatro horas.

Sara miró hacia el barracón.

La puerta estaba cerrada. Nadie venía. Nadie había notado su ausencia.

Podía tratar de huir, pero no quería hacerlo en ese instante. Michelle Spivey era ya una mujer destrozada cuando el accidente de coche introdujo bruscamente a Sara en su mundo. Apenas había dicho un par de frases. Había matado a un hombre a puñaladas. Había servido dócilmente a Dash. Pero también había sido madre, esposa, científica. Un ser humano. Aquel era un momento para la meditación, para decir una palabra amable en recuerdo de la vida de Michelle.

Pero tampoco iba a hacer eso.

Se puso de rodillas, agarró el cuello del vestido de Michelle y de un tirón rasgó la espalda. Las costillas de la mujer sobresalían como barbas de ballena. Unos verdugones rojos surcaban la fina capa de piel que cubría sus vértebras. Le habían clavado un cuchillo y golpeado repetidamente en los riñones. Sus hematomas amarillentos indicaban que había transcurrido al menos una semana desde el momento de la paliza. Las heridas tenían costra. Las quemaduras eran más recientes.

Sara sabía qué aspecto tenía una quemadura de cigarrillo.

Rasgó el vestido hasta abajo. Las bragas estaban manchadas. Michelle había empezado a gotear. El intenso calor estaba derritiendo la grasa de su piel, que impregnaba la tierra de una sustancia aceitosa bajo el cadáver.

Todo el costado izquierdo del cuerpo era de un color cárdeno tan oscuro que daba la impresión de que la habían metido a medias en una cuba de tinta. Cuando el corazón deja de latir, la sangre se acumula en el punto más bajo. *Livor mortis* era la expresión latina que se usaba para describir el color de la piel cuando las pesadas células sanguíneas se hundían entre el suero sanguíneo. El proceso se aceleraba con el calor. La mancha que recorría la cadera y la pierna de Michelle, hasta el brazo que tenía echado sobre la cabeza, indicaba que había muerto allí mismo, en el bosque, donde yacía su cadáver.

Tirada como basura.

Estaba hinchada por las bacterias que pululaban dentro de su cuerpo. Los peores daños no eran producto del calor. Gwen había mentido al decir que le había dado antibióticos. O quizá los antibióticos no habían hecho efecto. En cualquier caso, Gwen era la responsable. Sara sabía muy bien quién la había dejado allí para que muriera.

Su agonía habría sido espantosa. Consciente a ratos, desorientada, sufriendo quizá alucinaciones, hirviendo de fiebre. La septicemia le había hinchado tanto el abdomen que la piel se había agrietado. Además de las fisuras, Sara distinguió tenues estrías allí donde, años antes, su vientre se había expandido para dejar sitio al bebé que llevaba dentro.

Ashley.

Sara recordaba su nombre por el artículo del periódico.

Cerró los ojos y levantó la cara al sol. El calor le abrió los poros de la piel como una barrena. Trató de sentir algo, cualquier cosa, pero se descubrió embotada por tanta brutalidad. Le resultaba imposible calcular con exactitud cuánto tiempo había tardado Michelle en morir allí fuera. El lugar parecía elegido para aumentar al máximo su sufrimiento. Lejos del campamento. Arrojado entre las espinas de una zarza. Cubierta de golpes y magulladuras. Desgarrada literalmente de dolor.

Tras ella, la puerta del barracón se abrió de golpe.

Agachó la cabeza. La maleza la ocultaba, pero no sabía por cuánto tiempo. Procedió rápidamente, examinando el cadáver de Michelle con la mayor minuciosidad que pudo. Buscaba decoloraciones químicas o algún indicio de qué podía estar haciendo en el invernadero. Olió su pelo. Inspeccionó sus uñas. El *rigor mortis* le había cerrado por completo la mandíbula, pero pudo echarle un vistazo a sus encías, a su nariz y sus orejas.

—¿Doctora Earnshaw? —Dash se hacía sombra con las manos sobre los ojos. El sol estrechaba su campo de visión—. ¿Está usted ahí?

Sara hurgó en los bolsillos del vestido de Michelle, palpó su sujetador, la cinturilla de sus bragas. Estaba a punto de darse por vencida cuando se fijó en la posición de la mano izquierda de Michelle. Los dedos estaban doblados hacia dentro, pero el pulgar estaba tieso como el de un autoestopista.

Era extremadamente raro encontrar en un cadáver aquella postura de la mano, que solía darse cuando un terror extremo y súbito desencadenaba una reacción química en el organismo. Michelle había tenido tiempo de sobra para contemplar su propia agonía. Había colocado la mano bajo la rodilla doblada por propia voluntad, obligando a los dedos a permanecer cerrados.

Tenía algo escrito en la palma.

—¿Doctora Earnshaw? —Dash movía lentamente la cabeza, escudriñando el bosque.

Sara se inclinó sobre el cadáver de Michelle para ver mejor su mano. Una arcada le subió por la garganta. El olor del tejido putrefacto era espantoso. Contuvo la respiración. Al mirar más de cerca, le pareció que Michelle había escrito dos palabras, o una muy larga. Con rotulador negro. Solo se veía el borde inferior de las letras. El resto estaba tapado por los dedos.

—¿Dónde está, doctora Earnshaw? —La voz de Dash sonaba tranquila, pero Sara no confiaba en que eso fuera a durar mucho.

Agarró los dedos de Michelle y trató de estirarlos. Pero sudaba demasiado y los dedos estaban muy hinchados. Se le resbalaban. La única alternativa era romper el *rigor mortis* a la altura de la muñeca. Los músculos se habían endurecido como plástico. Agarró el puño y el antebrazo de Michelle y giró las manos en sentido contrario.

Oyó un fuerte chasquido.

—¿Lance? —Dash había oído el ruido—. Oye, hermano, ¿te importaría venir aquí, conmigo?

Sara tiró de los dedos de Michelle. Las uñas se doblaron hacia atrás, pero los dedos no se movieron. Probó a empujar hacia arriba con los pulgares.

Dash saltó desde la puerta del barracón. Un momento después, otro par de pies golpeó el suelo. Treinta metros de distancia. Hierba crecida. Árboles gruesos. Dash estaba hablando con Lance. Sara estaba demasiado alterada para entender lo que decía. El corazón le latía con violencia. Le temblaban los párpados. Tenía que abrirle la mano a Michelle. Tenía que leer lo que había escrito. Miró a su alrededor buscando un palo o algo que pudiera usar para separarle los dedos. No había nada.

Tendría que usar la boca.

Mordió los dedos agarrotados del cadáver, tratando de no rasgar la piel.

—¿Doctora Earnshaw? —llamó Dash.

Lance tosió. Se estaban acercando.

Sara mordió la articulación de uno de los dedos de Michelle. Tiró hacia atrás.

Crac.

Dedo corazón.

Crac.

Dedo anular.

—¿Doctora Earnshaw?

Dash estaba a escasos metros, detrás de ella. Su voz sonaba nasal. Se había tapado la nariz para no notar el hedor. Lance iba tras él. Eructó una vez y luego vomitó contra un árbol.

Dash suspiró, pero con la nariz tapada su suspiro sonó como un bocinazo.

—¿Doctora Earnshaw? —volvió a llamarla.

—Está muerta —dijo Sara, inclinada sobre el cuerpo de Michelle, y fingió un sollozo de dolor—. La han dejado morir. Estaba completamente sola.

—Siento que se haya llevado usted este disgusto —le dijo Dash—. Era una mujer depravada, pero al final consiguió redimirse.

Sara trató de cerrar la mano de Michelle. Pero los dedos no volvieron a su lugar.

411

—No prolonguemos esto innecesariamente, ¿de acuerdo? —dijo él—. El olor es terrible y... le he dicho que podía quedarse en el barracón. Permítame acompañarla. Allí hace fresco y puede...

Sara se puso en pie.

—Doctora —dijo Dash, pero ella ya había echado a correr por entre la maleza, hacia el barracón.

Cruzó de un salto la puerta. Gwen estaba dentro. Parecía nerviosa, pero eso no era ninguna novedad.

Sara se fue derecha al armario de las medicinas. Encontró el alcohol. Se metió una sábana doblada bajo el brazo y se dirigió a la puerta delantera.

—Doctora Earnshaw.

Dash se había quitado el cabestrillo para encaramarse a la puerta de atrás. Si pudiera...

Ella cerró de un portazo. Pasó por encima del vómito de Joy y se metió en la ducha exterior. El pestillo se le resistió. Maldijo hasta que, con dedos temblorosos, consiguió cerrarlo. Colgó la sábana limpia de la pared del cubículo, destapó el bote de alcohol y se echó un chorro dentro de la boca.

La puerta del barracón se abrió. Dash se quedó en el umbral.

—Ah, lo siento —dijo volviéndose para no mirar hacia la ducha—. Confiaba en que...

Sara no oyó el resto de la frase mientras se enjuagaba la boca, tratando de matar las bacterias procedentes de la carne putrefacta de Michelle. Se echó el líquido fresco en la cara, las manos y el cuello.

—¿Doctora Earnshaw? —repitió Dash por enésima vez—. Si pudiéramos hablar...

—Déjeme en paz.

Sara forcejeó con su toga, maldijo el nudo, la tela arrebujada, la molestia de tener que quitarse aquel harapo.

Dash lo intentó de nuevo.

—De veras, necesito...

—¡He dicho que me deje en paz, joder!

Sara abrió el grifo. Cogió el jabón.

Dash bajó los escalones y se alejó a toda prisa. Para eso servía su orgullo de hombre blanco cuando una mujer estaba dispuesta a arrancarle la puta cabeza.

Gwen abrió la puerta del barracón. Miró hacia la ducha y corrió tras su marido.

Sara dejó que el agua se pusiera todo lo caliente que era capaz de soportar. Intentó hacer espuma con el jabón de sosa. Era tan áspero que parecía hecho de granos de arena.

Esperó a que Lance hiciera acto de aparición. Pero él optó por quedarse dentro con los niños. O con el aire acondicionado. Sara lo había visto de pasada al correr hacia el barracón. El guardia la había mirado con ojos soñolientos. Estaba muy pálido. Seguramente había cogido el mismo virus intestinal que Joy. A no ser que hubiera otra cosa circulando por el campamento.

Algo en lo que Michelle había estado trabajando en el invernadero.

Sara escupió en el suelo de la ducha. El alcohol aún le quemaba las encías. Abrió la boca y dejó que el agua le acribillara la garganta. Sentía la piel abrasada. Sudaba literalmente bajo el chorro de la ducha.

Michelle Spivey había sufrido torturas inenarrables. La habían violado y golpeado. La habían obligado a trabajar dentro del invernadero. La habían dejado a la intemperie para que se pudriera ya antes de morir. Era especialista en enfermedades infecciosas, tenía que estar familiarizada con los efectos de la sepsis, la causa más común de muerte en personas hospitalizadas. Sara imaginaba que la doctora había monitorizado su qSOFA hasta el final. La Escala qSOFA valoraba el proceso de fallo multiorgánico midiendo la presión arterial, la respiración y el nivel de consciencia. Cuanto más alta fuera la puntuación, mayor era el peligro de muerte. Seguramente Michelle no había tenido acceso a un tensiómetro, pero sí podía haber monitorizado su respiración y sus síntomas neurológicos. Habría sabido no solo que se acercaba la muerte, sino cómo se presentaría.

Uno de sus últimos actos había sido buscar un rotulador negro y escribir un mensaje en la palma de su mano.

Dos palabras.

Varios posibles significados.

¿Un ataúd? ¿Un aparato para evitar pagar tasas telefónicas? ¿Una serie de televisión o una película? ¿Un tipo de teatro experimental? ¿Una advertencia de la FDA? ¿El maletín que portaba los códigos de los misiles nucleares?

Sara se giró y dejó que el chorro de agua aguijoneara su cuero cabelludo.

En informática, el término podía emplearse para definir las características de transferencia de un dispositivo cuyo funcionamiento interno se desconocían. O un tipo de *software*. O de ingeniería de sistemas.

Se pasó las manos por el pelo, intentando desenredarlo.

En aviación, se refería al dispositivo que registraba los parámetros de vuelo y las voces de los pilotos. Era un aparato de color naranja brillante, pero su nombre común coincidía con las dos palabras que Michelle se había escrito en la mano.

CAJA NEGRA.

Se frotó la cara con las manos. ¿Qué había querido decir Michelle? ¿Y por qué había elegido esas palabras en concreto? Ella había desperdiciado su oportunidad de escapar, había arriesgado su vida, su seguridad, ¿y para qué? Seguía obsesionándola el mismo interrogante, solo que ahora la búsqueda de la respuesta era, además, una carrera contrarreloj. Se lo había dicho Dash en persona.

Al día siguiente, entregarían el mensaje.

CAPÍTULO 16

Martes, 6 de agosto, 14:50 horas

Will apoyó la cabeza contra la puerta del coche mientras veía pasar la Interestatal 85. El trayecto de una hora en taxi hasta la salida 129 había traído consigo una oleada de agotamiento. Con cada kilómetro se hundía más en el asiento. Sus rodillas se apretujaban contra la mampara que separaba los asientos delanteros y traseros del coche. Su cráneo vibraba, pegado a la ventanilla. Antes de conocer a Sara, nunca había montado en taxi. Ella había querido marcharse temprano de una fiesta y a la persona que los había llevado en coche aún no le apetecía irse. Ella llamó a un taxi y a Will casi le da un infarto cuando, al subir, vio que el taxímetro marcaba ya cinco dólares.

Razón por la cual nunca había subido a un taxi antes de conocer a Sara.

Se obligó a ponerse derecho. Se rascó la mandíbula. La barba, áspera como un estropajo, le raspó las yemas de los dedos y le recordó que tenía que meterse en el papel. El hombre del que Sara estaba enamorada no podía salvarla. Para esa tarea el más indicado era Jack Phineas Wolfe, exmilitar desilusionado y cabreado con el mundo.

Se miró las manos. Se apretó los nudillos con el pulgar hasta que brotó un reguero de sangre fresca.

415

El primer obstáculo que encontraría Wolfe sería Gerald, el lugarteniente de Dash. Si no conseguía convencerlo de que era quien decía ser, seguramente Gerald acabaría apuntándole a la cara con una pistola y apretando el gatillo.

Pero Will no creía que fuera a ser así. Durante la misión en el almacén, había ganado algunos puntos con Gerald. El hecho de que Wolfe pareciera dispuesto a apuñalar al guardia de seguridad por quince de los grandes bastaba para demostrar su buena disposición.

El verdadero problema era Dash. Estando tan cerca de llevar a cabo lo que planeaba, el líder del IPA desconfiaría de todo el mundo, y más aún de un nuevo recluta. Dash era un racista, un pedófilo y un asesino en masa. Pero además había engatusado a hombres tan distintos como Robert Hurley y Adam Humphrey Carter. Will daba por descontado que se trataba del típico timador, siempre a la busca de una debilidad de la que aprovecharse.

Will pensó en los posibles puntos flacos de Wolfe.

La pedofilia parecía la manera más obvia de introducirse en el grupo, pero el lenguaje de los pederastas era tan intrincado y enigmático como la jerga del ejército. Los violadores de menores evolucionaban constantemente. Se coordinaban en la red oscura. Eran extremadamente cuidadosos en público. No era tan sencillo como decir que una niña parecía muy madura para su edad.

Will se alegró de poder descartar esa opción.

Pensó en la información que le había dado Faith sobre el IPA. Idolatraban todo lo relacionado con el ejército. Wolfe era un combatiente veterano sin más batallas que librar. Se sentía, quizá, vapuleado por el sistema. Necesitaba urgentemente dinero. No encontraba trabajo, no conseguía mantener una relación estable con una mujer. Estaba enfadado por tener una vida de mierda. Ansioso por luchar. Tal vez fuera, además, un jugador que había perdido sus ahorros. Culparía a todo el mundo, menos a sí mismo.

Will sacudió la cabeza en silencio.

La motivación económica era demasiado simple. Dash no se fiaría de un mercenario. Querría un guerrero por la causa.

Beau Ragnersen era un hombre en busca de una causa. Por eso había capitulado ante Amanda, ante él y ante Kevin, y ante cualquiera que lo empujara en una dirección concreta. No se había relajado hasta que Gerald los encerró dentro de la furgoneta. Él, con el hombro apoyado contra el de Will, y cuatro chavales armados y nerviosos delante. Todos los demás estaban demasiado inquietos para dormir, en cambio Beau se había quedado profundamente dormido. Su nerviosismo, sus suspiros y su arrastrar de pies a lo Charlie Brown desaparecieron. Will había interpretado su comportamiento errático como un síntoma de que aquel tipo iba a traicionarle. Pero lo cierto era que Beau Ragnersen solo se sentía completo cuando formaba parte de una unidad. Como muchos exmilitares, buscaba ansiosamente algo que llenase el vacío que la guerra había abierto en su pecho.

Esa misma desesperación era la clave para que Jack Wolfe se infiltrara en el IPA. Dash querría llenar el hueco de su pecho. Se serviría del racismo o de la religión o de lo que hiciera falta para poner a Wolfe de su parte. Con tipos así, la cuestión no era nunca en *qué* creías, sino en *quién* creías.

Volvió a mirarse las manos. Se frotó con el pulgar el dedo anular desnudo. Los retazos de Jack Wolfe que había cosido con tanto cuidado comenzaron a desintegrarse.

Haría lo que hiciera falta para recuperar a Sara. Si para ello tenía que disparar a alguien más, matar a alguien más, lo haría. No luchaba solo por sí mismo. Toda la familia de Sara esperaba que la llevara de vuelta a casa. Contaban con él. Pedían a Dios que lo ayudara. Rezaban para que Sara estuviera ilesa.

Will nunca había rezado. De niño, la parroquia local mandaba un autobús al hogar de acogida todos los domingos por la mañana. La mayoría de los chavales aprovechaba la ocasión para salir de la residencia. Él siempre se quedaba. Para él, la posibilidad de estar solo, aunque solo fuera un par de horas, era más importante que beber refrescos en vasitos y comer gofres delgaduchos.

Ahora, trató de recordar la oración de Cathy. Había hablado como si estuviera escribiendo una carta.

«Querido Padre Celestial, te pedimos tu bendición en esta hora de necesidad».

Will sabía que tenía que bajar la cabeza, pero había mirado a Tessa para fijarse en cómo lo hacía ella. Al ver que tenía los ojos cerrados, él también los cerró. Como ella guardaba silencio, él también se quedó callado. El ritual de la oración le había parecido reconfortante. La suave cadencia de la voz de Cathy. La proximidad de otras personas que se preocupaban por lo mismo que él.

Y lo que le preocupaba mientras sostenía la mano delicada de Cathy era esto:

No encontrar a Sara. Que su familia no volviera a verla por culpa suya. Que Gerald lo matara en la gasolinera. Que Dash le pegara un tiro antes de que pudiese ver a Sara. Que Michelle Spivey lo reconociera, se le fuera la olla y arremetiera contra él como había hecho con Carter. Que Dash no lo matara enseguida y obligara a Sara a verlo morir.

Y luego estaba el peor escenario de todos:

Que consiguiera superar todos los obstáculos, convencer a Gerald y que Dash lo acogiera en su seno, encontrar por fin a Sara y no poder ayudarla por estar demasiado asustado.

Se sentía torturado por el miedo que se había adueñado de él en el lugar del accidente de coche. Estaba inclinándose hacia el interior del BMW de Sara para meter la llave en la cerradura de la guantera cuando había visto a Hurley apuntando a Sara a la cabeza. En lugar de reaccionar, de girar la llave, agarrar su Glock y matarlos a todos, se había quedado paralizado.

Porque tenía miedo.

Apretó los dientes. Comandante Jack Wolfe. Fuerzas aerotransportadas. Dos misiones en Irak. Dos detenciones por conducir en estado de embriaguez. Una orden de alejamiento de su último lugar de trabajo. Más de treinta y seis mil dólares en deudas de tarjetas de crédito.

El taxi tomó la salida. Will reconoció los logotipos de las gasolineras y los restaurantes de comida rápida. La salida 129 llevaba a Braselton. Treinta y dos kilómetros cuadrados repartidos entre cuatro condados, dentro del Área Estadística Metropolitana de Atlanta. Menos de diez mil habitantes, un ochenta y tres por ciento de ellos blancos, un cuatro por ciento viviendo por debajo del umbral de la pobreza. Una sola comisaría de policía. Cuatro policías locales. Un hospital. Una bodega de vinos selectos. Tierras fértiles y montañosas, en su mayor parte cubiertas de densos bosques, como cualquier otro pueblo de Georgia situado tan en el interior de la cordillera de los Apalaches. El Parque Nacional de Chattahoochee se extendía por la parte alta del Estado como un paraguas puesto del revés.

La señal de la gasolinera Citgo quedaba dos semáforos en rojo más allá. Will escuchó el ruido del motor del taxi al detenerse en el *stop*. Solo entonces, cuando ya no había marcha atrás, dejó que su mente vagara, evocando el escenario más horripilante que podía concebir:

Dash podría haber fingido que estaba inconsciente en el lugar del accidente. Podía haber visto su cara. Podía saber perfectamente lo que estaba sucediendo y tener planeado un modo de neutralizar el peligro.

Los pensamientos de Will siguieron una espiral descendente:

Sara ya podía estar muerta.

El taxista enfiló la entrada de la gasolinera. Había doce surtidores y cuatro coches repostando. Will reconoció a uno de los conductores: era un agente del GBI, de la región meridional del Estado. El Mini rojo de Faith estaba aparcado delante del contenedor de basura. Faith tenía una mantita echada sobre el hombro: fingía amamantar a un bebé. Amanda estaría dentro de la tienda, haciéndose pasar por una anciana apoyada en un bastón, lo que la haría prácticamente invisible. Había coches sin distintivos a ambos lados de la vía de servicio, delante de la gasolinera. Dos agentes estaban escondidos en la arboleda, detrás del edificio.

Pero Amanda no se había contentado con eso.

Will llevaba un transmisor GPS dentro de la pistolera de cuero que portaba a la espalda. El delgado chip de plástico estaba cosido dentro del forro, y apagado, por si volvían a registrarlo en busca de una señal electrónica. Will había pasado media hora estirando el brazo hacia atrás y pulsando el botón para que el gesto quedara grabado en su memoria muscular.

No pensaba activar aquel dichoso chisme hasta que tuviera a Sara delante de sus ojos. Y no había ninguna garantía de que ella estuviera con Dash. Podía estar encerrada a cuatrocientos kilómetros de distancia. Y, si avisaba demasiado pronto a las fuerzas de apoyo, podía perderla para siempre.

—¿Aquí está bien? —preguntó el taxista.

Will le pagó ciento veinte dólares, lo que le dolió horrores a pesar de que no era su dinero. Cuando salió del coche, tenía las piernas agarrotadas. Se desperezó levantando los brazos. Se ajustó la pistolera. Miró a su alrededor tratando de localizar a Gerald. Echó un vistazo a su reloj.

Las 15:02.

Otro coche entró en la gasolinera para repostar. Una persona entró en la tienda. Will se acercó a la bomba de aire. Se metió las manos en los bolsillos. Dio un puntapié al bordillo. Vestía el mismo atuendo que los chavales de la furgoneta: pantalones negros y camisa de manga larga, del mismo color. Botas negras de combate. Le había parecido buena idea, hasta que se vio al aire libre. Con su altura, su masa muscular y su tono de piel, no parecía un ninja: parecía un tipo que iba a liarse a tiros en cualquier momento.

—¿Wolfe?

Will reconoció a Tres, el chaval del día anterior. Vestía

pantalones cortos y camiseta de un concierto de Usher. Conducía un Kia Soul de color rojo. No era el mejor coche para pasar inadvertido, pero pegaba con la camiseta de Usher. Si lo paraba un poli, parecería un macarra consentido de los que abundaban en aquella zona.

—Entra en la tienda —le dijo el chico—. Espera junto a la puerta de atrás.

Antes de que Will pudiera contestar, arrancó a toda prisa.

El agente del GBI que estaba repostando subió a su coche y siguió al Kia rojo hacia la interestatal.

Will se encaminó a la tienda. Sentía los ojos de Faith fijos en él. El edificio era la típica tienda de gasolinera: ancha pero no profunda, con el techo bajo y cristaleras en la parte delantera. Nada más abrir la puerta, notó el olor de los perritos calientes que se doraban en la plancha. Amanda estaba junto a las máquinas de café. Su casquete de pelo estaba algo enmarañado. Llevaba las gafas de leer en la punta de la nariz y se apoyaba pesadamente en el bastón mientras fingía no saber qué botón debía pulsar.

El chico que atendía el mostrador levantó la vista de su móvil cuando Will pasó delante de él. Era Dos. Vestía un polo azul con el triángulo rojo y naranja de Citgo estampado en el pecho. Ladeó la cabeza, señalándole el fondo de la tienda.

Will encontró la puerta trasera junto al mueble de las bebidas frías. Probó a abrirla. Estaba cerrada con llave. Mientras estudiaba en la universidad había trabajado, entre otros lugares, en una tienda muy parecida a aquella. Dio por sentado que había un pasillo largo, una pequeña oficina y un almacén atiborrado de cosas. La salida de emergencia estaría conectada a una alarma, pero sería fácil burlarla usando un imán y un trozo de chicle.

Se apoyó contra el refrigerador. Un soplo de aire frío salía por entre las puertas de cristal. Miró su reloj.

Las 15:03.

—¿Joven? —dijo Amanda, haciendo señas a Dos de que se

acercara a la máquina de café, y empezó a soltarle una perorata acerca de cómo estaban arruinando el mundo los ordenadores.

Ella ignoraba que Dos pertenecía al IPA. Solo intentaba justificar su demora en la tienda. Will sabía que llevaba en el bolso una Smith and Wesson cargada con cinco proyectiles, dentro de una bolsita Crown Royal. Era capaz de sacar el arma casi con tanta rapidez como un agente cualquiera podía sacar su Glock de la pistolera lateral.

Will oyó dos golpes en la puerta.

Respondió tocando otras dos veces. Esperó. La cerradura se abrió con un chasquido.

Will abrió la puerta. Pasillo largo. Pequeño despacho. Almacén atiborrado. Un imán en el sensor de la alarma de la salida de emergencia, pero sujeto con celo, no con un trozo de chicle. Lo que posiblemente era más inteligente, porque el chicle no era tan pegajoso como podía pensarse.

Fuera lo esperaba Uno. Era el más joven y el más bajo de los cuatro, y seguramente también el más peligroso porque tenía algo que demostrar. No cruzaron palabra. El chico empuñaba la varita que detectaba señales de transmisores. Will levantó los brazos. Dejó que el chico se divirtiera.

Y saltaba a la vista que Uno se lo estaba pasando en grande. Seguramente a aquellos chavales les flipaba todo ese rollo en plan Misión Imposible. De no haber sabido que eran unos cabrones racistas y asesinos, Will hasta les habría tenido envidia.

El chico acabó de usar la varita y la dejó junto a la puerta de atrás. Con un gesto, indicó a Will que lo siguiera por el bosque. Will se metió las manos en los bolsillos: la señal convenida para que los dos agentes ocultos entre los árboles supieran que de momento todo iba bien. Faith tenía controladas todas las posibles vías de escape en tres kilómetros a la redonda. Will sabía que, dejando la gasolinera a su espalda, la arboleda conducía a una zona residencial en forma de «L». Había otros dos coches de seguimiento aparcados en la calle. Era el lugar más probable para que Gerald fuera a recogerlo.

El sudor le chorreaba por la cara cuando llegaron a Chardonnay Trace. Mantuvo las manos en los bolsillos mientras cruzaba la calle detrás de Uno. Las casas eran grandes, con extensos jardines. El rugido del tráfico de la interestatal sonaba amortiguado. El chico apretó el paso siguiendo el contorno de un jardín vallado y se adentró en otro bosquecillo, detrás de la urbanización.

Seguían en la zona de escape.

Will prestó atención al ruido de los coches en la carretera para orientarse. Los planos aéreos mostraban numerosas parcelas taladas para la construcción de áreas comerciales y centros de oportunidades. Si seguían avanzando en línea recta, saldrían a una zona de sembrados.

Will no tenía ni idea de qué había más allá.

Uno se detuvo junto a un árbol y sacó su teléfono. Miró la longitud y la latitud en un mapa. Una chincheta mostró que estaban cerca de las coordenadas correctas. Le hizo una seña a Will para que lo siguiera. Will levantó la mirada hacia los árboles. El follaje era muy espeso. El interior del bosque no se veía desde un helicóptero. Si el piloto bajaba lo suficiente para utilizar la cámara termográfica, Uno echaría a correr, él tendría que perseguirlo y perdería para siempre a Sara.

El chico se guardó el teléfono en el bolsillo. Apoyada en el suelo había una moto de *motocross*. Una Tao Tao DB20 110, motor de cuatro tiempos y un solo cilindro con aeroenfriador, de las que podían circular por la calle, pero sin matrícula. El asiento de plástico se prolongaba en un alerón sobre la rueda trasera.

Uno había intentado tapar la moto con hojas y ramas rotas, pero había hecho una chapuza. Empezó a apartarlas. Will no lo ayudó. Pensó en sacar las manos de los bolsillos. Los dos agentes situados detrás de la tienda de la gasolinera los habrían seguido desde lejos. Iban a pie, pero en opinión de Will ese no era el principal problema.

Dos cascos. Una moto.

Will sabía conducir una moto. Lo que le preocupaba era que Uno lo agarrara de la cintura cuando fueran atravesando el bosque, lo que no mejoraría el desgarro muscular que tenía en el costado. Llevaba en el bolsillo cuatro aspirinas de emergencia que Amanda le había dado en una bolsita de plástico sellada. Sabía por experiencia que la medicación tardaba al menos media hora en hacer efecto.

El chico era unos treinta centímetros más bajo que él y pesaba como mínimo veinte kilos menos (aún conservaba mucha grasa de bebé). Si Will montaba detrás en la moto, el alerón de plástico se rompería, o bien la rueda delantera no tocaría el suelo.

Imitar a Patrick Swayze ayudando a Demi Moore en el torno tampoco sería lo ideal para ninguno de los dos. Will se acordaba de que los chavales habían procurado mantener varios centímetros de separación entre sí durante el trayecto en la furgoneta. Evidentemente tenían unas ideas muy concretas acerca de cómo se manifestaba la homosexualidad y ninguno de ellos pensaba cruzar esa línea. Por lo menos, delante de sus amigos.

El problema que se le planteaba a Uno era la solución del de Will.

Cogió uno de los cascos.

—¿Te agarras a mi cintura, princesita? —preguntó.

Uno se quedó boquiabierto.

—No, tío. Joder, ni hablar. Prefiero agarrarme al asiento. —Añadió otro «joder» para que quedara claro que hablaba en serio.

Will se abrochó el casco bajo la barbilla. Nada le aseguraba que no iban a pisar un bache o a pasar por encima de un montículo y, si eso ocurría, Uno se agarraría a él instintivamente y él acabaría estrellando la moto contra un árbol.

A Uno le costó levantar la moto de cuarenta y cinco kilos.

Will no lo ayudó, no solo porque Jack Wolfe era un capullo, sino porque no quería hacerse daño en las costillas ayudando a salvar la cara a aquel pequeño neonazi.

El chaval consiguió por fin enderezar la moto. Will montó y esperó a que Uno se acomodara detrás de él. El silenciador estaba justo debajo del asiento, de modo que sería interesante ver qué pasaba primero: si Uno se caía de la moto, o si con el calor se le derretía la carne de los dedos.

Pero aquello, de nuevo, era problema suyo.

Will puso la caja de cambios en punto muerto y pulsó el botón de encendido, contento de no tener que vérselas con una palanca de arranque. Revolucionó el motor dejando que chillara como un gato. Si los agentes del bosque lo habían perdido de vista, ya sabrían dónde estaba. Compadecía al que tuviera que informar a Amanda de que habían vuelto a perderlo.

Uno señaló hacia el interior del bosque. Will giró el acelerador unos milímetros y soltó poco a poco el embrague. La rueda trasera derrapó. Uno se agarró a sus hombros: una opción que hasta entonces no se les había ocurrido a ninguno de los dos.

Will avanzó por el bosque, serpenteando entre los árboles. Aceleró un poco y usó los dedos para encontrar el punto óptimo de embrague. La motocicleta fue cobrando velocidad a medida que cambiaba de marchas. Se preguntaba si Uno sería el dueño de la moto. En algún momento llegarían al final del trayecto. Faith localizaría la moto aunque tuviera que registrar el bosque palmo a palmo. Y Amanda se encargaría de hacer cantar al chico; lo abriría como si fuera una nuez.

Él, entretanto, encontraría a Sara.

La moto se aceleró cuando llegaron a lo alto de un cerro. El bosque quedó rápidamente atrás. Atravesaron unos campos de labor y después otra zona de bosque. Luego, Uno le indicó que siguiera la franja de terreno despejado que seguía el trazado de los cables de alta tensión. Will renunció a preocuparse por sus dolores.

Soltó el embrague, diciéndose que la mejor manera de soportar la carrera era que se acabase cuanto antes. Uno le clavó los dedos en los hombros. Su trasero se despegaba continuamente del alerón. Will estaba tan concentrado en avanzar que tardó en notar que el chico le daba palmadas en el hombro para que frenase.

La carretera apareció de pronto ante ellos. La moto dio una sacudida al accionarse el freno trasero. Uno chocó de bruces con el casco de Will, que detuvo la moto, bajó la palanca de apoyo con el talón y apartó los dedos doloridos del manillar.

El chico se apeó, tambaleándose un poco. Le sangraba el labio. Tenía la cara blanca. Parecía no poder decidirse entre vomitar u orinarse encima.

Will se quitó el casco. Contó tres casas. Los jardines medían como mínimo dos hectáreas cada uno. Echó un vistazo al reloj.

Las 15:58.

Faith estaría histérica. Amanda, furiosa. Sobre todo cuando comprendiera que no pensaba encender el transmisor.

—Ahí está —dijo Uno mientras se limpiaba la boca, manchándose de sangre la barbilla.

Will miró carretera arriba. El único chico al que no había visto era Cuatro, pero no era Cuatro quien iba al volante de la furgoneta blanca que se detuvo a su lado.

Gerald bajó la ventanilla.

—Sube detrás, Wolfe —le dijo a Will.

Will abrió las puertas traseras. No había asientos, solo unos cuantos estantes con útiles de pintor. Al menos el aire acondicionado estaba puesto. Will subió. Uno cerró las puertas y esta vez se sentó delante.

Las ventanillas, como en la otra furgoneta, estaban tintadas de negro. Había una nevera portátil con agua y hielo. Will se bebió rápidamente dos botellas. Se frotó la nuca con hielo. Sacó del bolsillo la bolsita de aspirinas. Estaba húmeda de sudor y el calor las había reblandecido. Pensó en un momento en los efectos que podía tener tanta humedad sobre la batería del transmisor. Abrió la bolsa con los dientes y se tragó una aspirina con un sorbo de agua fría.

Cerró los ojos. Echó la cabeza hacia atrás y trató de imaginar todo lo que podía ocurrir cuando volvieran a abrirse las puertas. Gerald le pegaría un tiro. Gerald lo conduciría hasta Dash y Dash le pegaría un tiro. Dash le daría la bienvenida al IPA. Sara estaría retenida en otra parte. O estaría allí mismo, donde fueran a llevarlo.

«Querido Padre Celestial, te pedimos tu bendición en esta hora de necesidad».

Sintió que la temperatura bajaba poco a poco hasta hacerse soportable. Seguían atravesando una zona de campos. Gerald avanzaba por caminos rurales, algunos asfaltados, otros no. Will comprendió por los efectos de la gravedad que estaban subiendo. O quizá se equivocaba y Gerald estaba conduciendo en círculos.

Pasó casi una hora antes de que la furgoneta se detuviera por fin. Dio marcha atrás, cambio de dirección y se paró. Antes, Will había oído un ruido de arenilla golpeando los laterales. Hacía varios kilómetros que circulaban por pistas de tierra.

Las 17:03.

Se abrieron las puertas. Will sintió que el sol taladraba su cerebro. Cerró los ojos con fuerza. Se deslizó por el suelo de la furgoneta hasta tocar con los pies el borde del parachoques trasero. Mientras sus ojos se acostumbraban a la luz, fijó la mirada en el suelo. La furgoneta no era el único vehículo que había circulado por allí. Los profundos surcos de unas ruedas en la hierba indicaban que un camión se había detenido allí hacía poco tiempo.

También se había detenido un camión en el motel en el que Sara le había dejado el mensaje.

—Mola, ¿verdad? —dijo Uno.

Will se rascó la mandíbula. Miró a su alrededor.

A su lado, Uno hizo lo mismo. Aquel chico era algo a medio camino entre una esponja y una sombra.

Will echó a andar, y Uno también. Tuvo que apretar el paso para ponerse a la par de las largas zancadas de Will.

Will tenía que empezar a desentenderse del chico. Estaba claro que se hallaban en una zona de preparación. Había cinco furgonetas negras aparcadas en fila. En un soporte se veían cerca de veinte fusiles AR-15. Tres hombres estaban llenando cargadores con balas encamisadas de 55 granos, con núcleo de plomo y funda de acero gris revestida de polímero. Las balas encamisadas no reventaban al impactar como las de punta hueca, de manera que podían dar en el blanco y luego seguir su trayectoria e impactar por accidente en otro objetivo.

Por motivos desconocidos, los cartuchos estaban colocados en hileras encima de toallas. Los hombres que los manipulaban llevaban guantes negros de nitrilo. Entregaban los cargadores ya llenos a otros hombres que, también con las manos enguantadas, los iban metiendo en cajas de plástico del tamaño aproximado de un archivador. De momento habían llenado ocho cajas, con unos mil proyectiles cada una. Dos hombres provistos de portafolios supervisaban el procedimiento. Otros dos individuos subían por la cuesta cargados con neveras llenas de botellas de Gatorade. Otro grupo se estaba tomando un descanso en torno a una mesa de madera. Llevaban todos ropa técnica negra y guantes. Will contó dieciséis individuos en total. La mayoría tenía unos veinticinco años, pero había también un par de hombres más maduros, de cabello canoso, repartiendo órdenes.

Se palpaba la tensión en el ambiente. Nadie bromeaba. Estaba claro que aquellos hombres se tomaban muy en serio su trabajo. Will tuvo la sensación de que estaban preparados para marcharse de un momento a otro.

Pero ¿dónde estaba exactamente aquel lugar?

No había duda de que estaban en las montañas. Había árboles por todas partes. Se oía cantar a los pájaros. Había un arroyo o un río cerca. Will se fijó en un caseta metálica que había más allá de las furgonetas. Las puertas estaban abiertas. Dentro se veían cajas de cartón apiladas. Todas del mismo tamaño: en torno a setenta y cinco centímetros de lado. Todas con albaranes metidos en fundas de plástico. Todas con la misma serie de números estampada a un lado.

4935-876.

—Wolfe. —Gerald había terminado de hablar con un hombre que llevaba un portafolios. Le indicó que se acercara—. Vamos a ponerte directamente a trabajar, soldado. ¿Te parece bien?

Will masculló algo levantando la barbilla.

—Dobie, tú también —añadió Gerald.

—¡Genial! —El chico al que Will apodaba Uno echó a correr delante de ellos.

Dobie.

Gerald subió más despacio por la cuesta. Will cerró los puños. Iban todos armados. Su Sig Sauer tenía diez balas en el cargador y una en la recámara, pero aquellos tipos lo matarían antes de que le diera tiempo a desenfundar. Empezaba a sentir el mismo temblor que había experimentado en el lugar del accidente. ¿Y si Sara estaba en lo alto de la colina? ¿Y si la encontraba atada? ¿O muerta? ¿Y si no la encontraba en absoluto?

Se llevó la mano a la mejilla. Su barba se había convertido en un talismán. Lo único que tenía que hacer era frotarla con la mano y se convertía de inmediato en Jack Wolfe.

—¿Cuál es la historia del chico?

—¿Dobie?

Gerald lanzó una mirada al chico, que seguía subiendo por la ladera. Resbaló en la hierba, dio un salto y desapareció más allá de la cumbre.

—Es como todos —dijo Gerald—. Joven, tonto y completamente salido.

Will sintió que rechinaba los dientes. No lograba encajar a aquel chaval idiota con lo que sabía sobre grupos como el IPA.

429

¿Era Dobie un racista violento que quería exterminar a todos los judíos o solo un jovencito desorientado que había conocido a personas poco adecuadas en el momento menos oportuno?

En esos momentos poco importaba, de todos modos.

—Te dejaremos mirar un par de veces antes de entrar —le informó Gerald.

Will no preguntó dónde tenía que entrar, porque lo vio en cuanto llegó a lo alto de la cuesta.

El esqueleto de madera de un edificio de dos plantas. Will dedujo por su color grisáceo que llevaba allí, a la intemperie, seis meses como mínimo. El suelo era de aglomerado. Había vanos de puertas, pero no ventanas. La galería del piso de arriba estaba rodeada por una barandilla de seguridad. La escalera no tenía contrahuella entre los escalones y era demasiado endeble para resultar práctica. Se bifurcaba en el centro, formando una «T» cuyos brazos se dirigían hacia ambos lados de la galería. Había figuras de cartón con dianas pintadas. Un toldo hecho con lonas cosidas servía de techo. Tenía dos capas: una de camuflaje y otra de aislante térmico para engañar a las cámaras termográficas. Se habían tomado muchas molestias para construir aquel falso edificio y ocultarlo a la vista. Will calculó que tenía una superficie ligeramente mayor a dos canchas de baloncesto.

Contó ocho hombres montando guardia, vestidos todos ellos para entrar en combate y con los ojos tapados por gafas de plástico transparente. Otros cinco individuos ya estaban dentro del falso edificio. Dos, en la planta baja. Los otros tres subían a todo correr las escaleras que ascendían a la galería. Llevaban los fusiles al hombro y las rodillas flexionadas. Al llegar al descansillo giraron en perfecta sincronía y siguieron subiendo por uno de los brazos de la escalera, hacia la galería. Unas zancadas más y el hombre que dirigía el grupo dio orden de detenerse levantando el puño. Avanzó agazapado. En tres pasos llegó a la pared. Fingió abrir una puerta y todos empezaron a disparar.

Will vio que Dobie daba un respingo al oír los disparos.

—Cómo mola, hermano —dijo el chico.

No tenía miedo. Estaba excitado.

Will advirtió que no era la primera vez que se realizaban aquellos simulacros en el falso edificio. La madera estaba salpicada de manchas de pintura naranja, roja y azul. Estaban usando Simunition, un tipo de munición no letal. Will había disparado aquellos cartuchos de tinta durante sus ejercicios de entrenamiento. El GBI obligaba a todos sus agentes a realizar simulacros de tiroteos indiscriminados en edificios escolares, casas abandonadas y almacenes. Contrataba a actores para que hicieran de criminales y civiles. Normalmente la música estaba a todo volumen, las luces parpadeaban continuamente y a veces se apagaban.

Aquello no podía hacerse con balas de verdad. El nivel de adrenalina era demasiado alto. Tampoco podía hacerse con pistolas de mentira, porque la sensación tenía que ser la misma que en un ataque real, de ahí que se usaran kits de conversión azules para sustituir el portacerrojo de los rifles y la corredera y el bloque de cierre de las pistolas de nueve milímetros. Los cargadores eran de plástico transparente y las balas falsas llevaban pintura de colores dentro de la punta para que uno pudiera saber si había dado en el blanco o matado a un compañero. Aunque los proyectiles no eran letales, podían hacer mucho daño. Los agentes tenían que llevar una capucha negra que les cubría toda la cabeza, excepto los ojos. Cascos, gafas de plástico, guantes, chalecos y pantalones acolchados. No había mejor forma de entrenarse para una intervención armada conjunta.

Que era justamente lo que estaban haciendo aquellos hombres dentro del falso edificio.

¿Un vestíbulo de hotel? ¿Un edificio de oficinas? ¿Una sinagoga? ¿Una mezquita? Los hombres entraban por la planta baja, no por el sótano ni por un muelle de carga. Habría guardias de seguridad, pero ¿qué podían hacer dos expolicías jubilados que trabajaban de guardias para complementar sus pensiones contra un comando de trece tíos armados hasta los dientes? No podía decirse que fuera un combate justo. Eso por no hablar del número de civiles que habría dentro del edificio.

Estaban planeando una masacre.

—¿Listo para ponerte el uniforme? —le preguntó Gerald a Will.

Will estaba listo para encender el transmisor que llevaba dentro de la funda de la pistola. Aquellos hombres planeaban un atentado a gran escala. Había que detenerlos.

Pero ¿y Sara?

Encontró el equipamiento táctico amontonado en el suelo. Las pistolas estaban tiradas en la hierba. Eran las típicas Glock 19 que usaban las fuerzas de seguridad, pero la suya no estaba entre ellas. Reinaba el desorden. Los cargadores estaban a medio llenar. Algunos AR-15 estaban cubiertos por una costra de barro. Había kits de conversión esparcidos por el suelo. Alguien lo bastante informado había encargado la equipación, pero no se había tomado la molestia de adiestrar a los hombres en su manejo.

Dobie ya se estaba abrochando el casco.

—La capucha primero —le dijo Will.

El chico se puso colorado. Se quitó el casco y observó a Will mientras se ponía el uniforme, igual que Will había observado a Tessa mientras Cathy rezaba en voz alta.

El chaval estaba tan excitado que no podía estarse quieto. ¿Por eso se había unido al IPA? Correr por ahí jugando a la guerra podía ser muy divertido. Pero aquellos simulacros tenían como fin prepararse para el combate real. Y Will estaba seguro de que Dobie no estaba preparado para eso. Al observar a los chicos del falso edificio, le pareció que podía decirse lo mismo de ellos. Pero para matar a un montón de gente no hacía falta mucha habilidad. Ni siquiera hacía falta suerte. Solo eran necesarios el elemento sorpresa y la voluntad de apretar el gatillo.

Will se ciñó el cinturón. Revisó sus armas. Se aseguró de que los cargadores y las cámaras estaban llenos de balas falsas: no se fiaba de aquella gente. Se suponía que debía sacar la Sig Sauer de la funda y vaciar el cargador. Durante los simulacros no podía haber munición auténtica dentro del recinto de entrenamiento: estaba prohibido.

Pero para él nada de aquello era un simulacro.

—Wolfe, tú estás con el equipo C —dijo Gerald apuntando hacia lo alto de las escaleras—. A la izquierda.

Will se había preguntado por qué los tres hombres se habían desviado en la misma dirección, dejando desprotegida su retaguardia. Otro error. En un simulacro, los equipos no se entrenaban por separado. O se entrenaban todos o ninguno.

—¿A que es genial, tío? —Dobie seguía dando saltitos como si estuviera ciego de metanfetamina.

La única parte de su cara que veía Will eran sus ojos saltones detrás de las gafas. Su chaleco tenía al menos seis impactos de Simunition. Sus pantalones parecían un enorme test de Rorschach multicolor. Era lógico que estuviera nervioso. Aquello no era una partida de *paintball*. Algún día tomarían de verdad un edificio semejante a aquel. Muy pronto, seguramente, si el contacto de Faith en el FBI tenía razón respecto a los rumores que circulaban en la red.

Will se puso la capucha. Se ajustó las gafas.

—No es lo mismo disparar a un trozo de cartón que matar a un ser humano —le dijo a Dobie.

—Sí, sí, sí —contestó el chico, y su aliento infló la tela de la capucha que cubría su boca—. Ya lo pillo, hermano.

Will tuvo ganas de hacerle entrar en razón dándole un puñetazo. Pero finalmente optó por enseñarle cómo se sujetaba el rifle.

—Pon el dedo aquí, apoyado en el guardamonte. Nunca toques el gatillo a no ser que estés dispuesto a matar a alguien.

—Tiene razón, hermano. —Otro hombre vestido de negro

se les había unido: ya eran dieciséis en el equipo. El recién llegado empezó a repartir órdenes—. Alfa controlará la entrada y asegurará la planta baja. Bravo y Charlie serán la segunda oleada. Escalera arriba; Bravo, a la derecha. Charlie, a la izquierda. —Mirando a Will, explicó—: Tú vas con Charlie. Vamos al fondo, esperamos la señal y Dobie abre la puerta. Vamos.

No entraron corriendo. Se detuvieron frente a la entrada del falso edificio. Will miró hacia abajo. La hierba estaba pisoteada. Decenas de hombres tenían que haber esperado allí para entrar en el edifico. El hueco de entrada tenía el ancho de una puerta de dos hojas.

Deberían haber usado puertas de verdad. En un edificio real, uno no veía a través de las paredes o de las puertas para localizar al enemigo. Las dianas de papel que había en el centro de la sala estaban cubiertas de pintura. Seguramente no las cambiaban de sitio durante los simulacros. Antes de tomar por asalto un espacio público, había que saber unas cuantas cosas básicas. ¿Dónde estaban los muebles? ¿Cuáles eran los obstáculos? ¿Cuánta gente había dentro, aproximadamente? ¿En qué dirección huirían cuando empezara el tiroteo? ¿Dónde estaban las vías de salida? ¿Cuál era tu objetivo? ¿Cómo ibas a mantener a tu equipo a salvo?

—Muy bien, hermanos —dijo Gerald con un cronómetro en la mano—. ¡Adelante! —gritó.

Ocho hombres se precipitaron dentro del edificio con las rodillas flexionadas y los rifles en alto. Las dos dianas recibieron dos impactos cada una. Los hombres se dividieron en parejas para cubrir los cuatro flancos. Se movían en silencio, sin hacer ruido, comunicándose por señas y dándose toques en la pierna para avanzar o detenerse. Abrieron puertas inexistentes. Apretaron el gatillo. La pintura salpicó los árboles que rodeaban el edificio. Volvieron a cargar las armas.

—¡Adelante! —repitió Gerald.

Los tres hombres que iban delante de Will avanzaron. Dobie

los siguió. Will mantuvo el rifle apuntando hacia abajo. La adrenalina recorría su cuerpo como una llamarada. Su campo de visión se estrechó. El corazón empezó a latirle con violencia. Se obligó a respirar con calma.

Por eso había que entrenar. Por eso te ponías ropa táctica y te escondías detrás de paredes y abrías puertas de verdad: porque tu cuerpo era tonto y no notaba la diferencia.

El equipo Bravo subió corriendo la escalera y giró al llegar a la bifurcación. El equipo Charlie iba detrás, muy cerca. Will vio dos letras pintadas con espray en el suelo.

VG.

Will siguió a Dobie por el otro tramo de escalera. Corrieron a lo largo de la galería. Se pararon delante de una puerta inexistente. Había otra letra pintada en el contrachapado.

G.

Dobie miró a Bravo. Vio la señal. Fingió abrir la puerta.

Will no levantó el rifle. Dobie abrió fuego hacia el vano de la puerta. Siguió apretando el gatillo hasta vaciar el cargador.

—¡Muy bien, ya está! —gritó Gerald—. Veintiocho segundos.

Will tenía la sensación de que habían sido diez minutos. El corazón se le salía por la garganta. El calor empezaba a afectarle. Se quitó el casco y se echó hacia atrás la capucha y las gafas.

—Dime, hermano. —Will notó una mano en el hombro—. ¿Por qué no has disparado?

Will miró al hombre. También se había quitado la equipación.

Estatura y peso medios. Pelo y ojos castaños.

Tenía el pulgar enganchado en la hebilla del cinturón, pero torcía el brazo de manera extraña, sin apoyar la mano. Trataba de no cargar peso en el hombro porque hacía solo dos días que había recibido un disparo.

Después, sus hombres habían secuestrado a Sara.

Dash le apretó con fuerza el hombro.

—¿El comandante Wolfe? —preguntó.

Will tenía que decir algo. No podía salir de aquella situación con un gruñido y un gesto. Se rascó la barba, metiéndose en el papel de Jack Wolfe.

—No toques el gatillo a menos que estés dispuesto a matar —dijo, y se encogió de hombros—. No había nada que matar.

—Ah —dijo Dash—. De modo que estás siguiendo tu propio consejo.

—Así me entrenaron —logró decir Will, centrando todas sus energías en observar la cara de Dash por si veía algún indicio de que lo había reconocido—. Si disparas, dispara a matar.

—¿Qué te parece si damos un paseo? —dijo Dash—. Estamos preparando un pequeño banquete. Apuesto a que a un tipo grandullón le gustan los chuletones a la brasa.

Will sintió un calambre en el estómago. Debería encender el transmisor. Tenía a Dash delante de sus ojos. Sin él, el plan terrorista se vendría abajo.

Pero ¿y Sara?

—Vamos. —Dash bajó por las escaleras. Los hombres se apartaron para dejarlo pasar—. Que el equipo uno vuelva a entrenar. Quiero que tarden menos de diez segundos antes de que entre el segundo equipo.

—Sí, señor —dijo Gerald con un saludo militar.

Fuera, otro grupo se estaba poniendo las capuchas y los cascos. Dieciséis hombres más. Glocks y fusiles de asalto preparados.

—Es la primera vez que estoy en el segundo equipo —comentó Will.

Dash se rio.

—Pues mejor para ti, hermano. La primera oleada siempre sufre más bajas. Carne de cañón, la llaman los generales.

Dijo esto delante de sus hombres. A ellos no pareció importarles que mostrara esa indiferencia por sus vidas. De hecho, pareció darles nuevas energías.

—Seguiremos entrenando después de la celebración —le dijo a Will.

—¿Qué celebramos?

—Que mañana entramos en acción. Tenemos que entregar un mensaje. No podemos esperar ni un día más.

Will sintió que un puñado de tachuelas rodaba dentro de su estómago.

—No te preocupes, Wolfe. Solo me ha hecho falta verte entrenar una vez para saber que sabes lo que haces. —Dash arrojó su equipación al montón. No se molestó en extraer el cargador de Simunition de su arma. El recipiente de plástico azul parecía brillar dentro de la pistolera.

Will reconoció la empuñadura de su Glock 19. Dash había sacado su pistola del coche de Sara. La había usado para matar a dos personas y seguramente para amenazar a Sara. Pasase lo que pasase a continuación, Will iba a recuperar su pistola y a meterle el cañón a Dash en la boca.

—Hemos entrenado más de mil horas para esta misión —le informó Dash.

Will asintió como si aquella cifra no fuera absurda. El Equipo 6 de los Navy SEALs solo había dispuesto de unos días de entrenamiento antes de asaltar el escondrijo de Bin Laden.

—Lo que hemos construido aquí vale la pena —agregó Dash—. Nuestra comunidad es joven, pero ambiciosa. Tendremos que hacer algunos sacrificios, habrá algunas bajas, pero el mensaje es más importante que cualquier individuo. Lo comprenderás cuando conozcas al resto del grupo. Quiero que te sientes con mi familia. Que nos conozcas. Así comprenderás por qué luchamos.

Will dudaba de que Dash fuera a sacrificarse. Los megalómanos soltaban grandes discursos, pero siempre salían ilesos. Quienes sacrificarían sus vidas serían los *hermanos* que se creían preparados para hacer la guerra por corretear por ahí vestidos de negro.

—Hay muchos chavales por aquí —dijo.

—Sí, en efecto. Por eso necesitamos soldados duros y experimentados en el combate que los entrenen. Quizá tú puedas ser uno de esos soldados, comandante Wolfe.

Will se encogió de hombros ambiguamente. Se estaban adentrando en el bosque. Vio a dos tipos mayores armados con rifles. Había una plataforma construida en un árbol. Un hombre de cabello canoso se apoyaba en la barandilla. Tenía un AR-15 colgado del hombro.

Con la Sig Sauer podría quitar de en medio a uno de aquellos tipos antes de que lo abatieran. Si usaban balas encamisadas, un solo proyectil podía atravesarle el pecho como si fuera agua e incrustarse en la cabeza de Dobie.

—Por aquí, comandante.

Dash lo condujo hacia una senda despejada. Dobie los seguía como un perrito. Los equipos B y C iban algo detrás.

—Creo que esto va a gustarte. —Dash caminaba a su lado, a pesar de que el camino era estrecho—. Gerald me ha dicho que eres amigo de Beau.

—Sí, pero no me… —Will fingió clavarse una jeringuilla en el brazo—. Eso no es lo mío.

—¿Y qué es lo tuyo, hermano?

Will se encogió de hombros. No podía facilitarle tanto las cosas.

—Un cuarto de millón de dólares es mucho dinero —comentó Dash.

Will notó que Dash observaba atentamente su cara.

—Sí, lo es.

—¿Qué vas a hacer con ese dinero, comandante Wolfe?

La pregunta no era tan sencilla como Dash quería que pareciera. Will pensó detenidamente la respuesta. Aquel no era el momento más indicado para que Jack Wolfe soltara un discurso racista o se pusiera a despotricar contra el Gobierno.

—Supongo que me iré a algún sitio parecido a este. Solo yo y nadie más.

—¿No te llevarás una mujer para que te haga compañía?

Él negó con la cabeza. Miró a Dobie, que los escuchaba con avidez.

—Demasiadas complicaciones.

Dash asintió en silencio, pero Will no supo si le había dado la respuesta correcta. En todo caso, poco importaba. Ya no podía retirarla. Habían llegado a un claro. Metidas entre los árboles había pequeñas cabañas. Unas cuantas mujeres cocinaban en hogueras, llenando cuencos y bandejas. Ocho en total. Tres hombres mayores montaban guardia en los árboles, subidos a plataformas. Había otros tres en el suelo. Doce mujeres más jóvenes estaban poniendo cubiertos y platos en las mesas de madera. Numerosos niños correteaban por el claro, dando vueltas, chillando y riendo. Había tantos que Will no consiguió contarlos.

—¿Te gustan los niños? —preguntó Dash.

Will sintió que la respiración se le atascaba dentro del pecho. Si había niños allí, Sara podía estar cerca. Pero había tantos… No podía ponerse a disparar habiendo niños. Y algunos eran tan pequeños que apenas caminaban.

—¿Comandante Wolfe?

Will se dio cuenta de que estaba mirando fijamente a un grupo de niñas. Y a continuación se dio cuenta de que a un hombre como Dash aquella mirada no le parecería sospechosa.

—Son preciosas. Las rubitas.

Dash se echó a reír.

—Mis niñas adoran a su papaíto.

Will tragó saliva, asqueado.

—¿Cuántas son tuyas?

Dash lo miró a los ojos y dijo:

—Todas me pertenecen.

Era una advertencia. Will hizo un esfuerzo para no cerrar los puños. Se volvió lentamente, buscando a Dobie. El chico tenía una brizna de hierba entre los labios. Estaba espantando una mosca con la mano.

—¿Tiene ya entrenador? —le preguntó Will a Dash.

Dash sonrió como si por fin comprendiera al comandante Wolfe.

—Puedes quedarte con él si lo quieres.

Will asintió.

—Claro.

Dobie intentó atrapar la mosca con la mano.

—¡Dobie, hermano! —lo llamó Dash—, cuida del comandante Wolfe. —Dio una palmada a Will en el hombro—. Nos veremos después del banquete, amigo mío. Entonces será cuando nos pongamos de verdad manos a la obra.

Will asintió en silencio. Se metió las manos en los bolsillos mientras Dash se acercaba a las niñas. Corrieron hacia él gritando «¡Papi! ¡Papi! ¡Papi!».

Will escupió la bilis que había llenado su boca. Dash no estaba entrenando en realidad a aquellos soldaditos de juguete. No tenía más plan que asesinar a un montón de gente. Will intuía que el único *hermano* que de verdad había entrenado para escapar con vida de aquel edificio era el pedófilo racista que iba a conducirlos a su interior. Era una misión suicida, lisa y llanamente.

Pensó en el trasmisor. Se le estaba agotando el tiempo para encontrar a Sara. Se concedería quince minutos más. Si esperaba más tiempo, ella no se lo perdonaría.

—¿Has visto esas balas, tío? —preguntó Dobie a su lado—. Las han rociado con salmuera de cerdo por si matamos a algún musulmán.

A Will no se le ocurría una idea más estúpida. La sal corroía el metal. Las pistolas eran de metal. Por lo visto, aquella gente quería que se le encasquillaran las armas.

—¿Te ha dicho algo Dash, hermano? —preguntó el chico—.

¿Te ha contado qué vamos a hacer? Nadie lo sabe. Siempre está hablando del mensaje, y hemos estado entrenando, pero…

—Cállate.

Will recorrió el claro con la mirada. De momento había contado cuarenta hombres, cuarenta y uno incluyendo a Dobie. Las ocho cocineras eran mayores, pero las doce mujeres que estaban poniendo las mesas tenían poco más de veinte años. A pesar de sus extraños vestidos de novia, Will veía claramente que eran atractivas. Eso explicaba qué retenía a Dobie y a sus tres amigos allí.

—Venga, hermano —insistió el chico—. Ahora somos un equipo. Dime qué te ha dicho Dash.

Will se fijó en un edificio largo y bajo que había al otro lado del claro. Junto a los escalones de entrada había una pila y una ducha. Las ventanas estaban tapadas con papel blanco.

Vio que se abría la puerta.

—Ve a buscar un Gatorade.

—Dash ha dicho que me quede contigo —repuso Dobie.

Una mujer salió del barrancón. Alta, esbelta. Vestido blanco. Pañuelo blanco alrededor de la cabeza.

Dobie empezó a hablar otra vez, pero Will le dio unas palmadas en la cara y lo tiró al suelo de un empujón.

La mujer se sentó en los peldaños. Se estaba poniendo los zapatos.

Will contuvo la respiración.

—Joder, tío —gimió Dobie—. ¿Por qué has hecho eso?

La mujer miró el cielo. Tenía la piel clara quemada por el sol.

Will seguía sin exhalar. Sus pulmones empezaron a contraerse.

—¿Se puede saber qué cojones te pasa, tío?

La mujer se limpió la cara con el bajo del vestido. Se quitó el pañuelo. El largo cabello rojizo le cayó sobre los hombros.

Sara.

CAPÍTULO 17

Martes, 6 de agosto, 17:32 horas

Sara dobló su pañuelo improvisado en un pulcro cuadrado. Se había envuelto la cabeza con una servilleta de tela con la esperanza de que no se le rizara el pelo al secarse. Le habría gustado taparse la cara con la servilleta y echarse a llorar —por Michelle, por Tommy y por todas las cosas horribles que había presenciado—, pero le faltaban las fuerzas necesarias para hacerlo; solo sentía impotencia.

Los niños no mejoraban. Joy no conseguía mantenerse despierta. Tres adultos más se habían presentado en el barracón con náuseas, fatiga y problemas respiratorios. Benjamin estaba inconsciente. Lance estaba mejor de su disentería, pero se le trababa la lengua y se quejaba de que veía doble. Aquellos síntomas tan variados podían indicar cualquier cosa, desde una enfermedad transmitida por una garrapata al síndrome de Guillain-Barré, pasando por un glaucoma o una psicosis masiva.

Nada de lo que había probado Sara daba resultado. El fallo tenía que estar en los medicamentos. Los diversos antibióticos y profilácticos tenían que estar mal etiquetados, o ser placebos, o incluso veneno.

Veneno.

¿Era Gwen una especie de Ángel de la Muerte?

En el transcurso de su carrera médica, Sara había oído hablar a menudo de acelerar la muerte de un paciente terminal. Querer poner fin al padecimiento de una persona era un deseo natural. Pero Sara nunca había visto a nadie llevar a la práctica ese impulso, por muy dura que fuese la situación. Los niños del barracón estaban enfermos, pero había tratamientos, fármacos, que podían ayudarlos a recuperarse. Dos días atrás, había dado por sentado que Gwen protegería a su hija Adriel. Ahora tenía la seguridad de que aquella mujer era capaz de matar si, según sus cálculos, ello le convenía o convenía a Dash. Gwen compartía la cama con un asesino en masa. Educaba a sus hijas sirviéndose del miedo y la intimidación. Solo Dios sabía de qué otras cosas era capaz.

Sara paseó la mirada por el claro. Las mujeres iban de acá para allá, haciendo preparativos para la fiesta. Procuraban mantenerse alejadas de Gwen para no suscitar su ira. Esa noche celebrarían que estaban listos para entregar el *mensaje*. Si Dash se salía con la suya, todo cambiaría al día siguiente. Se suponía que ella, Sara, iba a ser su *testigo*. Se estremeció al pensar lo que implicaba eso. Dash había augurado muertes innumerables. Ella estaba a escasos metros del invernadero, pero entrando en él no conseguiría detener el plan. Solo serviría para cargarla con la espantosa certeza de lo que iba a ocurrir.

Nunca se había sentido tan sola en aquella remota montaña.

Se obligó a levantarse. Bajó los escalones y cruzó el claro cubierto de hierba. Perdió la cuenta de las caras nuevas: las jóvenes que ponían las mesas, los niños pequeños que se habían unido a las hijas de Dash. Los hombres armados seguían de guardia. El zumbido del generador se había apagado hacía un par de horas. Sara seguía oyendo detonaciones al otro lado de la colina. Imaginaba por la cantidad de disparos que Dash había intensificado los entrenamientos.

Su cerebro había renunciado a las letras de las canciones y las había sustituido por un mantra:

«Caja negra, el invernadero, el mensaje, mañana».

Se estaba replanteando su teoría del agente biológico. Había concedido demasiada importancia al hecho de que Michelle fuera experta en enfermedades infecciosas. La Unidad de Química Clínica del CDC era el laboratorio de referencia mundial para ciertas enfermedades contagiosas. Su Programa Nacional de Biomonitorización medía los niveles de exposición a tóxicos tales como el ántrax, la toxina botulínica, la Bordetella *pertussis* y las aflatoxinas. A fin de traducir los datos en tratamientos clínicos, Michelle debía tener profundos conocimientos de química.

Sara había estudiado química como parte de sus estudios de medicina. Sabía que la termita se hacía con aluminio y óxido férrico. Que los ácidos nafténicos y palmíticos se combinaban para formar el napalm. Que la fosforita calentada en presencia de carbono y sílice daba lugar al fósforo blanco, un sólido ceroso tan volátil que había que conservarlo sumergido en agua para impedir su combustión espontánea.

Todas esas sustancias podían sintetizarse en un laboratorio corriente. O en un invernadero con un laboratorio dentro. Con el manejo adecuado, se podía insertar munición incendiaria en cualquier cosa, desde una granada de mano a un mísil o una *caja negra*. La explosión resultante sería catastrófica, sobre todo en una zona densamente poblada. Las quemaduras de fósforo podían atravesar la piel y los órganos. Si se echaba agua sobre la termita se generaba una explosión de vapor que esparcía fragmentos calientes en todas direcciones. El napalm podía causar diversas dolencias —entre ellas, quemaduras subcutáneas— o provocar la muerte por asfixia.

Si Dash planeaba detonar la caja negra dentro de un edificio semejante a la estructura, podían morir centenares, incluso miles de personas.

—¿Cómo está? —Gwen se retorcía el delantal con las manos

enrojecidas. Estaba de pie junto a una mesa en la que había varias mantequeras para hacer helado. Había estado batiendo el helado a mano—. Adriel… ¿Está mejor?

Sara se encogió de hombros y negó con la cabeza.

—¿Por qué? —contestó con sinceridad—. No está haciendo nada por ayudarla.

Gwen se puso a batir el contenido de una de las mantequeras. Varios trozos de sal de roca cayeron sobre la mesa. Un olor a vainilla fresca impregnaba el aire. Sara pensó que el cianuro despedía un olor parecido cuando se metabolizaba.

—Buenas noches, señoras. —Dash sonreía mientras trataba de avanzar. Tenía una niña abrazada a cada pierna. Esther y Grace se reían como monitos—. ¿Va todo bien, doctora Earnshaw? —le preguntó a Sara.

Ella asintió en silencio. No había vuelto a hablar con él desde que le había dicho que la dejara en paz. Imaginaba que, como la mayoría de los psicópatas, no soportaba la confrontación.

—Dígame, ¿qué tal están sus pacientes? —preguntó.

Sara hizo un esfuerzo por contestar.

—No estoy satisfecha con su evolución. ¿Está seguro de que los medicamentos son…?

Grace soltó un gritito. Su madre acababa de llenar dos vasitos de papel con helado.

—Compartidlo con vuestras hermanas —le dijo Gwen.

Las niñas se alejaron corriendo y chillando de alegría.

—No soy un experto en medicina, doctora Earnshaw —dijo Dash—, pero ¿no es cierto que a menudo los niños pequeños enferman sin motivo aparente?

La pregunta irritó a Sara.

—Como experta en medicina, puedo asegurarle que los síntomas no son secuelas de una infección por sarampión.

—Mmm. —Él fingió reflexionar, y Sara adivinó, satisfecha, que no tenía ni idea de lo que era una secuela.

—Seguramente deberías decir algo antes de que empecemos —dijo Gwen.

Dash sonrió a su esposa. Luego le dijo a Sara:

—Si no le importa, doctora Earnshaw, me gustaría que me acompañara.

No la condujo hacia la zona de mesas. Le indicó que se dirigiera a la cabaña que le servía de prisión. Si pensaba que encerrarla era un castigo, se equivocaba.

—Hace una tarde preciosa —dijo Dash—. Creo que el calor nos va a dar un respiro.

Sara no respondió. La pistola que él llevaba en la funda le pareció distinta. Reconoció el cargador azul típico de la Simunition.

—Lamento tener que decirle esto, doctora, pero al parecer ha molestado usted a mi esposa.

Sara se mordió el labio. Hasta ese momento, él nunca la había reprendido.

—No puedo permitir que haya discordias en el campamento —prosiguió—. Y menos aún esta noche. Lo que vamos a hacer mañana es demasiado importante.

Sara se volvió para mirarlo.

Notó al instante que no tenía intención de apaciguarse. Un lado de su sonrisa estaba más alto que el otro. No era que se estuviera quitando la máscara: sonreía alborozado ante la perspectiva de un acto de crueldad.

—Yo confiaba en que, no estando ya Michelle en situación de ayudarnos, pudiera usted sustituirla como nuestro testigo.

Sara desvió la mirada y se reprochó haber jugado a la ruleta rusa. Era una rehén. Y él, un asesino. Le había visto disparar a dos hombres. Sabía que había hecho estallar aquellas bombas en Emory y que estaba planeando algo aún más atrozmente espectacular. Enfrentarse a él, hostigarle, era la manera más rápida de morir.

—Gwen opina que le he dado demasiada libertad —añadió Dash.

Sara lo vio sacar la pistola de la funda. El cargador azul destacaba en la parte de arriba. Él ignoraba que ella sabía que los proyectiles no eran letales. Disfrutaba con la idea de jugar con ella.

—Tiene razón —dijo tratando de tranquilizarlo. La pistola de Dash no era un peligro, pero en el claro había otros tres hombres que llevaban munición de verdad—. Estoy muy nerviosa, por los niños. No debería haberle hablado así a Gwen. Ni a usted.

—No hago esto por mí. —Dash sopesó el arma sin llegar a apuntar a Sara—. Entre usted y yo, no suelo tener interlocutores que estén a mi altura intelectual. Quizá haya disfrutado demasiado de nuestras conversaciones.

—Yo…

Dash le apuntó al vientre.

—Acabemos esto junto al río.

—Espere.

Sara miró frenéticamente por encima del hombro de Dash, tratando de buscar ayuda. Las niñas estaban sentadas a una mesa, rodeadas de hombres vestidos de negro. Caras jóvenes y maduras. Todos perfectamente afeitados, salvo uno.

Sus ojos se llenaron de lágrimas. Ahogó un gemido.

—¿Doctora Earnshaw?

Ella se tapó la boca con las manos.

¿Will?

De pie junto a la mesa. Riéndose con las niñas.

¿De veras era él?

—Doctora… —dijo Dash.

—Lo siento —balbució ella—. Por favor, lo siento muchísimo. —Juntó las manos temblorosas y dijo en tono suplicante—: Perdóneme, por favor. Lo siento. Por favor. —No podía dejar de implorar. ¿La había visto Will? Ni siquiera estaba mirando hacia allí—. Me portaré mejor. Se lo prometo. Por favor. Déjeme… Ha dicho que soy su testigo. Déjeme serlo… Les diré que son… son ustedes una comunidad. Una familia.

Dash entornó los ojos. Sara había tardado demasiado en re-accionar.

—Por favor —suplicó ella de nuevo. Le temblaban tanto las manos que no podía juntarlas. Will se había dado la vuelta. Veía su espalda, sus hombros anchos—. Dash, por favor. Lo siento mu-chísimo. Por favor, no… no me haga daño. Por favor. No… no quiero que me hagan daño. Por favor.

—¿Qué ocurre? —preguntó él—. ¿Cree que voy a violarla?

—No… —contestó ella, tan alterada que casi gritaba—. No, claro que no. Estaba…

—Le di mi palabra de que nadie le haría daño.

—Lo sé, pero… —Dejó escapar un sollozo. Miró a Will, re-zando para que se diera la vuelta—. Por favor. He visto la pistola y he pensado…

—Respetamos las normas de la Convención de Ginebra —re-puso él blandiendo la pistola mientras hablaba—. Se lo dije. No somos animales. Somos soldados.

—Lo sé, lo sé. Es solo que… Lo siento. No debería haber di-cho… Estoy angustiada por los niños. Están tan enfermos. Y Michelle…

«Gírate, gírate, gírate…».

—Doctora Earnshaw, soy un hombre casado.

—Lo sé. —Sara dejó de intentar secarse las lágrimas—. Lo siento. Ya debería conocerlo mejor. Soy consciente de que usted nunca… De que es un hombre decente. De que siempre cumple su palabra.

—En efecto.

—Lo siento mucho, Dash. Es solo que… He visto la pistola y me ha entrado el pánico, porque a mi… a mi marido lo mata-ron con una pistola así.

No sabía de dónde había surgido esa idea, pero a Dash pare-ció gustarle.

—Lo mató uno de esos perros, sin duda —dijo.

—Me dan miedo las armas. Me horrorizan. Y están por todas partes. En todos lados. Tengo tanto miedo… Todo el tiempo. Siento no…

Dash soltó un suspiro exageradamente largo y volvió a enfundar el arma sin prisas. Cerró la tira de velcro con énfasis.

—Mi más ardiente deseo, doctora Earnshaw, es que lo que vamos a hacer mañana asegure que las mujeres blancas y honradas como usted no vuelvan a tener miedo. —Posó la mano en su hombro—. En cuanto limpiemos el mundo de esos perros de mala casta y sus alcahuetes, se acabarán los crímenes como el que acabó con la vida de su marido. Los agentes de policía volverán a sentirse seguros en las calles. Se restablecerán la ley y el orden. Usted será la última viuda de su especie.

Sara asintió en silencio. No pudo hacer otra cosa. Temblaba incontrolablemente. Fijó los ojos en el suelo. Las lágrimas se deslizaron por su nariz y cayeron en la tierra.

Dash le dio unas palmadas en el hombro.

—Tranquilícese, doctora. No queremos que los niños la vean así.

A Sara le castañeteaban los dientes cuando lo siguió por el claro. Apenas podía levantar los pies. Sentía los nervios a flor de piel. Tras pasar tanto tiempo embotada, de pronto experimentaba una avalancha de sensaciones. Mantuvo los ojos clavados en el suelo porque temía derrumbarse si miraba a Will.

En la mesa, Gwen estaba regañando a las niñas por sus modales. Sara se permitió mirar un instante a Will. Tenía el pelo apelmazado por el sudor, profundas ojeras y una barba desigual y repulsiva.

De pronto se sintió mareada. El recuerdo sensorial del hombre que la había violado inundó su cuerpo. *Aquella barba áspera que olía a tabaco y fritanga. Aquella piel pálida y pegajosa cuando la penetró por la fuerza.*

Se le llenó la boca de bilis. Tragó con esfuerzo. Le ardían los ojos.

—Tome asiento, doctora Earnshaw —dijo Dash desplegando su servilleta y poniéndosela sobre el regazo—. Comandante Wolfe, esta es nuestra pediatra. Tenemos algunos niños enfermos. Por suerte, la mayoría de mis niñas han capeado el temporal.

Will rezongó algo. Miraba fijamente su filete.

Sara ocupó su lugar de costumbre al lado de Grace. Will estaba enfrente, en el otro extremo de la mesa. A su lado había un adolescente con los brazos cruzados y la espalda muy tiesa, imitando su postura.

Sara se clavó las uñas en las palmas. Luchó por concentrarse, por volver a la realidad. No era más que una barba desagradable. Ella no estaba encadenada a un retrete. Will no le haría daño. Ella lo quería. Y él a ella. Estaba allí por ella. Para salvarla.

Recorrió el claro con la mirada. Los guardias en el bosque. Los rifles y las Glocks, los machetes de caza y los niños.

¿Cómo iba a salvarla?

—El comandante Wolfe sirvió en las fuerzas aerotransportadas junto a nuestro amigo Beau —le informó Dash.

A ella aún le temblaban las manos. Se concentró en la comida. Otra vez galletas saladas y queso. Junto a su plato había una manzana. Las otras mujeres comían platos de estofado. Los hombres, filetes y patatas, botellas de agua y Gatorade amarillo.

—Perdimos a varios soldados en nuestra última incursión —continuó Dash—. Confío en que el comandante nos ayude a entregar el mensaje.

Sara no podía seguir ignorando a Will. Se obligó a mirarlo: a mirarlo de verdad.

Él estaba cortando su filete, de cuyo centro salía sangre. Sara reconoció su expresión de repugnancia. Will prefería la carne muy hecha, como una suela de zapato. Ella lo había invitado a uno de los mejores asadores de Atlanta por su cumpleaños y lo había visto ponerle kétchup a un entrecot de *wagyu* de noventa dólares.

De pronto volvió a respirar y la súbita oleada de oxígeno la dejó aturdida.

Aquel era el recuerdo al que debía aferrarse. La primera vez que se puso aquel vestido negro que tanto le gustaba a Will fue en aquella cena. Le leyó la carta a Will en tono seductor. No dejó que viera los precios porque no quería que calculara mentalmente cuántas chuletas podía haberse comido por el mismo dinero en un Waffle House.

—¿Doctora Earnshaw?

Dash parecía demasiado atento a su estado anímico. Tenía que detener aquella montaña rusa de emociones.

—Lo siento —dijo y, partiendo un trozo de queso, se lo metió en la boca.

Pero no pudo evitar que le corriera un río de lágrimas por las mejillas. En el restaurante, había hecho probar a Will su *whisky* escocés. Él casi se puso a toser. Pasaron toda la noche con las manos unidas. Se enrollaron como adolescentes en el coche.

—Papá —dijo Grace—, ¿puedo preguntarle al comandante Wolfe si está casado?

Dash sonrió.

—Creo que acabas de hacerlo, tesoro.

La niña se puso a dar saltitos de emoción.

—Comandante Wolfe, ¿está casado?

Will masticaba la carne igual que los galgos de Sara masticaban las pastillas amargas que les daba para los parásitos. Tragó audiblemente.

—No.

Grace se deshinchó como un globo.

—Yo, eh… —Will volvió a tragar saliva—. Una vez fui a una boda.

Sara sabía que Will casi no había asistido ni a su propia boda. Una boda de mierda, por una apuesta.

—Sirvieron magdalenas recién hechas en el banquete —añadió Will.

—Hala… —dijo Grace, intrigada—. ¿Qué clase de magdalenas?

—De trocitos de chocolate. Oreo. Arándanos. Moras. Y gamusinos. —Will se rascó su odiosa barba. Las niñas no sabían si hablaba en serio o no—. ¿Te sabes el chiste de las dos magdalenas que se estaban cociendo en el horno?

Grace estaba tan emocionada que solo pudo sacudir la cabeza.

—Una magdalena mira a su alrededor y dice: «Caramba, qué calor hace aquí». —Will se limpió la boca con la servilleta para prolongar el suspense—. Y la otra magdalena empieza a gritar: «¡Socorro! ¡Una magdalena que habla!».

Las niñas no estaban acostumbradas a oír chistes. Hubo un breve silencio antes de que rompieran a reír. Hasta Gwen sonrió. Grace se reía con tanta fuerza que Sara tuvo que sujetarla para que no se cayera del banco.

Dash empezó a tamborilear con los dedos sobre la mesa. Las risas cesaron bruscamente. Sara pensó en los niños impúberes a los que había mandado lejos del campamento.

Dash no quería competidores.

—No sabía que era usted tan chistoso, comandante Wolfe —dijo.

Sara trató de romper la tensión.

—Grace, ¿te he contado que…?

—Dobie —la interrumpió Dash—, ¿puedes acompañar a la doctora Earnshaw a su cabaña? Me temo que Lance sigue encontrándose mal. Comandante Wolfe, acompáñelos. Más tarde podrá entrenarse con el equipo. De todos modos, es preferible entrenar de noche. Mandaré a alguien a buscarlo en cuanto estemos listos.

Sara sintió que una oleada de calor inundaba su cuerpo. Will iba a acompañarla a la cabaña, con aquel tonto de Dobie. Will podía dejarlo fuera de combate fácilmente. Podrían huir, pero ¿adónde? Will debía de tener un plan. Él siempre tenía un plan.

Juntó las manos bajo la mesa para que dejaran de temblarle.

Dobie se levantó, pero volvió a sentarse al ver que Will no se movía.

Sara sintió que rechinaba los dientes. ¿Qué estaba haciendo? Aquella era su oportunidad. Podían huir por el bosque y…

Morir abatidos por los hombres que montaban guardia en las plataformas de caza. O por los guardias que había en el bosque. O Will podía abrir fuego y acabar matando a algún niño.

Sara comenzó a llorar de nuevo.

Will removió su botella de Gatorade y se bebió el resto del líquido de un trago. A su lado, Dobie hizo lo mismo. Su tráquea se movió como la de una cigüeña. Will se levantó por fin. El chico lo siguió como una sombra cuando rodeó la mesa.

Will agarró a Sara del brazo.

Ella dejó escapar un grito a pesar de que no le había hecho daño.

—Con cuidado, comandante Wolfe —dijo Dash—. La doctora Earnshaw es una parte muy importante del mensaje. —Hizo una seña a Dobie—. Vigílala bien.

Sara se levantó. Tenía la sensación de que iban a fallarle las piernas. Echó a andar delante de ellos por el claro y bajó por el camino. Iba pensando en el miedo que se había apoderado de ella cuando dos días antes, al acercarse a su BMW, había comprendido que iban a secuestrarla.

«¿Y ahora qué? ¿Y ahora qué?».

Oía los pasos firmes de Will a su espalda. Dobie iba más despacio. Sintió el impulso de darse la vuelta. De detener el mundo y que Will la abrazara solo unos instantes.

Llegaron a la cabaña. Sara subió al tronco que servía de

peldaño. Will rozó su espalda con la mano. Apenas la tocó, pero aun así ella se estremeció de deseo.

La puerta se cerró tras ella.

—Tío, creo que nos han castigado —dijo Dobie mientras cerraba el candado.

Sara sintió deseos de gritar. Solo Dash tenía la llave.

—Yo quería helado —añadió el chico.

—Pues ve a comerlo —replicó Will.

—Ni hablar, hermano. Dash me arrancaría la piel a tiras. —Dio un tremendo bostezo—. Maldita sea, qué cansado estoy.

—La adrenalina. —Will se había sentado en el tronco, junto a la puerta. Su voz sonaba distinta. Más grave y ronca—. Venga, ponte cómodo. Vamos a estar aquí un buen rato.

Sara se tumbó boca abajo. Miró por debajo de la puerta. Vio a Will. La rendija era lo bastante ancha para que metiera la mano por ella. Podría tocarlo. Se le aceleró el corazón, lleno de anhelo, de miedo y angustia. El chico podía verla. ¿Debía arriesgarse? Podía rozarle la espalda con los dedos, solo un instante, para volver a sentirse segura.

¿Verdad que sí?

Dobie bostezó.

—Creo que… —dijo, y bostezó otra vez.

—Mañana es un gran día —repuso Will.

—Sí, el mensaje. Lo que sea. —La cabeza de Dobie golpeó varias veces la puerta. El candado traqueteó—. ¿Te ha dicho Dash qué vamos a hacer?

Will debió de negar con la cabeza.

—¿Tú lo sabes?

Dobie también pareció sacudir la cabeza. El traqueteo había cesado.

—Tengo que reconocer que estoy un poco asustado, tío —dijo Will—. No es fácil hacer algo así. Va a morir gente. En la zona de preparación he contado unas diez mil balas. Tres docenas de AR-15.

Cuarenta hombres. Cinco furgonetas negras. Dos equipos entrenándose para asaltar el vestíbulo de un hotel o una mezquita, o un centro comercial o… No sé qué.

Sara sintió que un interruptor se activaba en su cerebro. Will le estaba diciendo lo que había visto.

—Bravo va en una dirección —prosiguió él—. Charlie, en otra. Nosotros formamos parte de Charlie, ¿no? Somos seis en total en el Equipo Dos. Pero ¿qué pasa con los treinta y dos tíos del Equipo Uno? ¿Qué van a hacer antes de que lleguemos nosotros? Y no paro de preguntarme por qué se han tomado la molestia de untar las balas con salmuera de cerdo. La muerte es la muerte, ¿no? ¿Y qué pasa con esas cajas que cambiamos de sitio en el almacén?

¿Cajas negras?

—¿Para qué cambiar un montón de cajas por otras que parecen exactamente iguales? Había por lo menos dos docenas. De cartón marrón y setenta por setenta, más o menos, con albaranes pegados. Las que robamos están metidas en esa caseta que hay al otro lado del edificio falso. ¿Qué ha sido de las que dejamos en el almacén?

—Ni idea —contestó Dobie con voz débil. Parecía estar a punto de quedarse dormido.

—Hacemos esos simulacros —continuó Will—. Subir las escaleras, dividirse al llegar arriba… Hay unas letras pintadas a un lado: *VG*, pone. Y, al otro lado, solo *G*. ¿Qué significa? Lo de *VG* está cerca del final de la escalera, pero la *G* está al otro extremo de la galería. Puede que la primera letra de *VG* no sea una *V*. Puede que sea una *J* mayúscula.

Dobie chasqueó los labios.

—Es una locura —añadió Will—. ¿No, hermano?

El chico no respondió. Respiraba profundamente. Sara miró por debajo de la puerta, pero solo alcanzó a ver sus hombros estrechos.

Oyó que Will chasqueaba los dedos. Sonó como una ramita al romperse.

—¿Dobie? —dijo, y luego—. Eh, chaval.

Sara vio que lo levantaba en brazos como si fuera un niño. Will dio media vuelta y se adentró en el bosque. Ella lo vio desaparecer por partes: primero las piernas, luego los hombros, finalmente la cabeza. Esperó. Y esperó. Se puso de rodillas, apoyó la mano en la puerta.

¿Qué estaba haciendo Will? ¿Iba a marcharse? ¿Volvería?

—¿Sara? —Will metió la mano por la rendija de la puerta. Movió los dedos, buscándola—. ¿Sara? ¿Estás ahí?

Embargada por la emoción, ella solo alcanzó a inclinarse y a besar la palma de su bella mano.

—Sara —dijo él con voz crispada—, ¿estás bien?

Sara sollozó suavemente, apoyando la cara en su mano. Will se aferró a ella. Todo el anhelo de los últimos dos días estalló dentro de ella.

«Te quiero. Te necesito. Te echaba tanto de menos. Por favor, no me dejes».

—Estoy aquí —dijo Will, y tuvo que aclararse la garganta. Sorbió por la nariz—. Estoy aquí.

Sara lloró aún más fuerte porque sabía que él intentaba no llorar.

—Nena —dijo él con voz ronca, y volvió a carraspear—. ¿Ese... ese vestido es nuevo?

Ella se rio entre lágrimas.

—Realza mucho el rojo de tu piel —añadió Will.

Sara rio de nuevo y se agarró a su mano.

—Lo he hecho yo misma.

—¿En serio? —preguntó él, aliviado—. No se nota nada. Es tan... Es precioso.

Sara apoyó la frente en la puerta. Cerró los ojos, imaginando que el trozo de madera que los separaba no existía. Su cabeza en el hombro de Will. Sus brazos alrededor de su cintura.

—¿Y Dobie? ¿Puede oírnos? —preguntó.

—Bueno, eh, esa es una historia divertida. —Will hizo una pausa—. He estado tomando unas pastillas que me dio Amanda. Creo que es Percocet.

—¿Qué? —preguntó Sara, alarmada.

Will nunca tomaba nada para el dolor. Se limitaba a gruñir y a hacer muecas, hasta que a ella le daban ganas de estrangularlo.

—Amanda me dijo que eran aspirinas, pero luego me di cuenta de que era lo mismo que le había dado a Beau cuando fuimos al parque. —Will se saltó los detalles—. El caso es que se derritieron las pastillas en la bolsita porque hacía demasiado calor, pero creo que le he puesto en total dos y media en el Gatorade a Dobie. —Hizo una pausa—. ¿Es una dosis mortal?

—Yo no… No. —Sara sacudió la cabeza, frustrada. ¿Por qué demonios le contaba Will aquella estúpida anécdota sobre Dobie?

Se le encogió el corazón.

Se la contaba porque no había nada más de qué hablar.

Will no tenía ningún plan. Al menos, ninguno que pudiera sacarla de aquel infierno. Había visto la estructura. Y había hablado de unas cajas de cartón. Diez mil balas cubiertas de salmuera. Cuarenta hombres armados. Todo ello para un atentado que iba a tener lugar al día siguiente, en algún sitio.

—Llevo un transmisor en la funda de la pistola —dijo Will—. He intentado encenderlo, pero creo que se ha gastado la batería. O puede que estemos a demasiada altitud. No tiene conexión vía satélite. Funciona con la red móvil.

Sara se apoyó contra la puerta. Entrelazó los dedos con los suyos.

Él le apretó la mano.

—Podría matar a un montón de gente, pero…

—Los niños.

Sara sabía que no se trataba solo de eso. El único modo de que

Will impidiera el atentado era seguir fingiendo que era el comandante Wolfe para que Dash le permitiera acompañarlo en la misión.

Sara ansió con todas sus fuerzas estar muy lejos de allí, pero le dijo:

—Dash quiere que sea su testigo, aunque no estoy segura de qué quiere decir con eso. Ha prometido que me liberaría mañana.

Will se quedó callado, pero ella percibió su escepticismo a pesar de la puerta que los separaba. Respiró hondo.

—Estoy bien aquí. No me ha hecho daño. Nadie me ha hecho daño. Y hay niños. Están muy enfermos, Will. Pensaba que era el sarampión. Y lo era, pero se ha convertido en otra cosa. No sé qué les pasa. Sigue cayendo gente enferma y tengo que quedarme aquí para cuidar de ellos. Michelle estaba trabajando en algo en un invernadero. Está…

—Al otro lado del sendero —concluyó Will—. Lo he visto. La tienda térmica. Hay dos guardias fuera. Otro entre los árboles. No sé si habrá alguien más. Ahora no puedo entrar. Puede que luego, pero no estoy seguro.

Sara sintió que se hundía en la desesperación.

—Michelle se escribió un mensaje en la palma de la mano. Lo vi cuando… cuando encontré su cuerpo. —Se mordió el labio para que el dolor le impidiera echarse a llorar—. Escribió «caja negra».

—Caja negra —repitió Will—. ¿Como la de un avión?

—No lo sé. Podría ser una bomba. O un agente biológico. Will —añadió—, tienes que detenerlos. No puedes preocuparte por mí. Esto es más importante. Ya habrás visto lo que hicieron en Emory. Conozco a Dash. Están planeando un atentado aún más espectacular. Eso es el mensaje. Dash piensa matar a cientos de personas, puede que a miles.

Él no respondió. Sara sabía que ya había sopesado minuciosamente la situación, que había barajado los puntos débiles desde todas las perspectivas posibles. No había forma de salir de aquello, salvo seguir adelante. Will no se preocupaba por el peligro que iba a afrontar al día siguiente. Lo que le angustiaba era tener que dejar a Sara.

—No pasa nada —le dijo. No podía ser fuerte por ella, pero tenía que serlo por él—. Yo estoy bien, cariño.

Will respiró hondo entrecortadamente.

—Amor mío. —Sara sintió una opresión en la garganta—. Estoy bien. No va a pasar nada. Superaremos esto. Lo sé.

Él se aclaró otra vez la garganta. Sara sintió que hacía lo mismo que intentaba hacer ella: conservar la entereza, mostrarse fuerte por ella.

—Tu familia rezó por ti —le dijo Will—. Tu madre me pidió que los acompañara. Inclinamos todos la cabeza. Creo que lo hice bien.

Sara cerró los ojos. Su familia. Habían aceptado a Will.

—Tu hermana es muy tocona —dijo él—. Quiero decir que toca mucho a la gente.

Sara sonrió al imaginarse la cara que habría puesto Will al abrazarlo Tessa.

—Vas a tener que acostumbrarte.

—Sí. —Will sorbió otra vez por la nariz—. ¿Sabes? Eh… Necesito decirte otra cosa. Confesarte algo. —Hizo una pausa que alargó premeditadamente—. Vi el episodio de *Buffy* en el que despiden a Giles por el lío con el Cruciamentum.

Sara se obligó a seguirle la corriente.

—Hijo de puta.

La risa de Will sonó forzada.

—Llevabas dos días desaparecida. ¿Qué iba a hacer?

Ella se dejó acunar por su voz profunda, que había perdido por completo la hosquedad de antes. Aquel era su Will.

—Oye, amor —dijo—, ¿te acuerdas de esa canción en la que el chico dice que la chica trabajaba en el bar de un hotel y que se le habían subido los humos a la cabeza, y ella le contesta que sí, que trabajaba en el bar y que era estupendo, pero que ya no está allí?

Will maldijo en voz baja.

—Y luego él le dice…

—*Don't you want me*, de The Human League. Y era una coctelería.

—Maldita sea, casi casi. —Sara no tuvo que fingir su alegría—. Además…

—Sara, si vuelves a destripar otra canción, te juro por Dios que me voy.

Ella sonrió: todo aquello parecía tan normal…

—No es otra canción. Es ese hongo que te está creciendo por la cara.

—Es mi disfraz, nena.

—Es asqueroso y te lo tienes que quitar. —Sara sintió que su sonrisa empezaba a flaquear. Se le estaban agotando las cosas de las que hablar mientras trataban de no hablar de las cosas importantes—. Will…

—¿Y ahora qué? ¿No te gusta mi ropa?

Ella miró sus manos unidas.

La izquierda de Will. Su derecha.

—Gracias —dijo.

—¿Por qué?

—Por dejarme quererte.

Él se quedó callado. Le apretó con fuerza la mano.

Sara le había reprochado muchas veces su silencio, pero en aquel instante sobraban las palabras. Will pasó el pulgar por la palma de su mano. Acarició suavemente sus líneas, sus hondonadas, y apretó después el interior de su muñeca.

Ella cerró los ojos. Apoyó la cabeza en la puerta. Escuchó el latido de su corazón en medio del silencio apacible hasta que llegó la hora de que él se marchara.

TERCERA PARTE

Miércoles, 7 de agosto de 2019

UNA HORA ANTES DEL MENSAJE

CAPÍTULO 18

Miércoles, 7 de agosto, 08:58 horas

Sentado en la trasera de otra furgoneta, entre Dobie y Dash, Will sostenía entre las manos el AR-15. Los tres integrantes del equipo Bravo ocupaban el otro lado de la furgoneta. Vestían sus uniformes de entrenamiento, incluidos los chalecos acolchados, que detendrían una bala de pintura, pero no una de verdad. Llevaban las capuchas echadas hacia atrás para combatir el calor. Sus rifles apuntaban al techo. Entre el zumbido de los neumáticos al rodar sobre el asfalto, se oía el traqueteo de las pistolas enfundadas y los machetes de caza que rozaban el suelo del vehículo.

Había tráfico lento: probablemente estaban en la interestatal. El atasco de hora punta. Quizá se dirigían a Atlanta. O quizá no.

Will echó un vistazo a su reloj.

Las 08:58.

Hacía dos horas que las furgonetas habían salido del campamento. Will no había tenido ocasión de volver al claro. Los entrenamientos habían durado hasta medianoche. Después, los hombres habían dormido juntos. Meado juntos. Desayunado juntos. El mundo había ido estrechándose progresivamente. Un extraño silencio se había apoderado del campamento. Ni siquiera había amanecido cuando le avisaron de que era hora de prepararse para la batalla.

Gwen había sido la única mujer presente en el momento de su partida. Les había servido un desayuno frío y había rezado una oración, vestida con su traje blanco de novia. A continuación había leído un breve pasaje de la Biblia: una advertencia acerca de la destrucción que los acechaba, de la opresión y el engaño que reinaban en las calles. Tenían todos la cabeza agachada y las manos unidas, pero la plegaria de Gwen no se parecía en nada a la humilde súplica de Cathy para que Sara volviera con su familia. Su voz rebosaba odio y soberbia indignación cuando instó a Dios a librar al mundo de los perros de mala casta y sus alcahuetes.

«¡Sangre y patria!», había gritado con el puño levantado.

Y todos los hombres, menos él, repitieron: «¡Sangre y patria!».

Cuarenta hombres en total. Armados hasta los dientes. Vestidos de negro. Sentados en la trasera de cinco furgonetas que circulaban por la carretera interestatal, camino de un lugar donde pronto se desataría una violencia inconcebible.

—Joder —masculló Dobie, cambiando de postura en el suelo, al lado de Will.

Estaba confuso y malhumorado. No entendía por qué se había despertado en medio del bosque. Le ponía furioso haberse perdido el entrenamiento, y estaba enfadado con Will por tomarle el pelo por eso. Era evidente que aún estaba aturdido por los efectos del Percocet.

Era solo un crío, pero estaba tan dispuesto a matar como el que más.

Will apartó la mirada de la cara hosca del chico.

Él había visto con sus propios ojos los estragos de un tiroteo indiscriminado. Por razones obvias, los periodistas siempre se centraban en el número de fallecidos, pero era en los supervivientes en quienes pensaba Will en ese momento: los heridos con lesiones cerebrales, miembros amputados, cicatrices profundas, heridas que no curarían nunca. Algunos vivirían para siempre presas del miedo. Otros, paralizados por la culpa. Sobrevivirían, pero la vida tal y como la conocían habría acabado.

A menos que él pudiera impedirlo.

—Joder —masculló de nuevo Dobie, intentando llamar su atención.

—No tienes por qué hacer esto —le dijo Will en voz baja.

—Mierda. —El chico cruzó los brazos, enfadado—. ¿Y qué quieres que haga, hermano? ¿Esconderme detrás de una caja como un cobarde?

Will no soportaba seguir mirándolo. Sabía que lo que más odiaba de Dobie era aquello que había detestado de sí mismo a los dieciocho años. Dobie carecía de verdadera autonomía, de brújula moral. No era más que una pistola cargada, esperando a que alguien la apuntara en cualquier dirección.

En su caso, le había salvado Amanda, que apareció en su vida seis meses después de que lo obligaran a abandonar el hogar de acogida. Entonces dormía en la calle, robaba comida, trabajaba para hombres malvados que lo obligaban a hacer cosas malvadas. Amanda lo había sacado a rastras de una vida de delincuencia. Lo había animado a ir a la universidad. Lo había obligado a unirse al GBI. Había hecho posible que fuese el tipo de hombre que podía estar con una mujer como Sara.

Ahora, le dijo a Dobie lo mismo que Amanda le había dicho a él hacía muchos años:

—Hay que hacer lo correcto, no lo más fácil.

—Amén, hermano —repuso Dash.

Will apretó los dientes con tanta fuerza que le dolió la mandíbula.

Había pasado las doce horas anteriores buscando la ocasión de matar a Dash. Pero nunca estaba solo. Gerald lo seguía como una sombra, y siempre había como mínimo dos *hermanos* flanqueándolo. Para cuando Will se marchó de la cabaña de Sara, Dash ya había cambiado el kit azul de Simunition de la Glock 19: *su* Glock. Ahora, miraba de tanto en tanto la cámara de la pistola para asegurarse de que estaba cargada. Will no se oponía por principio a las misiones suicidas, pero debían tener al menos un diez por ciento de probabilidades de éxito.

—Hoy vamos a hacer la obra del Señor, comandante Wolfe —dijo Dash.

Él rezongó algo incomprensible. Ya no necesitaba ser Jack Wolfe. Deslizó los dedos bajo el chaleco acolchado. Llevaba el pañuelo de Sara doblado junto a la tripa. Lo había encontrado donde ella lo había dejado, en el peldaño de arriba del barracón. Dentro había un solo cabello rojo. Ahora, Will frotó el borde del pañuelo entre los dedos. Sintió los labios de Sara besando su palma.

«Amor mío».

Dash dio un golpe con la culata del rifle en el suelo. Cada vez que notaba que los hombres empezaban a relajarse, soltaba otra arenga.

—Hermanos, hoy vamos a recuperar nuestra dignidad. Ese es nuestro mensaje. No vamos a permitir que nos ignoren. ¡Somos los líderes de este mundo!

Los hombres comenzaron a dar zapatazos en el suelo y a lanzar vítores levantando el puño.

Esto era lo que pensaba hacer Will cuando llegaran a su destino:

En cuanto se abrieran las puertas de la furgoneta, utilizaría su Glock y su Sig Sauer para matar a tantos hombres como pudiera. Utilizar el rifle era demasiado arriesgado. No sabía cuántos civiles habría en el lugar adonde se dirigían. Todos sus objetivos vestían uniforme negro, de modo que sería fácil identificarlos como el enemigo. Habían entrenado tanto que rebosaban confianza en sí mismos. Entrarían en pánico en cuanto empezaran a recibir disparos.

Will tenía dieciséis proyectiles en la Glock y once en la Sig Sauer, más dos cargadores con treinta balas en el cinto.

Cuarenta hombres. Cincuenta y siete balas.

Los dos primeros disparos irían derechos al corazón de Dash.

CAPÍTULO 19

Miércoles, 7 de agosto, 08:58 horas

Faith miró su reloj.

Las 08:58.

Estaba sentada en un banco, a la entrada de la terminal internacional del aeropuerto de Atlanta. Apoyaba la cabeza en la mano. El teléfono móvil le quemaba la punta de la oreja. Amanda estaba rabiosa desde que habían perdido la pista de Will la tarde anterior, y su furia había alcanzado niveles homicidas cuando había recibido orden de ir al Capitolio esa misma mañana, a informar al gobernador.

—Todo lo que hemos averiguado hasta el momento señala al aeropuerto —le estaba diciendo a Faith—. Michelle Spivey estaba allí justo antes del atentado. Dash y sus hombres tenían que estar con ella. ¿Qué estaban planeando? ¿Por qué se arriesgaron a dejarse ver? ¿Consiguieron hacer lo que se proponían? ¿Tiene una segunda parte su plan?

Faith no necesitaba que le recordara todos esos interrogantes. Esa mañana, mientras trataba de llegar al aeropuerto en medio del atasco, les había dado vueltas y vueltas, como una ostra fabricando una perla.

—Lo último que debería estar haciendo en estos momentos

467

es estar aquí plantada, viendo cómo una panda de políticos se atiborra de galletas —masculló Amanda.

Faith oía de fondo pasos y ecos de voces en el atrio de mármol del Capitolio. El gobernador había convocado una sesión especial para votar la partida presupuestaria destinada a las labores de limpieza de los daños provocados por el último huracán. En el edificio no había cafetería, pero donde había políticos siempre había grupos de presión dispuestos a sobornarlos con comida gratis.

—Lyle Davenport no ha buscado a su abogado en la guía telefónica —comentó Amanda.

Faith sintió un regusto amargo en la boca. Davenport era el macarra que se había acercado a Will en un Kia rojo el día anterior, en la gasolinera. Amanda había ordenado a un guardia de tráfico que lo parara por exceder el límite de velocidad. En el registro de su coche se había hallado un arma sin licencia. Pero el chico ya estaba enarbolando la tarjeta de su abogado cuando le dijeron que pusiera las manos detrás de la cabeza.

—Pasar la noche en prisión no le ha persuadido para hablarnos de Dash o del IPA —le dijo Faith a su jefa—. Su lectura de cargos es dentro de tres horas. Primera imputación, chaval blanco del extrarradio… Es probable que el juez lo deje en libertad bajo fianza.

—Y si le soplamos al fiscal quién es, podemos poner en peligro la tapadera de Will. —Amanda soltó un exabrupto muy raro en ella.

Faith pronunció unos cuantos de su cosecha para sus adentros. No solo estaba enfadada con aquel capullo pijo que había invocado sus derechos legales nada más ser detenido. Había pasado dos horas con el cuerpo medio fuera de un helicóptero, buscando a Will con unos prismáticos. Solo por pura cabezonería había localizado la moto fuera del perímetro de tres kilómetros. Ninguno de los vecinos de la zona había reconocido la motocicleta. Nadie había visto a un adolescente y a un hombre adulto en la carretera, y mucho menos otro vehículo que pudiera haberlos recogido. El número de registro de la moto había sido borrado con un rallador.

—Los del laboratorio van a probar un tratamiento con ácido para intentar ver el número de registro. Si eso no funciona, se me ocurren otras ideas.

Oyó un fuerte ruido al otro lado de la línea: risotadas de varios hombres. Notó que Amanda se alejaba de ellos. En el Capitolio no había muchos rincones propicios para mantener una conversación privada. La Cúpula Dorada era una inmensa caja de resonancia.

—Habla con el comandante del aeropuerto —ordenó Amanda como si Faith no estuviera ya en el aeropuerto con ese propósito—. Me da igual lo que tengas que hacer o las mentiras que tengas que contarle, pero averigua qué estaba haciendo Michelle Spivey en esa vía de servicio el domingo por la mañana y llámame en cuanto te enteres. Inmediatamente.

El ruido de fondo cesó de pronto.

Faith miró otra vez la hora.

Las 09:01.

El comandante de la comisaría del Departamento de Policía de Atlanta en el aeropuerto llegaba tarde a trabajar. De todos modos, Faith tenía la sensación de que no iba a ser de gran ayuda. Cada agencia tenía su trocito de aeropuerto. El comandante no podía dar un paso sin coordinarse con la FAA, la TSA, el Departamento de Seguridad Nacional y varios cuerpos de policía que representaban a los condados de Fulton y Clayton y a los municipios de Atlanta, College Park y Hapeville.

Y luego estaba el FBI.

Faith daba por descontado que Van había confiscado cualquier grabación relevante sobre Michelle Spivey. Aquella mañana empezaba a parecerle ya el peor Día de la Marmota de la historia. Will había vuelto a desaparecer. Sara seguía secuestrada. Igual que Michelle Spivey. No había más pistas que seguir. No tenían ni idea de qué estaba planeando Dash. Faith había pasado toda la noche en vela, paseándose de un lado a otro, resoplando y mirando información inútil en Internet.

Desde el primer momento no se había fiado de ese estúpido transmisor que Will llevaba en la funda de la pistola. Era demasiado fino. No era sumergible. Y, además, la señal dependía de la red 3G. A pesar de las órdenes de Amanda, estaba segura de que Will no tenía intención de encenderlo a menos que se hubiera apoderado ya de Sara. Sabía Dios lo que estaría haciendo en esos momentos. Podía estar herido o muerto en una zanja. Dash era un asesino psicópata. Michelle parecía haber perdido la cabeza. Sara no tenía forma de defenderse. Y el IPA era tan aterrador que la mujer encargada de vigilar sus movimientos no conseguía pegar ojo.

Faith apoyó la cabeza en el respaldo del banco. Miró fijamente el neón azul que cruzaba el altísimo techo. Todas las agencias policiales del Estado estaban en alerta máxima, pero nadie sabía qué se suponía que estaban buscando. Era como cuando, un mes antes del Once de Septiembre, un informe presidencial alertó de que se esperaba que Bin Laden atentara en territorio estadounidense y —en lo que las agencias de inteligencia denominaban un «fallo de imaginación»— a nadie se le ocurrió que pudiera pasar algo de una osadía semejante.

Como le había advertido Aiden Van Zandt, no había mucho que rascar.

El llanto agudo de un niño la sacó de su ensimismamiento. Era hasta cierto punto reconfortante saber que aquel chillido no iba dirigido a ella.

Fijó la mirada en la enorme zona de seguridad de la terminal. El comandante de la comisaría pasaría por la cola de empleados. Los pasajeros iban repartiéndose lentamente por los ocho carriles abiertos, abrían sus maletas, se quitaban los zapatos, se colocaban con las manos en alto en el escáner. Le costaba creer que hubiera tanto trasiego en el aeropuerto a esa hora de la mañana. La terminal internacional era enorme, casi tan grande como un campo de fútbol. Una galería que rodeaba la primera planta del vestíbulo. Había locales de comida rápida, una marisquería, una librería, varias cafeterías, y numerosos aviones esperando para sacarte de tu rutina y llevarte muy lejos.

Ella nunca había viajado al extranjero en avión. Su salario de policía y su propensión a tener hijos fuera del matrimonio habían recortado drásticamente su presupuesto para viajes.

—Tenemos que dejar de encontrarnos así.

Faith no se molestó en girarse. Tenía la voz de Aiden Van Zandt metida en el cerebro como el zumbido de un mosquito.

Él se sentó a su lado y se puso a limpiarse las gafas con la corbata.

—Buenos días, agente Mitchell.

Faith fue al grano.

—¿Qué haces tú aquí?

—No estoy yo solo, estamos muchos.

Faith miró con más atención a los pasajeros de la terminal. Los dispositivos de seguridad no siempre eran iguales. En lo alto de la escalera había dos ejecutivos que llevaban maletas con ruedas. A la derecha, una mujer leía sus mensajes de texto apoyada en la barandilla de la galería. A la izquierda, otro ejecutivo se paseaba por el pasillo mientras hablaba por teléfono. En la planta baja, dos mujeres desayunaban en el café de la librería. Junto a la salida de seguridad había otro hombre con uniforme de la TSA.

El hecho de que Faith llevara solo quince minutos allí no la excusaba: debería haber notado que llevaban todos en la oreja el auricular típico de los agentes del FBI. Su cerebro llegó rápidamente a una conclusión: los rumores que circulaban por los foros de Internet tenían que haber aumentado. Y, dado que Michelle Spivey había estado en el aeropuerto el domingo anterior, el FBI estaba en el aeropuerto.

Igual que ella.

Pensó en llamar a Amanda al Capitolio, pero no quería que su jefa le echara la bronca por llamarla para decirle algo que seguramente ya sabía. Estaba claro que Amanda había decidido no contarle qué información estaba intercambiando con el FBI.

—Tenéis muchos agentes aquí —le dijo a Van.

—Mi pandilla, los llamo yo.

Faith sabía que no convenía formular una pregunta directa, de modo que se reclinó en el banco y preguntó:

—¿Desde cuándo el derecho a odiar se considera una opción legítima?

—Creo que voy a necesitar más contexto.

—He estado leyendo sobre esas milicias y esos grupos antigubernamentales.

—Ah.

—En el tiroteo de Bundy —añadió Faith—, los milicianos apuntaron con sus armas a los agentes federales y se les permitió marcharse como si tal cosa. En Standing Rock, un grupo de nativos americanos se estaba manifestando, gritando consignas y levantando pancartas, y se les atacó con perros y cañones de agua.

—Ambas cosas son ciertas.

—Todo esto me recuerda a mi hijo cuando era pequeño. En realidad lo hacen todos los niños. Llega un punto en sus vidas en que se dan cuenta de que las cosas son injustas. Y les cabrea muchísimo. No consiguen entenderlo. Se quejan constantemente. «No es justo, no es justo».

Van asintió.

—Esa queja me suena.

Faith no le preguntó en qué sentido lo decía. Le preocupaba más su hija de piel morena, y que grupos armados como el IPA pudieran hacerle daño y salirse con la suya.

—He tenido que soportar muchas mierdas en mi vida, pero nunca nadie se ha metido conmigo por el color de mi piel. Estoy harta de que las cosas solo sean justas para ciertas personas. No está bien. No es americano.

Van pareció reflexionar sobre lo que había dicho.

—Esa es una afirmación muy provocadora viniendo de una agente de la ley.

Faith se encogió de hombros.

—Ya se sabe: los provocadores provocan.

Miró a un niño que le pedía a su madre en tono implorante un paquete de galletas. Las dos agentes de la librería procuraban mirar para otro lado.

Faith volvió a su pregunta original, la que sabía que Van no iba a contestar.

¿Por qué estaba hablando con ella?

El FBI había detenido a Beau hacía dos días. Faith daba por sentado que, si Beau había hecho de confidente para una agencia, no tendría inconveniente en hacer ese papel para la otra. Lo que significaba que Van sabía lo del plan para infiltrar a Will en el IPA. O bien Kate Murphy lo había mandado allí a recabar información, o bien Van trataba de hacerse un hueco en la operación.

Faith puso a prueba sus teorías.

—Ahora viene cuando me cuentas cómo conoció Michelle a Beau y lo que habéis conseguido sacarle desde que nos lo robasteis.

—Creía que ahora venía cuando te preguntaba si podía invitarte a un café.

Faith decidió cortar aquello de raíz.

—Mira, me he pasado los últimos veinte años criando a mis hijos. No tengo en el armario o en los cajones ni una sola prenda que no esté manchada de algún fluido. Hago trampa a las damas y al parchís. He sacrificado la vida de mi propio hijo para ganar al *Fortnite*. Soy capaz de arrancarle la cabeza a cualquier cretino que afirme que Jodie Whittaker no es la mejor Doctor Who de todos los tiempos, y puedo citar de corrido los diálogos de *Frozen* hasta que empiecen a sangrarte los ojos.

—¿De veras esperas que me crea que tiendes la ropa y la doblas? —preguntó él.

—Pasa de mí.

Van se rio.

—Muy bien, Mitchell. Sígueme.

Faith cogió su bolso y se lo colgó del hombro. Miró hacia la galería mientras se dirigían a las puertas. El agente que hablaba por teléfono los siguió con la mirada. Los ejecutivos empezaron a arrastrar sus maletas.

Van torció a la derecha y la condujo por un pasillo largo y anodino. Su placa del FBI les franqueó la entrada: al parecer, abría las puertas de cualquier edificio de máxima seguridad. Faith oyó un fuerte zumbido. Entraron en una sala a oscuras con decenas de monitores grandes, a color, y varias filas de mesas cuyos ocupantes miraban atentamente las pantallas.

Faith se mordió el labio. Acabaría tirándose a aquel tío solo porque tenía acceso a salas de control secretas.

—Esta es la sala de vigilancia de la pista F. Las de las pistas T y A, hasta la E, son aún más alucinantes. Luego están las terminales norte y sur, el Plane Train y las zonas de aparcamiento. Lo del aparcamiento es la bomba, ni te cuento. Es como jugar al Frogger.

A Faith le interesaba más lo que tenía delante. Todas las puertas, todos los restaurantes, todas las entradas a los aseos, estaban vigilados por dos cámaras, como mínimo. Hasta los terrenos exteriores estaban cubiertos, incluidas las vías de servicio.

Van se detuvo delante de una mesa vacía y tocó un teclado. El monitor mostró una vista exterior de la planta de arriba de la terminal internacional. Van ajustó los controles, ampliando el encuadre para ver los edificios adyacentes. Señaló una calle.

—La vía de servicio Maynard H. Jackson —dijo Faith, y vio que un Chevy Malibú plateado avanzaba despacio por la calle. Tenía las ventanillas tintadas, pero Faith alcanzó a ver que iban dos personas delante y dos detrás. Miró la marca de la hora—. Es del domingo por la mañana, cinco horas antes de que estallasen las bombas.

El Malibú se detenía lentamente. La cámara era de alta resolución, pero no era una lupa. Faith solo pudo deducir por su pelo rubio platino y su complexión delgada que la mujer que se apeó del coche era Michelle Spivey.

Michelle daba cuatro pasos y comenzaba a caer de bruces sobre la hierba.

Van detuvo la imagen.

—Ya se había mareado antes. Esta es la segunda vez que el conductor se para.

Faith asintió, aunque ella veía las cosas de manera ligeramente distinta. Más de una vez, yendo ella al volante, alguien se había mareado y le habían entrado ganas de vomitar. Y en casos así no parabas el coche suavemente. Dabas un frenazo y sacabas de un empujón a la persona mareada.

—Creemos que a Spivey debía de dolerle el apéndice desde hacía ya algún tiempo —comentó Van—. Se desmaya de dolor y luego…

Tocó otra tecla y Faith vio que el conductor se acercaba corriendo a Michelle. Alto y corpulento: Robert Hurley, con toda probabilidad. Levantaba en brazos a Michelle, inconsciente. La sentaba en el asiento delantero del coche. Corría al otro lado y arrancaba.

—Eso es todo —dijo Van.

—Umm —masculló ella.

Eso no era todo, en realidad. El vídeo estaba editado.

Esto era lo que le habían mostrado: el coche se detenía; Michelle se apeaba; daba cuatro pasos y se caía. En el plano en el que caía de bruces, Hurley ya estaba bajándose del coche. Y sostenía algo en las manos.

Después, la imagen se adelantaba 1,13 segundos.

Michelle ya estaba tendida en el suelo.

Hurley se giraba hacia el coche y dejaba en el asiento un objeto lo bastante pesado como para que tuviera que sostenerlo con ambas manos.

Eso era lo que Van no quería que viera: que Hurley hacía amago de salir del coche para reunirse con Michelle. Y que llevaba un objeto pesado o aparatoso, como una cizalla con la que abrir un agujero en la alambrada.

—¿Esa valla está electrificada? —preguntó Faith.

Él negó con la cabeza.

Ella señaló el edificio hacia el que se había dirigido Michelle.

—¿Qué es eso?

—Air Chef, donde hacen la comida para los aviones. O la presunta comida. —Fue señalando los edificios blancos que aparecían en la pantalla—. Servicios de limpieza y conserjería de los aviones. Mantenimiento de las pistas. Taller de sistemas de señalización. Taller de máquinas. Operaciones Delta.

Faith señaló el único edificio que no había mencionado.

—¿Y esto?

—Edificio del Gobierno.

Ella lo miró.

—¿Del CDC?

Él miró el monitor achicando los ojos.

—¿Sí?

Faith tocó varias teclas para ampliar la entrada del edificio. No había ningún letrero, ninguna indicación de lo que había dentro, pero sí muchas medidas de seguridad.

—Eso es una cámara —dijo Faith, indicando con el dedo—. Y eso, un lector de tarjetas. Y eso, un escáner de huellas dactilares.

—¿No me digas?

—El día que secuestraron a Michelle, ella salió pronto del trabajo, recogió a su hija en el colegio y fue a hacer la compra. No se encontró su bolso en el lugar de los hechos. Su tarjeta del CDC tenía que estar dentro.

—¿Sí?

Faith se inclinó para mirar desde más cerca. La puerta ni siquiera tenía pomo. Encima del quicio había una luz roja. ¿Qué había dentro de aquel edificio que tanto interesaba al IPA? Habían corrido el riesgo de llevar a Michelle hasta allí. Y de llevarla al hospital, después. ¿Tenían planeado llevarla de vuelta al aeropuerto después de la operación? El escáner de huellas dactilares no funcionaría si su mano no estaba unida a su cuerpo.

Faith se incorporó. Miró a Van. La habitación era tan oscura y el monitor tan brillante que se vio reflejada en los cristales de sus gafas.

—Me facilitaste esa reunión informativa en el CDC. Me diste archivos sobre Michelle que me condujeron hasta el aeropuerto. Y has hecho editar este vídeo antes de que entráramos en esta sala.

—¿Que lo he hecho editar?

—Michelle y Hurley tendrían que haber salido juntos del coche. Hurley iba a usar una cizalla para abrir un agujero en la valla. Michelle utilizaría su identificación del CDC y la huella de su mano en el escáner biométrico para abrir esa puerta, y entrarían ambos en el edificio.

—¿Tú crees?

—Lo que creo es que tu jefa y la mía son amigas, pero también son delanteros que juegan en equipos distintos. Tu jefa te dijo que me contaras algunas cosas, aunque no todo. Pero, como crees que de verdad puedo serte de ayuda, cada conversación que tengo contigo acaba convirtiéndose en una sucesión de regates y tiros a puerta.

—Me encanta que sepas de fútbol.

Faith dejó escapar el aire entre los dientes. Amanda esperaba noticias en el Capitolio. Se suponía que ella tenía que averiguar qué demonios había pasado en el aeropuerto con Michelle. De momento, solo tenía lo de siempre: suposiciones y una corazonada. La única táctica que le había funcionado siempre con aquel tocapelotas del FBI era la sinceridad, de modo que probó a ponerla en práctica otra vez.

—Lo que mi jefa no quiere que te cuente es lo siguiente. Mi compañero ha desaparecido. Se ha infiltrado en el IPA. No tenemos noticias suyas desde las tres de la tarde de ayer. Me preocupa que lo que está planeando Dash vaya a pasar hoy, ahora mismo, y creo que tú opinas lo mismo.

Van asintió escuetamente con la cabeza, como si hubiera estado esperando aquel momento.

—Deja que te invite a ese café.

CAPÍTULO 20

Miércoles, 7 de agosto, 08:56 horas

Sara estaba sentada en la cabaña, con la espalda contra la puerta. Tenía en el bolsillo la navaja que Will le había pasado por debajo de la puerta la noche anterior, antes de marcharse. Pulsaba una y otra vez el botón, abriendo y cerrando la hoja. El ruido rítmico la reconfortaba. Después de tantos días, de tantas horas muertas sintiéndose impotente, la navaja le daba una sensación de poder. Dash ignoraba que ya no estaba indefensa. Gwen, también. El guardia de fuera no sabía que estaba armada.

Podía herir a alguien con la navaja. Matar a alguien.

Michelle le había marcado el camino, con Carter, en el motel.

La yugular. La tráquea. Las arterias axilares. El corazón. Los pulmones.

Dobló la navaja. Pulsó de nuevo el botón. Se abrió la hoja. Su reflejo apareció, distorsionado, en el acero inoxidable. Dobló la hoja.

Sentía a Will en la navaja. Al otro lado de la puerta. Apretándole la mano. Su esencia había calado en cada palmo de la cabaña. Se acordó de la primera vez que recorrió su casa tras la muerte de Jeffrey. Una de las cosas más desgarradoras de perder a su marido fue que sus cosas seguían allí: los muebles del dormitorio que eligieron entre los dos; la enorme televisión colgada sobre la chimenea; sus herramientas en el garaje. Su olor, que había impregnado las sábanas y las toallas, y su armario, y la piel de Sara. Cada objeto, cada olor, le recordaba su muerte con una punzada dolorosa.

Se acordó de lo ocurrido tres días antes —parecía que habían pasado siglos—, cuando veía a su madre partir judías verdes en la cocina de Bella. Cathy tenía razón. O casi. Su reticencia no se debía a que no pudiera olvidarse de Jeffrey. Se debía a que le daba pavor aferrarse en exceso a Will.

Volvió a doblar la navaja. Observó las rayas del suelo, su tosco reloj solar. La luz azulada que se colaba por las rendijas de las paredes se había vuelto amarilla hacía largo rato. ¿Las ocho y media? ¿Las nueve?

Apoyó la cabeza en los ásperos tablones de la pared. Estaba agotada de no hacer ningún esfuerzo físico. Trató de percibir la cadencia constante del campamento. Las mujeres cocinando. Las niñas pequeñas jugando a la peonza. Gwen criticando cada error, cada equivocación.

Sara no creía en auras, pero percibía un cambio en el ambiente, a su alrededor. ¿Qué era lo que echaba en falta? ¿El tableteo de los disparos de los hombres entrenando en la estructura? ¿Las risas y gritos de júbilo de los niños? ¿El olor a leña quemada, a ropa hirviendo en el perol, a guisos?

¿Se habían ido todos? ¿Formaba aquello parte del *mensaje* de Dash: enviar lejos a sus seguidores para que ella pudiera dar fe de su utópica comuna en la montaña?

Se puso en pie y se guardó la navaja en el sujetador, cuyo aro se le clavaba en el costado, sumándose a una larga lista de molestias físicas.

Su deseo de caminar se había esfumado al marcharse Will. Puso los brazos en jarras. Normalmente, a esas horas, Dash ya había abierto la puerta. Dedujo que se había marchado del campamento. Que estaría entregando el mensaje. O intentándolo.

Tenía que convencerse de que Will iba a impedírselo. Él no confiaba mucho en el transmisor GPS, pero Sara sabía que no pararía hasta detener a Dash.

Apoyó la mano en la puerta y empujó para comprobar si el candado estaba cerrado. Oyó su roce metálico. Las bisagras chirriaron, pero no cedieron. Gwen tendría la llave. Sería muy propio de aquella arpía dejar que se cociera de calor dentro de la cabaña.

Aguzó el oído, tratando de oír al guardia de fuera. El nuevo centinela no se había molestado en presentarse al relevar a Will. Sara suponía que Lance seguía en el barracón. El nuevo había pasado toda la noche sentado en el umbral. Era gordo y, obviamente, sufría de apnea del sueño: se despertaba cada dos por tres con un gorgoteo asustado, entre ronquido y ronquido.

Sara se puso de rodillas. Miró por debajo de la puerta. Las anchas espaldas del guardia le impedían ver nada que no fuera su camisa negra.

—¿Hola? —dijo. Esperó, pero no hubo respuesta—. ¿Puede abrir la puerta, por favor?

Nada.

Pensó en la navaja que llevaba en el sujetador. La mano de Will casi no había cabido por la rendija de la puerta. Ella, en cambio, podía sacar casi todo el antebrazo. Podía apuñalar al guardia debajo del omóplato izquierdo. La hoja tenía longitud suficiente para atravesarle el corazón.

—¿Hola? —repitió, optando por no matarlo. Sacó la mano y estiró los dedos para tocarlo—. Ho…

El guardia cayó hacia delante y se estrelló de bruces contra el suelo.

Sara retrocedió, sorprendida. Prestó atención. Esperó. Aplicó el ojo al hueco de debajo de la puerta.

El guardia había caído de cara, pero el impacto había desplazado su cuerpo y yacía de costado en el suelo, todavía con las piernas flexionadas como si estuviera sentado. El golpe había sido fuerte. El cañón del rifle le había abierto un profundo surco en la piel, a un lado del cuello.

Sara observó la herida, estudiándola como si fuera una obra de arte. Esperaba ver brotar una gota de sangre, pero el arañazo no sangró porque el corazón del guardia había dejado de latir hacía horas. El *rigor mortis* ya había agarrotado sus músculos. Sus tobillos exhibían el cerco morado del *livor mortis*. Se había hecho sus necesidades encima y tenía el pantalón empapado.

Estaba muerto.

Sara se puso de rodillas. Se sacudió el polvo de las manos. El corazón le latía con fuerza dentro del pecho. ¿Había muerto a causa de la apnea o era otra cosa lo que lo había matado?

Un súbito horror se apoderó de ella. Sintió un escalofrío a pesar de que estaba sudando. Se le erizó el vello de los brazos. Aguzó de nuevo el oído, tratando de distinguir el trasiego habitual del campamento. Los olores, los sonidos, la sensación de que no estaba sola.

¿Lo estaba?

Se levantó. Avanzó hasta el fondo de la cabaña. Palpó la pared, buscando el tramo más blando, donde los clavos se habían oxidado. Los tablones se combaron, cediendo a la presión de sus manos. Apoyando el peso del cuerpo en los talones y las manos en la madera, empujó hasta que empezaron a arderle los hombros.

—Mierda —masculló.

Las astillas de la madera se le habían clavado en la piel. El tablero se había movido, pero no lo suficiente. El espacio entre las tablas dejaba ver una franja de luz.

Se limpió las manos mugrientas en el vestido. Las astillas le pinchaban como agujas minúsculas. Hizo lo mismo otra vez, empujando con todas sus fuerzas hasta que las tablas comenzaron a doblarse. Se oyó un suave crujido, como el de una ramita al romperse, y luego uno de los tablones comenzó a partirse.

Pero seguía sin ser suficiente.

Se miró las manos. Le sangraban. Retrocedió y golpeó los tablones con el pie todo lo fuerte que pudo.

La madera se rajó. El crujido fue mucho más estruendoso esta vez, como si un rayo atravesara un árbol.

Esperó por si oía ruidos al otro lado de la puerta. Los hombres de las plataformas de vigilancia. Los soldados armados del bosque. Gwen, Grace, Esther, Charity, Edna, Hannah y Joy.

Nada.

Dio otra patada a la pared. Y luego otra. Estaba sudando cuando por fin logró abrir un hueco lo bastante grande como para colarse por él.

Posó los pies en el suelo cautelosamente. Detrás de la cabaña, el aire parecía más fresco. No entendía del todo sus emociones, pero era consciente de que lo que experimentaba era un sentimiento de libertad.

Nadie llegó corriendo. Nadie trató de detenerla ni le disparó.

Observó la zona de detrás de la cabaña. El sotobosque era muy denso, una maraña de enredaderas y roble venenoso.

El invernadero.

Rodeó la cabaña. Encontró un sendero y avanzó con precaución, mirando a derecha e izquierda para ver si alguien iba a detenerla. Ningún hombre armado le cortó el paso. Las plataformas de vigilancia estaban vacías. Se levantó el vestido al pasar por encima de un tronco caído. La humedad espesaba el aire. Miraba continuamente de un lado a otro, en busca del invernadero. Lo había visto dos veces, las dos por casualidad. Se detuvo. Trató de localizar el sonido del río. La cascada sonaba a su derecha. A su izquierda, oyó maullar a un gatito.

Se volvió. Avanzó unos pasos por el sendero. Escuchó otra vez.

No era un gatito lo que había oído.

Había un niño llorando.

Sin pararse a pensar, echó a correr hacia el claro. El sendero se estrechaba delante de ella. El llanto del niño se intensificó. Le pareció que corría por una cinta mecánica. Cuanto más se esforzaba, más le parecía alejarse del claro.

—¡Socorro! —gritó una vocecilla.

Sara sintió que una garra le estrujaba el corazón. Había dedicado buena parte de su vida a atender el llanto de los niños. Sabía cómo lloraban cuando estaban asustados, cuando buscaban empatía o los dominaba el miedo a morir.

Irrumpió en el claro y giró por la hierba bien cortada, como solían girar las niñas cuando jugaban al corro. Lo vio todo distinto. Un horrible presentimiento le tensó la piel. Las puertas de las cabañas estaban abiertas de par en par. Las fogatas apagadas. No había mujeres ni niños a la vista, solo trozos de confeti blanco dispersos por la hierba. La brisa los levantaba y flotaban un instante en el aire, como plumas blancas, antes de volver a posarse en el suelo. Vio un pie descalzo, una pierna blanca, una mano aferrada a la tierra, una cara vuelta hacia el sol.

Se tambaleó. Comenzaron a fallarle las rodillas. El corazón le dio un vuelco doloroso dentro del pecho.

No era confeti.

Eran vestidos blancos. Cuellos altos. Mangas largas. Caras juveniles y maduras hinchándose al sol de la mañana.

—No…

Cayó de rodillas. Pegó la frente al suelo y dejó escapar un ronco gemido. Su corazón se había detenido a medio latido. Sus pensamientos giraban vertiginosamente, alejando de sí la verdad hasta que se obligó a aceptarla.

Avanzó a gatas por la hierba. Le temblaban los dedos cuando les buscó el pulso y apartó el sedoso cabello rubio de los ojos inertes.

Esther. Edna. Charity. Las cocineras. Las jóvenes que habían puesto las mesas para el banquete. Los hombres de los árboles. Los guardias ocultos en el bosque.

Todos muertos.

—Socorro —musitó Grace.

Estaba tumbada debajo de una de las mesas, con el cuerpecillo acurrucado.

Sara se acercó a ella y la estrechó entre sus brazos. A la niña se le cerraban los párpados. Tenía las pupilas dilatadas. La miró. Sus labios se movieron sin emitir sonido.

—Cariño. —Sara le acarició el pelo, besó su frente—. ¿Qué ha pasado? Por favor, dime qué ha pasado.

Grace trató de hablar, pero solo le salió un gorgoteo confuso. Sus brazos colgaban, inermes, a los lados. Sus piernas eran un peso muerto.

—Aguanta, tesoro mío. —Sara la levantó en brazos y echó a andar hacia el barracón—. Aguanta, cielo.

Veía confusamente, de soslayo, vestidos blancos. Vientres hinchados. Músculos rígidos. Señales de una agonía cruel y dolorosa.

La puerta del barracón estaba abierta. Sara notó el olor de los cuerpos desde el peldaño de abajo. Depositó a Grace en el suelo.

—Enseguida vuelvo, mi niña. Quédate aquí.

Era una petición innecesaria. La niña no podía moverse, no podía hablar. Sara entró corriendo en el barracón. Benjamin. Joy. Lance. Adriel. Se acercó a ellos, uno por uno. Solo Joy vivía aún.

Sara la agarró de los hombros y la zarandeó para que despertara.

—¡Joy! ¡Joy! ¿Qué han hecho?

Sus ojos no se movían. Tenía el vientre tan hinchado como una pelota y la cara flácida, pero estaba consciente. Un hilo de baba le colgaba de la comisura de la boca. La almohada estaba mojada. Tenía los brazos flojos, las piernas paralizadas. No podía mover la cabeza.

—No… —susurró Sara—. No.

Cruzó bruscamente la puerta, bajó los peldaños, pasó por encima de Grace. Atravesó el claro, frenética. Encontró el sendero, se dirigió hacia el río. El fragor de la cascada fue acercándose.

Giró sobre sí misma buscando el invernadero mientras gritaba:

—¿Dónde estás?

El sol destellaba en los cristales.

Avanzó a trompicones por la maleza. Dos hombres vestidos de negro yacían en el suelo del bosque. Otro había caído desde una plataforma de vigilancia y se había roto el cuello. Tenía la cabeza vuelta hacia atrás y los brazos abiertos de par en par.

Sara siguió avanzando hacia el invernadero, cuyos cristales, como un faro, parecían advertirle que se alejara. El olor penetrante de la muerte se le clavaba en la garganta. Abrió la boca para respirar. Le pareció notar el sabor de los fluidos que manaban de los cuerpos, borboteando. Cuanto más se acercaba, más le lloraban los ojos. Estaba acercándose al epicentro de la epidemia. Fuera lo que fuese lo que Michelle había fabricado en el invernadero, sus primeras víctimas habían sido los hombres y mujeres que trabajaban dentro.

Sintió una arcada. Fuera del invernadero, los cadáveres empezaban a derretirse al sol. La piel se desprendía de los huesos. Los ojos se desorbitaban. Las bocas abiertas de par en par dejaban ver charcos de sangre y vómito que se habían resecado en la garganta.

Había mujeres y hombres, jóvenes y mayores, pero no vestían de negro: vestían batas blancas. Sus caras evidenciaban el horror de la agonía que habían padecido.

Plenamente conscientes. Paralizados. Asfixiándose poco a poco.

Sara sabía qué los había matado.

Dio un fuerte empujón a la puerta del invernadero. El cadáver de un hombre bloqueaba la entrada. Lo empujó con el pie y entró en la carpa. El calor era casi insoportable. La luz estaba cortada. Las bombas de aire, apagadas. La tienda térmica y los cristales actuaban como una lupa expuesta al sol. El interior de la carpa parecía hervir.

Vio lo que esperaba ver.

Un laboratorio clínico.

Matraces y redomas, soportes metálicos, pipetas, pinzas,

hornillos, válvulas de vacío, tubos de ensayo, cuentagotas, termostatos.

Esparcidos por la mesa había botes de aerosol llenos de líquido transparente. Una estantería metálica contenía materias primas. Sara apartó varias bolsas de manzanas estropeadas y patatas podridas.

Caja negra.

A pesar de la larga lista de posibilidades que había barajado, no se le había ocurrido que el mensaje de Michelle pudiera referirse a aquello. La cajita de HBAT era, de hecho, blanca. La *caja negra* era una etiqueta rectangular negra que contenía una advertencia de la Administración de Alimentos y Medicamentos:

¡PELIGRO! SUERO DE EQUINO. USAR CON EXTREMA PRECAUCIÓN. SE REQUIERE UN AUMENTO PAULATINO DE LAS DOSIS PARA EVITAR REACCIONES ADVERSAS Y POSIBLE RIESGO DE MUERTE.

Abrió la caja. El frasco que había dentro era de la Reserva Estratégica Nacional del Servicio de Salud Humana y Animal de Estados Unidos, un organismo que se encargaba de almacenar y conservar partidas de emergencia de antibióticos, vacunas y antitoxinas para distribuirlas bajo vigilancia armada en caso de ataque biológico.

«Ataque biológico» era una forma elegante de describir lo que estaba planeando Dash. Por eso había augurado que los historiadores no serían capaces de calcular el número de personas que iban a morir ese día. El mensaje era una muerte implacable y espantosa, y Sara tenía en la mano la única cosa que podía impedir su propagación.

El suero HBAT estaba diseñado específicamente para tratar el botulismo, la toxina más venenosa conocida por el ser humano.

CAPÍTULO 21

Miércoles, 7 de agosto, 09:17 horas

Faith echó un sobrecito de sacarina a su café solo y lo removió. Van seguía en el mostrador, poniéndole cerca de medio kilo de azúcar a su café con leche. El móvil de Faith había zumbado tres veces: tres mensajes en los que Amanda, en términos perentorios, le exigía que la pusiera al corriente de la situación, lo que significaba que su jefa aún no había entrado a ver al gobernador y seguía dando vueltas por el Capitolio, hecha una furia, y despotricando acerca de cómo le hacía perder el tiempo todo el mundo.

Faith le mandó una escueta respuesta: *Estoy en ello*.

Amanda contestó de inmediato: *Pues date más prisa*.

Faith dejó el teléfono boca abajo sobre la mesa. Vio a Van añadir fideos de chocolate a su café. Solo le había dado información que seguramente él ya le había sonsacado a Beau Ragnersen. Por ejemplo, que Will se había infiltrado en el grupo. Sabían que el IPA estaba planeando un atentado importante para ese día. Faith había omitido contarle, en cambio, que, tras abandonar la gasolinera Citgo, Will había montado en una moto de *motocross* cuya procedencia no habían podido rastrear. Tampoco le había hablado de Lyle Davenport, el conductor del Kia que había contactado con Will en la gasolinera y que después se había acogido

488

a su derecho a guardar silencio. Ni del transmisor GPS que portaba Will en la funda de la pistola y que probablemente no estaba sirviendo de nada.

Sabía por experiencia que, si ibas a mentir, convenía que añadieras unas cuantas verdades a la mezcla por si acaso se descubría el pastel.

Van se sentó por fin. Bebió un sorbo de café. Faith temía que se fuera de nuevo por las ramas, pero por una vez fue directo al grano.

—En septiembre pasado, Beau ingresó en el hospital de Emory aquejado de un caso de botulismo por herida.

Faith entendió las palabras por separado, pero juntas no tenían ningún sentido para ella.

—¿Botulismo por herida?

—La *Clostridium botulinum* es una bacteria que suele darse en tierra y agua. En determinadas circunstancias, se convierte en la neurotoxina botulínica o botulismo.

Lo único que sabía Faith del botulismo era que las mujeres ricas lo utilizaban para inmovilizarse la cara.

—¿En qué circunstancias?

—En el caso de Beau, se pinchó heroína negra cortada con tierra. El botulismo por herida se da muy raras veces. En Estados Unidos hay unos veinte casos al año. Beau se presentó en urgencias con párpados caídos, parálisis facial, debilidad muscular y dificultades respiratorias. Por las marcas de pinchazos que tenía en el brazo, pensaron que era una sobredosis de opiáceos. Le chutaron Narcan y empeoró.

Faith se sintió incapaz de formular una pregunta, cosa rara en ella.

—El botulismo es extremadamente difícil de diagnosticar. A menos que el médico lo tenga muy presente, es probable que sea lo último que se le ocurra. Y los síntomas son idénticos a los de muchas otras enfermedades. Es posible que muera de botulismo mucha más gente de la que se cree.

Faith seguía sin saber qué preguntar. Su teléfono vibró sobre la mesa. Seguramente, Amanda había pasado ya al despacho del gobernador y quería que le diera novedades, pero Faith necesitaba que Van le contara más cosas antes de informar a su jefa.

—Continúa —dijo.

—El CDC es el único organismo nacional que hace pruebas de botulismo y que puede administrar HBAT, la antitoxina que detiene el avance del veneno. —Van meció la taza de café en la mano—. No se puede poner una inyección y ya está. La droga deriva del suero de caballo. Originalmente, de un caballo llamado First Flight, por si te interesa. La FDA le puso la etiqueta negra. Hay que mezclarlo con otro fármaco y luego inyectarlo poco a poco a través de una vía para asegurarse de que el tratamiento no mata al paciente. Y es probable que el estado en que se encuentre el paciente no remita por completo, da igual cuál sea. Puede estar conectado a un respirador o tener los músculos paralizados. En cuanto la neurotoxina se adhiere a las terminales nerviosas, se acabó. Beau tuvo suerte, porque Michelle se dio cuenta de lo que era antes de que sufriera daños irreversibles.

Faith no veía ninguna suerte en eso.

—¿Y se lo agradeció poniéndola en el punto de mira de Dash?

—No fue así como ocurrió —dijo Van—. Adam Humphrey Carter fue la única persona que visitó a Beau en la UCI. Sabemos por las anotaciones de Michelle las horas exactas en que estuvo en el hospital. Cuando se presentó Carter, se comportó como solía, o sea, como un cerdo. Hizo que Michelle se sintiera muy incómoda, y ella pidió al personal que avisara a seguridad. Seguridad le dio un aviso a Carter y rellenó un informe interno.

Ahora sí tenía preguntas.

—¿No se te ocurrió contarme eso hace dos días, cuando te pedí que buscaras posibles vínculos entre Michelle y Beau Ragnersen?

—Hace dos días no lo sabía. Spivey tenía miles de historias de pacientes y trabajaba en cientos de proyectos, muchos de ellos de alto secreto. Pero Ragnersen era un nombre fácil de recordar. Ayer por la mañana estuve indagando en Emory, hablé con el personal de la UCI y con seguridad. El informe interno era solo eso: un documento interno. Tuve que buscarlo a mano en los archivadores.

Faith comprendió de pronto por qué Kate Murphy se había resistido a considerar el secuestro de Michelle Spivey como una operación del IPA y no como un caso de tráfico sexual.

—Entonces, ¿Carter secuestró y violó a Michelle para vengarse de ella por llamar a seguridad, o la secuestró para el IPA?

—Esa era nuestra duda —dijo Van—. Carter odiaba a las mujeres. Quería castigarlas por... en fin, por lo que sea. Y odiar a las mujeres no es precisamente una idea novedosa. Si aceptas que Carter secuestró a Michelle porque quería castigarla por denunciarlo a seguridad, también es lógico que quisiera mantenerla con vida para seguir torturándola. Un caso puro y duro de secuestro y violación.

—¿Qué os hizo cambiar de idea?

—El atentado. El accidente de coche en el que tu compañero situó a Carter con Dash y los otros. El factor decisivo fue una alerta del RISC que recibí el domingo por la tarde. Es el...

—Repositorio de Individuos de Alta Peligrosidad.

—Exacto. Los datos de Michelle ya estaban en el RISC. La red está conectada a servidores de todo el país. Las actualizaciones no llegan en tiempo real, pero sí bastante deprisa. Recibí la alerta del RISC en el móvil en torno a las seis de la tarde del domingo, nueve horas después de que el programa de reconocimiento facial del aeropuerto ubicara a Michelle en *esa* vía de servicio, *ese* día, en *ese* lugar, delante de *ese* edificio.

El teléfono de Faith volvió a vibrar: otro mensaje de texto. Amanda debía de estar subiéndose por las paredes del Capitolio.

—¿Qué es *ese* edificio? —preguntó.

Él miró a su alrededor y dijo:

—Una estación de cuarentena del CDC integrada en la Reserva Estratégica Nacional. O sea, una especie de arsenal antibacteriológico. El CDC tiene preparados paquetes de fármacos de emergencia para enviarlos a donde sea necesario de manera instantánea, incluidos antídotos, antitoxinas y antibióticos. Todo tipo de remedios para el apocalipsis.

—¿También HBAT? —preguntó ella.

—Sí.

—¿Michelle tenía que robar la antitoxina o destruirla? —dijo Faith, y dio con la respuesta antes de que Van tuviera tiempo de contestar—. Dash tenía ya dos bombas caseras listas para estallar cuando sacaron a Michelle de Emory. Normalmente no va uno por ahí con explosivos en el maletero del coche. Tenía que estar planeando usar las bombas para volar la estación de cuarentena, pero entonces Michelle se puso enferma y las cosas se torcieron. Así que al final decidió usarlas para volar el aparcamiento.

—Me gusta que pienses como un terrorista.

—¿No podía haber colocado las bombas por fuera del edificio? —De nuevo, Faith contestó a su propia pregunta—. El edificio está reforzado, ¿verdad? Todas esas medidas de seguridad, la puerta de acero… Michelle era su única forma de entrar. Necesitaban sus datos biométricos para abrir la puerta.

Van se encogió de hombros.

—¿Sí?

—¿No hay otras estaciones de cuarentena?

—Sí, pero… —Van no terminó la frase.

Atlanta estaba a dos horas o menos de viaje en avión del ochenta por ciento de la población estadounidense. Era lógico que el grueso de los fármacos antibacteriológicos se almacenara en el aeropuerto con más tránsito del mundo.

—¿Cuánto tiempo se tarda en morir de botulismo? —preguntó Faith.

—Depende del nivel de toxina. En su forma más pura, estaríamos hablando de segundos. En una forma menos refinada, como un contaminante alimentario de origen natural, un par de días, quizá, o un par de semanas. Sin tratamiento, puedes prácticamente darte por muerto. La neurotoxina lo paraliza todo poco a poco —explicó—. Los párpados, los músculos faciales, hasta las órbitas oculares. Normalmente estás consciente, pero no puedes hablar y tu cerebro manda señales constantes para que muevas los músculos, pero los músculos no responden. Al final, todos los mecanismos necesarios para respirar se paralizan y te asfixias.

Faith sintió que abría la boca, horrorizada.

—Los animales pueden contagiarse. Sobre todo, los peces y sus depredadores. Hay cinco tipos de cepas infecciosas para los humanos. El botulismo puede contraerse a través de la comida, por inhalación de esporas o puede inyectarse, pero afortunadamente no se transmite de persona a persona. Su toxicidad depende de la temperatura y del nivel de oxígeno. Hay un tipo de botulismo infantil que contraen los bebés en el vientre materno.

A Faith se le encogió la tripa.

—Estamos hablando de un bichito muy, muy peligroso, Mitchell —añadió Van—. Solo haría falta un kilogramo para acabar con toda la población humana.

Faith se acordó de las cajas de cartón que Will había ayudado a sacar del almacén. Dos docenas de contenedores de setenta y cinco centímetros de lado, que requerían dos hombres jóvenes para levantarlos. Un kilogramo equivalía a poco más de dos libras.

—O sea —dijo Faith, intentando aclararse—, que Carter visitó a Beau en el hospital. Oyó hablar del botulismo por herida. Supo lo letal que era. ¿Se enteró de lo que le pasó a Beau antes de que por fin le diagnosticaran botulismo?

—Sí.

—Entonces, seguramente fue él quien habló a Dash del botulismo, ¿no? Y en vez de asustarse, a Dash se le ocurrió usarlo como un arma.

—Eso creemos.

A pesar de que temía la respuesta, ella preguntó:

—¿Michelle podría haber fabricado una cantidad de toxina suficiente para un atentado a gran escala?

—La respuesta corta es sí.

—Dame la larga.

—Confiamos en que, si se da ese escenario, Michelle haya podido alterar el resultado.

—*¿Confiáis?*

—El IPA secuestró a Michelle hace más de un mes. La han violado y maltratado. De su aspecto físico cabe deducir que está desnutrida. Seguramente padece una sepsis, por la rotura del apéndice. Se ensañó con Carter en el motel. Sabemos que Carter amenazó a su hija. —Apoyó los codos en la mesa—. Mira, voy a dejártelo muy claro. Michelle Spivey es una mujer inteligente y fuerte, pero nuestro psiquiatra y nuestros analistas no están seguros de que sea capaz de aguantar esa tortura física y psicológica.

Faith dudaba de que alguien pudiera aguantarla.

—¿Crees que Michelle puede estar tan desesperada como para fabricar la toxina auténtica?

—Creo que Dash es muy capaz de obligarla a seguir intentándolo hasta que esté completamente seguro de que cada gota que haya elaborado es auténtica.

Faith entendió enseguida cuál era el problema.

—Has dicho que el CDC es el único organismo capaz de hacer las pruebas que detectan la toxina. Michelle podría falsear los análisis.

—Hay otra forma de poner a prueba la toxina. —Van se encogió de hombros al ver que ella no trataba de lanzar una conjetura—. Dársela a un montón de gente y ver si se muere.

CAPÍTULO 22

Miércoles, 7 de agosto, 09:23 horas

Sara abrió la caja de HBAT. Desdobló el prospecto.

20 ml diluidos con un 0,9 por ciento de cloruro de sodio en proporción de 1:10 administrados paulatinamente mediante bomba volumétrica a razón de 0,5 ml/min durante los primeros 30 minutos...

Levantó la mirada hacia el techo. Creía que había agotado todas sus lágrimas al marcharse Will, pero de pronto se deshizo en llanto.

No podía hacer nada por Grace, ni por Joy, ni por los demás.

Salió del invernadero empuñando el inservible frasco de suero. El confeti blanco del claro hizo aflorar más lágrimas a sus ojos. Se acercó a Grace. La niña ya había dejado de respirar. Encontró a Joy en el barracón. Vivía aún, pero Sara comprendió por su respiración estertorosa que solo le quedaban unos minutos de vida.

Se sentó a su lado, llorando en silencio, hasta que murió.

Caja negra.

Una advertencia de la FDA. Una sentencia de muerte. Un ataúd.

Miró el frasco de antitoxina que aún tenía en la mano. El anillo metálico que rodeaba el sello estaba roto. En el tapón de goma se veía el orificio abierto por una aguja.

¿Estaba también ella infectada? El primer día que pasó en el campamento, estaba demasiado angustiada para comer. Luego, Dash empezó a darle solo comida vegetariana. ¿Planeaba desde el principio convertirla en su testigo?

La muerte era su testimonio. La muerte era el Mensaje.

«Habrá tantos muertos que dudo que los historiadores sean capaces de calcular la cifra total».

No toda la gente del campamento se había envenenado la noche anterior. Los cadáveres, ya deteriorados, dejaban constancia de ello. Se habían infectado en grupos de entre cinco y diez. Esa era la espantosa belleza del botulismo: que cada persona reaccionaba de forma distinta a la toxina. Incluso en un entorno hospitalario era difícil acertar con el diagnóstico. Los síntomas eran variados, muy semejantes a los de otras dolencias. Mientras que un paciente podía morir en cuestión de horas, otro podía tardar varias semanas en fallecer y un tercero recuperarse por completo. Dash había experimentado con su propia gente. Había sabido que estaba matando lentamente a sus seguidores mientras comía con ellos, los arengaba o despotricaba contra los perros de mala casta. Los había visto sucumbir poco a poco al veneno que les estaba administrando, literalmente.

Sara llegó a la conclusión de que Benjamin había sido el paciente cero. Los párpados caídos de Lance y sus dificultades al hablar indicaban que su envenenamiento había sido más paulatino. El reciente dolor abdominal de Joy permitía concluir que su caso pertenecía a una tercera o cuarta oleada de contagios. Michelle poseía los conocimientos necesarios para controlar la potencia de las dosis. Las otras niñas no mostraban síntomas la noche anterior, de modo que debían de haberles inyectado una variante de la toxina de acción más rápida antes de irse a la cama.

Sara apoyó la cabeza en las manos. No entendía cómo había podido Dash matar a sus propias hijas. El papel de buen padre parecía salirle con tanta naturalidad…

Sintió que empezaba a menear la cabeza. Dash no se habría manchado las manos haciendo el trabajo sucio. Habría sido Gwen la encargada de pinchar a las niñas. O quizá hubiera ocultado el veneno dentro del helado. Estaba a cargo del campamento. Era en todo la compañera y la socia de Dash.

Su Ángel de la Muerte.

Su *lady* Macbeth.

Sara se obligó a moverse. Asesinar a la gente del campamento era solo parte del plan. La segunda parte consistía en propagar la toxina entre la gente desprevenida a la que Dash llamaba «los perros de mala casta y sus alcahuetes».

Quería convencerse de que Will podría detenerlo, pero lo cierto era que estaba rodeado de hombres armados dispuestos a dar su vida por el IPA.

Tenía que encontrar un modo de advertir a Faith y Amanda. Dash tenía que haberse comunicado con el mundo de algún modo. La primera mañana que ella había pasado en el campamento, le había preguntado por el número de víctimas mortales del atentado de Emory. Él le había dado la respuesta de inmediato. Tenía que haber un teléfono, o una tableta, o un ordenador en alguna parte.

Salió del barracón y subió por la falda de la colina. Sentía deseos de correr, pero estaba aturdida y abotargada por tanta violencia devastadora y absurda. Aquellas preciosas niñas con sus vestidos de novia y sus peonzas… Las carcajadas de Grace, que casi se cae de la risa al oír el chiste de Will…

Se enjugó los ojos con el dorso de la mano. Tenía la piel irritada por la sal de las lágrimas.

La estructura apareció ante su vista. Pensó en los hombres que habían pasado horas y horas entrenando allí. Dos equipos que iban

497

a infiltrarse en dos oleadas distintas. Las balas de las que le había hablado Will no estaban impregnadas de salmuera de cerdo. Estaban impregnadas de botulismo. Dash no se contentaba con matar. Quería asegurarse de que los supervivientes sufrieran la misma agonía que sus hermanos y hermanas del campamento.

Se echó a llorar otra vez al pensar en aquellos pobres niños inocentes. ¿Estaba malinterpretando la sonrisa que creía haber visto en la cara de Gwen cuando dio a Esther y Grace sendas tazas con helado? Recordaba claramente que Gwen le había ofrecido helado a ella también. Tenía una sonrisa burlona y satisfecha, de eso no había duda, pero era difícil saber si sonreía porque le estaba ofreciendo veneno o porque sabía con lo que iba a encontrarse Sara cuando saliera de la cabaña esa mañana.

De pronto, oyó el motor de un coche.

El corazón se le subió de un salto a la garganta.

Corrió a lo alto de la colina. Había un coche verde aparcado allá abajo, junto a la caseta metálica que servía de almacén. Del tubo de escape brotaba un penacho de humo. El coche se sacudió al rugir su motor.

—¡Esperen! —gritó al tiempo que echaba a correr colina abajo extendiendo los brazos—. ¡Esperen!

El coche no se movía. La puerta del conductor estaba abierta. Gwen estaba detrás del volante. Pisaba el acelerador a pesar de que el coche estaba en punto muerto. Su cuerpo se hundía bajo el cinturón de seguridad. Tenía los párpados medio cerrados. Con el brazo estirado, rozaba el tirador con los dedos, tratando en vano de cerrar la puerta.

De una patada, Sara la quitó de su alcance. En el asiento trasero había una maleta. Gwen vestía pantalones vaqueros y blusa blanca. Se había peinado cuidadosamente. Llevaba sombra de ojos, colorete, pintalabios.

Se había parado a maquillarse mientras sus hijas se morían.

Las cocineras. El barracón. Las niñas, sus propias hijas. Gwen sabía lo que Michelle estaba haciendo en el invernadero. Sabía que los hombres hacían simulacros en la estructura, que se estaban entrenando para una *misión* y que estaban en *guerra*.

—¡Tú lo sabías! —Sara la agarró del brazo y la sacó a la fuerza del coche. Buscó a tientas la navaja que llevaba en el sujetador—. ¡Los has matado!

—Dah… —Gwen miró a Sara entre sus párpados cargados. Tenía la mandíbula floja y el vientre hinchado, igual que Joy, que Grace, que todas las personas a las que había asesinado en el campamento.

Sara se puso en cuclillas, con la navaja apoyada en el regazo. Esperaba ver miedo en el semblante de Gwen, pero solo vio esa mirada fría que le había dedicado mientras asfixiaba a Tommy.

—Dahh… —repitió, y un hilo de baba se le escapó de la comisura de la boca—. ¿Tam… también… me ha… envenenado… a mí?

Sara sintió que una risa incrédula escapaba de su boca.

—Por supuesto que te ha envenenado a ti también, zorra estúpida.

—Pe… —Movió el gaznate—. Pero… él…

Sara se inclinó hasta que sus caras casi se tocaron.

—¿Adónde ha ido Dash? ¿Qué está planeando?

Los ojos de Gwen se dirigieron lentamente hacia la izquierda. Sara había dejado caer el frasco de antitoxina.

—¿Quieres esto? —Sara levantó el frasco de HBAT para que Gwen pudiera leer la etiqueta—. Dime adónde ha ido y te salvaré.

—Las ni-niñas…

—No finjas que te preocupan tus hijas. —Sara le abrió los párpados a la fuerza para que la mirara—. Están todas muertas, Gwen. Sé que las has matado tú.

—Él… pro-prometió…

Empezaba a perder el control de la mandíbula. Sus ojos estaban inmóviles.

—¿Qué prometió? —preguntó Sara con aspereza—. ¡Dímelo!

—Q-que… —Su pecho se agitaba, tratando desesperadamente de llenarse de aire—. Que haríamos… m-más.

La última palabra se desvaneció dentro de su garganta. Sus cuerdas vocales se habían paralizado. Lo único que podía hacer ya era emitir una especie de gorgoteo, igual que Grace antes de ahogarse con su propia saliva.

Sara confió en que estuviera consciente hasta el último momento.

Le registró los bolsillos. Miró dentro del coche. El teléfono estaba en el hueco entre los asientos.

Sara lo abrió. Vio la hora…

Las 09:49.

Le temblaban los dedos cuando marcó el número. Los gorgoteos de Gwen persistían. Ella seguía empuñando la navaja plegable de Will. Sentía deseos de hundírsela en el cuello a Gwen, pero aquella mujer no merecía piedad.

Se encaminó a la caseta metálica mientras oía sonar la línea.

—Mitchell —dijo Faith.

Se le hizo un nudo en la garganta al oír la voz de su amiga.

—Faith, soy yo —dijo con voz ahogada.

—¿Sara?

—Estoy… —Se miró las manos. Le temblaban incontrolablemente—. Estoy en las montañas. En una especie de campamento militar. Están todos muertos. Dash hizo que Michelle sintetizara botulismo. Los ha matado a todos.

—Entendido, espera. —Faith tapó el teléfono con la mano. Le estaba transmitiendo la información a otra persona.

—No sé dónde está Will —le dijo Sara—. Se marchó con Dash y los otros hombres. Creo que esta mañana. Había… —Trató de recordar lo que le había dicho Will—. Cuarenta hombres con AR-15. Más de diez mil balas. Dash las ha rociado con la toxina.

—Santo cielo —masculló Faith—. Voy a poner el manos libres. Estoy con el FBI. Estamos intentando localizar tu llamada.

—Las cajas del almacén están aquí. —Sara sacó uno de los albaranes—. Proceden de una empresa llamada Whisting Company, de Carolina del Norte. El destinatario es ACS, Airport Parkway 1642. Hay un número de remesa. Cantidad: dos mil.

—Estamos buscando la dirección —dijo Faith—. ¿Puedes abrir la caja?

Sara ya estaba cortando la cinta de embalaje con la navaja. El contenido estaba envuelto en una bolsa de plástico. Al principio no entendió lo que estaba viendo.

—Son recipientes de aluminio, como los de la comida precocinada.

—Dios mío. —Faith parecía anonadada—. Air Chef Services. Hacen la comida para los aviones. Dash ha contaminado los recipientes con botulismo. Va a envenenar a cientos de miles de personas.

—Espera… —Sara echó a correr ladera arriba—. Hay algo más. Dash tiene aquí un campo de entrenamiento, un falso edificio de dos plantas, tan grande como la mitad de un campo de fútbol, como mínimo. Sus hombres practicaban un asalto en equipos, vestidos con trajes de comando. Dos equipos, un ataque en dos oleadas.

—¿Qué aspecto tiene ese edificio?

Sara entró corriendo en la estructura. Dio una vuelta sobre sí misma, buscando pistas que identificaran el objetivo.

—En la planta de arriba hay una galería. La escalera está en el medio, luego hay un rellano y la escalera se divide en dos tramos, a derecha e izquierda.

—¿Ves algo más?

Sara había llegado al rellano de la escalera. Miró a la derecha.

—En la parte de arriba del tramo de escaleras de la derecha, hay dos letras pintadas en el suelo: *VG*. —Corrió al otro lado—.

Yendo hacia la izquierda, al final del pasillo hay una *G* mayúscula pintada con espray delante de lo que parece ser una puerta.

—¿Una puerta? —preguntó Faith—. ¿No hay ventanas?

—No, solo puertas. Cinco a la derecha, tres a la izquierda. Luego hay otras cuatro delante de la escalera y tres en el vestíbulo, detrás del rellano, donde se bifurcan las escaleras. —Miró hacia abajo desde la barandilla—. No sé qué representa. ¿El vestíbulo de un hotel? Will pensaba que podía ser una sinagoga o…

—Espera —dijo Faith—. Todo eso me suena. Es un atrio.

CAPÍTULO 23

Miércoles, 7 de agosto, 09:58 horas

—Faltan dos minutos, hermanos. —Dash echó hacia atrás la corredera de su Glock para asegurarse de que había una bala en la recámara—. Recordad nuestra causa, hermanos. Recordad los sacrificios que han hecho nuestras familias para que estemos hoy aquí.

Se oyeron murmullos de asentimiento. Estaban todos asustados, eso era evidente, pero también era evidente que estaban dispuestos a hacer todo el daño que pudieran.

—Lo que vamos a hacer hoy es el primer paso para limpiar este país de alcahuetes y perros de mala casta —dijo Dash—. Debemos destruir esta sociedad corrupta para reconstruirla como los Padres Fundadores querían que fuese. Este país renacerá. *Renaceremos*. Ese es nuestro mensaje. Nos bañaremos en la sangre de los corderos y esparciremos nuestra semilla en el desierto.

—¡Sangre y patria! ¡Sangre y patria! —comenzaron a corear los hombres.

Will miró su reloj.

Las 09:58.

Cinco furgonetas negras. Cuarenta hombres armados.

Repasó mentalmente lo que supuestamente iba a ocurrir cuando llegaran a su destino.

503

El Equipo Uno, el grueso de los efectivos, entraría primero. Carne de cañón, había dicho Dash que eran. Will deducía de ello que había fuertes medidas de seguridad en el lugar del asalto. La mitad de los hombres del equipo conseguirían entrar, quizá, en el edificio. La otra mitad sería abatida en la planta baja.

Entonces era cuando debía intervenir el Equipo Dos.

Bravo, hacia VG. Charlie, hacia G.

Will no podía permitir que el equipo llegara tan lejos. Tendría que eliminar al mayor número de hombres posible antes de que cruzaran la entrada del edificio.

Eliminar…

No conseguía reducir a aquellos hombres al papel de víctimas colaterales. Iba a tener que dispararles en el pecho, en la espalda, en la cabeza. No eran dianas de papel con círculos pintados en el cuerpo. Había pasado las últimas dieciséis horas con ellos. Conocía los nombres de algunos, lo que les gustaba y lo que no, sus chistes malos y de dónde procedían.

No tenían ni idea de que se disponía a matarlos.

—Maldita sea. —A Dobie le sudaban tanto las manos que no conseguía tirar de la corredera de su pistola—. ¿Qué le pasa a esto?

Will miró las puertas cerradas de la furgoneta. Había colocado a propósito a Dobie a su espalda. Él sería el penúltimo en salir. Pensaba disparar a Dash y abatir luego al resto de Bravo y Charlie cuando echaran a correr.

La furgoneta se detuvo con una sacudida y retrocedió bruscamente, quemando rueda.

Will echó una ojeada al reloj.

Las 09:59.

—Tranquilos, hermanos —dijo Dash.

Se bajaron todos las capuchas negras, se abrocharon los cascos. Will se desabrochó la camisa. Sacó el pañuelo blanco de Sara. Su única esperanza de que no le dispararan los buenos era atárselo alrededor del cuello.

La furgoneta se detuvo con un chirrido de neumáticos.

—¡Todavía no, hermanos! —dijo Dash.

Otra furgoneta se detuvo a su lado. Y luego otra. Cuatro en total. El momento de las arengas y las plegarias había pasado. Se abrieron las puertas de golpe. Se oyeron pasos precipitados golpeando el cemento. Y un instante después disparos: rifles, Glocks, el *pa-pa-pa-pa* de las detonaciones mezclado con gritos de hombres y mujeres. El eco de su pánico resonó en los oídos de Will.

Gerald aporreó un lado de la furgoneta.

Will se ató el pañuelo alrededor del cuello. Su latido cardiaco se convirtió en un cronómetro.

Tic, tic, tic.

Se abrieron las puertas.

La luz del sol lo cegó. Will entornó los ojos. Vio una acera, unas escaleras de cemento. Una pradera de césped segado con esmero y árboles altos. Altas columnas blancas sosteniendo una cornisa.

Bravo y Charlie ya estaban en marcha.

Will asestó un codazo en la cara a Dobie. El chico se golpeó en la cabeza contra la furgoneta y se desplomó.

—¡Vamos, vamos, vamos! —gritaba Dash mientras disparaba su AR-15 apoyado en la cadera.

Will se sintió suspendido en el aire al saltar de la furgoneta. Vio por primera vez el objetivo. La centelleante bóveda dorada. El pórtico de cuatro alturas. La arquitectura neoclásica. Las alas este y oeste que albergaban las cámaras legislativas.

Estaban en el Capitolio del Estado de Georgia.

—¡Vamos! —Gerald parecía poseído por una rabia exultante.

Disparó a uno de los policías del Capitolio. Una neblina roja brotó de la cabeza del hombre abatido. A otro le disparó en el estómago. La bala fue a incrustarse en la pared de arenisca. Los civiles gritaban, salían corriendo por la puerta, cruzaban la pradera agachados. Gerald abrió fuego contra ellos. Decenas, quizá cientos de personas se arrojaban a ciegas contra un muro de balas.

Will disparó a Gerald en la cara.

Detrás de él, una mujer gritó.

—¡Fuera de aquí! —Will la apartó de un empujón.

Buscó a Dash, escudriñando caras, disparando a cualquier hombre con capucha negra que viera. Una bala pasó silbando junto a su cabeza. Will agarró el casco del policía muerto y se lo puso. Tiró el rifle. Desenfundó la Sig Sauer. Con la Glock, disparó a otro encapuchado. Un tipo trajeado chocó contra él.

—¡Apártese! —gritó Will dándole un empujón.

Por las puertas del edificio salía tanta gente que se vio arrastrado hacia la acera. Dando media vuelta, trató de encontrar un objetivo. Disparó a otro encapuchado y luego a otro. Apuntó a un tercero. Los ojos del hombre se dilataron.

Daryl.

Le gustaba pescar. Su mujer lo había abandonado hacía dos años. Sus hijos nunca contestaban al teléfono cuando los llamaba.

Will le disparó en el pecho y se volvió hacia el siguiente encapuchado, y luego hacia el siguiente.

Oliver, que odiaba el chocolate. *Rick*, al que le encantaban los bulldogs franceses. *Jenner*, que se había pasado toda la noche preguntando, nervioso, qué hora era.

Pecho. Pecho. Cabeza.

—¡Por favor! —gritó una mujer.

La Glock de Will casi le tocaba la cara. La corredera estaba echada hacia atrás. La pistola, descargada.

—Corra —gruñó Will.

Dejó caer el cargador y metió uno nuevo.

¿Dónde cojones estaba Dash?

Observó los alrededores de la entrada. Vestidos azules y trajes negros y corbatas rojas, y sangre y hueso y materia gris chorreando por las aceras y manchando la hierba. Vio cadáveres caídos sobre los lechos de flores, recostados contra los árboles, apoyados en los monumentos a generales confederados y segregacionistas.

De Dash no había ni rastro.

Cruzó la puerta de cristal hecha añicos y corrió al interior del Capitolio.

Cuerpos, desperdicios, caos. Las ventanas del claristorio de la bóveda inundaban de luz el atrio de cuatro plantas. A su alrededor volaban las balas. Will se pegó a la pared. Notó el frío mármol en la espalda. Había numerosos cadáveres esparcidos por el suelo. En su mayoría, civiles. Seis encapuchados habían sido abatidos al pie de la escalera, lo que significaba que una docena, o incluso dos, podían haber llegado a la primera planta. O quizá a la tercera, donde se reunían los diputados en un gran salón forrado de paneles de roble. O a la cuarta, donde había un mirador.

Para *limpiar el país de alcahuetes y perros de mala casta.*

Will oyó el crujido de unos pasos tras él. Se giró bruscamente.

Varón negro. Traje azul. Manos en alto.

Will lo empujó hacia la salida y se giró de nuevo. Había otros tres hombres agazapados junto a una puerta cerrada. Políticos con banderitas americanas en la solapa. Arañaban la puerta silenciosamente, suplicando que los dejaran entrar. Uno de ellos se sujetaba el brazo con fuerza. Le corría sangre entre los dedos.

Will le hizo señas de que avanzaran hacia la salida. Aguzó el oído, tratando de oír algo entre los pasos precipitados de aquellos hombres.

Los disparos se habían detenido momentáneamente.

Will observó la amplia sala, que tenía las mismas dimensiones que el falso edificio del campamento. Observó los tres niveles de galerías en busca de Dash. Se agachó cuando un súbito tableteo de disparos resonó en el atrio. El Equipo Uno había llegado a la Cámara de Representantes. Las cámaras del Senado estaban al otro lado de la bóveda. Will comprendió por el eco lejano de las detonaciones que los asaltantes habían llegado a ambos lados.

Cruzó el vestíbulo diáfano agazapado, pasando por encima de cristales rotos y cuerpos caídos. La gran escalera se alzaba en el centro. Mármol labrado, alfombra roja, frisos de madera. Papeles, zapatos, gafas rotas, charcos de sangre, trozos de dientes y hueso. Gargantas cortadas. Cadáveres amontonados donde una sola bala había matado a dos, a tres, incluso a cuatro personas.

Dos mujeres heridas sollozaban en la escalera. Al ver a Will, se agazaparon, aterrorizadas. Un ayudante del *sheriff* se había hecho un torniquete con el cinturón para detener la hemorragia de la herida que tenía en la pierna. Apuntaba a Will con su arma, pero el cargador estaba vacío. Su dedo no paraba de apretar el gatillo. El rápido *clic, clic, clic* del martillo de la pistola parecía replicar el latido del corazón de Will.

Subió al descansillo a paso rápido, como había hecho durante las prácticas en el campamento.

Aquellas dos letras, *VG*, pintadas con espray, indicaban el camino al despacho del vicegobernador.

La *G* significaba «gobernador».

El equipo Bravo había sido abatido antes de que lograra llegar a la puerta. Sus miembros tenían el pecho desgarrado por disparos de escopeta. Jirones de espuma blanca sobresalían de sus chalecos acolchados. A un hombre le faltaba parte de la mandíbula. A otro, un brazo. Will pasó por encima de una mano amputada que seguía aferrando uno de los cuchillos de caza con hoja de veinte centímetros que llevaban todos los *hermanos* en el cinto.

El equipo Charlie no estaba a la vista. Will avanzó agazapado hasta lo alto de la escalera, parapetándose detrás de la ancha balaustrada de mármol. Estaba a punto de asomarse a la esquina cuando un ruido de disparos le hizo echarse hacia atrás.

Los disparos procedían del piso de arriba. Las balas crepitaban como brasas encendidas. Los restos del Equipo Uno. Estaban rematando a los supervivientes de la Cámara de Representantes, o bien alguien había encontrado un arma y había abierto fuego contra ellos.

Dash ya estaría en el despacho del gobernador, apuntándole a la cabeza con un arma. Haciendo exigencias.

Poder blanco. Muerte a los alcahuetes. Sangre y patria.

Will intentó otra vez asomarse a la esquina de la balaustrada.

Se topó de bruces con el cañón de un revólver Smith and Wesson de cinco balas.

Amanda.

Estaba a punto de apretar el gatillo cuando reconoció a Will. Muy despacio, apoyó el dedo en el guardamonte. Will vio que abría la boca para tomar aliento.

Él se guardó la Glock, pero siguió empuñando la Sig Sauer. La galería estaba vacía. No había encapuchados, ni civiles agazapados tratando de esconderse. Ni tampoco policías, salvo ellos dos.

Los disparos habían cesado. En el atrio reinaba un silencio sepulcral. La luz procedente de los altos ventanales parpadeaba, interrumpida por el paso sucesivo de cuerpos en movimiento. Los SWAT estaban en el tejado. Will oyó sirenas a lo lejos.

—¿Dónde está Dash? —preguntó Amanda.

Will buscó con la mirada la puerta cerrada del despacho del gobernador. Dos agentes de la Patrulla de Carreteras montaban guardia, armados con escopetas. Uno de ellos estaba herido. Tenía en el bíceps un agujero del que brotaba un hilo de sangre.

—¿Will?

Él sacudió la cabeza, tratando de entender lo que estaba pasando. La última vez que había visto a Dash, había sido frente a la furgoneta. Los civiles salían en tromba del edificio. Gerald mataba a tantos como podía. El rifle de Dash emitía fogonazos al disparar. Disparaba desde la cadera, no desde el hombro. Gritaba a sus hombres que siguieran avanzando. Entonces, la oleada de gente que salía por las puertas envolvió a Will, obligándolo a proteger a los civiles en vez de matar a Dash. Cuando volvió a buscarlo con la mirada, había desaparecido.

La verdad pura y dura fue como un puñetazo en el pecho.

—Es un cobarde, no un luchador. No tenía intención de entrar.

Bajó corriendo las escaleras, saltando los peldaños de tres en tres. Cruzó el vestíbulo de mármol sorteando cadáveres y, atravesando la puerta de cristal roto, se lanzó a la luz del sol.

De un salto, bajó la escalinata de cemento. Giró sobre sí mismo frenéticamente, buscando a Dash. Lo que vio le puso enfermo.

El parque que rodeaba el Capitolio se había convertido en un paisaje dantesco. La gente gemía, lloraba, gritaba. Las balas habían rasgado la carne, arrancado ojos, abiertos pechos de los que manaba la sangre.

Will vio a Dash al otro lado de la pradera este.

Un gran cornejo le daba sombra. Estaba de rodillas, pero no porque le hubieran disparado. Registraba ansiosamente los bolsillos de los muertos.

Aquel psicópata que lo había planeado todo con tanto cuidado, que había hecho entrenar a sus hermanos hasta hacerlos entrar en trance, que los había enviado al matadero, no se había detenido a pensar cómo escaparía de allí sin tener las llaves de un coche.

Will levantó la Sig Sauer y le apuntó al corazón.

—¡Alto! —gritó.

Dash levantó la cabeza bruscamente.

—¡Policía! —gritó Will—. ¡Los brazos en alto!

Dash se echó al suelo. Will hizo dos disparos antes de darse cuenta de lo que se proponía. Se había rodeado de heridos. Agarró a una mujer por el brazo y tirando de él la obligó a ponerse de rodillas para parapetarse tras ella. La mujer estaba herida en la pierna. Dash le apretaba el machete contra la garganta, tan fuerte que el cuello de la blusa blanca de la mujer se manchó de sangre.

El terror se había apoderado de sus facciones. Había dejado atrás el primer momento de temor y se hallaba paralizada por la amenaza de una oscuridad absoluta.

—Suéltala. —Will echó a andar hacia Dash, apuntándole con la Glock y la Sig Sauer—. Inmediatamente.

—Dos armas —dijo él, escondiendo la cara tras el hombro de la mujer—. ¿Crees que acertarás, Wolfie?

Cuatro pasos más y Will acabaría con él de un disparo.

—Creo que puedo matarte antes de que te dé tiempo a respirar.

—¡Eh, capullo! —gritó Dobie.

Trozos de cemento salpicaron la cara de Will.

Dobie le estaba disparando. La segunda bala pasó de largo. La tercera rompió una ventana. Si Will no estaba ya muerto era porque el retroceso del rifle había lanzado a Dobie contra la furgoneta.

Se refugió detrás de una papelera metálica mientras Dobie avanzaba agazapado.

—¡Sal, cobarde de mierda! —gritó el chico.

Will siguió apuntando con la Glock a Dash. Dirigió la Sig hacia Dobie. Sus brazos formaron un triángulo entre los tres.

—¡Suelta el rifle, Dobie! —gritó—. ¡Vamos!

—Que te den, gilipollas. —El chico estaba al descubierto, con el arma apoyada en el hombro.

Los SWAT estaban en el tejado del edificio. Amanda, armada con su revólver, en la entrada. Las sirenas bramaban calle abajo. Había cadáveres por todas partes. Alguien iba a matar a aquel chico.

—¡No disparéis! —Will oyó su propia voz, rasposa como una aguja en un disco de vinilo—. ¡Soy del GBI! ¡Alto el fuego!

Dash sonreía, regodeándose en el horror. Había visto a los agentes armados avanzando por la calle, a los francotiradores en el tejado. Estaba a la sombra de un árbol, de rodillas, parapetado tras el cuerpo de una rehén.

Will era el único que le tenía a tiro.

—Dobie —dijo Will sin dejar de apuntar a Dash con la Glock—. Por favor, Dobie —le suplicó al chico—, baja el rifle.

—¡Voy a matarte, cerdo de mierda! —Dobie estaba furioso, ardía de rabia por su traición—. ¡Éramos amigos!

—Seguimos siendo amigos, Dobie. —Will se levantó, detrás de la papelera. Esperó a que una bala de Dobie o de los SWAT le alcanzara. Al no sentir ningún disparo, dio un paso hacia el chico, y luego otro. Sin apartar los ojos de Dash, fue alejándose de él—. Dobie, deja el rifle en el suelo, por favor.

—¡Que te jodan!

Dash tenía una sonrisa tan ufana que Will deseó meterle un balazo entre los dientes. El cuchillo seguía oprimiendo la garganta de la mujer, en cuya cara se mezclaban la sangre y las lágrimas. Intentaba no respirar, mantenerse lo más quieta posible.

Will hizo algunos cálculos. Dash llevaba una Glock en el cinto. En cuanto él desviara la mirada, degollaría a la mujer, sacaría el arma y le dispararía.

Era evidente que Dash se hacía los mismo cálculos. Su sonrisa no flaqueó.

—Una situación difícil, hermano —le dijo a Will.

Will asintió una sola vez con la cabeza como si estuviera de acuerdo. Dash ignoraba, sin embargo, que Amanda estaba junto a la puerta hecha añicos. Ignoraba que desde su puesto disponía de un ángulo más propicio para dispararle a la cabeza. Ignoraba que tenía mejor puntería que Will.

—¡Mírame, joder! —exigió Dobie.

Will mantuvo los ojos fijos en Dash mientras seguía acercándose al chico. Vio lo que sin duda estaría viendo Amanda: que no solo tenían que preocuparse por la rehén. Había decenas de personas detrás de Dash, civiles inocentes, cuerpos mutilados esparcidos como pecios por la pradera del Capitolio.

Alcahuetes y perros de mala casta.

Secretarios. Políticos. Agentes de policía. Conserjes. Asistentes.

—¡Me mentiste! —gritó Dobie, rabioso—. ¡Joder, confié en ti y me mentiste!

—Por favor. —Will estaba solo a unos pasos de él. Se volvió para mirar al chico a los ojos, consciente de que estaba ofreciéndole el pecho a Dash como una diana—. Se acabó, Dobie. Por favor, baja…

La bala del francotirador partió en dos la cabeza de Dobie.

El chico levantó los brazos. El rifle cayó al suelo.

Will se giró, pero aun así sintió el olor cobrizo de la sangre en el aire, notó que cubría su piel como un delicado lienzo de encaje.

El sonido que hizo el cuerpo de Dobie al caer al suelo le pareció un golpe mortal infligido a su propio cuerpo.

Miró la acera. Un reguero de sangre rodeaba sus botas. Sangre de Dobie. Manchaba sus brazos, impregnaba su barba.

Alzó la vista.

Dash no se había movido. Seguía parapetado detrás de la mujer, con la cabeza agachada detrás de su hombro. La Glock seguía en su cinto. Su semblante conservaba la misma expresión de burlona soberbia.

No había matado a la rehén ni había tratado de matar a Will porque quería algo.

Will adivinó qué era ese algo antes de ver la respuesta. La gente empuñaba sus móviles, grabando la escena. Aun con las manos manchadas de sangre y rodeados de cadáveres, seguían grabando.

Will se limpió la sangre de Dobie de los ojos con el brazo.

—Suelta a la mujer —le dijo a Dash.

—Me parece que no, hermano. —Dash agarró con más fuerza a la rehén. Ella ahogó un grito, pero no se movió—. Esta mañana me encuentro sin mis ángeles. Necesitaremos nuevas hermanas para multiplicar el rebaño.

Will sintió que apretaba los dientes. Las mujeres del campamento. Esa mañana, solo Gwen les había servido el desayuno. La comida estaba fría. ¿Se debía quizá a que las mujeres que preparaban la comida, que lavaban la ropa y traían hijos al mundo estaban muertas, todas ellas?

—La causa exige pureza, hermano —continuó Dash—. Un linaje sin mácula. Hemos de dar ejemplo. Limpiamos el mundo empezando por nosotros mismos. Marchamos triunfantes por las últimas viudas de la revolución.

—Las mujeres —dijo Will—. Los niños. ¿Están…?

—Han sido purificados. —La mueca de Dash se había convertido en una amplia sonrisa—. De vez en cuando hay que abonar el árbol de la libertad con sangre de patriotas y tiranos. Es su estiércol natural.

Will no podía respirar. El calor traspasaba su piel. Tenía el cerebro en llamas.

¿Había sacrificado a Sara?

—Esas palabras las pronunció Thomas Jefferson —prosiguió Dash—, el padre de la Declaración de Independencia y uno de los hacedores de nuestra Constitución.

Will parpadeó para quitarse la sangre de los ojos.

—¿Los has matado? Dime si...

—Me llamo Douglas Shinn. Soy el líder del Ejército Invisible de Patriotas Americanos. —Dash había girado la cabeza y hablaba directamente a las cámaras—. Como profeta elegido por Martin Elias Novak, llamo a los hombres blancos de este país a contemplar nuestros actos y regocijarse en la matanza provocada por el IPA. Uníos a mí, hermanos. Uníos a mí para recuperar el lugar que nos corresponde como hombres. Recibiréis como recompensa más riquezas de las que podáis imaginar y la compañía de excelentes mujeres blancas.

¿Sara?

—Debemos librarnos de los perros de mala casta, de los negros y los morenos infestados de enfermedades y desesperados que violan y asesinan a nuestros hijos.

Will miró el cuello de la rehén. Fino, como el de Sara, y con el mismo hueco delicado en la base.

—Uníos a mí en la tarea de devolver el mundo a su orden natural, hermanos. Coged las armas. Levantad los puños. Que el mundo sepa que no nos vamos a acobardar.

Will deslizó el dedo por el flanco de la Glock, hasta el gatillo. Lo único que importaba era el cuchillo apoyado en la garganta de la mujer. Su hoja pulida reflejaba el azul del cielo. La sangre que manaba de la herida era roja oscura. Will concentró la mirada en la hoja de acero. La mano de Dash no temblaba. No había miedo dentro de él. Estaba exactamente donde quería estar: en el centro de los focos.

—Hoy, hermanos —continuó, hablando para las cámaras—, hemos firmado nuestro nombre con sangre en el suelo del Capitolio. Nos hemos sacrificado por el bien común. Que todos los alcahuetes y los perros de mala casta vean nuestro valor en la batalla. ¡Sangre blanca! ¡Poder blanco! ¡América blanca! ¡Siempre!

La punta del machete comenzó a moverse.

Will apretó el gatillo.

Un gemido agudo inundó sus oídos al estallar la pólvora. El fogonazo del cañón le cegó momentáneamente. Sintió el calor del casquillo vacío que salió expelido por un lado de la Glock.

El gemido dio paso a un grito penetrante. La rehén se alejaba frenéticamente, arrastrándose. Sostenía en la mano el cuchillo de Dash.

Dash estaba tumbado de lado, los ojos desorbitados, la boca abierta de par en par.

Aún estaba vivo.

El disparo de Will se había desviado siete centímetros del blanco. La bala le había arrancado el cuero cabelludo por encima de la oreja. La sangre manaba como agua, cayendo al suelo.

Sangre y patria.

Will miró al hombre caído a través de la mira de la Glock. Vio, enmarcados entre las muescas metálicas de la mira, el blanco cráneo de Dash, los vasos sanguíneos rotos, la grasa amarillenta y los negros folículos del pelo.

Dash se llevó la mano a la herida. Palpó el profundo tajo. El hueso suave. La mirada vidriosa de sus ojos se apagó. Se tumbó de espaldas, sujetándose la cabeza con las manos.

—¡Joder! —gritó—. ¡Joder!

Amanda le sacó la Glock del cinto, le puso las esposas. Se había quitado la chaqueta y, puesta de rodillas, envolvía con ella la cabeza de Dash.

Will debería ayudarla. A su alrededor, por todas partes, había gente sufriendo. El parque se había convertido en un cementerio. Pero él no podía moverse. Su cuerpo se había vuelto de granito.

Las mujeres del campamento. Los niños. Dobie.

¿Sara?

Seguía apuntando a Dash a la cabeza, con el dedo todavía en el gatillo y los codos ligeramente flexionados para absorber el retroceso del arma. Aún tenía los pies separados en posición de disparo porque su cuerpo seguía queriendo disparar a aquel hombre y acertar esta vez.

—Wilbur —lo llamó Amanda.

Will sorbió por la nariz. El sabor de la sangre de Dobie se le vino a la boca, se le pegó a los dientes, se asentó en sus pulmones. Sentía que, entre su cerebro y su dedo, sus músculos forcejeaban oponiéndose unos a otros mientras trataba de hallar un solo motivo para no matar a Dash a sangre fría.

—Sara está bien —dijo Amanda—. Faith ha hablado con ella por teléfono. Está perfectamente.

¿Sara?

—Will —repitió Amanda—, respira.

Una imagen excitaba insidiosamente su rabia, como agua lamiendo el costado de un barco.

Ya no estaba allí. El Capitolio, la hierba, los árboles, todo se esfumó.

Estaba en el apartamento de Sara, de pie. Ella iba a besarlo por primera vez.

Pero eso era un error.

Debería haberla besado él primero, hacía muchísimo tiempo, pero no estaba seguro de que ella quisiera que la besara, y no sabía dónde poner las manos, y estaba tan nervioso y tan asustado, y tan cachondo, que con solo pensar en lo suave que sería su boca sentía una sacudida en cada fibra de su ser.

Sara había acercado la boca a su oído y había susurrado: «Respira».

—¿Wilbur? —Amanda chasqueó los dedos.

Fue como si se encendiera una luz.

El Capitolio. La hierba. Los árboles. Los monumentos.

Abrió la boca. Sus pulmones se llenaron de aire. Apartó el dedo del gatillo.

Guardó la pistola en su funda.

Hizo un gesto afirmativo mirando a Amanda.

Ella también asintió.

Will siguió cobrando conciencia de lo que sucedía a su alrededor. Había equipos de rescate por todas partes. Los camiones de bomberos bramaban. Rugían las sirenas. Equipos de emergencias. Policía de Atlanta. Ayudantes del *sheriff*. Patrulla de Carreteras. Todos los agentes de policía situados en las inmediaciones habían acudido de inmediato al oír el tiroteo.

La caballería…

—Recibimos el aviso con tres minutos de antelación gracias a Faith y Sara —dijo Amanda—. Conseguimos desalojar y poner a cubierto a algunas personas. Las cámaras estaban vacías, pero no estoy segura de cuántas… —Se interrumpió, pero no hacía falta que acabara la frase.

No había forma de contar los muertos. Habría decenas de ellos en la pradera. Y muchos más dentro del edificio. Incluso los heridos parecían hallarse suspendidos entre la vida y la muerte.

—¿Señorita? —dijo Dash con voz aguda y temblorosa—. Señorita, necesito ayuda. La bala me ha…

—Es una herida superficial —respondió Amanda, mirándolo fijamente—. Sobrevivirá. Al menos el tiempo necesario para que un juez lo condene.

—Por favor, señorita, usted no lo entiende. —Le castañeteaban los dientes. Tenía lágrimas en las comisuras de los ojos—. Por favor, llame al CDC. No quiero morir como murieron ellos.

EPÍLOGO

CUATRO DÍAS DESPUÉS

Domingo, 11 de agosto, 10:17 horas

La despertó el ruido de un perro bebiendo agua en el cuenco de la cocina. Entornando los ojos, miró su reloj y vio que no lo llevaba puesto. Se volvió para ver si Will estaba en la cama, pero él tampoco estaba.

Se había levantado al rayar el alba, como de costumbre. Sara le había oído remover su taza de chocolate caliente, le había oído hablar con los perros, hacer estiramientos, revisar su *e-mail*, porque la puerta del dormitorio de Will daba a la cocina y, cuando se quedaba a dormir en su casa, Sara nunca conseguía quedarse en la cama hasta tarde.

Se acercó la almohada de Will a la cara. Aún sentía su olor en las sábanas. Tras pasar horas innumerables en su celda de la cabaña, imaginando todas las formas en que iba a follárselo, esas tres últimas noches no había podido hacer nada, salvo llorar en sus brazos.

Él parecía contentarse con abrazarla. Sara sabía que todavía le atormentaba la muerte de Dobie. El hecho de que incluso le

518

hablara de ello era una prueba del estado de agitación en que se hallaba. Le obsesionaban los «síes»: lo que podría haber pasado si él hubiera disparado a Dash antes de que se abrieran las puertas de la furgoneta; si le hubiera pegado un tiro frente al Capitolio en vez de tratar de alejar a la gente del peligro; si sus dos disparos no hubieran fallado cuando al fin localizó a Dash en la pradera del Capitolio.

Si hubiera conseguido que Dobie soltara el rifle antes de que el disparo del francotirador pusiera fin a su corta vida llena de odio.

Aunque Sara estaba de acuerdo con las decisiones que había tomado, no había tratado de argumentar sus actos, ni de aliviar su sentimiento de culpa. Sabía que eso tenía que hacerlo él por sí solo. Sabía por experiencia que muchas veces una decisión ponderada y racional podía tener resultados nefastos. Ella siempre llevaría dentro el recuerdo de todos los pacientes que había perdido. Ahora, Benjamin, Grace, Joy, Adriel, todos aquellos trocitos de confeti blanco, se habían sumado a las almas que habitaban para siempre en su corazón.

Miró el reloj que había junto a la cama.

Las 10:21.

Dentro de dos horas tenían que reunirse con su familia para comer. Llevaba demasiado tiempo refugiada en casa de Will. Había querido esconderse del alud de información minuto a minuto que su padre veía sin parar en las noticias.

Eddie estaba obsesionado con saber más cosas acerca de Dash. De Gwen y de Martin Novak. De los *hermanos* que habían sobrevivido y que seguían propagando su mensaje de odio racista y misógino ante cualquier periodista que acercara un micrófono a sus feas bocazas.

Cuarenta y seis muertos en el Capitolio. Noventa y tres heridos. Todos los supervivientes contagiados de botulismo a causa de las balas infectadas. Todos ellos, tratados con HBAT.

Incluso Dash.

Afortunadamente, las comidas de Air Chef no habían provocado ningún contagio. Los recipientes de aluminio aún se hallaban en la cinta transportadora cuando el FBI irrumpió en las instalaciones de la empresa. Los análisis subsiguientes habían demostrado que el fondo de cada bandeja estaba recubierto por una capa de toxina. Si aquella comida se hubiera procesado y hubiera llegado a los aviones, todos los pasajeros que la hubieran ingerido, en cualquiera de los miles de vuelos que salían de Hartsfield, se habrían contagiado.

Los investigadores daban por sentado que Dash había llevado a Michelle Spivey al aeropuerto aquel día con intención de hacer saltar por los aires las reservas estratégicas de HBAT. Sin la antitoxina, habría habido incontables muertes. La toxina del botulismo era de acción lenta e impredecible. Como había dicho Dash, ni siquiera los historiadores habrían podido aventurar una cifra final en el futuro. Sara podía imaginar lo furioso que se había puesto Dash cuando Michelle se desplomó cuando se hallaba a escasos metros de completar su misión.

O quizá no se había puesto furioso.

Quizá, para cuando llevaron a Michelle al hospital de Emory, ya se había persuadido de que la antitoxina carecía de importancia. Tenía dos bombas listas para estallar. Y un aparcamiento en el que había un trasiego constante de personal sanitario y visitas.

Hermanos, pasemos al plan B.

Sara se preguntaba, sobre todo, cómo había conseguido Dash un frasco de HBAT. Gwen había reconocido la antitoxina, lo que significaba que Dash sabía que estaba allí y que probablemente guardaban una provisión de emergencia por si se infectaban accidentalmente. Era una sustancia sometida a controles muy estrictos, que solo el Departamento de Seguridad Nacional y el CDC podía poner a disposición de la población civil.

Beau Ragnersen le había brindado por fin la respuesta: el suero HBAT procedía de su alijo personal.

En tiempos de Sadam Husein, el ejército iraquí había producido diecinueve mil litros de toxina botulínica. Diez mil litros de la toxina habían ido a parar a bombas aéreas, obuses y misiles. Habían probado la eficacia de la neurotoxina en prisioneros de guerra iraníes. Desde entonces, las remesas de medicamentos del ejército estadounidense contenían también, por protocolo, una provisión de HBAT. Beau Ragnersen había robado una caja en Afganistán y se la había traído a casa de recuerdo. Además de la antitoxina, tenía tratamientos para todo, desde el envenenamiento por cloro al ántrax. Aunque negaba haber colaborado con el IPA, el hecho de que les hubiera suministrado la antitoxina bastaba para imputarle numerosos cargos de asesinato en primer grado y conspiración para cometer dos actos de terrorismo.

Amanda creía que solo era cuestión de tiempo que empezase a decir la verdad.

Will, en cambio, opinaba que se dejaría llevar por su nihilismo y aceptaría la pena de muerte.

Sara se tumbó de espaldas y miró el techo. Las caras de los niños enfermos del barracón se agolpaban ante sus ojos. Benjamin, Adriel, Martha, Jenny, Sally. Los ojos infectados, la nariz mocosa, la tos seca. Probablemente habrían sobrevivido todos al brote de sarampión, aun con secuelas duraderas.

Se preguntaba cuándo había decidido Gwen que no valía la pena salvarlos. Como en el caso de Tommy, no había querido malgastar *suministros* en casos que no tenían cura. La maleta que guardaba en el coche estaba llena de medicamentos que había sacado del barracón. En el maletero llevaba varios vestidos blancos, además de una lista de hoteles situados entre el norte de Georgia y Arizona, donde por lo visto tenía previsto reunirse con Dash una vez entregado el mensaje. Un nuevo campamento. Hermanas y hermanos nuevos. Nuevos hijos.

Si lo hubiera pensado detenidamente, se habría dado cuenta de que Dash pensaba deshacerse de ella. Los partos sucesivos, la falta de cuidados médicos y apoyo nutricional, las exigencias constantes de la lactancia y el embarazo, prolongadas durante tantos años, habían agotado su capacidad de darle más hijos a Dash.

Hermana, pasemos al plan B.

Sara no se regocijaba de la muerte de Gwen, pero tampoco podía lamentarla. Finalmente, tras una vida entera de abusos a manos de Martin Novak y posteriormente de Dash, y tras ofrecer a sus propias hijas y a todo el campamento como víctimas propiciatorias, se le habían agotado los recursos para abastecer a los hombres que dominaban su vida.

Esther. Charity. Edna. Grace. Hannah. Joy. Adriel.

Se había hecho la autopsia a todos los menores del campamento, y todos mostraban signos de abuso sexual y maltrato físico.

Sara se tapó los ojos con las manos. A ella también la obsesionaban los «síes»: si se hubiera dado cuenta de lo que podían significar los párpados caídos, la parálisis, las dificultades del habla; si se hubiera enfrentado a Gwen; si le hubiera parado los pies a Dash; si hubiera logrado entrar en el invernadero y destruir la toxina antes de que pudiera infectarse alguien más.

Si, si, si…

Conocía el botulismo desde que era niña, pero solo de una manera muy vaga. Cathy hacía conservas de verduras todos los veranos. A Sara y a su hermana les interesaba más discutir quién se encargaba del termómetro que preguntar por qué había que controlar la temperatura.

En la Facultad de Medicina, había aprendido que la hipotonía —conocida coloquialmente como el «síndrome del bebé fofo»— podía ser un indicador de botulismo infantil, pero los síntomas —letargia, dificultades para deglutir, llanto alterado, flacidez y parálisis muscular— eran difíciles de extrapolar a adultos.

Solo recordaba haber leído en otra ocasión acerca de la

neurotoxina, en un artículo del *Boletín del Colegio de Patólogos Forenses*. Un preso había fallecido sin motivos aparentes. Los guardias encontraron bajo su litera una bolsa de vino fabricado clandestinamente en prisión. Aquel brebaje se había fermentado mezclando patatas, un puñado de caramelos y un trozo de pan metido dentro de un calcetín. La bolsa sellada y las bajas temperaturas habían dado lugar al botulismo.

La perrita de Will ladró en la cocina. Sus ladridos resonaron en el minúsculo pasillo que llevaba a la habitación. Sara oyó que Betty empujaba con la cabeza la tapa de la trampilla para perros, como todas las mañanas. La chihuahua usaba la trampilla para entrar en la casa, pero se negaba a usarla para salir. Empujaba la tapa hasta que Will o Sara se levantaban y le abrían la puerta.

Betty volvió a ladrar.

Sara cerró los ojos. Trocitos de confeti blanco surcaron flotando sus párpados.

Se levantó y le abrió la puerta a Betty. La tele de la cocina estaba encendida, con el volumen apagado.

Gwen y Martin Novak aparecían de nuevo en pantalla. Sara se alegró de no tener que oír a Novak hablando por teléfono desde su piso franco. El ladrón de bancos se estaba aprovechando a lo grande de los derechos que le concedía la Primera Enmienda, unos derechos otorgados por el mismo sistema legal que, según él, sufría una corrupción irreparable.

En la televisión, el viaje a México aparecía documentado con mapas y fotografías. La MSNBC había localizado al inspector jefe Jorge García, que se mostró más que dispuesto a hablar de los pederastas estadounidenses a los que había echado a patadas de su país.

La imagen cambió antes de que Sara pudiera apartar la mirada.

Se llevó la mano a la garganta.

Dash.

En el letrero de abajo figuraba su verdadero nombre...

Douglas Alejandro Shinn.

Sara apagó la televisión. Ya conocía esa historia.

Todas las conjeturas de Faith habían resultado equivocadas. El apodo de Dash procedía de sus iniciales. Se llamaba Douglas por su padre. Alejandro, por su madre. Y Shinn derivaba de una palabra que en inglés medieval significaba «pellejero».

El engolamiento con que hablaba Dash y sus escasos conocimientos de historia de Estados Unidos tenían por fin explicación. Su padre tenía más de sesenta años y trabajaba en una empresa petrolera estadounidense en la cuenca del Neuquén, en Argentina, cuando conoció a su madre, a la que le doblaba la edad. Se casaron en 1972. Al año siguiente nació Dash. La familia vivió doce años en Hispanoamérica antes de trasladarse a Texas, donde Dash llevó una anodina existencia de chico de clase media alta.

Todo lo cual hacía aún más incomprensible su odio por los inmigrantes y las minorías. Aquel hombre encarnaba todo lo que, según él, estaba arruinando América.

No eres tú, hermano. Son los demás.

A los diecisiete años, Douglas Alejandro Shinn fue arrestado en Uruguay por abusar de una niña de nueve años. A los veintitrés, la policía colombiana lo acusó de violar a una niña de doce. Se presentaron cargos contra él en otros países, pero la mayoría de ellos no llegaron a ningún sitio. El dinero de Dash y su dominio del inglés y el español le permitieron salir del paso. Utilizaba su pasaporte argentino cuando le convenía, evitando así cualquier posibilidad de que sus huellas o su ADN permitieran identificarlo como autor de algún delito cometido en Estados Unidos.

¿Era su pedofilia el origen de su rabia? Sara solo sentía desprecio y repugnancia por cualquiera que violara a un niño, pero quería entender por qué Dash, que era fruto de la unión de un estadounidense rico y una inmigrante acomodada, estaba lleno de tanto odio.

La teoría de Will señalaba a Martin Novak. Dash era aún un

adolescente cuando falleció su padre. Novak habría ocupado su lugar y animado a Dash a sumarse a sus filas ofreciéndole a su propia hija de once años.

Una de las partes más deprimentes de aquella tragedia era que, al final, Dash había conseguido lo que anhelaba: atención. El vídeo de su discurso frente al Capitolio tenía más de diez millones de reproducciones en YouTube. Su manifiesto se había hallado en el campamento y ya estaba disponible en Internet. En aquella extensa diatriba, se explayaba acerca de los temas con los que había sermoneado a Sara durante su cautiverio. El capitalismo había llevado a América a la ruina. El acceso al control de natalidad y el aborto daba demasiado poder a las mujeres. Los hombres blancos estaban quedando marginados. Las minorías se estaban adueñando del país y adulterando sus valores judeocristianos. El único modo de salvar el mundo era destruirlo.

Pero lo peor de todo, aunque no fuera ninguna novedad, era que todas las cadenas de noticias parecieran empeñadas en mostrar la *otra cara* de la moneda, como si el racismo fuera algo que había que tolerar y comprender, en lugar de condenar y repudiar. La voz rasposa de Martin Novak podía oírse a través de la línea telefónica, despotricando contra la mezcla de razas. Nazis declarados, con traje y corbata, aparecían junto a estudiosos del Holocausto y expertos en crímenes raciales como si todos ellos se hallaran en el mismo plano de legitimidad. Al parecer, sus acalorados debates eran fantásticos para los índices de audiencia y los retuits. Había memes, historias de Instagram y vídeos de YouTube en los que todo el mundo gritaba y nadie parecía recordar que eran todos estadounidenses.

En opinión de Sara, las plataformas televisivas estaban haciendo lo que mejor se les daba: mercantilizar el odio.

Betty cruzó a toda mecha la trampilla de la puerta. Sus uñas arañaron la tarima cuando dobló la esquina del dormitorio y volvió a salir para ver si los galgos de Sara estaban en el cuarto de estar. Los tabiques eran tan finos que Sara oyó el tintineo de sus collares cuando Betty se acomodó entre ellos.

Se sentó a la mesa. Practicó unos ejercicios de respiración profunda, intentando librar a su cuerpo del terremoto que se apoderaba de él cada vez que cometía el error de pensar demasiado tiempo en Dash.

Abrió su ordenador portátil.

Tenía tantos correos del trabajo que no podía contarlos. Fue pasándolos hasta que encontró uno enviado desde la dirección de Gmail de Faith. Sonrió al ver un vídeo de Emma en el que la niña pasaba tres minutos explicando la diferencia entre la *mozzarella* y el queso suizo.

Buscó sus gafas para poder leer el texto del mensaje. Faith le había copiado unas líneas del informe de la autopsia de Michelle Spivey:

> *Los análisis del tejido muscular demuestran la presencia de toxina botulínica… Niveles concentrados de HBAT en torno a las marcas de pinchazos entre los dedos de ambos pies…*

Sara se quitó las gafas mientras trataba de asimilar esa información. Michelle debía de haberse inyectado dosis mínimas de la antitoxina. Por eso estaba abierto el sello metálico del frasco de HBAT. Seguramente había adivinado desde el principio que Dash la envenenaría. O quizá se había inyectado a sí misma la toxina para acabar de una vez. Tenía una pareja y una hija que se hallaban bajo amenaza constante del IPA. Al principio, sin duda había pensado que podría engañarlos. Después, Dash había enviado a Carter a doblegarla. Las quemaduras de cigarrillos y las heridas abiertas que mostraba su cadáver eran prueba de ello. Michelle había aguantado veintinueve días, hasta que por fin le había dado a Dash lo que quería.

Otro motivo por el que Sara no soportaba ver las noticias. Los periodistas estaban obsesionados con la cuestión de la culpabilidad de Michelle. Ella había sintetizado la toxina. Había entregado a Dash un arma bacteriológica. Sara se ponía enferma cuando veía a tertulianos, comentaristas y ciudadanos de a pie asegurando que, de haberse hallado en su situación, habrían sido más fuertes que Michelle.

Más fuertes.

Había tantas personas que se creían invencibles...

Hasta que las violaban.

—¿Cariño?

Las llaves de Will tintinearon al caer en el cuenco donde solían dejarlas, junto a la puerta de la calle. Sonreía cuando entró en la cocina. La besó en la coronilla.

—Perdona, he tenido que ir al banco a sacar dinero para la comida. No quería despertarte.

Sara pasó la mano por su mejilla tersa.

—Me ha despertado Betty. Otra vez.

Él evitó cuidadosamente el tema y sacó mantequilla de cacahuete y mermelada para hacerse un sándwich: aún quedaba hora y media para la comida, y no podía aguantar tanto tiempo sin echarse algo a la boca.

Sara vio cómo se movían los nudosos músculos de sus hombros. Tenía la camisa pegada a la piel. Fuera la temperatura rozaba los cuarenta grados, pero no había forma de convencerlo de que pusiera el termostato del aire acondicionado por debajo de veinticinco grados.

Sara observó sus dedos mientras quitaba el nudo de la bolsa del pan. Pensó en cómo se habían cogido de la mano por debajo de la puerta de la cabaña.

La mano izquierda de él. La derecha de ella.

Sus dedos entrelazados. El pulgar de Will acariciándole la palma. Sus ojos cerrados mientras soñaba con besarlo, con abrazarlo, con volver a estar con él, quizá para el resto de su vida.

De pronto, la asaltó el recuerdo de otra cosa que había dicho su madre en tono sentencioso, en la cocina de Bella.

¿A qué demonios estás esperando?

—Will… —dijo.

Él masculló algo mientras sacaba un cuchillo del cajón.

—¿Por qué lo pagas todo en efectivo? —preguntó ella.

—Por costumbre, supongo. —Limpió el cuchillo con una bayeta húmeda. El lavavajillas tenía más años que ellos dos juntos—. Cuando estaba en la universidad intenté hacerme una tarjeta de crédito, pero uno de mis padres de acogida hizo un chanchullo con mi número de la seguridad social y por su culpa no me dieron crédito en el banco. Ahora seguramente me lo darían, pero que yo sepa ni siquiera tengo puntaje crediticio.

Sara estaba al mismo tiempo horrorizada y confusa.

—¿Por qué no me lo habías contado?

Él se encogió de hombros, como si reconociera tácitamente que había muchas cosas que no le contaba.

—¿Cómo conseguiste la hipoteca? —preguntó.

—De ninguna manera. —Untó mantequilla de cacahuete en una rebanada de pan—. Compré la casa al contado en una subasta por desahucio. La arreglé cuando conseguí ahorrar algún dinero más, pero el terreno vale mucho más que la casa. Y con el coche, lo mismo. Estaba quemado en un descampado. Pagué a unos indigentes para que me ayudaran a llevar el chasis por la calle. No pesaba tanto como parecía.

—Eso es… —balbució Sara, dejando la frase inacabada.

Siempre había pensado que Will era un hombre austero, más que tacaño, pero hasta entonces nunca se había puesto en su lugar en lo tocante al dinero. Ella, cada vez que había sufrido un duro golpe, había corrido a refugiarse en el seno de su familia. Will siempre había estado solo, incluso cuando su odiosa mujer andaba cerca. No podía volver a casa, porque su casa había sido siempre un hogar de acogida.

La silla en la que estaba sentada ella, la mesa, la habitación, aquella casa… eran lo único que tenía Will.

Y ella.

—No es para tanto —dijo él, inclinándose para asegurarse de que toda la superficie del pan estaba bien cubierta antes de pasar a la siguiente rebanada—. Me gusta mi coche.

—Hay un tarro de mermelada sin abrir en la nevera.

—Con esta tengo suficiente. —Will rebañó con el cuchillo la poca mermelada que quedaba en el fondo del tarro. Sonó como una campanilla del Ejército de Salvación.

—Cariño… —dijo ella.

Will refunfuñó mientras sacudía el tarro encima del pan. Cayó una gota de mermelada. Se comió el sándwich en dos bocados. Volvió a guardar el pan y la mantequilla de cacahuete en el armario y la mermelada en el frigorífico, porque aún quedaba una pizca, lo justo para untar una esquinita de una rebanada de pan.

—¿Te gusta trabajar para el GBI? —preguntó Sara.

Él asintió mientras limpiaba la encimera con la bayeta.

Ella esperó a que añadiera algo más, o al menos a que le preguntara a qué venía esa pregunta, pero entonces se acordó de que estaba hablando con Will.

—¿Por qué te gusta tu trabajo? —preguntó.

Will colgó la bayeta del grifo de la cocina para que se secara. Se volvió. Sara notó que quería decir algo, pero eso no garantizaba que fuera a decirlo.

Por fin, él se encogió de hombros.

—Me gusta la caza.

—¿La caza?

—Perseguir a los malos. Ganarles la partida. Sé que hago tonterías y que me arriesgo. —La observaba atentamente, tratando de interpretar su expresión—. Lo siento.

—¿Por qué lo sientes?

Otro encogimiento de hombros.

—¿Crees que no me he dado cuenta de lo competitivo que eres? —insistió ella—. Ni siquiera dejas ganar a la mermelada. —El semblante serio de Will fue lo único que le impidió echarse a reír—. No me sorprende en absoluto, Will. Sé que tu trabajo te satisface muchísimo. Y el hecho de que se te dé tan bien es una de las muchas cosas que me encantan de ti.

Él apoyó las manos en la encimera. Estaba desconcertado. Nunca entendía por qué Sara no le reprochaba a gritos las cosas que él creía que debía reprocharle.

—¿Cuánto dinero tienes? —preguntó ella.

Él sacó la cartera.

—¿Cuánto necesitas?

—No, me refiero a cuánto dinero tienes en total.

Cerró la cartera.

Sara encendió de nuevo su portátil. Abrió un archivo. Señaló la cifra que figuraba al pie de la hoja de cálculo.

—Estos son mis ahorros.

Will se puso pálido.

—¿Te molesta? —preguntó ella.

—Eh… —Tenía cara de querer que se lo tragara la tierra—. No me sorprende, la verdad.

—Pero ¿te hace sentir… —Sara detestó volver a acordarse de Dash—. Inferior?

—¿Inferior? —Él se inclinó y tecleó unos números en el ordenador—. Esto es lo que tengo yo. Más la casa. Es… menos.

Sara ya lo veía.

—¿Te molesta? —preguntó él, rascándose la cara como hacía siempre que estaba nervioso—. Porque, dedicándome a lo que me dedico, seguramente no va a cambiar. Porque yo no quiero el puesto de Amanda. No quiero estar encerrado clavado a una mesa.

—Sí, serías muy infeliz —repuso Sara—. Cariño, tengo muchísima suerte porque el trabajo que me apasiona además esté bien pagado, pero el salario no define el éxito. Sentirte realizado con tu trabajo, encontrar sentido a lo que haces, esa es mi definición del éxito.

—Vale. Bueno. —Él asintió, como si aquello zanjara el tema—. Debería darme una ducha antes de…

—Espera. —Sara sintió un extraño aleteo en el corazón. Se obligó a hablar antes de que pudiera arrepentirse—. Quiero que hablemos con un tasador para averiguar cuánto vale tu casa.

Él la miró sin saber qué decir.

Sara también se quedó callada. No era así como planeaba tener aquella conversación, pero al parecer ya no había marcha atrás.

—Sea cual sea la tasación, voy a gastarme la misma cantidad de dinero en reformar tu casa —dijo.

Will seguía sin reaccionar.

—No puedo quedarme durmiendo hasta tarde cuando te pones a trastear en la cocina —añadió ella.

—¿Qué? —De pronto parecía irritado—. Puedo hacer menos ruido. No hace falta que…

—Quiero tener otra planta —añadió Sara—. Quiero una bañera grande, en la que quepa más de un dedo de agua. Y necesito un armario para mí sola. Y no pienso compartir el baño contigo, así que puedes quedarte con el cuarto de invitados.

—¿El cuarto de invitados? —Él se rio—. ¿Cuántas habitaciones tiene esa mansión?

—Voy a pagar a un contratista para que se encargue de las obras.

Él pareció horrorizado.

—¿Es una broma?

—Tú puedes ocuparte de la ebanistería. Nada más. Voy a pagar a alguien para que haga el resto.

Will soltó una risa incrédula.

—Me estás tomando el pelo, ¿verdad?

—Hay otra cosa, y necesito que me escuches con atención.

—Sara esperó a que la mirara atentamente—. Si vamos a vivir juntos, el termostato lo controlo yo.

Él hizo amago de protestar, pero entonces se dio cuenta de lo que había dicho Sara.

«Si vamos a vivir juntos».

Se había quedado boquiabierto. Cerró la boca.

Betty entró en la cocina y se echó delante de la nevera. Will observó cómo se restregaba contra el suelo, de espaldas, como si ello requiriese toda su atención.

Aquel no era uno de sus típicos silencios. Algo iba mal. Sara pensó que había metido la pata y se puso colorada de vergüenza. Le había presionado en exceso y Will odiaba que lo presionaran. Acababan de pasar por un infierno. Y ella acababa de decirle que pensaba arrasar su casita con su dinero de ricachona. Eran los dos muy felices con el acuerdo que tenían ahora. ¿Por qué siempre trataba de arreglar las cosas que no estaban rotas?

—Will... —Intentó encontrar una disculpa acertada—. No tenemos que...

—De acuerdo —dijo él por fin—. Pero tendremos que casarnos por la iglesia. Quiero que tu madre esté contenta.

AGRADECIMIENTOS

Gracias, en primer lugar, a las sospechosas habituales: Kate Elton y Victoria Sanders. Quisiera añadir a las fabulosas señoras del equipo de VSA, lideradas por la indomable Bernadette Baker-Baughman, y a Hilary Zaitz Michael y Sylvie Rabineau, de WME. En HarperCollins: a Liate Stehlik, Emily Krump, Kaitlin Hairi, Kathryn Gordon, Virginia Stanley, Heidi Richter-Ginger, Kathryn Cheshire, Elizabeth Dawson, Miranda Mettes, Annemieke Tetteroo, Chantal Hattink, Alice Krogh Scott y, por último —aunque no por ello menos importante—, a Adam Humphrey, mi querido amigo desde hace trece años, que tan generosamente ha prestado su nombre a la humillación y el patetismo. Y a mi imaginación literaria.

David Harper me ayudó de nuevo a hacer que Sara pareciera una doctora como es debido. Gracias, David, por casi dos décadas de clases de medicina gratis. Lamento —aunque no mucho— seguir matando a mis pacientes. Gracias también a Stacey Abrams y David Ralston por permitirme conocer su lugar de trabajo. A mis amigos del GBI, mi agradecimiento eterno por su asesoramiento y, como georgiana, por su profesionalidad y diligencia. A la agente especial Dona Roberts, ya jubilada, gracias eternas por su visión del oficio policial y del mundo en su conjunto. Gracias también a mi colega la escritora Carolina de Robertis, alias

Doctora Palabras Sucias, por ayudarme con el español, y a Michelle Spivey y Theresa Lee, que tenían muchísimas ganas de aparecer en este libro (y de apoyar el movimiento Save the Libraries). Espero que hayan quedado satisfechas con sus papeles. Estoy segura de que la biblioteca de Decatur estará encantada de utilizar los fondos recaudados para ayudar a los niños a aprender a leer.

Una nota acerca del argumento: por razones obvias, me he tomado numerosas libertades respecto a planos, diseños y procedimientos. Si al lector le apetece echar un vistazo a mis materiales de documentación —repletos de *spoilers*— puede visitar: karinslaughter.com/tlwreferences. Y si quiere acompañar a Sara en sus canciones: Joan Armatrading, Beastie Boys, Dolly Parton, Bronski Beat, Patti Smith, Edie Brickell, Red Hot Chili Peppers.

Por último, gracias como siempre a DA, *mi amor*, y a mi padre, que este año dejó que le cuidara cinco minutos y casi nos volvimos locos los dos. Que no se vuelva a repetir.